ro
ro
ro

ro ro ro

Michael Römling, geboren 1973 in Soest, studierte Geschichte in Göttingen, Besançon und Rom, wo er acht Jahre lang lebte. Nach der Promotion gründete er einen Buchverlag und schrieb zahlreiche stadtgeschichtliche Werke und historische Romane (u.a. «Pandolfo» und «Mercuria»). Die ersten drei Bände der historischen Romanserie um den Kämpfer und Gelehrten Tankred wurden 2024 mit dem Goldenen Homer ausgezeichnet.

MICHAEL
RÖMLING

Die Stadt der Auserwählten

HISTORISCHER
ROMAN

ROWOHLT
TASCHENBUCH VERLAG

1. Auflage

Originalausgabe
Veröffentlicht im Rowohlt Taschenbuch Verlag,
Kirchenallee 19, 20099 Hamburg, August 2025

Redaktion Tobias Schumacher-Hernández
Karte @ Peter Palm, Berlin

Covergestaltung Cordula Schmidt Design, Hamburg
Coverabbildung fine art images/Interfoto; akg-images; Shutterstock
Satz aus der Adobe Jenson Pro
bei CPI books GmbH, Leck
Druck und Bindung GGP Media GmbH, Pößneck
ISBN 978-3-499-01578-6

Kontaktadresse nach EU-Produktsicherheitsverordnung:
produktsicherheit@rowohlt.de

FSC www.fsc.org
MIX
Papier | Fördert gute Waldnutzung
FSC® C014496

H
A
G
B
D
E

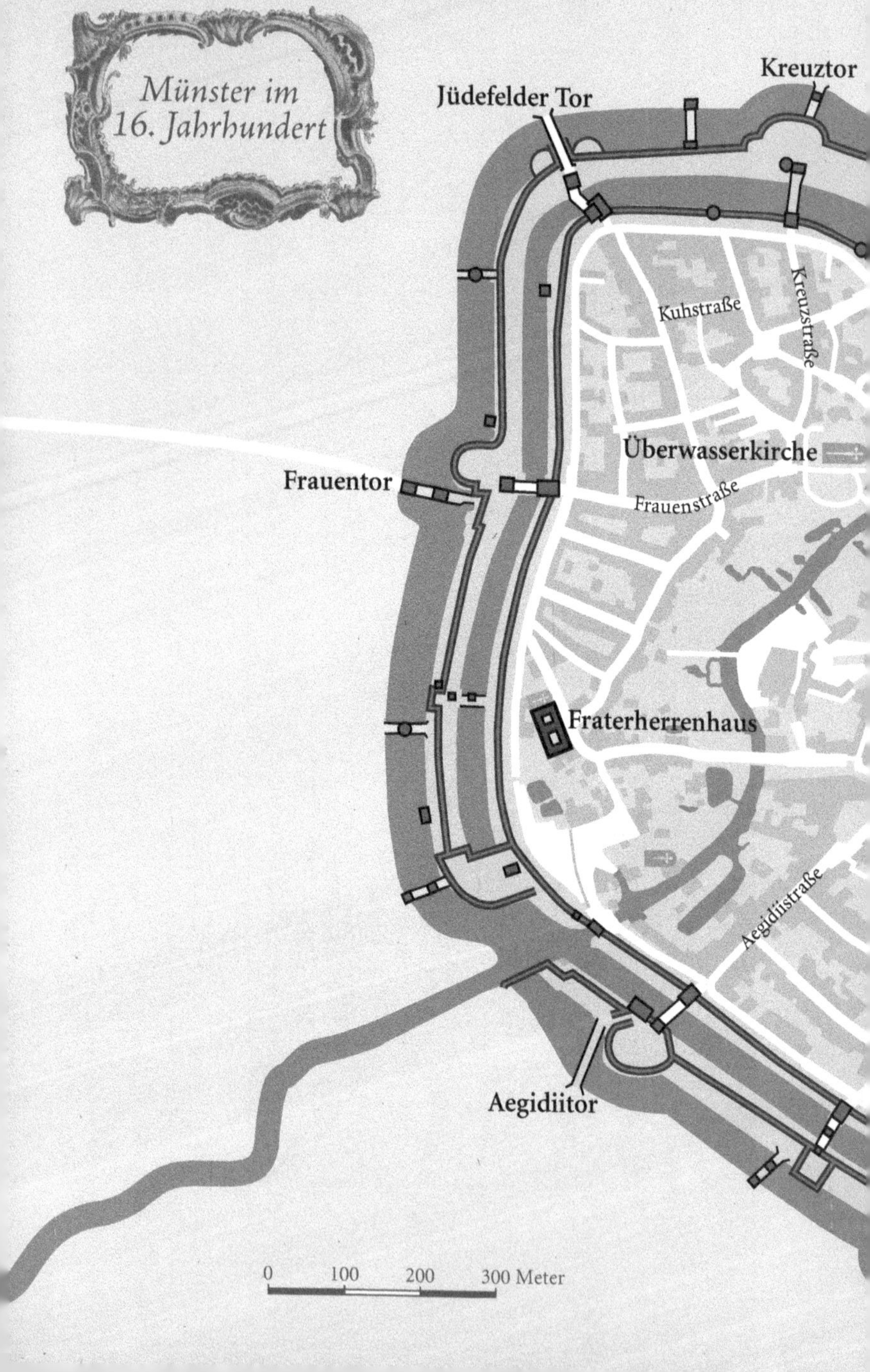

Münster im
16. Jahrhundert
Jüdefelder Tor
Kreuztor
Kuhstraße
Kreuzstraße
Überwasserkirche
Frauentor
Frauenstraße
Fraterherrenhaus
Aegidiistraße
Aegidiitor
0
100
200
300 Meter

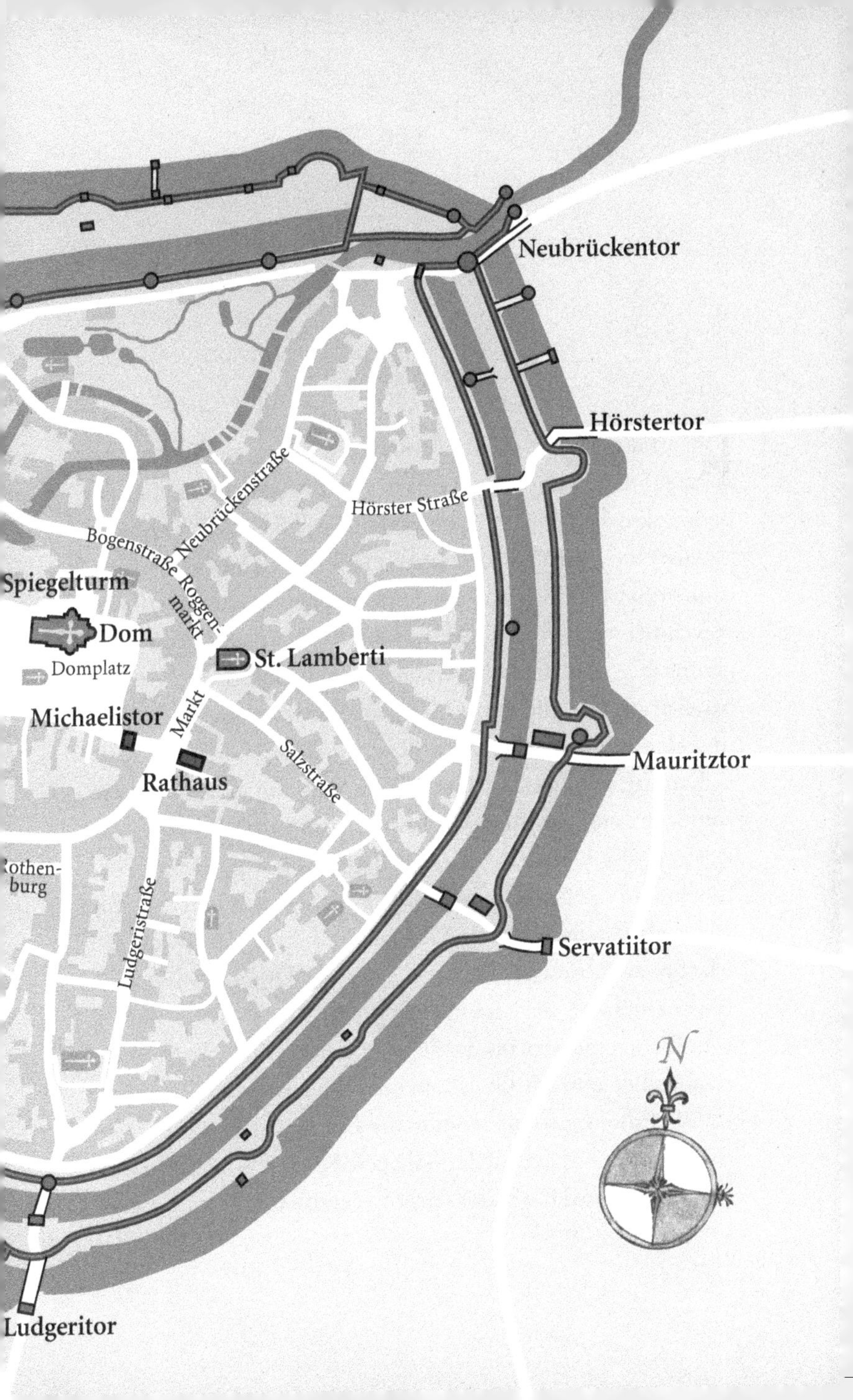

Neubrückentor
Hörstertor
Hörster Straße
Neubrückenstraße
Bogenstraße
Roggen-
markt
Spiegelturm
Dom
Domplatz
St. Lamberti
Michaelistor
Markt
Rathaus
Salzstraße
Mauritztor
Servatiitor
othen-
burg
Ludgeristraße
Ludgeritor
N

Prolog

März 1534

Katharina hatte sich überwinden müssen, an diesem Tag auf den Domplatz zu gehen. Ganz Münster war auf den Beinen, um der Musterung beizuwohnen, zu der die Führer der Wiedertäufer gerufen hatten, um die Streiter Gottes durchzuzählen, zu bewaffnen und auf den Kampf einzuschwören. Diese Männer würden die Stadt der Auserwählten gegen das Belagerungsheer des Bischofs verteidigen, das jenseits der Mauern Straßensperren aufbaute, Gräben aushob, Palisaden errichtete und Kanonen in Stellung brachte.

Um die zweitausend mochten es sein, die sich an diesem sonnigen Märztag vor der Kathedrale versammelt hatten. Sie waren in der Unterzahl, aber sie hatten Mauern, Türme, Bastionen und Gräben, die die Belagerer auf Abstand hielten. Vor allem aber hatten sie ihren Glauben und ihren Propheten: Jan Matthys, den riesigen Holländer mit der Donnerstimme, der ihnen einredete, dass sie nur noch vier Wochen lang würden standhalten müssen, bis das Jüngste Gericht über die Welt hereinbrechen und alle Gottlosen vernichten würde.

Die Frühlingssonne strahlte die Flanke der Kathedrale an, das Hauptschiff und den südlichen Kreuzarm, das Paradies mit dem von Maßwerkfenstern eingerahmten Portal und vor allem das Gerüst mit der Bühne, das davor aufgebaut worden war. Die anderen drei Seiten des Platzes wurden von den ummauerten Anwesen der adligen Domherren gesäumt, die die Stadt längst verlassen hatten und jetzt auf der Seite der Belagerer ihre Gefolgsleute sammelten.

Die Stimmung auf dem Platz war heiter und gelassen, und Katharina fragte sich, woher diese Menschen eigentlich ihre Sorglosigkeit nahmen. Das Jüngste Gericht war schließlich nichts, was man auf die leichte Schulter nehmen konnte, selbst wenn man daran glaubte wie ihr Bruder Andreas – dafür hatten Matthys und seine Prediger sie viel zu sehr eingeschüchtert mit ihren Drohungen und Ankündigungen von Verdammnis und Höllenfeuer für alle, die nicht ausreichend Buße getan hatten. Niemand konnte sicher sein, zu den Auserwählten zu gehören, selbst wenn er sich aus Überzeugung hatte taufen lassen und nicht unter Zwang, so wie Katharina. Wer damit nichts anfangen konnte, war an diesem Tag gleich zu Hause geblieben. Aber Katharina hatte sich durchgerungen, auf den Platz zu kommen, weil es ihr keine Ruhe ließ, dass ihr eigener Bruder jetzt auf der anderen Seite stand. Sie musste ein Auge auf ihn haben. Sie war schließlich die Ältere.

Andreas. Da stand er, halb verdeckt von den waffenstarrenden Reihen, die vor ihm Aufstellung genommen hatten, ergriffen und voller Erwartung, stolz, einer von denen zu sein, die in das kommende Reich Gottes eingehen würden. Katharina hatte sich links von der Bühne unter die Zuschauer gemischt, die den Platz säumten. Es waren vor allem Frauen, von denen die Stadt voll war, seit die Wiedertäufer ihre Anhänger hier zusammengerufen hatten. Frauen aus Holland, Friesland und Westfalen vor allem, aber auch ein paar Einheimische, deren

Männer jetzt mit ihren geschulterten Waffen kompanieweise angetreten waren. Einige hatten ihre Kinder mitgebracht. Jungen balgten sich am Rand der Versammlung und spielten mit Stöcken Soldaten. Ihre Mütter riefen sie zur Ordnung.

Rechts und links der Bühne standen Wagen aufgereiht, bis oben vollgepackt mit Arkebusen, Schwertern, Hellebarden, Piken, Helmen und Harnischen, die an alle verteilt werden sollten, die keine eigene Ausrüstung hatten.

Sie wollte nicht, dass Andreas sie sah, deshalb hielt sie Abstand. Er wusste, wie sie dachte, aber er hoffte, dass sie auch noch auf den rechten Weg finden würde, bevor es zu spät war.

Nachdem die Männer sich kompanieweise nach der Ordnung der Stadttore aufgestellt hatten, hatte Bernd Knipperdolling, der fette Bürgermeister, dessen Bauch unter dem Harnisch hervorquoll, eine Ansprache gehalten, um die Versammelten in Stimmung zu bringen. Er hatte die Gegner als eine Bande von Hurenböcken verspottet, die für Geld und irdisches Vergnügen kämpften und schon allein deshalb unterliegen mussten. Dann hatte Matthys übernommen. Jetzt redete also der Prophet, nachdem er sich eine Weile in theatralischem Schweigen gesammelt hatte. Die Sonne strahlte ihm genau in das vom schwarzen Bart umwucherte Gesicht, die langen Haare hatte er nach hinten gestrichen, sodass sie ihm über die Schultern fielen.

Um Katharina herum war es still geworden. Sogar die Kinder hatten mit dem Herumtoben aufgehört.

Matthys zitierte wie üblich ein paar Bibelstellen, dann brüllte er los: «Denn unser Kampf ist ein Kampf der Gerechtigkeit gegen das Unrecht. In dieser Stadt regiert die Frömmigkeit, jenseits ihrer Mauern die Gottlosigkeit! Hier der Verstand, dort die Einfalt! Hier die Bescheidenheit, dort die Prahlerei! Hier die Enthaltsamkeit, dort die Unzucht!»

Plötzlich lachte jemand. Es war wie bei einem Theaterstück, bei dem ein neuer Charakter auftritt, der dem Geschehen eine andere Wendung gibt und noch aus der Kulisse heraus seine ersten Sätze deklamiert.

Alle reckten die Hälse.

Wieder das Lachen. Länger, lauter, höher, fast kreischend.

«Enthaltsamkeit? Du?»

Eine Gestalt hatte sich aus der Menge gelöst. Katharina kannte den Kerl. Es war der Schmied Hubert Rüscher, der Geselle von einem der Meister aus der Gilde ihres Bruders, einer, der immer Ärger machte. Er schwankte. Offenbar war er völlig betrunken.

«Hör auf, Hubert!», schrie jemand.

Aber der dachte gar nicht daran.

«Bescheidenheit? Du?» Er stolperte ein paar Schritte vor und zeigte auf den Propheten. «Was soll an diesem ganzen Mummenschanz denn bescheiden sein? Und was ist enthaltsam an dem, was ihr da jeden Abend mit euren Flittchen im Badehaus treibt, du und deine Freunde?» Er kreischte noch etwas, was sie nicht verstand, dann krümmte er sich vor Lachen und wandte sich an die Versammelten. «Merkt ihr's nicht, wie diese Holländer euch bescheißen?»

Die Bestürzung über den peinlichen Auftritt hatte alle gelähmt, doch der Prophet, der die ersten Sätze noch mit unbewegter Miene angehört hatte, gab jetzt ein kurzes Handzeichen. Zwei Bewaffnete, die neben dem Gerüst gestanden hatten, traten vor, packten den betrunkenen Schmied, zerrten ihn hoch und rissen ihm den Kopf nach hinten, sodass er würgend zum Himmel starrte, als wollten sie ihm zeigen, gegen wen er sich da gerade versündigte.

Matthys sprang von der Bühne, baute sich vor Rüscher auf und packte ihn mit seiner Pranke am Kinn.

«Hört euch den Frevler an!», donnerte er.

Rüscher kicherte wieder. Er konnte offenbar nicht anders.

«Du glaubst, du beleidigst mich?», fragte Matthys. «Du beleidigst den Herrn! Du lästerst Gott!»

Er ließ seinen Blick über die Menge schweifen. «Was sagt die Heilige Schrift dazu? Weiß es jemand?»

Niemand gab Antwort, stattdessen kam Bewegung in die Bewaffneten. Hinrich Mollenhecke, der als Aldermann die Gilde der Schmiede führte, trat vor, griff aber noch nicht ein. Alle Blicke ruhten derweil auf dem Propheten.

«Wer den Namen des Herrn schmäht, wird mit dem Tod bestraft!», rief Matthys.

Rüscher spottete nicht mehr, er musste begriffen haben, dass es diesmal ernst war. Allerdings hätte er auch kaum verständlich reden können, denn die Finger des Propheten quetschten seinen Mund zusammen, sodass seine Lippen aussahen wie ein Hühnerhintern. Er stieß ein paar unverständliche Laute hervor. Diesmal klang es flehentlich.

«Gnade?», brüllte der Prophet. «Es gibt keine Gnade für einen wie dich! *Die Rache ist mein*, spricht der Herr!»

Katharina reckte den Hals und sah zu ihrem Bruder. Andreas war wie erstarrt, Mund und Augen standen weit offen.

Matthys schnippte hinter seinem Rücken mit den Fingern. Ein weiterer Wächter trat vor, er trug eine Hellebarde, und kaum war er herangekommen, da schleuderte der Prophet den Schmied von sich und entriss dem Wächter die Waffe. Rüscher ging zu Boden und landete auf dem Rücken. Er versuchte, auf die Beine zu kommen, schaffte es aber nicht.

Alle hielten den Atem an. Der Prophet drehte die Hellebarde um, sodass die Spitze nach unten zeigte. Holte aus. Stach zu.

1

Wenn man ein paar Jahre auf den italienischen Schlachtfeldern gedient hat, morgens gegen den Kugelhagel der Schweizer angerannt ist und mittags einer Walze aus französischen Panzerreitern standgehalten hat, nur um abends beim Lagerfeuer in eine Messerstecherei betrunkener Landsknechte zu geraten, dann ist man, so sollte man meinen, mit dem Tod so oft und auf so vielfältige Weise in Berührung gekommen, dass einen nichts mehr schreckt.

Und doch war Jakob van Heemskerk seinem eigenen Tod selten so nah gekommen wie an jenem Dezembermorgen des Jahres 1533 in einem friedlichen Wald südlich von Brüssel.

Jeder weiß, dass mit Schweinen in der Paarungszeit nicht gut Kirschen essen ist und dass ein verletzter Keiler kaum leichter aufzuhalten ist als ein französischer Panzerreiter. Aber diesen Keiler hatte Jakob schlicht und einfach nicht gesehen. Sein dreckverschmiertes Borstenkleid war im Unterholz nicht vom schwarzgrauen Waldboden zu unterscheiden gewesen.

Als der Keiler, aus dessen Flanke der Bolzen von Marias Jagdarmbrust ragte, plötzlich losstürmte, hatte Jakob nicht mehr die Zeit, sein Pferd herumzureißen.

Wie ein Rammbock traf der Schweinekopf das linke Vorderbein des Hengstes; das Tier knickte ein, stürzte, warf Jakob aus dem Sattel, sprang wieder auf und floh. Das wütende Grunzen des Keilers mischte sich unter das panische Wiehern des Pferdes, Jakob rollte sich ab, wollte wieder auf die Beine kommen, aber da war das Vieh schon bei ihm, rammte ihm die Hauer in den Oberschenkel und riss den Kopf hoch. Jakob sah zwei glänzende Augenperlen in einem Gestrüpp aus erdverkrusteten Borsten, darunter nichts als Muskeln, dann reißender Stoff, ein Blitz aus Schmerzen, spritzendes Blut und das zentnerschwere Gewicht auf Jakobs Brust, stinkender Atem, Huftritte wie Hammerschläge, Röcheln, Schnaufen und zwei wirbelnde Elfenbeinklingen, die sich auf dem Weg zu Jakobs Hals für einen Augenblick in einer Schnalle seiner Jacke verhakten.

Dieser Umstand war es, der ihm das Leben rettete.

Ein Jagdspeer zischte heran und traf.

Der Keiler stieß ein fürchterliches Geräusch zwischen Quieken und Brüllen aus, wurde zur Seite gerissen, überschlug sich, zuckte, krampfte und lag dann still. Irgendwo in der Ferne bellten die Hunde. Ein Hornsignal erklang.

Jakob setzte sich auf. Unter den Fetzen der Hose sah er eine lange Fleischwunde, die im Takt seines Herzschlags von kleinen Blutschwällen durchpulst wurde. Säubern, dachte er mechanisch. Mit Kräutersud auswaschen, nähen, verbinden, hochlegen.

Das Schmatzen von Pferdehufen auf dem aufgeweichten Waldboden näherte sich.

«Muss nicht amputiert werden, oder?», fragte Maria.

So redeten Soldaten. Antonio de Leyva hatte so geredet, wenn sie nach einem Gefecht zwischen den Toten herumgestapft waren und einen Verwundeten angetroffen hatten, dem nicht gleich das halbe Bein oder der ganze Arm weggeschossen worden war. Königinnen redeten nicht so. Sie konversierten und musizierten, anstatt zu jagen und zu schießen, und wenn sie ritten, dann nicht im Herrensitz.

Bis auf diese hier, die zwar nicht aussah wie eine und auch keinen Thron mehr hatte, aber immer noch den Titel trug, weil sie vor Jahren Königin von Ungarn gewesen war. Die Haare hatte sie unter einer Wollkappe zusammengesteckt, und in der Lederkleidung, die Armbrust lässig auf dem Knie abgestützt, hätte sie auf den ersten Blick auch für einen Mann gehalten werden können. Eine Schönheit war sie weiß Gott nicht mit dem ausladenden Kinn, den hervortretenden Augen und den grauen Zähnen, die sie älter aussehen ließen, als sie war. In ihren achtundzwanzig Jahren hatte sie mehr erlebt als andere in achtundachtzig, und in den zwei Jahren, die Jakob nun in ihren Diensten stand, hatte sie ihm ihr ganzes Leben erzählt: mit neun Jahren nach Wien, mit elf nach Innsbruck, mit sechzehn als Braut des ungarischen Königs nach Buda, bis das Land von den Türken überrannt wurde; mit einundzwanzig zurück nach Österreich, der Ehemann auf der Flucht ertrunken, das Reich verloren; mit fünfundzwanzig als Statthalterin der Niederlande nach Brüssel, im Auftrag des Kaisers, ihres Bruders Karl, des mächtigsten Mannes der christlichen Welt.

Maria schwang sich vom Pferd.

«Wer ist hier eigentlich wessen Leibwächter?»

Sie kniete sich neben Jakob in den Schlamm und besah sich die Wunde. Das Kläffen der Hunde wurde lauter. Die Meute wirbelte heran und scharte sich hechelnd, schnuppernd und bellend um den Kadaver. Weitere Reiter näherten sich, der Marschall, der Oberjäger und ein paar Herren und Damen der

Jagdgesellschaft, die wie immer nicht hinterhergekommen waren, bleiche Gesichter im Morgennebel, Atemwolken.

Mit einem Pfiff rief Maria die wimmelnden Hunde zur Ordnung, dann begutachtete sie den Keiler. «Dich pökeln wir ein», sagte sie zu dem Kadaver.

Und zum Marschall: «Sorg dafür, dass das Pferd wieder eingefangen wird.»

Und zum Oberjäger: «Lass das Stück nicht hier im Wald ausbluten, das lockt nur die Wölfe an.»

Und zu Jakob: «Giscard flickt das wieder zusammen.»

Das war die Reihenfolge, in der die Statthalterin der Niederlande ihre Aufmerksamkeit und ihre Zuwendung verteilte: zuerst die Tiere, dann die Menschen. Zuerst die Toten, dann die Lebendigen.

Die Wunde entzündete sich nicht, Jakob bekam noch nicht einmal Fieber. Schon am selben Abend saß er mit der Frau, für deren Sicherheit er verantwortlich war, vor dem Kamin. Von draußen drangen die Rufe der Bediensteten herein, die die Sperrstunde verkündeten und die letzten Besucher aus dem Palast komplimentierten.

Sie saßen auf Lehnstühlen, deren golddurchwirkte Brokatbespannung im Feuerschein schimmerte. Jakobs Bein ruhte auf einem Schemel. Der Burgunderwein machte die Schmerzen erträglich.

An den Wänden hingen die Porträts der Familie aufgereiht, vor jedem Rahmen eine Kerze, grauschwarz für die Verstorbenen, wachsgelb für die Lebenden: Marias Vater Philipp, den sie nie kennengelernt hatte, ihre Mutter Johanna, die umnachtet in Spanien vor sich hin vegetierte, dann die Tanten und Onkel, die Geschwister, Neffen und Nichten. Kaiser, Könige, Herzöge; Hermelinborten, Ordensketten, Reichsäpfel, Agraffen, Siegelringe, Diamanten, ins Bild ragende Schwertgriffe, von spinnendünnen Fingern umklammerte Gebetbücher.

Maria trug Schwarz, wie immer, wenn sie nicht im Sattel saß. Auf ihrer Brust glänzte an einer Kette das goldene Herz, das man vor sieben Jahren bei der Leiche ihres Mannes gefunden hatte.

«Es ist beschlossen», sagte Maria. «Christina wird im Frühling nach Mailand abreisen.»

Christina war ihre Nichte. Maria hing an dem Kind, als wäre es ihre eigene Tochter, wahrscheinlich erkannte sie sich selbst in dem Mädchen wieder. Christina ritt wie der Teufel, sie verstand, den Jagdbogen in vollem Galopp zu handhaben, konnte Hunde abrichten und wusste, wann man dem Falken die Haube abnahm. Aber der Kaiser, der die Mitglieder seiner Familie wie Schachfiguren auf dem europäischen Brett hin und her schob, hatte sie mit dem Herzog von Mailand verheiratet, damit Francesco Sforza sich nicht noch einmal mit den Franzosen verbündete.

Der Gedanke an Mailand genügte, um Jakob in eine ebenso düstere Stimmung zu versetzen wie Maria.

«Haben Sie diesen Sforza eigentlich mal kennengelernt?», fragte sie.

Jakob mochte die höfliche Anrede. Sie brachte Respekt und Achtung zum Ausdruck und gerade angesichts ihres Rangunterschiedes eine Vertraulichkeit, die Maria sich sonst niemandem gegenüber erlaubte.

«Nein», sagte Jakob. «Nur seine Kugeln.»

Maria schluckte. «Das Mädchen ist zwölf. Wenn er …»

«Das wird er nicht. Es heißt, er ist ein Mann mit Anstand.»

Maria warf Jakob einen ungehaltenen Blick zu, nicht weil es ihm nicht zustand, sie zu unterbrechen, sondern weil sie den Gedanken aussprechen wollte, der sie umtrieb.

«Wenn er versucht, sie zu schwängern, könnte sie daran sterben.»

«Er kann gar nicht. Er ist halb gelähmt.»

«Er braucht einen Erben.»

«Aber Ihr Bruder will nicht, dass er einen bekommt. Wenn Sforza ohne Nachkommen stirbt, wird Mailand eingezogen. Das ist es, was Ihr Bruder will. Wahrscheinlich hat er ihm verboten, sie anzurühren. Er wird es nicht wagen.»

«Dafür, dass Sie nur seine Kugeln kennen, wissen Sie ja gut Bescheid», sagte sie spöttisch.

Mailand. Jakob versuchte die Erinnerungen beiseitezuschieben, aber es gelang ihm nicht. Nach der Schlacht von Pavia hatten sie Sforza aus Mailand vertrieben, die Stadt besetzt und sich mit Einquartierungen und Abgabenforderungen unbeliebt gemacht. Es hatte einen Aufstand gegeben, doch Antonio de Leyva, der Gouverneur, war kein Mann, der den Kopf einzog, wenn er mit Steinen beworfen wurde. Er hatte eine Eskorte zusammengestellt und war zum Kastellplatz geritten, um die aufgebrachten Leute auseinanderzutreiben, aber auf einmal waren sie aus sämtlichen Seitenstraßen auf sie zugestürmt. Von Dächern und Balkonen hatte es Steine gehagelt. Sie hatten in die Menge gefeuert. Auch Jakob hatte geschossen, ohne richtig zu sehen, wohin.

Die Leute waren zurückgewichen.

Der Pulverdampf hatte sich verzogen.

Und dann hatte da dieses Mädchen gelegen.

Das Kleid zerfetzt von der Arkebusenkugel. Überall Blut.

Sie mochte drei oder vier Jahre alt gewesen sein, wie seine Tochter Elske.

Was für ein Schwachkopf musste man sein, dass man ein kleines Kind mitschleppte, wenn man sich mit Antonio de Leyva und seiner schießwütigen Eskorte anlegte?

Am nächsten Tag hatte er der Stadt den Rücken gekehrt und war nach Norden aufgebrochen, verwirrt, verzweifelt, voller Schuldgefühle und erfüllt von der Gewissheit, dass er derjenige gewesen war, der dieses kleine Leben ausgelöscht hatte. Tausende von Toten hatte er gesehen, aber das Bild dieses einen Kindes in seinem Blut hatte den Panzer seiner Abgestumpftheit gesprengt wie eine Pulverladung.

Auf dem Weg waren ihm Landsknechte entgegengekommen, Tausende, Kompanie auf Kompanie, lachend, singend, polierte Harnische, wippende Federbarette, geschlitzte Pluderhosen, geschulterte Spieße, Trossfuhrwerke voller Fässer, achtspännig gezogene Kanonen, Marketenderwagen, mit schepperndem Geschirr behängt. Sie konnten es gar nicht abwarten, in den Krieg zu ziehen, der dort unten schon wieder in die nächste Runde ging.

Jakob schwor sich, dieses Land nie wieder zu betreten. Er wollte nach Hause, zu seiner Frau und seiner Tochter. Und dann weitersehen. Vielleicht doch das Geschäft seines verstorbenen Vaters in Amsterdam übernehmen? Im Nachhinein konnte er es nur als die dümmste Entscheidung seines Lebens bezeichnen, nach der Geburt von Elske noch einmal aufgebrochen zu sein, aber wenn man dieses Leben jahrelang geführt hat, dann kann man schlecht davon lassen, fühlt sich gegängelt und eingesperrt, verachtet die engstirnige Geschäftigkeit der

Bürger und ihr pikiertes Erschauern vor nackter Gewalt, weiß den Wert eines eigenen Hauses nicht zu schätzen. Und mit seiner Frau war es auch nicht immer einfach gewesen.

Doch als er an einem Herbstabend zwei Monate nach seinem Aufbruch in Mailand vor seiner Haustür stand und niemand ihm öffnete, als er dann von den Nachbarn erfuhr, dass die einzigen beiden Menschen, die er liebte, an einer aus England herübergeschwappten Fieberseuche gestorben waren, da war ihm, als stürzte er in ein riesiges Loch, und auf dem Grund dieses Lochs lagen das Mädchen aus Mailand und seine Tochter nebeneinander und warteten, dass er sich dazulegte.

Er war überzeugt, dass der Tod von Frau und Tochter eine Strafe Gottes war. Nachdem er sich monatelang Tag für Tag bis zur Besinnungslosigkeit betrunken hatte, glaubte er an gar nichts mehr. Eine Zeit lang hasste er Gott, aber nach und nach wurde Gott ihm gleichgültig. So oder so fand er nicht mehr zu ihm zurück.

Stattdessen traf er einen alten Bekannten aus Landsknechtszeiten wieder. Der Krieg in Italien war inzwischen vorbei, aber die neue Statthalterin in Brüssel brauchte einen Kommandeur für ihre Leibwache. Der Bekannte hatte gute Kontakte zum Hof, und als der Mann, der dem französischen König in der Schlacht von Pavia das Schwert abgenommen hatte, genoss Jakob immer noch einen gewissen Ruf. Für sein Verschwinden aus Mailand fand sich eine Erklärung.

So kam Jakob in Marias Dienste. Die Königin und der Söldner erkannten sich, wie Menschen einander erkennen, die das Leben ausgekostet und Verluste erlitten haben, denen alles entrissen wurde und die nicht mehr wissen, woran sie glauben sollen. Jakob wurde Marias Vertrauter, ihr Berater und ihr Freund. Und er träumte nicht mehr jede Nacht von toten Kindern.

«Mal was ganz anderes», sagte Maria. Draußen schlug die Turmuhr, und erst jetzt wurde Jakob klar, wie lange er schweigend dagesessen und dem Echo der Vergangenheit gelauscht hatte.

«Die Wiedertäufer in Holland werden schon wieder übermütig», fuhr sie fort. «Wenn wir nicht aufpassen, schwappt das nach Brabant rüber.»

«Ach ja?», fragte Jakob. Seitdem er sich von Gott abgewandt hatte, beschäftigte er sich überhaupt nicht mehr damit, was irgendwelche Schwärmer umtrieb. Nach dem Bauernkrieg waren diese Wiedertäufer plötzlich hier und da aufgetaucht, aber zu jener Zeit hatte er den französischen König in die Gefangenschaft nach Madrid begleitet, und danach war er schon bald wieder in Italien gewesen. Später hatte er aus Flugblättern von verschrobenen Sektierern erfahren, die sich in Straßburg und anderswo gesammelt hatten und in geheimen Zirkeln über Taufe und Abendmahl debattierten. Wenn man sie erwischte, jagte man sie fort, zwang sie zum Widerruf und richtete die Anführer hin, damit die anderen Ruhe gaben. Aber nach allem, was man so hörte, waren die Wiedertäufer letztlich friedliche Spinner. Sie leisteten keinen Widerstand und rührten keine Waffen an. Manchmal sangen sie sogar, wenn sie zu den Scheiterhaufen gekarrt wurden, und das war für ihre Verfolger ein größeres Ärgernis als ihre Lehren. Wenn Jakob sich richtig erinnerte, war dieser Straßburger Prophet vor ein paar Monaten verhaftet worden. Hoffmann oder so, den Vornamen hatte er vergessen.

Maria blickte ihn missbilligend an. «Ihr demonstratives

Desinteresse in allen Ehren, aber diese Leute stiften Unruhe, und deshalb müssen wir uns mit ihnen beschäftigen. Es interessiert mich nicht, was sie hinter verschlossenen Türen treiben, aber neuerdings kommen sie wieder aus ihren Löchern, stören Messen und Prozessionen und machen die Sakramente lächerlich. Sie beschädigen Heiligenbilder und schänden Hostien. Sie verweigern die Taufe ihrer Kinder und taufen sich stattdessen gegenseitig.»

«Warum eigentlich?», fragte Jakob. Zu seinem eigenen Erstaunen hatte sie sein Interesse geweckt. Da forderte jemand die Kirche heraus, die von sich behauptete, den Gott zu vertreten, der ihn selbst so maßlos enttäuscht hatte.

«Weil sie der Ansicht sind, dass Buße und Einsicht die Voraussetzungen für die Zugehörigkeit zur Gemeinde sind», antwortete Maria. «Sie berufen sich auf den Missionsbefehl im Matthäusevangelium. *Gehet hin und lehret alle Völker und taufet sie im Namen des Vaters und des Sohnes und des Heiligen Geistes.* Lehret und taufet. Einen Säugling kann man nichts lehren, also soll man ihn nach ihrer Ansicht auch nicht taufen. Die Theologen halten wiederum mit Markus dagegen: *Lasset die Kindlein zu mir kommen, denn ihrer ist das Himmelreich.*»

«Schwaches Argument», sagte Jakob, der, wohl auch angeregt durch den Loirewein, auf einmal Lust bekam, sich auf solche Gedankenspielereien einzulassen. «Wenn den Kindern das Himmelreich sicher ist, dann muss man sie auch nicht taufen.»

Maria blickte ihn säuerlich an. «Wie schön, dass Sie sich so schnell in die Logik dieser Leute hineindenken können. Aber Sie werden begreifen, dass wir uns auf solche Wortklaubereien nicht einlassen können. Diese Leute kennen die Heilige Schrift ziemlich gut. Nach ihrer Ansicht darf jeder sie auslegen, der sich dazu berufen fühlt. Einige meinen sogar, dass man die Bibel gar nicht mehr braucht, weil Gott sich ihnen in Visionen offenbart. Verstehen Sie, was das bedeutet? Wenn jeder herauskrakeelen darf, was er will, und wenn jeder überall beitreten kann, dann hat bald jede Stadt ihre eigene Sekte. Zuerst sprengen sie die Kirche und dann die staatliche Ordnung. Mit den Lutheranern können wir inzwischen umgehen, aber die Wiedertäufer erkennen gar keine Obrigkeit an. Sie leisten keine Eide und nehmen keine Waffe in die Hand.»

«Hat Jesus uns nicht genau das gelehrt?», fragte Jakob. «Dass man die Welt ohne Waffen verändern kann?» Er suchte in seiner Erinnerung nach einer passenden Bibelstelle, aber die Zeit, in der er Kirchen besucht und Predigten gelauscht hatte, war schon zu lange her.

Maria, die während ihrer Tirade erneut ins Feuer geblickt hatte, wandte sich ihm wieder zu, leicht irritiert diesmal, als wäre sie nicht sicher, ob er sie ernsthaft provozieren wollte oder nur sagte, was ihm gerade durch den Kopf ging. «Sie wollen es heute aber wissen, was?» Sie beugte sich vor und sah ihn kalt an. «Wir wollen doch gar nicht, dass die Welt verändert wird.»

Nein, dachte Jakob. Vor allem dein Bruder will das nicht.

«Und wissen Sie, was das Problem ist?», setzte Maria nach. «Die Wiedertäufer wollen sie auch nicht verändern, weil sie ihrer Ansicht nach ja ohnehin bald untergeht. Das behauptet jedenfalls dieser Melchior Hoffmann in Straßburg.»

Richtig, Melchior.

«Haben sie den nicht verhaftet?», fragte Jakob.

Maria lachte verächtlich auf. «Schon, aber sie haben ihm in den ersten Wochen eine Zelle mit einem Gitterfenster zur Straße gegeben, sodass er munter weiterpredigen und das

Jüngste Gericht zum Ende dieses Jahres ankündigen konnte. Und draußen standen seine Jünger und plapperten es nach. Den Termin hat er mit Angaben aus der Bibel errechnet. Diese Leute haben für alles eine passende Bibelstelle parat. Merken Sie sich das schon mal.»

Diese letzte Bemerkung ließ in Jakobs Kopf eine kleine Glocke klingeln. Da kam noch etwas.

«So weit, so gut», sagte Maria und nahm einen Schluck Wein aus dem Glas, das sie die ganze Zeit über im Schoß gehalten hatte. «Der Termin für das Jüngste Gericht rückt also näher, und das meinte ich, als ich sagte, dass die Wiedertäufer wieder übermütig werden. In Amsterdam ist ein gewisser Jan Matthys aufgetaucht, ein Bäcker aus Haarlem, den wir vor ein paar Jahren schon mal am Wickel hatten, weil er die Realpräsenz bei der Eucharistie geleugnet hat. Das war, bevor mein Bruder die neuen Gesetze erlassen hat, deshalb wurde ihm nur die Zunge durchstochen, anstatt ihn gleich einen Kopf kürzer zu machen. Jetzt ist er wieder da. Ein Riese mit Zottelbart und Donnerstimme, einer, von dem alle sagen, man muss ihn erlebt haben. Er tauft wie verrückt, aber für ihn ist die Taufe kein Zeichen der Zugehörigkeit, sondern ein Akt der Versiegelung. Er sammelt die hundertvierundvierzigtausend Gerechten der Apokalypse für den Tag des Jüngsten Gerichts. Er macht die ganze Stadt irre und gefährdet die öffentliche Ordnung. Er schickt Sendboten durchs Land, die die Leute aufstacheln.»

Maria stellte ihr Glas auf das Tischchen, das zwischen ihnen stand.

«Und jetzt kommen Sie ins Spiel», sagte sie. «Sie müssen etwas für mich erledigen, sobald das Bein so weit geheilt ist, dass Sie wieder reiten können. Sie haben die Fähigkeiten dazu,

Sie haben mein Vertrauen, und Sie kennen sich in Amsterdam aus.»

Was kommt denn nun, dachte Jakob. Seit er in Marias Diensten stand, war er nur selten von ihrer Seite gewichen.

Sie blickte zum Kamin, als spräche sie mit dem Feuer.

«Hoogstratens Tochter ist mit diesem Matthys durchgebrannt.»

«Ach du Scheiße», sagte Jakob sehr langsam und sehr leise.

Antoine de Lalaing, Graf von Hoogstraten, Ritter des Goldenen Vlieses, kaiserlicher Statthalter in Den Haag. Nach Maria der zweitmächtigste Mann in den Niederlanden, wie man scherzhaft zu sagen pflegte.

«Ich wusste gar nicht, dass Hoogstraten eine Tochter hat», sagte Jakob nach einer Weile.

«Jetzt wissen Sie's. Holen Sie sie zurück.»

2

Andreas hatte gerade die Werkzeuge gereinigt und war dabei, alles wegzuräumen, als es vorn an der Tür klopfte. Bruno, der Geselle, hatte sich schon verdrückt und trieb sich wahrscheinlich in irgendwelchen Kneipen herum; die beiden Lehrlinge Ernst und Ludger, die eigentlich für das Aufräumen zuständig waren, hatten sich in ihre Kammer unter dem Dach verzogen. Denen würde er nachher ein paar hinter die Löffel geben müssen, wenn auch nur der Form halber, denn eigentlich blieb Andreas am Ende des Arbeitstages gern noch eine Weile ungestört in der Schmiede. Er mochte die Wärme der erlöschenden Esse, und er mochte sogar den Geruch nach Kohlenrauch, Eisen und Schlacke.

Es klopfte wieder, lauter und drängender. Eine Männerstimme rief etwas. Andreas löschte die Laterne, hängte die letzte Zange an das Brett über der Werkbank, nahm die Lederschürze ab, legte sie auf einen Schemel und verließ die Werkstatt.

Auf dem Korridor, der von der Werkstatt durch das Wohnhaus zur Eingangstür führte, empfing ihn der Duft von gebratenem Speck. Wenn er Glück hatte, machte Katharina selbst das Abendessen und nicht Elsa, die alles zerkochte und Petersilie nicht von Kerbel unterscheiden konnte.

Es rappelte an der Tür.

«Verdammt, mach auf!»

Das war die Stimme von seinem Freund Gisbert Boland, rau und ungehalten. Zum Plaudern war der wohl nicht gekommen.

Als Andreas öffnete, schwappte ihm eiskalte Dezemberluft entgegen. Ein Vorteil seines Berufs war, dass man bei der Arbeit nie fror. Ein Nachteil war, dass man die feuchte Münsteraner Kälte nicht mehr vertrug.

Gisbert war außer Atem. Er trug noch nicht einmal einen Mantel, offenbar hatte er alles stehen und liegen gelassen. Hinter ihm rannten ein paar Leute durch die Dunkelheit. Vom Hauptmarkt her drang Geschrei herüber.

«Komm rein», sagte Andreas und trat einen Schritt zurück.

«Keine Zeit. Du musst mitkommen. Rüscher dreht schon wieder durch.»

Andreas rührte sich nicht. Gisbert nieste, dass die Tropfen sprühten. Der erkältete sich immer sofort.

«Das ist ja nun nicht unser Problem», sagte Andreas. «Der soll einfach weniger saufen.»

Gisbert, grauer Bart, strubbelige Haare, ein Geäst von kleinen Falten auf den Wangen, zog ihn am Ärmel.

«Es wird aber unser Problem. Angeblich will der Rat ein paar Leute losschicken, die ihn einsperren sollen.»

Andreas schüttelte die Hand ab, er mochte es nicht, wenn man an ihm herumzerrte.

«Eine Nacht in der Zelle wird Rüscher nicht schaden.»

«Ohne Rücksprache mit den Alderleuten der Gilden? Wo kommen wir denn hin?»

«Ja, wo kommen wir denn hin», murmelte Andreas. Gisbert hatte leider recht. Hubert Rüscher war ein Schwachkopf und ein Unruhestifter, aber er war einer von ihnen, Geselle bei einem ihrer Gildebrüder, also konnten sie ihn nicht hängen lassen. Es gab Vereinbarungen und Gepflogenheiten, und eine davon besagte, dass der Rat ohne das Einverständnis der Gildevertreter niemanden verhaften durfte. Wenn man es den Herren einmal durchgehen ließ, konnte das ganz schnell zur Gewohnheit werden.

Andreas griff sich seine Jacke vom Haken neben der Tür und folgte Gisbert nach draußen. Kalter Wind wehte durch die Salzstraße. Erneut rannten Leute vorbei in Richtung Markt.

«Na dann», sagte Andreas und schloss die Tür hinter sich. Wieder nieste Gisbert.

Die Straße lag im letzten Dämmerlicht des Tages da. An den meisten Häusern waren die Läden geschlossen, aber da und dort drang Kerzenschein zwischen den Ritzen und durch die Oberlichter heraus.

Bis zum Markt waren es nur ein paar Hundert Schritte. Andreas rannte etwas unwillig hinter Gisbert her. Er sah es immer noch nicht so ganz ein, für Rüscher in die Bresche springen zu müssen, nur weil der sich wieder nicht im Griff hatte.

Rüschers Stimme war schon aus der Ferne zu erkennen, schrill und durchdringend, wie immer, wenn er besoffen war.

Sie erreichten den Markt. Die Treppengiebel der Kaufmannshäuser zeichneten sich vor dem schwarzgrauen Himmel ab wie ausgeschnitten. Rüscher war nicht zu übersehen, trotz der Dunkelheit: Offenbar hatte er ein Fass oder eine Kiste bestiegen, sodass er die Menge, die ihn umlagerte, deutlich überragte. Seine Jacke hatte er schief zugeknöpft, das Hemd hing heraus. In der einen Hand schwenkte er einen Bierkrug, in der anderen eine Laterne, die unstete Schatten auf sein Gesicht warf. Er war richtig in Fahrt.

«Und ich sah einen Acker voller toter Männer, verbrannt, erschlagen, erstochen! Und der Satan kam auf einem Ziegenbock über das Feld geritten, auf einem Ziegenbock mit goldenen Hörnern, und aus seinem Rücken wuchs eine riesige Kröte, die spuckte abwechselnd Feuer und Eis! Und als er zwischen den Leichen hindurchritt, da standen sie auf, als hingen sie an Fäden!»

Gisbert und Andreas drängten sich durch die Zuhörer zu Rüscher vor, der tatsächlich auf einem Fass stand und jetzt ein wildes Fauchen und Zischen ausstieß, wohl um die Geräusche der spuckenden Kröte nachzuahmen. Aus allen Richtungen kamen die Leute herbeigelaufen, Männer zumeist und auch ein paar Frauen, in der Dunkelheit kaum zu unterscheiden. Im schwankenden Laternenlicht sah Andreas in den Gesichtern vor allem Erheiterung, hier und da auch Besorgnis.

«Und wie machte der Ziegenbock?», schrie einer. Ein anderer begann zu meckern, ein paar Leute lachten laut.

Rüscher kniff die Augen zusammen und beugte sich in die Richtung, in der er den Zwischenrufer vermutete. Fast wäre er dabei von dem Fass gefallen. Bier schwappte aus dem Krug, dann fing er sich wieder, nahm einen tiefen Zug und grölte weiter: «Und die Tore der Stadt öffneten sich! Und ein Ungeheuer trat heraus, halb Mensch, halb Skorpion! Und vom Himmel senkte sich eine Krone herab auf sein Haupt!»

«Ist gut», sagte Gisbert. «Komm da runter!»

Rüscher wich zurück und fand gerade noch rechtzeitig das Gleichgewicht, sodass er nicht hintenüberfiel. «Und der Klang der Posaune schallte über das Feld!», rief er kichernd. «Und der Mond verfinsterte sich! Und vom Himmel hagelte es glühende Kohlen!»

«Schluss jetzt!», rief Gisbert und griff mit seiner mageren Hand nach Rüschers Knöchel.

«Lasst ihn doch reden!», rief einer. Ein paar Männer drängten Gisbert ab, Gerangel entstand, doch plötzlich ging ein Murmeln durch die Menge, und alle Köpfe wandten sich in die Richtung, in der das Rathaus lag. Nur einen Augenblick später bildete sich eine Gasse, durch die vier mit Hellebarden bewaffnete Stadtknechte stapften. Gisbert ließ von Rüscher ab, die Umstehenden ließen von Gisbert ab. Andreas hielt seinen Freund am Arm fest wie ein Kind, das nicht auf die Straße laufen soll.

«Und da sind ja auch schon unsere Büttel!», rief Rüscher den Bewaffneten angriffslustig entgegen. «Gesellt euch dazu und sperrt die Ohren auf! Hier wird Gottes Wort gepredigt, ungetrübt wie Gebirgswasser! Reinigend wie Feuer! Klar wie …» Er stockte kurz, suchte nach einem neuen Vergleich.

«Wie Eis!», schlug einer der Umstehenden vor.

«Klar wie Eis!», echote Rüscher. «Und so wahr wie die Heilige Schrift selbst!»

Andreas sah die nervösen Blicke, mit denen die Stadtknechte die Bereitschaft der Menge einzuschätzen versuchten, sich ihnen zu widersetzen. Rüscher hatte die Meute auf seiner Seite, und Krawall lag in der Luft. Entweder gingen sie schnell und entschlossen vor, oder sie machten sich lächerlich. Jedes Zögern verschlechterte ihre Chancen, die Sache gesichtswahrend zu Ende zu bringen.

«Runter da», sagte einer der Knechte scharf. «Deine Predigt ist zu Ende.»

Er war älter als die anderen und schien der Anführer des Trupps zu sein. Sein Bart war grau und ausladend.

Doch Rüscher dachte nicht daran. «So wahr wie die Heilige Schrift!», wiederholte er provozierend. «Und so köstlich wie frisch gezapftes Bier!» Und dann, lauter und an die Zuhörer gewandt: «Wollt ihr zulassen, dass ihre Priester euch das Bier mit dem Brackwasser ihrer Lehren verderben und den guten Wein selber saufen? Euch trockene Pappscheiben als Leib des Herrn zu fressen geben? Geld für sinnloses Gebrabbel kassieren?»

Erneute Zwischenrufe bestätigten, dass man das nicht zulassen wollte.

«Zum letzten Mal», sagte der Anführer. «Sofort runter da!»

Doch Rüscher hatte sich schon wieder zu voller Größe aufgerichtet und krakeelte weiter: «Wollt ihr zulassen, dass sie eure Kinder der Verdammnis anheimgeben? Gott wünscht nicht, dass Säuglinge getauft werden! Zerschlagt die Taufbecken! Und die Altäre und die Beichtstühle gleich mit!»

«Das reicht!», knurrte der Graubärtige, langte nach oben und bekam Rüscher am Gürtel zu fassen. Der warf sich mit seinem ganzen Gewicht dagegen und brüllte: «Ich zeige euch jetzt mal, wie man tauft!» Mit diesen Worten kippte er sich den restlichen Inhalt des Bierkrugs über den Kopf.

Keine Sekunde später landete er auf dem Boden zwischen den Stadtknechten. Laterne und Bierkrug kullerten den Zuschauern vor die Füße.

Während zwei der Büttel mit den Schäften ihrer Waffen die Schaulustigen auseinanderschoben, packten die anderen beiden den zeternden Rüscher, zerrten ihn auf die Beine und schleppten ihn weg.

«Das dürft ihr nicht!», rief Gisbert.

Statt einer Antwort drehten die anderen beiden Knechte

ihre Hellebarden um und richteten die eisernen Spitzen auf Gisbert, während sie sich rückwärtsgehend langsam entfernten. Andreas packte ihn am Arm. Keine Dummheiten jetzt.

«Das hat ein Nachspiel!», schrie Gisbert ihnen hinterher.

«Die fette Sau in Rom und die fette Sau in Wittenberg kommen beide aus der gleichen Suhle!», war Rüschers Stimme aus der Dunkelheit zu vernehmen.

Der Rest seiner Schimpftirade ging im aufgeregten Durcheinanderreden der Menge unter. Ein paar Leute schüttelten die Fäuste, aber eine Zusammenrottung blieb aus. Niemand nahm die Verfolgung auf. An den Häusern, die den Markt säumten, klappten immer mehr Fenster auf.

«Rüscher wieder?», rief jemand von oben.

«Wer sonst?», antwortete einer aus der Menge.

Gisbert war immer noch aufgebracht. «Die hätten uns das regeln lassen sollen», sagte er finster. «Das werden sie noch bereuen.»

«Wir sollten Hinrich Bescheid sagen», schlug Andreas vor. Hinrich Walraven war der Schmiedemeister, bei dem Hubert Rüscher beschäftigt war. Er hatte seine Werkstatt in der Hörster Straße, nur ein paar Minuten entfernt. Unterwegs würde Gisbert sich etwas beruhigen, und dann konnte man alles besprechen. Gisbert war ein Hitzkopf, und angesichts der angespannten Stimmung, die schon seit Wochen in der Stadt herrschte, war es ganz gut, dass jemand einen mäßigenden Einfluss auf ihn ausübte. Gisbert war ein paar Jahre älter als Andreas, aber er hörte auf ihn. Allerdings war auch Andreas klar, dass man dem Rat diesen Gewaltstreich nicht durchgehen lassen durfte.

Als sie bei Hinrich ankamen, war schon die halbe Schmiedegilde in seiner Werkstatt versammelt: Hermann Reinig, der Riese mit dem Zwirbelbart, die beiden fetten, immer zu Keilereien aufgelegten Potthoff-Brüder, Johann Hocke, der mit der Tochter eines Erbmannes verheiratet war und sich seitdem wie ein hoher Herr aufführte, Hermann Remeken, einäugig und bärenstark und darum Zyklop genannt, der Polterer Heinrich Steinkamp, die Lästerzunge Arnd Rotland und noch ein Dutzend andere, die sich im Schummerlicht einiger Kerzen zwischen Esse, Amboss und Werkbank drängten. Alle wussten schon Bescheid. Die Nachricht von Rüschers Verhaftung war schneller durch die Straßen geschwappt, als Andreas und Gisbert gelaufen waren.

Hinrich Walraven hatte ein Bierfass angestochen, was nicht dazu beitrug, dass die besonnenen Stimmen Gehör fanden. Dass Hubert Rüscher ein Idiot war, spielte keine Rolle. Es war, als wäre seine Verhaftung das Meisterstück, mit dem er zum vollwertigen Mitglied der Gilde geworden war.

«Wir holen ihn da raus!», rief Steinkamp.

«Das mit der Taufe hätte er sich sparen sollen», gab Hocke zu bedenken.

«Warum denn?», fragte Rotland aufreizend. «Nenn mir einen Grund …»

«Darum geht's doch gar nicht», unterbrach ihn Remeken. «Rüscher ist einer von uns. Wir lassen uns das nicht bieten!»

Hinrich Walraven arbeitete sich mit zwei Bierkrügen zu Gisbert und Andreas durch, die noch in der Tür standen. Auch hier waberte der typische Schmiedegeruch durch die Luft, aber mit einer leichten Kupfernote. Andreas wunderte sich immer wieder darüber, dass jede Schmiede in der Stadt ein bisschen anders roch. Man hätte es zum Gegenstand einer

Wette machen können, sie alle mit verbundenen Augen zu erschnuppern.

«Hier», sagte Walraven und reichte ihnen die Krüge. «Habt ihr's schon mitbekommen?»

«Darum sind wir ja hier», sagte Andreas.

Die Tür öffnete sich, zwei weitere Schmiedemeister betraten die Werkstatt und wurden mit Gejohle begrüßt: Johann Balke, den sie wegen seines Stotterns Bababalke nannten, und Johann Schröder, das Großmaul mit den eng stehenden Augen.

Sie tranken. Gisbert grüßte hierhin und dorthin, Andreas erkannte weitere Gesichter. Alle wirkten aufgebracht und entschlossen. Sie brannten darauf, dem Rat einmal so richtig heimzuleuchten. Die Herren hatten sich in den vergangenen zwei Jahren zwischen alle Stühle gesetzt. Zuerst hatten sie die Einführung der lutherischen Lehre verschleppt, um den Bischof nicht gegen sich aufzubringen. Als die Gilden dann kurzerhand den Kaplan Bernhard Rothmann in die Stadt geholt hatten und dieser seine katholischen Gegner in Grund und Boden disputiert hatte, hatte der Rat notgedrungen die Wahl neuer Prediger durch die Gemeinde geduldet. Bald darauf hatten beide Bürgermeister sich davongestohlen. Bei der Ratswahl im vergangenen März hatten die Lutheraner zwar die Mehrheit gewonnen, bald darauf aber schon wieder vor den Theologen gekuscht, die Rothmanns neue Kirchenordnung verworfen hatten. Und als der im Sommer auch noch begonnen hatte, die Gottgefälligkeit der Kindertaufe anzuzweifeln, waren sie in Panik verfallen, hatten Pfarrer ausgewiesen und Predigtverbote ausgesprochen, diese aber nicht durchzusetzen gewagt. Stattdessen hatten sie zwei neue Prediger aus Hessen angefordert, deren Gottesdienste nun ständig durch Geschrei und Krawall gestört wurden, ohne dass der Rat etwas dagegen unternahm. Und um dieses peinliche Führungsversagen auszugleichen, hatte er nun einen Schmiedegesellen verhaftet, weil der ein bisschen herumgeschrien hatte. Ohne Rücksprache mit den Alderleuten, wohlgemerkt. Das war zu viel.

Nachdem alle eine Weile durcheinandergeredet und sich mit Verwünschungen gegen Rat und Bürgermeister gegenseitig übertroffen hatten, schnitt ein Pfiff durch die Werkstatt. Die Gespräche verstummten.

«Hört mal alle zu!», rief Reinig, aus dessen Zwirbelbart das Bier tropfte, über die Köpfe hinweg. «Ich schlage vor, wir klopfen jetzt mal beim Rathaus an.»

«Genau!», schrie Cord Potthoff, der weit hinten bei der Werkbank stand, griff sich einen Hammer und reckte ihn in die Luft. «Und zwar damit!»

Pfeifen und Beifall.

«Und wenn sie nicht aufmachen?», rief einer.

«Dann rammen wir die Tür auf!», grölte Hinrich Potthoff und wuchtete einen Amboss in die Luft. Dabei rutschte das Hemd hoch und gab seine riesige Wampe frei.

Wieder flogen zustimmende Kommentare und Pfiffe durch die Luft. Und obwohl Andreas kein Freund von großmäuligem Geschrei und unüberlegten Handlungen war, spürte er mit einem Mal einen unbändigen Stolz, zu diesen Männern zu gehören, die so kompromisslos füreinander einstanden. Die Gewissheit, dass sie für ihn jederzeit dasselbe tun würden, war erhebend.

«Dann trinkt mal aus und schnappt euch ein paar Werkzeuge!», rief Walraven.

Ein paar Minuten später stapfte die ganze Gruppe mit weit

ausholenden Schritten, die Hämmer geschultert, die Kappen tief ins Gesicht gezogen, über den Markt. Dort standen noch immer ein paar kleinere Grüppchen herum, aber der größte Teil der Zuhörer von Rüschers Darbietung hatte sich verzogen. Das verwaiste Fass schien auf einen neuen Redner zu warten.

Als die Schmiede, angeführt von Walraven und Reinig, sich zum Rathaus wandten, schlossen sich ein paar Neugierige an, der schlichten Kleidung nach Dienstpersonal der Kaufleute, die hier ihre Häuser hatten. Die Herrschaften selbst hielten sich natürlich zurück.

Wieder erschienen Gesichter in den Fenstern. Am Ende war der Pulk auf etwa fünfzig Personen angeschwollen. Schräg gegenüber dem Michaelistor, das vom Markt auf den Domplatz führte, erhob sich die Fassade des Rathauses mit den Maßwerkgiebeln und Fialtürmen als Schattenriss vor dem tief stehenden Mond. Auch hier waren einige Fenster erleuchtet, aber die Türen unter dem Bogengang waren verschlossen. Rechts und links des Rathauses mündeten Gassen ein, gegenüber wurde der Platz von prachtvollen Kaufmannshäusern gesäumt. Treppengiebel reihten sich im Mondlicht aneinander wie eine Spitzenborte.

Andreas fragte sich, wo sie Rüscher wohl hingebracht hatten. Entweder er saß schon in einer der Arrestzellen im Keller, oder sie verhörten ihn gerade, wobei nicht zu erwarten war, dass viel dabei herauskommen würde, so betrunken wie der war.

«Rückt ihn raus!», schrie Reinig zu den Fenstern in den oberen Stockwerken hoch. «Sonst kommen wir rein und holen ihn!»

Eine Weile lärmten alle durcheinander, pfiffen, johlten,

schwangen Hämmer und Zangen. Wieder klappten hier und da die Läden auf, wieder kamen ein paar Leute gelaufen, aber anders als bei Rüschers Predigt auf dem Markt hielten sie Abstand. Wenn der Rat bewaffnete Knechte auf die Straße schickte, um den Auflauf zu zerstreuen, wollte niemand im Weg stehen, so weit ging die Neugier dann doch nicht. Auch Andreas war nicht wohl bei dem Gedanken an einen Zusammenstoß mit den Bütteln des Rates, aber die Entschlossenheit der anderen war ansteckend.

Ein Fenster im oberen Stock des Rathauses klappte auf, und ein Mann erschien. Er trug ein ausladendes Barett.

«Das ist Jodefeld!», schrie Hinrich Potthoff. Ob es wirklich der Bürgermeister war, konnte Andreas nicht erkennen. Der Raum hinter der Gestalt war von Kerzen erhellt, sodass nur die Silhouette des Mannes erkennbar war.

«Geht nach Hause!», rief er. Es war tatsächlich Jasper Jodefeld. Die kratzige Stimme war unverkennbar.

«Erst wenn ihr Rüscher gehen lasst!», schrie Reinig.

«Der liegt im Keller und schläft seinen Rausch aus», rief Jodefeld herunter. «Das ist besser für ihn und besser für euch alle. Wollt ihr, dass er sich noch tiefer in die Scheiße reitet? Lasst ihn bloß schlafen!»

Hinter dem Portal unter den Bögen erklang nun ein gedämpftes Rumpeln und Knirschen, als würden Fässer über den Boden gerollt und Möbel verschoben. Sie verrammelten die Türen. Andreas fragte sich, wie viele Männer der Rat wohl zur Verteidigung des Gebäudes aufbieten konnte, wenn es wirklich zum Äußersten kam. Wenn sie versuchen würden, das Rathaus zu stürmen, würde er mitmachen müssen. Bei dem Gedanken wurde ihm mulmig zumute.

«Ihr durftet ihn gar nicht verhaften!», rief Walraven. «Die Alderleute müssen zustimmen!»

«Nicht bei Gefahr im Verzug», antwortete Jodefeld.

So ging es eine Weile hin und her. Jodefeld zitierte aus irgendwelchen Verträgen, Walraven hielt mit dem Gewohnheitsrecht dagegen. Währenddessen ging das Gerumpel hinter dem Portal weiter. Andreas begriff, dass Jodefeld sie nur hinhalten wollte, bis seine Leute das Rathaus vollständig verbarrikadiert hatten.

«Morgen wird er dem Gericht vorgeführt», sagte Jodefeld. «Geht jetzt endlich nach Hause!»

Walraven wollte etwas erwidern, aber Steinkamp legte einen Finger auf den Mund und sagte halblaut: «Lass mal. Wir informieren die anderen Gilden und kommen im Morgengrauen wieder. Und dann stehen hier keine fünfzig Leute, sondern fünfhundert. Warten wir mal ab, was er dann sagt.»

Walraven nickte widerwillig. Auch bei den meisten anderen setzte sich die Einsicht durch, dass man an diesem Abend nicht mehr viel ausrichten würde.

Der Schattenriss des Bürgermeisters verschwand, das Fenster wurde geschlossen. Irgendjemand schlug vor, in den *Glockenschwengel* in der Jüdefelderstraße zu ziehen. Theo, der Wirt, war einer von ihnen. Vor ein paar Jahren hatte er das Handwerk wegen seines kaputten Rückens an den Nagel gehängt, die Schmiede verkauft und die Kneipe in der Nähe des Gildehauses gemietet, und obwohl er seitdem immer fetter wurde, machte der Rücken ihm plötzlich keinerlei Schwierigkeiten mehr, als hätte er endlich seine wahre Bestimmung gefunden.

Es dauerte eine Weile, bis auch die Potthoff-Brüder davon

überzeugt waren, dass es besser war, am kommenden Morgen die Freilassung von Rüscher mit umso größerem Nachdruck zu fordern. Was sie schließlich überzeugte, war die Aussicht, dass die ganze Stadt bei der Demütigung des Rates zusehen würde. Auch Gisbert hatte sich wieder beruhigt.

Sie fielen in den *Glockenschwengel* ein wie in eine eroberte Stadt, deren Einwohner geflohen waren. Kerzen flackerten, Hocker polterten. Theo fing an zu zapfen.

Auch er hatte schon von Rüschers Auftritt und seiner Verhaftung gehört. Als er vom Vorhaben der Schmiede erfuhr, sagte er: «Den Spaß werden sie euch nicht gönnen. Die hoffen, dass ihr euch ordentlich besauft, und lassen ihn raus, bevor ihr eure Ärsche aus den Betten gewuchtet habt. Und dann hoffen sie, dass ihr euch an nichts mehr erinnert.»

«Die erste Runde geht auf mich!», schrie Walraven von hinten.

Die zweite Runde ging auf Reinig, die dritte auf Hocke, die vierte auf Steinkamp, die fünfte auf Rotland, die sechste auf Remeken. Danach gab es keine Runden mehr, von irgendwoher wurden immer neue Krüge durchgereicht, Theo holte eine Sackpfeife hervor und blies schräge Melodien.

Irgendwann setzte eine gewisse Ermattung ein.

Doch dann flog plötzlich die Tür auf. Und da stand Rüscher.

«Wusste ich doch, dass ihr hier seid!»

«Was hab ich gesagt?», brummte Theo.

«Bist du ausgebrochen?», rief Reinig verwirrt.

Rüscher grinste schief. Er hatte gerötete Augen und schwankte im Türrahmen, als hätte er in seiner Zelle weitergesoffen. «Die haben gesagt, ich soll nach Hause gehen und mich ins Bett legen.»

«Am Arsch die Räuber!», schrie Rotland. «Du gibst jetzt erst mal einen aus!»

Rüschers Erscheinen gab der Stimmung einen geradezu unheimlichen Auftrieb. Theo stach ein neues Fass an, die Potthoff-Brüder wuchteten den Gesellen auf ihre Schultern und trugen ihn schwankend durch die Gaststube, während er sich das Bier in die Kehle laufen ließ, als hätte er seit Tagen nichts mehr zu trinken bekommen.

Remeken stieg auf einen Hocker, legte die Hände zu einem Trichter um den Mund und brüllte: «Die haben die Schwänze vor uns eingekniffen! Und hoffen, dass es keiner mitkriegt!»

Alle schwenkten die Krüge und jubelten. Doch nach ein paar weiteren Runden durch den Gastraum klappte Rüscher zusammen. Er gab einen gurgelnden Laut von sich, dann kippte er von den Schultern der Potthoff-Brüder. Walraven zog ihn hoch, aber Rüscher stöhnte nur und hing im Arm seines Brotgebers wie ein schlaffer Sack.

Da nun der Narrenkönig ausgefallen war, kam der Spaß an sein Ende wie eine Welle, die sich am flachen Ufer totläuft. Steinkamp gähnte. Schröder winkte in die Runde und schwankte davon, Balke stotterte sich einen Abschiedsgruß zusammen und verschwand ebenfalls. Aldermann Mollenhecke und ein paar andere schlossen sich an.

«Andreas, Gisbert! Könnt ihr mir helfen, ihn nach Hause zu tragen?», fragte Walraven, der unter dem Gewicht von Rüscher in die Knie gegangen war. Als Bierleiche schien der Geselle doppelt so schwer zu sein wie im normalen Zustand.

Andreas und Gisbert hängten sich die Arme von Rüscher über die Schultern, der irgendetwas vor sich hin brabbelte. Sie schleiften ihn nach draußen.

Die Kälte war wie eine Backpfeife, die Andreas ein bisschen von der dumpfen Benommenheit nahm. Als sie endlich bei Walraven ankamen, fühlte er sich schon fast wieder nüchtern. Walraven führte sie mit einer Kerze in der Hand zu Rüschers Kammer. Sie luden ihn auf seinen Strohsack ab und warfen eine Wolldecke über ihn. Der Kaminschacht an der Rückwand strahlte noch etwas Wärme ab. Rüscher schnarchte bereits.

«Dreht ihn auf die Seite, falls er im Schlaf kotzt», sagte Walraven geschäftsmäßig. Dann stellte er die Kerze auf den Tisch und verschwand.

Während Gisbert sich an dem Schlafenden zu schaffen machte, fiel der Blick von Andreas auf ein Buch, das auf dem Tisch lag. Er hatte gar nicht gewusst, dass Rüscher überhaupt lesen konnte, und dass er sich für irgendetwas anderes als Bier und Radau interessierte, schien fast undenkbar.

Andreas schlug das Buch auf. *Prophetische gesicht und Offenbarung der götlichen würckung zu diser letsten zeit, die vom* XXIIII. *jar biß in dz* XXX. *einer gottesliebhaberin durch den heiligen geist geoffenbart seindt, welcher hie in disem büchlin* LXXVII *verzeichnet seindt.*

«Was ist das?», fragte Gisbert, der dazugetreten war. Rüscher schnarchte.

«Keine Ahnung.»

Unter der Vignette mit dem Titel war eine Frau mit einer Krone abgebildet, die auf einem siebenköpfigen Drachen ritt. Rechts und links der Schrift standen zwei bärtige Männer, die durch Schriftbänder als Elias und Henoch bezeichnet waren. Ganz oben thronte Jesus im Himmel, flankiert von zwei Posaunenengeln.

Prophetie. Offenbarung. Heiliger Geist. Und darunter ein Name: Melchior Hoffmann. Der Straßburger Endzeitprediger, den sie eingekerkert hatten. Hatte der nicht das Jüngste Gericht zum Ende dieses Jahres vorhergesagt?

Andreas blätterte weiter. Es handelte sich um eine Aneinanderreihung von Visionen, die aber nicht Hoffmann selbst gehabt hatte, sondern eine Frau, die im Titel genannte Gottesliebhaberin. Mal war ihr der Heiland selbst erschienen, mal hatte sie Bilder gesehen: Landschaften, Scharen von Reitern und Fußvolk, Felder voller Leichen, die sich erhoben, Ungeheuer, die sich in Menschen und wieder zurückverwandelten. Ständig regnete etwas vom Himmel, ständig ging irgendetwas in Flammen auf. Schöne Jünglinge und Mädchen traten auf und vergreisten von einem Augenblick zum anderen. Posaunen erklangen, Sonne und Mond erloschen. Von Kröten war die Rede, von Skorpionen und Ziegenböcken.

Kröten. Skorpione. Ziegenböcke.

«Mein Gott», murmelte Gisbert und bekreuzigte sich. «Genau das hat Rüscher gepredigt.»

Andreas verzog den Mund. Rüscher war ein Säufer und kein Prophet.

Gisbert war sichtlich beunruhigt. Er fasste Andreas am Arm. Seine Hand zitterte.

«Rüscher hat dasselbe gesehen wie diese Frau», flüsterte er bange. «Er hatte dieselben Visionen.»

Erstaunlich, wie eingeschüchtert der sonst so großmäulige Gisbert auf einmal war.

«Der hatte keine Visionen, der hat einfach nachgeplappert, was in diesem Buch stand», sagte Andreas.

Gisbert ging nicht auf den Einwand ein. Er blickte auf den

schlafenden Rüscher, der sich schon wieder auf den Rücken gedreht hatte.

«Und wenn das alles doch stimmt?»

3

In den Tagen nach dem Jagdunfall heilte das Bein so weit ab, dass Jakob wieder ohne Krücke laufen konnte. Giscard, der Chirurg, hatte die Wunde ausgewaschen, genäht und verbunden und überzeugte sich täglich vom Fortschritt der Heilung. Jakob ging es trotzdem nicht schnell genug.

Maria ritt ein paarmal ohne Jakobs Begleitung zur Jagd aus; sie brauchte das wie andere die Luft zum Atmen. Wegen der bevorstehenden Abreise ihrer Nichte nach Mailand war sie ohnehin in einer düsteren Stimmung. Aber wenn draußen die Pferde aufgezäumt und die Hunde aus den Zwingern geführt wurden, wenn der Oberjäger sein Horn polierte und der Falkner ihr die Vögel zur Auswahl präsentierte, dann lebte sie auf.

«Arbeiten Sie sich ein bisschen in Ihre neue Aufgabe ein, wenn Sie sonst schon nichts zu tun haben», sagte sie zu Jakob, während sie sich die Lederjacke für einen Ausritt zuknöpfte. «Sie können meine Bibliothek benutzen. Und wenn Sie irgendwas nicht verstehen, fragen Sie meinen Kaplan.»

Ein paar Tage lang beschäftigte Jakob sich also mit den Lehren der Wiedertäufer und ihrer Gegner: Er las Bekenntnisschriften und Anklagen, Erwiderungen und Richtigstellungen und gedruckte Flugblätter voller polemischer Holzschnitte, auf denen Päpste und Bischöfe mit Bockshörnern und Echsenschwänzen dargestellt waren.

Und weil das alles so furchtbar verworren war, wandte er sich, wie empfohlen, an Sébastien Charrurier. Der Kaplan war ein drahtiger Mann, dem man seine sechzig Jahre auch wegen seines vollen Haars kaum ansah. Er sprach leise, aber so geschliffen, dass in seiner Gegenwart unwillkürlich alle anderen die Stimme senkten.

Sein Arbeitszimmer war mit Büchern und Instrumenten vollgestopft. Neben der Jagd liebte Maria die Musik, und Charrurier teilte diese Leidenschaft, was neben seiner Kompetenz in theologischen Fragen der zweite Grund für seine Ernennung gewesen war. Er dirigierte ihren Chor und begleitete sie auf dem Clavichord, wenn sie die Gambe strich, daneben spielte er hervorragend Kontrafagott und passabel Querflöte.

«Wie kommen die darauf, dass die Welt ausgerechnet in diesem Jahr untergeht?», fragte Jakob.

«Machen Sie sich Notizen», sagte Charrurier. «Es wird kompliziert.»

Und dann legte er los.

Um auf den richtigen Termin für den Weltuntergang zu kommen, hatte Hoffmann postuliert, dass die Zeit der Apostel einhundert Jahre nach dem Kreuzestod des Erlösers zu Ende gegangen und vom düsteren Zeitalter der Papstherrschaft abgelöst worden sei. Ferner behauptete er, dass diese Zeit wegen der Schwere der in ihr begangenen Versündigungen gegen Gott zwanzigmal länger dauern müsse als die siebzig Jahre der babylonischen Gefangenschaft der Israeliten, weil diese ihrerseits zwanzigmal so lange gedauert habe wie die dreieinhalb Jahre der Dürre, die der Prophet Elias selbigen Israeliten angekündigt hatte, nachdem sie von Gott abgefallen waren und sich Baal zugewandt hatten.

Jakob notierte: *33 + 100 + 20 x 20 x 3½ = 1533.*

Auch was das genaue Datum des Weltuntergangs anging, konnte man mit ein paar Zahlenschiebereien weiterkommen. Schon vor Jahren hatten sich ein paar bibelkundige Sektierer daran versucht, doch alle Termine waren verstrichen, ohne dass irgendwelche Posaunen erschallt waren. Hoffmann selbst hatte die Angaben der Apokalypse des Johannes für seine Prophezeiung so gerundet, dass für dieses Jahresende mit dem Weltuntergang zu rechnen war, also wahrscheinlich zum Weihnachtsfest. Matthys wiederum hatte ein paar Zahlenangaben aus dem Buch des Propheten Daniel gepflückt, mit denen sich der Termin auf das kommende Osterfest verschieben ließ.

«Wenn man es unbedingt glauben möchte, fügt sich alles zusammen», schloss Charrurier seine Ausführungen.

«Aber die Welt ist zu keinem der bisherigen Termine untergegangen», sagte Jakob.

Charrurier lächelte milde. «Mit Vernunft und Logik brauchen Sie denen nicht zu kommen. Sie sind einfach besessen von der Vorstellung, dass es mit der Welt zu Ende geht, und die Zeichen finden sie überall. Kriege, Teuerung und Seuchen, Blutregen, Mondfinsternisse und Kometen. Bauernaufstände und Kirchenspaltung. Die Landsknechte in Rom. Die Türken vor Wien. Lukas einundzwanzig: *Ein Volk wird sich gegen das andere erheben und ein Reich gegen das andere. Es wird gewaltige Erdbeben und an vielen Orten Seuchen und Hungersnöte geben; schreckliche Dinge werden geschehen, und am Himmel wird man gewaltige Zeichen sehen.* Wir müssen die Sorgen dieser Menschen ernst nehmen, sonst kommen wir den Volksverführern nicht bei. Weder indem wir sie widerlegen, noch indem wir sie verbrennen.»

«Die Statthalterin sieht das anders», sagte Jakob.

Charrurier lächelte fast ein wenig mitleidig. «Hören Sie auf. Wir kennen sie doch beide. Maria ist nicht so unnachgiebig, wie sie immer tut. Was glauben Sie, was ich mit ihr hier in diesem Raum schon für Gespräche geführt habe. Ich kenne niemanden, der in Fragen des Glaubens so einen offenen Geist hat. Aber ihr Bruder hat sie nun einmal auf diesen Posten gesetzt, und sie trägt die Verantwortung dafür, dass Ruhe im Land herrscht. Ich sage nicht, dass diese Leute nicht gefährlich sind, und ich sage auch nicht, dass man nichts gegen sie unternehmen sollte. Aber ich bin überzeugt davon, dass wir ihre Lehren nicht ausrotten, indem wir ein paar von ihnen auf den Scheiterhaufen stellen. Sie sehen sich als das auserwählte Volk des Alten und als die Apostelgemeinde des Neuen Testaments, und sie fühlen sich durch solche Maßnahmen eher noch bestätigt. Verfolgung der Gläubigen, Folter, Martyrium, Erlösung. Das hatten wir doch alles schon zur Zeit der Apostel, oder nicht?»

«Ich war damals nicht dabei», sagte Jakob.

Charrurier ging nicht auf die sarkastische Bemerkung ein. «Sie dürfen sich diese Sekte nicht als geschlossene Kirche vorstellen», fuhr er fort. «Es gibt keine Bischöfe und keine Priester. Jeder darf die Schrift auslegen und predigen. Die einen kleben am Wortlaut der Bibel, die anderen glauben, dass Gott seine Botschaft nur durch den Mund der Auserwählten verkündet. Die einen führen ihr normales Leben weiter, die anderen verschenken ihren Besitz und verlassen Frau und Kinder. Die einen lassen sich singend zur Schlachtbank führen, die anderen horten Waffen, um Gott bei der Vernichtung der Ungläubigen zur Hand zu gehen, wenn es so weit ist. Was sie verbindet, ist lediglich die Vorstellung von einer Gemeinde aus Brüdern und Schwestern, die nach dem Wort Gottes lebt und der man durch die Taufe beitreten kann. Sie konnten einem fast ein bisschen leidtun in ihrer Verwirrung. Aber jetzt ist dieser Jan Matthys aufgetaucht und trennt die Spreu vom Weizen.»

«Inwiefern?»

«Der Prophet Daniel sagt: *Wenn die Zerstreuung des heiligen Volkes ein Ende hat, soll solches alles geschehen.* Das ist es, was dieser Matthys predigt, und er predigt es lauter und überzeugender als Hoffmann. Matthys hämmert seinen Anhängern ein, dass der Weltuntergang bevorsteht und dass jedem die Verdammnis droht, der dann nicht auf der richtigen Seite steht. Vorher lebten die Wiedertäufer im Verborgenen, jetzt sammeln sie sich wie Regenwasser, das an den tiefsten Stellen zusammenläuft. Sie suchen einen Ort, an dem sie die Rückkehr des Erlösers erwarten können, wenn der Rest der Welt durch Gottes Zorn in Schutt und Asche gelegt wird. Gehen Sie mal nach Amsterdam, dann merken Sie, was da für eine Stimmung in der Luft liegt.»

Amsterdam. Jakob wusste nicht, ob Maria dem Kaplan etwas über seinen Auftrag verraten hatte. Aber Charrurier hatte den Namen der Stadt offenbar nicht fallen gelassen, um ihm auf den Zahn zu fühlen.

«Matthys will eine von Zauderern und Abweichlern gereinigte Gemeinde, die sich bedingungslos vom Rest der Welt absondert. Er kennt keine Kompromisse. Er will ein neues Jerusalem gründen und alle ausmerzen, die da nicht hineinpassen. Wenn der Erlöser vom Himmel in die zerstörte Welt herabsteigt und sein Reich errichtet, soll er dort die unbefleckte Schar der Gerechten vorfinden. So sieht Matthys das. Seiner

Ansicht nach ist Hoffmann gescheitert, weil er nicht radikal genug war.»

«Ich kann immer noch nicht begreifen, warum ihm so viele Leute hinterherlaufen», sagte Jakob.

«Sie haben ihn ja auch noch nicht gehört. Verzweifeln Sie nie an der Welt?»

«Das habe ich hinter mir.»

«Glauben Sie an nichts?»

«Nein.»

Jakob lauschte seiner Antwort nach. Obwohl er in den vergangenen Jahren seinen Frieden mit der Leere gemacht hatte, die ihn beherrschte, bereitete es eine gewisse Genugtuung, das gegenüber einem Priester so unverblümt zum Ausdruck zu bringen. Stimmte es überhaupt? Konnte man an gar nichts glauben?

Jeder andere Geistliche hätte vor Entsetzen die Hände über dem Kopf zusammengeschlagen. Charrurier aber sah ihn nur nachdenklich an wie ein seltenes Tier.

«Was meinen Sie denn, wo Sie nach dem Tod hinkommen?», fragte er.

«In ein dunkles und stilles Loch.»

Wieder der nachdenkliche Blick.

«Maria und Sie sind sich ganz schön ähnlich.»

«Wenn Sie das sagen. Sie sind ja ihr Beichtvater.»

«In erster Linie bin ich ihr Seelsorger. Das sollte dasselbe sein, ist es aber nicht. Und meine Kirche würde um einiges besser dastehen, wenn ihre Oberhäupter das begriffen hätten.»

«Sie klingen ja wie ein Lutheraner.»

Charrurier lächelte dünn. «Ich bin hier in der privilegierten Position, mir nicht allzu viele Gedanken darüber machen zu müssen, wie ich klinge. Abgesehen davon nehme ich nicht an, dass ausgerechnet Sie mich verpetzen werden.»

«Woran glauben Sie denn, wenn wir schon mal dabei sind?», fragte Jakob.

«Ich glaube, dass ich meine Chancen auf das Himmelreich deutlich verbessere, wenn ich dazu beitrage, die Welt zu einem erträglicheren Ort zu machen, anstatt Belohnungen und Strafen zu verwalten, die erst nach dem Tod ausgegeben und vollstreckt werden. Die Kirche, der ich diene, und die Wiedertäufer haben nämlich etwas gemeinsam: Sie leben von Verheißungen und Drohungen mit einem Heil, das jenseits dieser Welt liegt.»

«Die Frage ist, was man tun muss, um es zu bekommen», sagte Jakob.

«Die Frage ist, ob das die richtige Frage ist. Etwas tun, um etwas zu bekommen. Als wäre Gott ein Händler und die Menschen die Kunden.»

«Ist das nicht genau die Vorstellung, von der Ihre Kirche seit tausendfünfhundert Jahren sehr gut lebt?»

«Sie haben recht. Aber anders als Jan Matthys bin ich der Meinung, dass man nicht alles über den Haufen werfen muss, um daran etwas zu ändern. Dass man die Kirche nicht abreißen muss, um sie zu erneuern. Dass die Welt nicht besser wird, wenn man sie auf den Kopf stellt oder ihre Vernichtung herbeifantasiert.»

Ganz gegen seine Gewohnheit hatte Charrurier bei den letzten Sätzen die Stimme erhoben. Er stand auf und begann, im Raum auf und ab zu gehen.

«Verstehen Sie, worauf ich hinauswill? Jan Matthys ist kein Erbauer, sondern ein Zerstörer. Er glaubt, dass er die Kirche aus der Zeit der Apostel wiederherstellt, aber in Wahrheit ist der Bau, den er da gerade errichtet, eine hohle Fassade aus Selbstherrlichkeit und Anmaßung. Seine Anhänger sollen sich versiegeln lassen, um zu den Gerechten zu gehören. Das ist die billigste Form der Werkgerechtigkeit, die man sich nur denken kann. Billig, weil sie nichts kostet, und billig, weil es keine tiefe Überzeugung dafür braucht. Katholizismus für Arme und Luthertum für Dumme.»

«Na ja.»

«Was, na ja?», blaffte Charrurier.

«Die Leute laufen ihm ja schon aus Überzeugung hinterher. Und sie riskieren den Scheiterhaufen.»

«Dann warten Sie mal ab, wie viel Überzeugung noch übrig bleibt, wenn er sich in seinem neuen Jerusalem eingemauert hat. Und wie viele Scheiterhaufen da brennen werden. Die werden sich noch die heilige Inquisition zurückwünschen.»

Charrurier war stehen geblieben und schüttelte sich wie ein Hund, der gerade aus dem Wasser gestiegen ist.

«Warum sind Sie eigentlich zu mir gekommen?», fragte er.

Jakob war von der unvermittelten Frage überrumpelt.

«Ich muss etwas in Amsterdam erledigen», sagte er.

Charrurier zog eine Augenbraue hoch. «Ach was. Hoogstratens Tochter.»

«Sie wissen davon?»

«Ich weiß so einiges. Mir war nur nicht klar, dass Sie sich um die Sache kümmern sollen. Aber warum nicht. Sie sind der richtige Mann dafür.»

Etwas im Tonfall des Kaplans gefiel Jakob nicht. Er klang ein bisschen zu jovial.

«Was meinen Sie damit?», fragte Jakob. «So einiges?»

«Wie Sie vorhin sehr richtig feststellten, bin ich Marias Beichtvater.»

«Und?»

Charrurier schwieg eine Weile, als müsste er überlegen, ob das, was er wusste, unter das Beichtgeheimnis fiel. Doch dann schüttelte er ganz leicht den Kopf und sagte nur: «Sehen Sie zu, dass Sie das hinkriegen, bevor die Welt untergeht.»

Antoine de Lalaing, Graf von Hoogstraten: Mitte fünfzig, arroganter Gesichtsausdruck, Mundwinkel immer nach unten gezogen. Samtjacke mit geschlitzten Ärmeln, Ordenskette. Trotz der zur Schau getragenen Kühle wirkte er nervös und zwanghaft. Sein rechtes Auge zuckte in regelmäßigen Abständen.

Er war aus Den Haag gekommen, um sein Anliegen vorzutragen, und die Sache war ihm sichtlich unangenehm. Dass es nicht die Angst um seine Tochter war, die ihn umtrieb, das war Jakob schon nach wenigen Sätzen klar. Nein, der Graf fürchtete um sein Ansehen. Es ging nicht darum, dass dieses Mädchen wohlbehalten in seine Obhut zurückkehrte, sondern darum, dass das lautlos geschah. Es war offensichtlich, dass er seine Tochter für eine undankbare Göre hielt, der einfach nicht oft genug der Hintern versohlt worden war. Sorgen schien er sich keine zu machen. Jakob ertappte sich, wie er ausrechnete, wie alt seine eigene Tochter jetzt wäre. Was hätte er darum gegeben, dass sie noch lebte!

Sie saßen zu dritt im kleinen Speisezimmer. Es gab Wildschweinkeule mit einer dicken Rotweinsoße, die im Kerzenlicht samtig glänzte.

«Ernestine war immer ein aufsässiges Kind», sagte Hoogstraten. «Hat eine Gouvernante nach der anderen verschlissen und die Leibwächter nach Strich und Faden an der Nase herumgeführt. Nachdem sie das erste Mal ausgerissen war, habe ich sie eingesperrt.»

«Das hat bei solchen Kindern noch nie geholfen», sagte Maria. Sie klang eher anerkennend als tadelnd oder gar empört. Mädchen, die sich nicht gängeln ließen, waren nach ihrem Geschmack. Sie war selbst so eine gewesen.

«Ein paar Wochen darauf haben die Wachen sie erwischt, als sie aus dem Fenster steigen wollte», klagte Hoogstraten weiter. «Also habe ich das Fenster vergittern lassen. Drei Tage später ist sie durch den Kaminschacht aufs Dach geklettert und von dort aus am Blumengitter wieder runter.»

«Was hat sie denn immer gemacht, wenn sie weg war?», fragte Maria.

«Sich herumgetrieben. Und dabei ist sie offenbar an diese Sektierer geraten. Ich weiß es nur deshalb, weil sie der Gouvernante einen Brief hinterlassen hat. Der Gouvernante, nicht etwa mir!»

«Könnten Sie uns noch mal kurz zusammenfassen, was genau in diesem Brief stand?», fragte Maria.

Hoogstraten schob sich ein Stück Fleisch in den Mund, das er sorgfältig auf einer gerösteten Brotscheibe arrangiert hatte, wischte sich die Hände an einem Tuch ab, kaute, schloss die Augen, ob aus Genuss oder um seine Empörung abklingen zu lassen, war nicht zu erkennen.

«Dass sie einen Mann getroffen hat, durch dessen Mund Gott selbst gesprochen hat», sagte er verächtlich. «Dass sie beschlossen hat, ihm zu folgen, um mit ihm das Ende der Welt abzuwarten.»

«Hat sie seinen Namen genannt?», fragte Maria.

«Nicht ausdrücklich. Aber es kann ja wohl nur dieser Bäcker aus Haarlem gewesen sein.»

«Jan Matthys.»

«Danke, dass Sie den Namen für mich aussprechen», sagte Hoogstraten mit gekünstelter Angewidertheit. «Mir wird schlecht, wenn ich ihn nur höre. Wir hätten ihn damals nicht laufen lassen dürfen.»

«Wer hat ihn denn laufen lassen?», fragte Maria.

«Na wer wohl? Hubrechtszoon, der Freund und Förderer aller Ketzer.»

«Wird langsam Zeit, dass wir Hubrechtszoon loswerden», sagte Maria.

«Mit Verlaub, das sage ich seit Jahren. So einer hat an der Spitze einer Strafverfolgungsbehörde nichts zu suchen.»

«Zurück zur Sache», sagte Maria, die offensichtlich keine Lust hatte, dieses leidige Thema zu vertiefen.

«Matthys war in der Stadt, als Ernestine ausgerissen ist. Wir wissen das von einem Spitzel, der einer seiner Predigten beigewohnt hat. Aber wir haben ihn nicht zu fassen bekommen. Er wechselt ständig den Aufenthaltsort, übernachtet bei irgendwelchen Anhängern. Wir sind immer einen Schritt hinterher. Inzwischen ist er nach Amsterdam weitergezogen.»

«Das wurde mir berichtet», sagte Maria nachdenklich.

«Ich gehe davon aus, dass Ernestine ihm gefolgt ist. Er soll ja eine ganz beachtliche Wirkung auf Frauen ausüben. Vielleicht hat er sich schon an ihr vergriffen. Nicht auszudenken.»

Hoogstraten nahm seinen Pokal und stürzte den Wein herunter, als müsste er seinen Abscheu gegen diese Vorstellung wegspülen. Doch selbst angesichts einer solchen Möglichkeit schien es nicht die Sorge um die Wohlbehaltenheit seiner Tochter zu sein, die ihn umtrieb. Nicht auszudenken, was passiert, wenn das rauskommt. Nicht auszudenken, was die Leute sagen werden, wenn der schlimmste Ketzer der Niederlande ihm, Hoogstraten, ein Enkelkind anhängte.

«Mit anderen Worten, wir wissen immer noch nicht mehr als vor einer Woche», sagte Maria. «Ernestine ist wahrscheinlich im Gefolge von Matthys in Amsterdam. Sonst nichts. Glauben Sie, dass sie ihm offenbart hat, wer sie ist?»

Die Frage war Hoogstraten unangenehm. «Wenn sie nur einen Funken Verstand besitzt, dann hat sie das nicht getan», presste er hervor.

«Mit dem Verstand ist es bei verliebten Mädchen aber bekanntlich nicht besonders weit her», sagte Maria. «Ich war selbst mal eins, auch wenn Sie sich das schlecht vorstellen können.»

Die letzte Bemerkung brachte Hoogstraten erst recht in Verlegenheit. Verkniffen, wie er war, musste es ihm unschicklich erscheinen, sich die Statthalterin als verliebtes Mädchen vorzustellen. Jakob dagegen sah sie genau vor sich, verliebt in ihren kleinen ungarischen König, dessen goldenes Herz sie auch jetzt um den Hals trug.

«Und wenn sie es getan hat, dann nur, um mir eins auszuwischen», sagte Hoogstraten bissig. «Wie dumm das wäre. Sie würde sich selbst zur Geisel machen. Wenn Matthys in Bedrängnis gerät, könnte er sich das zunutze machen.»

«Ein Grund mehr, die Sache schnell und lautlos beizulegen», sagte Maria. Dann wies sie auf Jakob. «Und hier sitzt der Mann, der das für uns erledigen wird.»

Hoogstraten sah Jakob zum ersten Mal direkt an. Mit Maria

hatte er gesprochen, als wäre er gar nicht im Raum. Jakob kannte diese Überheblichkeit. Sie entsprang nicht nur dem Standesdünkel, sondern auch der Unsicherheit, die manche Adlige gegenüber denen empfanden, die sich die Hände schmutzig machten.

«Von Ihnen hört man ja tolle Sachen», sagte Hoogstraten.

Natürlich. Maria hatte ihm von Pavia erzählt. Jakob war der Mann, der dem französischen König das Schwert abgenommen hatte.

«Hatte er wirklich eine goldene Rüstung?», fragte Hoogstraten.

«Von oben bis unten», sagte Jakob.

«Wie sind Sie denn an ihn herangekommen?»

Die Frage war ihm so oft gestellt worden, dass Jakob sich gar nicht mehr sicher war, ob er den Hergang wirklich richtig im Gedächtnis hatte, oder ob die ständige Wiederholung der Schilderung seiner Heldentat die Erinnerung verbogen und verzerrt hatte. Lannoys Reiter, die sich von allen Seiten auf die Leibwache des Königs stürzten, das schwarze Pferd, das Jakob sich geschnappt hatte, nachdem eine Falkonettkugel den Reiter in Stücke gerissen hatte, plötzlich eine Lücke im Getümmel, dahinter die goldene Rüstung, und auf einmal waren sie allein gewesen, der König und er, wie auf einem Turnierplatz, dessen Begrenzung aus aufeinander eindreschenden Reitern gebildet wurde. Dieser François liebte das Kämpfen, jeder wusste das, und selbst diese Schlacht schien für ihn in diesem Augenblick ein spielerischer Wettkampf zu sein, bei dem es nicht um die Herrschaft über Mailand, nein, Italien, nein, Europa ging, sondern um einen geflochtenen Kranz und einen Kuss von der Tochter des Gastgebers. Jakob wusste, dass er diesen Mann auf keinen Fall töten durfte, umgekehrt galt das nicht, aber dann strauchelte das Pferd des Königs, François ging zu Boden, und mit einem Satz war Jakob über ihm.

«Erzählen Sie ihm mal, was der König gesagt hat», forderte Maria ihn auf.

«Ne croyez point de m'avoir vaincu», sagte Jakob.

Glauben Sie nicht, dass Sie mich besiegt haben. Jakob mochte es nicht, zum Vortragen solcher Anekdoten genötigt zu werden wie ein Kind, das ein auswendig gelerntes Gedicht aufsagen soll.

«Und wissen Sie, was er geantwortet hat?», fragte Maria, an Hoogstraten gewandt.

«Nein.»

«Sire, pour cela, il faudrait la liberté de croyance. Dafür bräuchte es Glaubensfreiheit, mein Herr. Köstlich, oder?»

«Ja, köstlich», sagte Hoogstraten säuerlich.

Scherze über Glaubensfreiheit schienen ihn ebenso zu verdrießen wie die Vorstellung, dass ein Mann ohne einen einzigen Herzog oder Grafen im Stammbaum breitbeinig über einem am Boden liegenden König stand.

«Reden wir mal über Ihren Auftrag», sagte Hoogstraten an Jakob gewandt. «Sie sind aus Amsterdam?»

«Ja», sagte Jakob, dem es ebenfalls ganz recht war, dass sie endlich zur Sache kamen.

«Kennen Sie Hubrechtszoon? Den Schultheißen?»

«Nicht persönlich.»

«Macht nichts. Er wäre Ihnen keine Hilfe, und im offiziellen Auftrag können Sie sich sowieso nicht an ihn wenden, sonst wittert der gleich was. Scheuchen Sie diese Leute bloß nicht auf, bevor Sie meine Tochter da rausgeholt haben. Mein

Name darf unter keinen Umständen fallen. Nirgendwo. Ist das klar?»

«Selbstverständlich», sagte Jakob.

«Sie werden sich irgendwie bei denen einschleichen müssen», sagte Hoogstraten und schob sich eine weitere mit Braten belegte Brotscheibe in den Mund.

Erklär mir nicht, wie ich meinen Auftrag zu erledigen habe, dachte Jakob.

«Haben Sie keine Spitzel in der Stadt?», fragte er.

Hoogstraten kaute hastig, spülte sich den Mund mit Wein aus und sagte: «Doch, aber was die taugen, das haben wir ja in den vergangenen Wochen gesehen. Ich vermute, die laufen zuerst zu Hubrechtszoon. Nein, ich brauche jemanden, den die Brüder noch nicht kennen. Tun Sie, was Sie für erforderlich halten. Von mir aus können Sie sich auch von denen taufen lassen. Wenn nötig, bekommen Sie hinterher die Absolution vom Bischof persönlich. Falls Sie sich deshalb Sorgen machen.»

«Darüber mache ich mir am wenigsten Gedanken», sagte Jakob, der im Kopf schon begonnen hatte, eine Liste von alten Bekannten aufzustellen, die er nach verschwiegenen Treffpunkten von Leuten befragen konnte, die etwas zu verbergen hatten. Die meisten dieser Bekanntschaften hatte er in der Zeit seiner ziellosen Herumtreiberei gemacht. Es war zwar unwahrscheinlich, dass die Anhänger einer nach Gottgefälligkeit strebenden Sekte sich in den Hinterzimmern von Spelunken versammelten, aber Schnittmengen gab es immer. Schließlich hatte auch Jesus seine Anhänger unter dem Gesindel gefunden.

Hoogstraten sah ihn leicht befremdet an, dann blickte er besorgt zu Maria.

«Ist er …»

«Nichts dergleichen», sagte sie.

«Ich meine ja nur. Ich will ungern den Bock zum Gärtner machen.»

Sie zog warnend eine Augenbraue hoch. Hoogstraten begriff, dass er zu weit gegangen war.

«Haben Sie ein Bild von Ihrer Tochter?», fragte Jakob. «Oder wenigstens eine Zeichnung?»

«Nein.» Es klang fast ein bisschen entsetzt, als wäre ein Porträt seiner Tochter etwas Unschickliches. Dabei gaben Männer in Hoogstratens Position üblicherweise Unsummen für Porträts von sich und ihrer Familie aus.

«Sie ist …», begann Hoogstraten.

«Ein Kind der Liebe», sagte Maria mit süffisantem Unterton.

Hoogstraten starrte verdrossen auf den Brotkorb. «Nennen wir es so.»

«Nichts, wofür man sich schämen müsste», ergänzte Maria. «Solche Dinge passieren.»

Hoogstraten gehörte ganz offensichtlich nicht zu den Männern, die gelassen zu derartigen Schwächen standen oder gar damit kokettierten. Es war, als fühlte er sich durch Marias versöhnliche Bemerkung zusätzlich ins Unrecht gesetzt. Er nahm eine weitere Scheibe Brot, betrachtete sie, legte sie wieder weg.

«Ich gebe Ihnen einen meiner Bediensteten mit», sagte er. «Er kennt ihr Gesicht.»

«Das bedeutet, dass sie ihn auch kennt», sagte Jakob.

«Unwahrscheinlich. Benoît hatte andere Aufgaben. Und er ist nicht die Sorte Mann, dem sie Beachtung schenken würde. Es reicht, dass er sich ein bisschen im Hintergrund hält, bis

Sie sie gefunden haben. Ich will nur sichergehen, dass Sie das richtige Mädchen zurückbringen.»

Jakob hob seinen Pokal und betrachtete die rubinrote Flüssigkeit.

«Ihnen ist klar, dass sie nicht freiwillig mitkommen wird?», fragte er.

Hoogstraten hob die Hände und ließ sie auf die gepolsterten Armlehnen seines Stuhls fallen.

«Der französische König ist nach der Schlacht von Pavia ja wohl auch nicht freiwillig mitgekommen, oder? Wenn Sie den heile nach Madrid gebracht haben, dann werden Sie ja wohl ein sechzehnjähriges Mädchen heile nach Den Haag bringen können.»

«Heile», sagte Maria. «Die Betonung liegt auf diesem Wort.»

Ganz offensichtlich machte sie sich mehr Sorgen um Ernestine als der Graf. Jakob aber beschlich eine Ahnung, dass dies für ihn mehr als ein Auftrag werden konnte, den er für Maria zu erledigen hatte. Vielleicht war es eine Möglichkeit, die Gespenster seiner Vergangenheit zu besiegen: Er war am Tod eines Mädchens schuld. Jetzt konnte er eins retten.

4

Elsa soll einen Braten besorgen», sagte Andreas. «Wir bekommen Besuch.»

Er hatte es in einem Ton gesagt, der Katharina hellhörig machte. Es kam öfter vor, dass Freunde zu bewirten waren, meistens Männer aus der Schmiedegilde, aber dann bestand die Vorbereitung nicht darin, Essen zu besorgen, sondern ausreichend Bier. Jetzt also einen Braten. Für wen?

«Sag's ihr doch selbst.»

Aber Andreas war schon in die Werkstatt gerauscht.

Katharina mochte es nicht, wenn ihr Bruder sie wie eine Hausangestellte behandelte und ihr im Vorbeigehen irgendwelche Aufträge erteilte. Es war auch ihr Haus, und das stand sogar im Wortgeldregister. Ihre Eltern hatten es so bestimmt.

Und wie so oft in solchen Situationen ärgerte sie sich dann auch über sich selbst. Wieder einmal wurde ihr vor Augen geführt, dass sie immer noch in Münster saß und die Freunde ihres Bruders bewirtete, ohne so recht zu wissen, was sie eigentlich mit ihrem Leben anfangen wollte. Die Stadt war ihr zu eng, zu satt und selbstgefällig. Ständig machte irgendwer plumpe Bemerkungen und Anspielungen, ließ Namen unverheirateter Meister fallen, die auf der Suche nach einer präsentablen Frau waren.

«Merkst du nicht, wie der dich anschaut?»

«Dieser Hinrich ist doch ein schmucker Kerl.»

«Halt dich ran, sonst schnappt Grete ihn dir weg.»

«Auf den soll ja ein ganz stattliches Erbe warten, wie man hört.»

Nein, sie wollte nicht. Keinen schmucken Hinrich oder Hinnerk mit stattlichem Erbe. Keinen, der zwei Straßen weiter ein Nest baute, in das sie dann ein Ei nach dem anderen legen durfte, nur damit die Nachbarn aufhörten, hinter vorgehaltener Hand darüber zu spekulieren, was mit ihr nicht stimmte und warum sie die Nase so hoch trug. Auf diese ganzen Phrasen konnte sie genauso verzichten wie auf das geheuchelte Wohlwollen, mit dem sie vorgetragen wurden. Je mehr Leute sie derart bedrängten, desto weniger war Katharina geneigt, ihren Erwartungen nachzugeben.

Dabei musste sie ihrem Bruder zumindest das eine zugutehalten: Er stimmte nicht in diesen Chor ein. Das lag sicherlich auch daran, dass er sie gern um sich hatte, denn seit ihre Eltern kurz hintereinander gestorben waren, waren sie noch enger zusammengerückt, zuerst in ihrer Trauer und der Verlorenheit, mit zwanzig Jahren auf sich allein gestellt zu sein, dann in der Erkenntnis, dass sie zumindest im Rahmen dessen, was die Gesellschaft dieser Stadt zu dulden bereit war, ihre eigenen Entscheidungen treffen konnten. Mit der gleichen Verwunderung, mit der Adam und Eva nach dem Biss in die verbotene Frucht festgestellt hatten, dass sie nackt waren, hatten Andreas und Katharina nach dem Verlust der Eltern festgestellt, dass sie erwachsen waren. Andreas und Katharina, Katharina und Andreas. Sie war eine Viertelstunde älter als er, aber diese Viertelstunde hatte vielleicht genügt, um sie mit mehr Urteilsvermögen und mehr Entschlossenheit auszustatten, so als wäre sie ihm in Wahrheit um Jahre voraus und nicht um Minuten. Andreas wusste das. Das war der zweite Grund, warum er es nicht eilig hatte, sie an irgendeinen Schwager abtreten zu müssen.

Und nicht zuletzt hatte er selbst es auch nicht eilig mit dem Heiraten. Sein Interesse an Frauen schien überhaupt nicht vorhanden zu sein, er schaute keiner hinterher, ließ nie Bemerkungen fallen, die in diese Richtung gingen, und wenn die Brüder mal wieder beisammensaßen und spätestens nach dem dritten Bier wortreich die Brüste und Hinterteile der Frauen, Schwestern und Töchter anderer Gildemeister, die ihrer eigenen Küchenmägde oder der Bauersfrauen auf dem Markt vermaßen, dann grinste er meistens nur verlegen. Seine eigenen Beiträge zu solchen Gesprächen klangen immer wie Beschreibungen von Fabeltieren, die er nur vom Hörensagen kannte, zusammengesetzt aus aufgeschnappten Begriffen. Er war offensichtlich jedes Mal froh, wenn das Thema gewechselt wurde. Und das war wohl auch der Grund, warum er Katharina nicht mit Vorschlägen für Verlobungskandidaten behelligte.

Sie hätte gern gewusst, was ihn umtrieb. Es gab Männer, die sich zu anderen Männern hingezogen fühlten, und obwohl ihr noch nie solche Gerüchte über Andreas zu Ohren gekommen waren, hatte sie begriffen, wie gefährlich es war, in das Räderwerk solcher Unterstellungen zu geraten; der einzige Ausweg war dann eine überstürzte Heirat. Manchmal fragte sie sich, ob es überhaupt einen Ort auf der Welt gab, an dem man leben konnte, wie man wollte. Solange diese Fragen unbeantwortet blieben, war es besser, alles so zu lassen, wie es war: ein stillschweigender Pakt, dessen Erfüllung darin bestand, dass sie sich nicht gegenseitig in Zugzwang brachten.

Und weil all das so war, wie es war, missfiel ihr dieser Ton, den er dann doch manchmal anschlug. Zum Beispiel, wenn er einen Braten bestellte, ohne weitere Erklärungen abzugeben.

«Für wen überhaupt?», rief sie dann doch in Richtung Werkstatt.

Sie hörte, wie er klimpernd ein Werkzeug weglegte und Bruno irgendeine Anweisung gab. Einen Augenblick später erschien er in der Tür. Das Licht, das aus der Werkstatt drang, zeichnete die Konturen seiner breiten Schultern ab. Ein schmucker Kerl, der sein stattliches Erbe nicht nur zu erwarten, sondern schon angetreten hatte. Es gab wohl so einige Mütter, die ihren Töchtern genau das über ihren Bruder zuraunten.

«Für einen Bekannten von Hinrich Walraven.»

«Und warum bewirtet Hinrich Walraven seine Bekannten nicht selber?», fragte sie.

«Ist ein bisschen kompliziert.»

Er streifte die Lederschürze ab und schob sich an ihr vorbei in die Küche. Warf einen Blick zurück, als fürchtete er, Bruno könnte lauschen. Gab Katharina mit einem Nicken zu verstehen, dass sie ihm folgen und die Tür schließen sollte.

Er setzte sich an den Tisch, als wäre das, was er zu verkünden hatte, zu gewichtig, um im Stehen erörtert zu werden. Sie zog einen Hocker heran und nahm ihm gegenüber Platz. Im Hintergrund glänzten Kupferkessel an der Wand und polierte Kannen aus Zink auf einem Bord.

«Es herrscht Unruhe in der Stadt», erklärte er. «Rothmann predigt wieder, trotz Verbot. Der Rat könnte ihn verhaften lassen, aber er wagt es nicht. Seit der Sache mit Rüscher verkriechen die Herren sich im Rathaus und hoffen, dass der Sturm vorüberzieht. Aber das wird er nicht. Es liegt was in der Luft. Rothmann sucht jetzt die Konfrontation.»

«Das weiß ich doch alles», sagte Katharina ungeduldig.

In den Straßen und auf dem Markt wurde ja kaum noch über etwas anderes gesprochen. Die vor einem knappen Jahr vom Bischof zähneknirschend zugestandene Freiheit des Bekenntnisses für die Lutheraner hätte die Stadt befrieden können, wenn Bernhard Rothmann nicht begonnen hätte, mit seiner Sakramentenlehre immer näher an die Sektierer heranzurücken, die in Holland und anderswo das Ende der Welt herbeiredeten. Katharina hatte Rothmann ein paarmal predigen gehört. Er verstand es, die Leute mitzureißen. Aber er war auf einem gefährlichen Weg: Von der Ablehnung der Kindertaufe war es nur ein kleiner Schritt bis zur Annahme der Erwachsenentaufe, und darauf stand die Todesstrafe. Bischof Franz von Waldeck mochte die Lutheraner dulden, aber dass Münster ein Wiedertäufernest wurde, das ging zu weit.

Weil Andreas immer noch nichts sagte, setzte sie nach: «Und was hat das jetzt mit diesem Gast zu tun?»

«Walraven hat in der letzten Zeit ziemlich viel mit Rothmann und seinen Anhängern zusammengesessen. Die laden sich reihum ein.»

«Du meinst, er hat sich beschwatzen lassen», sagte Katharina.

Ein trotziger Ausdruck trat auf das Gesicht ihres Bruders. «Rothmann beschwatzt niemanden. Er will überzeugen. Und was er sagt, ist ja nicht völlig von der Hand zu weisen. Die Lutheraner denken die Erneuerung der Kirche nicht zu Ende.»

«Du jetzt also auch?»

«Verdammt, nein. Aber man kann sich das mal anhören.»

«Und dieser Gast?», beharrte sie. Je mehr Andreas herumdruckste, desto ungehaltener wurde sie.

«Rothmann steht in Kontakt mit ein paar Leuten in Amsterdam.»

«Mit diesem Matthys?»

Der Name war ein paarmal gefallen. Rothmanns Anhänger sprachen von ihm wie von einem Propheten.

«Ja, der. Er hat zwei seiner …» – Andreas suchte nach einem unverfänglichen Wort, fast hätte er wohl *Jünger* oder *Apostel* gesagt – «… seiner Boten geschickt, die seine Lehren erklären sollen. Es wird ja viel Unsinn über die erzählt. Man muss sich selbst ein Bild machen.»

Katharina begriff langsam.

«Reden wir nicht um den heißen Brei herum», sagte sie ungnädig. «Rothmann hat Walraven gebeten, einen dieser Boten zu beherbergen, und Walraven will ihn dir überhängen. Warum das denn?»

Andreas wand sich. «Wegen Rüscher. Walraven hat Angst, dass der sich wieder danebenbenimmt. Wie sähe das denn aus?»

«Das ist ja nun eher Walravens Problem als deins.»

«Er ist mein Freund.»

«Vor allem dann, wenn er deine Hilfe braucht.»

Katharina spürte, wie der Ärger weiter in ihr aufstieg. Andreas machte sich in ihren Augen zu klein. Obwohl er als fähiger Schmied bekannt war und in erheblichem Wohlstand lebte, fühlte er sich den anderen immer unterlegen, hatte Angst, nicht mithalten zu können, wollte sich beweisen. Leute wie Walraven wussten das und nutzten es aus. Natürlich konnte Andreas einladen, wen er wollte. Aber es passte Katharina nicht, dass er es nicht fertigbrachte, Walraven etwas abzuschlagen – ausgerechnet Walraven, der Andreas noch nie einen Gefallen getan hatte und jetzt einfach zu bequem war, sich eine Lösung zu überlegen, wie er seinen peinlichen Gesellen daran hindern konnte, ihn vor seinem Gast zu blamieren.

«So ist das halt in einer Bruderschaft», sagte Andreas trotzig. «Man hilft sich gegenseitig, ohne viel zu fragen. Das kannst du natürlich nicht verstehen.»

Katharina hatte seinen wunden Punkt getroffen. Sie hätte Andreas jetzt seinen Mangel an Rückgrat vorhalten können, aber wozu? Es würde nichts dabei herauskommen, denn er konnte nicht aus seiner Haut, und was hatte es für einen Sinn, ihn mit einer Schwäche zu konfrontieren, von der er selbst wusste und die er nicht abstellen konnte? Und noch ein Gedanke meldete sich: Vielleicht war es tatsächlich ganz interessant, sich mal aus erster Hand anzuhören, wie diese Leute sich die Kirche vorstellten.

«Natürlich kann ich das verstehen», sagte sie. Und nach einer Pause: «Machen wir uns da eigentlich strafbar?»

Das war die Frage, die sie zuerst hätte stellen sollen. Immerhin drohten den Wiedertäufern nach Reichsgesetz Gefängnis, Folter und Tod. Welche Strafen hatte man eigentlich zu erwarten, wenn man sie beherbergte?

Er zögerte kurz. «Hier doch nicht», sagte er schließlich.

«Das Reichsgesetz gilt in Münster ja wohl genauso wie überall sonst.»

«Und wer soll das durchsetzen?», fragte er großspurig. «Der Rat traut sich gar nichts mehr.»

«Ist dieser Mann ein Wiedertäufer?», beharrte sie.

«Er ist ein Abgesandter. Mehr weiß ich nicht. Wir müssen hören, was er sagt.»

Abgesandter. Das klang schon nach Vollmacht. Vorhin war

es noch ein *Bote* gewesen. Demnächst dann also wohl doch ein *Apostel*.

Hören, was er sagt. Na gut. Katharinas Neugier war geweckt.

«Und was für eine Sorte von Braten er mag, das weißt du dann wohl auch nicht», sagte sie lächelnd.

Er entspannte sich und lächelte auch. «Hauptsache, du überlässt das nicht Elsa. Die kann …»

«Petersilie nicht von Kerbel unterscheiden. Ich weiß.»

Es wurde ein Rehbraten, eingewickelt in Speckscheiben und geschmort in Rotwein mit Wacholderbeeren, Pfefferkörnern, Knoblauch und eingelegten Preiselbeeren. Der Duft aus der Küche bahnte sich seinen Weg durch das ganze Haus.

Gisbert Boland war gekommen, Hermann Reinig mit seiner Frau Anna, und dann Heinrich Roll, einer der Prediger, die vor zwei Monaten ausgewiesen worden waren. Seit ein paar Tagen war er wieder in der Stadt und provozierte Katholiken und Lutheraner gleichermaßen mit improvisierten Predigten unter freiem Himmel. Rolls Anwesenheit in ihrem Haus weckte in Katharina den Verdacht, dass Andreas mit diesen Leuten in den letzten Wochen doch etwas mehr zu tun gehabt hatte, als er zugab.

Die fensterlose Stube wurde von zwei Dutzend Kerzen erhellt, der Ofen mit seinen grün glasierten Kacheln knisterte. Roll stand mit dem Rücken zum Feuer. Seine Weste aus Schaffell war schwarzbraun wie seine Haare, sodass er mit seinem struppigen Bart und den buschigen Brauen wirkte wie ein Tier kurz vor dem Winterschlaf. Er galt als versierter Theologe, und vielleicht kultivierte er das verwilderte Aussehen gerade deshalb, weil es an Johannes den Täufer erinnerte, wie man ihn von Altarbildern kannte. Gisbert und Reinig redeten abwechselnd halblaut auf ihn ein und waren sichtlich bemüht, ihm zu gefallen. Andreas eilte zwischen Stube und Küche hin und her, ging mit einer Karaffe herum, zündete noch ein paar Kerzen an, wischte mit dem Ärmel eine Staubschicht vom Wandbord mit den Tellern. Er war aufgeregt.

Katharina war bei Anna gelandet. In solchen Gesellschaften fanden fast immer Männer zu Männern und Frauen zu Frauen. Wenn man an die Falschen geriet, konnte einem das unglaublich langweilige Abende bescheren, aber Anna war eine gute Gesprächspartnerin, kein Anhängsel ihres Mannes, sondern eine Person mit schnellem Verstand, die kein Blatt vor den Mund nahm.

«Wer hat den eigentlich eingeladen?», fragte Anna leise mit einem Kopfnicken in die Richtung von Roll.

«Mich brauchst du hier gar nichts zu fragen», raunte Katharina zurück. «Ich bin nur für den Braten zuständig.»

Der Ton war ihr vielleicht ein bisschen zu schnippisch geraten. Aber als Andreas ihr mitgeteilt hatte, dass das Essen für acht Personen reichen sollte, war der Ärger über seine Geheimnistuerei erneut in ihr hochgekocht.

Anna hob die Brauen. «Braten? Soweit ich weiß, isst dieser Holländer gar kein Fleisch. Ein strenger Asket.» Sie riss die Augen auf und sog die Backen ein, sodass ihr Gesicht ganz hohlwangig aussah. «Nichts darf schmecken, nichts darf Spaß machen», sagte sie mit gespielt brüchiger Stimme. «Nur Buße tun und beten.»

Katharina spürte eine leichte Aufwallung von Schadenfreude wegen des Bratens, die sie sogleich unterdrückte.

«Wahrscheinlich hat Walraven ihn dazugebeten», spekulierte Anna weiter. «Der ist ja neuerdings ganz dicke mit denen. Hat dein Bruder dir gar nichts erzählt?»

«Nein», sagte Katharina. «Nur dass man sich mal anhören sollte, was diese Leute zu sagen haben.»

Anna nickte wissend. «Ja, so hat Hermann das auch ausgedrückt. Aber ich glaube, das ist nur die halbe Wahrheit. Da ist was im Busch. Die sind schon einen Schritt weiter.» Sie schielte zu Roll hinüber, dann beugte sie sich ein Stück näher zu Katharina. «Rothmann und seine Prädikanten liebäugeln mit der Erwachsenentaufe. Wenn ich das richtig verstehe, wollen sie sich demnächst von den Lutheranern lossagen und hier einen Ableger der holländischen Gemeinden gründen. Eine heilige Gemeinschaft, die sich vom Rest der Welt absondert. Die tauschen ständig Botschaften aus und tun ganz wichtig. Hermann platzt vor Stolz, dass er eingeweiht ist.»

Sie schaute zu ihrem Mann hinüber, der gewichtig nickte, während Roll auf ihn einredete.

Katharina kannte das. Auch Andreas hatte dieses Bedürfnis dazuzugehören, ernst genommen zu werden, nicht nur hinterherzulaufen, den Großmäulern aus der Gilde mal einen Schritt voraus zu sein. Und weil er nicht mit Heldentaten und Weibergeschichten prahlen konnte, musste die Aussicht, zu einer verschworenen Gemeinschaft von Auserwählten zu gehören, einen besonderen Reiz auf ihn ausüben.

«Warum hat Hermann dich überhaupt mitgenommen?», fragte sie.

«Er will ein bisschen angeben», sagte sie.

«Mit dir oder vor dir?»

Anna lächelte kokett. «Beides.»

«Hat er keine Angst, dass du dein loses Mundwerk nicht im Zaum hältst?»

Anna lachte auf und hielt sich schnell eine Hand vor den Mund, als sie missbilligende Blicke aus der Richtung des Kachelofens trafen. «Genau das waren seine Worte. Aber er glaubt, dass er mich beeindrucken kann. Und natürlich will er sich ein bisschen mit mir schmücken. Diese Holländer sind ja nicht aus Holz, nur weil sie kein Fleisch essen.»

«Holländer? Mehr als einer?»

«Dein Bruder hat dir ja offenbar gar nichts erzählt. Es sind zwei. Willem de Kuyper und Bartel Boekbinder. Willem ist heute Abend hier, Bartel bei Knipperdolling.»

«Knipperdolling. Hätte ich mir denken können.»

Bernd Knipperdolling. Tuchgroßhändler, Stiefbruder von Bürgermeister Jodefeld und oberster Querulant von Münster. Legte sich abwechselnd mit dem Bischof und mit den großen Familien an und gab den Fürsprecher der arbeitenden Leute. Er selbst residierte am Hauptmarkt und warf mit seinem geerbten und erheirateten Geld um sich. Wie es hieß, hatte das ständige Prozessieren dieses Vermögen schon stark schrumpfen lassen, was Knipperdolling aber nicht daran hinderte, nach dem Bürgermeisteramt zu schielen. Und weil er es sich mit der Ratsaristokratie weitgehend verdorben hatte, suchte er jetzt die Unterstützung der Gilden, genauer gesagt des radikalen Flügels der Handwerkerschaft, die sich Rothmann angeschlossen hatte. Knipperdolling hatte Rothmann unter seine Fittiche genommen und spielte sich als dessen Beschützer auf.

Andreas kam herein, machte die Runde mit seiner Karaffe, füllte Gläser nach, wechselte ein paar Worte mit Roll. Eine Wolke aus Bratenduft wehte hinter ihm in die Stube.

Gisbert ließ Roll und Reinig stehen und kam zu den beiden Frauen herüber.

«Unser Gast lässt sich Zeit, wie es scheint», sagte er.

Katharina unterdrückte die sarkastische Bemerkung, die sie auf der Zunge hatte. Alle schienen diesen Holländer als ihren Gast anzusehen: Walraven, der ihn eingeladen hatte, aber nicht in seinem Haus haben wollte, Roll, der seinerseits irgendwo ausgehalten wurde und sich hier mit größter Selbstverständlichkeit als Ehrengast zu betrachten schien, Reinig, der seine Frau in ein Haus mitgeschleppt hatte, das nicht seins war, Gisbert, der sich wahrscheinlich selbst eingeladen hatte. Und Andreas, den sie als Gastgeber vorgeschoben hatten, weil sie wussten, dass er es nicht abschlagen würde, seine Stube für eine konspirative Zusammenkunft zur Verfügung zu stellen. Ihr, Katharinas Gast, war es jedenfalls am allerwenigsten.

Aber sie schluckte ihr Missfallen ein weiteres Mal herunter und ließ sich stattdessen auf ein belangloses Gespräch ein. Gisbert schien seinerseits ganz froh zu sein, dass er die Frauen auf diese Weise von Roll fernhalten konnte. Wahrscheinlich fürchtete er genau wie Reinig, dass sie ihn blamieren könnten.

So verging die nächste Viertelstunde mit Plaudereien.

Schließlich klopfte es an die Haustür. Schritte auf dem Flur, das Quietschen der Angeln, ein gedämpfter Wortwechsel. Dann betrat Walraven die Stube, hinter ihm eine durchnässte Gestalt.

Walraven präsentierte den Gast wie eine selbst geschossene Trophäe. Willem de Kuyper war auf den ersten Blick ein unscheinbarer Mann, bescheiden und zurückhaltend im Auftreten, etwas nachlässig gekleidet, aber sauber rasiert. Auf dem Kopf sah er aus, als hätte ihm jemand einen Topf aufgesetzt und drumherum geschnitten, wie ein Mönch, dem die Tonsur zugewachsen war. Die feuchten Haare klebten ihm auf der Stirn.

Nach der Vorstellung ging de Kuyper von einem zum anderen. Er bedankte sich für die Gastfreundschaft und fand dabei für jeden ein paar gefällige Worte, die er sich offenbar nach Stichworten von Walraven zurechtgelegt hatte. Er sprach Deutsch mit niederländischem Akzent. Ab und zu rutschten ihm ungebräuchliche Wörter in seine Sätze. Roll, Gisbert und Reinig küsste er auf beide Wangen. Hatte er das bei Andreas im Flur auch gemacht?

Als er zu Anna kam, huschte sein Blick zu Katharina, offenbar wusste er nicht, welche der Frauen zu wem gehörte, also sagte er nur: «Schwester.»

«Sie ist die Schwester», sagte Anna mit einem Kopfnicken zu Katharina, woraufhin sie sich wieder einen tadelnden Blick von ihrem Mann einfing, der immer noch am Kachelofen stand.

Katharina musste ein Grinsen unterdrücken.

De Kuyper ließ sich nicht irritieren. «Wir reden uns als Schwestern und Brüder an», erklärte er. «In Christo.»

Es klang eher beschwichtigend als belehrend. Willem de Kuyper wirkte nicht wie ein Eiferer.

Er wandte sich Katharina zu und nahm ihre Hände in seine, führte sie zum Mund und küsste sie. Seine Handflächen waren rau und schwielig. Er wirkte auf den ersten Blick wie ein Mönch, aber seine Hände verrieten, dass er nie einer gewesen war. Wer solche Hände hatte, wusste, was Arbeit war. Seine Geste war eine unbestimmbare Mischung aus respektvoller Begrüßung und Handauflegen, bescheiden und huldvoll zugleich. Katharina fragte sich, wen Willem de Kuyper hier eigentlich anzutreffen geglaubt hatte: eine Gruppe von Bekehrten?

Er sah sie an. Im Kerzenlicht war nicht zu erkennen, welche Farbe seine Augen hatten, irgendetwas zwischen Grün und Braun, aber sein Blick war durchdringend und forschend.

«Katharina», sagte er. «Ich danke für die Ausnötigung.»

Sie sah ihn irritiert an.

«Einladung», ließ Roll sich vom Kachelofen her vernehmen.

Die Selbstverständlichkeit, mit der Willem de Kuyper sie als Hausherrin ansprach, schmeichelte ihr unwillkürlich.

«Ich freue mich, dass Sie unser Gast sind», sagte sie diplomatisch.

«Du. Bitte.»

«Dass du unser Gast bist», korrigierte sie sich.

Trotz des salbungsvollen Tones hatte er eine unverstellte Art, die ihr gefiel. Vielleicht lag es auch daran, dass er sie nicht wie ein Anhängsel ihres Bruders behandelte.

Willem de Kuyper lächelte sie an, dann wandte er sich an die anderen. «Der Prophet Jan Matthys entbietet euch seine Grüße. Wie man hört, wird in Münster das reine Wort Gottes gepredigt.»

«Das wird es», meldete Heinrich Roll sich zu Wort. «Was nicht heißt, dass es alle verstanden hätten.»

Hermann Reinig, der neben ihm stand, verschränkte die Arme. Es missbehagte ihm wohl, dass Roll, der Auswärtige, seine Mitbürger als begriffsstutzig hinstellte.

«Die Leute brauchen etwas Zeit, um es zu begreifen», erklärte er.

«Das ist überall so», sagte de Kuyper versöhnlich. «Sie müssen ihr Leben ändern. Man kann nicht erwarten, dass sie das von heute auf morgen tun. Hast du es gleich begriffen, Heinrich?»

Roll schwieg beleidigt. Er war es gewohnt, andere zurechtzuweisen, nicht umgekehrt. Dass ausgerechnet ein Gesandter des Propheten ihn bloßstellte, passte ihm nicht.

«Setzen wir uns doch», sagte Andreas, um die leicht angespannte Stimmung zu lockern.

Sie nahmen Platz am Tisch. Katharina landete zwischen Willem de Kuyper auf der rechten und Anna auf der linken Seite; Walraven schnappte sich den Stuhl rechts von dem Holländer, bevor Gisbert es tun konnte. Roll nahm gegenüber Platz, Gisbert widerwillig rechts und Reinig links von ihm.

Andreas umrundete den Tisch mit der Karaffe.

«Für mich nur Wasser», sagte Willem de Kuyper.

Elsa trat ein, eine Zinnplatte mit dem Rehbraten vor der Brust. Sie stellte die Köstlichkeit ab und verschwand lautlos. Andreas nahm ein Messer und eine Fleischgabel und begann, dicke Scheiben abzusäbeln.

«Ich nicht, danke», sagte der Holländer. «Keine Kreatur Gottes soll für mich getötet werden.»

«Sagt das der Prophet?», fragte Reinig vorsichtig.

«Nein, das ist meine persönliche Überzeugung. Außerdem sagt der Evangelist Lukas: *Hütet euch, dass eure Herzen nicht beschwert werden mit Fressen und Saufen.* Aber ich will euch nicht abhalten. Lasst es euch schmecken.»

Er sagte es würdevoll, nicht missbilligend, aber Reinig und Gisbert schienen trotzdem einen leichten Tadel aus seinen Worten herauszuhören. Gisbert, der sonst immer fraß wie ein Wildschwein, zögerte, bevor er Andreas seinen Teller reichte.

«Für mich nur ein kleines Stück», sagte er.

«Für mich auch», schloss sich Reinig an.

Roll sagte nichts und nahm sich die dickste Scheibe.

Elsa kehrte zurück, in der rechten Hand einen Korb mit Brot, in der linken eine Schale mit Ziegenkäse und Kräutern.

«Geißenkäse», sagte de Kuyper erfreut. «Schmecklich.»

Andreas war die Erleichterung darüber anzusehen, dass er nicht vollständig danebengegriffen hatte. Endlich setzte auch er sich. Käse und Brot gingen herum. Gisbert hatte sich die erste Scheibe schon in den Mund gestopft, als der Holländer plötzlich die Hände faltete und leise zu beten begann. Peinlich berührt hörte Gisbert auf zu kauen, senkte den Blick und nuschelte durch seine Hamsterbacken mit.

«Amen», sagte der Holländer.

«Amen», echote die Runde.

Eine ganze Weile aßen sie schweigend. Schließlich ergriff Willem de Kuyper das Wort: «Es gibt gute und schlechte Neuigkeiten», sagte er. «Welche wollt ihr zuerst hören?»

«Die guten», sagte Walraven.

Die anderen nickten.

«Die Brüder und Schwestern in Holland stehen fest zu ihrem Glauben», sagte de Kuyper. «Wir werden immer mehr. Viele haben Gesichte. Der Erlöser erscheint ihnen in Träumen und im Wachen, er spricht zu ihnen und offenbart sich in Zeichen, die jeder sieht, der sie sehen will. Wie der Evangelist es in der Apostelgeschichte verkündet hat: *Eure Söhne und Töchter werden Propheten sein, eure jungen Männer werden Visionen haben, und eure Alten werden Träume haben. Auch über meine Knechte und Mägde werde ich meinen Geist ausgießen in jenen Tagen, und sie werden Propheten sein.* Es ist ganz offenbar, dass sich das jetzt bewahrheitet. Das Ende der Welt steht unmittelbar bevor.»

«Das ist dann aber schon die schlechte Nachricht?», fragte Anna vorwitzig. Ein entsetzter Blick ihres Mannes traf sie.

De Kuyper lachte. «Für die Gottlosen ist das die schlechte Nachricht, denn das Ende der Welt wird auch ihr Ende sein. Es wird ihnen das Strafgericht bringen. Für uns aber ist es ein Grund zum Frohlocken. Die hundertvierundvierzigtausend Rechtsinnigen der zwölf Stämme Israels werden das Gericht unbeschadet überstehen. Der Herr erkennt sie an dem Siegel auf ihrer Stirn. Wir sind überall. Amsterdam, Haarlem, Alkmaar, Leiden, Utrecht, Deventer. Wir warten auf ein Zeichen, welcher Ort zum neuen Jerusalem erkoren wird. Dort werden wir uns versammeln, um die Wiederkunft des Herrn und das Strafgericht über die Gottlosen zu erwarten.»

Willem de Kuyper zitierte aus dem Kopf ein paar Bibelstellen, die vom besagten Strafgericht kündeten. Seine Stimme war weich und melodisch und passte nicht recht zu den fürchterlichen Drohungen mit Kriegen, Seuchen und Hungersnöten, von denen er sprach. Bei jeder seiner Ankündigungen stöhnten die Männer auf. War der Kontinent in den vergangenen Jahren nicht von einem Krieg in den nächsten getaumelt? War nicht gerade wieder eine fürchterliche Seuche durch das Land gezogen? Hatte die Steigerung der Getreidepreise nicht überall im Land das Elend vergrößert?

«Es geschieht», flüsterte Gisbert.

«Und die schlechten Neuigkeiten?», fragte Walraven. Er war so fasziniert von de Kuypers Ausführungen, dass ihm die in seiner Frage liegende Ironie offensichtlich entging, wie Katharina mit leicht gehässiger Befriedigung bemerkte.

«Die Verfolgungen nehmen zu», sagte de Kuyper. «Die Gottlosen lauern uns auf. In Amsterdam sind wir einigermaßen sicher, weil der Schultheiß uns gewogen ist. Aber sie fangen unsere Boten auf den Landstraßen ab, stürmen die Versammlungen auf den Dörfern, schicken Spitzel in unsere Gemeinden. Der Antichrist ist mächtig, aber auch das wurde in der Schrift verkündet. Wir lesen es bei Matthäus: *Und ihr müsst gehasst werden um meines Namens willen von allen Völkern.* Und deshalb müssen wir standhaft bleiben und die Wahrheit verkünden, wie es bei Lukas heißt: *Denn ich will euch Mund und Weisheit geben, welcher nicht sollen widersprechen können noch widerstehen alle eure Widersacher.*»

«Es stimmt», sagte Walraven mit großen Augen. «Rothmann wurde nicht widerlegt.»

«Deshalb verfolgen sie uns ja», bestätigte der Holländer. «Sie wollen die Wahrheit unterdrücken. Sie wissen, dass es geschehen wird, aber sie stemmen sich dagegen. Vergeblich! *Denn seht, der Tag kommt, er brennt wie ein Ofen. Da werden alle Überheblichen und Frevler zu Spreu.* Maleachi.»

«Wann?», fragte Gisbert bange. «Wann kommt das große Gericht?»

«Bald.»

«Sollte es nicht schon Weihnachten geschehen?», fragte Anna, auf die der Holländer mit seiner Bibelfestigkeit offenbar überhaupt keinen Eindruck gemacht hatte.

Hermann bereute es sicherlich schon, dass er sie mitgebracht hatte. Aber Willem de Kuyper war nicht aus der Ruhe zu bringen.

«Das war ein Irrtum», erklärte er lapidar. «Dem Propheten wurde offenbart, dass es Ostern so weit ist. Bis dahin müssen wir bereit sein. Denn wie es bei Markus heißt: *Wer glaubt und sich taufen lässt, wird gerettet; wer aber nicht glaubt, wird verdammt werden*. Das ist die Botschaft, die ich euch von Jan Matthys überbringen soll. Die Zeit ist gekommen. Die Spreu muss vom Weizen getrennt werden. Ihr müsst euch versiegeln lassen, um der Verdammnis zu entgehen.»

Katharina wechselte einen schnellen Blick mit Anna. Was das bedeutete, war klar. Hier ging es nicht nur darum, sich anzuhören, was diese Leute zu sagen hatten, wie Andreas es ausgedrückt hatte. Willem de Kuyper war gekommen, um in Münster eine Gemeinde von Wiedertäufern zu gründen. An den ergriffenen Gesichtern der Männer am Tisch – auch an dem ihres Bruders, wie Katharina mit Entsetzen feststellte – war abzulesen, dass sie die Ankündigung des bevorstehenden Weltuntergangs für bare Münze nahmen. Auch auf sie hatte de Kuyper mit seiner ruhigen Zugewandtheit einen gewissen Eindruck gemacht, aber überzeugt hatte er sie nicht.

Überhaupt mussten die Männer sich schon länger damit beschäftigt haben. Und was Walraven betraf, so war möglicherweise gar nicht dessen unberechenbarer Geselle der Grund dafür, dass er den holländischen Gast nicht in seinem eigenen Haus sehen wollte. Er wollte mitmachen, aber nicht belangt werden. Am liebsten hätte Katharina ihn direkt vor die Tür gesetzt. Aber diese Bloßstellung konnte sie ihrem Bruder nicht antun.

«Wie haltet ihr es denn inzwischen mit der Taufe?», fragte de Kuyper.

«Rothmann zögert noch», sagte Reinig. «Er lehnt die Kindertaufe ab, aber er betrachtet sie nicht als ungültig. Zum entscheidenden Schritt hat er sich noch nicht durchgerungen.»

«Man muss ihm klarmachen, dass nicht mehr viel Zeit

bleibt», erklärte de Kuyper. «Wenn es so weit ist, gibt es nur noch Versiegelte und Verdammte.»

«Wir müssen nicht auf Rothmann warten», sagte Roll. «Wenn er es nicht begreift, machen wir es selbst. Warum fangen wir nicht gleich damit an?»

Katharina sah die alarmierten Blicke, die Walraven, Reinig, Gisbert und Andreas tauschten. Das schien ihnen jetzt doch ein bisschen zu schnell zu gehen. Vielleicht hatte Roll soeben eine Gelegenheit erblickt, Rothmann als oberste Autorität für Glaubensfragen in Münster den Rang abzulaufen, indem er vollendete Tatsachen schuf. Aber wenn er sich einbildete, hier und jetzt mit dem Taufen anfangen zu können, dann hatte er sich geschnitten. Das würde sie verhindern.

Willem de Kuyper war es, der die Situation rettete. «Das stiftet nur Unfrieden», sagte er. «Ich will zuerst allein mit Rothmann reden. Am besten jetzt gleich.»

Reinig sprang auf. «Ich führe dich hin.»

«Nein», sagte Roll. «Das mache ich.»

Katharina schielte zu Anna hinüber. Die nickte ganz sacht. Ihre Augen blitzten kampflustig.

Andreas brachte die beiden Männer hinaus. Während die drei auf dem Flur noch ein paar leise Worte wechselten, herrschte in der Stube eine bedrohliche Stille. Gisbert langte nach dem Braten und lud sich eine dicke Scheibe auf den Teller. Reinig füllte sein Weinglas, das er in Anwesenheit des Holländers kaum angerührt hatte, bis zum Rand. Walraven rutschte auf seinem Stuhl herum.

Die Haustür fiel zu, und Andreas kam zurück.

«Sagt mal, was denkt ihr euch eigentlich?», polterte Anna los, kaum dass er sich wieder gesetzt hatte.

«Wir wollten …», begann Reinig unbeholfen.

«Nur mal hören, was diese Leute zu sagen haben, ja? Schön, jetzt habt ihr's gehört. Weltuntergang zu Ostern? Versiegelung der Auserwählten? Sind die noch ganz bei Trost?»

«Anna!», rief Reinig.

«Hermann!», äffte sie ihn nach.

«Du kannst nicht leugnen, was in der Bibel steht», sagte Gisbert vorsichtig.

«Ich leugne gar nicht, was in der Bibel steht», sagte Anna erbost. «Ich lese sie nämlich gelegentlich. Solltet ihr vielleicht auch mal tun. *Und es werden sich falsche Propheten erheben, und sie werden viele verführen.* Könnte man fast als Warnung vor diesem Matthys verstehen.»

«Wo steht das?», fragte Gisbert ungläubig.

«Matthäus», sagte Anna mit einem selbstzufriedenen Lächeln. «Nagel mich jetzt bloß nicht auf das Kapitel fest. Sei froh, dass ich mich vorhin zurückgehalten habe. Ich wollte euch bloß nicht blamieren.»

Reinig senkte den Kopf. Sein Mund war ganz schmal.

«Aber die Ankündigung des Weltendes …», begann Andreas.

«Da steht nirgendwo, wann es passiert», konterte Anna. «Im Gegenteil. Im selben Kapitel lesen wir weiter unten Folgendes: *Ihr wisset nicht, zu welcher Stunde der Herr kommen wird.* Wenn wir das wörtlich nehmen, dann ist Matthys ein Scharlatan, denn er maßt sich an, etwas zu wissen, was nach den Worten von Jesus selbst niemand wissen kann.»

«Mal gut, dass der Rat nicht dich zur Disputation mit Rothmann geschickt hat», sagte Walraven trocken.

Reinig beugte sich noch tiefer über seinen Teller. Katharina sah, dass er die Lippen nicht aus Wut zusammenpresste, sondern weil er ein Grinsen unterdrückte. Der Stolz darüber, dass seine scharfzüngige Frau alle in die Tasche steckte, war stärker als die Kränkung.

«Mal im Ernst», schaltete Katharina sich ein. «Wenn Roll euch heute Abend die Taufe angeboten hätte – hättet ihr das gemacht?»

«Roll war kurz davor», sagte Anna verächtlich. «Und sie hätten es gemacht.»

«Hätten wir nicht», sagte Walraven mit schwachem Trotz in der Stimme.

«Doch, hättet ihr. So wir ihr denen aus der Hand gefressen habt.»

Keiner der vier machte Anstalten, die Lehren des Holländers weiter zu verteidigen. Es war, als wären sie aus einem Traum erwacht, für den sie sich nun schämten. Wahrscheinlich war keiner von ihnen ganz überzeugt gewesen, und doch waren sie nah daran gewesen, eine Dummheit zu begehen. Was Walraven dachte, konnte Katharina schlecht einschätzen. Reinig hatte sich wohl nur aus Wichtigtuerei auf die ganze Sache eingelassen. Doch Andreas und Gisbert taten ihr leid: Andreas, weil der Disput ihm wieder einmal seine Selbstzweifel vor Augen geführt haben musste, Gisbert, weil Annas Argumente ihn nicht von seinen Ängsten befreien würden. Und dann beschlich sie ein beunruhigender Gedanke: Wenn versierte Theologen so leicht ins Sektierertum abrutschten und vernünftige Männer ihnen so leicht auf den Leim gingen, dann stand ihnen in Münster vielleicht noch einiges bevor.

Andreas hob die Karaffe. «Noch jemand Wein?»

«Jetzt dürfen wir ja wieder», sagte Gisbert und grinste schief.

5

Jakob wusste, dass er den Kerl, den Hoogstraten ihm an die Seite stellte, irgendwann brauchen würde, und sei es nur, um diesem Mädchen einmal ins Gesicht zu blicken und zu bestätigen, dass sie die Richtige war. Doch von ihrer ersten Begegnung an war klar, dass dieser Benoît ihm auf die Nerven fallen würde. Obwohl er höchstens dreißig Jahre alt war, hatte er eine Glatze, mit der er sich aber offenbar nicht abfinden wollte, also hatte er sich die wenigen Haare über den Ohren wachsen lassen und kämmte sie in Strähnen quer über den Kopf, sodass sein Schädel aussah wie ein gewölbter Acker voller Furchen. Seine Statur war hager und schlaksig. Er sprach korrektes Niederländisch, aber sein französischer Akzent war umso penetranter, als Benoît ihn offensichtlich stolz kultivierte, anstatt daran zu arbeiten, ihn loszuwerden.

Sie trafen sich wie verabredet in einer Herberge eine Wegstunde außerhalb von Amsterdam. Jakob saß allein an einem Tisch in der fast leeren Gaststube, als Benoît eintrat, zielstrebig auf ihn zuging und ihm die Hand hinstreckte. Als Jakob danach greifen wollte, zog Benoît die Hand in einer fließenden Bewegung weg und fuhr sich damit über den Schädel.

«Haha. Reingefallen. Benoît.»

Das also war der Mann, mit dem Jakob einen verschwiegenen Auftrag erledigen sollte: laut, aufgedreht und zwanghaft witzig. Am liebsten hätte Jakob ihm gleich zur Begrüßung eine verpasst.

Benoît ließ sich auf die Bank fallen und blickte auf die halb leer gegessene Schüssel, die vor Jakob stand.

«Was ist das?»

«Teigtaschen mit Käsesoße.»

«Sieht aus wie Hammelklöten mit Eiter. Egal. Ich bestell mir das auch.»

Er winkte zum Tresen und zeigte auf die Schüssel. «Dasselbe für mich!»

Dann legte er sich die Haare über die Glatze, was eine Weile dauerte. Jakob betrachtete ihn dabei.

«Schau nicht so finster. Am Hof rufen sie mich *tête de genou*. Kniekopf. Fang bloß nicht an, mich auch so zu nennen.»

«Ich nenne dich einfach *visage de cul*. Arschgesicht.»

«Gott, du hast ja eine Laune.»

Der Wirt kam mit den Teigtaschen für Benoît, der sogleich zu essen begann. Während er kaute, erzählte er unverdrossen ein paar zusammenhanglose Reiseanekdoten, an sich ganz unterhaltsam, aber Jakob war von dem anstrengenden Ritt so müde, dass er schon bald kaum noch hinhörte. Irgendwann wurde es ihm zu bunt.

«Können wir mal kurz über unseren Auftrag reden?»

«Aber sicher.»

«Kennst du das Mädchen?»

«Natürlich. Darum bin ich ja hier. Oder habe ich da was falsch verstanden?»

«Hat Hoogstraten dir erzählt, warum sie ausgerissen ist?»

«Sie ist diesem Propheten hinterhergelaufen. Diesem Wiederkäuer. Matthys.»

«Und, was glaubst du? Ist sie dem Mann verfallen oder der Lehre?»

«Ersteres, würde ich sagen. Diese Sekte passt nicht zu ihr. Sie wollte immer was erleben, und man darf bezweifeln, dass sie bei diesen Betbrüdern auf ihre Kosten kommt. Wenn ich sicher wäre, dass bald die Welt untergeht, würde ich meine Zeit jedenfalls nicht mit Bibelstudium und Büßen verbringen. In diesem goldenen Käfig hatte sie ja ohnehin gar keine Gelegenheit, irgendwas zu tun, was sich zu bereuen lohnt. Sie hat sich zu Tode gelangweilt. Ich hätte eher erwartet, dass sie mit einer Schauspieltruppe durchbrennt oder mit fahrenden Gauklern. Aber dieser Matthys soll ja eine unglaubliche Wirkung auf die Leute haben. Insofern ist er auch ein Gaukler.»

«Was ist überhaupt deine Aufgabe in Den Haag?»

Benoît setzte ein hochnäsiges Gesicht auf. «Ich schreibe die Witze für den Hofnarren. Nicola Granodimela da Spinadimela. In Wirklichkeit heißt er Klaas Appelkorn.»

«Willst du mich verschaukeln?»

«Was kann ich dafür, dass ihr Holländer so bescheuerte Namen habt? Und weißt du, wo er herkommt?»

«Zufällig weiß ich das nicht.»

«Kannst wohl kein Italienisch. Aus Apeldoorn. Spinadimela. Klaas Appelkorn aus Apeldoorn. Ich habe ihm geraten, sich als Italiener auszugeben. Für den Hofnarren hat er die richtige Statur» – Benoît hielt sich die flache Hand vor den Bauch, um die Körpergröße von Nicola Granodimela anzudeuten – «und er kann gut vortragen. Aber ihm fällt einfach nichts ein. Ich fabriziere die Späße, mit denen er Hoogstraten und seine Frau unterhält. Die hören sich das nur an, weil es ihren Status unterstreicht, sich einen Hofnarren zu halten. Humor haben sie überhaupt nicht. Eine Tristesse, das kannst du dir nicht ausmalen. Doch, du vielleicht schon. Du hast ja auch keinen.»

«Ich kann dir gerne ein paar aufs Maul hauen», sagte Jakob.

«Ich schließe meine Beweisführung ab.»

«Du bist kein bisschen witzig.»

«Sagt Hoogstraten auch. Der Mann, der auf dieser Welt am wenigsten von Witzen versteht. Und jetzt finde den Fehler.»

Jakob hatte immer noch Lust, Benoît eine zu verpassen. Trotzdem musste er lachen.

«Bringen wir es hinter uns», sagte er nur und erhob sich.

Während Jakob draußen sein Pferd losband, verschwand Benoît hinter einer Ecke und kam kurz darauf mit einem struppigen alten Maultier am Strick zurück. Zu allem Überfluss lahmte es auch noch.

«Damit hast du's von Den Haag bis hierher geschafft?», fragte Jakob.

«Sag nichts. De mulibus non disputandum.»

Eine Stunde später überquerten sie nach einem Ritt durch das von Kanälen durchzogene Land die Holzbrücke über den Außengraben der neuen Stadtmauer von Amsterdam. Direkt dahinter ragten die Giebel der höheren Häuser auf. Jedes Mal, wenn Jakob in seine Heimatstadt zurückkehrte, drängte sich die Bebauung enger an die Mauer, als wollte sie sie von innen sprengen: Häuser waren aufgestockt und Baulücken gefüllt worden. Es floss viel Geld nach Amsterdam, und wenn Jakob seinem vorgezeichneten Leben fünfzehn Jahre zuvor nicht eine so brachiale Wendung gegeben hätte, dann wäre er jetzt wahrscheinlich ein angesehener Bürger dieser Stadt, wohlhabend und selbstgefällig wie sein Vater.

Das Haus seiner Eltern gehörte ihm immer noch. Er hätte es verkaufen können, aber er scheute davor zurück, als würde er damit auf allzu wohlfeile Weise auch die Vergangenheit abstoßen. In diesem Haus waren seine Frau und seine Tochter gestorben, während er sich in Italien herumgetrieben hatte; hier hatte er anschließend zwei Jahre lang mehr gehaust als gelebt, bevor er sein neues Leben in Brüssel angetreten hatte. Seitdem war er ein paarmal zurückgekehrt, um das Gebäude vor der Verwahrlosung zu bewahren, hatte Gerümpel entfernt und Handwerker für Ausbesserungsarbeiten bestellt. Das Haus in Schuss zu halten, gab ihm das Gefühl, auch sein Leben im Griff zu haben.

Die Stadt liebte er immer noch: die sich wiegenden Schiffe am Hafen und das Knarren der Planken, das Sprachengewirr in den Straßen, die klaren Tage, an denen scharf geschnittene Wolken unter Glockengeläut vom Meer her über die Dächer zogen, das Möwengeschrei, das Rattern der Kräne, mit denen Säcke, Kisten und Ballen in die Speicher gezogen wurden. Und dann die Gerüche: heißer Teer und frisch gesägtes Holz bei den Werften, Pfeffer, Zimt und Muskat am Gewürzkai, durchmischt mit dem Duft von Gebratenem und Gegrilltem aus den Tavernen in den Seitenstraßen. Und immer wieder Fisch. Jakob hatte Fisch schon als Kind gemocht: frisch gefangene Scholle, Heilbutt, Meeräsche und Seezunge, mit Pfeffer und Petersilie. Ihm lief das Wasser im Mund zusammen.

«Herr im Himmel, stinkt das hier», sagte Benoît, der neben ihm über die Brücke ritt. «Apropos, kennst du den? Kommt ein Blinder in ein Fischgeschäft ...»

«Halt mal für ein paar Minuten den Schnabel.»

Der Torschreiber war auf seinem Schemel in der Durchfahrt eingeschlafen und schnarchte, schief an die Mauer gelehnt. Auch das Hufgetrappel auf den Holzplanken hatte ihn nicht geweckt. Hinter ihm stand eine Kanone, das Rohr in eine Schießscharte versenkt.

Sie passierten Steinhäuser mit Treppengiebeln und Geschäften im Erdgeschoss, einen Wirtschaftshof hinter hohen Mauern, einen Kanal, wieder Geschäfte, einen weiteren Kanal, den Platz vor der Neuen Kirche, die wie ein schlafender Elefant in einem steinernen Nest lag, dann ging es rechts zum Stadthaus und über den Platz, der von prachtvollen Kaufmannshäusern eingerahmt wurde. Eine Lücke an der Nordseite gab den Blick auf den Damrak frei, wo ein Gewimmel von Arbeitern die Lastkähne entlud.

Weiter ging es über den Gemüsemarkt, am Margaretenkloster vorbei und über eine weitere Brücke. Dann stand Jakob vor dem Haus, in dem er geboren worden war.

Jedes Mal, wenn er hierherkam, musste er seine Gedanken kurz ordnen, einmal durch die Räume wandern, seine Erinnerungen so dosieren, dass sie ihn nicht alle gleichzeitig überschwemmten und wegspülten.

Jakob betrachtete die Leute, die vorbeiliefen, aber er sah kein bekanntes Gesicht. Die Seuche hatte damals die halbe Nachbarschaft dahingerafft.

Er saß ab. Benoît stieß einen bewundernden Pfiff aus. «Das ist deins? Du musst ja stinkreich sein. Jakob van Pepernaas sollte man dich nennen.»

Die Welle der Erinnerungen rollte heran. Für die nächste halbe Stunde konnte Jakob keinen Sprücheklopfer gebrauchen, der ihm im Nacken saß. Wenn Benoît das nicht begriff, würde er grob werden müssen.

Jakob zeigte auf ein Tor an der rechten Seite des Hauses, das in einen schmalen Korridor führte, der in den Innenhof mündete.

«Bring die Tiere da rein», sagte er zu Benoît. «Füll den Wassertrog auf und besorg Hafer und Stroh. Hier.»

Er schnallte die Satteltasche ab, fischte den Schlüssel zum Tor heraus und reichte ihn Benoît.

«Ich bin doch nicht dein ...»

«Mach es einfach», sagte Jakob. «S'il te plaît.»

Entweder hatte er den richtigen Ton zwischen Bestimmtheit und Freundlichkeit getroffen, oder Benoît hatte doch ein Gespür dafür, wann es genug war. Er stieg von seinem Maultier und machte sich am Tor zu schaffen.

Jakob schloss die Haustür auf und betrat das Gebäude. Der Flur war mit Steinplatten ausgelegt; das Fugenmuster hätte er mit geschlossenen Augen zeichnen können, ebenso wie die Maserung der Deckenbalken. In einem steckten noch die beiden Haken, an denen sein Vater vor dreißig Jahren eine Schaukel für ihn aufgehängt hatte.

Jakob wanderte durch die Räume, stieg die Treppe hinauf, kontrollierte in den beiden oberen Stockwerken die Decken und Bezüge auf Mottenfraß, die Mauern auf neue Setzrisse, die Fenster auf Sprünge und die Türen auf ungeölte Scharniere. Alles war so, wie er es vor drei Monaten bei seinem letzten Besuch zurückgelassen hatte. Dann holte er Brennholz aus dem Verschlag im Innenhof und heizte den Kamin in der Stube und den Kachelofen im Arbeitszimmer seines Vaters an.

Langsam kam Jakob zur Ruhe. Er setzte sich an den großen Schreibtisch vor dem Fenster im ersten Stock. Nahm einige

Bögen Papier, faltete sie mehrmals und riss sie zu Zetteln, immer acht aus jedem Bogen. Öffnete das Tintenfass und tauchte die Feder ein. Erstellte aus dem Gedächtnis eine Liste mit den Namen von Leuten, von denen er sich Auskünfte erhoffte, und übertrug jeden Namen auf einen der Zettel: alte Geschäftsfreunde seines Vaters, Freunde aus vergangenen Tagen, Tavernenwirte. Legte die Zettel so auf der Tischplatte aus, dass eine Reihenfolge entstand, nach der er sie abarbeiten würde. Zeichnete kleine Sternchen neben die Namen, von denen er sich am meisten versprach.

Seit er sich selbst an den Haaren aus dem Sumpf aus Trunksucht und Selbstmitleid gezogen hatte, befriedigte es ihn, seinen Gedanken auf diese Weise eine Ordnung zu geben, ihnen Kanäle zu graben, durch die sie fließen konnten wie das Wasser durch die Grachten von Amsterdam. Wahrscheinlich wäre er tatsächlich ein guter Kaufmann geworden, wenn er dem Weg gefolgt wäre, den sein Vater für ihn vorgesehen hatte. Abwägen von Möglichkeiten, Entscheiden, Handeln. Selbst im Krieg war er so vorgegangen. Und während er die Zettel auslegte, spürte Jakob, dass es auch das gewesen war, was ihm in seiner Stellung bei Maria gefehlt hatte: eine Aufgabe, die er selbst von vorn bis hinten durchdenken und dann Schritt für Schritt abarbeiten konnte. Er war sicher, dass er Ernestine finden würde. Jeder dieser Namen war eine Spur. Und jede dieser Spuren würde weitere Spuren zutage fördern, die sich verzweigten und wieder zusammenfanden wie auf der Jagd: hier eine Fährte, dort ein Büschel Haare im Dornengestrüpp, hier eine frische Suhle, dort ein angefressener Baum. Und er, Jakob, war Spürhund, Treiber und Jäger in einer Person, witterte, schnüffelte, stocherte herum, zielte und schoss.

Er notierte sich auf einem weiteren Zettel eine Reihe von Fragen.

Hält Jan Matthys sich in Amsterdam auf?
Wer könnte ihn beherbergen?
Bewegt er sich frei in der Stadt?
Ist Ernestine bei ihm?

Schon aus diesen wenigen Fragen ergab sich eine Reihe von Verzweigungen: Wenn Matthys nicht in der Stadt war, konnte man seine Spur weiter verfolgen oder warten, bis er zurückkehrte, je nachdem, ob Ernestine bei ihm war oder nicht. Überhaupt, Ernestine: Hatte sie sich der Wiedertäufergemeinde dauerhaft angeschlossen oder hatte sie sich schon gelangweilt abgewandt, um ihren Erlebnishunger auf andere Weise zu stillen? Wie reiste so ein Prophet überhaupt durchs Land? Mit einer Schar von Anhängern, in einer kleinen Gruppe oder allein? Schickte er Boten voraus, um seine Ankunft anzukündigen? Charrurier hatte ihm viel von den Lehren dieser Leute erzählt, aber was sie wirklich trieben, woran man sie erkannte, wie man sich ihnen nähern konnte, ohne gleich Verdacht zu erregen, das würde er selbst herausfinden müssen.

Wo finden die Zusammenkünfte statt?
Wie kommt man dort hinein?
Gibt es Erkennungszeichen oder Begrüßungsformeln?

Wie Hoogstraten gesagt hatte, würde er wahrscheinlich nur dann in die Nähe von Matthys kommen, wenn er Interesse an dessen Lehren vortäuschte. Am Ende würde Jakob sich tatsächlich noch taufen lassen müssen. Was würde eigentlich passieren, wenn er in Ausübung seiner Tätigkeit verhaftet würde? Schultheiß Hubrechtszoon mochte von seinen Vorgesetzten in Den Haag als Ketzerfreund geschmäht werden, aber er konnte die Wiedertäufer ja auch nicht völlig frei gewähren lassen, ohne seine Abberufung zu riskieren. Außerdem gab es in seiner Behörde wahrscheinlich Männer, die mehr Eifer an den Tag legten, schon um der Regierung zu gefallen und ihr eigenes Fortkommen zu befördern.

Werden Spitzel in die Gemeinden geschickt?
Finden Razzien statt?

Unten ging die Tür. Benoît war zurück. Am besten, er quartierte diese Nervensäge gleich im Schuppen ein, um nicht beim Denken gestört zu werden.

Jakob wandte sich wieder seinen Zetteln zu, schob sie auf der Tischplatte hin und her und ergänzte die darauf notierten Namen um ein paar Bemerkungen.

Nach einer Weile stieg der Duft von gebratenem Fisch nach oben. Jakob lief das Wasser im Mund zusammen. Den Hunger hatte er zwischenzeitlich ganz vergessen.

«Essen ist fertig!», rief Benoît, als wäre es das Selbstverständlichste von der Welt, dass er sich in diesem Haus um die Mahlzeiten kümmerte. Das wäre immerhin eine Spielart seiner Ungeniertheit, mit der man sich anfreunden konnte.

Als er in die Küche trat, traute Jakob seinen Augen nicht. Auf einer Zinnplatte mitten auf dem gedeckten Tisch schwammen zwei panierte Schollen mit Pfeffer und Petersilie in geschmolzener Butter.

«Die hatten sogar Dörrzitronen», sagte Benoît. «Kriegst du in ganz Den Haag nicht. Wein dazu?»

Während Jakob sich setzte, betrachtete er den Spaßmacher misstrauisch. Konnte es wahr sein? Wie hatte Benoît erraten, wonach es Jakob schon den ganzen Nachmittag unbewusst gelüstet hatte?

Er nahm sich eine der Schollen und legte sie auf seinen Teller. Tatsächlich war die Platte unter den Fischen mit dünnen Zitronenscheiben ausgelegt, die eine fruchtige Wolke in seine Nase steigen ließen.

Benoît stellte einen Becher mit Weißwein vor ihm ab, dann setzte er sich gegenüber und bediente sich ebenfalls.

«Und?», fragte er, kaum dass Jakob den ersten Bissen im Mund hatte. «Wie schmeckt's?»

«Flunderbar», antwortete Jakob. Und plötzlich musste er so heftig losprusten, dass er den köstlichen Fisch fast wieder ausgespuckt hätte.

Benoît sah ihn streng an. «Du musst noch einiges lernen», sagte er. «Lach nie über deine eigenen Witze.»

Der erste Name auf Jakobs Liste war Floris, der Wirt einer Schänke in der Nähe, keine Spelunke, aber auch kein Ort, an dem die Herren aus der guten Amsterdamer Gesellschaft verkehrten.

«Dich hat man ja lange nicht gesehen», brummte Floris, als er das Bier vor Jakob abstellte. Mit einem schnellen Blick durch den Schankraum vergewisserte er sich, dass er gerade nicht gebraucht wurde. Ein Dutzend Männer, der Kleidung nach Arbeiter von den Kais, saßen an den Tischen, tranken und würfelten, ohne viel zu reden.

Floris setzte sich gegenüber von Jakob. «Willst du das Haus nicht mal langsam verkaufen?»

«Warum?», fragte Jakob. «Möchtest du's haben?»

«Schön wär's, wenn ich mir das leisten könnte.»

Floris beugte sich vor. Er war in allem ein typischer Kneipenwirt: der Bierbauch, der über die speckige Lederschürze hing, das rote Gesicht mit der leicht fettig glänzenden Haut, das routinierte Lamentieren über die schlechten Zeiten, das beiläufige Abfragen von Neuigkeiten bei jedem Gast, die er bei anderen Gästen gegen andere Neuigkeiten eintauschte.

«Mal im Ernst. Hast du vor, irgendwann nach Amsterdam zurückzukommen? Man hört, du treibst dich in Brüssel rum.»

«Rumtreiben ist nicht das richtige Wort», sagte Jakob ausweichend. Er musste Floris ja nicht gleich auf die Nase binden, was für Aufgaben er in Brüssel hatte.

«Was wäre denn das richtige Wort?», beharrte Floris.

Jakob winkte ab. «Schreibtischarbeit.»

Der Wirt sah ihn skeptisch an. «Schreibtischarbeit. Du.»

Von einem der Tische weiter hinten rief jemand nach Bier. Floris stand auf, ging hinter den Tresen und zapfte. Währenddessen überlegte Jakob, wie er das Gespräch unverfänglich auf das Thema bringen sollte, das ihn interessierte.

Floris kam zurück, ein Bier für sich selbst in der Hand. Er stellte Jakob zunächst keine weiteren Fragen, sondern klagte stattdessen darüber, dass in letzter Zeit die Gäste ausblieben.

«Es ist ja nicht so, dass sie kein Geld mehr hätten», sagte er. «Die Handelshäuser machen gute Geschäfte, die Handwerker haben zu tun.» Er drehte sich zur Seite und wies mit einer weiten Handbewegung durch den Schankraum. «Früher war der Laden um diese Zeit immer voll. Aber in letzter Zeit bleiben die Leute zu Hause. Es herrscht eine komische Stimmung in der Stadt. Verstehst du, was ich meine?»

«Nicht so ganz», sagte Jakob vorsichtig. Er musste an Charruriers Worte denken: *Gehen Sie mal nach Amsterdam, dann merken Sie, was da für eine Stimmung in der Luft liegt.* Als er mit Benoît durch die Straßen geritten war, hatte er nichts dergleichen bemerkt. Die Stadt war voller Menschen wie immer; die Leute kauften ein, luden Waren ab, prüften Tuchballen, bedienten Kräne, hingen Wäsche auf, putzten Fenster.

Floris rümpfte die Nase und kniff die Augen zusammen. «Schwer zu beschreiben. Angespannt und lauernd. Die reden nicht mehr richtig miteinander. Früher hatte ich sie hier alle sitzen. Katholiken, Lutheraner. Die haben sich gezankt und wieder vertragen. Inzwischen bleiben die meisten lieber unter sich. Diese Sektierer haben hier eine ungute Gereiztheit reingebracht. Die einen sagen gar nichts mehr, die anderen führen das große Wort, als hätten sie die Weisheit mit Löffeln gefressen.»

«Die Wiedertäufer», sagte Jakob.

Das Wort schwebte in der Luft wie eine Daunenfeder.

«Nenn sie so, und alle wissen gleich, auf welcher Seite du stehst», sagte Floris. «Das ist genau das Problem. Diese Stadt war mal dafür bekannt, dass jeder denken und sagen konnte, was er wollte, und davon lebt ja so ein Laden wie meiner. Aber jetzt herrscht Schweigen. Die mauern sich ein und passen auf, dass sie bloß nichts sagen, was sie in ein zweifelhaftes Licht rückt.»

«Wovor haben sie denn Angst?», fragte Jakob. «Wie man hört, greift Hubrechtszoon doch sowieso nicht durch. Es heißt, er ist ein Freund der Ketzer.»

Floris sah ihn spöttisch an, und Jakob kam sich ein bisschen dumm vor, die Worte von Hoogstraten einfach nachgeplappert zu haben.

«Erzählt man sich das in Brüssel, ja? Nein, das ist nicht das Problem. Hubrechtszoon ist kein Wiedertäufer, auch wenn manche das gern glauben wollen.»

«Sondern?»

«Hubrechtszoon hat mehr Angst vor Hoogstraten als vor Matthys. Er versucht, das Wiedertäuferproblem kleinzureden, damit Hoogstraten ihm nicht seine Bluthunde auf den Hals hetzt. Wenn die hier erst mal rumschnüffeln, dann rollen ganz schnell Köpfe und irgendwann auch sein eigener. Hubrechtszoon redet sich ein, dass die Wiedertäufer keinen Ärger machen, wenn man sie duldet, und dass Hoogstraten ihn dann auch in Ruhe lässt.»

«Also hat niemand Angst vor ihm», sagte Jakob.

«Genau», bestätigte Floris. «Die Spaltung verläuft ja auch nicht zwischen Obrigkeit und Bevölkerung, sondern mitten durch die Stadt, und es geht jetzt auf einmal ums Grundsätzliche. Katholiken und Lutheraner haben hier ein paar Jahre lang gut zusammengelebt. Man kannte sich, man trank Bier zusammen, man lud sich gegenseitig ein und machte Geschäfte. Diese Sektierer sind anders. Die sagen dir ins Gesicht: Wenn du nicht bei uns mitmachst, dann bist du ein Werkzeug des Teufels, dann bist du verdammt und hast es verdient. Dabei könnte man ja durchaus mal drüber nachdenken, ob es wirklich so sinnvoll ist, Kinder zu taufen, und ob die Hostie wirklich der Leib Christi ist. Aber wer solche Fragen stellt, der kann sich bald neue Freunde suchen, und die findet er dann nur noch auf der anderen Seite des Grabens.»

«Sind das denn schon so viele?», fragte Jakob, der sich schwer vorstellen konnte, dass diese verschworene Gruppe, die man in Brüssel nur vom Hörensagen kannte, in Amsterdam innerhalb von so kurzer Zeit derart viele Anhänger gefunden hatte, dass sie die ganze Stadt in zwei Lager spalten konnte.

«Mehr als du denkst», sagte Floris. «Die kriegen viel Zulauf. Die meisten von denen findet man auf der Neuen Seite. Dort sind auch die auswärtigen Prediger untergebracht. Die laufen da frei auf der Straße herum.»

Jetzt wurde es interessant.

«Ach. Matthys etwa auch?», fragte Jakob und fischte mit dem Finger im Bierschaum herum, um seiner Frage etwas Beiläufiges zu geben.

«Nein, der nicht. Der ist vorsichtiger. Hier in Amsterdam ist er einigermaßen sicher, aber wenn ein Spitzel mitbekommen würde, wie er die Stadt verlässt, dann hätte er ganz schnell ein paar Verfolger auf den Fersen. Draußen können sie ihn verhaften. Und darum weiß man nie, ob er da ist oder nicht. Er kommt bei Nacht und geht bei Nacht. Mal heißt es, er ist in Leiden, dann hat ihn angeblich jemand in Alkmaar gesehen. Aber er hat seine Stellvertreter hier.»

«Wen denn?», fragte Jakob.

Wieder der misstrauische Blick. «Warum interessiert dich das eigentlich so?»

«Du hast doch davon angefangen.»

«Habe ich?»

«Du hast dich beklagt, dass die Gäste ausbleiben.»

«Kann sein. Also, die Gemeinde wird von drei Männern geleitet. Pieter Houtzager, Bartel Boekbinder und Willem de Kuyper. Frag mal rum auf der Neuen Seite, wenn's dich so brennend interessiert. Man kennt sich, man grüßt sich. Solange sie nicht mitten auf der Straße mit dem Taufen anfangen, werden sie in Ruhe gelassen. Hinter verschlossenen Türen geht's dann etwas anders zu, wie man hört.»

«Was soll das denn heißen?», fragte Jakob.

Floris grinste anzüglich. «Angeblich laufen die gerne mal nackt rum.»

Jakob lachte auf. Das passte genau in das Bild, das verbiesterte Ketzerjäger sich von den Umtrieben der Sektierer machten. Satansanbetung, Sakramentschändung und natürlich Orgien.

«Das sind doch Schauermärchen», sagte er.

Das Grinsen des Wirtes wurde breiter. «Schauerlich wäre nicht das Wort, das mir dabei einfällt. Die jungen Dinger rennen Matthys in Scharen hinterher.»

«Ach ja?», fragte Jakob. «Wie darf man sich das denn vorstellen? Ein Harem wie der Sultan, oder was?»

Er grinste ebenfalls. Dass er so schnell zu dem Thema vorstoßen würde, das ihn interessierte, hätte er noch vor einer Stunde nicht zu hoffen gewagt. Und das Beste daran war: Wenn es um saftige Frauengeschichten ging, konnte man beim Bier nachfragen, ohne Argwohn zu erregen.

«Keine Ahnung», sagte Floris. «Aber der wäre ja schön blöd, wenn er sich das nicht zunutze machen würde. Wasser predigen, Wein saufen. Darin unterscheiden sie sich nicht von den Katholiken.»

«Ist er nicht verheiratet?»

Floris winkte ab. «Angeblich hat er eine Frau in Haarlem zurückgelassen. Aber hier wird er immer wieder mit anderen gesehen.»

«Junge Frauen?»

«Na, wenn er freie Auswahl hat, wird er wohl kaum die alten nehmen.»

Floris nahm einen tiefen Zug von seinem Bier und schwadronierte ein bisschen herum, was die Wiedertäufer so alles bei ihren Zusammenkünften trieben. Sie mochten ihm das Geschäft verderben, aber ein bisschen neidisch war er schon.

Von hinten rief wieder jemand nach Bier.

«Komme sofort», rief Floris über die Schulter. Dann wuchtete er sich ächzend vom Stuhl hoch. Bevor er zum Tresen watschelte, beugte er sich noch einmal zu Jakob herunter.

«Vom Schlachtfeld an den Schreibtisch, was? Das kannst du erzählen, wem du willst.»

Benoît hatte tatsächlich den Abwasch gemacht, die Küche aufgeräumt und frisches Holz nachgelegt, als Jakob zurückkam. Ein Geruch von Fett und Rauch hing in der Luft.

«Denk nicht, dass ich das jetzt immer mache», sagte Benoît. «Ich bin nicht dein Hausangestellter. Morgen bist du dran.»

Er nahm die abgespülte Zinnplatte zur Hand und polierte sie mit einem sauberen Tuch, das er irgendwo gefunden hatte. «Hab mir erlaubt, die Unterlagen da oben auf dem Schreibtisch mal anzuschauen.»

Klar. Dieser Naseweis hatte natürlich in Jakobs Abwesenheit überall herumgeschnüffelt. Wahrscheinlich hatte er auch Schubladen aufgezogen und Truhen durchstöbert.

«Wie kommt Hoogstraten eigentlich dazu, ausgerechnet jemanden mit deinem Verständnis von Verschwiegenheit mit so einer Aufgabe zu betrauen?», fragte Jakob.

«Wie kommt jemand, der alles offen rumliegen lässt, eigentlich dazu, anderen Vorträge über Verschwiegenheit zu halten?», schoss Benoît zurück.

«Wie sieht Ernestine überhaupt aus?», fragte Jakob und wunderte sich im gleichen Augenblick, diese Frage nicht schon früher gestellt zu haben, immerhin machte es ja einen erheblichen Unterschied, ob sie Matthys als Geliebte folgte und das Bett mit ihm teilte oder nur eine unter vielen Anhängerinnen war, die in der Amsterdamer Gemeinde untergetaucht waren.

«Keine große Schönheit», sagte Benoît. «Leichter Unterbiss, nicht viel dran. Aber auch nicht so schlimm, dass man sich wegen ihrer Hässlichkeit an sie erinnern würde. Ich würde sagen, alles in allem ist sie eher unscheinbar.»

«Wer ist eigentlich ihre Mutter?»

«Angeblich bei der Geburt gestorben.»

«Angeblich?»

«Hoogstraten äußert sich nie dazu. Es ist ihm peinlich.»

«Hängt er an dem Mädchen?»

«Kein bisschen. Sie ist ihm lästig. Wenn sie nicht so schwer zu vermitteln wäre, hätte er sie längst verheiratet. Wir sind hier, weil er seinen Ruf retten will, nicht seine Tochter.»

Wieder empfand Jakob die Verachtung für diesen Vater, dem seine Tochter gleichgültig war. Das Mädchen in Mailand, das Jakob erschossen hatte, musste einen Vater gehabt haben, der wahrscheinlich immer noch um sie trauerte. Jakob war am Schmerz über den Tod seines eigenen Mädchens fast zerbrochen. Und Hoogstraten? Sorgte sich um seinen Ruf. Mehr denn je war Jakob entschlossen, die Sache mit Ernestine zu Ende zu bringen. Dieses Mädchen würde er nicht untergehen lassen.

«Welche Sprache spricht sie?», fragt er.

«Niederländisch und Französisch», antwortete Benoît. «Beides perfekt.»

«Sie könnte sich also als Holländerin ausgeben?»

«Wenn sie schlau ist, wird sie genau das tun. Und sie wird sich natürlich nicht Ernestine de Lalaing nennen, sondern Miep van Moddergaat oder Pien op de Pippelstraat oder …»

«Ist ja gut.»

«Ihr Holländer könnt echt kein bisschen über euch selbst lachen. Du solltest dir auch einen neuen Namen zulegen. Jaap de Knorrepot vielleicht.»

Jakob suchte nach einer passenden Antwort, aber Benoît zog nur ein mitleidiges Gesicht. «Lass es. In der Disziplin wirst du nie gegen mich gewinnen. Hau mir lieber ein paar aufs Maul, wenn du dich dann besser fühlst.»

«Heute nicht. Ich gehe noch mal los.»

Gegen Mitternacht hatte Jakob alle fünf Gaststätten von seiner Liste abgearbeitet. Niemand hatte ihm sagen können, ob Matthys sich in der Stadt befand oder nicht, aber immerhin wusste er jetzt, wie die führenden Köpfe der Gemeinde hießen und wo sie zu finden waren.

Als Jakob zu Hause ankam, saß Benoît in der Küche über Jakobs Papiere gebeugt. Daneben stand das Tintenfass mit der Feder. Er machte sich offenbar seine eigenen Notizen. Im Kamin loderte ein Feuer, das für ein ganzes Heerlager gereicht hätte. Es war warm wie in einem Backofen, aber angesichts der klirrenden Kälte draußen war das Jakob ganz recht.

«Und?», fragte Benoît. «Hast du was rausgefunden?» Er schien die Suche nach Ernestine inzwischen zu seiner eigenen Sache gemacht zu haben. Es war gut, dass er mitdachte, wenn er bloß nicht alles an sich riss und Jakobs sorgfältig durchdachtes Vorgehen durcheinanderbrachte.

«Nein», antwortete Jakob verdrossen. «Aber morgen ist auch noch ein Tag.»

«Allerdings», sagte Benoît, den Blick weiter in die Papiere versenkt. «Morgen lernen wir den Propheten persönlich kennen.»

«Aha», sagte Jakob, zog sich die Jacke aus und hängte sie über einen Stuhl. Sollte das jetzt schon wieder einer dieser Witze werden?

«Kurz nach Sonnenuntergang. Adresse hab ich hier notiert.» Benoît nahm einen Zettel vom Tisch und schwenkte ihn durch die Luft. Immer noch blickte er nicht auf.

Jakob ließ sich auf den Stuhl gegenüber fallen. Benoît schnupperte und wedelte sich mit der Hand vor der Nase herum. «Mann, riechst du nach Bier. Wie soll ich dich jetzt wieder nennen? Adriaan Alkfaan?»

Jakob riss Benoît den Zettel aus der Hand. Manierierte Franzosenschrift. *Nieuwezijds Achterburgwal, rechts hinter der Brücke am Ende der Holzmarktpassage.*

«Weißt du, wo das ist?», fragte Benoît und machte mit aufreizender Sorgfalt eine Notiz.

«Natürlich weiß ich, wo das ist», antwortete Jakob.

«Sehr gut. Wir werden erwartet. Die Parole lautet … Warte, das hab ich mir auch aufgeschrieben. Ist was aus der Bibel. Buch Daniel, glaube ich.»

Benoît fische einen weiteren Zettel von einem Stapel und schob ihn über den Tisch. *Wer aber beharret bis ans Ende, der wird selig. Und es wird gepredigt werden das Evangelium in der ganzen Welt.*

«Also, wir klopfen da, und dann macht einer auf und sagt den ersten Satz. Wir antworten mit dem zweiten, und dann lässt er uns rein. Man begrüßt sich mit Wangenküssen und murmelt dabei irgendwas mit *Frieden*. Verstanden, Pieter van Proost?»

Benoît blickte immer noch nicht auf. Provozierend langsam legte er ein Blatt beiseite, überflog es, kritzelte etwas an den Rand.

Jakob zog das Papier weg. Benoît blickte in gespielter Überraschung auf.

«Noch was unklar?»

«Ist das dein Ernst?»

«Selbstverständlich. Während du dir in den Kneipen die Lampe angezündet hast, war ich ein bisschen unterwegs. Hab mich auf der Neuen Seite umgeschaut und ein paar Leute angesprochen. Und einer von denen hat mich einem gewissen Pieter Houtzager vorgestellt.»

Jakob konnte es nicht fassen. «Das ist einer der Stellvertreter von Matthys.»

«Schön, dass du auch was beisteuern kannst. Also, jedenfalls hat dieser Pieter Houtzager mich eingeladen, morgen einer Predigt von Matthys beizuwohnen. Ich hab gefragt, ob ich noch einen Bruder in Christo mitbringen kann, und er hat gesagt, klar kannst du noch einen Bruder in Christo mitbringen. Und dann hat er mir die Adresse und die Parole genannt.»

«Du bist unglaublich», sagte Jakob.

«Man muss halt auf die Leute zugehen. Wenn man um den heißen Brei herumschleicht, macht man sich bloß verdächtig.»

Kopfschüttelnd stand Jakob auf und wandte sich zur Tür.

«Noch was», sagte Benoît. «Wir sind noch nicht getauft.

Wahrscheinlich machen sie das morgen. Nur dass du vorbereitet bist.»

«Sollen sie doch.»

«Du weißt eben nicht, was Glaubenseifer ist.»

Als Jakob und Benoît am nächsten Abend an die Tür des Hauses in der Holzmarktpassage klopften, war es schon stockdunkel. Hier war die Bebauung weniger dicht; am Ende der Häuserzeile erhob sich die Stadtmauer, rechts des besagten Hauses lagen mehrere Gärten. Wahrscheinlich gab es einen Hinterausgang, über den man im Notfall türmen konnte, wenn Hubrechtszoon doch mal seine Schergen zu einer Razzia vorbeischickte.

Die Tür öffnete sich einen Spalt. Dahinter war ein von wenigen Kerzen erhellter Korridor zu sehen.

«Wer aber beharret bis ans Ende, der wird selig», wisperte eine Stimme.

«Und es wird gepredigt werden das Evangelium in der ganzen Welt», antwortete Benoît leise, aber keineswegs im Flüsterton.

Jakob stutzte. Benoît hatte reinstes Niederländisch gesprochen. Er hatte ihn die ganze Zeit zum Narren gehalten. Entweder er verwendete diesen französischen Akzent als eine Art von Tarnung, oder er pflegte ihn nur, um Jakob auf die Nerven zu gehen. Dieser Witzbold steckte voller Überraschungen.

Die Tür öffnete sich so weit, dass sie durchschlüpfen konnten. Die Kerzen, die auf einem Tischchen standen, flackerten vom Luftzug.

Der Mann, der sie eingelassen hatte, war untersetzt und kahlköpfig.

«Friede sei mit dir, Pieter», murmelte Benoît, während er, rechts, links, rechts, Begrüßungsküsse mit ihm tauschte.

Pieter. Aha. Pieter Houtzager wahrscheinlich.

«Hier drin bitte keine Namen», sagte Houtzager. Dann wandte er sich Jakob zu und küsste ihn unaufgefordert. Seine Wange war weich und glatt. Er hatte ein rundes Gesicht mit dem gemütlichen und selbstzufriedenen Ausdruck des Patenonkels, der den Kindern immer Geschenke mitbringt.

Mit einer feierlichen Geste seiner rechten Hand wies Houtzager sie zu einer Tür am Ende des Ganges.

Sie betraten einen großen Raum, der an den Versammlungssaal einer Gilde erinnerte: zwei lange Tische, ein Kamin an der Wand, eine bleiverglaste Fensterfront zur Gartenseite. Die Läden waren geschlossen. Im Kamin glomm ein schwaches Feuer, und auf den Tischen standen ein paar Kerzen, aber insgesamt war es so düster, dass kaum mehr zu erkennen war.

An den Tischen saßen etwa zwanzig Personen. Die meisten schienen ins Gebet versunken, fast alle trugen Kapuzen, sodass noch nicht einmal zu erkennen war, ob es sich um Männer oder Frauen handelte. Es war so kalt, dass Jakob die Atemwolken aufsteigen sah.

Pieter Houtzager legte einen Finger an den Mund und flüsterte: «Der Prophet ist schon da.»

Vor den Fenstern stand ein kleiner Tisch. Und an diesem Tisch saß eine große Gestalt, ebenfalls mit gesenktem Kopf unter einer Kapuze, sodass nur ein Stück schwarzer Bart zu erkennen war.

Houtzager bugsierte sie zu zwei freien Stühlen an einem der Tische, direkt vor dem Kamin, dann setzte er sich selbst auf den letzten freien Platz am Tisch gegenüber.

Wenigstens ein bisschen Wärme. Instinktiv spähte Jakob zu den Fenstern und vergewisserte sich, dass sie nicht verriegelt waren. In Cremona war er auf diese Weise einmal im letzten Augenblick aus einem Haus entkommen, während Sforzas Leute schon die Treppe hochstürmten.

Eine ganze Weile sagte niemand ein Wort. Ab und zu knarrte ein Stuhl, jemand unterdrückte ein Husten. Eine Frau stöhnte auf. Es klang eher nach Verzückung als nach Schmerzen; vielleicht hatte der Herr ihr im Gebet eine Vision vom bevorstehenden Weltuntergang geschickt. Jakob schielte nach rechts und nach links und versuchte, die Gesichter unter den Kapuzen auszumachen. Insgesamt zählte er vierundzwanzig Personen an den Tischen.

Die andauernde Stille steigerte die Spannung immer weiter. Matthys, denn es bestand kein Zweifel daran, dass er es war, begann sich zu regen. Ein Schütteln ging durch seinen riesigen Körper, dann entrang sich seiner Kehle ein grausiges Stöhnen, das von der Gemeinde mit einem erregten Raunen beantwortet wurde. Er hob die Hände, presste sie an die Schläfen, dann hob er langsam den Kopf. Er hatte stechende dunkle Augen, unter der Kapuze fielen wirre Haare heraus. Jakob glaubte, in das Gesicht von Antonio de Leyva zu schauen: düster, besessen, rücksichtslos und gewalttätig. So hatte der Gouverneur geblickt, als er die Eskorte zusammengestellt hatte, die den Aufstand in den Straßen von Mailand zusammenschießen sollte, an diesem verdammten Tag, der Jakobs Leben für immer verändert hatte.

«Der Herr spricht zu ihm», flüsterte jemand.

Ein paar der Anwesenden blickten auf. Jakob schielte wieder zu Benoît, der fast unmerklich den Kopf schüttelte. Keine Ernestine.

Matthys rollte mit den Augen. Das Beben durchzuckte seinen Körper in immer neuen Wellen, er krümmte sich zusammen, bäumte sich auf, und überall im Raum wurde gestöhnt und geächzt. Die Kerzen begannen zu blaken, als hätte der Heilige Geist die Flammen durch seine Anwesenheit in Unruhe versetzt. Jakob zur Tür. Sie war einen Spalt geöffnet. Hatte Houtzager sie nicht hinter ihnen geschlossen? Er war sich nicht mehr sicher.

Nachdem er eine Weile mit den Augen gerollt hatte, starrte Matthys plötzlich zur Decke. Seine Pupillen verschwanden hinter den Lidern, sodass nur noch das Weiße in seinen Augen zu sehen war.

«Da ist die Stadt», sagte Matthys mit heiserer, gepresster Stimme. «Ich sehe Mauern und Türme. Und ich höre den Klang der Glocken und die Posaune des Herrn, die die Gerechten ruft, sich dort zu versammeln.»

«Das himmlische Jerusalem», sagte einer der Anwesenden mit bebender Stimme. Ein Murmeln ging durch den Raum.

Der Zeigefinger des Propheten fuhr vor seinen Mund. Die Geste genügte, um von einer Sekunde auf die andere wieder vollständige Stille einkehren zu lassen.

«Zwölftausend von Juda», flüsterte Matthys. «Zwölftausend von Ruben. Zwölftausend von Gad.»

Er stand auf. «Zwölftausend von Asser», sagte er, lauter jetzt. «Zwölftausend von Naphthali, zwölftausend von Manasse.»

Matthys begann, zwischen den beiden Tischen entlangzuschreiten, und im Takt seiner Schritte skandierte er die Namen der israelitischen Stämme, wobei seine Stimme sich in immer höhere Tonlagen emporschraubte: «Zwölftausend von Simeon, zwölftausend von Levi, zwölftausend von Isaschar.» Als er bei der Tür angelangt war, drehte er sich um, durchmaß den Raum noch einmal, stampfend jetzt und brüllend: «Zwölftausend von Sebulon! Zwölftausend von Joseph! Zwölftausend von Benjamin!»

Er breitete die Arme aus und drehte sich um sich selbst, wie bei einem freudlosen Tanz.

«Und das Wort wird Fleisch.»

Der letzte Satz war wie ein Axthieb auf die Versammelten niedergefahren.

«Amen», murmelten einige.

Als Matthys zum Stillstand kam, waren seine Augen plötzlich klar, die schwarzen Pupillen schimmerten im Kerzenlicht, wie in die Gegenwart zurückgefallen. Sie wanderten von einem zum anderen. Als Jakob von diesem durchdringenden Blick getroffen wurde, fühlte er sich unwillkürlich durchschaut, und während die Augen des Propheten sich in seine bohrten, seinen Schädel ausfüllten, in seinem Gehirn herumwühlten, wurde der Drang, den Blick zu senken, immer stärker, und Jakob fragte sich, wie der Prophet es wohl deuten würde, dass er ihnen standhielt: als Zeichen trotziger Insubordination oder als Beweis der Lauterkeit seines Herzens? Wieder sah er Antonio de Leyva vor sich, die Erbarmungslosigkeit des Spaniers, seine Sucht, alles seinem Willen zu unterwerfen, den flackernden Irrsinn, der die Katastrophe von Mailand heraufbeschworen hatte, und Jakob hielt stand, instinktiv und vielleicht eben doch aus Trotz, sich nicht in die Knie zwingen zu lassen. Er sah, wie die Köpfe der anderen sich ihm zuwandten, erstaunt oder bewundernd, und dann, endlich, sprang der Blick des Propheten zu Benoît, verweilte dort kurz, ruckte weiter und weiter.

«Ich sehe Zweifler unter euch», sagte Matthys, nachdem er

alle vierundzwanzig Anwesenden geprüft hatte. Seine Stimme wirkte plötzlich müde. «Zweifeln ist menschlich. Zweifel schärft den Verstand. Auch die Apostel haben gezweifelt, gehadert, gelitten unter den Anfechtungen und Einflüsterungen des Teufels. Ich aber sage euch: Schleudert eure Zweifel über Bord wie den Ballast im Sturm! Öffnet die Tore eurer Herzen wie eine Stadt, die sich dem Sieger ergibt! Werft euch zu Boden vor der Gnade des Herrn!»

Er machte einen Satz zu einer Frau am anderen Tisch und berührte ihre Stirn mit dem Zeigefinger. Sie zuckte zusammen, dann sackte sie auf den Steinfußboden und blieb wie tot liegen. Das Ganze wiederholte sich noch sechs- oder siebenmal, und Jakob fragte sich schon, ob Matthys die ganze Gemeinde zu Boden zu schicken beabsichtigte, um sie auf diese Weise einer Gehorsamsprüfung zu unterziehen, aber der Prophet ließ es dabei bewenden, setzte sich wieder und verfiel erneut in sein düsteres Brüten.

Jakob tauschte einen Blick mit Benoît, der die Stirn runzelte und mit einer winzigen Kopfbewegung auf eine Frau wies, die direkt neben ihm am Boden lag. Offenbar stellte er sich dieselbe Frage wie Jakob: War es eine Auszeichnung oder eine Bloßstellung, von Matthys durch eine einzige Berührung mit dem Finger willenlos gemacht zu werden? Gingen die später mit Stolz über ihren bedingungslosen Gehorsam nach Hause oder eher mit dem peinigenden Gefühl, den Ansprüchen des Propheten nicht gewachsen gewesen zu sein?

Matthys erwachte ein zweites Mal aus seiner Starre und sagte: «Der Herr hat mir die Stadt gezeigt, in der es geschehen wird, wenn die Stunde gekommen ist. Aber die Zeit ist noch nicht reif. Macht euch bereit. Tut Buße.»

Damit stand er auf und wandte sich zum Ausgang. Sein Gang hatte etwas Fließendes, als bewegte er sich auf Rollen.

«Er schwebt», flüsterte jemand. «Der Herr hat ihn der Erde enthoben.»

Die Tür schwang auf. Jemand musste auf dem Flur stehen, aber im Widerschein der Kerzen war nichts zu sehen. Einen Augenblick später war der Prophet verschwunden. Etwas an diesem Abgang machte Jakob misstrauisch. Warum machte er sich so plötzlich aus dem Staub? Oder liefen diese Zusammenkünfte immer so ab?

Pieter Houtzager erhob sich und trat vor die Anwesenden. «Ihr habt es gehört», sagte er. «Macht euch bereit.»

«Welche Stadt ist es?», fragte eine Frau und schlug die Kapuze zurück. Weiße Haare fielen ihr über die Schultern. «Wohin sollen wir uns wenden?»

«Die Zeit ist noch nicht reif», antwortete Houtzager. «Der Prophet hat seine Apostel ausgesandt, um die Zeichen zu prüfen.»

Ein paar andere nahmen ebenfalls die Kapuzen ab. Jetzt, wo der Furcht einflößende Matthys nicht mehr unter ihnen weilte, war die Gemeinde wie von einer Last befreit, und Jakob spürte, dass der Bewunderung eine erhebliche Portion Furcht beigemischt gewesen war: die Furcht, diesem stechenden Blick nicht standhalten zu können, als nicht bußfertig genug entlarvt und bloßgestellt zu werden. Nach und nach rappelten die wie ohnmächtig daliegenden Gestalten sich auf, blickten sich um, noch halb entrückt, irritiert, als wüssten sie nicht, wie ihnen geschehen war. War das ein Trick? Eine einstudierte und abgesprochene Übung? Hatte der Prophet wirklich diese Kraft, jeden, den er nur an der Stirn berührte, zu Boden zu strecken, als hätte er ihm einen Fausthieb verpasst? Oder reichte es, dass einer umfiel, damit alle anderen wussten, was sie zu tun hatten?

«Gerrit ist in Deventer», sagte ein Mann, auf dessen Glatze sich das Kerzenlicht spiegelte wie in einem Kupferkessel.

«Nein, in Haarlem», warf ein anderer ein, dessen Mund von seinem Bart vollständig zugewuchert war.

«In Leiden ist gestern ein Regenbogen erschienen», sagte ein Dritter. Er lispelte leicht.

«Was ist mit Knokke?», fragte eine Frau und hob beschwörend die Hände. «Da wurde letzte Woche ein weißer Wal mit einem Kreuz auf dem Rücken an den Strand gespült. Der Fisch! Das Symbol Christi!»

«Wale sind keine Fische», brummte ihr Nachbar.

«Was denn sonst?», giftete die Frau ihn an.

«Willem und Bartel sind nach Münster aufgebrochen», sagte eine junge Frau, fast noch ein Kind.

Bald redeten alle durcheinander. Jeder wollte etwas beisteuern, jeder hatte von irgendwelchen Manifestationen des Heiligen Geistes gehört: Regenbögen, Strahlenkränze um Sonne und Mond, Stimmen aus den Wolken und immer wieder Traumgesichte. Einer begann, die Zahlenwerte der Buchstaben des Wortes JERUSALEM nach deren Reihenfolge im Alphabet zu addieren, ein anderer fiel ihm ins Wort und korrigierte die Schreibweise.

Houtzager versuchte vergeblich, den Spekulationen Einhalt zu gebieten, er rief sie zur Ordnung, fuchtelte mit den Armen, aber niemand hörte auf ihn. Der Rechenkünstler hatte einen Zettel und einen Kohlestift hervorgeholt, schrieb Buchstaben auf und addierte Ziffern, die Sitznachbarn reckten die Hälse, und bald drängte sich die ganze Gemeinde um den Tisch.

«Münster!», rief der Rechenkünstler.

Tatsächlich: Schrieb man die Namen als YHERUSALEMB und MUNSTERR, dann passte es: Beide Städte hatten den Zahlenwert einhunderteinundzwanzig. Nachdem die Rechnung noch zweimal überprüft worden war, fielen alle in ein Dankgebet ein. Houtzager wirkte beunruhigt. Falls Matthys ihm bereits genauere Einblicke in seine Visionen gegeben hatte und diese von den Ergebnissen der Buchstabenzählerei abwichen, dann hatte er jetzt die unangenehme Aufgabe, die Hammelherde zurückzupfeifen.

Münster also.

«Wo liegt das überhaupt?», fragte einer, kaum dass das *Amen* verklungen war.

«In Friesland», sagte ein anderer.

«Dann auf nach Friesland!», rief die Frau, die die ganze Gemeinde gerade noch nach Knokke hatte schicken wollen.

«Unsinn, Friesland», korrigierte der Glatzkopf. «Münster liegt in Westfalen. Irgendwo bei Soest.»

«Wir müssen abwarten, was der Prophet dazu sagt», schaltete Pieter Houtzager sich mit scharfer Stimme ein. Offenbar fühlte er sich nun doch zum Einschreiten verpflichtet, bevor die Sache aus dem Ruder lief und die versammelte Gemeinde sich noch in derselben Nacht völlig kopflos auf den Weg machte.

Als alle sich einigermaßen beruhigt und ihre Plätze wieder eingenommen hatten, fuhr er fort: «Der Prophet wird uns beizeiten offenbaren, was der Herr ihn hat schauen lassen. Wagt es nicht, ihm vorzugreifen!»

Es folgte betretenes Schweigen.

«Münster», flüsterte irgendwer trotzig. Es klang wie eine Beschwörung.

Houtzager wollte gerade erneut das Wort ergreifen, aber ein Geräusch ließ ihn innehalten. Es pochte an der Haustür. Houtzager runzelte die Stirn und reckte den Hals. War das Matthys, der noch einmal zurückkam, um eine Zugabe abzuliefern? Wohl kaum.

Jakob spürte, wie sein Körper sich anspannte. Mitverschwörer klopften leiser. Er stieß Benoît unter dem Tisch an und wies mit einer sachten Kopfbewegung zum Fenster herüber.

Houtzager erhob sich mit fragendem Gesichtsausdruck. Doch noch ehe er den ersten Schritt gemacht hatte, krachte es draußen auf dem Gang zweimal, man hörte das Splittern und Bersten von Holz, gefolgt von einem scharfen Kommando: «Die Tür da hinten! Los, los, los!»

Von einem Augenblick zum anderen brach Chaos aus. Alle sprangen von ihren Stühlen auf, zogen sich die Kapuzen wieder über die Köpfe, Kerzen fielen um, panisches Geschrei erhob sich.

Die Tür flog auf, und ein Stadtknecht in Wams und Pluderhosen und mit einem mit Hahnenfedern geschmückten Barett auf dem Kopf stürmte in den Raum. Hinter ihm zwängten sich weitere durch die Tür, sie trugen Katzbalger und Knüppel.

«Ihr seid verhaftet!», brüllte einer.

Während Houtzager wie angewurzelt neben dem Tisch stand, hatten einige der Männer die Fenster aufgerissen, doch statt der Freiheit warteten draußen die Klingen mehrerer Hellebarden und die grinsenden Gesichter weiterer Stadtknechte. Sie saßen in der Falle. Jakob unterdrückte den Impuls, die Kerle an der Tür zur Seite zu stoßen und mit ein paar Sätzen das Weite zu suchen. Er wollte Benoît nicht zurücklassen.

«Runter auf den Boden!»

Während sich alle auf die Knie sinken ließen, stimmte Houtzager das Lied *Aus tiefer Not schrei ich zu dir* an, und alle fielen mit ein. Der Stadtknecht mit dem Federbarett, der offenbar der Anführer der Truppe war, verdrehte entnervt die Augen, unternahm aber nichts, um den Gesang zu unterbinden.

Jakob zwang sich, ruhig zu bleiben. Vielleicht war die Verhaftung das Beste, was ihnen passieren konnte. *Sie werden sich irgendwie bei denen einschleichen müssen,* hatte Hoogstraten gesagt. Eine bessere Gelegenheit als ein gemeinsamer Gefängnisaufenthalt war dafür ja kaum denkbar.

Die Stadtknechte gingen nun durch die Reihen der Knienden und banden ihnen die Hände auf dem Rücken zusammen, ohne sie dabei allzu grob anzufassen. Jakob spürte, wie das Seil sich um seine Handgelenke zog.

«Nicht so fest», klagte Benoît neben ihm, als er an der Reihe war.

«Jammer nicht», sagte der Büttel. «Sing lieber mit.»

Hier waren keine verbissenen Ketzerbekämpfer am Werk. Hier kam jemand seiner obrigkeitlichen Pflicht nach, um sich nicht nachsagen lassen zu müssen, mit den Häretikern unter einer Decke zu stecken. Jakob ließ seinen Blick über die Köpfe schweifen. In der Tat war es schwer vorstellbar, dass von diesen knienden und singenden Schafen eine Gefahr ausging. Matthys war schon ein anderes Kaliber. Jakob fragte sich, ob es Zufall gewesen war, dass der Prophet die Versammlung rechtzeitig verlassen hatte. War er gewarnt worden? Hatten die Stadtknechte draußen abgewartet, bis er verschwunden war?

Als die Gemeinde gerade die vierte Strophe abgesungen hatte, war die Arbeit getan.

«Auf geht's», sagte der Hahnenbefederte.

Es rumpelte, als die Gemeinde sich erhob. Houtzager stimmte schon ein neues Lied an.

«Wenn die im Kerker keine Ruhe geben, gestehe ich alles, was Hubrechtszoon hören will», sagte Benoît.

6

Nach dem unseligen Abend, an dem Anna und Katharina die Lehren der Täufer – vor der Bezeichnung *Wiedertäufer* scheute Andreas zurück, er erschien ihm inzwischen allzu selbstgerecht – mit Bibelzitaten zerpflückt hatten, hatte Andreas seinen Freund Gisbert noch nach Hause begleitet, um einen freien Kopf zu bekommen. Doch anstatt klarer zu sehen, hatte er auf dem Rückweg nach Hause noch heftiger gegrübelt als zuvor. Er hatte einen Umweg gemacht, um Katharina nicht mehr begegnen zu müssen. Danach war er seiner Schwester für eine Weile aus dem Weg gegangen.

Anna und Katharina hatten an jenem Abend nicht aufgehört, über die Täufer zu lästern, und weil den Männern längst die Argumente ausgegangen waren, hatten sie zunächst mitgelacht. Doch nach und nach war es Andreas wie eine allzu leichtfertige Kapitulation vorgekommen. Als die beiden Willem de Kuyper aufs Korn genommen hatten, hatte Andreas begonnen, sich zu ärgern. Der Holländer war *sein* Gast gewesen, ganz gleich, welche zweifelhaften Gründe Hinrich Walraven gehabt haben mochte, ihn nicht in seinem eigenen Haus zu bewirten. Willem de Kuyper hatte seine Überzeugungen vorgetragen, ohne überheblich oder belehrend aufzutreten, ganz anders als Anna, die ihre angelesenen Bibelkenntnisse genutzt hatte, um mit eitlen Spitzfindigkeiten zu glänzen und die anderen zu übertölpeln, anstatt sich ernsthaft mit den drängenden Fragen zu beschäftigen, die doch fast alle Menschen umtrieben.

Vor allem Gisbert quälten diese Fragen. Auf dem Heimweg durch die eiskalte Stadt war er in einer düsteren Stimmung gewesen, und er hatte Andreas damit angesteckt. Hatte de Kuyper nicht zumindest insoweit recht gehabt, als die Anzeichen für den drohenden Untergang für alle sichtbar mit Händen zu greifen waren? Gisbert hatte sie noch einmal aufgezählt: die Teuerung, die Kriege, die Seuchen. Wenn man sich zumindest darauf einigen konnte, dass Gott die Geschicke der Welt lenkte, dann kam man doch nicht umhin, sich zu fragen, was diese Häufung zu bedeuten hatte, ob sie eine Strafe war oder eine Warnung oder eine Läuterung. Glaubte Anna an gar nichts? Nahm sie die Bibel nur zur Hand, um sich mit Zitaten zu versorgen, die sie anderen um die Ohren schlagen konnte, um ihnen Widersprüche nachzuweisen und sie lächerlich zu machen? Im Nachhinein fielen Andreas viele Antworten ein. Mit den *falschen Propheten* aus dem Matthäusevangelium konnten schließlich genauso gut die Lutheraner gemeint sein, vielleicht sogar die Katholiken; und dass die Gläubigen nicht wissen konnten, zu welcher Stunde der Erlöser auf die Erde zurückkehren würde, bedeutete ja nicht, dass ein von Gott gesandter Prophet es nicht eben doch wissen konnte. Wie gesagt, es war eine allzu leichtfertige Kapitulation gewesen.

Drei Wochen war das jetzt her. Seitdem war einiges passiert. Rothmann war getauft worden, Roll und die anderen Prädikanten auch, und natürlich Knipperdolling, der ja schon seit Monaten keinen Hehl aus seinen Neigungen machte und in dessen Haus am Markt bald zwei weitere Holländer abstiegen, die Matthys aus Amsterdam geschickt hatte. Auf der Straße sah man nun immer öfter, wie Menschen sich mit dem Friedenskuss begrüßten, verstohlen zumeist, bisweilen aber auch offen. Die einen fanden das mutig, die anderen aufreizend. So oder so: Da wuchs etwas heran. Da standen die Leute in Grüppchen zusammen und verstummten, wenn man sich näherte, tuschelten, redeten weiter, sobald man außer Hörweite war. Da huschten Gestalten in der Dämmerung durch Nebeneingänge in Häuser. Da reichte eine Bemerkung zur Kindertaufe im Kreis von Nachbarn oder Bekannten, um ein angespanntes Unwohlsein hervorzurufen, irritierte Blicke, tastende Bestätigungen, beschwichtigende Einwürfe, Erleichterung, wenn das Thema gewechselt wurde.

Und dann hatte sich auch noch die Sonne verdunkelt. Die Nachricht war durch die Stadt gelaufen wie ein Feuer durch den Heuboden. Nach wenigen Minuten hatte sich ganz Münster im unheilvollen Dämmerlicht auf Straßen und Plätzen versammelt; gerußte Glasscherben waren weitergereicht worden, und er, Andreas, hatte mit eigenen Augen gesehen, wie die schwarze Neumondscheibe sich vor dem Sonnenball vorbeigeschoben und ihn zum größten Teil verdeckt hatte. Katharina hatte es auch gesehen, aber sie war wenig beeindruckt gewesen und hatte behauptet, so etwas ließe sich vorausberechnen. Aber was war denn damit bitte schön bewiesen? Im Gegenteil: Wenn sich die Verdunkelung der Sonne vorausberechnen ließ, warum dann nicht auch der Weltuntergang? Aber auch dieses Argument war ihm natürlich wieder erst hinterher eingefallen.

Gisbert hatte seither mehrmals solche heimlichen Versammlungen besucht. Er hatte den Treffen der mehr oder weniger verschworenen Zirkel in verschiedenen Häusern beigewohnt, einmal sogar bei Knipperdolling; er hatte Rothmann predigen gehört und persönlich mit ihm gesprochen.

«Der Mann ist kein Fanatiker. Er schaut dich an und weiß, was dich umtreibt.»

«Hat er dich getauft?», hatte Andreas wissen wollen. Es war ihm befremdlich vorgekommen, diese Frage überhaupt zu stellen, als zweifelte er daran, dass sein bester Freund sich ihm von selbst anvertrauen würde.

«Nein.» Gisbert hatte kurz gezögert. «Ich habe ihn gefragt, ob ich es machen soll.»

«Und?»

«Er meinte, allein die Frage zeige, dass ich noch nicht so weit sei. Es müsse aus mir selbst kommen. Gott würde mir ein Zeichen geben.»

Andreas hatte an Heinrich Roll denken müssen, der an seinem Tisch gesessen und keinen Hehl daraus gemacht hatte, dass er am liebsten gleich hier mit dem Taufen begonnen hätte.

«Du solltest mal mitkommen.»

«Mache ich. Demnächst.»

Bald darauf hatte der Bischof die Bürgermeister und den Rat in einem herrischen Schreiben aufgefordert, Bernhard Rothmann auszuliefern. Natürlich wären die Herren den Unruhestifter nur zu gern losgeworden, aber nicht auf diese Weise, denn erstens war dessen Anhängerschar inzwischen so groß und so selbstbewusst geworden, dass mit erheblichem Widerstand zu rechnen war, und zweitens hätte die Erfüllung dieser so barsch vorgetragenen Forderung einen derartigen Kotau vor dem Bischof bedeutet, dass selbst die Lutheraner und nicht wenige Katholiken das letzte bisschen Respekt vor der Obrigkeit verlieren würden. Das Dilemma war unauflösbar: Eingriffe des Landesherren in die städtische Selbstständigkeit ließen sich nur durch Einigkeit innerhalb der Stadt wirksam abwehren, doch genau diese Einigkeit wurde durch den Mann gestört, dessen Auslieferung den Landesherren zu weiteren Eingriffen in die städtische Selbstständigkeit ermuntert hätte.

Seit der Inhalt des bischöflichen Schreibens bekannt geworden war, hatte sich ein nie dagewesenes Misstrauen in der Stadt verbreitet. Beinahe täglich hatten Versammlungen der Gilden stattgefunden, die dem Rat argwöhnisch auf die Finger sahen.

Andreas war fast immer dabei. Die Schmiedegilde zählte ein paar Dutzend Mitglieder, man kannte und schätzte sich, und schon deshalb war es in diesem Kreis noch am einfachsten, offen zu sprechen. Schnell wurde klar, wer auf welcher Seite stand: Steinkamp war der Wortführer der täuferischen Fraktion, der auch Hocke, Rotland und die Potthoff-Brüder zuneigten, Letztere aber wohl vor allem aus Freude am Krawall, sowie Walraven, der sich aber genau wie Reinig mit lauten Äußerungen zurückhielt – Walraven aus Angst vor der Obrigkeit, Reinig aus Angst vor seiner Frau. Remeken war ein ebenso überzeugter Lutheraner wie Balke ein überzeugter Katholik, Schröder schimpfte auf alle, und Mollenhecke versuchte als Aldermann eine gewisse Neutralität zu wahren und dafür zu sorgen, dass sich die Gräben zwischen den Lagern nicht weiter vertieften. Denn schließlich überwogen die gemeinsamen Interessen: keine Bevormundung durch den Bischof und Mitspracherecht der Gilden bei allen städtischen Belangen.

Heute, drei Wochen nach Rothmanns Taufe, zwei Wochen

nach der Sonnenfinsternis und eine Woche nach dem Ultimatum des Bischofs, war es wieder so weit.

Andreas hatte sich etwas verspätet. Als er eintrat, waren die Gildemitglieder im Versammlungssaal an der Frauenstraße schon vollzählig versammelt. Ein großer Radleuchter erhellte den Raum, in dem die Luft waberte. Natürlich floss Bier. Und natürlich ging es wieder hoch her.

Die Besprechung war bereits in eine wilde Streiterei ausgeartet. Das Geschrei war bis auf die Straße zu hören gewesen. Die meisten Anwesenden waren von den Stühlen aufgesprungen. Steinkamp und Remeken hatten sich ineinander verbissen. Es ging um die Räumung der Kirchen, deren Einrichtung zum Teil schon von den Lutheranern weggeschafft worden war. Steinkamp wollte reinen Tisch machen und alles auf die Straße werfen, was noch verblieben war. Er verstand das als notwendige Reinigung, Remeken dagegen sah darin einen Ausdruck von Zerstörungswut und Barbarei.

«Die Paramente – raus damit!», schrie Steinkamp gerade. «Papistischer Firlefanz!»

«Es reicht doch, dass sie weggeschlossen sind», rief Remeken, aber Steinkamp ging gar nicht darauf ein, sondern machte gleich weiter: «Die Messbücher – verbrennen!»

Jetzt war es Balke, der Katholik, der protestieren wollte, aber Steinkamp war so in Fahrt, dass Balke, durch sein Stottern ohnehin nicht der Schnellste mit dem Mundwerk, gar nicht erst zu Wort kam: «Die Stifterbilder – zersägen!»

«Dein Vater würde sich im Grab umdrehen», blaffte Remeken ihn an. Wie alle wussten, hatte der alte Steinkamp vor seinem Tod vor zwanzig Jahren noch ein Altarbild gestiftet, auf dem er mit seiner Familie mit gefalteten Händen vor dem

Thron der Muttergottes kniete. Auch Steinkamp selbst war darauf zu sehen, als Kleinkind im blütenweißen Gewand.

«Die Glocken – einschmelzen!», schrie Steinkamp und sprang auf einen Stuhl.

«Was zum Teufel hast du denn jetzt gegen die Glocken?»

«Die Kanzeln – rausreißen!»

«Sollen die Prediger auch auf Stühle steigen, oder was?»

Wieder wurde gelacht, was für eine leichte Entschärfung der aggressiven Stimmung sorgte.

«Die brauchen gar keine Kirchen», wetterte Steinkamp, der sich seinerseits etwas entspannte und den Schlagabtausch vielleicht sogar ein bisschen spaßig fand. «Das Wort Gottes muss nicht in Gemäuer eingesperrt und nicht von Kanzeln voller eingeschnitztem Heiligenklimbim verkündet werden, und schon gar nicht von Priestern in perlenbestickten Gewändern!»

Einige Lutheraner johlten. Bei den perlenbestickten Gewändern konnten sie noch am ehesten mitgehen.

«Dann können sie ja auch gleich nackt predigen!», rief einer.

«Von mir aus gern!», meldete sich jemand von hinten. «Dann aber bitte auch die ganze Gemeinde!»

Als das Gelächter verklungen war, sagte Steinkamp: «Im Ernst. Alles, was nicht im Evangelium steht, muss raus. Zeigt mir die Stelle, wo Jesus von Paramenten und Messbüchern und Stifterbildern und Glocken und Kanzeln spricht! Das ist alles Pfaffenwerk!»

«Vom Rauswerfen steht aber auch nichts im Evangelium!», gab Remeken zurück. «Und hat Rothmann bei der Disputation die Kindertaufe nicht mit dem Argument verworfen, dass davon nichts im Evangelium steht?»

Diese Bemerkung, die Rothmanns eigenes Argument gegen

ihn kehrte, fand wiederum Zustimmung beim Katholiken. Es war frappierend, wie schnell sich in diesem Streit die Allianzen verschieben konnten.

Als sie auf das Abendmahl kamen und Steinkamp die anwesenden Lutheraner als *Gottfresser* beschimpfte, erntete er wütenden Protest; der Streit wurde wieder hitziger, Remeken wollte seinen Kontrahenten vom Stuhl zerren, und als es gerade so aussah, als würden sie doch noch miteinander handgemein, flog die Tür auf und Berthold Kampkötter erschien, ein Geselle von Balke, der offenbar nebenan bei Theo gezecht hatte, weil die Gesellen bei den Versammlungen der Gildemeister nicht zugelassen waren.

«Habt ihr's schon gehört?», rief er in den Raum. «Die Reiter des Bischofs satteln in Wolbeck die Pferde! Die sind gleich hier! Die wollen kurzen Prozess machen!»

Die Nachricht schlug ein wie eine Sprengladung. Augenblicklich ließen Steinkamp und Remeken voneinander ab.

«Wir müssen die Tore besetzen!», rief Rotland.

«Das hat der Rat schon veranlasst», sagte Kampkötter.

«Der Rat?» Mollenhecke spie das Wort beinahe aus. «Die lassen sie am Ende noch rein!»

Die Bemerkung löste einen Sturm der Empörung aus. Nicht wenige vermuteten, der Rat habe die Bischöflichen zu diesem Handstreich ermuntert, um sich Rothmann vom Hals zu schaffen, ohne sich selbst die Hände schmutzig zu machen. Und auch wenn die meisten Anwesenden es immer noch mit den Lutheranern hielten, war das Misstrauen gegenüber Ratsherren und Bürgermeistern so groß, dass der Streit ebenso schnell vergessen wurde, wie er eskaliert war. Man schrie nach Waffen. Einige stürzten nach draußen, andere riefen sich die Namen von Stadttoren zu, an denen man sich treffen wollte.

Mollenhecke versuchte, die Übersicht zu behalten. «Such Redeker», sagte er zu Kampkötter. «Sag ihm, wir treffen uns beim Rathaus.» Dann formte er seine Hände zu einem Trichter und rief über den Lärm hinweg: «Arndt, du gehst zum Lambertiturm und schaust, ob sich was tut. Alle anderen zum Servatiitor!»

Hinrick Redeker war einer der beiden Alderleute der Gesamtgilde, dem Gremium, das die Interessen der siebzehn Gilden bündelte und vor dem Rat vertrat. Das Servatiitor lag am Ende der Salzstraße. Wenn die Reiter des Bischofs über die Straße von Wolbeck kamen, würden sie dort auftauchen, zumindest wenn sie keinen Bogen um die Stadt schlugen und es woanders probierten. Auf dem Lambertiturm hielt ein vom Rat bestellter Wächter Ausschau. Dass Mollenhecke einen seiner eigenen Leute dorthin schickte, sagte einiges darüber aus, wie groß sein Vertrauen in Rat und Bürgermeister war.

«Hast du nicht zwei Arkebusen?», fragte Gisbert, der sich durch das Gedränge zu Andreas vorgekämpft hatte.

«Ja», sagte Andreas. Alle Bürger hatten Waffen, und Schmiede erst recht. Andreas hatte die Dinger bisher allerdings nur bei Übungen abgefeuert. Die Aussicht, damit von der Stadtmauer aus auf Reiter zu schießen, behagte ihm nicht.

«Dann lass uns die holen», sagte Gisbert. «Wir kommen sowieso bei dir vorbei.»

Während Andreas unentschlossen nickte, spürte er Mollenheckes Hand auf seiner Schulter. «Ich will, dass du mit mir zum Rathaus kommst. Ich brauche einen, der da mitschreibt.

Nicht dass die einem hinterher wieder das Wort im Mund umdrehen.»

Andreas nickte wieder, diesmal erleichtert. Er fühlte sich geschmeichelt. Er war Mollenheckes Vertrauter.

Auf den Straßen war plötzlich die Hölle los. Bewaffnete rannten hin und her, Gerüchte flogen durch die Luft, von irgendwoher erklang ein Horn. Die Nachricht vom drohenden Handstreich des Bischofs hatte sich mit unglaublicher Geschwindigkeit verbreitet.

Andreas rannte hinter Mollenhecke her, über den Liebfrauenkirchhof, die Brücke beim Spiegelturm und den Domplatz zum Rathaus, wo sich bereits eine Menschenmenge versammelt hatte, die zu den Fenstern hinauf schrie und verlangte, dass die Bürgermeister sich zeigten. Doch alle Fenster waren verschlossen, und die beiden Türen unter den Bögen wurden von jeweils fünf finster dreinblickenden Stadtknechten mit gesenkten Hellebarden blockiert.

Mollenhecke kämpfte sich durch die schreienden Männer zum rechten Eingang vor. Wer nicht schnell genug Platz machte, wurde beiseitegeschoben. Einige schimpften, aber Mollenheckes einschüchternde Statur und die natürliche Autorität des Aldermanns sorgten dafür, dass niemand ernsthafte Anstalten machte, ihm den Weg zu versperren. Einige grüßten ihn, einer klopfte ihm auf die Schulter. Und wieder überkam Andreas ein wohltuendes Gefühl von Bedeutung.

«Lasst uns rein», sagte Mollenhecke zu den Wachen. «Wir müssen sofort mit Jodefeld sprechen.»

Der Wächter in der Mitte der Fünfergruppe musterte den Schmied kurz, dann fiel sein Blick auf Andreas, wanderte einmal an ihm herunter, sprang wieder zu Mollenhecke.

«Keine Waffen», knurrte er.

Mollenhecke breitete die Arme aus. «Siehst du vielleicht welche?»

Der Stadtknecht sagte nichts, sondern deutete mit einem knappen Nicken zur Tür. Die anderen traten zur Seite, ließen Mollenhecke und Andreas passieren und schlossen das Spalier hinter ihnen.

Sie eilten durch die große Halle im Erdgeschoss. Ratsherren und Bedienstete in dunkler Amtskleidung standen in kleinen Gruppen herum, debattierten und gestikulierten und warfen ab und zu sorgenvolle Blicke zu den Eingangstüren. Die Stadtknechte zeichneten sich als Silhouetten vor dem von der Nachmittagssonne beschienenen Platz ab; dahinter wogte die lärmende Menge.

«Kann mal jemand die Türen schließen?», schrie jemand.

Während Mollenhecke und Andreas weiterliefen, krachten die Türflügel hinter ihnen. An der rückwärtigen Wand der Halle war eine Tür eingelassen, die zum Ratssaal führte. Auch dort wurde erregt und lautstark debattiert. Andreas erkannte einige der Ratsherren, darunter ein paar Alderleute, dazwischen weitere Ratsdiener und Sekretäre. Drei lange Tische und zwei Dutzend Stühle waren in Hufeisenform angeordnet, weitere Stühle standen vor der dunkelbraunen Wandverkleidung, aber niemand saß. Es ging kaum anders zu als bei der Gildeversammlung, die sie gerade verlassen hatten. Durch die Fenster an der Rückwand fiel Nachmittagslicht herein, gelblich verfärbt durch die Scheiben.

Ein Mann löste sich aus einer der Gruppen und trat auf Mollenhecke zu: ein Mittdreißiger mit breiten Schultern, die durch die Pelzrobe noch breiter wirkten, kurz geschorene Haare auf dem schon halb kahlen Kopf, kräftiges Kinn. Bürgermeister Jodefeld.

«Gut, dass du da bist», begrüßte er Mollenhecke.

Andreas wunderte sich. Die beiden kannten sich offenbar gut, und Jodefeld schien Mollenhecke zu schätzen.

Jodefeld nickte Andreas freundlich zu, dann wies er zu einer Wendeltreppe in der Ecke des Raumes.

«Lass uns nach oben gehen, da sind wir ungestört. Die kommen hier so schnell zu keiner Entscheidung. Besser, wir verständigen uns erst mal untereinander.»

So läuft das also, dachte Andreas. Man einigt sich im kleinen Kreis.

Jodefeld führte sie über die Treppe in einen kleinen Raum, wahrscheinlich eine Schreibstube: ein runder Tisch mit sechs Stühlen, Tintenfass, Feder und Papier, ein Wandregal, auf dem sich Unterlagen, Kerzen, Siegelwachs und weitere Utensilien stapelten. Durch ein kleines Fenster, das an einer Seitengasse lag, drang gedämpft der Tumult vom Platz herein.

«Setzt euch», sagte Jodefeld. Aber Mollenhecke saß schon.

Der Aldermann schob Andreas das Schreibzeug über den Tisch zu. Die beiläufige Geste zeigte einmal mehr, mit welcher Selbstverständlichkeit die Führer der Gilden im Rathausbetrieb mitmischten.

«Neuigkeiten vom Turmwächter?», fragte Mollenhecke.

«Keine», antwortete Jodefeld. «Wenn sich irgendwas tut, gibt er ein Signal.»

«Du weißt, dass die Leute da draußen euch nicht trauen», sagte Mollenhecke. «Einige sind überzeugt, dass ihr den Bischof in die Stadt lassen wollt. Dass ihr ihn eingeladen habt, seine Reiter zu schicken.»

«Und du weißt, dass das nicht stimmt», sagte Jodefeld.

Mollenhecke lehnte sich zurück und wies mit einer lässigen Geste zum Fenster. «Willst du es ihnen erklären?»

«Mein Gott, Hinrich. Du glaubst doch nicht im Ernst ...»

«Was ich glaube und was die da draußen glauben, ist nicht dasselbe. Ihr habt euch das selbst eingebrockt mit eurem Herumgeeiere.»

Jodefeld stieß die Luft aus, halb empört, halb resignierend. Er überlegte.

«Sind die Tore geschlossen?», setzte Mollenhecke nach.

«Natürlich.»

«Und mit euren Leuten besetzt?»

«Mit welchen Leuten denn sonst?», fragte Jodefeld gereizt zurück.

Mollenhecke machte eine Kunstpause, dann sagte er: «Ich kann zwar nur für die Schmiedegilde sprechen, aber ich nehme an, dass die anderen es genauso handhaben. Wir nehmen die Sache selbst in die Hand. Da draußen sind jetzt ungefähr tausend Männer unterwegs zu den Mauern. Die wollen sehen, dass die Tore geschlossen, die Bastionen besetzt und die Kanonen geladen sind. Und sie werden sich nicht damit abspeisen lassen, dass ein paar Stadtknechte ihnen von oben zurufen, dass alles in Ordnung ist. Haben die eigentlich irgendwelche Anweisungen, was sie tun sollen, wenn unsere Leute die Tore übernehmen wollen?»

«Übernehmen?», fragte Jodefeld entsetzt.

«Was denn sonst?», sagte Mollenhecke gelassen. «Glaubst du, die bleiben auf der Straße stehen und drehen Däumchen, bis sie wieder nach Hause geschickt werden? Geh mal raus. Die sind richtig in Fahrt.»

Jodefeld stützte die Ellbogen auf den Tisch, legte den Kopf in die Hände und trommelte mit den Fingern auf seinen Schläfen herum. «Und was schlägst du vor?», fragte er schließlich.

«Übergebt den Alderleuten der Gesamtgilde das Kommando über die Mauer mit allen Toren. Und die Schlüssel.»

«Du kannst nicht ...»

«Nicht für die Gesamtgilde sprechen? Nein, wie gesagt, ich spreche nur für die Schmiede. Aber Hinrick Redeker spricht für die Gesamtgilde. Und er ist auf dem Weg hierher und wird dasselbe fordern. Die Gilden übernehmen die Verantwortung für die Sicherheit der Stadt. Das ist es, was alle wollen. Alle außer ein paar Katholiken, die immer noch nicht begriffen haben, dass sie sich selbst keinen Gefallen tun, wenn sie den Bischof hereinlassen.» Der Aldermann beugte sich vor. «Ich an deiner Stelle würde zusehen, dass das veranlasst wird, bevor es wieder so aussieht, als würdet ihr nur hinterherlaufen, weil ihr keine Wahl mehr habt. Geht endlich mal voran.»

«Ich kann das nicht allein entscheiden.»

Mollenhecke stand auf, ging zum Fenster und öffnete es. Der Lärm vom Platz schwappte herein.

«Ganz schön laut da draußen. Hoffentlich kommen die nicht auf die Idee, das Rathaus zu stürmen.»

Mollenhecke schloss das Fenster wieder. Erneut war Andreas beeindruckt, wie lässig der Aldermann den Bürgermeister unter Druck setzte. Vor den Mauern rückten die Männer des Bischofs an, in der Stadt lärmte die Menge. Die Frage lautete bloß, wen Jodefeld mehr fürchtete.

Auf dem Gang waren Schritte und Stimmen zu hören. Die Tür öffnete sich, und zwei Männer traten ein: Hermann Tilbeck, der andere Bürgermeister, und Hinrick Redeker, Aldermann der Gesamtgilde. Tilbeck war ein beleibter Mann in unauffälliger, aber aus teurem Samtstoff gefertigter Kleidung. Schweiß stand auf seiner Stirn, den er sich mit einem Tuch abwischte. Redeker, bärtig und hager, war fast einen Kopf größer als er. Seine Augen waren leicht gerötet, und als er sich setzte, roch Andreas, dass er getrunken hatte. Wahrscheinlich hatte er auch schon eine längere Besprechung mit Bierausschank hinter sich.

Ohne Jodefeld zu Wort kommen zu lassen, fasste Mollenhecke das Gespräch zusammen und wiederholte seine Forderungen. Redeker nickte immer wieder.

Als Mollenhecke geendet hatte, war es eine Weile still. Das Geschrei auf dem Platz war das einzige Geräusch. Jodefeld schielte zum Fenster.

«Kriegt ihr das im Rat durchgesetzt?», fragte Redeker schließlich.

«Wenn ihr die Leute da draußen wegschickt», sagte Jodefeld.

«Erst die Zusage», sagte Mollenhecke. «Die Gilden bekommen die Verantwortung für die Stadtverteidigung. Die Stadtknechte werden unserem Kommando unterstellt. Und die Alderleute kriegen die Schlüssel für die Tore.»

«Wir können nicht ...», begann Jodefeld wieder.

«Doch, können wir», unterbrach ihn Tilbeck. «Da unten wird schon an den Türen gerüttelt. In zehn Minuten ist der Rat weich gekocht wie Erbsenbrei.»

Andreas wunderte sich über den ruhigen Tonfall des Bürgermeisters. Anders als Jodefeld schien Tilbeck keine Angst vor der Menschenmenge zu haben. Er schwitzte offenbar nicht vor Furcht, sondern weil er gerannt war. Fast wirkte es, als begrüßte er den Aufruhr, als hoffte er, den eingeschüchterten Rat bei dieser Gelegenheit zu weiteren Zugeständnissen bewegen zu können. Tilbeck wurden Sympathien für die Täufer nachgesagt. Hatte es damit zu tun?

«Schreib das auf», sagte Mollenhecke zu Andreas. Ohne die Bürgermeister weiter zu beachten, diktierte er die genannten Bedingungen. Niemand widersprach. Andreas tauchte die Feder ein und notierte.

«Das lasst ihr gleich vom Ratsschreiber in Reinform bringen», bestimmte Mollenhecke. «Mit Siegel und Unterschriften. Sobald es bekannt gemacht wird, kehrt da draußen Ruhe ein.»

Jodefeld erhob sich, aber Tilbeck fasste ihn am Arm und zog ihn wieder auf den Stuhl zurück. «Warte mal.»

«Was denn?», fragte Jodefeld.

Mollenhecke und Redeker tauschten einen irritierten Blick.

«Vielleicht sollten wir noch einen Schritt weitergehen», sagte Tilbeck langsam. Es sollte wohl bedächtig wirken, aber für Andreas klang es, als hätte er sich seine Worte vorher zurechtgelegt.

Jodefeld kniff misstrauisch die Augen zusammen. «Und zwar?»

«Wir könnten die Gelegenheit nutzen, um diese ganze leidige Zwietracht in der Stadt auf einen Schlag zu beenden.»

«Sag mir, dass es nicht das ist, was ich vermute», murmelte Jodefeld. «Sag mir, dass wir hier nicht über Bekenntnisfreiheit für die Wiedertäufer reden.»

Tilbeck schloss bei dem Wort *Wiedertäufer* nachsichtig und etwas hochmütig die Augen wie ein Märtyrer, der zeigen will, dass die Peitschenhiebe seiner Peiniger ihm nichts anhaben können.

Doch ehe er etwas antworten konnte, öffnete sich die Tür

erneut und zwei weitere Herren traten ein. Andreas erkannte Johann van Deventer, einen der Alderleute der Schuhmacher, den er schon unten im Ratssaal gesehen hatte. Das Gesicht des zweiten Mannes kam ihm bekannt vor, aber der Name fiel ihm nicht ein, wahrscheinlich ebenfalls ein Aldermann. Sie wirkten kein bisschen aufgeregt oder gar gehetzt, sondern waren auffällig ruhig.

Johann van Deventer galt wie Tilbeck als Täuferfreund. Langsam schwante Andreas, dass ihr Erscheinen kein Zufall, sondern mit Tilbeck abgesprochen war. Dessen Überraschung beim Anblick der beiden Ankömmlinge wirkte gespielt.

«Michael», sagte er mit hochgezogenen Augenbrauen. «Johann.»

Andreas erinnerte sich jetzt doch. Michael Nordinck, Aldermann der Pelzer. Seine Vermutung, dass hier irgendetwas ausgekungelt werden sollte, erhärtete sich. Wieder tauschten Mollenhecke und Redeker einen Blick.

«Wir sprachen von der Möglichkeit einer Duldung», sagte Tilbeck jetzt, obwohl das Wort bisher noch gar nicht gefallen war. Doch mehr musste er offenbar nicht erklären. Deventer und Nordinck nickten nur, setzten sich aber nicht.

«Das verstößt gegen Reichsrecht», protestierte Jodefeld. «Wir sind dazu gar nicht befugt.»

«Dann können wir es hinterher umso leichter zurücknehmen», antwortete Tilbeck ungerührt.

Mollenhecke lachte auf. «Das will ich sehen. Ihr habt in der letzten Zeit ein bisschen zu viel beschlossen und wieder zurückgenommen. Willst du dich hinstellen und den Leuten sagen, dass es ein Irrtum war? Ein Scherz? Wenn so etwas einmal beschlossen ist, dann gibt es kein Zurück mehr.»

«Vielleicht erledigt sich das Problem mit dem Weltuntergang von allein», sagte Jodefeld gehässig. «Wenn die Wiedertäufer recht haben, sind es ja nur noch ein paar Monate.»

Wieder schloss Tilbeck die Augen.

«Fürs Erste wäre die Stadt befriedet», sagte er. «Außerdem ist es eine Frage der Formulierung.»

«Die Pelzer würden es mittragen», sagte Nordinck.

«Die Schuhmacher auch», nickte Deventer.

«Die Wandschneider sowieso», ergänzte Tilbeck. «Dafür wird Knipperdolling schon sorgen. Bäcker, Lohgerber und Schneider auch.»

«Die Steinhauer wären sicherlich nicht abgeneigt», meldete sich Nordinck noch einmal.

«Vergiss die Kannengießer nicht», brummte Deventer.

Tilbeck wandte sich an Mollenhecke. «Was ist mit den Schmieden?»

Mollenhecke wirkte völlig überrumpelt. Innerhalb von kaum einer Minute war er in die Defensive geraten, und plötzlich schien Jodefeld, dessen Blick während des Wortwechsels immer finsterer geworden war, sein einziger Verbündeter zu sein.

Tilbeck lächelte ihn milde an. «Es würde innerhalb deiner Gilde für Ruhe sorgen. Ich weiß doch, was bei euch los ist.»

Dieses Argument hatte in der Tat einiges Gewicht. Andreas dachte an die Versammlung, aus der sie gerade gekommen waren. Steinkamp, Hocke, Rotland, die Potthoff-Brüder, Reinig und Walraven würden aufhören, Unruhe zu stiften, wenn sie bekommen hatten, was sie wollten. Die Position der Gilden gegenüber dem Rat wäre gefestigt und die Einigkeit der Stadt gegenüber dem Bischof gesichert. Und war nicht am Ende jeder für sich selbst verantwortlich? Kam man dem Himmelreich auch nur das kleinste Stück näher, wenn man andere zwang, denselben Weg dorthin zu nehmen?

Mollenhecke, dem offenbar ähnliche Gedanken durch den Kopf gingen, nickte zögerlich.

«Na also», sagte Tilbeck. «Wichtig ist, dass wir uns hier einig sind.»

«Wir sind uns aber nicht einig», protestierte Jodefeld. «Eine Duldung ist zu riskant. So was hat es noch nie gegeben. Es wäre eine Kriegserklärung an den Bischof und an das ganze Reich.»

«Mit dem Bischof sind wir sowieso schon so gut wie im Krieg», schoss Tilbeck zurück. «Aber nicht wegen irgendwelcher Glaubensfragen, sondern weil er unsere Privilegien kassieren will, und wenn wir an einem Strang ziehen, werden wir mit ihm fertig. Und was das Reich angeht: Der Kaiser ist mit den Türken beschäftigt, und er hat kein Geld. Er wird die Reichsacht verhängen und niemanden finden, der sie exekutiert.»

Andreas war beeindruckt, wie gut Tilbeck informiert war und wie selbstsicher er seine Prognose vortrug. Noch stärker als zuvor hatte er das erhebende Gefühl, bei etwas Großem dabei zu sein.

«Wir binden die Täufer ein und halten sie so unter Kontrolle», sprang Redeker dem Bürgermeister bei. «Rothmann und die anderen Prediger stellen die Provokationen ein. Und wir sind auf einen Schlag allen Ärger los.»

Jodefeld wandte sich dem Aldermann mit angewidertem Gesicht zu. «Du jetzt also auch.»

Nordinck stieß sich von der Wand ab, trat hinter Jodefeld

und legte ihm seine Pranke auf die Schulter. «Lass gut sein, Jasper. Die Sache ist entschieden.»

Jodefeld schüttelte die Hand ab und sprang auf. «Macht euren Dreck alleine», zischte er und stapfte hinaus.

Tilbeck schüttelte nachsichtig den Kopf. «Dann sind wir uns also einig. Ich sorge dafür, dass der Rat keine Schwierigkeiten macht. Hinrick, du rufst die Alderleute zusammen, damit sich keiner übergangen fühlt. Und jetzt überlegen wir mal, wie wir das so ausdrücken, dass jeder gut damit leben kann. Wir nennen es nicht *Beschluss*, sondern *Erklärung*. Und wir formulieren es so, dass es nicht endgültig klingt, sondern vorläufig.»

«Bis Gott es richtet», schlug Redeker vor.

«Sehr gut», lobte Tilbeck. «Bis Gott es richtet. Genau so verkünden wir das.»

Mollenhecke stieß Andreas mit dem Ellbogen an. «Von jetzt an schreibst du mit.»

Eine Weile wurde über die richtige Formulierung beraten, während Andreas notierte. Nach einer Weile klopfte es an die Tür.

«Herein», rief Tilbeck, der wie selbstverständlich die Führung der Diskussion übernommen hatte.

Ein Stadtknecht steckte den Kopf herein.

«Gerade ist ein Kundschafter angekommen», sagte er. «In Wolbeck sind keine Reiter aufgebrochen.»

«Na so was», sagte der Bürgermeister aufgeräumt. «Vielleicht kommen die gar nicht.»

Nordinck und Deventer lachten amüsiert auf.

«Behalt es erst mal für dich», sagte Tilbeck zu dem Stadtknecht. Der nickte und verschwand.

«Sollen sie's ruhig noch eine Weile glauben», murmelte er.

Dann lehnte er sich zurück und sah versonnen zur Decke. Der Lärm draußen war abgeklungen. Wahrscheinlich hatten die meisten sich inzwischen zu den Toren begeben.

Tilbeck ließ seinen Blick von einem zum anderen wandern. Seine Augen leuchteten begeistert. «Wisst ihr eigentlich, was wir hier gerade beschlossen haben?»

7

Das Gefängnis, in das Jakob und Benoît gebracht worden waren, lag im Keller und bestand aus mehreren Räumen, die mit sauberem Stroh ausgelegt waren. Zweimal am Tag wurden die Eimer geleert und frisches Wasser gebracht, die Kost war ausreichend und genießbar, und jeder Gefangene hatte eine eigene Wolldecke. Insgesamt lag der Komfort irgendwo zwischen Pferdestall und zweitklassiger Herberge. Jakob hatte es bei Einquartierungen in italienischen Dörfern schon schlechter getroffen.

Eine der Wände strahlte beständig Wärme ab; dahinter musste sich der Kaminschacht befinden, der zur Küche gehörte. Dazu passte auch die Geräuschkulisse: das Scheppern von Töpfen, Kesseln und Pfannen, Anweisungen und Zurufe, gelegentlich aufbrandendes Lachen des Personals über irgendwelche Küchenscherze. Und immer wieder fanden allerhand würzige Düfte ihren Weg durch die Luken in der Tür.

«Keine Ratten, keine Läuse. Was soll das für ein Kerker sein?», fragte Benoît.

Durch vergitterte Fensternischen dicht unter der Decke fiel etwas Licht herein. Wenn Jakob sich auf die Zehenspitzen stellte und hinauslugte, sah er einen Innenhof aus der Perspektive einer Maus im Mauseloch: unten das Pflaster, oben ein Stück Himmel, dazwischen in etwa zwanzig Schritten Entfernung eine sauber gekalkte Wand, die zum Amtssitz des Schultheißen gehörte, wie er an dem spitzen Dach mit dem nach burgundischer Manier gestalteten Muster aus braun, ockerfarben und grün glasierten Ziegeln erkannte. Ab und zu rollten Kutschen vorbei und verschwanden in einer Durchfahrt.

Sie teilten die Zelle mit vier anderen: Geert, Adam, Jan und Gijs. Alle waren zwischen zwanzig und vierzig Jahren, zwei kamen aus Amsterdam, einer aus Haarlem, einer aus Alkmaar; zwei waren Bäcker, einer Kürschner und einer Buchdrucker. Alle vier waren verheiratet und hatten Kinder, alle vier waren gesund und ohne berufliche Nöte; keine verzweifelten Existenzen, sondern Männer, die aus Neugier zur Gemeinde gefunden hatten, aus Einsicht in die Tauflehren geblieben und dann nach und nach von Jan Matthys mit seinen Visionen und Prophezeiungen eingewickelt worden waren. Geert sah dem Weltuntergang mit Freude entgegen, Adam hatte noch Bedenken wegen des Termins, Jan wurde inzwischen selbst von Visionen heimgesucht, und Gijs, fanatischer als die anderen, befürwortete als Einziger den Einsatz von Gewalt gegen die Ungläubigen. Jan und Gijs kannten den Zellentrakt schon von früheren Aufenthalten und genossen daher bei den beiden anderen ein besonderes Ansehen.

Sie sangen und beteten viel, und notgedrungen sangen und beteten Jakob und Benoît mit, um nicht aufzufallen. Bald kannten sie drei Dutzend Psalmen auswendig. Benoît konnte es sich dabei nicht verkneifen, improvisierte Varianten der Texte zu murmeln – *Du stäubest mein Haupt mit Mehl* statt *Du salbest mein Haupt mit Öl* oder *schwärzlicher Kot* statt *tägliches Brot*.

Vor allem aber lernten sie viel Aufschlussreiches darüber, wie diese Leute dachten: welche Vorkommnisse sie als Zeichen des bevorstehenden Weltuntergangs deuteten, welche Bibelstellen sie immer wieder zitierten und über welche sie sich uneinig waren. Alle diese Informationen nahm Jakob begierig auf. Eine bessere Vorbereitung auf ihr Leben unter Wiedertäufern als diesen Gefängnisaufenthalt konnte es gar nicht geben.

Zwei Wochen waren sie jetzt hier – lange genug, um eine fast schon verschworene Gemeinschaft zu bilden. Um sich nicht in Widersprüche zu verstricken, hatte Jakob seine Lebensgeschichte bis zum Tod von Frau und Tochter ohne Auslassungen und Verdrehungen erzählt. Nur seine Stellung bei Maria in Brüssel hatte er verschwiegen und stattdessen behauptet, dort bei der Stadtwache angestellt gewesen zu sein. Benoît dagegen hatte den anderen in gewohnter Unverdrossenheit eine epische Räuberpistole über seinen angeblichen Werdegang als reisender Chirurg aufgetischt und seine Erlebnisse dabei so weitschweifig und lebhaft ausgemalt, dass Jakob sie fast selbst glaubte.

Nur einmal stellte Gijs ihnen beiläufig eine Frage, auf die sie nicht vorbereitet waren: Wer sie eigentlich getauft habe?

«Jan Bockelson aus Leiden», sagte Benoît aufs Geratewohl.

Der Name war in den Gesprächen der anderen mehrfach gefallen. Es schien sich um einen besonders eifrigen Anhänger des Propheten zu handeln, der wie dieser predigend und taufend durch das Land zog. Man konnte nur hoffen, dass sie ihm nicht so schnell über den Weg laufen würden.

Die anderen achtzehn Gefangenen, die den Häschern des Schultheißen in jener Nacht ins Netz gegangen waren, hatte man in benachbarten Zellen untergebracht. Man hörte es an den Gesängen und Gebeten, die durch den Hof waberten: nicht so laut, dass die Wachen es als Provokation auslegen konnten, aber vernehmbar genug, um ein demonstratives Zeugnis ihrer Unverzagtheit abzulegen.

«Bald werden wir frei sein», prophezeite Gijs. «Der Herr hat es mir in meinen Träumen gewiesen.»

Insgesamt ließ es sich aushalten, wenn nur die Unsicherheit über den Verbleib von Ernestine nicht gewesen wäre. Gern hätte er Gijs, der Matthys besser zu kennen schien als die anderen, ausgefragt, aber er fürchtete, damit das in den zwei Wochen der Gefangenschaft aufgebaute Vertrauen zu gefährden. Also wartete er auf eine Gelegenheit, das Gespräch unverfänglich darauf zu bringen. Währenddessen versuchte er, sich ein Bild von ihr zu machen. Was trieb eine abenteuerlustige junge Frau in die Arme von Matthys? Waren es die Weltuntergangslehren der Gemeinde? Oder ging es um den Propheten selbst? Und vor allem: Wie konnte man sie dazu bewegen, sich wieder von ihm abzuwenden? Hoogstraten mochte es gleich sein, wie er sie nach Hause brachte, aber Jakobs Abneigung gegen den Grafen war so stark, dass er sich Ernestine gegenüber mehr verantwortlich fühlte als ihm, jedenfalls würde er sie nicht mit einem Sack über dem Kopf nach Hause schleppen. Es ging um ihr Wohlergehen, nicht um seins.

Doch bevor er mehr über sie in Erfahrung bringen konnte, bewahrheitete sich die Prophezeiung von Gijs.

Eine der Nachbarzellen wurde geöffnet. Die Wachen riefen zwei Namen, man hörte Stroh rascheln, dann Schritte, begleitet von gemurmelten Gebeten.

«Gott, gehen die mir auf den Senkel», sagte einer der Wächter, als die Gruppe gerade vor ihrer Zellentür vorbeiging.

«Bald ist ja wieder Ruhe», ließ sich eine andere Stimme vernehmen.

Adams Augen weiteten sich. «Bringen die uns zur Hinrichtung?», fragte er bange.

Jan lachte milde und fasste ihn an der Schulter. «Niemand wird hingerichtet. Hubrechtszoon frisst uns aus der Hand.»

Zwei Stunden später waren Jakob und Benoît an der Reihe. Zwei Wachen holten sie aus der Zelle und führten sie über Gänge und Treppen in eine Amtsstube im zweiten Stock des gegenüberliegenden Traktes. Sie hatten sich noch nicht einmal die Mühe gemacht, sie zu fesseln. Beamte und Bedienstete, die ihnen über den Weg liefen, nahmen kaum Notiz von ihnen.

Die Stube wurde von einem Kachelofen beheizt, zwei Fenster mit bleiverglasten Scheiben gingen auf den Hof hinaus und ließen gelbliches Licht herein.

Hinter einem Schreibtisch saß ein Mann mit Halbglatze und glatt rasiertem, rosig glänzendem Gesicht, gut genährt, aber nicht fett. Seine schwarze Kleidung wirkte auf den ersten Blick bescheiden, bewies beim näheren Hinsehen aber, dass er beim Schneider nicht geknausert hatte: Der Stoff war von bester Qualität, die Knöpfe mit Samt bezogen. Am Hals schaute der Rand eines blütenweißen Spitzenkragens hervor, am rechten Zeigefinger funkelte ein Goldring mit einem geschliffenen Granat von der Größe einer Haselnuss. Ein leichter Parfümduft ging von ihm aus. Ganz offensichtlich handelte es sich um Jan Hubrechtszoon, den Schultheißen und angeblichen Ketzerfreund, den Hoogstraten so gern losgeworden wäre.

Die Wachen zogen sich zurück und schlossen die Tür.

Hubrechtszoon sah sie kurz an, dann blickte er auf ein Papier, das vor ihm in der Mitte zwischen zwei Stapeln lag.

«Jakob van Heemskerk und Benedikt van Zeeburg. Ist das

richtig?» Seine Stimme war weich und freundlich. Benedikt van Zeeburg war der Name, den Benoît bei der Verhaftung angegeben hatte, um als Holländer durchzugehen.

«Korrekt», sagte Jakob.

Hubrechtszoon tauchte eine Schreibfeder ein und ergänzte etwas auf seinem Papier. Dann sah er eine Weile auf das Geschriebene, schien zu überlegen, wie er anfangen sollte.

Jakob kannte Verhöre aus dem Krieg, allerdings nur von der anderen Seite des Tisches. Nach Gefechten hatte er Gefangene befragt, um Informationen über die Standorte der Kompanien ihrer Gegner, deren Stärke und die Anzahl der mitgeführten Kanonen aus ihnen herauszuholen. Manche redeten freiwillig, bei anderen musste man nachhelfen. Zuerst stellte man Fragen, deren Antworten man schon kannte, um herauszufinden, ob sie versuchten, einen anzulügen.

Aber Hubrechtszoon kam direkt zur Sache. «Was hattet ihr in diesem Haus zu suchen?», fragte er, ohne aufzublicken. Sein Ton war gelangweilt, wahrscheinlich stellte er die Frage an diesem Tag schon zum zwanzigsten Mal.

«Wir haben der Verkündigung des reinen Evangeliums gelauscht», antwortete Benoît, bevor Jakob etwas sagen konnte. Was war denn in den gefahren?

Hubrechtszoon hob den Blick und sah Benoît an wie ein Kind, das seine Lektion nicht gelernt hat. «Soll ich das wirklich hier reinschreiben? Vielleicht überlegen wir noch mal gemeinsam, wie eine Antwort lauten könnte, die ich nicht nach Den Haag melden muss. Kann es sein, dass ihr einfach nur Karten gespielt habt? Karnöffel vielleicht?»

«Genau», sagte Jakob schnell und trat Benoît auf den Fuß. «Karnöffel.»

«Wir lieben Karnöffel», ergänzte Benoît artig.

«Wer tut das nicht.» Wieder notierte Hubrechtszoon etwas. «Und beim Karnöffelspielen sind keine Äußerungen gefallen, die man als Infragestellung kirchlicher Sakramente oder Aufruf zum Umsturz hätte verstehen können?»

«Gott bewahre.»

«Ein gewisser Jan Matthys war an diesem Abend nicht zufällig anwesend? Auch nicht vor dem Zugriff der Stadtwache?»

«Den Namen haben wir noch nie gehört», sagte Benoît.

«Übertreib es nicht», sagte Hubrechtszoon freundlich.

«Er war nicht da», sagte Jakob und verpasste Benoît einen weiteren Fußtritt.

Die Feder kratzte. «Na also. Ich sehe, wir kommen voran. Vielleicht karnöffelt ihr in Zukunft einfach ein bisschen vorsichtiger. Und notiert die Spielstände dabei nicht auf eine Weise, die man auch als Berechnung von Weltuntergangsterminen oder Gleichsetzung verstorbener oder lebender Päpste mit dem Antichrist missdeuten könnte.»

Es ging noch eine Weile so weiter. Der Schultheiß arbeitete einen Fragenkatalog ab, legte ihnen die gewünschten Antworten in den Mund und trug sie auf seinem Blatt ein. Schließlich legte er das Papier auf den rechten Stapel und sah auf.

«Damit wir uns hier richtig verstehen», sagte er nach einer Pause. «Ich bin mitnichten der Ketzerfreund, als den einige Leute in Den Haag und Brüssel mich so gerne verleumden. Ich habe dafür zu sorgen, dass in dieser Stadt Ruhe herrscht und dass die Gesetze eingehalten werden. Manchmal sind diese Aufgaben schwer zu vereinbaren, und dann muss ich abwägen. Die Durchsetzung der Gesetze kann Unruhe auslösen, die offene Duldung ihrer Übertretung wiederum kann dazu führen, dass man mich zu härterem Durchgreifen zwingt oder jemand anderen an meine Stelle setzt, der das aus eigenem Antrieb tut. Um es deutlicher zu sagen: Wenn ich Ketzer aufspüre, kann ich nicht die Hände in den Schoß legen. Wenn ich sie nicht anklage oder zu milde bestrafe, verlangt Hoogstraten ihre Auslieferung und schickt uns nur die Köpfe zurück. Also ist es besser, ich finde erst gar keine Ketzer. Denn wer nicht da ist, der kann auch nicht ausgeliefert werden. Verstanden?»

«Verstanden», sagte Jakob. Es passte ihm nicht, vor diesem parfümierten Bürokraten buckeln zu müssen, aber je schneller sie die Sache hinter sich brachten, desto besser.

«Gut», sagte Hubrechtszoon. Und mit einem amüsierten Blick fügte er hinzu: «Ich notiere hier einfach mal, dass ihr eure Aussagen beeidet habt. Sozusagen als Kompromiss. Ihr müsst den Eid nicht leisten, aber auch nicht verweigern. Ihr wahrt die Form gegenüber eurem Gott, und ich wahre die Form gegenüber Den Haag. Falls sie diese Akten doch irgendwann mal lesen. Einverstanden?»

«Einverstanden», sagte Benoît.

Hubrechtszoon lächelte dünn. «Fühlt sich ein bisschen an wie Absolution ohne Reue, oder? Manchmal glaube ich, ihr seid den Katholiken ähnlicher, als euch lieb ist.»

Nach ein paar letzten Eintragungen stellte er die Feder zurück ins Tintenglas und erhob sich. «Eine Sache noch», sagte er. «Ich werde demnächst eine vorübergehende Amnestie verkünden. Ihr solltet sie nutzen, aber nicht um mir weiter auf der Nase herumzutanzen, sondern um zu verschwinden. Wie gesagt, wer nicht da ist, der kann auch nicht ausgeliefert werden, und die Gangart wird hier bald schärfer. Ich sage das nicht als euer Freund, denn das bin ich nicht, sondern als der Mann, der in dieser Stadt für Ruhe zu sorgen hat. Wenn mir das nicht gelingt, dann redet Hoogstraten uns hier bald nicht nur in Glaubensfragen rein.»

Hubrechtszoon läutete eine kleine Glocke, die auf dem Schreibtisch stand.

«Ihr könnt jetzt gehen.»

Als Jakob sich kurz darauf auf dem belebten Platz vor dem Stadthaus wiederfand, wurde ihm klar, dass das Einzige, was er zwei Wochen lang von der Sonne gesehen hatte, der langsam über den Hof wandernde Schatten des steilen Daches über dem Büro des Schultheißen gewesen war. Er ließ sich die Strahlen ins Gesicht scheinen und hoffte, Benoît würde eine Weile einfach den Mund halten. Sie hatten in den letzten Wochen eindeutig zu viel Zeit miteinander verbracht.

Die Stadt brodelte vor Leben. Es war Anfang Februar, und obwohl es noch kalt war, ließ der Sonnenschein das baldige Ende des Winters ahnen. Ein Aufatmen lag in der Luft. Kaufleute und Kontorbedienstete, Lastenträger und Hausfrauen schoben sich aneinander vorbei, aber niemand drängelte oder schimpfte. Hunde tollten herum. Eine Frau sang. Ein Mann pfiff. Ein paar Kinder spielten mit einem Ball aus zusammengebundenen Stoffresten, schossen einem feinen Herrn das Barett vom Kopf. Er lachte nur und warf den Ball zurück.

Doch obwohl das alles so ungemein wohltuend war und Benoît tatsächlich kein Wort sagte, sondern mit geschlossenen Augen neben ihm stand und ebenfalls die zarte Wärme des wunderschönen Tages genoss, war Jakob schon bald wieder mit den Gedanken bei ihrem Auftrag. Dank Benoît hatten sie es innerhalb von einem Tag geschafft, sich in die Wiedertäufergemeinde einzuschleusen, aber jetzt, nach zwei Wochen in Haft, wussten sie noch nicht einmal, wo Matthys sich inzwischen aufhielt, geschweige denn, ob Ernestine sich überhaupt noch bei ihm befand.

Benoît öffnete die Augen und begann, sich in aufreizender Sorgfalt die Haare zu richten, Strähne für Strähne.

«Und jetzt?», fragte er. Sein französischer Akzent war plötzlich zurück.

«Wir werden uns bald wieder mit ihnen treffen müssen», sagte Jakob. «Immerhin vertrauen sie uns jetzt. Am besten, wir melden uns wieder bei Pieter Houtzager.»

«Oder er sich bei uns.»

«Der weiß doch gar nicht, wo wir wohnen.»

«Ich habe Gijs die Adresse verraten.»

«Hast du ihn auch gleich zum Karnöffelspielen eingeladen?», fragte Jakob alarmiert. Es war ja nicht auszuschließen, dass irgendjemand in der Gemeinde wusste, für wen der Besitzer dieses Hauses in Brüssel wirklich arbeitete.

«Die kommen auch ohne Einladung», sagte Benoît ungerührt. «Und wenn schon. Was soll passieren? Während der Amnestie wird es keine Verhaftungen geben. Vielleicht schleppen sie uns sogar Ernestine ins Haus.»

«Oder diesen Jan Bockelson, der uns angeblich getauft hat. Und dann fliegt alles auf.»

«Sei nicht immer so pessimistisch, Ulf van Unkenruuf.»

Und wieder sollte Benoît recht behalten. Als sie am Abend in der Küche saßen und einen von Benoît zubereiteten Zander in Dillsoße verspeisten, klopfte es an die Haustür.

«Räum die Papiere weg», sagte Jakob und zeigte auf die

Blätter mit ihren Notizen, die immer noch auf dem Tisch lagen. Dann ging er zur Tür.

Draußen stand nicht die ganze Gemeinde, sondern nur Adam, der Jüngste ihrer ehemaligen Mitgefangenen. Sein dünner Bart hing an seinem Kinn wie angeklebt.

«Es gibt Neuigkeiten», verkündete er aufgeregt, während sie Bruderküsse und Friedensgrüße tauschten. «Großartige Neuigkeiten.»

Jakob führte ihn in die Küche. Nachdem Adam auch Benoît begrüßt hatte, fiel sein Blick auf die Teller.

«Ihr esst Fleisch?», fragte er.

«Fisch», korrigierte Benoît. «Die Fastenspeise des Herrn.» Sein französischer Akzent war wieder verschwunden.

Adam leckte sich die Lippen.

«Setz dich», sagte Benoît. «Wein?»

Adam kämpfte mit sich. Er schien Enthaltsamkeit gelobt zu haben, aber die Verlockung war mächtig.

Während Benoît ihm einschenkte, raunte er Jakob auf Französisch zu: «Wollen wir ihm sagen, dass wir zur Feier des Tages ein paar Mädchen eingeladen haben, die oben darauf warten, dass es ihnen jemand von hinten besorgt? Nur um zu sehen, wie er reagiert?»

Jakob ignorierte die Bemerkung und wandte sich wieder an Adam: «Was für Neuigkeiten meintest du?»

Adam schreckte zusammen. Der Anblick der Köstlichkeiten hatte ihn offenbar für einen Augenblick vergessen lassen, weshalb er gekommen war.

«Münster», hauchte er. «Das neue Jerusalem. Wir hatten recht. Es ist Münster.»

«Warum bist du so sicher?», fragte Jakob.

«Weil Gott ein Wunder gewirkt hat.»

«Gepriesen sei der Herr», sagte Benoît und blickte verzückt zur Decke. Die Spottlust in seinem Gesicht war einer tiefen Ergriffenheit gewichen. Es war immer wieder erstaunlich, wie schnell er zwischen seinen zur Schau gestellten Gemütszuständen hin und her wechseln konnte.

«Der Rat von Münster hat die Taufe gestattet», sagte Adam. «Das reine Wort Gottes wird dort jetzt frei und offen gepredigt. Unsere Brüder und Schwestern machen sich von überallher auf, um in Münster die Wiederkunft des Herrn zu erwarten. Der Prophet selbst ist mit einer großen Schar seiner Getreuen auf dem Weg.»

«Wann ist er denn aufgebrochen?», fragte Jakob möglichst beiläufig.

«Schon vor drei Tagen.»

«Frohlocke, Israel», flüsterte Benoît. Dann schob er Adam einen vollen Teller und einen Becher über den Tisch. «Und jetzt iss und trink.»

Beglückt darüber, dass er seine frohe Botschaft losgeworden war, griff Adam zu, zögerlich zuerst, dann immer gieriger. Er schlang den Fisch herunter, als hätte er zwei Wochen lang gar nichts zu essen bekommen. Wein war er offenbar nicht gewohnt. Nach dem ersten Becher wurde er albern, nach dem zweiten vertrauensselig.

Nachdem er eine Weile geplappert hatte, tauschten Benoît und Jakob einen Blick. Der Junge war jetzt reif.

«Diese Schar, mit der der Prophet aufgebrochen ist …», begann Jakob.

«Brüder und Schwestern aus ganz Holland, die vom Wort Gottes erfüllt sind», sagte Adam.

«Auch junge Schwestern?», fragte Benoît.

Ein weniger unbedarfter Geist hätte die Frage als Aufforderung verstehen können, irgendwelche schlüpfrigen Anekdoten zu kolportieren, doch dafür war Adam viel zu naiv.

«Viele junge Schwestern, ja. Gott schaut nicht auf das Alter. Wer sein Herz öffnet, der hört seine Stimme. Alte, Junge, auch Kinder.» Er hielt inne, als schreckte er im letzten Augenblick vor einer Falle zurück. «Also, nicht falsch verstehen, das mit den Kindern. Getauft werden darf natürlich nur …»

«Das meinte ich nicht», sagte Jakob und legte ihm die Hand auf die Schulter. «Ich frage nur, weil …»

«… die Tochter eines Freundes von uns sich dem Propheten angeschlossen hat», übernahm Benoît. Er senkte betrübt den Blick. «Doch der Teufel hatte ihrem Vater das Herz verschlossen, und er wollte sie nicht ziehen lassen.»

«Das hört man so oft», sagte Adam traurig.

Benoît ergriff seine Hand. «Nun aber hat er selbst die Stimme des Herrn gehört. Er bereut seine Verstocktheit und möchte sich ihr anschließen.»

Adam lauschte der rührseligen Geschichte, als würde sie von einer Engelsstimme aus dem Himmel vorgetragen.

«Das ist so schön», säuselte er.

«Sie ist sechzehn», sagte Jakob.

«Blond», ergänzte Benoît.

«Die sind ja fast alle blond», sagte Adam. Es war nicht klar, ob er diesen Umstand den Vorlieben des Heiligen Geistes bei der Auswahl der Empfängerinnen seiner Botschaften oder denen des Propheten bei der Auswahl seiner Gefährtinnen zuschrieb. «Wie heißt sie denn?», fragte er.

Wieder tauschten Jakob und Benoît einen Blick. Wenn sie

den Namen preisgaben und Adam später in der Gemeinde herumerzählte, dass sie nach dem Mädchen gefragt hatten, dann konnte jemand misstrauisch werden. Mit einem kurzen Kopfnicken wies Benoît auf die Weinkaraffe. Jakob verstand. Sie würden den Jungen so gründlich abfüllen, dass er sich hinterher an nichts mehr erinnerte.

«Ernestine», sagte Jakob.

Adam dachte kurz nach, dann nickte er. «Ja, eine Ernestine war dabei.» Er überlegte noch einmal und runzelte die Stirn. «Ist ja lustig.»

Jakob nahm die Karaffe, um ihm nachzuschenken. «Was ist lustig?»

«Ihr Vater scheint mehr als zwei Freunde in der Gemeinde zu haben.»

Jakob hielt mit der Karaffe in der Hand inne. Benoît zog eine Augenbraue hoch, hatte sich aber sofort wieder im Griff. «Er hat in der Tat viele Freunde. Hat denn noch jemand anders nach ihr gefragt?»

«Ja, vor ein paar Wochen. Merkwürdig, dass ihr nichts davon wisst.»

«Merkwürdig, in der Tat», sagte Jakob, während seine Gedanken arbeiteten. Jemand war hinter Hoogstratens Tochter her, jemand, der ihren Namen kannte und wusste, wo er sie suchen musste. Das war höchst beunruhigend. Dass der Graf noch jemand anderen auf das Mädchen angesetzt hatte, war unwahrscheinlich. Jakob musste das nach Brüssel melden.

«Wie hieß dieser Freund denn?», fragte Benoît jetzt. «Bestimmt kennen wir ihn auch.»

«Ich weiß nicht, wie er heißt. Bartel Boekbinder hat ihn mitgebracht. Er war nur einmal da. Wir können Bartel fragen, wenn er zurück ist.» Adam trank einen Schluck Wein. «Vielleicht sollte ich aufhören. Ich bin schon ganz beschwipst.»

Benoît winkte ab und rückte mit seinem Stuhl ganz nah an ihn heran. «Unsinn. Wir haben was zu feiern. Runter damit.»

Adam grinste schief und stürzte seinen Becher.

Jakob, der die ganze Zeit gestanden hatte, nahm sich ebenfalls einen Stuhl und setzte sich auf die andere Seite des Jungen.

«Wie wär's mit einer Runde Karnöffel? Na?»

Adams Grinsen wurde breiter, zuerst verunsichert, dann ungläubig, dann tollkühn, als hätte Jakob ihm gerade den frivolsten aller Genüsse bei gleichzeitiger Zusicherung vollständiger Straffreiheit in Aussicht gestellt.

«Ihr wollt Kartenspielen? Im Ernst?»

«Warum denn nicht?», fragte Benoît. «Steht in der Bibel irgendwo, dass Kartenspielen verboten ist?»

«Vielleicht war das zur Zeit der Propheten noch nicht erfunden», sagte Adam vorsichtig.

«Und hätte Gott zugelassen, dass die Menschen die Karten erfinden, wenn er nicht gewollt hätte, dass sie damit spielen?»

«Äh … Nein, vielleicht nicht.»

«Na bitte.»

Nach drei weiteren Bechern Wein und ein paar Runden Karnöffel war Adam so betrunken, dass sie ihn nach oben trugen und auf eine Decke legten.

«Saufen und Spielen», sagte Benoît befriedigt. «Falls der sich morgen überhaupt noch an irgendwas erinnert, erzählen wir ihm einfach, es wäre ein Gaukelspiel des Teufels gewesen. So oder so wird er in der Gemeinde den Mund halten.»

Jakob nickte. Er war mit den Gedanken immer noch bei dem Unbekannten, der nach Ernestine gefragt hatte.

«Der kam nicht von Hoogstraten», sagte er.

«Nein. Das wüssten wir.»

«Wer weiß noch, dass sie ausgerissen ist?», fragte Jakob.

«Außer der Gouvernante, der Hoogstraten angedroht hat, ihr lebendig die Haut abziehen zu lassen, wenn sie plaudert? Niemand. Offiziell wurde Ernestine zu einer ihrer Tanten geschickt. Gerüchte gibt's natürlich trotzdem. Kann sein, dass jemand die richtigen Schlüsse gezogen hat und sich jetzt ein bisschen was dazuverdienen will.»

«Indem er sie wieder einfängt und dafür bei Hoogstraten abkassiert?», fragte Jakob.

«Könnte doch sein.»

«Überzeugt mich nicht.»

«Mich auch nicht.»

«Es steckt was anderes dahinter.»

«Also?», fragte Benoît.

Jakob grinste. Die Sache fing wieder an, ihm Spaß zu machen. Die Drückjagd wurde zur Parforcejagd.

«Also auf nach Münster. Wir folgen dem Propheten.»

8

Katharina war zum Verzweifeln zumute. Kaum mehr als eine Woche war vergangen, seit Andreas mit Mollenhecke an jenem denkwürdigen Tag auf dem Rathaus gewesen war, und in dieser kurzen Zeit hatte er eine Wandlung durchgemacht, die so tiefgreifend war, dass sie ihren Bruder kaum wiedererkannte. Während er ihr gegenüber verschlossen, fast misstrauisch geworden war, pflegte er immer offener Umgang mit diesen Leuten. Er ging aus dem Haus, ohne ihr zu verraten, mit wem er sich wo traf, erfand aber auch keine Ausreden, sondern sprach immer nur von *Zusammenkünften mit Brüdern und Schwestern*. Schon der Begriff war ihr zuwider; es kam Katharina vor, als wollte er ihr eine beliebig erweiterbare Schar von neuen Geschwistern an die Seite stellen, die sein Vertrauen und seine Zuneigung genossen und sie nach und nach überflüssig machen würden.

Einmal hatte er die Brüder auch zu sich eingeladen. Gisbert war dabei gewesen, natürlich, der war ja inzwischen kaum noch zurechnungsfähig, Walraven auch, dazu noch ein Dutzend weitere Männer, die sie nicht kannte, dem Anschein nach zumeist Handwerker, aber auch zwei, die nach altem Geld aussahen. Wichtigtuerische Mienen, salbungsvolle Begrüßungen, aber wenn an diesem Gebaren überhaupt etwas biblisch war, dann erinnerte es Katharina nicht an die Apostel des Erlösers, die sie ja wohl gern sein wollten, sondern an die selbstgefälligen Pharisäer, denen Jesus den Spiegel vorgehalten hatte. Andreas hatte sich noch nicht einmal die Mühe gemacht, sie vorzustellen; knapp grüßend hatten sie sich an ihr vorbeigeschoben, dann war die Tür zur Stube hinter ihnen zugefallen.

Sie hätte Andreas genauso gern zur Vernunft gebracht, wie er sie bekehrt hätte, aber genau da lag das Problem: Sie kannten einander zu gut. Er wusste, dass ihr Verstand sich nicht durch Wunder und Visionen anderer Leute überzeugen lassen würde, und sie wusste, dass er schon viel zu fest unter dem Einfluss seiner Freunde stand, als dass er sich vernünftigen Argumenten öffnen würde. Um den letzten Rest von Vertrauen nicht auch noch zu zerstören, sprachen sie so gut wie gar nicht mehr über das, was in der Stadt geschah. Das Zusammenleben mit dem Menschen, den Katharina am meisten liebte, war schwer erträglich geworden. Im Grunde hatte sie es seit Wochen kommen sehen, seit diesem Abend, an dem Heinrich Roll und Willem de Kuyper bei ihnen gewesen waren.

Was die Wiedertäufer als Bekenntnisfreiheit ansahen, erschien Katharina wie Narrenfreiheit. Atemlos vor Erregung hatte Andreas ihr von der Besprechung berichtet, in der die Entscheidung für die Bekenntnisfreiheit gefallen war. Nach seiner Darstellung hatten Tilbeck und einige Gildenvertreter, beseelt vom Heiligen Geist, die anfänglichen Zweifel von Jodefeld zerstreut und sie überzeugt, dass Gott große Pläne mit ihrer Stadt hatte. So wie Katharina es sich zusammenreimte, hatten die anderen Jodefeld mithilfe der schreienden Meute auf dem Platz unter Druck gesetzt und zum Einlenken gezwungen. Aber wie auch immer es gelaufen war: Die Wiedertäufer fühlten sich bestätigt und führten nun das große Wort in der Stadt.

Alle diese Gedanken gingen ihr durch den Kopf, während sie am Fenster stand und in die Morgendämmerung hinausblickte. Draußen waren Geschrei, Gesänge und das Klappern von Läden zu hören. Sie rannten schon wieder durch die Straßen und riefen ihre Mitbürger zu Buße und Bekehrung auf; die ganze Nacht über war das Theater zu hören gewesen, als stünde der Tag des Jüngsten Gerichts unmittelbar bevor. Was glaubten sie damit eigentlich zu bewirken? Dass alle auf die Straße stürzten und sich ihnen anschlossen? Dass der Herr im Himmel ihre wackeren Bemühungen mit Wohlwollen sah und sie in die Liste der zu verschonenden Rechtgläubigen eintrug? Oder wollten sie sich einfach nur gegenseitig in ihrem Glaubenseifer übertreffen wie in einer Schlacht, in der denjenigen die meiste Ehre winkte, die in der vordersten Reihe kämpften?

Es war ja nicht so, dass sie sich solche Fragen gar nicht stellte. Doch nach allem, was sie in den vergangenen Jahren gerade von den evangelischen Predigern gelernt hatte, war Gott kein solcher Erbsenzähler, dass er seine Gunst nach irgendeinem Zeichen auf der Stirn vergab, dass er das gar nicht nötig hatte, eben weil er in die Herzen blicken konnte und zwischen Zweifel und Verstocktheit, zwischen gutem Willen und blindem Gehorsam unterscheiden konnte. Wie sie es sah, hatte auch der Fehler der katholischen Kirche darin bestanden, dass sie sich anmaßte, die Erkenntnis und Vermittlung des Glaubens einem überheblichen Kreis von Priestern zu überlassen, die alle anderen mit Drohungen auf den rechten Weg zwangen und jede Abweichung unnachsichtig bestraften, und das alles ausgerechnet im Namen eines Erlösers, der Barmherzigkeit und Nächstenliebe gepredigt hatte. Und jetzt waren die neuen Freunde ihres Bruders und ihre Propheten und Apostel auf dem besten Weg, genauso anmaßend und überheblich zu werden.

Der Lärm kam näher. Da bog schon wieder so ein Trupp vom Markt in die Salzstraße ein, vorneweg rannte Knipperdolling, dieser Idiot, der es tatsächlich schaffte, in seinem Büßergewand aus grauer Wolle noch eitler herumzustolzieren als in den geschlitzten Kleidern und mit den Federbaretten, die er bis vor Kurzem noch vorgezogen hatte.

Und dann kam Andreas, mitten in dem Pulk aus vielleicht zwei Dutzend Gestalten, neben ihm Gisbert. Wie die meisten anderen trugen sie Stöcke und schlugen damit im Laufen gegen die Fensterläden auf der anderen Straßenseite, dass es rappelte.

«Tut Buße!»

«Die Zeit ist nah!»

«Vater, gib uns ein Zeichen!»

«Kommt raus und schließt euch an!»

Niemand folgte dem Aufruf. Stattdessen schrie jemand von irgendwoher: «Gebt endlich Ruhe! Es gibt noch Leute, die arbeiten!»

Katharina hörte, wie direkt unter ihr gegen die Läden geschlagen wurde. Es klirrte. Bisher waren die Wiedertäufer immer friedlich gewesen; zu Handgreiflichkeiten war es nirgendwo gekommen, dafür waren sie viel zu überzeugt, dass Gott selbst sich um die Bestrafung der Verstockten kümmern würde und dass ihre Aufgabe nur darin bestand, so viele Seelen wie möglich zu retten, bevor es zu spät war. Aber würde das so bleiben, wenn jetzt schon die ersten Scheiben zu Bruch gingen?

Der Lärm entfernte sich. Unten ging die Tür. Andreas war zurück.

Katharina fasste sich ein Herz und stieg die Treppe hinunter. Sie konnten sich nicht ewig aus dem Weg gehen.

Sie fand ihn in der Stube, wo er gerade damit beschäftigt war, den Ofen anzuheizen. Er blies in die Glut und wandte ihr den Rücken zu.

Sie setzte sich auf einen Hocker und betrachtete seine breiten Schultern. Ganz kurz war sie versucht, ihn anzuspringen, wie sie das als kleines Mädchen gern getan hatte. Er war immer schon ein kraftstrotzender Kerl gewesen, und sie hatte sich einen Spaß daraus gemacht, ihn aus dem Hinterhalt zu überfallen, um ihn umzuwerfen, was meistens in einer wilden Balgerei am Boden geendet war oder damit, dass er sie lachend auf den Schultern durchs Haus getragen und abzuwerfen versucht hatte. Wenigstens für einen Augenblick hätte sie sich diese Ausgelassenheit zurückgewünscht, aber eigentlich war ihr nicht nach Albernheiten zumute, sondern danach, ihn niederzuringen und so lange zu Boden zu drücken, bis sie mit ihrem Gewicht die Dummheiten aus ihm herausgepresst hatte. Doch das, was zwischen ihnen stand, ließ sich nicht mit einem Ringkampf aus der Welt schaffen.

Er schloss die Ofenklappe, wandte sich um und setzte sich ihr gegenüber auf einen Hocker. Er wirkte müde und kein bisschen angriffslustig. Sie beschloss, sich gehässige Bemerkungen zu verbeißen.

«Willst du gleich an die Arbeit?», fragte sie, weil ihr nichts anderes einfiel.

«Nein, ich muss erst mal ins Bett.»

«Buße tun ist anstrengend, was?», rutschte ihr dann doch heraus.

«Nein, es ist befreiend, wenn man sich darauf einlässt.»

Er hatte das nicht bissig oder lauernd gesagt. Vielleicht konnte sie sich an ihn herantasten, wenn sie sich ihrerseits die Vorwürfe verkniff.

«Wie weit hast du dich denn darauf eingelassen?», fragte sie vorsichtig.

«Ob ich getauft bin? Beschäftigt dich diese Frage?»

«Natürlich tut sie das.»

«Ja, ich bin getauft», sagte er nach einer Pause. Kein Trotz, noch nicht einmal Werben um Verständnis. Auch er tastete.

«Wer hat es gemacht?»

Sie wusste, dass diese Frage wichtig war. In der Gemeinde der Wiedertäufer galt mehr, wer von anerkannten Autoritäten getauft war. Propheten, Apostel, Apostelschüler, Prediger, Mitläufer. Es war eine Art Aristokratie, aber natürlich sagte sie das nicht.

«Rothmann.»

«Und wie war das?» Es interessierte sie wirklich. Hoffentlich verstand er es nicht als Einladung zu einem Bekehrungsversuch.

«Als würde in mir etwas aufgeweckt, das lange geschlafen und gerade begonnen hatte, sich zu regen. Als würde man aus einem dunklen Traum ins Licht geführt. Und in dem Augenblick, in dem es passiert, wird dieses Licht strahlender als jede Helligkeit, die man je zuvor gesehen hat.»

Hatte er das wirklich gespürt oder fasste er hier nur in Worte, was andere ihm eingeflüstert hatten, bis die Erwartung seine Empfindung bestimmt hatte? Sie kannte dieses Gefühl; etwas Ähnliches hatte sie auch gespürt, bei ihrer ersten Beichte, als die Welt noch katholisch gewesen war. Weil ihr keine Verfehlungen eingefallen waren, hatte sie sich ein paar Sünden ausgedacht, um es dem Priester recht zu machen, und war dafür mit dem erhebenden Gefühl der Befreiung von einer eingebildeten Last belohnt worden.

«Keine Angst», sagte er. «Ich will dich nicht beschwatzen. Du musst den Weg von selbst finden. Es hat überhaupt keinen Sinn, jemanden dazu zu nötigen. Die Taufe ist kein Zwang, sondern eine Befreiung.»

Katharina überlegte, ob sie einfach weiterfragen sollte, weil es wohltuend war, seit Wochen zum ersten Mal vertraulich und ehrlich miteinander zu sprechen. Vielleicht konnte sie ihm auf diese Weise wieder etwas näherkommen. Doch was sie mehr als alles andere umtrieb, war die Sorge, er könnte sich in Schwierigkeiten bringen.

«Diese Leute machen mir Angst», sagte sie vorsichtig.

Sofort verhärtete sich seine Miene. «Weil du sie nicht kennst. Dir sollte was ganz anderes Angst machen. *Es wird die Zeit kommen, in welcher von allem, was ihr sehet, nicht ein Stein auf dem andern gelassen wird.*»

Den letzten Satz hatte er in einem unheilvollen Tonfall gesagt, als spräche jemand anders mit seiner Stimme. Bloß kein Schlagabtausch mit Bibelzitaten, dachte sie.

«Und wenn das alles ein Irrtum ist?», fragte sie. «Wenn der Weltuntergang nicht kommt?»

«Die Frage müsstest du dir genau umgekehrt stellen», sagte er. «Was ist, wenn es kein Irrtum ist? Auf welcher Seite willst du dann stehen?»

«Auf deiner», sagte sie. «Aber nicht auf der von Knipperdolling, diesem aufgeblasenen Gecken.»

Sie hatte den Tuchgroßhändler absichtlich erwähnt. Aus den wenigen Gesprächen, die sie aufgeschnappt hatte, hatte sie geschlossen, dass er bei den Wiedertäufern wegen seines wichtigtuerischen Gebarens umstritten war.

Andreas schluckte den Köder. Er entspannte sich und lächelte. «Ja, Bernd ist ein Fall für sich.»

Bernd jetzt also schon. Aha.

«Ich stehe auf deiner Seite», wiederholte sie und griff über den Tisch nach seiner Hand. «Egal, was passiert. Daran darfst du nicht zweifeln.»

Das Bekenntnis blieb nicht ohne Wirkung. Seine Finger streichelten ihren Handrücken, eine winzige liebevolle Geste, die einiges von dem aufwog, was er in den letzten Wochen gesagt und vor allem nicht gesagt hatte.

«Tue ich nicht. Aber ich glaube nicht, dass du mich beschützen musst. Was soll passieren? Der Rat hat uns Bekenntnisfreiheit zugesagt. Wir sind in dieser Stadt keine verfolgte Minderheit mehr. Wer weiß, vielleicht muss ich dich demnächst beschützen.»

Der letzte Satz hatte wahrscheinlich ein Scherz sein sollen, mit dem er seine Erleichterung zum Ausdruck bringen und den vorläufig wiederhergestellten Frieden besiegeln wollte. Aber er drückte genau das aus, was ihr Angst machte.

Schon wieder war es ein Tumult auf der Straße, der sie aus ihren wirren Träumen weckte. Katharina schlug die Decke zurück, sprang aus dem Bett und riss das Fenster auf.

Unten rannten Bewaffnete die Salzstraße entlang in Richtung Markt. Hier und da wurde an Türen geschlagen.

«Diesmal kommen sie wirklich!», schrie einer.

In aller Hast zog Katharina das Nachthemd aus und kleidete sich an. Nach den Schatten, die die Häuser auf der Straße warfen, musste es kurz vor Mittag sein. Sie hatte den ganzen Vormittag verschlafen.

Katharina riss die Tür auf und rief nach ihrem Bruder. Keine Antwort.

Sie rannte die Treppe hinunter. In der Werkstatt war alles ruhig. In der Stube war niemand, nur vier Teller mit angebissenen Broten standen auf dem Tisch, als wären Andreas, Bruno und die beiden Lehrlinge beim Frühstück überrascht worden.

Als sie wieder in den Flur trat, schob Elsa ihr einfältiges Mondgesicht aus der Küchentür.

«Wo sind denn alle?», fragte Katharina.

«Rausgerannt. Gisbert war vor einer Viertelstunde da und hat gesagt, dass die Bischöflichen kommen.»

Katharina griff sich ihren Wollmantel vom Haken im Flur.

«Bleib im Haus», sagte sie zu Elsa. «Mach niemandem auf.»

Das arme Mädchen war dem Weinen nahe. «Ich hab Angst. Die haben Waffen mitgenommen.»

Katharina überkam ein mulmiges Gefühl. Sie dachte an die Worte ihres Bruders am frühen Morgen: *Was soll passieren?* Als gäbe es dort draußen keinen Bischof und keine Welt, die ein Wiedertäufernest mitten in Westfalen bis aufs Blut bekämpfen würde. Die Vorstellung, dass man eine im ganzen Reich geächtete Sekte einfach so gewähren lassen würde, war völlig naiv.

Sie hastete zum Markt. Was sie sah, bestätigte ihre finstersten Befürchtungen: Zwischen der Lambertikirche und dem Platz hatten etwa hundert Männer eine Kette gebildet und schleppten Bänke aus der Kirche. Vom Drubbel näherte sich eine weitere Gruppe, die mehrere schwere Tische trug, wahrscheinlich aus einem Wirtshaus in der Nähe. Sie ahnte, was da im Gange war.

Als sie um die Ecke zum Markt bog, sah sie die Barrikade. Sie lag mitten auf dem Platz wie eine Festung, etwa hundertfünfzig Schritte lang und fünfzig breit: ein Rechteck aus Wagen, umgekippten Tischen, mannshoch aufeinandergestapelten Bänken, anderen Möbeln und Bauholz, in aller Hast zusammengeschoben, aufgeschichtet und ineinander verkeilt. Dutzende von Männern, dazwischen auch einige Frauen, mühten sich ab, die Lücken in der Barriere zu schließen, stapelten Kisten und Fässer aufeinander, stellten Tische hochkant auf und hängten Teppiche und Tücher als Sichtschutz davor. Zurufe schallten durch die Luft.

«Steh nicht rum, reich mir mal den Balken da!»

«Sandsäcke! Wir brauchen noch mehr Sandsäcke!»

«Lass das offen! Sonst passt die Kanone nicht durch!»

«Wo ist das Pulverfass? Das stand doch gerade noch hier!»

Pulver? Kanone? Konnte es denn wahr sein? Während Katharina von Panik erfasst wurde, wirkten die Arbeitenden diszipliniert und zuversichtlich, als wären Straßenschlachten ihr tägliches Geschäft. Einige waren gut bewaffnet, trugen Brustharnische aus Leder oder Eisen, und einer hatte sogar Beinschienen; andere hielten provisorische Waffen aus Sicheln und Messern in den Händen, die sie an Stangen gebunden hatten. Aber wenn wirklich ein Angriff der Bischöflichen bevorstand, warum verbarrikadierten sie sich dann auf dem Markt, anstatt die Gegner auf den Mauern und an den Toren zu erwarten? Waren die etwa schon in der Stadt? Und wo steckte Andreas?

Niemand beachtete sie, als sie sich an den Leuten vorbeischob und das Innere der Barrikade betrat. Sie blieb unschlüssig stehen und suchte das Gewimmel nach ihrem Bruder ab.

Neben ihr nagelte jemand eine Stütze für eine Arkebuse an einen Wagen.

«Halt mal.» Ohne aufzublicken, reichte er ihr einen Hammer. Als sie vor lauter Verwirrung nicht gleich reagierte, wandte er sich zu ihr um. Es war Walraven.

«Ach du bist's», nuschelte er, dann legte er den Hammer ab und spuckte ein paar Nägel auf den Boden, die er zwischen den Zähnen festgehalten hatte. Er wies mit dem Kopf zum südlichen Ende der Barrikade, gegenüber vom Rathaus. «Kannst da drüben Sandsäcke auffüllen, wenn du nichts zu tun hast.»

«Kannst du mir mal verraten, was hier überhaupt los ist?», fragte sie gereizt.

«Hast du's etwa noch nicht gehört? Die verdammten Katholiken haben sich mit dem Bischof verständigt, und der hat seine Reiter und ein ganzes Heer von Bauern losgeschickt. Die sind gleich hier. Die Lutheraner hatten nichts Besseres zu tun, als sich auf ihre Seite zu schlagen. Die zeigen jetzt ihr wahres Gesicht.»

Als Katharina begriff, was das bedeutete, packte sie das nackte Entsetzen. Wenn das stimmte, dann würden hier gleich Bürger auf Bürger schießen. Es würde ein Blutbad geben, und ihr Bruder war irgendwo mittendrin.

«Wo ist Andreas?»

«Beim Aegidiitor. Wir haben die Mauern besetzt, und zum Glück haben wir die Schlüssel für die Tore. Da kommen sie nicht rein.»

Wir. Waren sie wirklich schon so viele, dass sie alle Mauern und Tore besetzen konnten? Und glaubte er, dass sie auch dazugehörte, nur weil sie hier stand?

«Warum dann das hier?», fragte sie und wies auf die Barrikade.

Er zog eine Augenbraue hoch. «Hast du bis jetzt geschlafen? Die Verräter haben sich auf dem Überwasserkirchhof verschanzt und kontrollieren den ganzen Westen der Stadt bis zur Aa. Wir waren nicht schnell genug. Aber wir haben die Brücken abgebrochen, es gibt nur noch einen Steg beim Spiegelturm. Wenn sie versuchen, da rüberzukommen, knallen wir sie ab wie die Hasen. Was ist jetzt mit den Sandsäcken?»

Ohne ein weiteres Wort ließ sie ihn stehen, lief auf den Platz zurück und umrundete die Barrikade. An einigen Stellen ragten die Rohre von Arkebusen zwischen den aufgestapelten Möbeln heraus. Es kam ihr vor, als zielten die Mündungen auf sie.

Wenn es stimmte, was Walraven gesagt hatte, dann wurde die Stadt jetzt durch den Fluss in zwei verfeindete Hälften geteilt, die sich bewaffneten und hinter Barrikaden verschanzten. Sie konnte sich immer noch nicht vorstellen, dass sie wirklich aufeinander losgehen würden, aber was, wenn sich versehentlich ein Schuss löste oder Gerüchte dafür sorgten, dass die eine Seite die andere angriff, um ihr zuvorzukommen?.

Katharina lief weiter, Atemwolken vor dem Mund. Sie musste ihren Bruder finden, bevor ihm etwas zustieß.

Südlich des Rathauses bog die Zeile der Kaufmannshäuser mit ihren imposanten Treppengiebeln nach Westen ab und umschloss den dahinter liegenden Domplatz wie ein Ring. Im Eingang einer schmalen Gasse standen zwei Männer mit Piken herum; es war nicht klar, zu welcher der Gruppen sie gehörten und was für eine Aufgabe sie hatten. Hinter einigen Fenstern sah sie undeutliche Gestalten, ansonsten war niemand auf der

Straße unterwegs. An ein paar Haustüren hingen Strohkränze. Eine gespenstische Stille lag in der Luft.

Sie bog in die Aegidiistraße ein. Dort hingen diese Kränze fast an jeder zweiten Tür. Was sollte das?

Der Torbau kam in Sicht, ein wuchtiger Klotz, an den sich rechts und links die Mauer anschloss. Auf dem Wehrgang standen fünf oder sechs Männer herum, zwei weitere bewachten das Tor. Sie schienen gelangweilt und ließen Katharina unbehelligt durch.

Katharina passierte das dunkle Gewölbe des Tors, über ihr ragten die Spitzen des Fallgatters aus einem Schlitz hinter dem Bogen. Dahinter lag die Brücke über den inneren Stadtgraben im Licht, gefolgt von der Bastion, die wie eine fette Kröte auf dem Außenwall saß. Auf der Plattform sah sie drei Kanonen, die über den Außengraben hinweg ins Land zielten, dazwischen Arkebusen auf Gabeln, die in der Brustwehr steckten. Sieben oder acht Männer standen dort zusammen. Andreas war nicht dabei, aber im Näherkommen erkannte sie Mollenhecke. Erleichterung überkam sie. Mollenhecke hatte immer zu den Besonneneren unter den Gildebrüdern gehört; er nahm seine Verantwortung als Aldermann ernst und rief die anderen zur Ordnung, wenn sie es zu toll trieben.

Er trug einen glänzenden Brustpanzer und ein Schwert an der Seite, mit seinen dunklen Haaren und dem gepflegten Schnauzbart, dessen Enden waagerecht abstanden, sah er aus, wie sie sich einen vornehmen Spanier vorstellte, ohne dass sie genau wusste, warum.

Als er sie erkannte, machte er eine scheuchende Handbewegung in Richtung der anderen, die ihre Köpfe reckten, und lehnte sich an eine der Kanonen.

Sie trat auf ihn zu. «Ist Andreas hier?»

«Nicht mehr», sagte Mollenhecke. «Redeker hat ihn losgeschickt, er soll eine Runde machen und Meldungen von den anderen Toren einholen.»

«Mein Gott, Hinrich, was läuft denn hier?»

Er stieß sich von der Kanone ab, machte einen Schritt auf die Brüstung zu und zeigte nach rechts, wo sich der Kirchturm von Roxel wie ein winziger Hut aus dem dunstigen Gesprenkel aus reifüberzogenen Feldern und kleinen Gehölzen erhob. «Siehst du das?»

Sie musste die Augen zusammenkneifen, um zu erkennen, was er meinte: ein raupenartiges dunkles Gebilde, das knapp unter dem Horizont zwischen den Feldern lag, vielleicht eine halbe Meile lang oder eine ganze; sie hatte wenig Übung in solchen Schätzungen. Menschen. Die Raupe schien voranzukriechen, aber auch das konnte eine Täuschung sein.

«Das sind Bauern», sagte Mollenhecke. «Schlecht bewaffnet und planlos. Wenn alle Tore verschlossen sind, haben sie keine Chance.» Er wies auf den Turm der Überwasserkirche, der nordwestlich von ihnen hinter der Stadtmauer aufragte. «Aber was da drüben los ist, wissen wir nicht genau. Lutheraner und Katholiken verschanzen sich auf dem Überwasserkirchhof. Sie haben den ganzen Westen der Stadt bis zur Aa besetzt und alle Stadttore dort übernommen. Die Täufer halten den Osten und haben sich auf dem Markt verschanzt, weil sie glauben, dass die anderen durch die von ihnen kontrollierten Tore die Bischöflichen hereinholen, um kurzen Prozess zu machen.»

«Ich weiß», sagte sie. «Ich komme gerade von da.»

Er nickte und fuhr dann fort: «Die Katholiken haben schon Kränze an die Türen gehängt, damit ihre Häuser nicht geplündert werden. Alle sind furchtbar gereizt. Wenn irgendwer die Nerven verliert, fliegt uns hier alles um die Ohren. Dabei müssten eigentlich nur alle begreifen, dass sie gegen den Bischof zusammenhalten müssen.»

Seine Wortwahl entging ihr nicht. Er hatte *Täufer* gesagt, nicht *Wiedertäufer*, aber auch nicht *wir*. Schon das zeigte, dass Mollenhecke jemand war, mit dem man reden konnte.

«Stimmt das denn?», fragte Katharina. «Wollen die Täufer die Stadt übernehmen?»

«Die meisten wollen einfach nur in Ruhe gelassen werden», sagte Mollenhecke. «Sie haben Bekenntnisfreiheit zugesagt bekommen, und die werden sie sich nicht mehr nehmen lassen.» Er blickte über die Schulter, dann beugte er sich ein Stück näher zu Katharina. «Natürlich gibt es hier ein paar Übereifrige, die am liebsten gleich das neue Jerusalem ausrufen würden. Aber die sind noch in der Minderheit.»

«Noch?»

«Kommt drauf an, wie das hier ausgeht», sagte er düster.

«Und du?», fragte sie vorsichtig. Die Frage kam ihr anmaßend vor, fast unanständig, als stünde es ihr zu, Rechenschaft vom Aldermann der Schmiede zu fordern wie ein Priester, der das Beichtkind zum Geständnis drängte. Aber sie musste sie stellen, um zu wissen, woran sie bei ihm war.

Er zögerte, dann lächelte er. Ihre Direktheit schien ihm Respekt abzunötigen.

«Ich bin nicht getauft», sagte er schließlich. «Aber ich muss die Gildebrüder zusammenhalten, und unter denen sind die Täufer inzwischen in der Mehrheit, wie in den meisten anderen Gilden auch. Glaubst du, ich hätte mich aus Überzeugung für die Bekenntnisfreiheit eingesetzt?»

«Ich weiß langsam gar nicht mehr, was ich glauben soll.»

«Es war das kleinere Übel. Sonst wäre die Gilde auseinandergefallen. Wir haben damit etwas Druck vom Kessel genommen.» Wieder wies Mollenhecke auf den Bauernhaufen in der Ferne. Die Raupe hatte sich während ihres Wortwechsels wieder ein Stück weiter voranbewegt.

«Wenn die da nicht gekommen wären, hätten wir jetzt wahrscheinlich erst mal Ruhe», fuhr Mollenhecke fort. «Remeken und Balke und ein paar andere von uns sind drüben in Überwasser. Solange mir alle vertrauen, kann ich vermitteln. Die da drüben müssen begreifen, dass Franz von Waldeck ein mieser Verbündeter ist. Er wird den Lutheranern die Kirchen wieder wegnehmen, die Privilegien der Stadt kassieren und Abgaben eintreiben, dass allen Hören und Sehen vergeht. Niemand kann das wollen. Wenn bloß dieses verdammte Misstrauen nicht wäre. Wir dürfen uns von Waldeck nicht spalten lassen. Wenn wir hier aufeinander losgehen, hat er leichtes Spiel.» Er trat noch dichter an sie heran und flüsterte fast. «Auf dieser Seite gibt es ein paar Leute, denen eine Konfrontation ganz recht wäre. Die glauben, dass der Herr dann schon eingreift. Die halten das hier für so eine Art Endkampf zwischen Gut und Böse.»

«Andreas auch?», fragte sie bange.

Wieder schwieg er kurz. «Auf den sollten wir jedenfalls aufpassen», sagte er schließlich.

Das hatte sie befürchtet. Ihr Bruder war inzwischen mehr als ein Mitläufer. Tröstlich war nur, dass Mollenhecke auf ihrer Seite war. Seine Fürsorglichkeit rührte sie.

Sie ließ ihren Blick über die Stadt schweifen. Die Kirchtürme stachen aus dem Meer aus mit Reif überzogenen Dächern und Giebeln heraus, ansonsten war nicht zu erkennen, was sich dort tat. Irgendwo zwischen den Häusern lagen sich die Parteien lauernd gegenüber, bauten an den Barrikaden, schickten vielleicht Späher aus, um herauszufinden, was die Gegenseite trieb. Man konnte nur hoffen, dass alle die Nerven behielten.

Das Poltern von Schritten auf der Brücke, die über den Graben führte, riss sie aus ihren Gedanken. Ein Junge mit flatternden Haaren kam angerannt. Als er auf der Plattform ankam, torkelte er vor Erschöpfung. Er stützte sich an einer Kanone ab und ließ den Kopf hängen. Sofort scharten sich alle um ihn.

«Bernd ist gerade rüber», japste der Junge. «Verhandeln.»

«Ausgerechnet der», brummte Mollenhecke. «Allein?»

«Nein ... Hat ein paar ... Leute mitgenommen.»

Weitere Fragen prasselten auf den Armen ein. Als er wieder halbwegs zu Atem gekommen war, beantwortete er sie der Reihe nach. Knipperdolling war mit einem halben Dutzend Begleitern – darunter auch Andreas – unbewaffnet nach Überwasser gegangen, um Katholiken und Lutheraner von der Friedfertigkeit der Täufer zu überzeugen und sie davon abzubringen, die Tore für die Bischöflichen zu öffnen. Die meisten der Wachen auf der Bastion nahmen die Nachricht mit Erleichterung auf. Schon wieder war von göttlicher Fügung die Rede. Mollenhecke wandte sich ab und verdrehte entnervt die Augen.

«Wir müssen abwarten, was dabei rauskommt», sagte er zu Katharina. Er fasste sie am Arm und führte sie ein Stück weg. «Was willst du solange machen?»

Sie wusste es nicht. Der Gedanke, einfach nach Hause zu gehen und zusammen mit der einfältigen Elsa darauf zu warten, dass das Straßengeschrei ihr die Kunde von den neuesten

Ereignissen zutrug, behagte ihr ganz und gar nicht. Am liebsten wäre sie selbst nach Überwasser gegangen, um sich ein Bild zu machen.

Mollenhecke bemerkte ihr Zögern. «Willst du hierbleiben?», fragte er väterlich.

«Solange ich keine Sandsäcke stapeln muss», sagte sie.

Die nächsten Stunden verbrachte Katharina mit dem Aldermann auf der Bastion vor dem Aegidiitor. Zwischendurch wärmten sie sich im oberen Geschoss des Torbaus auf, wo ein paar Frauen in einem riesigen Kessel Suppe kochten.

Im Tor und auf den Mauern dagegen herrschte ein reges Kommen und Gehen, und mit den Männern kamen und gingen Meldungen und Gerüchte. Die Kränze, die die Katholiken an ihre Türen gehängt hatten, waren zum größten Teil wieder heruntergerissen worden. Die Barrikade auf dem Markt war fertig, die Arkebusen und eine Kanone in Stellung gebracht und geladen. Patrouillen gingen durch die Gassen, stiegen auf die Dachböden und spähten zum Fluss, an dessen Westufer die Gegner mittlerweile ebenfalls Barrikaden errichtet hatten. Der sumpfige Uferstreifen war kaum bebaut und bot ein gutes Schussfeld. Ein Angriff über den Fluss wäre für beide Seiten riskant.

Das Bauernheer war weiter nach Norden gezogen und hinter der Biegung der Stadtmauer verschwunden, sodass es von der Bastion aus nicht mehr zu sehen war. Der Wächter auf dem Lambertiturm hatte allerdings gemeldet, dass der Haufen, begleitet von ein paar Dutzend Reitern, in der Nähe des Jüdefelder Tores auf dem Feld kampierte. Wenn Katholiken und Lutheraner sich entschlossen, die Streitmacht einzulassen, wäre sie in weniger als einer Viertelstunde in der Stadt. Dem Vernehmen nach handelte es sich bei den Reitern um Männer von Dietrich von Merveldt, dem Drosten von Wolbeck, allesamt gut ausgerüstete und kampferfahrene Ritter. Zu Pferd würden sie den Fluss an einer seichten Stelle wahrscheinlich überwinden können, also wurden in aller Eile neue Hindernisse am Ufer aufgebaut und bemannt.

Doch was die größte Unruhe bei den Wiedertäufern auslöste, war der Umstand, dass Knipperdolling und seine Begleiter nicht zurückkehrten. Selbst der besonnene Hinrich Mollenhecke wurde langsam nervös. Um das Wohl des Wandschneiders fürchtete er nicht. Er sorgte sich darum, dass die Wiedertäufer sich zu unbedachten Maßnahmen hinreißen lassen würden, wenn sich herausstellte, dass einer ihrer führenden Köpfe in die Hände ihrer Gegner gefallen war.

Am Spätnachmittag wurde die Sorge zur Gewissheit.

Wieder kam ein junger Bote angerannt.

«Sie haben Bernd in den Turm gesperrt!»

Sofort kochte die Empörung unter den Männern auf der Bastion hoch.

«Das schlägt ja wohl dem Fass den Boden aus!»

«Wir gehen rüber und holen ihn raus!»

«Wollen wir doch mal sehen!»

«Wer ist dabei?»

Mollenhecke hörte sich das Geschrei eine Weile an, dann fuhr er dazwischen. «Ihr bleibt alle, wo ihr seid!», donnerte er. «Ich gehe selber.» Und zu dem Boten: «Such Redeker. Wir treffen uns beim Spiegelturm.»

Der Junge rannte los.

«Nimm Rothmann mit!», rief einer.

«Nein!», fuhr Mollenhecke ihn an. «Rothmann soll für uns beten.»

Die Ungehaltenheit, mit der er den letzten Satz ausgesprochen hatte, grenzte an Verachtung, aber niemand außer Katharina schien das zu merken. Sie murrten noch ein bisschen herum; offenbar waren die meisten von ihnen der Ansicht, dass Rothmann mit der Kraft seines Wortes und Gottes Beistand ein Wunder bewirken, die Wachen blenden und die Gefängnistür aufsprengen würde.

«Du solltest besser nach Hause gehen», sagte Mollenhecke zu Katharina. Dann stapfte er auf die Brücke zum äußeren Graben zu.

«Nein», rief sie ihm hinterher. «Ich komme mit.»

Ausgerechnet jetzt nach Hause zu gehen, ohne zu wissen, was passiert war, erschien ihr völlig undenkbar. Vielleicht hatte es bei der Gefangennahme ein Handgemenge gegeben. Vielleicht war Andreas verletzt worden. Vielleicht konnte sie sich für einen Austausch anbieten. Ihr würden sie nichts tun.

Ohne weiter darüber nachzudenken, hastete sie hinter dem Aldermann her. Als sie ihn fast eingeholt hatte, warf er einen Blick über die Schulter und brummte: «Ich hätt's mir denken können.»

Ein Hornsignal schallte über die Dächer, während sie durch die Aegidiistraße liefen. Die Sonne stand so tief, dass die Giebel der Häuser sich fast schwarz vor dem dunkelblauen Himmel abhoben.

Bei der Aegidiikirche kam ihnen ein Trupp Bewaffneter entgegen, die Männer redeten aufgeregt durcheinander. Einer von ihnen, der eine Arkebuse über der Schulter trug, erkannte Mollenhecke im Vorbeigehen.

«Hinrich! Hast du's schon gehört?»

«Ja, sie haben Knipperdolling.»

«Viel schlimmer. Sie lassen die Bischöflichen ein.»

Mollenhecke blieb abrupt stehen. «Was?»

Die Männer hasteten weiter. «Sie haben das Jüdefelder Tor geöffnet», rief der Büchsenschütze über die Schulter. «Bauern und Reiter. Wir sollen das Flussufer beim Bispinghof sichern.»

Sie rannten weiter.

«Scheiße, auch das noch», fluchte Mollenhecke. «Zum Glück wird's gleich dunkel. Heute kommen die nicht mehr.»

Über die Pferdegasse erreichten sie den Domplatz, dessen Nordseite von der wuchtigen Kathedrale beherrscht wurde. Die beiden Türme wurden von der tief stehenden Sonne angestrahlt, als glühten sie von innen. In den Bäumen, die den Platz rund um die schon im Schatten liegende Jakobikirche säumten, krächzten die Raben. Die Portale in den Umfriedungsmauern der Domkurien waren alle geschlossen. Die meisten der Herren waren wahrscheinlich gar nicht mehr in der Stadt, sondern hielten sich in der Nähe des Bischofs, um keine Zweifel an ihrer Loyalität aufkommen zu lassen. Überall standen Männer und auch ein paar Frauen herum und redeten durcheinander.

Der Spiegelturm in der Nordwestecke des Platzes war Teil einer uralten Befestigung, die früher den Dom wie eine eigene Stadtmauer umgeben hatte. Der größte Teil dieser Mauer war inzwischen in der Bebauung aufgegangen, aber die Tordurchgänge waren erhalten geblieben.

Katharina erkannte die hagere Gestalt von Redeker in einer Gruppe direkt vor dem Torturm. Die Männer begrüßten einander höflich, aber nicht herzlich. Niemand achtete auf Katharina.

Mollenhecke zeigte zu den Türmen des Doms hinauf. «Habt ihr jemanden da raufgeschickt?»

«Natürlich, aber der sieht nicht viel. Hat die Sonne genau im Gesicht.»

«Aber die Bauern hat er gesehen?»

Redeker lachte auf. «Das waren so viele, die konnte man nicht übersehen.»

«Wie viele?», fragte Mollenhecke.

«Um die dreitausend.»

«Heiliger Strohsack. Und die sind jetzt alle da drüben?»

«Scheint so. Außerdem waren etwa vierzig Reiter dabei, angeblich Leute von Merveldt. Aber mit denen werden wir fertig, falls sie versuchen, über den Fluss zu kommen. Vielleicht sollten wir sie einfach schmoren lassen. Wir halten diese Seite der Stadt und warten ab, bis die Bauern ihnen da drüben die Vorräte weggefressen haben und mit dem Plündern anfangen.»

Mollenhecke dachte eine Weile nach und nickte dann in Richtung der Überwasserkirche. «Ist Jodefeld auch bei denen?»

«Natürlich ist er bei denen.»

«Mit Jodefeld kann man reden.»

«Das haben wir vorletzte Woche ja gesehen, wie man mit dem reden kann.»

«Was hätte er machen sollen, so wie ihr ihn in die Mangel genommen habt?»

Redeker kniff die Augen zusammen und bedachte Mollenhecke mit einem misstrauischen Blick. «Auf welcher Seite stehst du eigentlich?»

Katharina sah, dass Mollenhecke sich eine bissige Antwort verkniff. Er atmete zweimal durch, dann sagte er: «Ich will dasselbe wie du. Erstens verhindern, dass wir hier aufeinander schießen, und zweitens den Bischof davon abhalten, dass er die Gelegenheit nutzt, um Rat und Gilden zu entmachten.»

«Stehst du zu unserer Vereinbarung?»

«Natürlich. Und genau das müssen wir denen da drüben klarmachen. Die Bekenntnisfreiheit wird nicht zurückgenommen, aber die Bauern und Reiter müssen verschwinden. Wir regeln unsere Angelegenheiten selbst.»

Redeker war offenbar zu dem Schluss zu kommen, dass Mollenhecke es aufrichtig meinte. «Also gut. Aber sie müssen Knipperdolling freilassen.»

Wieder schien Mollenhecke etwas auf der Zunge zu liegen. Wenn es nach ihm ging, dann konnte der Wandschneider im Gefängnis verschimmeln, das war ihm deutlich anzusehen. Wenn man diesen Unruhestifter gewähren ließ, dann wäre die mühsam erzielte Einigung vielleicht schon bald wieder zum Teufel.

«Hören wir mal, was sie sagen», brummelte der Schmied.

«Hand drauf.»

Sie schlugen ein.

Während sie kurz berieten, wie viele Männer sie als Eskorte mitnehmen und wie diese bewaffnet sein sollten, erklang plötzlich eine zeternde Frauenstimme aus einer kleinen Gruppe, die sich schnell über den Domplatz näherte.

«Nein, ich werde nicht zu Hause herumsitzen und Däumchen drehen, während mein Mann bei den Papisten im Folterkeller sitzt. Denen werde ich heimleuchten. Lass mich los! Wag es nicht!»

Redeker reckte den Hals, dann verzog er den Mund.

«Margareta Kannegeter. Wären wir bloß zwei Minuten früher gegangen.»

Knipperdollings Frau, in der ganzen Stadt als hochmütige und geltungssüchtige Zicke und neuerdings auch als fanatische Anhängerin von Rothmann bekannt. Margareta hing an den Lippen des Predigers wie ein verliebtes Mädchen und hatte inzwischen angeblich auch eigene Visionen. Selbst Knipperdolling, dem sonst nicht viel peinlich war, schien das unangenehm zu sein, aber er ließ sie gewähren; immerhin hatte das Vermögen, das sie in die Ehe gebracht hatte, ihn vor dem Bankrott bewahrt.

Mollenhecke beugte sich zu Katharina und flüsterte ihr ins Ohr: «Jetzt haben wir eine Aufgabe für dich. Halt uns diese Person vom Hals, während wir verhandeln.»

Und da war sie auch schon, hoch aufgeschossen, eingehüllt in einen Pelzmantel und eine Aura der heiligen Entrüstung, den Kopf mit dem verkniffenen Mund und den kleinen Augen gereckt. Die Haare trug sie zu einer ausladenden Frisur aufgetürmt unter einem Netz. Insgesamt war ihr Aufzug das Gegenteil von einem wiedertäuferischen Büßergewand.

«Aus dem Weg!», rief sie. «Ich werde ihn da jetzt rausholen. Diese Wichte sollen mich kennenlernen.»

Margareta zog einen Rattenschwanz aus vielleicht einem Dutzend Leuten hinter sich her, Frauen und Männer.

Mollenhecke verstellte ihr den Weg zum Tor. «Wir machen das», sagte er.

«Das habt ihr euch so gedacht», schnauzte sie ihn an. «Ihr lasst euch von denen doch nur wieder über den Tisch ziehen.»

Sie machte Anstalten, sich an Mollenhecke vorbeizudrängeln, aber Redeker fasste sie am Arm und nahm sie beiseite. Während sie tuschelten, redeten drei der Frauen auf Mollenhecke ein. Wie sich herausstellte, waren auch ihre Männer zusammen mit Knipperdolling in Gefangenschaft geraten, und auch sie waren entschlossen, die Sache selbst in die Hand zu nehmen, wenn sie auch nicht ganz so forsch auftraten wie Margareta Kannegeter. Sie schienen eher darauf zu setzen, die Gegner in Überwasser mit Tränen und Wehklagen zu erweichen.

«Versprich mir, dass du uns reden lässt», sagte Redeker jetzt zu Margarete, so laut, dass alle es mitbekamen.

Die kniff den Mund zusammen. «Na gut.»

«Dann los», nickte Redeker. Und mit einem Wink zu den Umstehenden: «Vier Mann kommen mit uns. Keine Schusswaffen.»

«Ist dein Mann auch da drin?», fragte eine der Frauen, als sie auf Katharina aufmerksam wurde.

«Mein Bruder», antwortete sie.

Die Frau, mollig und kaum älter als sie selbst, sah ihr ins Gesicht und kniff die Augen zusammen. «Andreas, oder? Du musst Katharina sein.»

Sie nickte.

Die junge Frau strahlte. «Ein wunderbarer Bruder. Ganz fest im Glauben, ganz wundervoll. Warum hat man dich noch nie bei den Versammlungen gesehen? Wer hat dich getauft?»

Zum Glück kam Katharina um eine Antwort herum, denn in diesem Augenblick schwang das Tor auf und der kleine Zug setzte sich in Bewegung.

«Ständig muss man die Männer von Dummheiten abhalten», dozierte Margareta Kannegeter, während sie durch das Tor schritten. «Mein Bernd ist ja auch so einer. Immer mit dem Kopf durch die Wand. Gut, dass wir das noch rechtzeitig selber in die Hand genommen haben. Die hätten das garantiert verbockt. Man darf sie nicht gewähren lassen.»

Als Katharina über die Schulter blickte, sah sie die erleichterten Gesichter der zurückbleibenden Männer. Sie sahen nicht aus, als hätten sie mit dem Kopf durch die Wand gewollt.

Hinter dem Tor führte eine kleine Gasse direkt auf eine Holzbrücke zu, in deren Mitte zwei Joche herausgerissen worden waren. Jemand hatte ein paar Bretter über die Lücke gelegt. Auf der anderen Seite der Brücke verbreiterte die Aa sich rechts zu einem Teich, links stand ein Haus direkt am Ufer. Hinter den Fenstern des oberen Geschosses sah Katharina mehrere Männer, die sie beobachteten. Die Rohre von zwei Arkebusen lagen auf den Fensterbänken auf und zielten auf sie. Noch weiter links zog sich das gegenüberliegende Ufer als sumpfiger Streifen entlang. Dahinter lag die Überwasserkirche, angestrahlt von der tief im Südwesten stehenden Sonne wie ein riesiges Tier, das ihnen die Flanke darbot.

Mollenhecke und Redeker schritten langsam bis zur Brücke und blieben mit erhobenen Händen stehen. Margareta Kannegeter hatte endlich zu schnattern aufgehört, und auch die anderen Frauen schwiegen. Die Mollige hakte sich bei Katharina unter. Sie ließ es widerwillig geschehen. *Ganz fest im Glauben, ganz wundervoll.* Es war demütigend, sich von dieser einfältigen Trine darüber belehren lassen zu müssen, wie eisern diese Sekte ihren Bruder schon in ihren Klauen hielt.

«Wir müssen mit Jodefeld sprechen!», rief Redeker zu den Fenstern des Hauses hinauf.

«Kommt rüber!», kam es zurück. «Nacheinander. Am Ende der Brücke bleibt ihr stehen.»

Wie eine Entenschar überquerten sie die wippenden Bretter.

«Unsäglich», schimpfte Margareta Kannegeter halblaut. «Was man sich hier bieten lassen muss.»

Für die letzten beiden Schritte reichte Mollenhecke ihr vom intakten Teil der Brücke aus den Arm. Schubs sie doch ins Wasser, dachte Katharina gehässig.

Als alle drüben versammelt waren, kamen drei Männer aus dem Haus und traten ihnen entgegen.

«Einmal das Schwert, bitte», sagte einer von ihnen zu Mollenhecke. Der schnallte sich den Gurt ab und reichte die Waffe wortlos dem Mann.

«Jodefeld findet ihr im Klosterhof», sagte der. «Tilbeck ist auch schon da.»

«Soso», sagte Mollenhecke. Redeker brummte etwas. Es passte ihnen nicht, dass der Bürgermeister ihnen offenbar zuvorgekommen war, um auf eigene Faust zu verhandeln.

Sie setzten sich wieder in Bewegung, passierten das Haus mit den Wachen, und nach einer kurzen Steigung öffnete sich vor ihnen der Platz. Er war angefüllt mit Männern in zumeist ärmlicher oder zumindest schlichter Kleidung, offensichtlich die Bauern, die in die Stadt gelassen worden waren. Sie standen herum, saßen auf Bänken, Hockern und Kisten, die von irgendwo herangeschleppt worden waren, schwatzten, aßen und tranken. Ein paar Feuer loderten in der anbrechenden Dämmerung, Fleischspieße und Bierkrüge wurden herumgereicht. Waffen lagen auf dem Boden und lehnten an Kisten, Dreschflegel, Hacken und Sensen, eilig in Scheunen zusammengesucht.

Mollenhecke und Redeker bahnten sich den Weg zum Klosterhof, der sich an den Westturm der Kirche anschloss und von einer Mauer umgeben war. Die Bauern nahmen kaum Notiz von ihnen, aber die anzüglichen und teilweise gierigen Blicke, die sie und die anderen Frauen trafen, entgingen Katharina nicht.

«Ganz Überwasser ist ein einziger Kuhstall», bemerkte Margareta Kannegeter mit gerümpfter Nase.

«Buh!», machte einer der Bauern und schnappte wie ein Hund in ihre Richtung. Die Mollige krallte ihre Finger in Katharinas Arm.

Das Tor zum Klosterhof wurde von vier Stadtknechten versperrt. Nach einem kurzen Wortwechsel durften sie passieren und wurden zum Haupthaus geschickt.

Im Schutz der Stiftsgebäude herrschte eine geschäftige Stimmung. Hier hatten sie die Reiter untergebracht: Gesattelte Pferde waren in einer Reihe vor der Scheune angebunden, Hafersäcke vor die Mäuler geschnallt; Männer in schimmernden Rüstungen liefen hin und her. Katharina sah zum Kirchturm. Irgendwo dort drin mussten die Gefangenen sein.

Jodefeld erwartete sie in einem Raum im oberen Stock des Haupthauses, der wahrscheinlich das Arbeitszimmer der Äbtissin war, jedenfalls stand dort ein Schreibtisch vor einem Regal voller Bücher. Im Kamin brannte ein Feuer.

Der Bürgermeister war nicht allein. Tilbeck war bei ihm und drei weitere Männer, zwei davon in geschlitzten Wämsern aus Samt, Ratsherren oder Alderleute vielleicht, und einer in einer kostbaren Rüstung, der mit einer Frau in Ordenstracht tuschelte. Die Ähnlichkeit zwischen den beiden war frappierend, die gleiche Hakennase, das gleiche kantige Kinn. Katharina begriff: Ida von Merveldt, die Äbtissin des Stifts, und ihr Bruder Dietrich, der Droste von Wolbeck, der die Reiter des Bischofs in die Stadt geführt hatte.

Die drei anderen Männer redeten auf Jodefeld ein, der neben dem Schreibtisch stand, die Hände auf die Platte gestützt. Er wirkte überfordert.

Redeker stapfte zum Tisch und baute sich vor dem Bürgermeister auf. «Habt ihr den Verstand verloren? Was ist das für ein Scheiß da draußen? Warum habt ihr die reingelassen?»

«Ruhig», sagte Mollenhecke und fasste ihn am Arm.

Als Jodefeld den Schmied erkannte, trat ein Anflug von Erleichterung in seine angespannten Gesichtszüge. «Uns wurde gemeldet, dass eure Leute sich auf dem Markt zum Sturm auf die Flussübergänge versammeln», sagte er. «Dass sie Kanonen aufgefahren haben. Stimmt das oder nicht?»

Die Formulierung *eure Leute* missfiel Mollenhecke offensichtlich, aber anstatt sich mit Richtigstellungen aufzuhalten, antwortete er: «Es ist nur eine Kanone. Und niemand will stürmen.»

«Wir verteidigen uns bloß», ergänzte Redeker. «Weil ihr die Bauern eingelassen habt.»

Eine Weile ging es hin und her. Jodefeld beteuerte, die Bauern nur eingelassen zu haben, weil die Wiedertäufer sich in feindseliger Absicht bewaffnet hatten, Redeker hielt dagegen, die Täufer hätten sich nur bewaffnet, weil Jodefeld und seine Mitstreiter in feindseliger Absicht die Bauern gerufen hatten. Merveldts verachtungsvoller Blick sprang zwischen den Streitenden hin und her. Für ihn waren sie allesamt Ketzer. Wahrscheinlich überlegte er schon, wie er sich die Lutheraner vorknöpfen würde, wenn sie erst mit den Wiedertäufern fertig waren. Wieder tauschte er sich flüsternd mit seiner Schwester aus.

«Wir hätten sie nicht reingelassen, wenn ihr keine Barrikade gebaut hättet!»

«Wir haben die Barrikade erst gebaut, als die Bauern schon im Anmarsch waren!»

«Dann baut sie doch wieder ab!»

«Erst wenn ihr die Bauern wieder wegschickt!»

Fast wirkte es wie ein Streit unter bockigen Kindern. Als Margareta Kannegeter auch noch dazwischenzuzetern begann, ihren Mann zu sprechen verlangte und Jodefeld als Papistenknecht und Satansjünger beschimpfte, platzte Merveldt der Kragen.

«Kann mal jemand diese Frau vor die Tür setzen?», brüllte er.

Redeker wandte sich um und machte einen Schritt auf Margareta zu.

«Fass mich an und du fängst dir eine», zischte sie, bevor sie widerstrebend den Rückzug antrat.

«Die anderen auch», verlangte Merveldt.

Mollenhecke warf Katharina einen beruhigenden Blick zu. Dann sagte er zu den Frauen: «Wartet draußen.»

Ein paar Augenblicke später fand Katharina sich mit der halblaut, aber unablässig weiterschimpfenden Margareta und den anderen Frauen auf dem dunklen Gang wieder. Nach einer Weile beruhigte Margareta sich, hob einen Finger an den Mund und beugte sich zur Tür, um zu lauschen.

«Wenn die gleich wieder rauskommen und nichts erreicht haben, dann können sie was erleben», flüsterte sie.

Auch die anderen spitzten die Ohren, und so beschloss Katharina, sich leise zu entfernen, bevor die Mollige sich wieder an sie heranmachen konnte. Die Frauen waren so sehr aufs Lauschen konzentriert, dass niemand auf sie achtete. Wo waren die Gefangenen?

Sie eilte die Treppe hinunter und zurück auf den Hof, wo inzwischen Fackeln in Wandhalterungen brannten. Es roch nach Gebratenem. Genau wie die Bauern auf dem Platz schienen auch Merveldts Ritter nicht mehr damit zu rechnen, dass sie an diesem Abend noch zum Einsatz kommen würden.

Der Kirchturm wirkte im Dämmerlicht noch wuchtiger. Der Feuerschein beleuchtete das Sockelgeschoss und verlor sich nach oben hin, sodass die Turmspitze mit dem dunkelblauen Himmel verschmolz.

Ohne sich umzublicken, schlenderte Katharina durch den Klosterhof. Dort liefen so viele Leute herum, dass keiner auf sie achtete.

Das Westportal des Kirchturms lag außerhalb der Mauer, die den Stiftsbezirk umfriedete. Katharina passierte das Tor, schielte nach rechts und links und ging wie zufällig darauf zu. Die Bauern auf dem Platz lärmten vor sich hin. Es war ihr, als spürte sie lauter Blicke im Rücken; sie kam sich vor wie eine Diebin, die jeden Augenblick mit dem Zugriff des Büttels im Nacken rechnete, aber nichts geschah.

Die Tür war verschlossen.

Sie umrundete den Turm, wandte sich zur Südseite des Kirchenschiffs und ging zielstrebig auf das Portal zu.

Nicht zögern. Nicht umschauen.

Sie drückte die Klinke. Die Tür war offen.

In der Kirche war es noch dunkler als draußen. Nur links von ihr, wo sich der Durchgang zum Turm befand, brannten ein paar Kerzen. Zwei Männer, Stadtwachen wahrscheinlich, saßen auf dem Boden und würfelten. Hinter ihnen war ein quadratisches Fenster mit einem Gitterstab in die Wand eingelassen, die das Kirchenschiff vom Turm trennte. Lag dort das Gefängnis?

Die Tür fiel hinter ihr zu. Das Krachen hallte durch das ganze Kirchenschiff. Die Wachen blickten kurz auf, dann würfelten sie weiter.

Unschlüssig näherte sie sich. Auch vom Kirchenschiff war der Turm durch ein Doppelflügeltor abgetrennt, das nicht ganz so groß war wie das Portal an der Außenseite. Außer diesen beiden Türen gab es keine weiteren Zugänge zum Turm.

Um Zeit zum Nachdenken zu gewinnen, kniete sie sich in eine Kirchenbank. Wenn Überwasser neuerdings der Stadtteil der Altgläubigen war, dann konnte ja wohl kaum jemand etwas dagegen haben, dass eine fromme Frau hier ihr Abendgebet verrichtete, dachte sie. Nach einer Weile hörte sie, wie einer der beiden sich hochmühte und zu ihr herüberschlurfte.

«Komm, Mädchen. Du bist doch nicht zum Beten hier, oder?»

«Sitzt dein Schatz da drin?», fragte der andere von weiter hinten. «Wer ist es denn? Der dicke Knipperdolling?»

«Das ist nicht die Alte von Knipperdolling», sagte der Wächter, der hinter Katharina stand. «Der hat so eine garstige Bohnenstange. Die könntest du mir nackt auf den Bauch binden, da täte sich nichts.»

Sie lachten.

«Na los», sagte der andere. «Lass sie kurz mit ihm reden. Ist ja vielleicht das letzte Mal. Ich hole uns solange ein Bier.»

Katharina versuchte, sich ihr Entsetzen nicht anmerken zu lassen. Der Wächter, der auf dem Boden gesessen hatte, mühte sich hoch und schlenderte ohne Eile zum Portal. Der Lärm der Bauern schwoll kurz an, dann krachte die Tür.

Der andere begleitete Katharina zum Fenster, trat einen Schritt zur Seite und wandte sich ab, als wollte er zeigen, dass er das Liebesgeflüster nicht zu stören beabsichtigte.

Der Raum, in dem die Gefangenen saßen, war fast vollständig dunkel.

«Andreas?», fragte sie leise in die Dunkelheit hinein.

Flüstern, Rascheln von Stroh. Sein Gesicht erschien. Er lächelte gerührt. «Du traust dich ja vielleicht was.»

Katharina wusste nicht, was sie antworten sollte; der beiläufige Satz des anderen Wächters hallte immer noch in ihrem Kopf nach: *Ist ja vielleicht das letzte Mal.* Was meinte er damit? Und auf einmal begriff sie: Wenn Merveldt als Gegenleistung für seinen Abzug die Auslieferung der Gefangenen verlangte, dann würden Knipperdolling und die anderen aus der Stadt gebracht und dem Bischof übergeben. Redeker hielt ohnehin nicht viel von dem Wandschneider, Tilbeck wahrscheinlich auch nicht. Sie würden es den anderen hinterher irgendwie verkaufen. Und dann drohte auch ihrem Bruder die Todesstrafe. Mitgefangen, mitgehangen.

Katharina maß das Fenster mit einem Blick. Ohne den Gitterstab wäre es breit genug, um Andreas durchzulassen. Das halb verrostete Metall war offenbar nachträglich in das Mauerwerk eingesetzt worden, und der Mörtel, der den Stab halten sollte, zerbröselte schon. Es sah aus, als könnte man ihn mit einem kräftigen Ruck herausreißen.

Neben dem Fenster stand auf einem kleinen Bord ein Messingleuchter, in dem keine Kerzen steckten. Wie kräftig musste man mit so einem Ding eigentlich zuschlagen, um einen erwachsenen Mann außer Gefecht zu setzen?

Sie nahm das Gesicht ihres Bruders zwischen die Hände und zog ihn dicht zu sich heran. Der Wächter wandte ihnen kurz den Kopf zu und lächelte milde, dann drehte er sich wieder weg.

«Die Liebe, die Liebe», sagte er verträumt.

«Ich hole dich da raus», flüsterte Katharina. Während Andreas sie noch verständnislos anstarrte, packte sie den Leuchter, sprang mit einem Satz hinter den Wächter und zog ihm das Metall über den Kopf. Mit einem Seufzer sackte er zusammen. Am Boden stöhnte er noch einmal auf, krümmte sich und erschlaffte dann.

Zum Glück war Andreas aus seiner Starre erwacht und begriff, was er zu tun hatte. Während hinter ihm mehrere Stimmen halblaut durcheinanderredeten, packte er den Metallstab und riss mit aller Kraft daran. Mit einem Knirschen löste das Metall sich aus der Verankerung. Putz und Mörtelbrocken rieselten herab, dann klirrte es leise, als der Stab zu Boden geworfen wurde. Einen Augenblick später erschien der Kopf von Andreas erneut, dann seine Hände, dann seine Arme. Er stemmte sich mit den Ellbogen gegen den Fensterrahmen, ruckte vor, irgendjemand schob von hinten, und einen Augenblick später plumpste er vor ihr auf den Boden.

«Weg hier!», drängte sie, während er sich aufrappelte.

Doch Andreas wollte die anderen nicht zurücklassen, und schon erschien das nächste Gesicht, ausgerechnet die grinsende Visage von Knipperdolling, der das Ganze für einen großen Spaß zu halten schien. Er streckte eine Hand aus, Andreas ergriff sie, stemmte sich zerrend gegen das Gewicht des Wandschneiders, doch der blieb schon mit seinem mächtigen Brustkorb im Fensterrahmen stecken.

«Ausatmen!», rief jemand von hinten.

Aber das reichte nicht, natürlich nicht, denn der Wanst von Knipperdolling musste ja auch noch hinterher, und dass der nicht passen würde, das hätte man auch vorher schon wissen können, ganz gleich wie angestrengt er ihn einzog. Es wäre besser gewesen, er hätte einem schlankeren Mitgefangenen den Vortritt gelassen, aber jetzt steckte er fest, es ging nicht mehr vor und nicht mehr zurück. Und der andere Wächter konnte jederzeit mit dem Bier zurückkommen.

«Schieb mich zurück», ächzte Knipperdolling, immer noch grinsend.

Andreas drückte mit seinem ganzen Gewicht gegen die Schultern des Dicken, aber der klemmte in der Öffnung wie ein Korken.

«Haut ab», presste er hervor. «Ich komme schon irgendwie raus.»

Immerhin hatte Knipperdolling so viel Anstand. Katharina war ihm fast dankbar, und zum Glück begriff auch Andreas, dass hier nichts mehr zu gewinnen war. Hand in Hand rannten sie zur Tür.

Draußen waren die Bauern immer noch mit ihrem Gelage beschäftigt. Niemand schien sich zu wundern, dass sie auf einmal zu zweit waren.

Sie ließ seine Hand los. «Nicht rennen», raunte sie.

Mit zügigen Schritten, aber ohne allzu auffällige Hast überquerten sie den Platz vor der Kirche. Die Wachen bei der Brücke hatten sich ins Haus zurückgezogen. Keiner hielt sie auf.

Nachdem sie den Steg überquert hatten, begannen sie zu rennen. Sie ergriff seine Hand. Ein unbändiger Übermut ergriff sie, wie sie ihn seit ihrer Kindheit nicht mehr verspürt hatte, und auch Andreas ließ sich davon anstecken.

Als sie zu Hause angekommen waren, machten sie sich über die Reste des Frühstücks her. Katharina erzählte von ihrem Tag mit Mollenhecke, Andreas von seiner Festnahme, die Jodefeld auf Druck der verbliebenen lutherischen und katholischen Alderleute veranlasst hatte. Um Knipperdolling machte er sich erstaunlich wenig Sorgen. Sie wusste, dass Andreas alle Ereignisse des Tages als Ergebnis eines göttlichen Plans deutete, doch weder sprach er das laut aus, noch zweifelte sie es an. Alles, was zwischen ihnen stand, blieb für die Dauer der Mahlzeit ungesagt.

Danach war sie so müde, dass sie sich nach oben zurückzog. Obwohl der Tag für sie erst mittags begonnen hatte, kam er ihr so lang vor wie eine ganze Woche. Bevor sie einschlief, hörte sie, wie Andreas das Haus verließ.

Der nächste Tag schien die Gewissheit der Wiedertäufer zu bestätigen, dass Gott seine schützende Hand über sie hielt: Jodefeld und Tilbeck hatten sich von Mollenhecke und Redeker überzeugen lassen, dass die Einigkeit in der Stadt um jeden Preis wiederhergestellt werden musste. Merveldt hatte sich fluchend fügen müssen, nachdem er eingesehen hatte, dass er mit vierzig Rittern gegen die wieder vereinte und entschlossene Bürgerschaft nichts ausrichten konnte. Er hatte die Stadt noch in der Nacht mit seinen Reitern verlassen, nicht ohne die Drohung auszustoßen, man werde sich bald wiedersehen. Die Bauern waren mit ein paar riesigen Bierfässern ruhiggestellt worden, die man aus Tavernen, Brauereien und städtischen Lagern herangerollt hatte. Jetzt befand sich der ganze Haufen schon auf dem Rückweg in die Dörfer, und die Auswirkungen der durchzechten Nacht bereiteten den Bauern deutlich mehr Kopfschmerzen als der Umstand, dass irgendwelche Ketzer fortan ungehindert ihr Unwesen in Münster treiben würden.

In den Straßen wurde gefeiert wie bei einem Volksfest. Auf

dem Markt wurde die Barrikade abgebaut. Wiedertäufer, Lutheraner und dem Vernehmen nach sogar ein paar Katholiken schleppten einträchtig die Bänke in die Lambertikirche und die Hocker in die Wirtshäuser zurück. Die Waffen verschwanden. Alle redeten begeistert darüber, wie man es dem Bischof gezeigt hatte und wie blöd der arrogante Merveldt und seine Schwester aus der Wäsche geschaut hatten.

Katharina war sich nicht sicher, ob das gute Nachrichten waren. Für den Augenblick waren sich alle einig, aber der Konflikt zwischen Rothmanns Anhängern und seinen Gegnern in der Stadt schien nur aufgeschoben zu sein.

Sie verbrachte den Tag in der Neubrückenstraße bei ihrer Freundin Angela Kerkering, die sie schon seit ein paar Wochen nicht gesehen hatte. Die beiden saßen im Garten hinter dem Haus in dicke Decken gehüllt in der Sonne. Eine Magd brachte mit Honig gesüßte Milch in Tonbechern. Im rückwärtigen Teil des Grundstücks stand eine Gruppe von alten Bäumen, dazwischen geduckt ein Gartenhäuschen. Dahinter glitzerte die Aa.

Katharina kannte Angela seit ihrer Kindheit. Als Tochter des Erbmannes Christian Kerkering war Angela mit allen nur denkbaren Annehmlichkeiten aufgewachsen: ein Haus voller Bediensteter in der Stadt, ein Landsitz, wo die Familie lange Sommertage verbrachte, Ausritte auf edlen Pferden, Unterricht bei Hauslehrern, die sie um den Finger wickelte. Natürlich suchten ihre Eltern einen Ehemann für sie. Ab und zu schleppten sie Kandidaten ins Haus, die Angela zumeist derart langweilten, dass sie sie zum Entsetzen der Eltern mit ihrem scharfzüngigen Witz schon beim ersten Zusammentreffen so sehr in Verlegenheit brachte, dass sie sich bald verabschiedeten und nie wieder blicken ließen. Wenn ihr Vater gewusst hätte, mit was für Knilchen sie sich stattdessen auf gelegentliche Techtelmechtel einließ, hätte er sie wahrscheinlich bis zur Eheschließung im Haus eingesperrt. Katharina mochte Angelas ansteckende Leichtlebigkeit, die ihr die dunkle Zeit nach dem Verlust ihrer Eltern etwas einfacher gemacht hatte.

Angelas Gesellschaft war Katharina an diesem Tag auch deshalb so angenehm, weil diese Unbeschwertheit es Katharina möglich machte, von den Ereignissen des Vortages ohne das Gefühl zu berichten, dabei auf ihre Gesinnung geprüft zu werden. In den wenigen Gesprächen, die sie in den vergangenen Wochen mit Andreas und seinen Freunden geführt hatte, war jede Äußerung immer gleich gewertet worden, entweder als Bekenntnis oder als Angriff. So etwas lag Angela völlig fern.

«Dieser Mollenhecke sieht ziemlich gut aus, oder?», fragte sie jetzt.

«Bisschen alt», sagte Katharina.

«Bisschen alt», schnaubte Angela. «Der ist vierzig. Genau richtig. Da sitzt jeder Handgriff.»

«Du kennst den?»

«Klar, der wohnt doch gleich hier die Straße runter. Ich finde, der sieht aus wie so ein spanischer Edelmann.»

«Lustig, das habe ich auch schon mal gedacht.»

Angela blickte verträumt zum Himmel. «Den würde ich gern mal mit Säbel und Federhut sehen. Don Enrique Martínez Seta de Molina de vía Nuevopuente en Monastero. Wenn bei denen alles so lang ist wie der Name …»

«Du kannst Spanisch?»

«Ich hatte mal kurz einen Hauslehrer aus Toledo. Der hieß aber leider nur Juan Pérez.» Angela zwinkerte Katharina zu und zeigte mit Daumen und Zeigefinger an, was für Maße sie mit diesem Namen verband.

Zwei Eichhörnchen jagten sich in rasanten Spiralen am Stamm einer Esche hoch. Katharina dachte an Knipperdolling und fragte sich, wie der wohl auf Spanisch heißen würde.

«Wo wir von Kerlen reden», sagte Angela. «Mein Vater hat da gerade einen ganz merkwürdigen Vogel zu Besuch. Weiß noch nicht, was ich von dem halten soll. Holländer.»

Katharina sah auf. «Einer von diesen Predigern?»

«Nicht irgendeiner. So was wie ein Bischof. Oder wie heißt das bei denen?»

«Apostel», sagte Katharina. «Ist dein Vater auch getauft?»

Sie wunderte sich, wie unglaublich leicht und beiläufig ihr diese Frage bei Angela über die Lippen ging. Für die meisten anderen wäre es eine Indiskretion gewesen, vielleicht eine Falle, bestenfalls ein Angebot zur Verbrüderung, auf jeden Fall eine Frage, die man mit einer gewissen Befangenheit stellte.

«Ja, dieser Holländer hat das gemacht. Jan Bockelson heißt er. Hübscher Kerl, witzig, schlagfertig, redet wie ein Schauspieler. Aber …» Sie zögerte.

«Was?»

«Ich weiß nicht. Irgendwas beunruhigt mich an dem. Schauspieler, das trifft es ganz gut. Man hat immer den Eindruck, dass er einem was vorspielt, dass er dir schmeichelt, um dich hinterher auszulachen. Mein Vater ist Erbmann, der geht mit dem Bischof auf die Jagd und hat hier in der Stadt mehr Häuser als Bockelson Knöpfe an der Jacke. Der hatte in Leiden eine Kneipe, und manche sagen, das war gar keine Kneipe, sondern ein Bordell. Wie auch immer. Es passt einfach nicht zu meinem Vater, dass er sich von so einem am Nasenring durch die

Manege führen lässt. Es ist, als wäre er in letzter Zeit immer kleiner geworden.»

«Merkwürdig. Andreas auch. Die haben Angst vor dem Weltuntergang.»

«Ob da was dran sein könnte?» Angela war jetzt zum ersten Mal ernst.

«Nein», sagte Katharina entschieden. «Fang du jetzt nicht auch noch an.»

Von hinten näherten sich Schritte. Zuerst dachte Katharina, die Magd wäre im Anmarsch, um die Becher aufzufüllen oder irgendwelche Häppchen anzubieten. Doch dann schritt ein junger Mann in hellgrauer Wollkleidung mit gefalteten Händen an ihnen vorbei, ohne sie zu beachten. Er hatte einen sauber gestutzten Vollbart, weiche Gesichtszüge und kinnlange, zurückgekämmte Locken, mit denen er ein bisschen aussah wie Jesus. Die Nichtbeachtung der Tochter des Hauses, in dem er als Gast weilte, und ihrer Besucherin war eigentlich eine grobe Unhöflichkeit, wäre da nicht dieser abwesende, zum Himmel gewandte Blick gewesen, mit dem er offenbar seine Entrücktheit zur Schau stellen wollte. Das konnte nur dieser Bockelson sein.

Angela verdrehte die Augen. «Gleich hat er wieder eine Vision», flüsterte sie.

Bockelson trat unter die Esche und blieb mit dem Rücken zu ihnen stehen. Er hob die Hände zum Himmel, spreizte dann die Finger und legte sie an seine Schläfen. Nahm sie wieder herunter und faltete sie vor der Brust. Murmelte etwas. Nickte mehrmals. Neigte dann demütig den Kopf, als hätte er gerade einen Befehl empfangen.

Dann wandte er sich um und schien aus seiner Versunkenheit zu erwachen. Sein Blick schweifte umher, fand Katharina und blieb auf ihr haften. Er hob eine Augenbraue und zog einen Mundwinkel zu einem schiefen Lächeln hoch.

Er war unbestreitbar ein gut aussehender junger Mann. Während sie seinem Blick standhielt, begriff Katharina, was Angela gemeint hatte: Bockelson führte sich auf wie in einem Theaterstück. Dieser Blick, dieser Mundwinkel, diese Augenbraue, das hatte eine einstudierte Vieldeutigkeit, war zugleich milde und spöttisch, zugewandt und herablassend, lüstern und abweisend.

Bockelson trat einen Schritt näher und wies auf ein paar Meisen, die in den kahlen Zweigen der Esche umherflatterten. «Seht die Vögel unter dem Himmel an: Sie säen nicht, sie ernten nicht, sie sammeln nicht in die Scheunen, und euer himmlischer Vater ernährt sie doch.»

«In deinem Fall mein Vater.»

Solche Frechheiten konnte man sich nur erlauben, wenn man aussah wie Angela Kerkering und einen Vater hatte, der einem ein Leben lang fast alles hatte durchgehen lassen.

«Bin bald wieder weg», sagte er leichthin. Er legte den Kopf schief. «Kann mich vor Einladungen gar nicht retten.»

Eben noch im Zwiegespräch mit Gott wie ein Prophet, klang er jetzt wie ein durchreisender Gaukler, bei dem man nicht sicher sein konnte, ob er nur Kunststücke vorführte oder auch lange Finger machte und schlimmstenfalls die Tochter des arglosen Gastgebers auf die schiefe Bahn brachte. Schon der provozierende Ton verriet, dass zwischen den beiden etwas in der Luft lag.

«Reisende soll man nicht aufhalten», sagte Angela schnippisch.

«Diese Stadt ist meine letzte Station», erwiderte er vieldeutig. «Aber ab morgen bin ich bei Knipperdolling. Schon gehört? Sie haben ihn und die anderen Brüder freigelassen.»

«Steckt er nicht mehr im Fenster fest?»

Er trat dicht an sie heran, beugte sich herunter und flüsterte verschwörerisch: «Der Herr hat die Mauer aufgesprengt.» Mit einem Kopfnicken wies er auf Katharina. «Deine Freundin?»

«Katharina», stellte Angela vor.

Er lupfte spöttisch einen unsichtbaren Hut. «Jan.»

Kein Zweifel, der spielte Theater.

«Eine Schwester?»

«Ja, aber nicht deine», sagte Angela. Es klang, als wollte sie ihn davon abhalten, sich mit Katharina zu befassen.

«Ihr werdet es auch noch begreifen», sagte Bockelson und verschwand mit einer Selbstverständlichkeit im Haus, als wäre es sein eigenes.

«Sag mir noch mal, wie du das mit dem Leuchter gemacht hast», sagte Angela. «Wenn der mir weiter auf die Nerven geht, muss ich ihn niederschlagen.»

«Der ist gefährlich», sagte Katharina ernst.

Angela stöhnte. «Ich weiß.»

«Pass auf dich auf. Ich muss schon auf meinen Bruder aufpassen.»

Die Magd brachte kandierte Früchte. Sie aßen und sahen den Eichhörnchen zu, dann redeten sie über dies und das. Dabei wurde Katharina die ganze Zeit über das Gefühl nicht los, beobachtet zu werden. Irgendwann verschwand die Sonne hinter den Bäumen, und es wurde kühler. Katharina verabschiedete sich. Sie wollte schauen, ob Andreas zurück war.

Als sie den Lambertikirchhof überquerte, merkte sie, dass

etwas im Gange war. Menschen liefen aufgeregt in Richtung Markt.

Beunruhigt folgte sie der Menge, die durch das Michaelistor auf den Domplatz strömte. Dort war die halbe Stadt versammelt. Im Westen waren Wolken aufgezogen, die von der Abendsonne blutrot angestrahlt wurden.

«Ein Zeichen!»

«Der Himmel brennt!»

«Gott vernichtet die Ungläubigen!»

Sie rannte durch die schmale Gasse hinter dem Tor zum Domplatz. Eine unüberschaubare Menschenmenge war dort versammelt, mittendrin ein Mann, der auf einem Podest stand. Es war Rothmann. Er predigte.

Was er sagte, war nicht zu verstehen, aber er fuchtelte beschwörend herum und wies immer wieder zum Himmel.

Katharina schob sich durch eine Gruppe von Frauen, die ihre Kinder mitgebracht hatten. Wortfetzen flogen durch die Luft: niederwerfen, zerschmettern, ausrotten, zermalmen, vertilgen. Einige warfen sich zu Boden, wälzten sich im Staub des Platzes, rissen an ihren Kleidern und Haaren.

«Da!»

«Ein Reiter!»

«Der Heiland kommt!»

In der Tat war da eine Wolke über den zerfurchten Gebilden am Horizont zu sehen, in der man mit viel gutem Willen einen Reiter auf einem Pferd erkennen konnte, allerdings ebenso gut ein Segelschiff in bewegter See, einen voll beladenen Heuwagen, eine Flasche auf einem Schemel oder eine in einen Kuhfladen gesteckte Birne. Oder ein Ketzer auf einem Scheiterhaufen, dachte Katharina.

Doch die Menge um sie herum war in einen Taumel geraten, der in dieser Wolke nichts anderes erkennen wollte als den berittenen Erlöser. Es war wie eine Seuche, die sich in rasendem Tempo ausbreitete, alle Zaudernden ansteckte und jeden Zweifler verstummen ließ. Rothmanns Predigt wurde durch das aufgebrachte Geschrei übertönt, und bald war die Gestalt über der Menge nicht mehr zu sehen; wahrscheinlich war auch der Prediger zu Boden gegangen, im Gewoge vom Podest gerissen oder niedergekniet, bereitwillig untergegangen in der Flutwelle aus Begeisterung und Verzückung, die alle Schranken weggespült hatte, die zwischen Reichen und Armen, Gelehrten und Ungebildeten, Männern und Frauen bestanden hatten: Handwerksmeister in geschlitzter Kleidung knieten neben Tagelöhnern in abgerissenen Leinenkitteln, Kaufmannsgattinnen in weichen Wollkleidern neben Mägden mit schmutzigen Schürzen.

Je mehr die Menge sich in ihre Raserei hineinsteigerte, desto größer wurden Katharinas Entsetzen und ihr Widerwille gegen dieses Spektakel.

Sie wandte sich ab.

Und plötzlich stand ihr Bruder vor ihr. Er lachte wie irre.

«Was geweissagt wurde, ist geschehen», sagte er heiser. Dann sank auch er auf die Knie.

Da stand sie, inmitten dieser unüberschaubaren Menschenmenge, vor ihr der Mensch, den sie auf der Welt am meisten liebte. Und sie fühlte sich allein wie noch nie in ihrem Leben.

9

Die Sache mit Adam lief wie geplant. Als er am Morgen nach seinem Besuch bei Jakob und Benoît erwachte, konnte er sich an kaum etwas erinnern. Er schämte sich, sich derart gehen gelassen zu haben. Matthys hatte seine Anhänger so sehr darauf gedrillt, sich in lustvoller Selbstbezichtigung zu suhlen, dass Benoît ihm mühelos weismachen konnte, er selbst habe das Besäufnis angezettelt. Nachdem er sich ein paarmal übergeben hatte, bestand Adams einzige Sorge darin, dass die beiden ihn bei Houtzager und den anderen verpetzen könnten.

«Erzählt ihnen bitte nichts davon», bettelte er kleinlaut beim Abschied.

«Eigentlich schuldest du uns ja noch zwanzig Stüber», sagte Benoît streng.

«Wirklich?»

«Du wolltest ja unbedingt um Geld karnöffeln.»

«Karnöffelt haben wir auch? Um Geld? Gott steh mir bei.»

«Lass gut sein. Wenn das Ende der Welt kommt, werden alle Schulden getilgt sein.»

«Gott sei mit euch.»

«Und mit dir. Wir sehen uns in Münster.»

Während sie ihre Abreise nach Münster vorbereiteten, mieden Jakob und Benoît den Kontakt zu Pieter Houtzager und der

Amsterdamer Gemeinde. Und auch Adam ließ sich nicht mehr bei ihnen blicken.

Stattdessen klopfte plötzlich Gijs an ihre Tür, um sie zu fragen, ob sie zusammen mit ihm und einer kleinen Gruppe wild entschlossener Männer und Frauen nach Münster ziehen wollten. Sie hatten Waffen zusammengetragen und waren entschlossen, sich ihren Weg notfalls mit Gewalt zu bahnen. Jakob und Benoît verständigten sich mit einem schnellen Kopfschütteln hinter seinem Rücken darauf, sich ihnen auf gar keinen Fall anzuschließen.

Während Gijs in der Küche saß und mit leuchtenden Augen von seinen Plänen schwadronierte, überlegte Jakob fieberhaft, wie er das Gespräch auf Ernestine bringen sollte. Und wieder war es Benoît, der ihm zuvorkam.

«Gibt es Neuigkeiten vom Propheten?», fragte er. «Weiß man, ob er schon angekommen ist?»

«Nein. Er wandert abseits der großen Wege. Gott führt ihn an den Hinterhalten vorbei und lenkt seine Verfolger in die Irre.»

«Hat er denn eine große Gefolgschaft dabei?», fragte Benoît weiter.

«Vier oder fünf seiner Mitstreiter aus Haarlem, seine Frau und ein paar Mädchen, die sie unter ihre Fittiche genommen haben.»

Wäre sein Ton nicht so ehrfurchtsvoll gewesen, hätte man zu dem Schluss kommen können, Matthys und seine Frau führten ein reisendes Bordell.

«Diese Mädchen …», begann Benoît.

«Was soll mit ihnen sein?», fragte Gijs, mit einem Mal gereizt. «Macht ihr euch Sorgen um ihre Unbescholtenheit?

Wollt ihr wissen, ob der Prophet fleischlich mit ihnen verkehrt? Ist es das?»

Jakob fürchtete schon, Gijs würde ihn mit einer wütenden Tirade überziehen und ihn bezichtigen, die Verleumdungen ihrer Gegner nachzuplappern, doch stattdessen trat Gijs die Flucht nach vorn an.

«In der Bibel steht nirgendwo, dass ein Mann nicht mehrere Frauen haben darf», dozierte er. «Im Gegenteil. König Salomo hatte siebenhundert Ehefrauen und dreihundert Nebenfrauen.»

«Aber missfiel es Gott nicht, dass er so viele Frauen hatte?», fragte Jakob.

«Nicht die Anzahl der Frauen missfiel dem Herrn», sagte Gijs hochmütig. «Aber es waren viele ausländische Weiber dabei, die den König auf seine alten Tage dazu brachten, fremde Götter zu verehren. Moabiterinnen, Ammoniterinnen, Edomiterinnen, Sidoniterinnen, Hethiterinnen. Wären sie alle Israelitinnen gewesen, hätte Gott nichts dagegen gehabt.»

Interessant, dachte Jakob. Für eine Sekte, die so viel Wert auf die wörtliche Bibelauslegung legte, musste ein solcher Konjunktiv doch eigentlich recht anmaßend klingen. Die Worte von Gijs zeigten vor allem, mit welcher Geschmeidigkeit dieser Jan Matthys seiner Gefolgschaft seine persönlichen Bedürfnisse als den Willen Gottes verkaufte. Vielleicht stimmte es am Ende doch, was die entsetzten Kirchenmänner den Wiedertäufern nachsagten.

«Es sind allesamt fromme Mädchen», sagte Gijs. «Sie haben ihre Eltern, Ehemänner und Verlobten verlassen, um dem Propheten nachzufolgen. Das sagt doch schon alles. Welchen Umgang er auch immer mit ihnen pflegen mag, es wird ihn nicht auf den falschen Weg bringen, sondern bestätigen, dass er den richtigen geht.»

So konnte man das natürlich auch sehen.

«Und seine Frau?», fragte Benoît. «Sie … duldet das?»

«Divara ist vom Geist des Herrn erfüllt. Es steht ihr nicht zu, den Propheten zu kritisieren, und sie maßt es sich auch nicht an. Die Bibel lehrt, dass die Frauen sich den Männern unterzuordnen haben. Epheser fünf. Die Frauen. Plural.»

«Wo kommen die Mädchen denn her?», fragte Jakob.

«Aus ganz Holland und darüber hinaus. Leeuwarden, Groningen, Dordrecht, Breda, Vlissingen, Den Haag. Der Ruf des Herrn schallt über das ganze Land.»

«Ein Mädchen aus Den Haag?», setzte Jakob nach.

«Ja. Jung und voller Leidenschaft für das göttliche Wort. Sehr gebildet und wortgewandt.»

Wieder tauschten Jakob und Benoît einen Blick. Jetzt kam es auch nicht mehr darauf an.

«Wie heißt sie denn?», fragte Benoît.

Gijs hob die Hände. «Ich weiß es nicht. Wir geben nicht viel auf Namen.» Ein leichter Zug von Misstrauen trat auf sein Gesicht. «Warum interessiert euch das überhaupt?»

«Jesaja dreiundvierzig», antwortete Benoît. «*Ich habe dich bei deinem Namen gerufen, du bist mein.*»

Gijs schien etwas pikiert, mit einem Bibelzitat über die Bedeutung von Namen belehrt worden zu sein. «Ach so», sagte er. «Na ja, wie gesagt, ich weiß es nicht.»

Jakob sah zu Benoît hinüber. Der nickte ganz leicht. Ernestine, oder wie auch immer sie sich inzwischen nennen mochte. Es sprach einiges dafür, dass sie es war.

«Also, was ist jetzt?», fragte Gijs, der offenbar genug von

dem Thema hatte. «Kommt ihr mit uns oder nicht? In einer Woche können wir da sein.»

«Wir überlegen es uns», sagte Jakob.

Drei Tage später waren Jakob und Benoît zum Aufbruch bereit. Jakob hatte die Reise vorbereitet wie einen Marsch durch feindliches Gebiet: Er hatte eine Karte mit verschiedenen möglichen Reiserouten gezeichnet, seine Stiefel neu besohlen lassen, Geld in einem mit Taschen versehenen Gurt verstaut, Zwieback und Dörrfleisch eingekauft, Decken und wetterfeste Kleidung zu Bündeln geschnürt, die man mit Gurten auf dem Rücken tragen konnte. Und er hatte einen Brief an Maria abgeschickt, in dem er sie darüber in Kenntnis setzte, dass jemand anders sich ebenfalls für Ernestine interessierte.

Zu Houtzager und den anderen nahmen sie keine Verbindung mehr auf, andernfalls hätten sie kaum einen unbeobachteten Schritt mehr tun können. Abgesehen davon reichte ein Gang zum Hafen und zu den Toren, um zu sehen, wie unvorbereitet ihre neuen Glaubensbrüder sich auf den Weg machten: ohne Gepäck und teilweise ohne Winterkleidung, frohlockend und jubilierend, damit auch wirklich jeder, der sich in Hörweite befand, wusste, wer da wohin auf die Reise ging. Jakob fragte sich, wie viele von denen es überhaupt nach Münster schaffen würden. Sobald sie Amsterdam verließen, waren sie Hoogstratens Schergen ausgeliefert.

Wie sie von Gijs erfahren hatten, nahmen die meisten anderen Gemeindemitglieder von Amsterdam aus den Wasserweg über das Zwartewater nach Zwolle und von dort aus weiter über Vechte, Ijssel und Schipbeek, bis die Flüsse für die Kähne zu flach wurden, sodass sie die letzten paar Tagesreisen zu Fuß zurücklegen mussten. Jakob und Benoît dagegen beschlossen, zunächst über Hilversum, Amersfoort und Apeldoorn nach Deventer zu wandern.

Matthys hatte eine knappe Woche Vorsprung, aber er würde weniger schnell vorankommen: Seine hünenhafte Gestalt konnte er nicht verbergen, und wahrscheinlich hatten sämtliche Posten an den Straßensperren inzwischen eine Beschreibung seiner Person bekommen. Wahrscheinlich würden sie kurz nach ihm in Münster eintreffen.

Im Morgengrauen machten sie sich auf den Weg. Im Lauf der folgenden vier Tage überholten sie ein paarmal kleinere Gruppen von Männern und Frauen, die sich allerdings weder durch Gebete noch durch Gesänge zu erkennen gaben. Jakob und Benoît übernachteten in einsamen Herbergen und hielten sich von den wenigen anderen Gästen fern.

Vor Deventer wurden die Straßen voller. Dort gab es eine große Wiedertäufergemeinde, außerdem war Deventer eine der wichtigsten Zwischenstationen auf dem Weg von Holland nach Westfalen. Eigentlich hätte Jakob es vorgezogen, die Stadt zu umgehen, aber sie hatten seit ihrem Aufbruch in Amsterdam keine Neuigkeiten mehr aus Münster gehört. Also betraten sie die Stadt und kehrten in einer Taverne in der Nähe des Flusshafens ein. Es dämmerte schon.

«Hier sind wir ja goldrichtig», sagte Benoît, als sie in die Schankstube traten. In der Tat: Die vielleicht dreißig Personen, die an zwei langen Tischen saßen, Suppe löffelten und Brotscheiben einstippten, hatten wenig mit der Kundschaft gemein, die man in einer Hafenkneipe erwartete: Es handelte sich in etwa zu gleichen Teilen um Männer und Frauen, dazu ein paar Kinder. Die Stimmung war ausgelassen, aber nicht zügellos laut; es war ein bisschen wie bei einem Familienfest. Niemand soff, niemand grölte, niemand fluchte. Die meisten tranken ohnehin nur Wasser. Neben den Tischen standen Gepäckbündel. Kein Zweifel: Diese Leute hatten dasselbe Ziel wie sie. Wenn es irgendwelche Neuigkeiten gab, dann würden sie sie hier erfahren.

Sie fanden zwei Plätze am Ende einer Bank. Die Sitznachbarn rückten strahlend ein Stück zur Seite.

«Und wo kommt ihr her?», fragte einer.

Schon dieses *Und*, das sie mit größter Selbstverständlichkeit zu Gleichgesinnten erklärte, war bezeichnend: Hier war eine verschworene Gemeinschaft unterwegs, deren Mitglieder einander mit einer Vertrauensseligkeit begegneten, die auf ihre Weise rührend war.

«Aus Amsterdam», sagte Benoît freundlich. Es folgte eine lange Vorstellungsrunde, Nachfragen nach gemeinsamen Bekannten in der Gemeinde, allgemeines Entzücken, dass sie den braven Bartel Boekbinder und den wunderbaren Willem de Kuyper kannten. Benoît redete sich schon wieder um Kopf und Kragen. Auf die Frage, wer sie denn getauft habe, antwortete er erneut, Jan Bockelson habe das gemacht. Wunderbar, der sei auch schon in Münster. Wenn Benoît so weitermachte, würden sie dort nur noch mit eingezogenem Kopf durch die Stadt schleichen können.

Der Wirt brachte ihnen unaufgefordert zwei Teller Suppe und stellte eine Karaffe mit Wasser sowie zwei Becher auf den Tisch.

«Hast du auch Bier?», fragte Jakob.

«Endlich mal einer, an dem man auch was verdient», sagte der Wirt.

Hochgezogene Augenbrauen bei den Nachbarn.

Während sie aßen, hörten sie sich an, was die anderen zu berichten hatten. In Hasselt hatte es eine Razzia mit vielen Verhaftungen gegeben. In Zwolle waren Schiffe beschlagnahmt worden. Sie hatten wirklich gut daran getan, den Landweg genommen zu haben.

Als das Bier gebracht wurde, schielten einige der Männer neidisch herüber.

«Weißt du, was mir die ganze Zeit durch den Kopf geht?», fragte Benoît leise.

«Du fragst dich, wer der Kerl ist, der sich nach Ernestine erkundigt hat.»

«Genau. Wir hätten Gijs nach ihm fragen sollen. Adam wusste davon. Vielleicht hat Gijs ihn auch gesehen.»

«Er wurde schon misstrauisch, als wir nach Ernestines Namen gefragt haben», sagte Jakob.

«Und wenn schon. Was hätte er machen sollen? Wir sind über alle Berge, und so wie Gijs sich aufführt, werden Hoogstratens Schergen ihn und seine Mitstreiter schon in Zwolle eingelocht haben.»

Jakob nickte bedächtig.

«Was ist, wenn dieser Kerl auch nach Münster unterwegs ist?», fragte Benoît. «Was ist, wenn er uns zuvorkommt? Was wird er unternehmen?» Er wies mit einem Kopfnicken auf die anderen Gäste. «Es könnte einer von denen sein. Es könnte jeder sein. Wir wissen überhaupt nichts. So richtig beruhigend ist das nicht.»

Benoît hatte recht. Auch Jakob stellte sich diese Frage. Aber der Antwort würden sie wohl am heutigen Abend nicht mehr näher kommen.

Jakob hob seinen Krug. «Weißt du, was ich mich die ganze Zeit frage?»

«Ob du eine von denen heute noch ins Bett kriegst? Nach allem, was Gijs über fleischlichen Verkehr und Vielweiberei erzählt hat?»

«Nein. Warum du seit drei Tagen keinen einzigen dämlichen Witz mehr gerissen hast.»

Benoît lachte freudlos auf. «Wenn du wüsstest, wie ich das manchmal hasse. Immer nur der Spaßmacher für Leute zu sein, die keinen Spaß verstehen. Das hier ist endlich mal was anderes.»

In diesem Augenblick wurde Jakob klar, dass er Benoît wirklich mochte.

Die nächsten Etappen der Reise verliefen ohne Zwischenfälle. Sie brachen in Deventer auf, bevor die anderen Gäste sich in der Schankstube blicken ließen. Auf dem Weg überholten sie immer wieder kleine Gruppen von singenden und betenden Menschen. Die nächste Nacht verbrachten sie in Goor, die folgende in Ahaus und die dritte in Billerbeck, wo sie einen Schlafplatz in einer improvisierten Herberge ergattern konnten, die ein Bäcker in seinem Hinterhaus eingerichtet hatte.

«Ihr wollt nach Münster?», fragte er, als sie abends beim Bier zusammensaßen. «Seid ihr sicher? Da ist morgen Ratswahl. Und wenn die …» Er senkte die Stimme. «Wiedertäufer darf man ja bald nicht mehr laut sagen. Jedenfalls, wenn die gewinnen, dann haben wir hier bald Krieg.»

Und so bekamen sie zum ersten Mal auf dieser Reise zuverlässige Informationen über die Ereignisse und Entwicklungen der letzten Wochen in Münster. Benoît machte dem Bäcker weis, sie seien Getreidehändler aus Antwerpen, die sich ein paar Tage in Münster aufzuhalten gedächten, und weil sie abwechselnd nickend und kopfschüttelnd in seine Tiraden gegen die Wiedertäufer einstimmten, kam er gar nicht auf die Idee, die Räuberpistole anzuzweifeln. Ihn interessierte eher das Geschäftliche.

«Getreide? Warum habt ihr denn keinen Wagen dabei?»

«Termingeschäfte», antwortete Benoît mit wichtiger Miene und schob einen kleinen Vortrag über die an der Antwerpener Börse üblichen Geschäftspraktiken hinterher, gewürzt mit Begriffen wie *Agio, Wechselbrief, Risikokapital* und *Spekulationsgewinne,* sodass der Bäcker schon bald nicht mehr folgen konnte, die beiden von da an aber offenbar für vertrauenswürdige Geschäftsleute hielt.

So erfuhren sie von den Wundern, die sich in Münster angeblich Tag für Tag ereigneten, von den Zuzüglern aus Holland, Friesland, Brabant, Geldern und Jülich, aber auch Menschen aus Nachbarstädten wie Dülmen, Coesfeld und Warendorf, die singend über die Straßen des Münsterlandes zogen, von den militärischen Vorbereitungen des Bischofs, der Söldner anwarb und Straßensperren errichten ließ, und von der Ratswahl, von der der weitere Kurs der Stadt abhängen würde. Gewannen die unversöhnlichen Täufergegner aus dem Lager der Lutheraner und Katholiken, würde die Bekenntnisfreiheit möglicherweise wieder zurückgenommen. Die Belagerung würde dann vielleicht aufgehoben, allerdings drohte ein bewaffneter Konflikt unter den Bürgern.

Nur eine Frage konnte ihr Gastgeber nicht beantworten: ob dieser sogenannte Prophet, wie er seinen Haarlemer Berufskollegen abschätzig nannte, tatsächlich schon in Münster angekommen war. Gerüchte gab es allerhand. Einige wollten ihn auf einer Landstraße gesehen haben, andere hatten gehört, er halte sich schon seit Wochen in den Häusern seiner Anhänger in Münster versteckt und warte nur auf den richtigen Augenblick, um das neue Jerusalem gewissermaßen offiziell auszurufen.

Nachdem er all das berichtet hatte, fühlte der Bäcker sich berechtigt, eine Gegenleistung einzufordern.

«Kannst du mir das mit den Spekulatiusgewinnen noch mal erklären?», fragte er Benoît.

«Gern», sagte Benoît aufgeräumt. «Was braucht man für Spekulatius?»

«Mehl und Gewürze. Was sonst?»

«Mehl und Gewürze», wiederholte Benoît bedächtig. Er dachte eine Weile nach, dann sagte er: «Also. Du kaufst bei den Müllern im Ort die gesamten Lagerbestände an Mehl und bei den Spezereienhändlern die gesamten Lagerbestände an Gewürzen auf. Sagen wir mal zweihundert Zentner Mehl und Gewürze für zweihundert Gulden. Der Einfachheit halber, weil man damit gut rechnen kann.»

«So viel Geld hat doch kein Mensch.»

«Das ist ja der Witz an der Sache», sagte Benoît, beugte sich vor und sah dem Bäcker verschwörerisch in die Augen. «Du brauchst überhaupt kein Geld. Du bezahlst Müller und Händler nämlich nicht in Gulden, sondern schließt einen Vertrag mit ihnen, der dich verpflichtet, ihnen in sechs Wochen den doppelten Gegenwert für ihr Mehl und ihre Gewürze in Spekulatius zum dann geltenden Marktpreis zu liefern. Und was wird zwangsläufig passieren, nachdem alle Vorräte in dein Lager gewandert sind?»

«Die Preise für Mehl und Gewürze werden steigen.»

«Und wie sie steigen werden, und damit auch die für Spekulatius. Aber bevor das passiert, gehst du zu den Backwarengroßhändlern und schließt Kaufverträge über insgesamt hundertzwanzig Zentner Spekulatius ab, lieferbar ebenfalls in sechs Wochen, zum halben dann geltenden Marktpreis. Und dann fängst du an zu backen. Zweihundert Zentner Spekulatius.»

«Wer soll das denn alles essen?»

«Niemand. Du verkaufst das Zeug ja gar nicht, sondern hältst es zurück und schaust in aller Ruhe zu, wie die Preise für Mehl und Gewürze steigen. Nach sechs Wochen werden sie sich vervierfacht und die für Spekulatius sogar verfünffacht haben, denn da steckt ja auch noch deine Arbeit drin. Der doppelte Gegenwert von zweihundert Zentnern Mehl und Gewürzen entspricht dann also nicht mehr vierhundert Zentnern Spekulatius, sondern nur noch achtzig Zentnern. Die lieferst du an die Müller und Spezereienhändler, um deine vertraglichen Verpflichtungen ihnen gegenüber zu erfüllen, und dann erfüllst du deine vertraglichen Verpflichtungen gegenüber den Backwarengroßhändlern, lieferst ihnen hundertzwanzig Zentner Spekulatius und streichst sechshundert Gulden ein. Sechshundert Gulden Spekulatiusgewinne, und das ganz ohne Eigenkapitaleinsatz.»

Der Bäcker starrte ihn mit offenem Mund an. «Unglaublich.»

«Nicht wahr? Jeder kann reich werden.» Benoît schlug ihm auf die Schulter. «Ich sage immer, arbeiten ist was für Dumme.»

Am nächsten Morgen machten sie sich kurz nach Sonnenaufgang auf den Weg. Das Wetter war miserabel: Nieselregen aus tief hängenden Wolken, feuchte Kälte, die unter die Kleidung kroch. Nachdem sie Havixbeck hinter sich gelassen hatten, riss der Himmel auf. Und dann erblickten sie im Osten die Türme der Kirchen und Kapellen von Münster: eine gedrungene Doppelturmanlage, ein unvollendeter Achteckturm und eine ganze Reihe nadelspitzer Helme und kegelförmiger Hauben, umsäumt von einem Wall mit wuchtigen Bastionen, hinter denen die Zinnen von Tortürmen hervorlugten. Kirchen und Mauern waren aus einem hellen ockerfarbenen Stein, bei den Dächern kontrastierten Ziegelrot und der aggressive Ton des Grünspans, der die Kupferplatten überzog.

Jakob wurde von einer gespannten Unruhe erfasst, während sie sich zwischen Feldern und Weiden der Stadt näherten. Das Gefühl erinnerte ihn an den Krieg. Es war die Erwartung der Schlacht, wenn man nach Überwindung eines Hügels plötzlich des Gegners ansichtig wurde, der auf den gegenüberliegenden Hängen seine Positionen bezogen hatte und den Angriff erwartete.

Der Gegner, mit dem er es jetzt zu tun bekommen würde, war schon irgendwo hinter diesen Mauern. Der Prophet wurde wahrscheinlich von seinen Unterstützern in der Stadt beherbergt und zwischen seinen Bewunderern herumgereicht. Es würde also nicht schwer sein, Ernestine aufzuspüren, wenn sie noch in seiner Nähe war. Die Frage war eher, wie man sie dazu bringen konnte, Matthys wieder zu verlassen. Und was man tun würde, wenn sie dazu nicht bereit war. Sie entführen? Warten, bis der Weltuntergangstermin verstrichen war?

Die Straße führte auf die Außenbastion eines Stadttors

zu, vor der ein kleiner Stau entstanden war. Eine Gruppe von vielleicht vierzig Männern und Frauen schnatterte in höchster Erregung durcheinander, während zwei Stadtknechte die Durchfahrt blockierten, ab und zu etwas nach hinten riefen, eine Antwort bekamen und daraufhin eine oder zwei Personen einließen.

Jakob ließ seinen Blick über die Befestigungen schweifen, die, soweit man das von der Straße aus sehen konnte, hervorragend ausgebaut waren: Hinter dem Außentor lag ein Steg, der über einen breiten Graben führte und dann in einer Bastion verschwand. Rechts und links schloss sich ein Wall an, der von einem Palisadenzaun gekrönt wurde, sodass man den dahinter liegenden inneren Teil der Anlage nicht erkennen konnte. Jakob hatte in seinem Leben genügend Stadtbefestigungen gesehen, um sicher zu sein, dass sich dort ein zweiter Ring befand, der von einem weiteren Graben umgeben und vielleicht auch noch durch eine Wallaufschüttung verstärkt war. Eine solche Stadt nahm man nicht im Handstreich ein; man brauchte Schanzgräber und schweres Gerät, ausreichend Artillerie und Munition, eine große Streitmacht und einen Tross für ihre Versorgung.

Wieder wurde eine Frau eingelassen. Während er und Benoît das letzte Stück zurücklegten, rechnete Jakob aus, wie lange es noch bis Ostern dauern würde. Sechs Wochen bis zum Weltuntergang. Mehr als genug Zeit, um den Auftrag zu Ende zu bringen.

Die Gruppe vor dem Tor stimmte ein Loblied an, irgendwas mit *frohlocken* und *Jerusalem*. Es klang selbst gedichtet. Dem Akzent nach kamen sie aus Westfalen.

«Ab jetzt gehören wir dazu», mahnte Jakob. «Also reiß dich zusammen. Keine Spekulatiusgeschichten mehr.»

Strahlende Gesichter wandten sich ihnen zu, als sie die Schlange der Wartenden erreichten.

«Und wo kommt ihr her?»

Schon wieder diese Frage.

«Aus Amsterdam», sagte Jakob.

Die Verzückung über diese Antwort kannte keine Grenzen.

«Wie herrlich!»

«Gepriesen sei Gott!»

«Die Wirkungsstätte des Propheten!»

Nachdem man sich zur glücklichen Ankunft gratuliert und Friedensküsse getauscht hatte, stellte einer aus der Gruppe, ein etwa sechzigjähriger Mann mit Rauschebart, der trotz seiner zerlumpten Kleidung der Wortführer der Gruppe zu sein schien, die anderen vor. Sie kamen aus Coesfeld und waren die Nachzügler aus der dortigen Gemeinde, deren größter Teil schon vor ein paar Tagen in Münster angekommen war. Dementsprechend gut waren sie über die Vorgänge in der Stadt informiert. So erfuhren Jakob und Benoît, dass alle Eintreffenden am Tor in Listen eingetragen und befragt wurden.

«Und was erzählt man denen?», fragte Jakob.

Der Alte strahlte. «Die Wahrheit! Die Zeit der Heimlichkeiten und Verstellungen ist vorbei! Ihr nennt eure Namen und sagt, dass ihr gekommen seid, um die Wiederkunft des Herrn in der geheiligten Stadt zu erwarten. Dann notieren sie eure Namen und weisen euch ein Quartier zu. Ist das nicht wunderbar?»

«Ja, ganz wunderbar», sagte Benoît.

Eine gute halbe Stunde dauerte das Jubilieren und Frohlocken noch, dann hatte das Tor die letzten Coesfelder verschluckt. Jakob und Benoît waren endlich an der Reihe. Sie passierten die Brücke, den Eingang zur Bastion und einen Gang, an dessen Ende ein Mann im Licht von zwei Fackeln an einem wackeligen Tisch saß. Er war dick eingepackt, trug einen Schal vor dem Mund und Handschuhe mit abgeschnittenen Fingern, und er wirkte schlecht gelaunt. Offenbar hockte er schon den ganzen Tag hier in der feuchten Kälte und leierte die immer gleichen Fragen an die Neuankömmlinge herunter.

«Name?»

«Jakob van Heemskerk.»

«Herkunft?»

«Amsterdam.»

«Grund für den Aufenthalt?»

«Ich bin dem Aufruf des Propheten gefolgt.»

«… Propheten … gefolgt», murmelte der Schreiber durch seinen Schal, während er gleichgültig notierte. Dann wiederholte er die Prozedur mit Benoît, der sich wieder in Benedikt van Zeeburg verwandelte.

«Gut», sagte er zum Abschluss. «Fragt euch zum Fraterherrenhaus durch. Da haben wir die Holländer untergebracht.» Er würdigte sie keines Blickes mehr, richtete sich hinter seinem Schreibtisch auf und rief in Richtung Eingang: «Der Nächste!»

Sie überquerten den Innengraben und betraten die Stadt durch ein weiteres Tor. Der Weg zum Fraterherrenhaus führte sie ein Stück rechts hinter der Mauer entlang und dann in die vierte Querstraße auf der linken Seite.

Unterwegs blickte Jakob sich um. Wie er erwartet hatte, war die innere Mauer durch einen Wall verstärkt, damit sie nicht beim ersten Kanonenschuss zusammenstürzte. Bei den Häusern, die die hinter der Befestigung entlangführende Straße säumten, handelte es sich um heruntergekommene Fachwerkbauten mit kleinen Fenstern und schiefen Dächern. Auch das entsprach seinen Beobachtungen in anderen Städten: Die schlechtesten Bauten fand man stets direkt hinter der Mauer, während die Häuser immer prachtvoller wurden, je näher man dem Markt kam.

Die Anlage der Fraterherren war weitläufig, hatte eine eigene Kapelle und neben dem Haupthaus eine ganze Reihe von Nebengebäuden sowie zwei Innenhöfe. Am Eingang stand ein Stadtknecht. Sein Überwurf zeigte ein Wappen in den Farben Rot und Gold.

«Holländer?»

«Ja.»

«Im Skriptorium ist noch Platz. Beim Eingang liegen Decken. Warme Suppe gibt's in der Küche.»

«Ist es zu glauben?», murmelte Benoît, als sie weitergingen. «Betten. Suppe. Die werden hier nicht nur geduldet, sondern auch noch untergebracht und durchgefüttert.»

«Nicht die, sondern wir», korrigierte Jakob.

Im Innenhof der Anlage liefen Dutzende von Menschen hin und her. Überall wurde Niederländisch gesprochen. Aus einigen Fenstern schallten Gesänge. Jakob spähte nach Bekannten aus der Amsterdamer Gemeinde, entdeckte aber niemanden. Besser so.

Sie fragten sich zum Skriptorium durch, wo zerknüllte Decken auf dem Boden lagen und staubige Pulte an den Wänden übereinandergestapelt waren. Als Schreibstube wurde der Raum wohl schon seit einiger Zeit nicht mehr genutzt.

Sie warfen ihr Gepäck in eine Ecke, in der schon viele andere Bündel lagen, dann machten sie sich auf den Weg. Die Häuser waren hier niedriger als in Amsterdam, wo die Gebäude entlang der Kanäle aus Platzmangel immer weiter in die Höhe wuchsen. In Münster dagegen war gerade die Gegend um die Flussniederung kaum bebaut, sodass man zwischenzeitlich den Eindruck gewinnen konnte, gar nicht in einer Stadt zu sein, sondern in einer zersiedelten Sumpflandschaft, wären da nicht die vielen Kirchtürme gewesen, die auf der anderen Seite des Flusses hinter Obstgärten, Fischteichen und den rückwärtigen Gebäuden größerer Hofanlagen aufragten.

Während sie eine Brücke überquerten, begann plötzlich eine Glocke zu läuten; weitere fielen ein, bis das Geläute von mindestens zwei Dutzend Glocken die Luft erbeben ließ wie an einem Festtag. Um sie herum beschleunigten die Menschen plötzlich ihre Schritte. Ein paar Leute, die ihnen entgegengekommen waren, machten kehrt.

«Was ist los?», fragte Jakob einen der Vorbeieilenden.

«Sie geben das Ergebnis der Ratswahl bekannt», rief er über die Schulter. Dann rannte er weiter.

Richtig, die Ratswahl. Jakob und Benoît ließen sich von der Menge mitspülen, die aus allen Richtungen weiteren Zulauf bekam wie ein Fluss auf dem Weg zur Mündung. Die Häuser wurden höher, die Giebel aufwendiger. Die Straße beschrieb einen weiten Bogen nach rechts und weitete sich bei einer Kirche zu einem Platz.

Und dieser von Bogengängen und noch höheren Häusern gesäumte Platz war so voll von Menschen, dass kein Durchkommen mehr war. Es summte wie in einem Bienenkorb. Selbst in den Fenstern drängten sich die Menschen. Die Sonne stand schon weit im Westen und beleuchtete ein Gerüst mit einer Bühne, das am anderen Ende des Platzes vor einem besonders imposanten Haus mit einem reich geschmückten Giebel aufgebaut war. Ganz offensichtlich handelte es sich um das Rathaus.

Ein paar Männer standen auf der Bühne. Die kraftvollen Farben von Kleidung und Kopfbedeckungen ließ Würdenträger erahnen, aber weitere Einzelheiten waren auf die Entfernung nicht zu erkennen.

Das Glockenläuten erstarb. Das Gesumme wurde leiser. Ein paar Vorwitzige drängelten sich nach vorn. Kinder wurden auf Schultern gehoben, Hälse gereckt.

Auf der Bühne begann jemand zu sprechen, doch Jakob verstand kein Wort. Vorn wurde verhalten geklatscht.

Nach einer kurzen Pause erklang ein kurzer Zuruf, gefolgt von Jubel. Ein Name, der durch die Menge weitergetragen wurde. Offenbar wurde hier gerade die Liste der Gewählten verlesen.

«Johann van Deventer!»

Applaus, Pfiffe, Jubel, auch ein paar Buhrufe erschollen.

«Christian Kerkering!»

Lauterer Applaus, Pfiffe hier und da.

Und so ging es weiter. Ein Name nach dem anderen wurde ausgerufen und von der Menge kommentiert, die sich dabei mit fortschreitender Abarbeitung der Liste immer deutlicher in zwei Lager spaltete. Einige schlugen die Hände vor die Münder oder wandten sich kopfschüttelnd ab, andere ballten die Fäuste und jubelten mit jedem Namen lauter.

«Bernd Knipperdolling!»

Diesmal war der Jubel geradezu unbeschreiblich. Knipperdolling war der vierundzwanzigste ausgerufene Name, und damit war der neu gewählte Rat offenbar komplett. Aus den Bemerkungen der Umstehenden schloss er, dass dieser Rat zu einem guten Teil aus Täufern, Unterstützern der Täufer und Männern bestand, denen zumindest nachgesagt wurde, den Täufern nahezustehen.

Während in der Menge ganze Gruppen zu Boden sanken und auf Knien Dankgebete anstimmten, wurde vor der Bühne plötzlich eine Gestalt in die Luft gehoben, ein beleibter Kerl mit einem ausladenden Kinnbart in einem grauen Gewand, der offenbar auf den Schultern von zwei anderen saß. Er drehte sich hierhin und dorthin, schüttelte Hände, beugte sich vor und zur Seite, schwankte wie eine Ähre im Herbstwind und bewegte sich langsam auf sie zu, begleitet von rhythmischem Klatschen und Rufen: «Knipperdolling! Knipperdolling!»

Während der Bärtige die Menge teilte wie Moses das Rote Meer, schaute Jakob sich um. Wenn man davon ausging, dass Niederknien und Beten angesichts des offensichtlichen Sieges der Täufer als Bekenntnis zu deren Lehren zu verstehen war, dann gab sich vielleicht ein Drittel der Menschen auf dem Platz als Täufer zu erkennen. Aber ein Drittel war noch keine Mehrheit, zumal sich unter den Anwesenden ja auch viele Auswärtige befanden, die gar nicht wahlberechtigt waren.

Und dann machte er auf einmal ein Stück links von ihnen, dicht beim Eingang der Kirche, die Coesfelder Gruppe aus, die sie am Stadttor getroffen hatten. Der Alte, der sie anführte, entdeckte Jakob im selben Augenblick. Sein Gesicht strahlte.

Jakob arbeitete sich zu ihm vor.

«Die Prophezeiung erfüllt sich», begrüßte ihn der Rauschebart und riss Jakob an sich. «Der neue Rat wird dafür sorgen, dass wir standhalten, bis es so weit ist.» Er hatte Tränen in den Augen. Und dann stimmte er direkt an Jakobs Ohr das Tedeum mit deutschem Text an, und viele der Umstehenden fielen ein, bis der halbe Platz sang und die Worte von den Fassaden widerhallten und in den Himmel gerissen wurden wie Funken eines gewaltigen Feuers.

Der Alte löste sich von Jakob und blickte ergriffen in die Runde. Auch Jakob musste sich eingestehen, dass die inbrünstig singende Menge eine mitreißende Wucht entfaltete.

Kaum war der Gesang verklungen, da schoben sich die Sprechchöre wieder in den Vordergrund: «Knipperdolling!», vereinzelt auch «Bernd!»

Der Bärtige war inzwischen näher herangekommen. Er thronte immer noch auf den Schultern seiner beiden Träger, schwankte immer noch hin und her, schüttelte immer noch Hände. Sein Gesicht war aufgedunsen und rot wie bei Männern, die übermäßig viel essen und trinken, und seine Augen sprühten wild und triumphierend. Das war nicht der verzückte Blick des Gläubigen, dessen demütiges Flehen von Gott erhört worden war, sondern der gierige Blick des Plünderers, dem sich die sturmreif geschossene Stadt ergeben hat. Dieser Mann hatte mehr von einem Landsknecht als von einem Gottsucher.

Anstatt den ganzen Platz bis zur Kirche abzuschreiten, wandte sich das Trio plötzlich nach links und verschwand in einem Haus, aus dessen Fenstern sich jubelnde Männer und Frauen beugten. Die Gesichter in den Fenstern verschwanden, und die Läden wurden geschlossen.

«Wer ist dieser Knipperdolling?», fragte Jakob den Alten.

«Einer unserer wichtigsten Förderer», antwortete der feierlich. «Er hat die Apostel bei sich aufgenommen, als sie noch verlacht und angefeindet wurden.»

Jakob wies auf das Haus, in dem Knipperdolling verschwunden war. «Ist das sein Haus?»

«Ja. Es heißt, der Prophet weilt seit ein paar Tagen auch dort. Aber er ist noch nicht in Erscheinung getreten.»

Jakob war wie vom Donner gerührt. Die Fassade, deren Giebel mit Maßwerk und Fialen verziert war, verriet eine komfortable Ausstattung, und so wie die Parzellen solcher Marktgrundstücke üblicherweise zugeschnitten waren, war zu vermuten, dass das Gebäude weit in die Tiefe reichte. Vielleicht gab es im Hof sogar noch weitere Nebengebäude für die Unterbringung von Gästen. Steckte Ernestine irgendwo da drin? War ihr Gesicht am Ende eins von denen, die sich gerade noch aus den Fenstern gebeugt hatten?

Wo steckte eigentlich Benoît? Jakob sah sich um, konnte ihn aber nirgends entdecken.

Bis auf einen hartnäckigen Pulk von Bewunderern, die Knipperdollings Haustür umlagerten, als hofften sie, dass der Hausherr oder vielleicht sogar der Prophet selbst sich am Fenster zeigen würde, hatte die Menge auf dem Platz sich inzwischen gelichtet. Menschen sickerten in die Seitenstraßen ab oder ballten sich hier und da zu debattierenden Gruppen zusammen. Ein paar Leute eilten an Jakob vorbei zu der Kirche, die hinter ihm aufragte. Die Wände waren von großen Fenstern mit krabbenbesetzten Kielbögen durchbrochen, und gegen das steil aufragende Dach nahm sich der Glockenturm mit der unverhältnismäßig kleinen Haube fast gedrungen aus.

Einer der Coesfelder zog den Rauschebart am Arm und zeigte mit der anderen Hand auf die Kirche. «Wir sollten reingehen. Rothmann predigt gleich.» Und zu Jakob: «Kommst du auch?»

«Später», sagte Jakob. Er hätte sich diesen Apostel, dessen

Namen ihre Mitgefangenen in Hubrechtszoons Kerker ein paarmal erwähnt hatten, gern angehört. Aber zuerst wollte er sich ein Bild von der Stadt machen. Vielleicht hatte Benoît sich ja schon auf eigene Faust auf den Weg gemacht, nachdem sie sich aus den Augen verloren hatten. Spätestens im Fraterherrenhaus würde man sich wiedertreffen.

Jakob überquerte den Markt in Richtung Süden. Der lang gestreckte Platz beschrieb einen leichten Bogen. Die Westseite des Marktes, an der auch Knipperdollings Haus stand, war bis zur Höhe der Bühne, von der die Namen der Ratsherren verlesen worden waren, lückenlos bebaut: ein Haus prächtiger als das andere, verzierte Giebel, Maßwerk, Heiligenstatuen und bleiverglaste Fenster mit bunten Läden davor. An der Ostseite dagegen mündeten ein paar Straßen und Gassen ein. Weitere Menschen kamen ihm entgegen und strebten der Kirche zu. Wieder fiel Rothmanns Name.

Auf der Bühne tollten ein paar Kinder herum. Im Rathaus dahinter wurde gefeiert. Zwar waren auch hier die Fenster geschlossen, aber Stimmengewirr, Gesang und Geklimper drangen nach draußen. Jakob fragte sich, wie diese laute und ausgelassene Feierei sich eigentlich mit Buße und Demut vertrug. Sollten die jetzt nicht in der Kirche sein, Rothmann lauschen und Gott danken?

Als hätte dieser Gedanke das Schlagwerk der Kirche in Gang gesetzt, begannen auf einmal die Glocken zu läuten. Vor dem Eingang stauten sich jetzt die Menschen.

Eine Weile streifte Jakob durch die Stadt, bis die Dämmerung einsetzte, prägte sich das Straßennetz ein, machte sich anhand der Häuser ein Bild davon, wo die Patrizier wohnten, wo die Handwerker und wo die Tagelöhner. Erneut ertappte er sich bei dem Gedanken, dass er instinktiv in alte Gewohnheiten aus dem Krieg verfiel: Er inspizierte das Gelände eines Schlachtfeldes, suchte nach Möglichkeiten für Hinterhalte, nach Rückzugswegen, nach Stellungen, die man beziehen musste, bevor der Gegner es tat. Insgesamt machte Münster einen gut situierten Eindruck, eine typische Gewerbestadt, die mit Fleiß zu Wohlstand gekommen war, nicht flirrend und hektisch wie Amsterdam, aber solide und ein bisschen selbstgefällig. Wieder fragte Jakob sich, was die Leute eigentlich in solchen Scharen in die Arme der Täufer trieb.

In den Straßen traf er jetzt nur noch wenige Leute an. Die meisten Anhänger des Propheten schienen sich in der Kirche versammelt zu haben; sie verzichteten offenbar darauf, ihren Triumph zu den Fenstern der Unterlegenen hinaufzuschreien. Hier und da wurden schon die Fensterläden geschlossen. Beim Anblick der schwachen Lichter in den Ritzen der Läden überkam Jakob ein bedrückendes Gefühl von Heimatlosigkeit. Er beschloss, im Fraterherrenhaus nach Benoît zu sehen.

Jakob fand einen Steg unweit ihrer Unterkunft, ein Stück flussaufwärts von dem Übergang, den sie auf dem Hinweg überquert hatten. Als er das andere Ufer erreicht hatte, fiel ihm im Dämmerlicht am Ufer etwa fünfzig Schritte entfernt eine Gruppe von sieben oder acht Männern auf, die um etwas herumstanden, das am Boden lag. Einer leuchtete mit einer Fackel den Uferstreifen ab. Ein paar andere blickten sich suchend in alle Richtungen um und redeten dabei aufgeregt durcheinander.

Jakob näherte sich der Gruppe. Ein ungutes Gefühl beschlich ihn.

Da lag ein Mensch. Schleifspuren und Fußabdrücke im

schlammverschmierten Ufergras zeigten an, wo man ihn aus dem Wasser gezogen hatte.

Noch bevor das Fackellicht auf den Kopf des Toten fiel, erkannte Jakob an der durchnässten Kleidung, dass es Benoît war.

«Ertrunken», murmelte einer der Männer. «Wahrscheinlich besoffen von der Brücke gefallen.»

Im Leben nicht, dachte Jakob.

10

Man könnte wirklich denken, der Mann hat das Reden bei den Aposteln gelernt», sagte Goswin.

«Oder beim Teufel.»

Goswin sah Knipperdolling irritiert an, aber der lachte nur und schlug ihm auf die Schulter. «Spaß, mein Freund.»

Manchmal wurde Goswin nicht schlau aus seinem Chef. Knipperdolling war schon lange ein glühender Anhänger der Täufer, aber es war schwer zu sagen, wie viel davon seiner echten Überzeugung von deren Lehren und wie viel seiner unbändigen Lust entsprang, aus der Reihe zu tanzen, zu provozieren, sich unmöglich zu machen. Meistens schien beides Hand in Hand zu gehen.

Und jetzt waren sie am Ziel. Matthys stand da unten auf der Bühne und predigte, was das Zeug hielt, nachdem er drei Tage lang mit seiner vor allem aus jungen Dingern bestehenden Gefolgschaft in Knipperdollings Hinterhaus auf seinen Einsatz gewartet hatte. Goswin wollte gar nicht darüber nachdenken, was sie da den ganzen Tag getrieben hatten, während der Hausherr die noch unentschlossenen Kurgenossen in Einzelgesprächen bearbeitet hatte, damit sie die richtigen Männer in den Rat wählten. Bei einigen der Wahlmänner hatten Versprechungen gewirkt, bei anderen Drohungen, aber ausschlaggebend war wohl vor allem die überwältigende Wirkung gewesen, die von den Ereignissen der letzten Tage und Wochen ausging: Bekenntnisfreiheit für die Täufer, Vertreibung der Bischöflichen, Zeichen am Himmel. Wer konnte sich dem widersetzen? Wie vermessen war es, das alles für Zufall zu halten?

Manchmal, das musste Goswin sich eingestehen, erwischte er sich selbst dabei, wie er zweifelte. Aber die Macht der täuferischen Lehre bestand ja gerade darin, dass sie die Zweifler mitriss, weil es sich falsch anfühlte, abseits zu stehen, während alle anderen von dieser unbeschreiblichen Begeisterung ergriffen wurden wie beim Anblick dieser Wolke, deren Erscheinen ja wohl kein Zufall gewesen sein konnte: Gerade war Münster auf wundersame Weise von der drohenden Besetzung durch die bischöflichen Truppen befreit worden, da galoppierte für alle sichtbar dieser Ritter durch die Luft, als wollte er der Stadt auch für die Zukunft des himmlischen Beistandes versichern. Danach hatte auch Goswin sich von Rothmann taufen lassen. Genau genommen hatte er das nicht unmittelbar im Anschluss an die Erscheinung getan, sondern nach einem kurzen Wortwechsel mit seinem Chef am folgenden Tag.

«Immer noch nicht getauft, Goswin?», hatte Knipperdolling gefragt, begleitet von einem jovialen Klaps auf die Schulter und in diesem Ton, bei dem man nicht wusste, ob er scherzen oder tadeln wollte.

«Nein», hatte Goswin zögernd und verlegen geantwortet.

«Wie lange arbeitest du jetzt schon für mich, Goswin?»

«Fünfzehn Jahre, Chef.»

«Fünfzehn Jahre», hatte Knipperdolling bedächtig gesagt und war weitergegangen, und dann hatte er noch über die Schulter gerufen: «In zwei Wochen kommt der Prophet zu uns.»

Mehr hatte er nicht sagen müssen. Ungetaufte Mitarbeiter in einem Haus, in dem der Prophet als Gast weilte, wie hätte das denn ausgesehen? Goswin hatte verstanden und war zu Rothmann geeilt, um sich taufen zu lassen. Als der Prediger die schlichten Worte gesprochen und das Wasser auf seinen Kopf geträufelt hatte, war Goswin von einer tiefen Zufriedenheit erfüllt worden, ja, das traf es, eine Zufriedenheit, die er gleichwohl nicht als die überwältigende Erleuchtung erfahren hatte, als die andere sie beschrieben.

Und nun stand er neben Knipperdolling an einem der Fenster des Festsaales im oberen Stock des Rathauses und sonnte sich im Glanz des Bürgermeisters. Rechts und links von ihnen an den anderen Fenstern hatte fast der gesamte neu gewählte Rat Aufstellung genommen: Deventer, Wordemann, Prusse, Rode und Ossenbeck, die Rothmann seit Jahren die Treue hielten, dann Kerkering, der dem Prediger seine Reise nach Straßburg bezahlt hatte, ferner Pickert, Cruse, Petzold und Gruter, von denen kein Ärger zu erwarten war, und schließlich Potken und Geisthovel, die man im Auge behalten musste.

Alle sahen auf die Bühne herunter, auf der Matthys Zeter und Mordio schrie.

Vor einer halben Stunde war der Menge auf dem Platz das Ergebnis der Bürgermeisterwahl mitgeteilt worden, und sie hatten es genauso geschluckt wie die Verkündung der Zusammensetzung des Rates am Tag zuvor.

Bernd Knipperdolling war also Bürgermeister. Sein Amtskollege Gerd Kibbenbrock, der etwas unruhig von einem Fuß auf den anderen trat, fraß ihm aus der Hand, der Rat sowieso. Wie unglaublich schnell die Stimmung sich gedreht hatte!

Und doch war das hier erst der Anfang, denn jetzt hieß es

durchhalten, bis das passierte, was Matthys dort unten gerade ankündigte.

«Denn seht, der Tag kommt, da werden alle Überheblichen und Frevler zu Spreu!», schrie der Prophet und begann, auf der Bühne auf und ab zu marschieren. Hinter ihm, mit dem Rücken zum Rathaus, standen die Prediger: Dionysius Vinne, Hermann Staprade, Johann Klopriss, Gottfried Stralen, Heinrich Schlachtschaf, Bernhard Rothmann natürlich, und neben Rothmann der Holländer Jan Bockelson, bei dem Goswin nicht so recht wusste, was er von ihm halten sollte. Nur Heinrich Roll fehlte, der war vor ein paar Tagen auf eine Missionsreise aufgebrochen, um in den Niederlanden von den Erfolgen der Täufer in Münster zu berichten und weitere Anhänger dazu zu bewegen, sich auf die Reise zu machen.

«Die Überheblichen und die Frevler, die sich da draußen gerade wieder sammeln!», schrie Matthys mit einer ausholenden Handbewegung. «Das Lumpenpack, das dieses Mastschwein von Bischof mit großem Geknorre zusammengerufen hat, um es uns auf den Hals zu hetzen! Sollen sie kommen! Verbrennen wir Waldeck seine Borstelhaare!»

Er sprach ganz passabel Deutsch, wenngleich sich immer wieder niederländische Worte in seine Tirade mischten, deren Bedeutung sich meist leicht erschließen ließ. Die Menge liebte ihn umso mehr und ging begeistert mit.

Der Prophet reckte den rechten Arm und schüttelte den Zeigefinger. «Aber die da draußen sind nicht unsere einzigen Feinde, und sie sind nicht die gefährlichsten! Die gefährlichsten Feinde sind nämlich nicht die, die von außen gegen uns anstürmen, sondern die, die ihnen die Tore öffnen wollen! Diese Feinde sind mitten unter uns! Sie sind eure Nachbarn! Sie stehen in den Marktbuden und verkaufen euch Gemüse! Sie stillen als Ammen eure Kinder! Und dabei träufeln sie ihnen das Gift der römischen und wittenbergischen Ketzerei ein! Wollt ihr das?»

Die Antwort der Menge schallte von den Fassaden zurück: «Nein! Auf keinen Fall!»

Matthys streckte den Zeigefinger aus und schwenkte ihn über die Zuhörer. «Ihr Meister, kennt ihr eure Gesellen? Ihr Gesellen, kennt ihr eure Meister?»

Gemurmel erhob sich in der Menge.

«Ihr kennt sie nicht!», rief Matthys. «Denn wie es im Buch Samuel heißt: *Der Mensch sieht nur das, was vor Augen ist, Gott aber sieht das Herz!*» Matthys beugte sich vor, machte eine Pause und wartete, bis alle wieder mucksmäuschenstill waren, dann fuhr er erheblich leiser fort: «Und jetzt mag der eine oder andere unter euch denken: Was kümmert es mich, ob mein Nachbar ein Gottloser ist? Wenn der Herr in die Herzen sehen kann, dann wird er die Seinen wohl erkennen! Denkt ihr das?»

Sein Kopf ruckte hin und her. Wieder wurde gemurmelt, offenbar herrschte Uneinigkeit darüber, ob man so denken durfte oder nicht.

Ganz plötzlich schnellte Matthys wieder zu voller Größe hoch und brüllte: «Was gibt es da zu beraten? Was sind das für Gesichter? Was für eine Gemeinde aus gleichgültigen Stommelingen seid ihr eigentlich? Was für eine Stadt der Auserwählten soll das sein, wo es niemanden schert, ob sein Nachbar Gott oder den Teufel anbetet? Glaubt ihr, ihr könnt die Hände in den Schoß legen, bis die siebte Posaune erschallt? Glaubt ihr, der Heiland kommt in den ungereinigten Tempel?»

Erschrocken wichen die Köpfe zurück.

«Er kann es wirklich», murmelte Knipperdolling.

«Ausfegen müsst ihr den Tempel des Herrn!», schrie Matthys. «Wenn es so weit ist, darf kein Ungetaufter mehr die heilige Stadt mit seiner Anwesenheit beflecken! Wer uns verhöhnt und bekämpft hat, kann nicht unter uns weiterleben, ohne Buße getan zu haben! Gott will sie auf Knien sehen! *Wir* wollen sie auf Knien sehen!»

Fäuste wurden geschüttelt, zustimmende Rufe erklangen. In einigen Gesichtern war Rachsucht zu erkennen, in anderen Erleichterung darüber, dass der Zorn des Propheten nicht mehr ihnen galt, sondern denen, die noch vor wenigen Wochen die Bischöflichen in die Stadt gelassen hatten.

Matthys wurde plötzlich ruhiger. Er wandte sich von seinen Zuhörern ab und dem Rathaus zu. Zum ersten Mal seit Beginn der Predigt sah Goswin ihn von vorn. Er hatte die Augen geschlossen, hob die Hände zum Himmel und stand eine Weile still. Dann nahm er die Hände herunter, faltete sie vor der Brust und betete.

«Der Herr wird mir ein Zeichen geben», sagte er, immer noch mit dem Rücken zur Menge, aber laut genug, dass es auf dem Platz zu verstehen war. «Ich werde euch rufen lassen, wenn es so weit ist. Tut Buße. Und gehorcht der Obrigkeit, die Gott über euch gestellt hat.»

«Also uns», murmelte Knipperdolling so leise, dass nur Goswin es hörte.

Ohne sich noch einmal zu den Zuschauern umzudrehen, stieg Matthys vom Gerüst und verschwand aus dem Blickfeld. Einer der Prediger, die auf der Bühne stehen geblieben waren, stimmte das Vaterunser an, die Menge fiel ein.

Auch die Ratsherren an den Fenstern murmelten mit geschlossenen Augen die Worte mit. Die hatten alle begriffen, was die Stunde geschlagen hatte, und wollten jetzt nichts mehr falsch machen.

Kurz nach dem *Amen* erschien Matthys.

«Den Tempel ausfegen!», rief er schon von der Treppe aus. «Die werden sich noch wundern, wie ernst wir es damit meinen! Wir fangen gleich an.»

Kaum war er eingetreten, füllte er den ganzen Saal mit seiner Präsenz. Trotz der Kälte draußen war er verschwitzt. Die Haare klebten ihm auf der Stirn. Er breitete die Arme aus und drehte sich einmal um sich selbst.

«Der Tempel muss gereinigt werden!», wiederholte er theatralisch. Während er sich gedreht hatte, waren seine Augen an einer kleinen Statue des Apostels Paulus hängen geblieben, die auf einer Konsole in einer Ecke des Saales stand. Sein Blick verfinsterte sich.

«Der Tempel muss gereinigt werden», wiederholte er, diesmal leise und drohend. «Zuerst von den Bildern der Götzen und dann von ihren Dienern!» Er zeigte auf die Statue. «Wie kann es sein, dass ihr hier in aller Seelenruhe zusammensteht, während dieses Ding da noch im Raum ist? Wie ertragt ihr das?»

«Die stand schon immer da», sagte Johann van Deventer zaghaft.

Matthys fuhr herum und funkelte ihn an. «Die stand schon immer da? Und wofür soll das ein Argument sein? Der Papst war auch schon immer da!»

Bevor der Schuhmacher antworten konnte, war Matthys mit ein paar schnellen Schritten zu der Statue geeilt. Er packte die kaum mehr als einen Fuß hohe Figur mit seiner Pranke und schmetterte sie ein paar Schritte vor sich auf den Boden, wo sie mit einem dumpfen Krachen zerbarst und dabei ein halbes Dutzend Fliesen zertrümmerte. Der Kopf rollte ein Stück weiter und blieb zwischen den Füßen von Gerd Kibbenbrock liegen. Der Bürgermeister starrte auf das Gesicht des Apostels, dann auf Matthys, dann in die Runde. Die meisten konnten ihr Entsetzen kaum verbergen, nur Wordemann und Ossenbeck schien das Spektakel zu amüsieren, und natürlich Knipperdolling, aber bei dem war das nicht verwunderlich, schließlich liebte er Krawall in jedweder Form.

Matthys kehrte die Handflächen in einer Unschuldsgeste nach oben. Er setzte einen übertrieben erstaunten Gesichtsausdruck auf. «Warum straft Gott mich nicht? War das kein Frevel?»

Er drehte sich wieder, eine Runde, noch eine, sein Blick strich über die Männer, die kein Wort sagten. Dann blieb er abrupt stehen und zeigte auf den verwaisten Sockel in der Ecke.

«Ich sage euch, was ein Frevel war. Es war ein Frevel, dieses Götzenbild überhaupt aufzustellen! Es war ein Frevel, es anzubeten! Gott den Herrn sollt ihr anbeten, nicht Marmor, nicht Holz, nicht Bronze, keine bemalten Tafeln und kein bedrucktes Papier! Zerstört, was euch von ihm ablenkt! Verbrennt die Bilder! Zertrümmert die Statuen! Wenn der Erlöser herabsteigt, soll er eine gereinigte Gemeinde in einer gereinigten Stadt vorfinden! Denn so spricht der Herr durch seinen Knecht Mose: *Ihr sollt euch keine Götzen machen und in eurem Land weder Bilder noch Steinmale aufstellen, um euch vor ihnen niederzuwerfen, denn ich bin der Herr, euer Gott.*»

Matthys ging zu einem der Fenster und zeigte über die Giebel der Häuser zu den Türmen des Doms.

«Wie kann es sein, dass mitten in Jerusalem noch dieser

Tempel des Baal steht? Denn nichts anderes ist dieser Bau, ein heidnischer Tempel voller Götzen aus Stein und Holz. Worauf wartet ihr? Reinigt den Tempel! Zerschlagt die Bilder, die dem Herrn ein Gräuel sind!»

Matthys warf einen Blick zurück in den Saal, wieder sprang sein Blick von einem zum anderen. Die meisten der Herren sahen betreten zu Boden, schienen kaum fassen zu können, dass der Prophet sie gerade aufgefordert hatte, die Einrichtung der Bischofskirche kurz und klein zu schlagen. Selbst die als Anhänger Rothmanns bekannten Ratsherren zögerten.

«Er hat recht», sagte Knipperdolling. «Bringen wir es zu Ende!»

Eine Stunde später zogen sie mit einer Horde von vielleicht achtzig Männern durch das Michaelistor zum Domplatz. Goswin hatte seinen Chef noch nie in einer so aufgekratzten Stimmung erlebt. Knipperdolling war ein Mann voller wuchtiger Leidenschaften, impulsiv und unbeherrscht, immer bereit, aufs Ganze zu gehen. Aber was jetzt bevorstand, war ein so grober Verstoß gegen die von Kindheit an eingeübte Ehrfurcht gegenüber den Symbolen des Glaubens, dass Goswin ein erhebliches Unwohlsein verspürte. Sicherheitshalber hielt er sich dicht bei Knipperdolling. Dessen ungestüme Entschlossenheit hatte etwas Mitreißendes, als könnte man genauso selbstsicher, frei und verwegen werden wie er, wenn man es ihm gleichtat.

Knipperdolling hatte ein paar seiner Leute losgeschickt, um Helfer zusammenzutrommeln, und dann hatten sie sich im *Schwan* in der Salzstraße getroffen, um sich mit reichlich Bier in Stimmung zu bringen. Einigen der Männer war anzusehen gewesen, dass sie das auch gebraucht hatten, um überhaupt den

Mut aufzubringen für das, was nun folgte; ein paar von ihnen hatten sich sogar still und heimlich wieder verdrückt. Dafür waren andere dazugestoßen, die es gar nicht abwarten konnten. Sie hatten Beile, Hämmer, Seile und Stemmeisen mitgebracht, und ein Steinmetz hatte gleich seinen ganzen Werkzeugkasten mitgeschleppt.

Und jetzt war die Horde unterwegs und überquerte johlend den Domplatz zum Südportal des Doms, der vor ihnen aufragte wie eine Burg, die erobert werden wollte.

Eine Horde, das war das richtige Wort, unbändig und lärmend waren sie. Niemand vom Rat hatte sich bereit erklärt, dabei mitzumachen, selbst die überzeugtesten Täuferfreunde nicht, und auch von den Predigern war keiner gekommen, was zu spöttischen Bemerkungen über die Buchstabenfresser geführt hatte, die auf der Kanzel das große Wort führten, aber sich zu fein waren, auch mal Hand anzulegen, wenn es darauf ankam.

Ein paar Schaulustige standen in sicherem Abstand herum. Die Tore der Domkurien waren verschlossen, nur oben in den Fenstern zeigte sich hier und da ein fassungsloses Gesicht.

«Schämt euch!», schrie jemand.

«Schämt euch doch selber!», schallte es zurück.

«Vollgefressene Papistenlümmel!», rief ein anderer.

«Kommt raus, wenn ihr euch traut!», ließ einer von weiter hinten sich vernehmen.

«Euch knöpfen wir uns auch noch vor!», rief Goswin und lauschte fast erschrocken seiner eigenen Stimme nach. Er hatte in seinem Leben noch niemandem gedroht. Es war ein merkwürdiges Gefühl. Prickelnd, als hätte er an einem Getränk genippt, das er noch nie zuvor gekostet hatte und von dem er ahnte, dass es mit jedem Schluck ein bisschen besser schmecken würde, wie der Zitronenlikör, den Knipperdolling ihm einmal serviert hatte.

Vor dem Südportal wurden sie schon erwartet. Rothmann stand dort, eine Wollkappe auf dem Kopf, den er tief zwischen die Schultern gezogen hatte, was ihn noch gedrungener wirken ließ. Er blickte grimmig drein, nicht übermütig und tatenlustig, sondern als müsste er eine unangenehme Pflicht erfüllen.

Rothmann nahm die Kappe ab und strich sich durch die Haare, dann begrüßte er Knipperdolling mit dem Bruderkuss.

«Wo sind die anderen?», fragte der Bürgermeister.

«Stralen und Klopriss kommen gleich.»

«Sonst keiner?»

«Schlachtschaf hat noch eine Beerdigung.»

«Vinne? Staprade?»

Rothmann zögerte. «Ist nicht jedermanns Sache.»

Knipperdolling winkte schnaubend ab. «Hast du den Schlüssel, oder müssen wir die Tür aufstemmen?»

Rothmann zog einen großen Schlüssel hervor. Für einen kurzen Augenblick sah er aus wie Petrus mit seinem Bart, dem weiten Gewand und dem Schlüssel in der Hand.

Es klirrte, gefolgt von Gejohle. Einer der Männer hatte ein Fenster mit einem Stein eingeworfen. Scherben fielen glitzernd zu Boden wie Eiskristalle. Ein weiterer Stein flog, traf aber nur eine Maßwerkstrebe.

Knipperdolling nahm Rothmann den Schlüssel ab. Alle drängten nach, eine weitere Scheibe ging zu Bruch, dann hatte Knipperdolling die Tür entriegelt, und die ganze Meute quoll in die Kirche wie Wasser durch ein Leck im Schiffsrumpf.

«Es wird nichts geklaut!», rief Rothmann streng hinter ihnen her. «Der Herr will, dass die Götzenbilder vernichtet werden, sonst nichts!»

Sein Ruf ging im Stimmengewirr unter, das von den Wänden der Kathedrale zurückgeworfen wurde.

Es waren vielleicht hundert Männer mit und ohne Werkzeuge, die nun im Kirchenraum ausschwärmten. Während Knipperdolling zum Hauptaltar stiefelte, blieb Goswin im Mittelschiff stehen und sah sich um.

Erstaunt stellte er fest, dass die Erhabenheit des riesigen Baus die Zerstörungswut offenbar vorübergehend gedämpft hatte, denn anders als man nach den großmäuligen Ankündigungen der Männer hätte vermuten können, ging keiner von ihnen sofort ans Werk. Stattdessen streiften sie durch die Seitenschiffe und Nebenkapellen, begutachteten die Altäre, ließen ihre Blicke an Wänden und Pfeilern hochwandern, wie eine Hundemeute, die einen toten Bären umkreist und beschnüffelt, etwas misstrauisch noch, als fürchtete sie, der scheinbar wehrlose Kadaver könnte gleich noch einmal aufspringen und nach ihnen schnappen, und doch unwiderstehlich angezogen von der Vorstellung, die Zähne in sein Fleisch zu schlagen.

Es war nicht das erste Mal, dass sie gegen den Götzenkult der Bilder und Statuen vorgingen, aber in den anderen Kirchen hatten sie sie einfach abgenommen oder überpinselt. Hier wurde etwas anderes von ihnen erwartet, und um damit beginnen zu können, mussten zuerst die letzten Mauern des Kinderglaubens in ihren Köpfen eingerissen werden. Goswin verstand das sehr gut. Obwohl er gerne glauben wollte, dass die Idole verschwinden mussten, konnte er sich nur schwer vorstellen, den Hammer gegen ein Altarbild zu schwingen, auf dem vielleicht sogar eine Kreuzigung dargestellt war. Gefiel das Gott wirklich?

Jemand musste den Anfang machen.

Und natürlich war es Knipperdolling, der das übernahm. Er sprang auf den Hauptaltar, an dessen Rückseite zum Chor hin ein großes Retabel mit aufgeklappten Flügeln stand, tatsächlich eine Kreuzigungsszene, flankiert von den üblichen Passionsdarstellungen. Der Bürgermeister gab dem Bild einen Tritt, genau in der Mitte, wo der Heiland am Kreuz hing.

Goswin stockte der Atem.

Knipperdolling hatte Jesus ins Gesicht getreten. Und wie es schien, hatte ihn das noch nicht einmal Überwindung gekostet.

Rothmann hatte schon bei der Abnahme der Heiligenbilder in den anderen Kirchen gepredigt, dass nicht sie es waren, die den Herrn beleidigten, sondern die Maler, die es gewagt hatten, diese Götzenbilder überhaupt herzustellen, ferner die Stifter, die sie bezahlt, und die Priester, die sie aufgestellt hatten, dass der Kampf gegen die Bilder mithin ein gottgefälliges Werk war. Aber in diesem Augenblick in der Kathedrale, die immer noch irgendwie mit Heiligkeit angefüllt war, auch wenn es die verlogene und nach Weihrauch stinkende Heiligkeit der Papisten war, vor den Augen von Männern, die noch vor zehn Jahren vor solchen Bildern gekniet und gebetet hatten, war dieser Tritt eine Ungeheuerlichkeit, die Goswin ins Mark traf.

Zunächst sah es so aus, als wäre ein zweiter Tritt vonnöten, als wollte das Retabel durch seinen Widerstand gegen die Schwerkraft beweisen, dass hier Unrecht geschah, aber dann ächzte und knirschte es, neigte sich nach hinten und kippte vom Altar herunter. Krachend und splitternd landete es auf dem Boden, der Rahmen geborsten, die Tafel gebrochen, einer der Heiligen in zwei Teile gespalten wie von einem Henkersbeil, als hätte er ein zweites Martyrium erlitten.

«So geht das!», rief Knipperdolling.

Mit einem weiteren Tritt fegte er das aufgeschlagene Messbuch vom Altar, gefolgt von den Kerzenleuchtern.

Und dann, als wäre ein Damm gebrochen, setzte das Verwüstungswerk ein. Während Knipperdolling vom Altar sprang und sich eine Brechstange griff, begannen in einer der Seitenkapellen zwei kräftige Burschen an einem weiteren Retabel zu zerren, wieder krachte und splitterte es, dann sprang einer mit einer Axt dazu und hackte auf die zerborstenen Tafeln ein. Wie eine Welle pflanzte sich die Lust an der Zerstörung von einer Seitenkapelle zur anderen und von einem Pfeiler zum nächsten fort. Steinernen Statuen wurden die Nasen abgeschlagen, Seile um die weiter oben aufgestellten Konsolenfiguren geworfen, Bücher flogen flatternd wie aufgescheuchte Vögel kreuz und quer durch die Luft, und einer kniete sich hin und begann, das Gesicht auf der Grabplatte eines verstorbenen Domherrn mit Hammer und Meißel zu traktieren. Alle schrien durcheinander. Hätte Goswin die wie irre lachenden Gesichter nicht gesehen, hätte er denken können, sie schrien vor Schmerzen.

Plötzlich stand Knipperdolling wieder neben ihm und legte ihm väterlich den Arm um die Schulter.

«Das ist ein Fest, was?»

Goswin lächelte gequält. Er schämte sich seiner Erregung.

Der Druck des Arms um seine Schulter wurde stärker. Plötzlich hatte Goswin die Brechstange in der Hand.

«Willst du nur zusehen, während die anderen die Arbeit machen?», fragte Knipperdolling. Der Druck des Arms verstärkte sich noch einmal. Der Bürgermeister führte Goswin zu einem der Pfeiler, der das Hauptschiff vom linken Seitenschiff trennte. Dort stand eine knapp lebensgroße Statuengruppe aus bemaltem Holz, eine kleine Versammlung von Heiligen mit einer Madonna mit Kind in der Mitte. Goswin erkannte Andreas und Bartholomäus an ihren Marterwerkzeugen, die Namen der beiden anderen fielen ihm nicht ein. Sein Herz klopfte. Er fühlte sich wie ein Hund, der auf die Erlaubnis wartete, seinen Teil von einem apportierten Stück Wild zu bekommen.

«Na los», sagte Knipperdolling. «Schlag zu. Glaub mir, es befreit.»

Goswin spürte den Widerwillen, aber er wollte den Chef nicht enttäuschen, also holte er aus und ließ die Brechstange auf den heiligen Andreas niedersausen, der sein Kreuz im Arm hielt. Einer der oberen Kreuzarme brach ab und landete vor ihren Füßen.

«Gut so. Jetzt köpf ihn.»

Die Hemmung, einer einem Menschen nachempfundenen Figur mit voller Wucht gegen den Kopf zu schlagen, war groß, aber der erste Hieb hatte etwas in ihm gelöst, also holte Goswin erneut aus und legte seinen ganzen Schwung hinein. Und er traf. Der Kopf des Heiligen wurde mit einem fürchterlichen Krachen vom Rumpf gerissen, beschrieb einen Bogen in der Luft und rollte quer durch das Mittelschiff. Ein paar spitze Zacken blieben am Halsansatz stehen wie bei einem vom Sturm gefällten Baum; an den Bruchflächen war das Holz fast weiß, während es sonst eine dunkelbraune Patina aufwies. Die Erkenntnis, dass die Figuren von innen so anders aussahen, schien die Worte der Prediger zu bestätigen, dass sie nichts als Symbole einer verlogenen Oberflächlichkeit waren, die man durch ihre Zerstörung entlarven konnte.

«Sehr schön, mein Junge.»

Für den nächsten Schlag brauchte es keine Aufforderung mehr. Goswin biss die Zähne zusammen und drosch dem zweiten Apostel den Kopf von den Schultern, einem einfältig dreinblickenden alten Knacker mit einer Muschel am Hut, und während der Kopf splitternd wegflog, besann sich Goswin auch wieder auf den Namen: Jakobus. Der alte Priester fiel ihm wieder ein, der ihn als Kind immer drangsaliert und gedemütigt hatte; nie war es genug gewesen mit Bekenntnissen und Reue, immer hatte er weitergebohrt, ob da nicht doch noch ein paar uneingestandene oder verschwiegene Sünden gewesen waren, immer hatte Goswin diesen strafenden Gott im Nacken gehabt, der alles sah und nichts vergaß. Lukas, so hatte der Priester geheißen, und das war auch der nächste Apostel in der Gruppe. Als Goswin auch diese Figur enthauptete, fühlte es sich richtig gut an, als schlüge er nicht einer Statue den Holzkopf ab, sondern dem Peiniger seiner jungen Jahre, ja, besser noch, als täte er damit Gottes eigenes Werk, indem er die Pfaffen für die Lügen und Drohungen bestrafte, mit denen sie ihm die Kindheit versaut hatten. Knipperdolling hatte recht: Es war befreiend.

Von da an gab Goswin sich der Raserei hin. Er zertrümmerte die Statuengruppe mit immer schnelleren Schlägen, schrie und lachte, während hölzerne Körperteile, Splitter und Späne in alle Richtungen flogen. Nur die Madonna mit dem Kind in der Mitte sparte er aus.

Am Ende sank er keuchend und mit rasendem Herzen auf die Knie. Um ihn herum wütete die Meute weiter. Eine größere Gruppe nahm sich die Orgel vor, stemmte die Pfeifen eine nach der anderen heraus und schleuderte sie durch das Mittelschiff, sodass das scharfe Klirren von Metall auf Stein in den

Ohren schmerzte. Andere hatten von irgendwoher eine Leiter angeschleppt und an die astronomische Uhr gelehnt, zwei Kerle stiegen hinauf, demolierten die Zifferblätter und rissen die Zeiger ab. Und immer noch schallte aus den Seitenkapellen der Lärm von berstendem Holz, splitterndem Stein und klirrendem Glas, wurde von den Wänden zurückgeworfen, vermischte sich zu einer wütenden Hymne der Zerstörung.

Goswin barg das Gesicht in den Händen und hielt sich die Ohren zu. Der kurze Triumph verhallte wie ein Echo, wurde von einem irritierenden Unwohlsein abgelöst, das Goswin zunächst nicht recht einordnen konnte, bis er begriff, dass es nichts anderes war als diese verdammte Scham, die nach Absolution verlangte. Hatte er sich nicht gerade davon befreit? Hörte es nie auf?

Knipperdolling trat hinter ihn und zog ihn wieder auf die Beine.

«Wir knien vor nichts und niemandem mehr nieder», flüsterte er ihm ins Ohr. «Nicht vor Priestern und nicht vor Bildern.»

Und dann nahm sein Chef ihn in den Arm wie ein Kind, als gäbe er sich einer plötzlichen Anwandlung von Fürsorglichkeit hin, ausgerechnet Knipperdolling, der seine Zuneigung doch sonst immer nur durch joviales Schulterklopfen und derbe Sprüche zeigte. In diesem Augenblick hätte Goswin sich für den Bürgermeister in Stücke hauen lassen. Was konnte einem schon passieren, der so einen Freund hatte?

Als sie sich zwei Stunden später im Arbeitszimmer des Bürgermeisters in seinem Haus am Markt gegenübersaßen, kamen Goswin die Ereignisse in der Kathedrale vor wie ein Vollrausch, an den er nur vage Erinnerungen hatte. Irgendwann waren Rothmann, Stralen und Klopriss erschienen und hatten ihnen mitgeteilt, dass Gottes Wille nun Genüge getan worden sei. Rothmann hatte sich einen der Männer vorgeknöpft, der zwei Portalstatuen von David und Salomo beschädigt hatte, aber warum ausgerechnet diese Könige anders zu behandeln waren als die Heiligen und Apostel, das hatte niemand begriffen, und es hatte auch niemanden mehr interessiert. Zum Abschied hatten einige der Männer noch auf die Trümmer der Altartafeln geschissen und sich den Hintern mit herausgerissenen Seiten aus den Messbüchern abgewischt, dann waren sie abgezogen, die meisten von ihnen in die nächste Kneipe.

Knipperdolling, der sich sonst kaum ein Saufgelage entgehen ließ, war nach Hause gegangen. Es gab noch einiges zu erledigen, und er wollte das offenbar nicht auf dem Rathaus unter den Augen seiner Kollegen tun, von deren Zuverlässigkeit er noch nicht überzeugt war. Vielleicht wollte er damit auch andeuten, dass der Schwerpunkt der Macht in der Stadt sich bald von den von Menschen gewählten Gremien zu den von Gott bestimmten Verkündern und Vollstreckern seines Willens verlagern würde.

Knipperdolling schenkte Goswin aus einer Kristallkaraffe einen Pokal mit Wein voll und bediente sich dann selbst. Eigentlich wollte Goswin gar nicht mehr trinken, ihm war flau im Magen, aber die Ehre, die der Chef ihm erwies, indem er seine guten Tropfen mit ihm teilte, konnte er ja schlecht zurückweisen.

«Es gibt jede Menge Arbeit», sagte Knipperdolling aufgeräumt, nachdem sie sich zugetrunken hatten. Es war beeindruckend, wie schnell er wieder geschäftlich werden konnte.

In den vergangenen Tagen war der Strom der Zuwanderer aus der ganzen Region, aber auch aus den Niederlanden, immer stärker angeschwollen. Sie wurden in den beschlagnahmten Klöstern einquartiert, aber auch dort wurde es langsam eng. Vor allem im mehrheitlich mit Holländern belegten Fraterherrenhaus schliefen sie jetzt schon kreuz und quer auf dem Fußboden, und nach dem überragenden Sieg der Täufer bei der Wahl der Ratsherren und Bürgermeister war zu erwarten, dass noch mehr kommen würden, weshalb zumindest ein Teil der Leute auf andere Unterkünfte verteilt werden musste. Etwa hundert Wohlgesinnte, wie Knipperdolling sie nannte, hatten sich bereit erklärt, einzelne Zuwanderer oder ganze Familien bei sich aufzunehmen, aber wenn es so weiterging, und davon war auszugehen, würde das nicht reichen.

«Wenn das bis zum Weltuntergang wirklich hundertvierundvierzigtausend werden …», brummelte Knipperdolling, während er Blätter mit Namenslisten und Vermerken auf verschiedene Stapel verteilte. Und dann, ohne jeden Zusammenhang: «Einer ist ja gestern in der Aa ersoffen.»

Goswin hätte seinen Chef gern gefragt, ob er das wirklich glaubte, das mit dem Weltuntergang und das mit der Zahl der Erlösten, aber er traute sich nicht. Am Ende würden ihm solche Fragen noch als Zweifel an der Prophetie ausgelegt, und das in diesem Haus, unter einem Dach mit dem Propheten selbst. Also sagte er nichts, sondern machte sich Notizen, während Knipperdolling ihm erklärte, was er zu tun hatte: zuerst die Namenslisten der Torschreiber in einer einzigen Aufstellung nach Ankunftsdaten sortiert zusammenführen, dann in den nächsten Tagen Erkundigungen in den Unterkünften über die tatsächliche Anzahl der Einquartierten einholen, den Wohlgesinnten einzelne Ankömmlinge oder Familien zuweisen und dafür sorgen, dass diese die Unterkünfte räumten und sich in ihre neuen Quartiere begaben.

Vor allem die Aussicht auf die letzte Aufgabe gefiel Goswin, denn sie würde ihm eine gewisse Macht verleihen. Während Knipperdolling weiter sortierte, gab Goswin sich für einen Augenblick der Träumerei hin. Er konnte nur den Namen nach entscheiden, wer mit wem unter einem Dach wohnen würde. Vielleicht ergaben sich daraus neue Abzweigungen auf den Lebenswegen, vielleicht konnte er Ehen stiften, aus denen neue Kinder hervorgehen würden, Menschen, die ihm, Goswin, ihre Existenz verdanken würden, ohne es auch nur zu ahnen.

Wenn der Weltuntergang nicht dazwischenkam.

Goswin nahm noch einen Schluck Wein, dann verscheuchte er den Gedanken an den Weltuntergang, der ihm jetzt noch weniger behagte als zuvor.

Drei Stunden brauchte er für die Listen. In der Zwischenzeit war es dunkel geworden, sodass Knipperdolling einen Diener angewiesen hatte, die Kerzen anzustecken. Ab und zu hatte der Bürgermeister sich über den Tisch gebeugt, um sich vom Fortschritt der Arbeit zu überzeugen und einen Kommentar abzugeben.

«Du liebe Güte. Bis auf die Frauen heißen die ja wirklich alle Jan.»

«Sind aber ziemlich viele Frauen dabei», sagte Goswin, ohne aufzublicken.

«Ist mir auch schon aufgefallen», murmelte Knipperdolling. «Da kommt noch was auf uns zu.»

Es war nicht ganz klar, was er damit meinte, aber die vielen

Frauennamen in den Listen hatten Goswins Fantasie schon seit einiger Zeit beschäftigt. Bisher hatte er nicht viel Glück bei den Frauen gehabt. Aber vielleicht war unter den vielen Neuankömmlingen eine hübsche kleine Holländerin dabei, die er mit seiner Nähe zum Bürgermeister und zum Propheten beeindrucken konnte. Vielleicht war es gerade die, deren Namen er soeben übertragen hatte. *Fine van Veen.* Wahrscheinlich zierlich und blond. Oder die davor. *Swantje Kok.* Klang nach einer Drallen.

«Ist dir in diesen ganzen Listen irgendwann eine Ernestine untergekommen?», fragte Knipperdolling plötzlich.

Goswin sah auf und zog die Stirn in Falten. «Nein, warum?»

«Vor ein paar Tagen war so ein Kerl hier. Hat nach einem Mädchen mit diesem Namen gefragt.»

«Was für ein Kerl?», fragte Goswin. Eigentlich interessierte es ihn nicht.

«Hab ihn selbst nicht gesehen. Wahrscheinlich ein Verwandter, der sie zurückholen wollte. In solchen Fällen sollten wir nie Auskunft geben. Das wird wahrscheinlich noch öfter passieren. Väter, Brüder, Ehemänner, die taub für das Wort Gottes sind. Auch darum ist es gut, dass wir diese Listen haben. Ich will wissen, wer sich in der Stadt aufhält. Wahrscheinlich schickt der Bischof uns Spione auf den Hals.»

«Das muss er gar nicht», wagte Goswin zu sagen. «Er hat noch genügend Leute in der Stadt.»

«Noch», antwortete Knipperdolling düster.

«Was meinen Sie?», fragte Goswin.

Der Bürgermeister sah auf, und sein Blick war auf einmal eiskalt. «Wie der Prophet schon sagte: Von den Götzen haben wir den Tempel gereinigt. Und jetzt sind ihre Diener dran.»

11

Trauer war etwas, was Jakob schon seit Jahren nicht mehr verspürt hatte, und er brauchte eine Weile, um dieses Gefühl als das zu erkennen, was es war, es herauszuschälen aus der Bestürzung und der Niedergeschlagenheit, die es umwucherten. Ausgerechnet um Benoît trauerte er also, Benoît, den er bei ihrer ersten Begegnung zum Teufel gewünscht hatte und der ihm in der kurzen Zeit dann doch so nah gekommen war wie kaum ein anderer Mensch mit Ausnahme von Maria. Er war gerade seit zwei Tagen tot, und doch fehlten Jakob selbst seine Witze schon, vor allem aber sein Einfallsreichtum und seine unverdrossene Entschlossenheit.

Jakob stand auf einer Brücke und blickte auf die Stelle, an der die Leiche von Benoît aus dem Wasser gezogen worden war. Den folgenden Tag hatte er damit verbracht, sich um die Bestattung zu kümmern, nachdem zwei Stadtknechte ihm ein paar Routinefragen gestellt hatten, bei denen es in erster Linie darum gegangen war, wer für die Kosten dieses Todesfalles aufkommen würde. Um die Sache abzukürzen, hatte Jakob zugesagt, sich um alles zu kümmern. Einer dieser Täuferprediger hatte Benoît dann seinen Segen mit auf die letzte Reise gegeben, ein Kerl namens Schlachtschaf. Sollte Benoît noch einmal behaupten, die Holländer hätten bescheuerte Namen.

Aber Benoît würde nie wieder irgendetwas behaupten. Er

lag in einem frischen Grab auf dem Überwasserkirchhof. Dieser Schlachtschaf hatte einen Tischler und zwei Totengräber an der Hand gehabt, und so war die Sache innerhalb von wenigen Stunden bei grauem Himmel und Schneeregen über die Bühne gebracht worden. Bevor der Sargdeckel geschlossen wurde, hatte er Benoît ein letztes Mal die Haare über die kalte Glatze gestrichen. Während die Totengräber die Grube zuschütteten, war von der anderen Seite des Flusses der Widerhall von Gepolter und Geschepper zu hören gewesen. Dem halblauten Wortwechsel der Männer hatte er entnehmen können, dass die Einrichtung der Kathedrale zerschlagen wurde, und ihrem missbilligenden Ton, dass sie das nicht guthießen.

Augenscheinlich war Benoît ertrunken, jedenfalls waren an seiner Leiche keinerlei Spuren von Gewalteinwirkung zu sehen gewesen: keine Stichwunden, keine Knochenbrüche, keine Würgemale. Vielleicht hatte der Mörder ihn unter Wasser gedrückt, aber auch das war nicht mehr festzustellen, weil die Männer, die den Körper aus dem Fluss gezogen hatten, das ganze Ufer zertrampelt hatten. Lediglich in zwei Punkten war Jakob sich völlig sicher: Erstens war das kein Unfall gewesen, und zweitens konnte es nur mit Ernestine zusammenhängen. Der Kerl, der schon bei den Täufern in Amsterdam nach ihr gefragt hatte, musste ihrer Spur nach Münster gefolgt sein. Hatte er Benoît wiedererkannt und seine Schlüsse gezogen? Und ihn dann umgebracht, um zu verhindern, dass man ihm in die Quere kam? Aber bei was eigentlich?

Konnte er von ihrem Auftrag wissen? Unwahrscheinlich. Jakob hatte seine Instruktionen von Maria persönlich erhalten, und Benoît war von Hoogstraten beauftragt worden. Sonst wusste niemand davon.

Halt. Charrurier. Der wusste es auch. Die rätselhaften Worte des Kaplans fielen Jakob wieder ein: *Ich weiß so einiges davon.* Als wäre da noch mehr.

Gerüchte über Ernestines Verschwinden dürfte es in Den Haag inzwischen wohl so einige geben, selbst wenn die Gouvernante, der Ernestine den Abschiedsbrief hinterlassen hatte, tatsächlich den Mund gehalten hatte. Die offizielle Erklärung für ihr Verschwinden – die Unterbringung bei einer ihrer Tanten – konnte wohl kaum gegen die anderen Versionen bestehen, die wahrscheinlich schon seit Wochen in ganz Holland genüsslich kolportiert wurden: durchgebrannt mit fahrendem Volk, von Bänkelsängern geschwängert oder eben von charismatischen Predigern in die Abgründe des Sektierertums gelockt. Aber das erklärte noch nicht, warum jemand bereit war, einen Mord zu begehen, nur um bei der Jagd nach diesem Mädchen die Nase vorn zu haben.

Und natürlich stellte sich für Jakob eine weitere Frage: Hatte der Täter ihn mit Benoît zusammen gesehen und wartete nun auf die Gelegenheit, ihn auch noch aus dem Weg zu räumen? Leider war das sehr wahrscheinlich, denn sie waren immer zusammen gewesen.

Jakob sah sich um. Der Fluss plätscherte unter ihm dahin, etwas weiter stromabwärts war eine weitere Brücke zu sehen, in deren Mitte anstelle des Geländers eine Reihe von hölzernen Kabinen montiert waren, in denen man direkt über dem Wasser seine Notdurft verrichten konnte. Am Ufer, das hier vor allem von Gärten gesäumt wurde, war keine Menschenseele zu sehen. Aus den Schornsteinen der Häuser, die dem Fluss ihre verbauten und schmucklosen Rückseiten zuwandten, zog Rauch in den Spätnachmittagshimmel. Stromaufwärts entdeckte Jakob einen Reiher, der regungslos unter einer Weide im Ufergras auf Beute wartete. Vielleicht das vernünftigste Lebewesen im weiten Umkreis.

Während er so dastand, auf der einsamen Brücke in dieser kalten Stadt, die im Begriff stand, sich dem Irrsinn in den Rachen zu werfen, wurde Jakob klar, dass er wieder einmal vollständig auf sich selbst gestellt war. Er musste ein Mädchen finden, dessen Gesicht er nicht kannte, während irgendwo innerhalb dieser Mauern jemand lauerte, der ihm nach dem Leben trachtete.

Schon allein aus diesem Grund war es besser, das Fraterherrenhaus so schnell wie möglich zu verlassen. Abgesehen davon bestand die Möglichkeit, dass unter den vielen dort untergebrachten Holländern früher oder später alte Bekannte aus Amsterdam auftauchten, die er dann nicht mehr loswürde.

Jakob stieß sich vom Geländer ab und ging langsam durch den grauen Nachmittag zurück. Und während der Schneeregen wieder einsetzte, machte er eine merkwürdige Beobachtung: In einer gänzlich fremden Stadt machte ihm die Einsamkeit trotz seiner Trauer weniger zu schaffen als in seiner Heimat. In Amsterdam hatte er sich umgeben von Saufkumpanen verlorener gefühlt als jetzt und hier, wo er keine Menschenseele kannte und vor einer schwer lösbaren Aufgabe stand. Aber immerhin hatte er eine Aufgabe. Genauer gesagt, waren es zwei: Ernestine zu finden und sie zurückzubringen. Und während er darüber nachdachte, wurde ihm klar, dass es sogar drei Aufgaben waren: Er musste sie außerdem vor ihrem Verfolger schützen. Denn was, wenn dieser Verfolger auch ihr nach dem Leben trachtete?

Als er beim Fraterherrenhaus ankam, brannte im Innenhof

bereits ein Feuer, um das sich einige dick vermummte Neuankömmlinge drängten, denen man offenbar noch keinen Schlafplatz zugewiesen hatte. Beutel und Säcke lagen zwischen ihnen auf dem Boden. Die meisten anderen hatten sich in die Gebäude zurückgezogen. Irgendwo schien jemand zu predigen, jedenfalls waberte ein monotoner Singsang über den Hof, schwoll an und wieder ab.

Jakob stieg die Treppe zum Skriptorium hoch. Die Stimme wurde lauter.

«Alles so weit verstanden? Dann lese ich jetzt die Namen vor.»

Das war keine Predigt. Irgendetwas war verkündet worden.

Im Skriptorium herrschte noch größere Enge als bei Jakobs Ankunft vor zwei Tagen. Der ganze Boden war mit Gepäck übersät. Menschen hockten in kleinen Gruppen herum, dazwischen dösten Männer, Frauen und Kinder in Decken eingerollt vor sich hin. In der Mitte des Raumes war ein Pult mit ein paar Kerzen aufgestellt. Ein unscheinbares Männlein mit dünnem Bart und leicht abstehenden Ohren stand dort, nahm ein Papier zur Hand und ließ seinen Blick über die vielleicht sechzig Anwesenden schweifen, deren Gesichter weiter hinten im Halbdunkel nur als bleiche Ovale zu erkennen waren.

«Was ist los?», fragte Jakob einen jungen Mann, der am Türrahmen lehnte. Er schien erkältet zu sein.

«Sie quartieren uns um. Wird zu voll hier.»

«Wohin?»

«Brüder und Schwestern aus der Stadt haben sich bereit erklärt, uns aufzunehmen», sagte der Junge feierlich, dann nieste er.

Jakob hätte fast aufgelacht. In Mailand hatten sie Einquartierungen üblicherweise mit vorgehaltener Waffe durchgeführt, und hier in Münster meldeten die Leute sich freiwillig.

Das Männlein begann nun, Namen auszurufen. Die Aufgerufenen gingen zum Pult, wo sie einen Zettel in die Hand gedrückt bekamen und ein paar Anweisungen erhielten, woraufhin sie Decken einzurollen und Sachen in Reisesäcke zu stopfen begannen. Wenn sich niemand meldete, wurde der Name ein paarmal wiederholt. Ratlose Blicke, Rückfragen und Auskünfte flogen hin und her.

«Ist das der aus Haarlem?»

«War heute Mittag noch hier.»

«Hat heute Abend Küchendienst.»

Und plötzlich sagte das Männlein: «Jakob van Heemskerk?»

Überrascht hob Jakob die Hand und arbeitete sich durch träge beiseitetretende Menschen zum Pult vor. «Das bin ich.»

«Hier ist die Adresse», sagte das Männlein und reichte ihm einen Zettel. *Andreas Torbecke, Schmied, Salzstraße.*

«Über den Domplatz, hinter dem Michaelistor links, kurz vor Lamberti wieder rechts. Viertes Haus auf der linken Seite.»

«Danke», sagte Jakob etwas ratlos und wandte sich ab. War das alles? Sollte er da jetzt gleich hingehen?

«Benedikt van Zeeburg?»

Der Name traf Jakob wie eine Ohrfeige. Er war schon auf sein Gepäck zugesteuert, hielt kurz inne, ging dann aber weiter. Es war besser, nicht mit Benoît in Verbindung gebracht zu werden. Es fühlte sich ein bisschen an wie Verrat.

«Benedikt van Zeeburg?», wiederholte der Schreiber. «Aus Amsterdam? Vor drei Tagen angekommen? Nicht anwesend?»

«Scheinbar nicht», sagte jemand gelangweilt.

Jakob nahm sein Gepäck und auch das Bündel von Benoît,

verließ das Skriptorium, stieg die Treppe hinunter und trat wieder in den Hof.

Lamberti. Das war die Kirche, vor der er Benoît aus den Augen verloren hatte. Offenbar lag die neue Bleibe, die man ihm zugewiesen hatte, nicht weit vom Haus dieses Knipperdolling entfernt, den sie vorgestern so gefeiert hatten. Das war ein Vorteil, den man gar nicht überschätzen durfte. Falls der Alte aus Coesfeld recht gehabt hatte und Matthys tatsächlich dort untergebracht war, dann wurde er jetzt ein Nachbar des Propheten und damit vielleicht auch von Ernestine. Und wenn dieser Andreas Torbecke ein so überzeugter Wiedertäufer war, dass er fremden Glaubensgenossen freiwillig sein Haus zur Verfügung stellte, dann ließen sich über ihn vielleicht ein paar Türen öffnen.

Während Jakob den Fluss überquerte, versuchte er sich vorzustellen, was ihn in der Salzstraße erwarten würde. Wie alt war dieser Andreas? Hatte er Frau und Kinder? War er ein friedfertiger Anhänger der Täuferlehren wie ihr Zellengenosse Adam oder ein gewaltbereiter Fanatiker wie Gijs, der vor dem Aufbruch sogar Waffen gesammelt hatte?

Er überquerte den Domplatz. Hinter dem Michaelistor ragte die Rathausfassade auf, vor der immer noch das Gerüst stand, von dem aus die Ergebnisse der Ratswahl verkündet worden waren. Das war vorgestern gewesen, aber Jakob kam es vor, als wären seitdem mindestens zwei Wochen vergangen. Auch hier war kaum jemand unterwegs.

Das Rathaus lag wie ausgestorben da, beide Türen verschlossen, kein Licht hinter den Fenstern. Auf dem Markt hatte der Schneeregen den Boden in Matsch verwandelt, auf dem Jakob ein paarmal fast ausglitt. Bis auf ein paar Gestalten, die an den Häuserwänden entlangschlichen, war niemand auf der Straße unterwegs. Aus der Lambertikirche drang die Stimme eines Predigers.

Jakob passierte das Haus von diesem Knipperdolling. Es gehörte zu den prächtigsten unter den ohnehin alles andere als bescheidenen Patrizierhäusern am Markt. Der Giebel mit seinen Verzierungen reckte sich hoch in den Abendhimmel und überragte die Nachbargebäude. Die Fenster im ersten Stock waren groß und mit bleiverglasten Scheiben versehen. Kerzenlicht ließ farbige Muster leuchten, rautenförmige und runde Formen im Wechsel, unterbrochen von einem Geäst aus dunklen Stegen. Erstklassige Handwerksarbeit. Durch die Scheiben drang Stimmengewirr einer größeren Gesellschaft. Wahrscheinlich feierten sie dort noch immer den Erfolg am Tag zuvor. Schlachtschaf hatte nach der Beisetzung erwähnt, dass sie Knipperdolling zum Bürgermeister gemacht hatten. Ein weiterer Schritt auf dem Weg zum Reich Gottes auf Erden.

Jakob beschloss, sich bei Tageslicht umzuschauen, ob man sich vom Domplatz aus irgendwie Zutritt zum Hinterhof des Hauses verschaffen konnte.

Kurz vor der Kirche bog er in die Straße ein, die das Männlein ihm genannt hatte. Das vierte Haus auf der linken Seite war ein solider Steinbau, der einigen Wohlstand verriet: ein Sockelgeschoss aus großen Blöcken, darüber zwei Stockwerke aus Fachwerk und ganz oben ein Speicher mit leicht vorkragendem Giebel. Große Fenster mit Sandsteineinfassungen. Bemalte Läden. Dieser Andreas Torbecke hatte Geld. War außer Jakob noch jemand hier untergebracht?

Er klopfte. Wussten die überhaupt, dass heute noch jemand kam?

Drinnen tat sich zuerst nichts. Dann leise und langsame Schritte. Ein alter Mann?

Ein Riegel wurde zur Seite geschoben. Die Tür öffnete sich.

Im letzten Rest der Dämmerung erkannte Jakob eine Frau.

Und zwar eine außerordentlich schöne. Alles in diesem Gesicht wirkte geschwungen und ausbalanciert: zurückgebundene braune Haare, die eine Stirn wie aus poliertem Kiefernholz einrahmten, was streng hätte wirken können, wären da nicht diese Brauen gewesen, zwei leichthändig mit Tusche hingezeichnete Vogelschwingen. Hohe Wangenknochen, die das Gesicht schmaler und entschlossener machten, ein rundes Kinn und vor allem ein voller Mund, der diesen Eindruck wieder abgeschwächt hätte, wenn sie sich nicht so offensichtlich Mühe gegeben hätte, abweisend zu wirken, als erwartete sie von einem Besuch um diese Zeit nichts als Scherereien. War das die Tochter von diesem Schmied? Seine Frau? Oder nur eine Bedienstete?

Sie maß ihn mit einem Blick von oben bis unten, dann rief sie über die Schulter: «Andreas?»

Weiter hinten rumpelte und klimperte es, als würde jemand ein paar Werkzeuge ablegen.

«Jakob», sagte Jakob etwas unbeholfen.

Sie nickte und trat einen Schritt zurück, ohne ihn aus den Augen zu lassen, zog die Mundwinkel zu einem erzwungen wirkenden Lächeln hoch und sagte leise: «Katharina.»

Es klang nicht demütig, sondern beinahe ungehalten. Keine Hausangestellte.

Eine Tür wurde geöffnet, etwas Licht fiel in den Korridor, dann erschien die Silhouette eines kräftigen Mannes. Er trug eine Lederschürze, an der er sich im Gehen die Hände abwischte. Katharina, offenbar erleichtert, dass sie nicht mehr gebraucht wurde, trat zur Seite und verschwand in einer Tür auf der linken Seite.

Andreas lächelte breit und einladend. Es kostete Jakob nur einen Blick, um zu erkennen, dass es sich bei der Frau um seine Schwester handelte; im Grunde war sein Gesicht nur eine kantigere Version von ihrem. Sie waren etwa im gleichen Alter, vielleicht sogar Zwillinge. Aber zwischen den beiden stimmte etwas nicht. Sie hatte sich nicht aus Schüchternheit zurückgezogen, sondern weil sie ihrem Bruder zeigen wollte, dass sie seine Hausgäste nicht schätzte.

Noch bevor Jakob den Gedanken weiterspinnen konnte, fasste der Schmied ihn mit der größten Selbstverständlichkeit bei den Schultern, zog ihn an sich und küsste ihn auf beide Wangen. «Andreas. Friede sei mit dir.»

«Jakob. Und mit dir.»

Andreas reckte sich und sah suchend über Jakobs Schulter hinweg auf die Straße. «Ich hatte zwei Gäste erwartet.»

«Ich bin allein», sagte Jakob nur.

«Na, vielleicht kommt der andere noch», sagte Andreas. «Wärm dich erst mal auf.»

Er schob Jakob zu einer Tür auf der rechten Seite des Korridors und schloss die Haustür. Während Jakob die Stube betrat, hörte er, wie der Hausherr jemandem ein paar halblaute Anweisungen gab. Er sah sich um. Auch dieser Raum deutete auf einen gewissen Wohlstand hin: ein Ofen mit grün glasierten Kacheln, Kerzen auf Messingleuchtern, Tisch und Stühle mit gedrechselten Beinen, bestickte Sitzpolster.

Nach einer Weile erschien Andreas wieder, gefolgt von einem etwas einfältig wirkenden Mädchen, das zwei Teller mit dampfender Suppe auf den Tisch stellte und dann sofort wieder abtauchte. Andreas legte ein Brot auf einem Brett dazu, säbelte ein paar Scheiben ab und machte eine auffordernde Geste. Erst jetzt fiel Jakob auf, dass er den ganzen Tag noch nichts gegessen hatte. Der Hunger sprang ihn an wie ein Bluthund aus der Dunkelheit, und er griff zu.

Während sie aßen, erzählte Andreas ein bisschen über sich, seinen Beruf, die Gilde, der er angehörte, das Haus, das er von seinen Eltern geerbt hatte. Er wirkte unsicher und fahrig, beinahe so, als wollte er sich für etwas entschuldigen, vielleicht für den Wohlstand, in dem er lebte, oder für das Glück, in dieser gesegneten Stadt geboren zu sein, während die Brüder und Schwestern, die sich durch Kälte und Gefahren herbemüht hatten, in irgendwelchen Klöstern auf dem Boden schlafen mussten. Ansonsten verlor er kein Wort über seinen Glauben. Es war, als wollte er aus einem zwischen ihnen wuchernden Dickicht zunächst die dünneren Zweige herausschneiden. Die Verständigung klappte ohne Schwierigkeiten. Jakob hatte im Krieg mehr Deutsch als Niederländisch gesprochen, und der Dialekt in dieser Region war seiner Muttersprache sehr ähnlich.

Erst als die Magd, vom Hausherrn als Elsa angesprochen, zwei Krüge mit Bier gebracht hatte, wurde Andreas ein wenig vertraulicher, stellte Fragen, tastete sich weiter vor. Jakob antwortete so knapp wie möglich, erwähnte den Krieg mit keinem Wort, sondern gab ein paar Auskünfte über die Handelsgeschäfte seines verstorbenen Vaters in Amsterdam, die man so verstehen konnte, dass er sein Auskommen hatte, ohne viel dafür tun zu müssen.

Als der Name der Stadt fiel, strahlte Andreas. «Du kennst den Propheten?»

«Ich war bei einer seiner Hauspredigten. Wir wurden verhaftet.»

Andreas riss die Augen auf. Die Erkenntnis, so etwas wie einen Märtyrer zu beherbergen, entzückte ihn regelrecht. Er war leicht zu beeindrucken, und Jakob beschloss, sich diesen Umstand zunutze zu machen, um sein Vertrauen zu gewinnen. Er schilderte die Entlassung aus der Haft und ihren anschließenden Aufbruch nach Münster als wundersame Erfüllung des göttlichen Willens.

Andreas lauschte mit offenem Mund. Er kam noch einmal auf die Zusammenkunft in Amsterdam zurück und ließ sich den Auftritt des Propheten in allen Einzelheiten schildern, als erhoffte er sich, mit Jakobs Hilfe näher an Matthys heranzukommen. Jakob hatte sich das eigentlich umgekehrt gedacht.

«Hat der Prophet selbst dich getauft?»

Zum Glück war Jakob auf diese Frage vorbereitet. Benoît hatte im Gefängnis und auch noch auf der Reise unvorsichtigerweise behauptet, Jan Bockelson habe sie getauft, aber weil dieser Bockelson, den alle sehr zu bewundern schienen, sich dem Vernehmen nach ebenfalls in Münster aufhielt, konnte die Lüge schnell auffliegen. Also hatte er sich eine neue Geschichte zurechtgelegt.

«Nein», sagte er. «Jan van Deventer hat mich getauft.»

Es war ein Allerweltsname. Fast jeder zweite Holländer hieß Jan, und in Deventer wimmelte es von Täufern.

Andreas wirkte enttäuscht. «Nie gehört.»

Um weiteren Nachfragen zuvorzukommen, erzählte Jakob vom beschwerlichen Weg nach Münster, von der Unterbringung im Fraterherrenhaus und vom tragischen Tod seines Reisegefährten.

«Ich hörte davon», sagte Andreas traurig. «Immerhin hat er das himmlische Jerusalem erreicht, bevor er gestorben ist. Gott wird seiner Seele gnädig sein.»

«Das wird er.»

«Ich werde Bernd bitten, mir jemand anderen zuzuweisen», sagte Andreas. Es war nicht klar, wen er damit meinte, Rothmann oder Knipperdolling, aber die zur Schau gestellte Vertraulichkeit, mit der er den Namen fallen gelassen hatte, sollte offensichtlich demonstrieren, dass Andreas den Autoritäten nahestand.

Keine gute Idee, fand Jakob. Wie es der Zufall wollte, holte der Schmied sich am Ende noch einen Holländer ins Haus, der ihn über seinen Weg zur Gemeinschaft der Rechtgläubigen ausfragen würde.

«Wobei ...» Andreas zögerte. Statt weiterzureden, erhob er sich, ging hinaus und kam nach einer Weile mit zwei frischen Krügen zurück.

Jakob sah ihn fragend an, sagte aber nichts. Andreas wollte offensichtlich etwas loswerden, wusste aber nicht, ob er es erzählen durfte.

«Platz wird es in der Stadt bald genug geben», sagte er bedeutungsvoll, nachdem er sich wieder gesetzt hatte.

Jakob sagte immer noch nichts. Andreas hielt ihm den Knochen hin und wollte sehen, wie er Männchen machte, aber darauf hatte Jakob keine Lust.

«Die Ungläubigen werden aus der Stadt gewiesen», sagte Andreas schließlich, fast ein bisschen enttäuscht darüber, dass Jakob ihn nicht angebettelt hatte, seine Neuigkeit loszuwerden. «Wer sich nicht taufen lässt, muss verschwinden. Die Spreu wird vom Weizen getrennt. Der Tempel wird ausgefegt.»

Es klang, als spräche er die Worte eines Vorbeters nach, und in gewisser Weise war es wohl auch so. Andreas schien tatsächlich eine gewisse Nähe zu den Männern zu pflegen, die neuerdings über das Schicksal der Stadt entschieden. Die Frage war, wer diese Männer waren: der Rat und die Bürgermeister? Oder schon der Prophet und seine Prediger?

Andreas sah ihn mit einem Ausdruck irrer Begeisterung an, doch dahinter erkannte Jakob seine Unsicherheit. Er wollte Bestätigung, und weil Jakob nichts sagte, begann Andreas, sich unaufgefordert zu rechtfertigen.

«Sie haben uns verfolgt und verspottet. Jetzt drehen wir den Spieß um.»

Wieder diese Unsicherheit, wieder diese scheinbar geborgte Wortwahl. Doch dann schien ihm klar zu werden, dass Jakob, der zur Amsterdamer Gemeinde von Jan Matthys gehörte und für seinen Glauben im Kerker geschmachtet hatte, es möglicherweise als taktlos empfinden könnte, wenn jemand, der die ganze Zeit im sicheren Münster verbracht hatte, sich über die Verfolgungen beklagte. Um seine Verlegenheit zu überspielen, nahm er einen großen Schluck von seinem Bier.

«Sind alle hier im Haus getauft?», fragte Jakob.

Andreas senkte den Blick.

Da haben wir's, dachte Jakob.

«Der Geselle und die Lehrlinge schon», sagte er. «Elsa auch. Und ich natürlich.»

«Aber deine Schwester nicht.»

«Sie … ist noch nicht so weit.»

Es klang, als hätte er diesen Satz schon dutzendmal gesagt.

«Und was wird sie tun, wenn der Tempel ausgefegt wird?»

Jetzt brach die Verzweiflung durch. Andreas stützte die Ellbogen auf und barg das Gesicht in den Händen. «Ich weiß es nicht», sagte er. «Ich fürchte, sie wird die Stadt zusammen mit den Gottlosen verlassen und der Verdammnis anheimfallen.»

Immerhin sorgte er sich mehr um ihre Seele als um seinen Ruf – anders als Hoogstraten, dem das schwarze Schaf in seiner Familie vor allem peinlich war. Andreas schien sehr an seiner Schwester zu hängen. Jakob konnte sich vorstellen, wie eng das Verhältnis zwischen den beiden gewesen war, bevor er Rothmann und seiner Bande auf den Leim gegangen war. Wahrscheinlich litt sie genauso unter dieser Entzweiung wie er. Mit einer gewissen Erleichterung nahm er zur Kenntnis, dass nicht alle in diesem Haus sich diesem Irrsinn verschrieben hatten. Der Gedanke, dass ausgerechnet diese Frau, deren Reize in der kurzen Begegnung an der Haustür nicht ohne Wirkung auf ihn geblieben waren, zu seiner einzigen Verbündeten werden konnte, hatte etwas Belebendes in all der Tristesse.

«Wann ist es so weit?», fragte Jakob.

«In ein paar Tagen», antwortete Andreas. Dann schob er die Finger ein Stück auseinander und spähte dazwischen durch wie ein kleiner Junge, der sich vergewissern will, dass der kinderfressende Wolf aus dem Märchen nicht im Raum ist.

«Vielleicht kannst du mal mit ihr reden.»

Jakob musste sich zusammenreißen, um nicht durch die Zähne zu pfeifen. Entweder Andreas hielt ihn für einen gottgesandten Meister der Bekehrungskunst, der in ein paar Tagen vollbringen konnte, was Rothmann und seine Apostel in mehreren Monaten nicht geschafft hatten, oder aus seinen Worten sprach die nackte Verzweiflung.

«Ich kann es versuchen», sagte Jakob vorsichtig.

Sein erster Gedanke war: völlig aussichtslos.

Sein zweiter: Es wäre gut, wenn sie bliebe.

Und sein dritter: Für wen wäre das gut?

Andreas stürzte sein Bier hinunter und gähnte. «Na komm», sagte er. «Ich zeige dir deine Kammer.»

Als hätte Katharina an der Tür gelauscht, ließ sie sich den ganzen folgenden Tag über nicht blicken, und auch Andreas, dem sein verzweifelter Ausbruch vom Vorabend vielleicht unangenehm war, kam zunächst nicht darauf zurück, als hätte er sich schon zu viel Vertraulichkeit erlaubt. Doch es war ihm deutlich anzumerken, wie bedrückt er war. Er zeigte Jakob seine Werkstatt, stellte ihm den Gesellen und die Lehrlinge vor und sorgte dafür, dass es ihm an nichts fehlte. Darüber hinaus brachte er kaum ein Wort heraus.

Nach dem Frühstück machte Jakob eine Runde über den Markt, um sich die Rückseite von Knipperdollings Haus anzusehen. Der Markt und die angrenzenden Straßen lagen wie ein Ring um den Domplatz, allerdings war dieser Ring so breit, dass auf der Innenseite ein zweiter Kranz von Grundstücken lag, auf denen sich großzügige und von Mauern umgebene Anwesen befanden. Domkurien. Um von hinten an das Haus des Bürgermeisters heranzukommen, hätte man über eine dieser Mauern klettern und unbemerkt den Garten der angrenzenden Kurie durchqueren müssen. Wer dort wohnte, hatte viel Personal. Schwierig, dabei nicht gesehen zu werden. Wahrscheinlich war es aussichtsreicher, sich unter irgendeinem Vorwand bei Knipperdolling einzuschleichen. Vielleicht konnte Andreas ihm dabei behilflich sein.

So verging der erste Tag als Gast im Haus des Schmieds. Jakob hörte sich in der Stadt um und erfuhr, dass der Bischof mit der Einschließung von Münster begonnen hatte, doch eine Erstürmung schien niemand zu fürchten. Aus den Unterhaltungen der Menschen war vor allem kämpferischer Trotz zu entnehmen. Franz von Waldeck hatte noch lange nicht genügend Söldner beisammen, um alle Straßen abzuriegeln. Die Stadt war gut befestigt und gut bewacht, vor allem aber würde Gott seine schützende Hand über sie halten. So sahen es jedenfalls die Anhänger des Propheten, die in den Straßen das große Wort führten. Alle anderen hielten den Mund, und einige packten schon verstohlen ihre Sachen. Mehrmals begegnete Jakob ganzen Familien, die ihre Häuser verrammelten und sich mit Gepäck und Wagen auf den Weg machten.

Jakob zermarterte sich den Kopf, wie er es anstellen sollte, Ernestine unter den vielen jungen Frauen im Gefolge von Matthys zu erkennen. Er verfluchte sich, dass er Benoît nicht beizeiten um eine genauere Beschreibung gebeten hatte. Blond, leichter Unterbiss, nicht viel dran. Wie man es auch drehte und wendete: Er musste es irgendwie schaffen, sich im Haus von diesem Knipperdolling umzusehen.

Am nächsten Morgen wurde Jakob von lautem Geschrei geweckt, obwohl seine Kammer zur rückwärtigen Seite des Hauses im oberen Stockwerk lag.

«Tut Buße! Tut Buße!»

Er wühlte sich unter dem dicken Federbett hervor, zog sich an und trat auf den Korridor. Er endete vor einem Fenster zur Straße.

Die Läden waren geöffnet. Fahles Licht fiel herein. Und da stand sie, eine Silhouette vor dem bleichen Rechteck. Blickte hinaus auf die Straße, ein Tuch um die Schultern geschlungen, die Haare offen über den Rücken fallend. Jakob ahnte, was dort unten vor sich ging. Der Tag der Austreibung war gekommen. Wer bis jetzt noch nicht freiwillig gegangen war, würde verjagt werden.

Katharina musste ihn kommen gehört haben, aber sie drehte sich nicht um, sondern machte einen Schritt zur Seite, als wollte sie, dass er neben sie treten konnte, ohne ihr zu nah zu kommen. In diesem schlichten Seitwärtsschritt lag eine merkwürdige Bitterkeit. Schau dir an, was sie anrichten, und bleib mir vom Leib. Sein Drang, ihr ins Gesicht zu sehen, wurde übermächtig, obwohl er wusste, wie viel Feindseligkeit in ihrem Blick liegen würde.

«Tut Buße! Tut Buße!» Lauter jetzt, gefolgt von Poltern.

Er trat neben sie. Katharina wich noch ein Stück zurück. Aus dem Augenwinkel sah er, dass sie starr nach unten sah, wo jetzt ein paar vermummte Gestalten erschienen, von einer Straßenseite zur anderen rannten und gegen Türen und Fensterläden schlugen.

«Der Prophet hat Großes zu verkünden!», schrie einer der Männer auf der Straße. «Findet euch in zwei Stunden auf dem Markt ein!»

Dann entfernte sich das Gepolter.

«Habt ihr das in Amsterdam auch so gemacht?», fragte sie leise. «Schreiend durch die Straßen gerannt?»

Amsterdam. Sie musste gelauscht haben. Und dann wusste sie wahrscheinlich auch, was da gleich angekündigt werden würde. Von selbst hatte Andreas es ihr wahrscheinlich nicht gesagt. Wie Jakob ihn einschätzte, war er dafür zu mutlos, zu ängstlich, was ihre Reaktion betraf. *Vielleicht kannst du mal mit ihr reden.*

«Vielleicht kannst du mal mit ihr reden», sagte sie. Jakob glaubte zuerst, sich dieses Echo seines Gedankens eingebildet zu haben. Aber genau das hatte sie gesagt. Sie hatte gelauscht, und sie wollte, dass er es wusste.

Jetzt wandte sie ihm doch den Kopf zu. Ihr schönes Gesicht glühte vor Wut.

«Er ist so feige.»

«Er hat Angst um dich», sagte Jakob, und kaum hatte er den Satz gesagt, da hätte er ihn am liebsten zurückgenommen. Er klang auf so verlogene Weise väterlich, anmaßend, herablassend, als wüsste er nach einem Tag in diesem Haus besser als sie, was im Kopf ihres Bruders vor sich ging.

Sie schnaubte. «Er sollte Angst um sich selbst haben.»

Sie sah wieder hinaus auf die inzwischen verwaiste Straße.

«Schön», sagte sie mit mühsam gebändigtem Zorn. «Jetzt stehen wir also hier. Dann rede doch mal mit mir, wenn mein Bruder sich dazu nicht durchringen kann. Überzeug mich. Soll ich gehen? Oder mich taufen lassen? Was meinst du?»

«Du sollst bleiben», sagte er, und mit Erstaunen stellte er fest, dass die Worte fast wie von selbst aus seinem Mund gekommen waren.

«Und mir von einem dieser Scharlatane kaltes Wasser über den Kopf schütten lassen», sagte sie. «Denn anders wird es ja wohl nicht gehen.»

«Solange du das so siehst, hat es keine Bedeutung.»

«Interessant», sagte sie bissig. «Warum dann diese ganze Heuchelei? Was für eine Stadt der Auserwählten soll das sein, wenn die Hälfte der Gemeinde nur unter Zwang beigetreten ist? Welche Seele soll damit gerettet werden, wenn der Weltuntergang kommt?»

«Du sollst nicht bleiben, um deine Seele zu retten, sondern um deinen Bruder vor Dummheiten zu bewahren.»

Sie wandte ihm wieder den Kopf zu, überrascht, als zweifelte sie, richtig gehört zu haben. Und dieser Gesichtsausdruck war es, der Jakob so unwiderstehlich dazu reizte, aus der Deckung zu kommen und den Satz zu sagen, den seine Vernunft ihm eigentlich dringend zu sagen verboten hätte: «Und mit dem Weltuntergang würde ich an deiner Stelle nicht rechnen.»

Sie starrte ihn mit offenem Mund an. Und Jakob sah genau, was sie dachte: Du bist keiner von denen. Aber was für einer bist du dann?

12

Sie standen in der Kälte auf dem Marktplatz wie eine zum Viehmarkt getriebene Herde. Katharina hatte sich in einen dicken Mantel gehüllt, trug eine Wollkappe und einen Schal um den Hals, den sie sich über den Mund gezogen hatte, nicht nur wegen der Kälte, sondern vor allem, um ihren angewiderten Gesichtsausdruck zu verbergen.

Während Matthys, wie üblich flankiert von Rothmann und den anderen sogenannten Aposteln, auf der Bühne vor dem Rathaus gegen das Schneetreiben angeiferte, schielte Katharina nach rechts und nach links. Von Begeisterung über den bevorstehenden Übertritt zum wahren Glauben war in den Gesichtern kaum etwas zu entdecken. Fast alle blickten verzweifelt oder niedergeschlagen zu Boden. Wer den Lehren von der Auserwähltheit ihrer Gemeinde und vom baldigen Untergang der Welt etwas abgewinnen konnte, war längst freiwillig zu einem der Prediger gegangen und hatte die Taufe vollzogen. Viele von ihnen hatten diesen Schritt anschließend laut in die Welt hinausposaunt oder sich besonders eifrig an der Verwüstung der Kirchen beteiligt. Vor dem Rathaus lagen noch die Trümmer der Bischofsstatuen, die am Vortag von ihren Sockeln gerissen worden waren – eine gute Gelegenheit gerade für die Neugetauften, ihren Gesinnungswandel vor aller Augen zur Schau zu stellen. Eine große Menschenmenge hatte unter lautstarkem Jubel zugesehen, wie ein paar besonders wagemutige Anhänger des Propheten auf die Leitern gestiegen waren und den Figuren die Seile um Hälse und Arme gelegt hatten. Dann waren die Statuen der noch vor wenigen Monaten als Heilige verehrten Männer eine nach der anderen auf dem Pflaster zerschellt. Hier und da war verstohlenes Kopfschütteln zu sehen gewesen, aber die meisten von denen, die diese Barbarei nicht guthießen, waren ohnehin zu Hause geblieben. Katholiken und Lutheraner, die sich überall im Land gegenseitig verleumdeten und bekämpften, saßen hier in Münster plötzlich in einem Boot.

Und genau so würde auch Katharinas Leben in den nächsten Wochen aussehen: Kopf einziehen und hoffen, dass die Vernunft zurückkehren würde, wenn der für den Ostertag angekündigte Weltuntergang ausblieb. Abwarten und auf Andreas aufpassen. Die Viertelstunde, die sie älter war als ihr Bruder, kam ihr vor wie ein halbes Leben, und die fünf Wochen bis Ostern konnten unter diesen Umständen ebenfalls ziemlich lang werden. Aber vielleicht endete es ja auch schon vorher. Vielleicht nahm der Bischof die Stadt im Handstreich ein. Vielleicht fassten die Vernünftigen sich ein Herz und jagten diese Wahnsinnigen zum Teufel, wenn sie endlich erkannten, dass deren Herrschaft nicht das kleinere Übel war.

Doch die vielleicht zweitausend Menschen, die hier und heute versammelt waren, sahen nicht danach aus, als würden sie sich in absehbarer Zeit zu irgendetwas aufraffen können. Eingeschüchtert, wie sie waren, hofften sie wohl nur noch darauf, ungeschoren davonzukommen und hinterher darauf verweisen zu können, unter Zwang oder aus Angst an der Zeremonie teilgenommen zu haben, die ihnen hier gleich bevorstand.

Denn diese Angst war es, die die meisten auf den Marktplatz getrieben hatte, nachdem Matthys ein paar Stunden zuvor die Austreibung der Taufunwilligen angekündigt hatte. Wohlgemerkt, Matthys, nicht einer der Bürgermeister und kein Ausrufer vom Rat. Wer sich nicht unverzüglich taufen lasse, so hatte Gott es dem Propheten angeblich in einer Vision verkündet, müsse noch am selben Tag die Stadt verlassen. Und jetzt standen sie hier, weil sie fürchteten, ihre Häuser würden andernfalls der Plünderung durch zugewanderte Habenichtse anheimfallen. Ganz unberechtigt war diese Sorge nicht, auch wenn die meisten dieser täglich vor allem aus Holland eintreffenden Glaubensbrüder nicht danach aussahen, als würden sie sich wie einquartierte Söldner in Feindesland benehmen; sie verbrachten ihre Tage mit Beten, Singen und Frohlocken. Aber was, wenn sie auf die Idee kamen, den Besitz der Vertriebenen an bedürftige Gemeindemitglieder zu verteilen? Angeblich hatten die Apostel das dereinst ja auch so gemacht.

Andreas hatte sie an diesem Morgen noch gar nicht gesehen. Ganz offensichtlich ging er ihr aus dem Weg. Sie war wütend auf ihren Bruder. Was sie hier zu tun im Begriff stand, war ihr so zuwider wie noch nie irgendetwas in ihrem Leben. Sie tat es für ihn, und er traute sich noch nicht einmal, ihr unter die Augen zu treten. Andererseits wusste er gar nicht, dass sie sich zu diesem Schritt entschlossen hatte. Er rechnete damit, dass sie die Stadt verlassen würde, und er hatte Angst vor diesem Abschied, der die Entzweiung zwischen ihnen besiegelte – Angst, von dem Menschen allein gelassen zu werden, dessen Liebe, wie er wahrscheinlich trotz allem wusste, kompromissloser, wertvoller und dauerhafter war als die Anerkennung des Propheten und seiner Apostel. Und nicht zuletzt fürchtete er bestimmt, dass sie, Katharina, ihre eigene Erlösung durch die Verweigerung der Taufe verspielte.

Wenigstens war Angela dabei. Katharina hatte sie in der Menge entdeckt und sich zu ihr gestellt. Eigentlich hatte sie die Sache allein hinter sich bringen wollen, um bei dieser Demütigung niemandem in die Augen blicken zu müssen, aber jetzt war sie froh, dass ihre Freundin bei ihr war. Angela hatte die Kapuze tief ins Gesicht gezogen. Als ihre Blicke sich trafen, zwinkerte sie Katharina zu, und auch wenn dieses Blinzeln freudlos und bemüht wirkte, zeigte es doch eine Komplizenschaft an, als wollte sie Katharina ein bisschen Mut einflößen.

«Wir bringen das jetzt hinter uns», wisperte Angela und lächelte schief. «Wie eine Hochzeitsnacht. Augen zu und durch.»

«Und wer ist der Bräutigam?», flüsterte Katharina zurück.

Angela deutete ein Kopfnicken in Richtung Bühne an. «Such dir einen aus.»

Warum machte Angela überhaupt dabei mit? Weil ihr Vater das von ihr verlangte? Nein, von dem hatte sie sich noch nie etwas vorschreiben lassen. Angela hätte die Stadt verlassen können. Sie hatte eine große Familie, Onkel und Tanten lebten über die ganze Gegend verstreut, und die meisten davon waren katholisch und würden in den bevorstehenden Auseinandersetzungen wahrscheinlich den Bischof unterstützen. Christian Kerkering war eher das schwarze Schaf dieser Familie. Angela hätte Unterschlupf bei irgendwelchen Verwandten gefunden und ihren Vater später doch wieder um den Finger gewickelt.

Matthys drohte und wetterte von der Bühne herab, aber weil sie ziemlich weit hinten in der Menge standen, kam kaum ein Wort bei ihnen an. Der Himmel war schwer und grau, und der Wind trieb die Schneeflocken in Wirbeln über das Meer aus Kappen, Mützen und Kapuzen um sie herum. Wenn sie auf Wolle, Pelz und Leder trafen, schmolzen sie schnell. Es war nicht klirrend kalt wie an einem richtigen Wintertag, die Tage wurden schon wieder spürbar länger, aber Wind und Feuchtigkeit machten das Ausharren im Freien immer ungemütlicher, je länger es dauerte.

Hinter dem Propheten erkannte Katharina Jan Bockelson. Hatte Angelas Entscheidung am Ende etwas mit ihm zu tun?

Als die Kälte durch den Stoff kroch und Katharina zu zittern begann, beendete der Prophet endlich seine Tirade, sank auf die Knie und betete das Vaterunser. Die Menge kniete ebenfalls nieder und stimmte ein. Katharina bewegte nur die Lippen. Das Vaterunser eines solchen Vorbeters laut mitzusprechen, wäre ihr wie Blasphemie vorgekommen. Während das Gebet aus zweitausend Kehlen, pflichtschuldig und ohne Inbrunst verrichtet, unter dem Schneetreiben zum Himmel aufstieg, spähte sie erneut umher.

Und plötzlich entdeckte sie den merkwürdigen Täufer aus Amsterdam, der seit zwei Tagen in ihrem Haus wohnte. Jakob.

Er kniete abseits der Menge unter den Bögen eines der Kaufmannshäuser, die die Westseite des Marktes säumten, nicht weit vom Haus des Bürgermeisters entfernt, in einer Gruppe aus verzückt dreinblickenden Schaulustigen, wobei nicht auszumachen war, ob es die Bekehrung der Zweifler oder doch eher deren Demütigung war, die diese Gefühlsregung ausgelöst hatte.

Katharina dachte an ihr Gespräch beim Fenster. Dieser Holländer hatte sofort begriffen, in welchem Dilemma sie steckte. *Und mit dem Weltuntergang würde ich an deiner Stelle nicht rechnen.* Konnte man zur Gemeinde der Wiedertäufer gehören und dem Propheten ins neue Jerusalem folgen, ohne diesen letzten Schritt auch noch mitzugehen? Und wenn er nicht an den Weltuntergang glaubte, was machte er dann hier?

Verstohlen sah sie genauer hin: Auch er war nicht bei der Sache. Während er das Vaterunser mitmurmelte, sah er abwechselnd zu den Predigern auf der Bühne und zu Knipperdollings Haustür. Er beobachtete. Er zog Schlüsse, versuchte, sich einen Reim auf irgendetwas zu machen. Er war keins von diesen Schafen. Er wirkte wie ein Wolf, der die Herde taxierte, um das Tier herauszusuchen, das er reißen würde. Dieser Blick passte zu seiner Bemerkung über den Weltuntergang. Und der Gedanke, dass ausgerechnet dieser Mann, dessen Reize in der kurzen Begegnung am Fenster nicht ohne Wirkung auf sie geblieben waren, zu ihrem einzigen Verbündeten werden konnte, hatte etwas Belebendes in all der Trübsal.

«Amen.»

Die Menge erhob sich wieder. Hier und da wurden ein paar Worte gewechselt, dann gebot Matthys mit einer unwirschen Handbewegung erneut Schweigen, wartete, bis die Stille sich über den Platz gesenkt hatte, und kündigte dann etwas an. Aus den Wortfetzen, die durch das Schneetreiben bis zu ihr drangen, schloss Katharina, dass die Prediger nun mit dem Taufen beginnen würden. Wieder dachte sie an die Worte von Jakob. *Solange du das so siehst, hat es keine Bedeutung.* Scharlatane, die einem kaltes Wasser über den Kopf schütteten. Wenn man es so betrachtete, war es tröstlich.

Als sie wieder zu der Stelle schielte, an der er eben noch gekniet hatte, war er nicht mehr zu sehen. Was bist du für einer, fragte sie sich wieder.

Matthys hatte die Bühne verlassen, um den Aposteln das Feld zu überlassen, als wäre das Taufen eine Aufgabe, die er, der Herr des neuen Jerusalem, seinen Getreuen überließ. Die Prediger traten vor und begannen, die Menge mit Handzeichen und Zurufen zu dirigieren, woraufhin sie sich zu Gruppen sortierte, die sich zu Schlangen verdichteten. Wieder musste Katharina an Schafe denken: Schafe, die zum Scheren eingeteilt wurden.

Was genau vor der Bühne passierte, war von ihrer Position aus nicht zu erkennen, aber es dauerte nicht lange, bis vier Gestalten unter den Bögen rechts von ihr erschienen und die Schaulustigen zur Seite schoben. Einer von ihnen war Bockelson, die anderen drei kannte sie nicht. Zwei von ihnen schleppten einen Tisch, der dritte trug eine Umhängetasche und hatte sich einen Hocker unter den Arm geklemmt. Nachdem sie den Tisch nur zehn Schritte von Katharina entfernt unter den Bögen aufgestellt hatten, kramte der Mann mit der Umhängetasche, ein hohlwangiger Wicht mit Bärtchen und einer närrischen roten Kappe auf dem Kopf, die ihm das Aussehen eines Zwergs aus einem Märchen verlieh, Schreibzeug und Papier hervor.

Bockelson nahm neben dem Tisch Aufstellung und drückte die Brust heraus wie ein Söldnerhauptmann, der Landsknechte werben will.

«Das Wort wird Fleisch», sagte er. «Ihr habt es gehört, ihr habt es gesehen. Hier und heute bewahrheitet sich, was die Propheten verkündet haben. Die Gemeinde der Auserwählten wächst und wächst. Wer kann sich uns entgegenstellen, wenn der Herr auf unserer Seite ist? Wer kann es wagen, uns herauszufordern, wenn Gott seine schützende Hand über uns hält?

Und ob ich schon wanderte im finsteren Tal, fürchte ich kein Unglück.»

«Denn du bist bei mir», ergänzte der Wicht. «Dein Stecken und Stab trösten mich.»

Die Versammelten hatten sich auch hier wie von selbst zu einer Schlange formiert. Vor Katharina standen noch etwa zwanzig Personen, und die meisten von ihnen waren Frauen. Sie trugen Kopfbedeckungen und Schals, als wollten sie möglichst unerkannt bleiben. Schon während der Predigt von Matthys war ihr das aufgefallen: Die Mehrheit der Versammelten waren Frauen, und fast alle schienen ohne Begleitung gekommen zu sein. Katharina fragte sich, was das zu bedeuten hatte. Entweder die Männer waren schon getauft, oder sie hatten ihre Frauen vorgeschickt, damit jemand das Haus bewachte, bis der Spuk vorüber war. Vielleicht gingen sie davon aus, dass es hinterher einfacher sein würde, die Frauen als leicht zu verführende Schafe hinzustellen, denen die Strafe erlassen werden konnte.

Schon wieder Schafe. Sie wurde das Bild nicht mehr los.

Jemand schleppte einen Eimer mit Wasser heran und stellte ihn neben Bockelson hin, der inzwischen die Hände gefaltet und die Augen geschlossen hatte.

«Du bereitest vor mir einen Tisch im Angesicht meiner Feinde», fuhr der Holländer mit der Rezitation des Psalms fort.

Katharina sah zu Angela hinüber, die mit einem schwer zu deutenden Lächeln zum Himmel blickte. Sie war sich nicht sicher, ob ihre Freundin das nur spielte oder ob die Ergriffenheit des Predigers doch auf sie übergesprungen war. Sie selbst spürte nichts außer ihrem Widerwillen.

Die erste Frau in der Schlange kniete vor Bockelson nieder und nahm die Mütze ab.

«Im Namen des Vaters und des Sohnes und des Heiligen Geistes», sagte er. «Bist du bereit, das Zeichen der Versiegelung zu empfangen?»

«Ja.»

Bockelson tauchte die Hand in den Eimer und benetzte die Stirn der Knienden mit dem Wasser. «Du bist jetzt getauft. Geh hin in Frieden.»

«Dein Name?», fragte der Wicht.

«Kunigunde Swerte.»

«Wohnhaft?»

«Spiekerhof.»

«Verheiratet?»

«Ja.»

«Wie heißt dein Mann?»

«Johann Swerte.»

«Und wo ist er?»

Sie zögerte, dann sagte sie leise: «Auswärts. Geschäftlich.»

Der Wicht warf Bockelson einen fragenden Blick zu, der nickte, dann tauchte der Wicht die Feder ein und notierte die Angaben auf einem Blatt.

So ging es weiter, während der Schnee auf die Kopfbedeckungen fiel. Die Täuflinge knieten nieder, wurden besprenkelt und in die Liste eingetragen, dann konnten sie gehen. Der ganze Akt hatte nichts Feierliches an sich und wirkte wie ein Verwaltungsvorgang. Bockelsons Finger waren vom kalten Wasser rot wie Blutwürste.

Katharina begriff nicht, was diese Prediger sich davon versprachen. Immerhin hatten sie selbst den Weg zu ihrem Glauben aus Überzeugung gefunden und beschritten. Sie waren standhaft geblieben trotz Drangsal, Verfolgung und Kerkerhaft, und gerade das hatte sie in ihrer Gewissheit bestärkt, zu den Auserwählten zu gehören. Sie konnten doch nicht ernsthaft glauben, dass sie die Schar dieser Auserwählten vergrößern würden, indem sie sich die Methoden ihrer Peiniger zu eigen machten. Ihre Gegner hatten versucht, sie unter Androhung von Gewalt zum Abschwören zu zwingen, und jetzt zwangen sie ihre Gegner unter Androhung von Gewalt zum Beitritt. Glaubten sie wirklich, dass das ein gottgefälliger Weg war?

Es dauerte nur ein paar Minuten, bis sie an der Reihe waren. Bockelson hatte sie natürlich längst entdeckt. Angela kniete sich hin, schlug die Kapuze zurück, und Bockelson vollzog die Taufe an ihr. Für einen Augenblick war er nur der Prediger, der Apostel, der sein Werk verrichtete, durchaus ernst, wenn auch nicht übertrieben feierlich. Als sie aufstand, strich er ihr über die Wange.

Als der Wicht Angelas Namen und den ihres Vaters notierte, zog er eine Augenbraue hoch. Offenbar erstaunte es ihn, dass die Tochter eines so prominenten Unterstützers der Gemeinde erst an diesem Tag und unter diesen Umständen zu ihnen gefunden hatte. Wahrscheinlich missbilligte er es, dass Christian Kerkering es versäumt hatte, das Mädchen beizeiten auf den richtigen Weg zu bringen.

Dann war es so weit. Katharina kniete sich hin, immer noch voller Widerwillen, aber getröstet durch den Gedanken, den Jakob ausgesprochen hatte: Es hatte keine Bedeutung.

Bockelson legte ihr die Hand auf die Schulter. «Warte kurz.»

Unter dem Bogengang stand Angela, den Mantel eng um die Schultern gezogen, zitternd und mit vor Kälte roter Nase. Bockelson trat zu ihr und sagte ihr leise etwas ins Ohr. Sie runzelte die Stirn, lachte unsicher, als hätte er ihr ein unanständiges, aber nicht ganz reizloses Angebot gemacht, sah zu Katharina, dann wieder zu ihm und erwiderte etwas, woraufhin er mit einem spöttischen Lächeln antwortete, ihr noch einmal zuzwinkerte und sie dann stehen ließ.

Er kam zurück und legte Katharina die Hand auf die Schulter. Es wirkte nicht übertrieben fürsorglich oder gar aufdringlich, sondern ganz natürlich, auf unverstellte Weise verbindlich, als hätte er den Abscheu in ihren Augen gelesen und wollte sie beschwichtigen, sie zutraulicher machen für das, was nun folgte.

«Im Namen des Vaters und des Sohnes und des Heiligen Geistes. Bist du bereit, das Zeichen der Versiegelung zu empfangen?»

Auch der manierierte Singsang, mit dem er die Worte sprach, verriet den Schauspieler. Er hatte diese Sätze schon an die zwanzig Mal gesagt, aber jedes Mal ein bisschen anders betont, als handelte es sich um eine Theaterprobe, bei der er nach dem passenden Klang für den Text suchte, den er in der Aufführung zu sprechen hatte. Jeder andere hätte irgendwann zu leiern begonnen. Er spielte.

«Ja», sagte Katharina, ohne ihn anzublicken. Es war, als spräche ihr Mund ohne ihr Zutun.

Nichts geschah. Sie blickte auf. Er lächelte.

«Soll ich dich taufen oder deine Kappe?»

Da war er wieder, der feine Spott. Katharina nahm die Kappe vom Kopf und sah wieder zu Boden. Es plätscherte, dann rannen ein paar Tropfen über ihre Stirn. Ihre Hand drückte die Wollkappe, als wollte sie sie auswringen.

«Du bist jetzt getauft. Geh hin in Frieden.»

Wie mechanisch brachte Katharina die Befragung durch den Wicht hinter sich, dann stand sie auf und ging zu Angela.

«Hast du irgendwas gespürt?», fragte ihre Freundin, nachdem sie sich ein paar Schritte entfernt hatten.

«Wut.»

Katharina hatte das gesagt, weil Wut seit Tagen das beherrschende Gefühl in ihr gewesen war. Aber stimmte es? Im Augenblick der Taufe hatte sie eigentlich gar nichts gespürt. Bockelsons Bemerkung über ihre Kappe hatte sie sogar etwas amüsiert.

«Sonst nichts?», fragte Angela.

«Nein», sagte Katharina, als wäre sie es ihrer Wut schuldig, sie nicht durch andere Empfindungen zu verwässern. «Du?»

Angela zögerte, wand sich. «Ich weiß nicht. Vielleicht war da was. Von ihm geht etwas aus.»

Das hatte Katharina befürchtet. Der Holländer gefiel ihrer Freundin besser, als gut für sie war. Allerdings war es nicht der Heilige Geist, der diese Anziehungskraft auf sie ausübte.

«Er hat uns eingeladen», sagte Angela.

Katharina fasste sie am Arm. «Er hat was?»

Angelas Lächeln war schief, wie das eines Kindes, das den zerbrochenen Krug gegenüber den Eltern als Ergebnis eines ansonsten gelungenen Streichs darzustellen versucht. «Uns eingeladen. Also mich. Und dich dann aber auch. Sie wollen feiern. Bei Knipperdolling.»

Katharina war fassungslos. «Sie feiern ...», begann sie, dann dämpfte sie ihre Stimme und wies mit einem Kopfnicken auf den immer noch übervollen Platz.

«Sie feiern das hier», zischte sie. «Sie feiern die Demütigung der halben Stadt.»

Weiter unten, in Richtung des Rathauses, hatten sich zwei weitere Prediger samt Schreibern am Rand des Marktplatzes postiert. Niemand wagte es, sich an ihnen vorbeizustehlen; die Schlangen, genährt aus der zusammengedrängten Menschenmasse, rückten langsam vor, und die Getauften tröpfelten nach dem Vollzug des Rituals und der Befragung mit gesenkten Köpfen unter den Bogengang. Der Markt war wie ein prall gefüllter Trinkschlauch, der sich durch ein paar kleine Löcher nach und nach entleerte.

Angela wirkte schuldbewusst, aber nicht überzeugt. «Es schadet vielleicht nicht, da mal hinzugehen», sagte sie zögerlich. War da auch Trotz in ihrer Stimme?

«Ich will mit diesen Leuten nichts zu tun haben.»

«Hast du aber», sagte Angela, plötzlich fast ein bisschen kampflustig. «Dein Bruder gehört nämlich auch zu diesen Leuten. Vielleicht sollte man sich mit denen gut stellen, solange es dauert.»

Vielleicht hatte ihre Freundin recht, so sehr es Katharina auch widerstreben mochte. Vielleicht brauchte man irgendwann einen Fürsprecher. Die Frage war nur, ob man sich mit denen gut stellen konnte, ohne sich mit ihnen einzulassen. Und ob man sich mit ihnen einlassen konnte, ohne hinterher mit ihnen verwechselt zu werden. Und vor allem: ob sie, Katharina, es schaffen würde, ihren Widerwillen so weit niederzukämpfen, dass sie sich das antun konnte.

Aber da war auch die Neugier. Was trieben die eigentlich,

wenn sie unter sich waren? Knipperdolling war keiner, der seine Zeit mit Beten und Frohlocken verbrachte, da war sie sich sicher. Er wurde von Gier getrieben, Gier nach Macht, Gier nach Krawall, Gier nach Frauen, das hatte sie in seinen Augen gesehen, als er vor ihrer Nase in dem kleinen Fenster festgesteckt hatte. Bockelson war eine Spielernatur, er mochte von seiner Sendung überzeugt sein, aber bis das Gottesreich errichtet wurde, wollte er die irdischen Freuden genießen. Und Matthys? Der hatte sich mit seinen Prophezeiungen so weit aus dem Fenster gelehnt, dass er das Ausbleiben des Weltuntergangs wahrscheinlich kaum überleben würde. Die Vorstellung, sich all das aus der Nähe anzusehen, war nicht ohne Reiz. Andreas tat alles, um Zugang zu diesem Kreis zu erhalten. Und ihr war diese Einladung zugeflattert, ohne dass sie etwas dafür hatte tun müssen. Vielleicht sollte sie die Gelegenheit ergreifen.

«Was ist?», fragte Angela. «Bist du dabei?»

«Ich bin dabei», sagte Katharina. Und sie dachte: Jetzt sind es schon zwei Menschen, die ich vor Dummheiten bewahren muss.

«Eins sollte ich dir vielleicht noch sagen.» Schon wieder das schiefe Grinsen. Was kam denn jetzt noch?

«Es ist ein Maskenball.»

Zwei Stunden später stand sie mit Angela vor dem Haus des Bürgermeisters. Der Platz war verwaist, die Tische weggeräumt. Nichts zeugte mehr davon, dass hier eine Massentaufe stattgefunden hatte. Es war etwas wärmer geworden, sodass das Schneetreiben in einen flockigen Regen übergegangen war, der auf dem Platz zu trüben Pfützen zusammensickerte.

Immer noch pfiff der Wind. Bei diesem Wetter hielt sich niemand länger als nötig im Freien auf.

Angela klopfte. Eine kleine Klappe in der Tür öffnete sich. Das gleichgültige Gesicht eines hageren Mannes erschien.

«Wir sind eingeladen», sagte Angela. Da war sie wieder, die Tochter des Erbmannes, aufgewachsen in einer Welt, in der die Dienerschaft die Herrschaft auch außerhalb des eigenen Hauses schon am Auftreten erkannte und sich entsprechend verhielt, von Kindheit an daran gewöhnt, dass sich ihr jede Tür zu öffnen hatte.

Die Tür schwang tatsächlich ohne weitere Nachfragen auf, und der Bedienstete verneigte sich.

Ein langer und von ein paar Öllampen spärlich erleuchteter Korridor führte in den hinteren Bereich des Hauses, das, wie alle Gebäude am Markt, eine weit in die Tiefe reichende Parzelle ausfüllte. Rechts von ihnen führte eine Treppe nach oben. Musik und Lärm waren zu hören, stampfende Füße auf Holzdielen, Gelächter, Rufe, Klimpern, Scheppern.

Ein Mann und eine Frau kamen die Treppe herunter, beide trugen Masken aus Holz mit schriller Bemalung und grotesken Gesichtszügen: aufgeblasene Backen, grinsende Münder, aufgerissene Augen. Ohne Notiz von ihnen zu nehmen, tänzelten sie an Angela und Katharina vorbei über den Flur und verschwanden in einem der Räume.

Ein Maskenball. Der Irrsinn kannte wirklich keine Grenzen: Kaum war das trostlose Spektakel auf dem Markt beendet, da wurde hier ein ausgelassenes Fest gefeiert, als wollte man die Opfer der erzwungenen Taufe zusätzlich verhöhnen. Und doch hatte gerade dieser Umstand eine gewisse Folgerichtigkeit: Es war Fastenzeit, und welches bessere Mittel gab es, den Altgläubigen zu zeigen, dass sie nichts mehr zu sagen hatten? Ein Maskenball in der Fastenzeit, das war die konsequente Fortsetzung der demonstrativen Schändung von Sakramenten und der Zertrümmerung von Heiligenstatuen mit anderen Mitteln.

«Setz die auf», sagte Angela und reichte ihr eine schwarze Maske, die die Augenpartie verdeckte und die Nase zu einem Rabenschnabel verlängerte. Dann setzte sie sich selbst eine ganz ähnliche Maske auf und schnallte den Riemen hinter ihrem Kopf so geschickt fest, als wäre das Ding ein Kleidungsstück, das sie jeden Tag anzog.

Katharina setzte die Maske auf, und Angela half ihr beim Festzurren. Kaum saß die Maske, fühlte Katharina sich sicherer. Sie verbarg zwar nicht ihr ganzes Gesicht, aber nicht jeder würde sie gleich erkennen. Vor allem würde man ihr den Widerwillen nicht gleich ansehen. Mit Erstaunen stellte sie fest, dass ihr Abscheu in dem Maße abnahm, in dem er für andere nicht mehr zu erkennen war. Es war, als hätte die Maske sie in ein Tier verwandelt, das mit all dem nichts zu tun hatte und von dem man nichts erwartete, keine Erklärung, keine Wertung, keine Haltung.

«Gehen wir rauf», sagte Angela. Der Rabenschnabel wackelte im Takt ihrer Worte.

Der dem Markt zugewandte Teil des oberen Stockwerks wurde von einem Festsaal eingenommen, den Knipperdolling sich einiges hatte kosten lassen: Der Boden war mit spiegelglatt geschliffenen Holzdielen belegt, die Deckenbalken ruhten auf Konsolen mit bemalten Schnitzereien, die abwechselnd Wappen und wilde Männer zeigten. An den Wänden standen kleine Tischchen mit Leuchtern aus Messing, und von der Decke hing ein Lüster. Die großen Fenster, die auf den Platz hinausgingen, waren geschlossen. Durch die Bleiverglasung fiel trübes Tageslicht herein, und der Raum mit der feiernden Gesellschaft aus etwa fünfzig Personen war von mindestens hundert Kerzen erleuchtet. In der hinteren Ecke saßen drei Musiker auf einem Podest und bliesen, fiedelten und trommelten, was die Instrumente hergaben. Ein paar Männer und Frauen tanzten in der Mitte des Raumes einen etwas unbeholfenen Reigen, die anderen standen in kleinen Gruppen an den Wänden oder vor den Fenstern. Alle waren maskiert, Katharina sah verschiedene Tiere und verzerrte Fratzen aus Holz, daneben auch ein paar improvisierte Larven aus Pappe. Ein Diener mit einer Eselsmaske ging mit einem Tablett herum und tauschte Becher und Gläser aus. Einige mussten zum Trinken ihre Masken hochschieben. Niemand schien ernsthaft daran interessiert, sein Gesicht zu verbergen.

Knipperdolling tanzte. Er trug eine Elefantenmaske mit einem schlenkernden Rüssel aus Stoff und war sofort an seiner Statur zu erkennen – und an der Ungeniertheit, mit der er seinen fetten Körper bewegte, ohne auf den Rhythmus der Musik zu achten. Er breitete die Arme aus und drehte sich im Kreis, als erwartete er Applaus. Auch das passte zu dem Bürgermeister, dem einfach nichts peinlich war, solange es nur Aufsehen erregte.

Angela und Katharina blieben etwas unschlüssig bei der Treppe stehen.

«Da ist Jan», sagte Angela, rührte sich aber nicht vom Fleck.

In der Tat, da stand er, lässig an die Wand gelehnt. Bockelson trug noch immer das schmucklose Wollgewand des Predigers, das er auch während der Taufzeremonie angehabt hatte.

Seine Maske war die eines wütenden Fabelwesens mit Hörnern, gelb umrahmten Augen und über der Stirn angeklebten rostroten Haaren. Er war von vier Frauen umringt. Ihre Gesichter wurden ebenfalls von Masken verdeckt, aber auch so war zu erkennen, dass sie seinem Wortschwall, den er mit wilden Gesten untermalte, mit Begeisterung lauschten. Sie waren jung, sehr jung, mehr Mädchen als Frauen, zierlich von Statur, mit schmalen Händen und glatter, makelloser Haut. Ein paar holländische Wortfetzen wehten mit der Musik herüber.

Angela verzog missmutig den Mund. Es passte ihr natürlich nicht, dass Bockelson, der sie eingeladen hatte, ihr nun, da sie sich herbemüht hatte, nicht die gebührende Aufmerksamkeit schenkte, obwohl er sie bereits gesehen haben musste, denn ab und zu huschte sein Blick beim Reden herüber und sprang dann zurück zu den vier Mädchen. Hinter dem breiten und mit aufgemalten Zähnen bewehrten Maskenmaul redete er unablässig weiter. Er schien Angela hinhalten zu wollen, als genösse er es, ihre Selbstsicherheit schwinden zu sehen, als hätte er sie nur eingeladen, um ihr zu zeigen, dass er an ihr nur mäßig interessiert war und dass sie sich hinten anzustellen hatte.

Der Bedienstete mit der Eselsmaske schwebte heran. Angela nahm einen Pokal mit Rotwein, und auch Katharina bediente sich. Sie tranken.

Katharina ließ ihren Blick von einem zum anderen wandern. Was zum Teufel tat sie hier? Was für eine dumme Idee war das gewesen?

Plötzlich löste der Elefant sich aus dem Reigen der Tanzenden, schüttelte die Hände auf seinen Schultern ab wie lästiges Ungeziefer und kam auf sie zu.

«Dich kenne ich», sagte er und schob die Maske hoch. Sein

dickes Gesicht war rot und schweißüberströmt, der Bart klebte strähnig an seinem Kinn, die Augen waren gerötet. Er hatte offenbar schon einiges getrunken. Sein unverhohlen lüsterner Blick wanderte an ihrem Körper herunter.

«Überwasser. Du bist die Schwester von Andreas. Du hast den Wächter niedergeschlagen und deinen Bruder aus dem Gefängnis geholt.» Er lachte schallend. «Und ich bin im Zellenfenster stecken geblieben.»

Der Gesprächslärm hatte nachgelassen, auch die Musiker hatten ihr Spiel unterbrochen. Viele der Gäste blickten her. Knipperdolling bemerkte es und wandte sich an seine Gäste. «Aber der Herr hat mich aus dem Kerker befreit. Hat er gemacht.»

Wieder drehte er sich einmal um sich selbst, während der Rüssel, der an der hochgeschobenen Maske hing, vor seinem Gesicht herumbaumelte.

«Der Herr hat mich aus dem Kerker befreit», wiederholte er lauter. «Wie einst den heiligen Petrus, damit er die Leitung der Gemeinde übernehmen konnte! Und in den kommenden Tagen werden wir diese Gemeinde von allem Ungeziefer reinigen!»

Ein paar zustimmende Rufe erklangen, aber einige der Anwesenden schienen eher peinlich berührt zu sein, jedenfalls blickten sie zu Boden.

«Du bist nicht Petrus», sagte Bockelson.

Mit einem Schlag war es ganz still.

«Du bist nicht Petrus, und du leitest diese Gemeinde nicht. Der Prophet leitet die Gemeinde. Und deine Befreiung aus dem Kerker verdankst du Tilbeck. Nur dass das klar ist.»

Das saß. Knipperdolling, sonst um keine Antwort verlegen,

war für einen Augenblick aus der Fassung gebracht, schien kurz zu überlegen, ob er zum Gegenangriff übergehen sollte, immerhin war er Bürgermeister in dieser Stadt und Hausherr in diesem Prachtbau, entschied sich dann aber anders, stapfte auf Bockelson zu und legte ihm den Arm um die Schultern.

«Krieg dich wieder ein. War nicht so gemeint.»

«Ich weiß», sagte Bockelson kühl. «Bei dir ist immer alles nicht so gemeint.»

Knipperdolling grummelte etwas, zog sich die Maske wieder über das Gesicht, klopfte dem Holländer etwas unbeholfen auf die Schulter und schrie dann in Richtung der Musiker: «Was ist? Spielt weiter!»

Die Musik setzte wieder ein. Erleichtert tanzten und redeten die Gäste weiter. Katharina hätte ihrer Freundin gern von Jakob und ihrem merkwürdigen Gespräch berichtet. Sie hatten sich immer alles erzählt, aber jetzt ertappte Katharina sich bei dem Gedanken, dass vielleicht Vorsicht geboten war. Was, wenn Angela sich bei Bockelson verplapperte?

Aber Angela war ohnehin nicht bei der Sache, sondern schielte ständig zu Bockelson hinüber, der immer noch beim Fenster stand und vor den vier Mädchen herumgockelte, also redeten sie über die Masken der anderen Gäste und spekulierten ein bisschen herum, wer sich darunter verbergen mochte.

Schließlich löste Bockelson sich aus der Gruppe der Mädchen und kam zu ihnen. Im Gehen schob er sich die Maske hoch.

«Schön, dass ihr gekommen seid.»

Unverbindlicher ging es kaum.

«Schön, dass du dich herbemühen konntest», schoss Angela zurück. «Wir stehen hier schon eine ganze Weile.»

Bockelson lachte. Er schien fast ein bisschen verlegen, vielleicht begriff er, dass er es mit der Nichtbeachtung zu weit getrieben hatte. Angela gefiel ihm auch, das war überdeutlich.

Ein kurzes verlegenes Schweigen entstand, dann sagte er: «Es war mir eine Freude, dich zu taufen.»

Katharina lauschte den Worten nach. Kein Spott. Er meinte das ernst. Angela brachte Bockelsons entwaffnende Offenheit, mit der sie nicht gerechnet hatte, aus dem Konzept. Plötzlich wurde es persönlich. Eine Fortsetzung des bissigen Schlagabtausches wäre ihr wahrscheinlich lieber gewesen.

«Ich weiß nicht, was ich davon halten soll», sagte sie schließlich.

«Das geht vielen so», sagte er milde. «Nicht alle hören die Stimme des Herrn, wenn er sie ruft. Und sie hören sie umso weniger, je angestrengter sie lauschen.»

«Wir haben nicht angestrengt gelauscht», sagte Angela, die sich wieder etwas gefangen hatte. «Wir haben auf dem eiskalten Marktplatz gestanden, weil ihr uns dazu gezwungen habt, und wir haben gehofft, dass es bald vorbei ist.»

Vorsicht, dachte Katharina. Bring ihn nicht gegen dich auf. Er ist gefährlich.

Bockelson wiegte den Kopf wie ein Arzt, der eine schwierige Diagnose stellen muss.

«Wir haben niemanden gezwungen. Wer sich nicht taufen lassen will, kann gehen.»

«Manche haben keine Wahl», sagte sie.

«Du ja wohl schon», gab er streng zurück. «Warum bist du geblieben?»

Wegen dir ist sie geblieben, dachte Katharina. Und du weißt es. Spiel nicht mit ihr.

«Ich will meine Familie nicht zurücklassen», sagte sie schließlich. Und dann, als wäre ihr die Erkenntnis gekommen, dass sie sich mit diesem erbärmlichen Argument in eine Reihe mit den Opportunisten stellte, die an diesem Vormittag den Marktplatz gefüllt hatten, fügte sie verzweifelt hinzu: «Ich weiß nicht mehr, was ich glauben soll. Matthys macht mir Angst.»

Das offenherzige Bekenntnis dieser sonst so selbstsicheren jungen Frau brachte Bockelson kurz aus dem Konzept.

«Du musst keine Angst haben», sagte er. «Der Prophet ist kein Ungeheuer. Er schaut in dein Herz und weiß um deine Zweifel. Mir ist es genauso gegangen. Er hat mich auf den rechten Weg gebracht.»

Während sie sprachen, traf eine größere Gruppe neuer Gäste ein. Einige von ihnen trugen Masken, andere nicht. Es entstand ein kurzes Gedränge bei der Treppe, und plötzlich erkannte Katharina ein bekanntes Gesicht: Mollenhecke. Der Aldermann der Schmiedegilde war nicht maskiert. In seinen Haaren und in seinem Bart glitzerten Tropfen von geschmolzenem Schnee.

Als er sie erblickte, runzelte er die Stirn, und sein Kopf ruckte ungläubig zurück.

«Katharina? Bist du das?»

Die Maske. Sie grinste. Er auch.

«Ich hätte hier eher deinen Bruder erwartet.»

«Und ich hätte dich überhaupt nicht erwartet. Was machst du hier?»

Er beugte sich vor. «Schlimmeres verhüten», sagte er düster. «Ich will die Gilde nicht im Stich lassen, und ich kann nicht zusehen, wie sie die ganze Stadt zugrunde richten.»

«Warst du heute Morgen auf dem Platz?»

«Ja.»

«Also bist du getauft.»

«Hab mich hinterher gewaschen.»

Sie lachte. «Wer hat dich eingeladen?»

«Knipperdolling. Er vertraut mir. Der größte Teil der Gilde ist auf seiner Seite. Ich hoffe immer noch, dass ich die Leute zur Vernunft bringen kann. Aber dein Bruder macht mir Sorgen.»

«Und mir erst.»

Es tat gut, jemanden zu treffen, der nicht von dem ganzen Wahnsinn angesteckt war. In der Mitte des Saales hatte Knipperdolling wieder zu tanzen begonnen. Einige der Gäste gesellten sich dazu, sie bildeten einen Kreis, warfen die Beine in die Luft. Bockelson hatte Angela untergehakt und zu der Gruppe der maskierten Mädchen geführt. Katharina verspürte kein Bedürfnis, sich dazuzugesellen.

«Was wird jetzt passieren?», fragte sie.

«Die Bischöflichen haben alle Straßen gesperrt», sagte Mollenhecke. «Aber sie werden so schnell nicht reinkommen, die Stadt ist zu gut befestigt, und wir haben Vorräte für ein paar Monate. Meine Hoffnung ist, dass hier alles zusammenbricht, wenn der Weltuntergang ausbleibt. Bis Ostern müssen wir gute Miene zum bösen Spiel machen, dann werfen wir sie raus.»

«Das sind noch fünf Wochen.»

«Die vergehen.»

«Mein Gott, was für ein Albtraum.»

«Kannst du laut sagen.»

«Ich fürchte, hier kann man bald gar nichts mehr laut sagen.»

«Wieso hast du diese alberne Maske auf?»

«Es ist ein Maskenball.»

«Hätte ich das gewusst, hätte ich auch eine aufgesetzt. Aber woher hast du sie?»

Sie erzählte von Angela und deutete deren Schwärmerei für Bockelson an.

«Kerkering», sagte Mollenhecke finster. «Noch so ein Fall. Bis vor ein paar Monaten war der noch ganz vernünftig. Mein Gott, wie mich das alles ankotzt.»

Sie hätte ihn am liebsten umarmt.

Sie redeten noch eine Weile weiter. Mollenhecke berichtete, welche Vorkehrungen die bischöflichen Truppen trafen und auf welche Gildemitglieder er sich noch verlassen zu können glaubte. Schließlich erzählte sie ihm von Jakob.

«Trau ihm nicht», riet Mollenhecke. «Wenn er nichts mit denen zu schaffen hätte, dann wäre er nicht hergekommen.»

Sie hätte gern widersprochen, aber ihr fiel kein Grund ein, was jemand aus Amsterdam hier zu suchen haben könnte außer der erhofften Erlösung durch den baldigen Weltuntergang.

Das Gedränge war inzwischen durch die Ankunft weiterer Gäste noch dichter geworden. Katharina erkannte Margareta Kannegeter, die versuchte, ihren immer noch wild tanzenden Mann aus dem Getümmel zu zerren.

Plötzlich krachte es unten, als hätte jemand die Haustür so heftig aufgestoßen, dass sie gegen die Wand geschlagen war. Dann erschien Jan Matthys auf dem Treppenabsatz. Aus der Nähe wirkte er noch größer und furchteinflößender. Seine stechenden Augen funkelten, und sein Bart bebte. Die schwarzen Haare und der graue Umhang waren klatschnass.

«Was ist das hier für ein Treiben?», schrie er und schüttelte die riesigen Fäuste. Dann rempelte er sich durch die Menge zu den Musikern vor, die aufgehört hatten zu spielen. Er entriss dem Geiger sein Instrument und zertrümmerte es an der Wand.

«Was soll dieser Mummenschanz? Ihr tanzt hier herum, während die Gottlosen da draußen euch auslachen! Jeder Ungetaufte muss die Stadt verlassen! Gott will, dass ihr sie hinausjagt!»

Von einem Augenblick zum anderen verwandelte die ausgelassene Festgesellschaft sich in eine Versammlung eingeschüchterter Zöglinge, die vom Lehrer bei einem unsäglichen Streich erwischt worden waren. Masken wurden abgenommen. Köpfe verschwanden zwischen den Schultern.

Matthys riss dem zweiten Musiker die Flöte aus der Hand, zerbrach sie und warf sie quer durch den Raum.

«Raus mit euch! Tut Gottes Werk und nicht das des Teufels! Hesekiel spricht: *Gehet durch die Stadt und schlaget drein; erwürget Alte, Jünglinge, Jungfrauen, Kinder und Weiber, schlagt alles tot; aber die das Zeichen an sich haben, derer sollt ihr keinen anrühren.*»

«Wir sollten verschwinden», sagte Mollenhecke leise.

Er ergriff Katharinas Hand und zog sie mit sich zur Treppe. Hinten beim Podest knallte es, als Matthys das Fell der Trommel mit der Faust einschlug.

«Reinigt den Tempel! Trennt die Böcke von den Schafen!»

Draußen schlug Katharina die Kälte ins Gesicht wie ein nasser Lappen. Dicke Schneeflocken klatschten ihr auf die Wangen. Der Himmel war immer noch grau und schwer, und obwohl erst früher Nachmittag war, wirkte es, als hätte die Dämmerung schon eingesetzt. Auf dem Markt rannten Menschen hin und her, formierten sich zu Pulks, stießen Drohungen aus, warfen sich Namen und Adressen zu.

Hinter ihr stolperte Angela aus dem Haus, gefolgt von ein paar Männern, die kurz innehielten und dann kopflos in Richtung Rathaus weiterliefen.

Mollenhecke ließ ihre Hand los.

«Ich bringe euch nach Hause», sagte er. «Jetzt wird's richtig hässlich.»

Ohne ein weiteres Wort eilten sie auf die Lambertikirche zu. Katharina warf einen Blick in die Salzstraße, wo weiter hinten ein paar Gestalten zu sehen waren, die einen Wagen beluden. Von überall brandete Geschrei heran.

«Komm mit zu mir», sagte Angela. Sie hatte sich die Maske vom Gesicht gezogen. In ihren Augen flackerte Panik.

Katharina nickte. Sie hatte weder Lust, allein zu sein, noch Andreas zu begegnen.

Auch in der Neubrückenstraße herrschte Tumult. Ein paar Männer hämmerten an eine Tür, eine Familie mit Säcken auf den Schultern hastete vorbei.

«Rein mit euch», sagte Mollenhecke, als sie vor dem Haus von Angelas Vater angekommen waren. «Verrammelt die Tür und rührt euch nicht.»

Katharinas Herz raste. Erst als Angela die Tür geschlossen hatte, bemerkte sie, dass sie immer noch die Maske trug. Sie zog sie herunter und warf sie in eine Ecke.

Im Haus regte sich nichts. Entweder waren alle unterwegs, oder sie hatten sich in die hinteren Räume zurückgezogen. Angela zog Katharina zur Treppe.

Im oberen Stock befand sich ein großes Speisezimmer mit Blick auf die Straße. Der lange Tisch mit zwölf Stühlen stand verwaist in der Mitte. Der Kamin war kalt, die Fensterläden halb geschlossen.

Die Dielen knarrten, als sie zu den Fenstern schlichen. Auf der Straße wurde der Tumult immer lauter. Katharina spähte hinaus. Die kleinen Scheiben zwischen den Bleieinfassungen waren uneben und von Bläschen durchzogen, aber was sie sah, reichte ihr. Männer rannten in Gruppen die Straße entlang und schlugen und traten gegen Türen. Menschen kamen heraus, Bündel im Arm, Kinder an der Hand, und eilten in Richtung Neubrückentor. Schneeflocken segelten durch die Luft.

«Raus!»

«Verschwindet!»

«Euch machen wir Beine!»

Ein Gefühl von würgender Machtlosigkeit ergriff Katharina. Ein quälender Gedanke wühlte sich durch ihr Entsetzen: Machte Andreas dabei auch mit? Lief er gerade durch die Salzstraße und jagte die Nachbarn davon?

Angela umfasste ihr Handgelenk und drückte zu.

«Mein Gott.»

Weitere Menschen hasteten unter dem Fenster vorbei, verfolgt von Männern, die sie mit Fußtritten traktierten und ihnen die Bündel wegrissen.

«Hier wird nichts mitgenommen! Lasst euch vom Bischof durchfüttern!»

Nach einer Weile wurde es still. Dann setzte die Dämmerung ein.

«Ich hole uns was zu essen», sagte Angela leise.

Sie verschwand nach unten und kam nach einer Weile mit einer Kerze und einer Schale mit Brot, Butter und Wurst zurück.

«Keine Ahnung, wo die alle stecken.»

Sie aßen schweigend.

«Was waren das eigentlich für Mädchen?», fragte Katharina nach einer Weile.

«Die sind mit Matthys gekommen. Ziemlich dumme Gänse, von denen er sich wahrscheinlich das Bett warmhalten lässt. Bis auf eine.»

«Holländerinnen?»

«Ja. Bis auf diese eine eben. Mit der stimmt was nicht. Angeblich kommt sie aus irgendeinem Dorf bei Haarlem. Aber so wie die geredet hat ...» Angela schüttelte langsam den Kopf.

«Wie denn?»

«Wenn man so aufgewachsen ist wie ich, dann erkennt man seinesgleichen. Das war kein Bauernmädchen. Die redet so geschliffen, als hätte sie lateinische Rhetorik studiert. Die hatte Hauslehrer. Und sie ist keine Holländerin, auch wenn sie noch so gut Niederländisch spricht.»

«Was ist sie dann?»

«Französin.»

«Wie kommst du denn darauf?»

«Sie meinte, es wäre eine Entenkälte da draußen. Das sagt man so nur auf Französisch: *froid de canard*. Sie spielt die Bauerstochter aus Haarlem, damit keiner erfährt, aus welchem Stall sie wirklich kommt.»

«Interessant», sagte Katharina. Aber in Gedanken war sie schon wieder bei Bockelson.

«Bist du in ihn verliebt?», fragte sie rundheraus.

Pause.

«Ich fürchte, ja», sagte Angela. «Seit er bei uns ausgezogen ist, geht er mir nicht aus dem Kopf. Dabei kann ich mit dem ganzen Zeug vom Endgericht gar nichts anfangen.»

Und nach einer weiteren langen Pause sagte Angela: «Ich

habe ihn gefragt, was eigentlich passiert, wenn der Weltuntergang ausbleibt. Wenn der Erlöser nicht kommt.»

«Und?»

«Er sagte: Dann werden wir das Königreich Davids hier auf Erden errichten. Die Regentschaft des siegreichen Herrschers, der den Thron für Salomo bewahrt. So lange, wie es nötig ist.»

Katharina sah ihre Freundin an. «Und wer soll dieser König sein?»

Angela schüttelte langsam den Kopf, als könnte sie die Antwort selbst nicht glauben.

«Ich glaube, er hält sich selbst dafür», sagte sie leise.

13

Jakob fror, obwohl er sich in eine Wolldecke gehüllt hatte und der Kaminschacht, der hinter der Wand seiner Kammer lag, den Raum ganz passabel wärmte. Er spürte, dass er Fieber bekam. Wahrscheinlich hatte er sich im Schneetreiben eine schwere Erkältung eingefangen, und der Vormittag auf dem Marktplatz hatte ihm den Rest gegeben. Normalerweise war er selten krank. Wenn es schlimmer würde, blieb ihm nichts anderes übrig, als die nächsten Tage im Bett zu verbringen. War überhaupt jemand im Haus? Von unten war kein Laut zu hören, aber irgendjemand musste ja das Feuer in Gang halten. Vielleicht diese Elsa, die sich meistens in der Küche aufhielt und sich nur blicken ließ, wenn sie das Essen auf den Tisch stellte. In der Schmiede schien heute niemand zu arbeiten. Kein Wunder, wenn man bedachte, was in der Stadt gerade los war.

Was auf dem Markt geschah, war vom Fenster aus nicht zu sehen. Nach der durch die Straßen gebrüllten Aufforderung, sich dort zu versammeln, waren Menschen, die meisten von ihnen Frauen, unter dem Fenster vorbeigezogen, die meisten mit zaudernd gesenktem Blick, begleitet vom Glockenläuten der Lambertikirche wie von der Trommel auf einer Galeere, die die Sträflinge zu schnellerem Rudern antrieb.

Irgendwann hatte Jakob seine Jacke angezogen und sich hustend und schniefend unter die Nachzügler gemischt, um sich das Spektakel anzusehen. Der Platz war voller Menschen gewesen, die einer geifernden Predigt des Propheten lauschten. Jakob hatte sich unter den Bögen an der Westseite des Platzes unweit vom Haus des dicken Bürgermeisters postiert, zwischen den Schaulustigen, die sich trotz der Kälte dort eingefunden hatten und keinen Hehl aus ihrer Genugtuung darüber machten, dass die Zweifler und Widerstrebenden nun endlich zur Räson gebracht wurden.

Nachdem Matthys das Vaterunser zu beten begonnen hatte, hatte Jakob plötzlich Katharina entdeckt. Ihre Blicke hatten sich getroffen, und wieder war da dieser zweifelnde Ausdruck gewesen.

Noch bevor die Taufe begann, war er in der Menge abgetaucht, ohne sich noch einmal umzusehen. Angesichts ihres Widerwillens wäre es ihm aufdringlich vorgekommen, sie beim Empfang der Taufe zu beobachten, beinahe unsittlich, als sähe er ihr beim Entkleiden zu und weidete sich an ihrer Schutzlosigkeit. Er war zurückgegangen und hatte sich ins Bett gelegt. Nach einer Weile waren wieder Stimmen auf der Straße zu hören gewesen: das leise Gemurmel der Rückkehrer, die sich jetzt wahrscheinlich in ihren Häusern verkrochen, beschämt darüber, dass sie eingeknickt waren, anstatt sich zu verweigern. Jakob versuchte sich vorzustellen, was in diesen Menschen vorging, und er fragte sich, ob dem selbst ernannten Propheten und seinen Spießgesellen eigentlich klar war, wie sehr sie sich mit ihrer Maßnahme ins Unrecht setzten: Was sie selbst als Standhaftigkeit priesen, wurde ihren Opfern als Halsstarrigkeit ausgelegt, die aufrechte Verweigerung von Unrecht als trotziges Beharren auf teuflischem Irrglauben.

Nach einer Weile war es wieder laut geworden auf der Straße: aggressives Geschrei, begleitet vom Schlagen an Türen und Fenster. Die Austreibung hatte begonnen. Der Tempel wurde ausgefegt. Bald würde es in Münster keine offenen Gegner der Wiedertäufer mehr geben. Lief Andreas jetzt auch irgendwo da draußen herum und prügelte Leute aus ihren Häusern?

Jakobs Blick fiel auf das Bündel von Benoît, das er aus dem Fraterherrenhaus mitgenommen hatte. Zwei Decken, etwas Kleidung und ein Beutel. Er hatte das Zeug in eine Ecke gelegt und sich nicht weiter um den Inhalt gekümmert. Er betrachtete den Beutel eine Weile nachdenklich, dann zog er ihn zu sich heran, öffnete ihn und verteilte den Inhalt vor seinem Bett auf dem Boden: Kamm, Rasierzeug, Feuerkasten, ein Messer, ein Holzlöffel und ein Napf, ein paar Tiegel mit irgendwelchen Salben, außerdem eine Ledermappe mit Papieren, eine Feder in einer Schatulle und ein winziges Tintenfass. Jakob sah die Papiere durch; die meisten Blätter waren leer, bis auf einen kleinen Stoß mit den Notizen, die sie sich in Amsterdam gemacht hatten. Nichts, was hier noch von Nutzen war.

Er nahm die Deckel der Tiegel ab und schnupperte an den Salben und Pasten, die nach ranziger Butter und Kräutern rochen. Betrachtete den Kamm, dessen Griff mit Schnitzereien verziert war. Prüfte die Klinge des Messers. Nahm die Mappe zur Hand und blätterte die Papiere noch einmal durch. Stutzte, als er auf der Innenseite des hinteren Deckels einen schmalen Schlitz entdeckte. Schob das Messer in die Öffnung und erweiterte sie, sodass er zwei Finger hineinstecken konnte. Ertastete ein weiteres Papier. Zog es heraus. Entfaltete es. Ein Brief.

Französisch. Nicht Benoîts Schrift, nicht sein Papier, keine braune Tinte, wie sie sie für ihre Notizen verwendet hatten, sondern schwarzer Kohlestift, wie Künstler sie für ihre Skizzen benutzten.

Das Mädchen ist nicht die, die du glaubst. Wenn du mehr wissen willst, komm morgen zum Steg flussabwärts der Brücke beim Fraterherrenhaus, und zwar allein, sonst erfährst du gar nichts. Wir können uns gegenseitig helfen. Es wird nicht zu deinem Schaden sein.

Mit offenem Mund starrte Jakob auf die Zeilen. Kein Name, keine Unterschrift, kein Hinweis auf den Verfasser. Aber warum Französisch? Der Schreiber kam mit Sicherheit nicht aus Münster, und er gehörte wohl auch nicht zu den Zugereisten aus Holland und Friesland, die mit Jakob und Benoît gekommen waren. Wer das geschrieben hatte, wusste, dass Benoît es verstand. Was hatte er mit ihm zu schaffen gehabt? War das der Kerl gewesen, der schon in Amsterdam nach Ernestine gefragt hatte? Wie nah war er ihr schon? Was wusste er? Und wer war diese Ernestine, wenn sie, wie der Schreiber behauptete, nicht die war, für die Benoît und Jakob sie gehalten hatten?

Jakobs Stirn glühte. Das Fieber war gestiegen, seine Augen fühlten sich an wie aufgeblasen, sein Kopf schmerzte. Er musste seine Gedanken ordnen.

Er griff sich Tinte, Feder und ein leeres Blatt, legte die Mappe als Unterlage auf seine Oberschenkel und begann, eine Reihe von Fragen zu notieren, wobei er große Lücken zwischen den einzelnen Zeilen ließ.

Ist X der Mörder?
Kannte er B schon vorher?
Wenn ja, seit wann und woher?

Kannte B ihn schon vorher?
Ist der Brief die erste Kontaktaufnahme?
Warum hat B den Brief versteckt?
Woher weiß X, dass B auf der Suche nach E ist?
Weiß X, wer E ist, oder weiß er nur, wer sie nicht ist?
Was verspricht X sich von gegenseitiger Hilfe?
Was hätte er angeboten?
Kennt X mich?
Wer ist E?

Eine Weile betrachtete Jakob die Fragen, dann begann er, sie eine nach der anderen abzuarbeiten. Er unterstrich die Fragen und notierte die möglichen Antworten im leeren Raum zwischen den Zeilen.

<u>*Ist X der Mörder?*</u>
Ja. Leiche beim Treffpunkt gefunden. Aufforderung, allein zu kommen, spricht auch dafür.

<u>*Kannte er B schon vorher?*</u>
Ja. X hat B gezielt kontaktiert und wusste, dass B Französisch spricht. X behauptet zu wissen, was B glaubt / vermutet.

<u>*Wenn ja, seit wann und woher?*</u>
Um B mit E in Verbindung bringen zu können, muss X gewusst haben, dass B in DH für H tätig war. X muss E in DH gesehen oder kennengelernt haben oder hatte entsprechende Informationen von H oder einem Mitwisser an dessen Hof.

<u>Kannte B ihn schon vorher?</u>
Fraglich. Wenn ja, hat B die ganze Zeit gelogen.

<u>Ist der Brief die erste Kontaktaufnahme?</u>
Wahrscheinlich. Angebot, sich gegenseitig zu helfen, und Anspielung auf Identität von E spricht dafür, dass es vorher keinen Austausch gab.

<u>Warum hat B den Brief versteckt?</u>
1. weil B doch mehr wusste und die ganze Zeit falsch gespielt hat, 2. weil B fürchtete, gewünschte Information nicht zu bekommen, wenn er sich nicht an die Anweisung hält, 3. weil die Aussicht auf Belohnung B lockte.

<u>Woher weiß X, dass B auf der Suche nach E ist?</u>
1. weil irgendjemand am Hof in DH es ihm gesteckt hat, 2. weil er das Verschwinden von E mit dem Auftauchen von B in A oder M in Zusammenhang gebracht hat.

<u>Weiß X, wer E ist, oder weiß er nur, wer sie nicht ist?</u>
Wahrscheinlich weiß er es. Er hat den Auftrag, sie zu finden. Wenn E wirklich nicht die Tochter von H ist – warum weiß ich es nicht?

<u>Was verspricht X sich von gegenseitiger Hilfe?</u>
X hofft, dass B mehr über den Aufenthaltsort von E weiß.

<u>Was hätte er angeboten?</u>
1. Geld, 2. Beförderung am Hof, 3. nichts, Angebot war nur ein Köder, um B zum Treffpunkt zu locken.

Kennt X mich?
Wahrscheinlich. Muss B beobachtet haben und wird mich mit ihm gesehen haben.

Wer ist E?
Das ist die entscheidende Frage.

Jakob betrachtete das Geschriebene eine Weile. Die Grübelei hatte die Erkältung zurückgedrängt, sein Verstand arbeitete gegen die Kopfschmerzen an. Wenn man die wahrscheinlichsten Antworten zusammenbrachte und davon ausging, dass Benoît nicht die ganze Zeit über ein falsches Spiel gespielt hatte, dann präsentierte sich folgendes Bild: Der Unbekannte war der Spur von Ernestine schon von Anfang an gefolgt, hatte sich in Amsterdam bei der Wiedertäufergemeinde nach ihr erkundigt und dann Benoît als Bediensteten von Hoogstraten erkannt und den Schluss gezogen, dass dieser ebenfalls auf der Suche nach dem Mädchen sein musste. Am Tag ihrer Ankunft in Münster – *komm morgen* – musste er ihm den Brief zugesteckt oder hinterlassen haben. Benoît war allein zum Treffpunkt am Fluss gegangen, weil er gefürchtet hatte, die in Aussicht gestellten Informationen andernfalls nicht zu bekommen – *aber allein, sonst erfährst du gar nichts.* Dass er den Brief Jakob gegenüber noch nicht einmal erwähnt hatte, passte zu ihm. Benoît hatte auch in Amsterdam am liebsten Informationen auf eigene Faust beschafft, um Jakob anschließend damit zu beeindrucken. Auf dem vollen Marktplatz hatte Benoît die Gelegenheit genutzt, um sich davonzustehlen. Aber der Unbekannte hatte gar nicht die Absicht gehabt, irgendwelche Informationen mit Benoît zu teilen. Er hatte ihn umgebracht, damit er ihm nicht zuvorkam. Und nun wartete er wahrscheinlich auf die Gelegenheit, sich Jakob vorzunehmen. Wenn Jakob Glück hatte, kannte er wenigstens seinen Namen nicht und wusste nicht, wo er mittlerweile untergekommen war. Aber so groß war die Stadt nicht. Früher oder später würden sich ihre Wege kreuzen.

Jakob legte die Papiere wieder in die Mappe, überlegte kurz, ob er sie irgendwo verstecken sollte. Würde Andreas auf die Idee kommen, seine Sachen zu durchsuchen? Wahrscheinlich nicht, vertrauensselig wie er war. Andererseits konnte es natürlich passieren, dass einer von seinen Wiedertäuferfreunden misstrauisch wurde und Andreas anstiftete, seinem Gast auf den Zahn zu fühlen. Denen schien er ja aus der Hand zu fressen. Es war besser, kein Risiko einzugehen.

Jakob sah sich in der Kammer um, wuchtete sich wieder aus dem Bett, wobei es in seinem Kopf zu hämmern begann, stocherte mit dem Messer zwischen den Dielenbrettern herum und fand tatsächlich eins, das sich anheben ließ. Darunter lagen schmale Latten, die mit Stroh und Lehm umwickelt waren; offenbar dienten sie dazu, die Wärme in dem darunterliegenden Raum zu halten. Erst jetzt wurde Jakob klar, dass die Kammer sich genau über der Stube befand. Neugierig hob er eine der Latten an. Darunter befand sich ein Hohlraum, dessen Boden wiederum eine Lage Bretter bildete – die Deckenverkleidung der Stube. Aus dem Hohlraum stieg ein warmer Luftzug auf, und zwischen den Ritzen war ein schwacher Lichtschein zu erahnen. Jemand hatte da unten Kerzen entzündet. Jetzt hörte Jakob auch Schritte, leises Pfeifen und gedämpftes Klappern und Klirren. Die Magd deckte ein. Erstaunlich, wie deutlich das alles auf einmal zu hören war.

Plötzlich ging die Haustür. Schnell legte Jakob die Ledermappe in den Hohlraum, setzte die Latte behutsam an ihren Platz zurück und legte das Dielenbrett auf. Dann kroch er wieder ins Bett.

Männerschritte auf der Treppe und auf dem Flur. Es klopfte, die Tür ging einen Spalt auf, und das Gesicht von Andreas erschien.

«Warum liegst du denn hier im Dunkeln?»

«Fühl mich nicht so gut.»

Der Schmied trat ein und betrachtete Jakob besorgt. «Du Armer.» Er kam zum Bett und legte Jakob eine Hand auf die Stirn. «Mein Gott, du hast ja Fieber. Warte.»

Andreas verschwand wieder. Jakob hörte, wie er nach unten ging, ein paar Worte mit Elsa wechselte; eine Tür ging, dann wieder Schritte und Lichtschein auf dem Korridor. Andreas hatte eine Kerze mitgebracht. Und eine Schüssel mit dickflüssiger Suppe. Er stellte das Licht auf ein Bord an der Wand, reichte Jakob die Suppe und zog einen Schemel heran.

Jakob hatte eigentlich keinen Hunger, aber er fühlte sich zu schwach, um zu protestieren.

«Ich bin dir zu großem Dank verpflichtet», sagte Andreas plötzlich. Es klang etwas linkisch, übertrieben feierlich, als hätte Andreas sich die Worte zurechtgelegt.

Jakob begriff. Andreas war überzeugt, dass er es gewesen war, der seine Schwester zur Taufe überredet hatte. Woher wusste er eigentlich, dass sie diesen Schritt tatsächlich gegangen war?

«Du hast mit ihr gesprochen, oder?», fragte Andreas.

«Ja», sagte Jakob zögerlich. Das Gespräch drohte eine Wendung zu nehmen, die ihn zu allerhand Ausflüchten und Lügen zwingen würde.

«Was hast du ihr gesagt?», fragte Andreas.

«Dass die Taufe eine Voraussetzung für ihre Erlösung ist.»

«Wie wahr.» Andreas schloss die Augen vor Ergriffenheit, als wäre das ein Argument, auf das er selbst niemals gekommen wäre. «Und was hat sie gesagt? Hat sie es eingesehen?»

«Nicht ganz. Sie meinte, die Überzeugung müsste ihrerseits die Voraussetzung für die Taufe sein. Und an Überzeugung mangelt es ihr noch. Daraus macht sie keinen Hehl.»

«Nein», sagte Andreas nachdenklich. «Sie ist keine Heuchlerin. Aber die Überzeugung kommt vielleicht noch. Sie wird die Augen nicht vor den Wundern verschließen können, die Gott in dieser Stadt tagtäglich wirkt.»

Andreas knöpfte sein Hemd auf, neigte den Kopf und zog sich ein Lederband über den Kopf, an dem eine Münze hing. Er reichte es Jakob. Im Kerzenlicht schimmerte das blanke Kupfer. Die Münze zeigte die Buchstaben DWWF und eine Umschrift, die sich auf der Rückseite fortsetzte: *WER NICHT GEBOREN IST AUS DEM WASSER UND DEM GEIST, MAG NICHT EINGEHEN IN DAS REICH GOTTES.*

«Schön, oder? Alle Mitglieder der Gemeinde bekommen so eine. Als Erkennungszeichen.»

Jakob betrachtete die Buchstaben, und plötzlich fiel ihm der Auftritt von Matthys in Amsterdam wieder ein. *Das Wort wird Fleisch.* Mit diesen Worten hatte der Prophet die Zusammenkunft eröffnet, es war eine Art Motto. Jakob fragte sich, warum die Wiedertäufer in Münster noch ein Erkennungszeichen brauchten, jetzt, wo sie alle Ungetauften aus der Stadt warfen.

«Das Wort wird Fleisch», murmelte er.

«Ward», korrigierte Andreas. «Das Wort ward Fleisch. Mit der Reinigung der Gemeinde ist es wahr geworden.»

In der Ferne klirrte eine Scheibe. Geschrei brandete auf und ebbte wieder ab.

«Die Reinigung der Gemeinde», sagte Jakob. «Ist es wirklich nötig, die Ungetauften mit Fußtritten aus der Stadt zu jagen?»

Andreas sah ihn fragend an. Jakob wollte seinem Gastgeber auf den Zahn fühlen und herausfinden, wie bedingungslos er den Fanatikern folgte, ob er bereit war, sich an Gewaltexzessen zu beteiligen und Abtrünnige – am Ende vielleicht sogar seine eigene Schwester – ans Messer zu liefern. Und wie erwartet, löste die Skepsis, die in seiner Frage lag, eine gewisse Irritation bei Andreas aus. Bis zu diesem Augenblick schien er die Notwendigkeit der Maßnahme, zu der Matthys seine Gefolgsleute angestachelt hatte, nicht angezweifelt zu haben. Dass er sich mit Freude oder Eifer daran beteiligte, konnte Jakob sich nicht vorstellen.

«Wir können sie in der Stadt nicht dulden», sagte Andreas nach einer Weile. Und dann, leiser: «Aber ich gebe dir recht. Man muss sie nicht so behandeln.» Ihm schien klar geworden zu sein, dass seiner eigenen Schwester genau diese Behandlung geblüht hätte, wenn sie nicht in die Taufe eingewilligt hätte.

«Sind denn jetzt alle getauft?», fragte Jakob.

«Noch nicht», antwortete Andreas. «Es sind einfach zu viele. Eigentlich sollten alle sich vorher bei Bernd in die Listen eintragen lassen, aber das hätte zu viel Durcheinander gegeben. Deshalb machen die Prediger das jetzt selbst. Als die Dämmerung kam, mussten sie die Leute nach Hause schicken. Mit etwas Glück werden sie morgen fertig.»

«Bernd?»

«Knipperdolling. Der Prophet wohnt ja bei ihm. Wer getauft ist, kann hingehen und sich eine Münze abholen.»

Jakob stellte den Suppenteller auf den Boden und setzte sich auf. «Jeder?»

«Jeder, der in den Listen steht. Soll ich dir eine mitbringen?»

Jakob musste sich zusammennehmen, um gelassen zu klingen. «Nein. Ich hole sie mir selbst ab, wenn ich wieder gesund bin.»

«Wie du willst. Nun lass uns zusammen beten.»

Er stimmte den dreiundzwanzigsten Psalm an. Jakob murmelte die Worte mit, während er sich in Gedanken in Knipperdollings Haus umsah. Diese unscheinbare Münze war genau der Vorwand, den er brauchte, um ganz nah an Matthys heranzukommen. Er fragte sich, ob Matthys sich an ihn erinnern würde. Und dann kam ihm noch ein anderer Gedanke: Benoîts Mörder würde möglicherweise ebenfalls die Gelegenheit nutzen.

«Amen», sagte Andreas. «Ich lasse dich jetzt mal allein, damit du dich ausruhen kannst. Wenn du irgendwas brauchst, ruf mich einfach. Und danke noch mal.»

Er erhob sich, tätschelte Jakobs Schulter etwas linkisch und zog die Hand dann zurück, als gehörte sich das nicht.

«Woher weißt du eigentlich, dass sie getauft ist?», fragte Jakob.

«Ich war da», sagte Andreas. «Also, zufällig.» Er schien den Eindruck vermeiden zu wollen, dass er seiner Schwester hinterherschnüffelte.

Andreas wandte sich zur Tür, doch bevor er den Raum verließ, drehte er sich noch einmal um und sagte: «Dich habe ich auch gesehen. Sie hat ein paarmal zu dir rübergeschielt.» Andreas machte eine Pause. «Du scheinst ihr zu gefallen.

Wer weiß, vielleicht ist sie am Ende wegen dir geblieben. Vielleicht … kommt ihr euch ja näher.»

Der letzte Satz schien Andreas viel Überwindung gekostet zu haben. Im schwachen Kerzenlicht war es schlecht zu erkennen, aber Jakob glaubte, ein verlegenes Lächeln zu erkennen.

Andreas schlüpfte durch die Tür und schloss sie.

Vielleicht kommt ihr euch ja näher. Der Gedanke kreiste in Jakobs fiebrigem Kopf und war nicht mehr daraus zu vertreiben.

Irgendwann schlief er ein.

Als er erwachte, saß Katharina an seinem Bett. Er sah sie wie durch einen Schleier, sodass er zuerst nicht sicher war, ob sie es wirklich war oder nur ein Trugbild.

Tageslicht fiel herein, hell und heiter, als hätte der Frühling begonnen. Jakob hatte keinerlei Erinnerung an irgendwelche Träume. Sein Schlaf war bleiern gewesen. Die Haare klebten an seinem dröhnenden Kopf, und seine Zunge war so trocken, als hätte jemand ihm eine Wolldecke in den Mund gestopft. Es erinnerte ihn an die Zeit nach seiner Rückkehr aus Italien, wenn er nach einer Sauftour erwacht war und im ersten Augenblick noch nicht einmal zu sagen vermocht hatte, ob Sommer oder Winter war.

Laken und Decke waren klatschnass. Es war, als triebe er in einem Bottich aus kaltem Wasser. Seine Zähne begannen zu klappern.

«Trink das hier», sagte sie leise und reichte ihm einen dampfenden Becher. Er richtete sich auf und wollte danach greifen, aber seine Hand bebte so sehr, dass sie sie sanft herunterdrückte und ihm den Becher zum Mund führte. Es war kein Wasser, sondern ein dünner Kräutersud. Während er trank, ließ sie seine Finger nicht los. Die Geste war von einer merkwürdigen Selbstverständlichkeit, als machte sie das nicht zum ersten Mal, als hätte sie seine Hand schon probeweise gehalten, während er geschlafen hatte. Wie lange saß sie eigentlich schon da? Wie viel Zeit war vergangen?

Das Zeug tat gut, es weichte seine Zunge auf und sank glühend in seinen Magen, doch dadurch spürte er die Kälte auf seiner Haut nur umso deutlicher, und das Zittern wurde schlimmer.

«Du brauchst trockenes Bettzeug und neue Sachen.»

Sie entzog ihm ihre Hand, hob etwas vom Boden auf und stand auf. Ein Laken entfaltete sich vor seinen Augen, gutes Leinen, Lage um Lage, verdeckte sie wie für einen Zaubertrick.

«Kannst du aufstehen?»

Jakob warf die Decke ab, wuchtete die Füße aus dem Bett und stand auf. Er schlotterte, und Schwindel erfasste ihn, sodass er sich am Bettpfosten festhalten musste.

Mit ein paar Handgriffen zog sie das Bett ab und breitete das neue Laken aus.

«Zieh das hier an.» Sie reichte ihm ein frisches Hemd und wandte sich ab.

Beim Versuch, sich sein klatschnasses Hemd über den Kopf zu ziehen, wäre Jakob fast umgekippt, der Stoff klebte auf der Haut, spannte sich, er machte ein paar lächerliche Verrenkungen, schaffte es schließlich doch. Für einen Augenblick stand er nackt hinter ihr, keuchend und bibbernd, verletzlich wie ein Welpe, dann streifte er das frische Hemd über. Sie wandte ihm immer noch den Rücken zu, machte sich umständlich an der Decke zu schaffen, schüttelte das Kissen aus, drehte es um und schlug mit beiden Händen darauf. Die Geste verwirrte ihn. So hatte seine Mutter es auch immer gemacht, und er wollte vor dieser Frau auf keinen Fall wie ein hilfloses Kind dastehen, doch am Ende blieb ihm nichts anderes übrig, als wieder ins Bett zu steigen. Vielleicht spürte sie das, denn als er sich die Decke bis zum Kinn hochgezogen hatte und den trockenen und weichen Stoff auf seiner Haut genoss, schwebte sie wortlos aus dem Zimmer, als wollte sie ihm Gelegenheit geben, seine Fassung wiederzuerlangen.

Als sie nach ein paar Minuten mit einer Schale fettiger Suppe voller Wurststücke zurückkam, hatte das Zittern so weit nachgelassen, dass Jakob allein essen konnte, ohne alles zu verschütten. Mit jedem Löffel wuchs sein Appetit. Sie betrachtete ihn schweigend und nahm ihm die Schale ab, als er fertig war. Zum ersten Mal sah er jetzt die Farbe ihrer Augen unter den Vogelschwingenbrauen. Sie waren seegrün, und ihr Ausdruck schwankte zwischen Skepsis und Neugier.

«Ich habe deinen Rat befolgt», sagte sie.

«Ich weiß.»

«Du hast mich beobachtet.»

«Nein. Ich bin vorher gegangen.»

War das ein Lächeln? Begriff sie, dass er der Szenerie auf dem Marktplatz den Rücken gekehrt hatte, um sie beim Empfang der erzwungenen Taufe nicht seinen Blicken auszusetzen, so wie sie sich vorhin abgewandt hatte, um ihn bei seinem würdelosen Kampf mit dem nassen Hemd nicht durch ihre Blicke in Verlegenheit zu bringen?

«Und?», fragte sie. «Ist mein Bruder jetzt zufrieden?»

«Er ist erleichtert. Zufrieden wäre er, wenn du es aus Überzeugung getan hättest.»

«Und was glaubt er, warum ich es getan habe?»

Jakob schwieg. Andreas hatte vermutet, vielleicht sogar gehofft, sie hätte es wegen ihm, Jakob, getan, aber es hätte vielleicht anmaßend geklungen, ihr das hier und jetzt ins Gesicht zu sagen. Jakob war erstaunt, wie klar seine Gedanken auf einmal waren, als hätten das frisch bezogene Bett und das neue Hemd auch den heißen Nebel aufgesaugt, der sein Gehirn umwabert hatte. Die Kopfschmerzen zogen sich zurück.

«Er scheint viel von dir zu halten», setzte sie nach. «Warum?»

«Er ist dein Bruder. Du müsstest es besser wissen als ich.»

Sie nickte traurig. «Das müsste ich.»

Sie redeten offenbar kaum noch miteinander.

«Stimmt es, dass du in Amsterdam verhaftet worden bist?», fragte sie plötzlich.

«Ja», antwortete er. Hatte Andreas ihr das erzählt, oder hatte sie auch das schon beim Lauschen am ersten Abend mitbekommen?

«Ich weiß es von der Köchin», sagte sie, als hätte sie seine Gedanken gelesen. «Der sagt er so was. So weit ist es gekommen zwischen uns, dass ich vom Personal erfahre, was mein Bruder über seine Gäste erzählt.»

Sie wirkte auf einmal wütend, wollte sich aber nicht die Blöße geben, das allzu deutlich zu zeigen, also beugte sie sich vor, zog eine heraushängende Ecke des Lakens am Fußende straff und stopfte sie zwischen Matratze und Bettgestell, als wäre es die Widerspenstigkeit des Stoffes, die sie ärgerte.

«Warum wurdest du verhaftet?», fragte sie schließlich.

«Ich war bei einer Hauspredigt von Matthys.»

Sie blickte auf. «Matthys?», fragte sie schnippisch. «Nicht

der Prophet? Nicht der von Gott gesandte Apostel? Nicht der Verkünder des Weltgerichts? Einfach Matthys?»

«Einfach Matthys», sagte er ruhig.

«Ich wusste, dass du keiner von denen bist.»

«Das bin ich nie gewesen.»

Sie sah ihn überrascht an. «Was machst du dann hier?», fragte sie leise.

Jakob spürte, dass sie sich nicht mit Ausflüchten zufriedengeben würde. Entweder er verweigerte jede weitere Auskunft, oder er rückte gleich mit der ganzen Wahrheit heraus. Der Drang, sich ihr zu offenbaren, war übermächtig und erinnerte ihn an längst vergangene Zeiten. So hatte es sich angefühlt, wenn er als Kind zur Beichte gegangen war: eine innere Reinigung, die sich schon vor der Absolution vollzog, als würde man mit jedem Wort des Geständnisses einen Stein aus der schweren Kiepe auf dem Rücken der Seele nehmen und wegwerfen.

Und da war noch etwas. Katharina hatte ihm schon vom ersten Augenblick an gefallen, als sie ihm die Tür geöffnet hatte; er fühlte sich von ihr angezogen, nicht nur von ihrem Aussehen und von ihrer Stimme, sondern auch von ihrer Unbeugsamkeit, die ihn an Maria erinnerte. Er wollte nicht von ihr für jemanden gehalten werden, der er nicht war.

«Ich suche ein Mädchen», sagte er.

Ein ganz leichter Ausdruck von Irritation trat in ihre Züge. Jakob konnte sehen, wie es in ihrem Kopf arbeitete. Sie fragte sich jetzt, in welcher Beziehung er zu diesem Mädchen stand, und spielte die Möglichkeiten durch: Für eine Tochter im passenden Alter schien er ihr wohl selbst noch nicht alt genug, und wenn es seine Frau gewesen wäre, hätte er nicht *Mädchen* gesagt, also vielleicht eine Geliebte oder Verlobte. Mit einer kitzelnden Befriedigung stellte Jakob fest, dass der Gedanke an eine andere Frau ihr irgendwie missbehagte.

«Ich soll sie zu ihrem Vater zurückbringen», erklärte er.

Sie schien erleichtert. Vielleicht hatte sie auch vermutet, er sei ein Agent des Bischofs, ein Attentäter oder ein Saboteur, der dessen Truppen einlassen und die Stadt damit dem Verderben preisgeben sollte.

«Was für ein Mädchen?», fragte sie.

«Sie hat sich Matthys in Amsterdam angeschlossen, aber während ich im Kerker saß, ist er nach Münster weitergezogen. Ich bin ihm gefolgt.»

«Also sollst du sie entführen.»

In diesem Satz, halb Frage und halb Feststellung, lag Befremden. Bei aller Abneigung gegen Matthys und seine Spießgesellen missfiel ihr offenbar die Vorstellung, dass Jakob sich dieses Mädchen einfach unter den Arm klemmte und sie aus der Stadt schleppte, weil er zu wissen glaubte, was gut für sie war.

«Ich soll tun, was nötig ist, damit sie nicht mit ihm untergeht.»

Das klang besser. Es musste sie an ihren Bruder erinnern.

«Wer ist ihr Vater?», fragte sie.

«Jemand, der in Den Haag viel zu sagen hat.»

Der Brief fiel ihm ein. *Das Mädchen ist nicht die, die du glaubst.*

Sie begriff, dass er keinen Namen nennen wollte, und machte klugerweise auch keinen weiteren Versuch, es herauszufinden.

Stattdessen überlegte sie eine Weile. Schließlich sagte sie: «Der, den sie umgebracht haben … War das dein Freund?»

«Woher weißt du davon?»

«Elsa.»

Das hätte Jakob sich denken können. Andreas hatte den anderen im Haus von ihrem Gespräch erzählt, vielleicht sogar ein bisschen damit angegeben, und jetzt wurde getratscht.

Er dachte über die Frage nach. Benoît war tatsächlich sein Freund geworden, auch wenn er das bei ihrer ersten Begegnung nie gedacht hätte.

«Ja, er war mein Freund.»

«Das tut mir leid», sagte sie. Und nach einer Pause: «Er sollte dir helfen, oder?»

«Ja. Er kannte das Mädchen. Ich nicht.»

Sie sah ihn überrascht an. «Du kennst sie nicht? Du weißt nicht, wen du entführen sollst?»

Sie hatte das Wort genüsslich ausgesprochen, als wollte sie ihn provozieren.

«Ich soll sie nicht entführen, sondern retten», sagte er etwas trotzig.

«Das behaupten die Wiedertäufer auch», sagte sie, von seinem Tonfall offenbar zum Widerspruch gereizt. «Das ist genau die Begründung, mit der sie uns zur Taufe gezwungen haben. Dass sie uns damit retten. Was ist, wenn dieses Mädchen nicht gerettet werden will?»

Da war es wieder, das Aufbegehren gegen Männer, die einem ihren Willen aufzwingen wollten. Hatte sie irgendwelche Erfahrungen dieser Art gemacht? Aber so oder so war die Frage nicht ganz unberechtigt. Hoogstraten würde Ernestine nicht in die Arme schließen, wenn Jakob sie ihm zurückbrachte. Er würde sie wegsperren. Und dennoch.

«Sie ist sechzehn», sagte Jakob. «Und Matthys ist ein Scharlatan, der andere Menschen manipuliert und ins Verderben führt. Schau dir deinen Bruder an.»

Der letzte Satz war Jakob so herausgerutscht, und kaum hatte er ihn ausgesprochen, fürchtete er auch schon, sie damit vor den Kopf gestoßen zu haben, aber sie begriff, was er gemeint hatte. Sie hätte sich Andreas wahrscheinlich auch am liebsten unter den Arm geklemmt und aus der Stadt geschleppt.

«Angenommen, du findest sie», fuhr sie etwas ruhiger fort. «Was dann? Du kannst ihr ja schlecht sagen, dass ihr Vater dich schickt.»

«Das überlege ich mir, wenn ich sie gefunden habe. Vielleicht hat sie es schon satt, Matthys hinterherzulaufen.»

«Kann sein. Aber mir scheint eher, die Leute verfallen ihm immer mehr, je verrückter das alles wird. Allen Ungetauften, die sich noch in der Stadt befinden, blüht die Todesstrafe. Wurde heute verkündet.»

Er grinste. «Ich bin nicht getauft.»

«Wirklich nicht? Was ist, wenn sie dir auf die Schliche kommen?»

«Wie denn? Siehst du irgendein Zeichen auf meiner Stirn?»

Sie lächelte jetzt zum ersten Mal. Ihre Zähne waren weiß wie poliertes Elfenbein.

«Wie bist du überhaupt an diesen Auftrag gekommen?», fragte sie. «Ist das deine Arbeit?»

«Ob ich Entführer von Beruf bin?», versuchte er zu scherzen, aber sie ging nicht darauf ein. Das Lächeln verschwand. Jakob beschlich die Ahnung, dass diese Frau etwas wusste, was ihm helfen konnte, aber nicht damit herausrücken wollte, solange sie nicht sicher war, was sie von ihm halten sollte.

«Arbeitest du für diesen Mann in Den Haag?», fragte sie fast ärgerlich.

Jakob zögerte. Hoogstratens Namen wollte er vorerst lieber aus dem Spiel lassen, aber er musste ihr Vertrauen gewinnen.

«Ich arbeite für die Statthalterin in Brüssel», sagte er.

Sie riss die Augen auf. «Die Schwester …»

«… des Kaisers.»

Ihr Blick wurde kurz skeptisch, als argwöhnte sie, dass er ihr einen Bären aufbinden wollte, dann brach die Neugier wieder durch.

Also erzählte er ihr alles. Während er sprach, unterbrach sie ihn kein einziges Mal. Vielleicht hatte sie diese Gabe, den Worten anderer die Schleusen zu öffnen, vielleicht lag es aber auch daran, dass sie Jakob die ganze Zeit über ansah mit ihren seegrünen Augen, die ihm immer schöner vorkamen, je länger er sprach, sodass er einfach immer weiterredete, nur damit sie den Blick nicht abwandte. Und so durchlief er sein Leben noch einmal rückwärts: von Brüssel über Madrid nach Pavia. Das tote Mädchen in Mailand, die tote Tochter in Amsterdam. Von Maria von Ungarn über Antonio de Leyva zu König François.

«Hatte er wirklich eine goldene Rüstung?»

«Von oben bis unten.»

Katharina schüttelte langsam und ungläubig den Kopf. «Gold ist doch viel zu schwer. Und zu weich. Was soll das für einen Sinn haben, so was in der Schlacht zu tragen?»

Jakob hatte die Geschichte wohl schon ein paar Hundert Mal erzählt, nicht um damit zu prahlen, sondern weil man ihn immer wieder dazu aufgefordert hatte, am Feuer und in Ballsälen, im vertraulichen Gespräch und in lärmender Runde, vor dreckverschmierten Söldnern und im Kreis von Höflingen in

Brokatgewändern. Keiner, nicht einer, hatte jemals eine solche Frage gestellt. Sie dachte praktisch und war schwer zu beeindrucken. Das gefiel ihm.

Draußen dämmerte es schon wieder.

«Und du?», fragte er.

«Münster», sagte sie. «Immer nur Münster.»

Es klang resigniert, fast schon bitter. Sie wollte ein anderes Leben, hatte vielleicht schon immer ein anderes Leben gewollt, aber erst jetzt, wo alles davonschwamm, schien ihr das so richtig klar geworden zu sein. Jakob fragte sich, ob es nie einen Mann in ihrem Leben gegeben hatte. Schwer vorstellbar, die Verehrer mussten bei ihr Schlange stehen. Aber natürlich traute er sich nicht, danach zu fragen, also beschloss er, sich heranzutasten.

«Was ist mit euren Eltern?», fragte er vorsichtig.

«Gestorben. Vor sechs Jahren, kurz hintereinander. Andreas hat die Werkstatt übernommen, ich gehe ihm im Haushalt zur Hand.»

«Und er hat nicht geheiratet?»

Es war offensichtlich, dass Andreas keine Frau hatte, aber mit dieser Frage war Jakob dem Thema noch ein Stück näher gerückt, gewissermaßen von der Seite her. Unwillkürlich kam ihm schon wieder der Vergleich mit dem Krieg, als arbeitete er sich an eine Stadtmauer heran: nie frontal angreifen, immer im Zickzack durch gedeckte Laufgräben vorrücken, zuerst die Bastionen rechts und links von der Stelle stürmen, an der man durchbrechen wollte.

«Nein. Er scheint kein großes Interesse daran zu haben.»

Was meinte sie damit? Dass er Männer vorzog? War das der Grund, warum er sich immerzu beweisen musste? Damit kein Verdacht aufkam, er könnte anders sein als die anderen?

«Er ist mit seiner Arbeit verheiratet», erklärte sie. «Und mit der Gilde.»

Es klang nicht besonders glaubwürdig, eine Phrase, hinter der sie sich verschanzte, um nicht mehr über ihren Bruder preisgeben zu müssen. Jakob beschloss, nicht weiter nachzuhaken.

«Und du?», fragte er stattdessen wieder. Erst als er die Frage ausgesprochen hatte, wurde ihm klar, dass er den Laufgraben damit verlassen und einen Probeschuss auf die Schwachstelle in der Mauer abgefeuert hatte.

«Wie soll ich die Frage verstehen?»

Die Kugel war abgeprallt und flog zurück. Katharina hatte sehr leise gesprochen und Jakob ernst und unverwandt angesehen, aber gerade darin lag eine gewisse Koketterie.

«Willst du hierbleiben?», fragte er.

Sie senkte den Blick immer noch nicht. War es das Fieber, das ihm vorgaukelte, dass sie sogar ein winziges Stück näher an ihn herangerückt war? War es Zufall, dass ihre Fingerspitzen sich plötzlich auf der Bettdecke berührten? Jakob war so verwirrt, dass er selbst noch nicht einmal mehr sicher war, wie die Frage zu verstehen war. An seinem Bett bleiben? In der Stadt bleiben? In diesem Augenblick hätte er nichts lieber gehört als die Antwort: *Nein, ich will mit dir weggehen.*

Und plötzlich, ohne einen weiteren Schuss, öffnete sich das Stadttor und sie küsste ihn, nicht hastig und unüberlegt, sondern entschlossen und genüsslich, als hätte sie das geplant und vorbereitet, keine Kapitulation vor feindlichen Truppen, sondern eine Einladung an Verbündete; ihre linke Hand wanderte in seinen Nacken, ihre rechte spielte mit seinen Fingern. Nach einer Weile schob sie die Decke beiseite und schlüpfte zu ihm ins Bett. Sein Herz klopfte so schnell, dass er glaubte, sein fiebernder Körper würde jeden Moment auseinandergesprengt. Sie küsste ihn weiter, knöpfte irgendwo herum, war plötzlich auf ihm. Ihre Haut war kühl, seine dagegen so heiß, dass er glaubte, bei jeder Berührung das Zischen zu hören.

Es war dunkel, als Katharina sich unter der Decke hervorwühlte. Jakob war erschöpft, benommen und aufgewühlt zugleich. Was geschehen war, kam ihm vor wie ein Fiebertraum; sie zog sich ohne ein Wort wieder an und verschwand auf leisen Sohlen, und als er schon glaubte, sich das alles wirklich nur eingebildet zu haben, kehrte sie zurück, eine Kerze in der Hand. Der Lichtschein fiel schräg von unten auf ihr Gesicht und veränderte dessen Konturen, machte es schmaler, aber gleichzeitig weicher. Sie betrachtete ihn eine Weile, stellte dann die Kerze auf den Boden und setzte sich auf die Bettkante.

«Ich habe deine Frage nicht beantwortet», sagte sie.

Jakob war so benommen, dass er sich kaum erinnerte, welche Frage überhaupt gemeint war.

«Ich will nicht hierbleiben. Aber ich muss auf meinen Bruder aufpassen, bis das hier vorbei ist. Ich kann ihn nicht allein lassen.»

Jakob lächelte. Die Aussicht, dass alles anders werden könnte, wenn das hier vorbei war, hatte etwas Belebendes, als hätte sich irgendwo eine Tür geöffnet, durch die die Sonne hereinschien.

Sie nahm seine Hand.

«Mein Gott, du glühst ja.»

«Das geht vorbei.»

«Ich hoffe, nicht.»

Sie lauschte ihren Worten eine Weile nach, lächelnd, als spielte sie in Gedanken damit. Dann wurde ihr Gesicht plötzlich ernst.

«Das Mädchen, das du suchst … Wie heißt sie?»

Warum in aller Welt wollte sie das auf einmal wissen?

«Ist sie Französin?», setzte sie nach.

Jakob stemmte sich hoch. Mit einem Schlag fiel die Benommenheit von ihm ab.

«Ihr Vater ist Franzose», sagte er.

«Also ist Französisch ihre Muttersprache.»

«Ja.» Er hatte das Wort fast wie eine Frage ausgesprochen. Worauf wollte sie hinaus?

«Und wie heißt sie nun?», fragte sie ungeduldig.

«Ernestine. Aber sie nennt sich wahrscheinlich nicht so.»

«Keine Ahnung, wie sie sich nennt. Aber ich habe sie getroffen.»

Jetzt saß er kerzengerade im Bett.

«Nicht dein Ernst», flüsterte er.

«Doch.»

«Wo ist sie? Bei Knipperdolling?»

«Ja.»

«Also würdest du sie erkennen?»

«Nein. Sie hatte eine Maske auf, und ich habe nicht auf sie geachtet. Aber ich weiß, wer dir weiterhelfen kann.»

14

Goswin war verstimmt. Seit dem denkwürdigen Tag, an dem sie die Einrichtung des Doms zertrümmert hatten, war es für ihn lange nicht so gut gelaufen, wie er sich das erhofft hatte. Eigentlich hatte es schon an jenem Tag angefangen. Anstatt es mit den anderen zur Feier des Tages richtig krachen zu lassen, hatten Knipperdolling und er im Arbeitszimmer gehockt und Unterlagen gewälzt. Zugegeben, der Wein war gut gewesen, sonst aber auch nichts. Goswin hatte den ganzen Nachmittag und den halben Abend lang Namen aus den Aufzeichnungen der Torschreiber in neue Listen übertragen.

Also hatte Goswin beschlossen, die Sache selbst in die Hand zu nehmen und sein Glück zu versuchen, indem er seinen eigenen Namen auf die Liste der Wohlgesinnten setzte, schließlich war er derjenige, der mit der Einquartierung der Neuankömmlinge betraut war. Nach langem Abwägen hatte Goswin sich eine Merel de Jong zugeteilt, die laut Liste ohne Mann gekommen war. Merel de Jong, wie das klang! Achtzehn Jahre, blonde Zöpfe, Stupsnase, Kussmund, kugelrunde Hinterbacken und knackige Möpse, zwischen denen man sein Gesicht vergraben konnte. Goswin wohnte in einem Hinterhaus in der Frauenstraße, aber Merel de Jong kam aus Moordrecht, das klang nach Bauernkaten im Sumpfland, die war bestimmt ohnehin keinen

Komfort gewohnt, für die war ein Hinterhaus in der Frauenstraße wahrscheinlich ein Palast.

Ja, Scheiße. Und dann hatte Merel de Jong sich als sechzigjährige Witwe entpuppt, verschrumpelt, zahnlos und garstig. Seit einer Woche wohnte sie jetzt bei ihm, und er überlegte verzweifelt, wie er sie wieder loswerden könnte. Er hätte wiederum Knipperdolling fragen können, aber die Demütigung wollte Goswin sich ersparen; der Bürgermeister hätte sich den Bauch gehalten vor Lachen und es wahrscheinlich gleich allen erzählt, Matthys zuallererst und dann gleich noch Bockelson. Mit dem verschwand er ja jeden Abend im Badehaus hinten auf dem Grundstück und kam die halbe Nacht nicht mehr raus, während die Kätzchen, die der Prophet angeschleppt hatte, sich die Klinke in die Hand gaben. Und während sie da drin wahrscheinlich sonst was mit den Frauen anstellten, waren die einzigen Frauen in Goswins Leben im Namen der Straße zu finden, in der er wohnte. In einem Hinterhaus. Mit der garstigen Merel de Jong.

Und es war nicht besser geworden. Nach der Austreibung der Ungetauften hatte Goswin gehofft, dass eine neue Wohnung für ihn abfallen würde. Es musste ja nicht gleich ein Patrizierhaus sein, bloß eben ein bisschen präsentabler als das Hinterhaus in der Frauenstraße. Aber um die Zuteilung der frei gewordenen Häuser hatte Knipperdolling sich selbst gekümmert. Und dann hatte Goswin auch noch erfahren, dass der Bürgermeister ein Maskenfest gegeben hatte, zu dem er ihn, Goswin, aber nicht eingeladen hatte, und das konnte kein Versehen gewesen sein, denn am Vormittag hatten sie noch zusammengesessen und waren die Bestandslisten der städtischen Waffenkammern durchgegangen.

Sechsundachtzig Kanonen und vierhundertfünfzig Arkebusen übrigens. Falls der Bischof es wagen sollte, seine Söldner zum Sturm auf die Stadt zu schicken, konnte er was erleben. Die Frage war nur, was passierte, wenn der Weltuntergang ausblieb und die Belagerung weiterging.

Und jetzt saß Goswin schon wieder hier und produzierte neues Papier, während sie auf dem Domplatz welches verbrannten, nämlich Besitzurkunden, Notariatsinstrumente und Schuldscheine. Das war wieder so eine Idee des Propheten gewesen: Alle Schulden sollten getilgt sein und alles Eigentum der Gemeinde gehören, weil angesichts des Weltunterganges ohnehin kein irdischer Besitz mehr zählen würde. So hatten die Apostel es angeblich auch gehalten. Matthys hatte nach einer flammenden Predigt vor dem Rathaus darauf die Geschichte von Hananias erzählt, der der Gemeinde einen Teil seines Geldes vorenthalten hatte und tot umgefallen war, nachdem Petrus ihn zur Rede gestellt hatte.

Und damit das Feuer auf dem Domplatz noch schöner brannte, hatte Matthys die Bürger auch gleich zur Ablieferung von Büchern, Noten, Musikinstrumenten und Kartenspielen aufgefordert, die da jetzt ebenfalls verfeuert wurden. Geld und Schmuck waren auf dem Rathaus abzugeben. Niemand durfte mehr seine Haustür verschließen. Lebensmittelvorräte wurden eingesammelt und zur Verteilung eingelagert. Es war schon erstaunlich, wie bereitwillig die Bürger auch dieser Aufforderung gefolgt waren, allerdings wusste Goswin, dass Knipperdolling wie selbstverständlich noch so einiges im Keller gehortet hatte. Bei dem wurde natürlich nicht kontrolliert; abgesehen davon interessierten ihn die Weiber ohnehin mehr als das Geld, und die wurden ja nicht auf die Gemeinde verteilt. Die waren alle in ihren Zimmern hinten im Gästetrakt und machten sich wahrscheinlich schon wieder für die nächste Nacht im Badehaus zurecht.

Kein Wunder also, dass Goswin verstimmt war. Die Arbeit, zu der sein Chef ihn verdonnert hatte, erforderte überdies nicht gerade seine volle Konzentration: Er sollte die Pulvervorräte zusammenrechnen und dafür sorgen, dass sie gleichmäßig auf die Stadttore verteilt wurden.

Ab und zu wurde er unterbrochen. Zusätzlich zu der stupiden Rechnerei hatte er die Aufgabe, die neu geprägten Münzen auszugeben. Sechs Männer und neun Frauen – keine einzige gut aussehende darunter – waren bisher gekommen und hatten sich diese Münze mit der Prägung abgeholt. DWWF. Noch so eine Idee von Matthys. Goswin hatte die Leute etwas unwirsch abgefertigt, ihnen die Münzen mit den vorgebohrten Löchern zum Umhängen ausgehändigt, ohne die Namen zu notieren oder mit den Taufprotokollen der Prediger abzugleichen. Wer jetzt noch so ein Ding haben wollte, brauchte nichts mehr nachzuweisen. Bezahlen konnte man damit ohnehin nicht, und die Neugetauften waren viel zu eingeschüchtert, als dass sie sich trauen würden, Schindluder damit zu treiben. Alle anderen hatten die Stadt verlassen. Nach der Ausgabe der Münzen hatte Goswin sich wieder verdrossen seinen Listen zugewandt.

Bis dieser merkwürdige Kerl gekommen war.

Spitzbärtig und schlank, dabei aber drahtig, geschmeidig in seinen Bewegungen und von einer merkwürdigen Ungeniertheit. Er sah sich um, als hätte er das Haus gerade gekauft und wollte die Einrichtung taxieren, um zu entscheiden, für welche Möbel er noch Verwendung hatte und welche er vor die Tür stellen wollte.

«Ganz schön kalt da draußen, was?»

Schon wieder so ein Holländer.

Ja, bestätigte Goswin. Kalt, aber immerhin sonnig.

«Ganz allein hier?»

Siehst du doch, dachte Goswin. Er nickte.

«Viel zu tun?»

Der wollte offenbar ein Gespräch anfangen. Na gut, warum nicht.

«Inventarlisten», sagte Goswin. «Munition verteilen und so was. Einer muss sich ja darum kümmern, dass den Jungs auf den Bastionen das Pulver nicht ausgeht.»

So formuliert, klang das ganz gut. Er, Goswin, war keiner, der einfach nur nach Anweisung Zahlen zusammenrechnete und irgendwo eintrug. Er sorgte dafür, dass die Verteidiger der Stadt aus allen Rohren auf die Angreifer feuern konnten. Ohne ihn lief da draußen nichts. So war das.

Der Fremde nickte. «Wichtige Aufgabe. Papier verbrennen kann schließlich jeder.»

Endlich einer, der es kapierte. Während die anderen auf dem Domplatz um das Feuer herumstanden, wurde hier die Verteidigung des neuen Jerusalem organisiert.

Der Spitzbart sah sich wieder im Arbeitszimmer um. Kurz kam Goswin der Verdacht, dass der Kerl auch ein Spion des Bischofs sein könnte, der die Wehranlagen ausbaldowern und irgendwelche Schwachstellen ausfindig machen wollte. Für einen dieser holländischen Brüder war er ein bisschen zu forsch, die waren meistens mit den Gedanken schon beim Weltuntergang. Goswin beschloss, auf der Hut zu sein. Falls der Knilch sich weiterhin für die Verteidigung der Stadt interessieren sollte, würde er das Knipperdolling melden.

Aber der Verdacht war offenbar unbegründet. Der Spitzbart stellte keine weiteren Fragen nach Pulver und Bastionen, sondern blickte aus dem Fenster. Von draußen erklang Frauenlachen.

«Volles Haus haben Sie, was?»

Allerdings, dachte Goswin ungehalten. Matthys, Bockelson und ihre Flittchen. Dennoch schmeichelte die Frage ihm ein bisschen. Der Holländer, oder was auch immer er war, rechnete ihn wohl zu den Leuten, die in diesem Haus etwas zu bestimmen hatten. Deshalb auch die höfliche Anrede.

«Der Prophet ist mit einer großen Anhängerschaft hier», sagte er diplomatisch.

«Ja, er hat viele Jünger», sagte der Spitzbart, reckte den Hals und kniff die Augen zusammen. Offenbar hatte er im Hinterhof irgendjemanden entdeckt.

«Je jünger, desto besser, wie mir scheint», fügte er mit einem Lächeln hinzu. Ahnte er, was da allabendlich im Badehaus lief? Missfiel ihm das? War das ein anzügliches oder ein spöttisches Lächeln, oder amüsierte ihn nur sein eigenes spontanes Wortspiel?

Der Blick des Fremden, die Augen braun mit goldenen Einsprengseln, wanderte zu Goswin. Das Lächeln erstarb nicht.

«Diese Holländerinnen sind manchmal ein bisschen unbedarft», sagte er.

Von wegen, dachte Goswin. Das sind ganz ausgebuffte Luder.

«Kann ich Sie um einen Gefallen bitten?», fragte der andere plötzlich. Sein Blick war zu einer Truhe unter dem Fenster gewandert, als wäre ihm die Frage ein bisschen unangenehm.

«Selbstverständlich», sagte Goswin, und im nächsten Moment kam ihm seine Antwort ein bisschen zu vorschnell, fast servil vor. Aber sein Verstand hatte unwillkürlich einen Zusammenhang zwischen den holländischen Ludern und dem erbetenen Gefallen hergestellt, als könnte dabei etwas für ihn abfallen.

«Eine Bekannte von mir könnte noch eine Unterkunft gebrauchen. Sie ist jung und etwas übermütig. Es wäre gut, wenn jemand ein Auge auf sie hätte.»

Jung und übermütig. In Goswin loderte etwas auf. Er gehörte zu den Wohlgesinnten. Er könnte sich dieses Mädchen einfach selbst zuteilen, ohne sich vor Knipperdolling eine Blöße geben zu müssen. Das war seine zweite Chance.

«Wie heißt sie?», fragte er, bemüht, seiner Stimme einen beiläufigen Klang zu geben.

«Ernestine.»

Goswin versuchte, sich unter diesem Namen etwas vorzustellen. Der Fremde hatte ihn unüberhörbar französisch ausgesprochen, und nach allem, was so geredet wurde, waren die Französinnen ja die liederlichsten Biester von allen, auch wenn ihm hier in Münster noch keine einzige untergekommen war. Fantasiegestalten huschten vor seinem inneren Auge vorbei, braune Locken, freche, schräg stehende Augen mit langen Wimpern, ein Mund, der Schweinereien säuselte, Beine, die einen in den Schraubstock nahmen. Ernestine.

Ernestine?

Moment.

Den Namen hatte Goswin schon einmal gehört. Knipperdolling hatte ihn erwähnt. Jemand hatte nach einer Ernestine gefragt.

«Kein Problem», sagte er, während seine Gedanken arbeiteten. Jemand suchte sie. Und dieser Kerl hier kannte sie offenbar.

«Sie steht vielleicht in Ihren Listen», sagte der Fremde, der ans Fenster getreten war und hinausblickte, als hätte er im Hinterhof schon wieder etwas entdeckt.

«Wie heißt sie denn weiter?», fragte Goswin.

«Tja», sagte der Fremde. «Das ist so eine Sache. Sie wollte ihren Familiennamen nicht nennen. Ihre Eltern sind … nicht einverstanden mit ihrer Entscheidung für die Taufe. Deshalb wäre es auch ganz gut, wenn dieses Gespräch unter uns bliebe. Vielleicht lassen sie sie suchen.»

Interessant. Entweder dieser merkwürdige Fremde wusste wirklich so wenig über seine angebliche Bekannte, oder er wollte nicht, dass ihr richtiger Name genannt wurde, weil die Gefahr bestand, dass bei diesem Namen jemand aufhorchte. Vielleicht war das Mädchen ein richtig dicker Fisch. Goswin begann zu ahnen, dass diese Begegnung ihm von Nutzen sein konnte. Dem undankbaren Knipperdolling musste er es ja wirklich nicht gleich auf die Nase binden.

«Wissen Sie denn, ob der Vorname überhaupt stimmt?», fragte Goswin.

«So hat sie sich mir jedenfalls vorgestellt», antwortete der Spitzbart. «Wir haben uns unterwegs kennengelernt.» Er hob die Hände in einer etwas fahrigen Unschuldsgeste. «Wie das so ist. Man wandert nebeneinander her. Kommt ins Gespräch, redet über dies und das. Ich habe mich für sie verantwortlich gefühlt. Sie ist erst sechzehn, und in den Herbergen treibt sich ja allerhand Gelichter herum. Aber dann haben wir uns aus den Augen verloren.» Er blickte betrübt.

Daher weht der Wind, dachte Goswin. Du wolltest der Kleinen an die Wäsche, bist aber nicht zum Zuge gekommen, und jetzt willst du von mir wissen, wo sie ist. Jetzt stellte sich die Sache ein bisschen anders dar. Möglicherweise war das am Ende derselbe Kerl, den Knipperdolling erwähnt hatte. Vielleicht musste man dieses Mädchen sogar vor ihm beschützen. Der Gedanke hatte auch seinen Reiz. Wer wusste schon, was sie aus Dankbarkeit so alles mit sich machen lassen würde?

«Wie sieht sie denn aus?», fragte er.

Der Fremde lächelte milde und etwas verlegen, wie ein Priester, der einem Katecheten erklären musste, woran man die Verlockungen des Fleisches erkennt, ohne dabei den Eindruck zu erwecken, selbst an so etwas Gefallen zu haben.

«Groß. Schlank. Blond.»

Und übermütig, dachte Goswin.

«Anmutiger Gang. Lange Beine, schmale Fesseln.»

Klar. Französin. So eine musste in dieser Stadt eigentlich auffallen. Aber woher kannte er ihre Fesseln?

«Muttermal auf der Oberlippe.» Der Fremde deutete mit dem Finger auf eine Stelle zwischen seinem linken Nasenflügel und dem Mundwinkel.

«Mir ist dieser Name nicht untergekommen», sagte Goswin. «Aber ich kann noch mal nachschauen.»

Er griff sich wahllos ein Papier von einem der vielen Stapel auf dem Schreibtisch und begann, es zu überfliegen, nur um den Anschein zu erwecken, sich gleich um das Anliegen des Fremden zu kümmern. Er war sich so gut wie sicher, dass der Name nicht in den Listen der Torschreiber gestanden hatte, er wäre ihm aufgefallen, aber das musste er dem Fremden ja nicht sagen. Er würde die Augen offen halten und sehen, was für ihn heraussprang, wenn er das Mädchen gefunden hatte. Irgendwo musste sie ja wohl sein.

«Das wäre sehr freundlich», sagte der Fremde langsam. «Ich mache mir Sorgen. Es sind ja unruhige Zeiten.»

Was du nicht sagst, dachte Goswin. «Ich kümmere mich darum», sagte er und nahm ein weiteres Papier vom Stapel, um geschäftiger zu wirken.

«Soll nicht zu Ihrem Schaden sein», sagte der Fremde.

Goswin blickte auf. Ein feines Lächeln umspielte die Lippen des anderen. Was meinte der bloß? Geld war nichts mehr wert, jedenfalls hier nicht. Im Keller des Rathauses lagerten kistenweise eingezogene Münzen. Matthys und Knipperdolling hatten sich in den Kopf gesetzt, dem Bischof damit ein paar seiner Landsknechte abzuwerben. Die Frage war allerdings, wie die es finden würden, wenn sie erfuhren, dass man in der Stadt nichts mehr mit dem Geld anfangen konnte, und dass alles, was Söldnern Spaß machte, hier verboten war.

Andererseits musste man auch die Möglichkeit im Hinterkopf behalten, dass die ganze Sache schiefging. Wenn sich herausstellte, dass dieses Mädchen wirklich die Tochter irgendeines fetten Geldsacks war, dann konnte einem das hinterher vielleicht den Hals retten. Das schloss ja nicht aus, dass man vorher ein bisschen Spaß mit ihr hatte.

«Wo finde ich Sie?», fragte er.

«Es reicht, dass ich Sie finde.»

Spätestens jetzt war Goswin klar, dass die ganze Geschichte erfunden war. Wahrscheinlich wurde der Kerl vom Vater des Mädchens bezahlt. Unter solchen Umständen konnte es sich erst recht lohnen, dieses zusätzliche Eisen im Feuer zu haben. Außerdem verspürte Goswin eine gewisse Genugtuung darüber, etwas zu wissen, was Knipperdolling noch nicht einmal ahnte.

«Aber es wäre wirklich besser, wenn das Gespräch unter uns bliebe.»

Sicher wäre das besser, dachte Goswin. Und zwar für uns beide. Er nickte.

Der Fremde nickte ebenfalls und wandte sich zum Gehen. Erst jetzt fiel Goswin auf, dass er sich noch nicht einmal vorgestellt hatte.

In der Tür drehte der Spitzbart sich noch einmal um.

«Eins hätte ich fast vergessen», sagte er. «Vor einer Woche ist ein Mann im Fluss ertrunken. Erinnern Sie sich?»

«Natürlich», sagte Goswin. «Der Arme.» Selber schuld, dachte er. Wahrscheinlich besoffen von der Brücke gefallen.

«Ich kannte ihn flüchtig. Er war im Fraterherrenhaus untergebracht, und da liegen noch ein paar Sachen von ihm.»

«Und weiter?»

«Er ist mit einem Freund angekommen. Ich würde ihm die Sachen gerne bringen. Vielleicht ist was Persönliches dabei, das er der Familie übergeben will. Aber ich weiß nicht, wie er heißt.»

«Wie war denn der Name Ihres verstorbenen Bekannten?», fragte Goswin, wobei er es sich nicht verkneifen konnte, das Wort *Bekannten* ironisch in die Länge zu ziehen, so haarsträubend war die Geschichte. Die Stadt wurde belagert, und das Ende der Welt stand bevor. Wer sorgte sich in dieser Lage darum, die Habseligkeiten eines armen Teufels irgendwelchen Hinterbliebenen auszuhändigen? Doch gleichzeitig warnte Goswin eine leise Stimme in seinem Kopf, es sich mit dem Besucher nicht zu verscherzen.

«Benoît.»

Schon wieder nur ein Vorname, schon wieder französisch.

Das wurde ja immer interessanter. Was war das eigentlich für ein Franzosennest, in dem er da herumstocherte?

«Sagt mir nichts. In den Torschreiberlisten stand er mit Sicherheit nicht. Die habe ich alle kopiert. Dieser Name wäre mir aufgefallen.»

«Bei Ernestine waren Sie sich auch nicht ganz sicher», sagte der Spitzbart. Er klang jetzt fast ein bisschen ungehalten.

«Ich kann ja noch mal nachschauen», sagte Goswin, nun ebenfalls leicht gereizt. Er musste überlegen, wie er vorgehen sollte. Auf keinen Fall würde er sich hier dazu drängen lassen, ohne weitere Gegenleistung irgendetwas zu verraten. Die Sache stank ja zum Himmel.

Der andere hatte sich wieder im Griff und lächelte breit und gewinnend. «Wie gesagt, es soll nicht zu Ihrem Schaden sein.»

Sein Blick fiel auf den Kasten mit den Münzen auf dem Schreibtisch.

«Darf man eine davon mitnehmen?»

«Sicher. Dafür sind sie da.»

«Schön. Bis dann.»

Und weg war er.

Goswin lehnte sich zurück und dachte nach.

Ernestine. Benoît.

Ernestine war ihm vielleicht durchgerutscht, unwahrscheinlich, aber nicht völlig unmöglich, den Namen konnte man auch niederländisch oder deutsch aussprechen, aber Benoît auf keinen Fall. Ein paar französische Namen waren ihm in den Listen untergekommen, den Herkunftsorten nach Täufer aus Brabant, und jedes Mal hatte Goswin kurz gestutzt, weil die Torschreiber die Namen nach Gehör notiert hatten: *Kloot,*

Schaal, Klöär, Schackeline. Kein *Bönoa* oder Ähnliches. Ganz sicher nicht. Dieser Franzose war unter falschem Namen in die Stadt gekommen, aber der Spitzbart kannte seinen richtigen. Von wegen flüchtiger Bekannter. Der wollte keine Sachen übergeben. Der wollte an den Reisebegleiter des Toten herankommen.

Als Goswin klar wurde, was das bedeuten konnte, kroch eine Gänsehaut über seine Arme. Konnte es sein, dass dieser Benoît gar nicht von der Brücke gestürzt war? Dass der Spitzbart ihn heruntergestoßen hatte und sich jetzt auch den anderen vorknöpfen wollte? Aber warum? Hatten die auch nach dieser Ernestine gesucht?

Er stand auf und begann, im Arbeitszimmer auf und ab zu gehen. Wenn Benoît und dieser andere im Fraterherrenhaus gewesen waren, dann erinnerte sich vielleicht noch jemand an sie. Leider war die Geschichte nun schon über eine Woche her. Man musste Nachforschungen anstellen und wahrscheinlich allerhand Leute befragen. Gab es keinen einfacheren Weg?

Goswin blieb vor dem Schreibtisch stehen, griff sich eine Handvoll Münzen aus dem Kasten und ließ sie wieder hineinprasseln.

Und dann fiel ihm etwas ein.

Der Tote war am Tag vor der Reinigung der Kathedrale gefunden worden, ein Tag, an den Goswin inzwischen ungern zurückdachte, denn die Befriedigung über die Zertrümmerung der Heiligenstatuen war einer von Scham durchsetzten Ernüchterung gewichen, die sich schlimmer anfühlte als ein Kater.

Goswin rief sich die Ereignisse ins Gedächtnis. Bevor sie in die Kirche gestürmt waren, hatte Knipperdolling nach den

Predigern gefragt. *Schlachtschaf hat noch eine Beerdigung*, hatte Rothmann gesagt.

Goswin hieb mit der Faust auf den Tisch, dass die Münzen klirrten. Schlachtschaf hatte den Franzosen beerdigt, und wenn der andere wirklich sein Freund war, dann war er natürlich dabei gewesen und hatte seinen Namen genannt, den richtigen oder den falschen, das war ganz einerlei, solange es nur derselbe war, der auch in den Listen stand.

Eine prickelnde Erregung ergriff Besitz von Goswin. Er schnappte sich seinen Mantel vom Haken und stürzte nach unten. Aus einigen der Zimmer drang Gekicher. Vielleicht sollte man die Flittchen des Propheten mal auf Muttermale überprüfen, dachte er im Laufen.

Der Markt war wie leer gefegt, alle waren offenbar auf dem Domplatz beim Feuer, das die Symbole von Besitzgier und Vergnügungssucht und dazu das gesamte auf Pergament und Papier festgehaltene Gedächtnis der Stadt vernichtete. Der Gedanke daran versetzte Goswin einen Stich. Listen hatten etwas Beruhigendes. Alles hatte seine Ordnung, alles war vollständig nachprüfbar. Diese Erkenntnis versöhnte ihn ein bisschen mit der Tätigkeit, die ihm in den vergangenen Wochen oft so sehr auf die Nerven gegangen war.

Er rannte durch das Michaelistor auf den Domplatz. Die Frühlingssonne stand im Westen und leuchtete ihm ins Gesicht.

Die Menge hatte sich schon etwas verlaufen. Ein paar Hundert Menschen standen um das Feuer herum, das mehr rauchte als brannte, wahrscheinlich waren die Papiere in den Kellern feucht geworden, und die Lederumschläge brannten sowieso nicht besonders gut. Große Begeisterung war nicht zu spüren, man stand herum wie um ein Lagerfeuer, Schulter an Schulter, Kapuze an Kapuze. Hier und da drängten sich noch ein paar Männer mit Bündeln unter den Armen durch die Versammelten, Funken stoben auf, wenn etwas hineingeworfen wurde. Jemand predigte laut, aber wenig mitreißend, wie es schien, der Stimme nach war es Staprade. Das Feuer der Worte schien heruntergebrannt, genau wie die Flammen des Scheiterhaufens. Matthys war nicht zu sehen, Knipperdolling auch nicht. Besser so.

Und Goswin hatte noch mehr Glück: Am Rand der Menge erblickte er tatsächlich Schlachtschaf, der in einem kleinen Buch blätterte. Vielleicht sollte er Staprade gleich ablösen und suchte noch nach Stichworten für seine Predigt, irgendetwas, das noch nicht gesagt worden war.

Goswin spürte das Herz in seiner mageren Brust schlagen. Er war es nicht mehr gewohnt, sich anzustrengen, zu viel gutes Essen bei Knipperdolling, zu viel Wein; anders als der Bürgermeister wurde er von solchen Genüssen nicht dick, aber sie sorgten dafür, dass er schnell außer Atem geriet. Die Art von körperlicher Betätigung, die er sich gewünscht hätte, war ihm ja verwehrt. Vielleicht änderte sich das bald.

Der schwache Feuerschein leuchtete durch die Lücken in der Menschentraube, ein Windstoß fegte glühende Flocken und Rauch in ihre Richtung, die Leute wichen zurück, wandten sich ab, hielten sich Ärmel vor die Münder.

«*… will ich ins Feuer werfen, um es zu läutern, wie man Silber läutert, um es zu prüfen*», zitierte Staprades Stimme irgendwo in der Menge. «Also spricht der Prophet Sacharja.»

Schlachtschaf brummte ungehalten und blätterte weiter, vielleicht hatte er sich gerade diese Stelle selbst ausgesucht, und jetzt war sie verbraucht. Wahrscheinlich hatten die Prediger so langsam alle Bibelstellen durch, die mit Feuer zu tun hatten.

Goswin tippte Schlachtschaf an. Der Prediger hatte ein junges, gerötetes Gesicht und freundliche Augen. Er war kein Eiferer wie Matthys und Rothmann; er brüllte nie bei seinen Predigten und schüttelte nicht die Fäuste, und angeblich hatte er auch bei der Austreibung der Taufunwilligen versucht, mäßigend auf den Mob einzuwirken, der Männer, Frauen und Kinder aus den Häusern gejagt hatte.

«Goswin, Bruder. Was kann ich für dich tun?»

Goswin war überrascht und geschmeichelt, dass der Mann sich an seinen Namen erinnerte. Knipperdolling hatte ihn vor Wochen einmal vorgestellt, danach hatten sie kein Wort mehr miteinander gewechselt.

«Ich habe eine Frage», sagte Goswin.

«An den Seelsorger?»

Es klang ein bisschen belustigt, als wäre er gar kein Geistlicher.

«Der Tote, der vor einer Woche in der Aa gefunden wurde … Hast du den bestattet?»

Ein überraschter Blick, eine hochgezogene Augenbraue. «Ja? Und?»

«Weißt du den Namen noch?»

«Selbstverständlich weiß ich den Namen noch. Benedikt van Zeeburg. Warum?»

Goswin hatte richtig vermutet. Aus Benoît war Benedikt geworden.

«Wegen der Listen», sagte er schnell. «Ich muss ihn von der Liste für die Wohnungszuweisungen streichen.»

«Ach, ihr mit euren Listen», sagte Schlachtschaf. «Der Herr

im Himmel hat uns alle auf seiner Liste. Darauf kommt es an.» Er wies auf das Feuer. «Das passiert mit den Listen, die wir Menschen machen. Heute noch Papier und Tinte, morgen schon Rauch.»

Die leichte Überheblichkeit in der Stimme des Predigers verdross Goswin. Wer sorgte denn dafür, dass die Gerechten ein Dach über dem Kopf und genug zu essen hatten? Die mit den Listen oder die mit der Bibel? Aber er schluckte den Ärger hinunter.

«War jemand dabei?»

«Ja, sein Freund.»

Gott, dem musste man ja alles aus der Nase ziehen.

Schlachtschaf genoss es offenbar, Goswin hinzuhalten, als wollte er ihn damit ermahnen, seine Ungeduld zu mäßigen, seine Neugier im Zaum zu halten, die Vergeblichkeit irdischer Listenführung einzusehen oder sich sonst irgendeine Lektion hinter die Ohren zu schreiben, die die Bibel einen lehrte.

«Jakob», sagte Schlachtschaf konziliant. «Wie er weiter heißt, hat er nicht gesagt.»

Hatten die Leute eigentlich alle keine Nachnamen mehr?

Staprade hatte aufgehört zu predigen. Schlachtschaf klappte das Buch zu und klemmte es sich unter den Arm.

«Ich bin jetzt dran», sagte er und schob sich durch die Menge nach vorn.

Jemand warf ein weiteres Bündel mit Papieren ins Feuer. Der Wind blies Schlachtschaf eine Kaskade aus Funken und dichten Qualmwolken entgegen, aber der Prediger kniff noch nicht einmal die Augen zusammen. Kurz dachte Goswin, er würde einfach mitten durch das Feuer laufen, aber dann blieb er stehen und kündigte mit lauter Stimme eine Lesung aus der

Apostelgeschichte an, die zu den Ereignissen des heutigen Tages passe.

Keine zehn Minuten später saß Goswin wieder am Schreibtisch und suchte die Liste des Frauentors heraus, denn dort hatten die meisten Holländer die Stadt betreten. Benoît und Jakob mussten spätestens am Tag der Bürgermeisterwahl angekommen sein, und mit Sicherheit waren sie direkt nacheinander eingetragen worden. Wenn er Benedikt van Zeeburg fand und der Name davor oder danach Jakob lautete, dann hatte er seinen Mann.

Es dauerte keine Minute. Jakob van Heemskerk hieß der Kerl. Aus Amsterdam.

Und als hätte der Namenszug auf dem Papier eine weitere Schatulle in seinem Kopf geöffnet, fiel Goswin auch wieder ein, wo er ihn schon einmal gelesen hatte: auf der Verteilerliste für die Holländer aus dem Fraterherrenhaus, die er selbst zusammengestellt und dem Stadtschreiber mit den Segelohren, dessen Namen er sich nicht merken konnte, in die Hand gedrückt hatte, damit der sie dort verlas.

Damit war es eine Sache von einer weiteren Minute, herauszufinden, wo dieser Jakob van Heemskerk jetzt wohnte. Wie gut es doch war, wenn man die Papiere immer beisammen und in Ordnung hatte. Mochte Schlachtschaf so viel spotten, wie er wollte.

Wo war die Liste? Da.

Goswin nuschelte die Namen vor sich hin, während sein Finger die Spalte herabwanderte: Pieter Gerritsen, Derk van de Laan, Joris de Vries, Maarten Smeets, und da, bitteschön, Jakob van Heemskerk. Einquartiert bei Andreas Torbecke, Schmied, Salzstraße.

Andreas Torbecke. Der war mit Knipperdolling zusammen in Überwasser eingesperrt gewesen, und dann war dessen Schwester gekommen und hatte den Wächter niedergeschlagen, um ihren Bruder rauszuholen, aber als Knipperdolling sich hinter ihm durch das Zellenfenster zwängen wollte, war er stecken geblieben. Die Geschichte hatte Goswin den Chef seitdem ein Dutzend Mal erzählen hören, unterbrochen von dröhnenden Lachsalven und garniert mit dem Hinweis, dass diese Schwester nicht nur dickere Eier unter ihrem Kleid habe als die ganze Schmiedegilde zusammen in der Hose, sondern daneben auch noch ein leckerer Happen sei, den er gerne mal in seinem Badehaus anknabbern würde.

Noch ein Grund, dort einmal vorbeizuschauen.

15

Kniet so ein Büßer? Kopf runter!»

Einer der Kerle, die das Ritual beaufsichtigten, kam mit schnellen Schritten heran und verpasste dem Mann neben Katharina einen Nackenschlag mit der flachen Hand und dann noch einen Tritt in den Rücken. Und weil der sich nicht traute, die vor dem Bauch gefalteten Hände hochzunehmen, fiel er mit der Stirn auf die festgestampfte Erde des Lambertikirchhofs und blieb so liegen.

Katharina neigte den Kopf noch ein Stück tiefer, während sie zu beten vorgab. Sie sah nur die Füße des Peinigers; sie steckten in Schuhen aus verdrecktem Leder, das von ungeschickter Hand vorn zu einem Knubbel zusammengenäht worden war, sodass die Dinger wie schlecht verheilte Armstümpfe nach der Amputation der Hände aussahen: Kuhmaulschuhe, wie sie eben noch Mode gewesen waren, ehemals vorn geschlitzt, um bunte Strümpfe sichtbar zu machen, jetzt gekappt, weil die Kleidervorschriften der Wiedertäufer so einen Firlefanz untersagten. Gebauschte Hosen, geraffte Ärmel, hervorquellendes Futter, Pelzbesätze, Hutfedern, Siegelringe, Broschen, Ketten, Amulette – alles bei drakonischen Strafen verboten. Der einzige Schmuck, den man noch sah, waren die albernen DWWF-Münzen an Lederbändern; alles andere war abgegeben worden. Und wer seine feinen Kleider nicht in demonstrativem Übereifer zu Wischlappen zerschnitten oder ins Feuer geworfen hatte, verbarg sie tief in den Truhen.

«So ist's recht. Du auch, da hinten!»

Die Schritte entfernten sich. Weiter vorn schrie jemand auf. Ein Mann bekam einen Hustenanfall. Eine Frau unterdrückte ein Schluchzen. Die Schritte der Aufseher tappten umher, kamen näher, entfernten sich. Ab und zu wurden Aufforderungen gebellt.

«Augen zu!»

«Weiter runter!»

«Hände richtig falten!»

Sie dachte an Jakob. Die letzten drei Tage hatte sie zum großen Teil an und in seinem Bett verbracht, aber zwischendurch war sie immer wieder hinausgegangen und hatte sich im Haus zu schaffen gemacht, um dabei gesehen zu werden. Andreas war die meiste Zeit mit dem Gesellen und den Lehrlingen in der Werkstatt zugange. Es gab viel zu tun für Schmiede in diesen Wochen, denn die Stadt brauchte Waffen. Mollenhecke war es übrigens, der von Knipperdolling mit deren Kontrolle und Verteilung beauftragt worden war, weil er etwas davon verstand und aus irgendeinem Grund das Vertrauen des Bürgermeisters genoss. Dass Mollenhecke inzwischen auch die Seiten gewechselt hatte, glaubte Katharina nicht. Der versuchte nur, die Gilde zusammenzuhalten und zu verhüten, dass diese Aufgabe von irgendeinem unfähigen Fanatiker übernommen wurde, der alle ins Verderben ritt. Mollenhecke war auch ihre letzte Hoffnung, was Andreas betraf. Wenn einer ihn irgendwann zur Vernunft bringen konnte, dann der Aldermann. Den hatte Andreas immer verehrt wie einen Ersatzvater.

«Hör auf zu heulen!»

«Was haben wir denn da? Einen Ring?»

«Kapuze runter beim Beten! Ich glaub's wohl!»

Sie hockten in langen Reihen dicht an dicht auf dem Kirchhof zwischen den Grabsteinen und beugten die Köpfe wie Verurteilte, die auf das niedersausende Henkersbeil warteten. Wie viele Menschen waren hier versammelt? Fünfhundert? Tausend? Tausendfünfhundert? Katharina hätte sie gern gezählt, um sich abzulenken, aber dafür hätte sie den Kopf heben müssen.

Jakob. Wenn sie bei ihm war, vergaß sie das ganze Elend. Mit ihm verging die Zeit schneller, um sich dann, sobald sie seine Kammer verließ, wieder zu dehnen. Sie fragte sich, wie lange sich diese Situation noch würde aufrechterhalten lassen. Das Fieber war verschwunden, aber er war immer noch geschwächt, wohl nicht nur wegen der überstandenen Krankheit, wie sie lächelnd dachte. Vielleicht würde Andreas bald dahinterkommen, was zwischen ihnen lief. Aber weil Katharina nicht wollte, dass er es von Elsa erfuhr, tat sie weiter geschäftig, trat auf dem Weg in ihr eigenes Zimmer auf die knarrenden Dielen und auf dem Weg in seine Kammer auf die geräuschlosen, ließ alle Türen bis auf diese eine laut ins Schloss fallen und ließ sich jedes Mal in der Küche sehen, nachdem sie ihm das Essen gebracht hatte, um anschließend wieder zurückzuschleichen.

An diesem Morgen wäre es fast schiefgegangen. Sie war neben ihm eingeschlafen und von Lärm auf der Straße geweckt worden. Ausrufer mit Namenslisten waren durch die Stadt geschwärmt, waren in die Häuser eingedrungen – abschließen durfte man ja nicht mehr – und hatten alle, die erst nach der Bürgermeisterwahl getauft worden waren, auf die Straße gejagt. Sie hatte es gerade noch auf den Flur geschafft, als die beiden Kerle schon die Treppe hochstürmten, und ein paar Augenblicke später hatte sie sich schon zwischen ihnen auf der Straße wiedergefunden, zusammen mit einem Dutzend anderen Frauen und ein paar Männern aus ihrer Straße.

Sie hatten sie auf dem Lambertikirchhof zusammengetrieben, wo Matthys von den Stufen des Südportals aus eine wütende Ansprache gehalten hatte: Gott habe den zu spät Getauften seine Gnade entzogen, weil sich unter ihnen zu viele fänden, die der Gemeinde ihren Besitz und ihre Vorräte vorenthielten; ganze Schinken und volle Bierfässer hätten die Kontrolleure entdeckt, vergraben in Gärten, aufgehängt hinter Bretterwänden und verborgen in Bodenluken. Die Funde bewiesen die Unlauterkeit der Bekehrung, man hätte die besagten Personen bei der Reinigung des Tempels zusammen mit den Ungläubigen aus der Stadt jagen müssen, anstatt ihnen die unverdiente Gelegenheit zu Reue und Besserung zu geben. Nun sei es Zeit, den Herrn ein letztes Mal um Gnade anzuflehen, andernfalls seien alle Anwesenden der Todesstrafe verfallen. Er, Matthys, werde sich jetzt in die Kirche zurückziehen, für ihre Errettung beten und auf eine Eingebung hoffen.

Seitdem war er da drin. Wie lange schon? Eine halbe Stunde, eine, zwei?

Katharina konnte sich nicht vorstellen, dass er seine Drohung wahr machen und sie alle hinrichten lassen würde. Ein solches Blutbad war trotz allem undenkbar. Er wollte sie zermürben, ihren Willen endgültig brechen, jeden Gedanken an Widerstand oder auch nur Verweigerung unter Todesangst und Demütigung ersticken lassen. Darum ging es.

Sie schielte nach rechts und links. Grabsteine und Holzkreuze ragten zwischen den Knienden auf, halb verwittert, eingesunken, den Menschen in Größe und Form nicht ganz unähnlich, als hätten sie sich unter die Menge gemischt, um lautlos mitzubeten.

Am liebsten hätte sie Angela bei sich gehabt, aber die wurde wahrscheinlich von ihrem Vater und vor allem von Bockelson beschützt, mit dem sie sich, wie Katharina mit Entsetzen erfahren hatte, neuerdings jede Nacht in Knipperdollings Badehaus traf. Angesichts dieser Umstände hatte Katharina beschlossen, Jakob ihrer Freundin gegenüber vorerst nicht zu erwähnen.

Das lang gezogene Quietschen der Kirchentür in ihrem Rücken riss sie aus ihren Gedanken. Stimmengemurmel. Katharina wagte es nicht, den Kopf zu drehen.

«Vaterunser! Wird's bald!»

Die ersten Stimmen begannen zaghaft mit dem Gebet, Frauen vor allem, nur wenige Männer. Andere fielen ein, versetzt zunächst, überlagernd, dann fanden sie zusammen, ein schlecht geschmiertes Räderwerk. Katharina bewegte nur die Lippen.

«Amen.» Es klang wie ein Aufstöhnen.

«Alle in die Kirche!»

Sie erhoben sich vorsichtig. Vor allem die Älteren ächzten, kamen schwer hoch, rieben sich die von der unbequemen Haltung steifen Gelenke, schüttelten verstohlen eingeschlafene Beine, versuchten, sich die Schmerzen nicht anmerken zu lassen, um den lauernden Zorn der Bewacher nicht auf sich zu ziehen. Zwischen den ganzen Kreuzen und Grabsteinen sah es aus, als erhöben sich die Toten aus ihren Gräbern, um vor den Richter zu treten, und so ähnlich war es ja wohl auch.

Die Sonne stand hoch am Himmel. Zwei Stunden waren es mindestens gewesen.

Wieder kam Katharina das Bild von der Schafherde in den Sinn: Alles trabte, drängte sich aneinander, staute sich vor dem Südportal, zwängte sich hindurch, quoll drinnen wieder auseinander; keine wollte die Erste sein und keiner der Letzte.

In der Kirche war es kühl. Alle Seitenaltäre waren verschwunden, die Epitaphien von den Wänden gerissen oder beschädigt, hier und da eine Scheibe eingeworfen. Angstvolles Geflüster zitterte in der Luft. Staub tanzte in den Lichtstrahlen. Es roch nach irgendetwas Würzigem, Verkohltem, als dünstete das Gemäuer immer noch die Reste des Weihrauchs aus, der sich in Jahrhunderten dort hineingefressen hatte.

Ganz hinten im Ostchor die riesige Gestalt von Matthys. Er kniete auf einem Bein, die Augen geschlossen, nicht wie ein Büßer, sondern so, als erwartete er einen Ritterschlag.

Als alle drin waren, krachte die Tür ins Schloss.

«Hinlegen! Auf den Bauch!»

Stöhnen mischte sich in das Gemurmel. Hatte es immer noch kein Ende?

Sie waren so viele, dass kaum ein Stück Boden frei blieb. Von oben musste es aussehen wie ein schlampig geknüpfter Teppich aus Filz, Wolle und Leinen, mit Köpfen als Knoten.

Stille breitete sich aus, bleierner noch als auf dem Kirchhof. Draußen hatten wenigstens ein paar Vögel gezwitschert und ein paar Wipfel gerauscht. Hier drin traute sich niemand, auch nur den geringsten Laut von sich zu geben, weil der Widerhall alles verstärkte.

Katharina hob den Kopf ein kleines Stück und spähte zum Chor. Matthys kniete immer noch regungslos. Ein Bild nahm Gestalt vor ihrem inneren Auge an und drängte sich nach vorn:

Matthys, wie er sich erhob, dabei ins Riesenhafte wuchs und über sie hinwegschritt.

Es dauerte und dauerte. Keine Aufforderung zum Gebet. Die Bewacher standen an den Seitenwänden, als wollten sie die herausgeschafften Statuen ersetzen. Alles war so erstarrt, dass Katharina sich irgendwann die Beschimpfungen zurückwünschte, den Kerl mit den abgeschnittenen Schuhen, der Nackenschläge und Fußtritte verteilte.

Sie begann zu frieren. Die Frau rechts neben ihr, grauhaarig und mager, zitterte auch, biss die Zähne zusammen. Links lag ein dicker Mann, der nicht fror, sondern schwitzte.

Und dann, plötzlich, kam vom Chor ein lautes, tiefes, lang gezogenes Stöhnen, wie ein Tierlaut, ein Bär, der aus dem Winterschlaf erwachte.

Katharina schielte wieder hoch. Matthys stand auf und reckte sich zu voller Größe.

«Er hat gesprochen!», brüllte er.

Dann ging er zur ersten Reihe der Liegenden, beugte sich herunter, tippte auf einen Kopf.

«Geh hin, dir ist vergeben», sagte er.

Ein alter Mann stemmte sich hoch, kam auf die Beine, taumelte los.

Matthys ließ seinen Blick über die Köpfe schweifen, schien jemanden zu entdecken, stapfte zwischen den Leibern hindurch und tippte eine Frau an.

«Geh hin, dir ist vergeben.»

So ging es weiter. Als würde er tatsächlich von seinen Eingebungen über den Menschenteppich geführt, ging Matthys von einem zum anderen, tippte ihn an und sprach die erlösende Formel, immer mit der gleichen Betonung. Katharina musste unwillkürlich an Bockelson denken, den Schauspieler. Der hätte wahrscheinlich wieder mit verschiedenen Tonlagen und Kadenzen herumgespielt wie bei der Taufe auf dem Markt. Matthys dagegen sagte die Worte auf, als zöge er mit seiner Stimme einen gemeißelten Schriftzug nach. Manchmal blieb er stehen, zögerte, horchte, änderte die Richtung, sodass Katharina schon fürchtete, gleich würde das erste Todesurteil kommen, aber dann hieß es wieder: «Geh hin, dir ist vergeben.»

Nachdem er ein paar Dutzend Begnadigungen ausgesprochen hatte, war er plötzlich bei ihr. Ein riesiger Fuß in einer speckigen Sandale wurde vor ihrer Nase auf den Boden gerammt. Die Berührung des Fingers an ihrer Schläfe dagegen war sanft.

«Geh hin, dir ist vergeben.»

Als sie aufstand, hatte er ihr schon den Rücken zugewandt.

Es war überstanden. Doch die Erleichterung, die sie spürte, war eher körperlich; es tat gut, die Beine wieder zu bewegen. Das Gefühl, diesem Wahnsinn ausgeliefert zu sein, fiel dagegen nicht von ihr ab, nicht als sie zwischen den Reihen der immer noch Liegenden hindurchschlich, ängstlich darauf bedacht, auf keine Hände zu treten, nicht als sie über den Kirchhof ging, nicht als sie auf den Markt trat und die Augen schloss, um eine Weile die Sonne im Gesicht zu spüren. Die Blicke der anderen, die nach und nach aus der Kirche tröpfelten, konnte sie jetzt nicht ertragen. Sie wollte kein Schaf unter Schafen sein.

16

Nach fünf Tagen im Bett ging Jakob zum ersten Mal wieder an die Luft. An der Haustür hatte Andreas ein Gitter angebracht, um die frei laufenden Schweine daran zu hindern, im Haus herumzustöbern. Die Kontrolleure dagegen durften schnüffeln, so viel sie wollten. Einmal war einer auch bei ihnen gewesen, hatte sich die Vorratskammer zeigen lassen und ein paar Truhen geöffnet, war nach kurzer Zeit aber wieder abgezogen. Wer Beziehungen zu den Anführern der Wiedertäufer hatte, wurde nachlässiger kontrolliert, außerdem hatte Andreas, ganz den Vorschriften gemäß, alles abgeliefert, was abzuliefern war. Jakob hatte den Wortwechsel durch die geschlossene Tür mitbekommen. Danach hatte er das gesamte Geld, das er immer noch in seinem Gurt aufbewahrte, zu den Unterlagen in das Bodenversteck gelegt.

Andreas sah mehrmals am Tag nach ihm, gab sich fürsorglich, berichtete von Wundern, die sich angeblich täglich ereigneten, von den Predigten des Propheten und der Apostel, vom nicht abreißenden Zustrom neuer Anhänger aus dem ganzen Land. Manchmal kam es Jakob fast vor, als würden die Geschwister einander an seinem Bett ablösen. Ein paar augenzwinkernden Bemerkungen war zu entnehmen, dass Andreas die ausgedehnten Besuche seiner Schwester nicht entgangen waren, und offensichtlich hieß er sie gut, weil sie so eine Aufgabe hatte, die sie von ihren Zweifeln ablenkte, und weil er immer noch hoffte, dass Jakob ihr den Glauben näherbrachte.

Dass der Zustrom von Auswärtigen tatsächlich nicht nachgelassen hatte, war in den Straßen deutlich zu sehen. Die Stadt füllte sich, und der Aderlass, den Münster durch die Vertreibung der Ungetauften erlitten hatte, wurde mehr als ausgeglichen. Menschen mit Gepäck waren unterwegs und bezogen die von den Bewohnern verlassenen Häuser. Bäcker verteilten kostenlos Brot und hakten die Namen der Kunden in Listen ab. Alles andere, von Gemüse bis hin zu Kleidung, konnte man sich in Verteilerstellen abholen. Es musste ja nur noch bis Ostern reichen.

Auf Straßen und Plätzen wurde viel Niederländisch gesprochen, hier und da auch Friesisch, und aus aufgeschnappten Bemerkungen schloss Jakob, dass das bei manchen Einheimischen trotz der überall beschworenen Brüderlichkeit einen gewissen Unmut auslöste.

«Redet gefälligst Deutsch», fuhr ein Mann in der Schlange vor einer Bäckerei eine Gruppe von holländischen Frauen an.

«Die machen sich hier ganz schön breit», murmelte eine Frau mit Blick auf ein Mädchen, das vor einem Haus mit verrammelten Läden einen Handkarren entlud, während ein älterer Mann, wahrscheinlich ihr Vater, sich gegen die klemmende Tür stemmte.

Jakob genoss die frische Luft und die Frühlingssonne, aber seine Wachsamkeit ließ keine Erholung zu. Benoîts Mörder musste immer noch in der Stadt sein, und möglicherweise kannte er sein Gesicht aus dem Fraterherrenhaus. Jakob hatte sich den Bart wachsen lassen und trug eine von Andreas geliehene Kappe mit Ohrenschützern tief ins Gesicht gezogen, obwohl es dafür eigentlich schon zu warm war. Eigentlich war es besser, sich möglichst wenig auf der Straße blicken zu lassen.

Seine Gedanken sprangen von Ernestine zu Katharina und wieder zurück. Eine Frau, die noch nicht einmal ein Gesicht hatte, und eine, deren Körper er inzwischen besser kannte als irgendeinen anderen seit Jahren. Eine, die er seit zwei Monaten verfolgte wie einen Geist, und eine, die erst vor wenigen Tagen in seinem Leben aufgetaucht war. Eine, die er so schnell wie möglich bei ihrem Vater abliefern sollte, und eine, deren Nähe er schon nach wenigen Stunden vermisste. Er war noch nicht einmal bis zum Domplatz gekommen, da hatte er bereits das Gefühl, zu weit weg von Katharina zu sein, als würde da ein Verbindungsfaden über die Maßen gedehnt.

Auf dem Domplatz lag ein Aschehaufen. Im Näherkommen erkannte Jakob halb verbrannte Papierbündel, aus denen ein verspielter Wind immer wieder graue Flocken aufwirbeln ließ. Er entdeckte vom Feuer geschwärzte Klammern, die irgendetwas zusammengehalten hatten. Ein geschmolzenes Bleisiegel. Am Rand ein buntes Gesprenkel von Spielkarten, an den Rändern angekohlt.

Zwischen dem Südportal des Doms und der kleinen Kirche mitten auf dem Platz stand ein verwaistes Podest mit ein paar Stühlen unter einem Baldachin. Von hier aus wurden also Predigten und Ansprachen gehalten und Beschlüsse verkündet. Vor einer der großen Domkurien auf der Südseite des Platzes wurden Wagen abgeladen; Männer rollten Fässer durch das Portal, während ein anderer auf einer Leiter stand und ein steinernes Wappenschild abmeißelte. Die Münze fiel ihm wieder ein, von der Andreas erzählt hatte. Sein Vorwand, sich

Knipperdollings Haus von innen anzusehen. Vielleicht hatte Benoîts Mörder das auch schon getan.

Das Mädchen ist nicht die, die du glaubst.

Was wusste der Kerl? Wo war sie? Wer war sie?

Als er sich gerade zum Gehen wandte, rief hinter ihm plötzlich jemand seinen Namen.

«Jakob! Bleib doch mal stehen!»

Aus der Richtung des Flussübergangs im Westen des Platzes kam jemand mit flatternden Haaren angerannt. Es war Geert, den er seit ihrem gemeinsamen Gefängnisaufenthalt nicht mehr gesehen hatte. Jakob stöhnte leise auf. Es war klar gewesen, dass ihm früher oder später einer der Amsterdamer über den Weg laufen musste.

Die Begrüßung fiel überschwänglich aus: Geert übersäte ihn mit Küssen und drückte ihn an sich wie einen lange verschollenen besten Freund. Seine blauen Augen strahlten. Es war regelrecht rührend. So hatte Jakob schon lange niemand mehr begrüßt.

«Gott, du bist ja kaum zu erkennen mit dem Bart! Wann bist du angekommen? Wo bist du untergebracht? Wo ist Benedikt? Ist er mit dir gekommen?»

«Ja», sagte Jakob langsam. Das letzte Bild von Benoît tauchte vor seinem inneren Auge auf, kurz bevor der Sarg geschlossen worden war.

«Was ist mit ihm?»

«Tot», sagte Jakob und schluckte. «Ertrunken. Kurz nach der Ankunft.»

Entsetzen breitete sich über Geerts Gesicht aus wie verlaufende Farbe. «Er war das? Der Tote in der Aa?»

Jakob nickte traurig. Er musste das gar nicht spielen.

«Wie ist das passiert?»

«Keiner weiß es. Er muss von der Brücke gefallen sein.»

Geert sah betrübt zu Boden. «Wenigstens hat er unser neues Jerusalem noch erreicht.» Er sah über die Schulter in Richtung des Flusses. «Wenigstens das», murmelte er leise.

«Was ist mit den anderen?», fragte Jakob. Wider Willen spürte er plötzlich eine merkwürdige Verbundenheit mit seinen Gefängnisgenossen. Er hätte sie gern wiedergetroffen, aber er wusste natürlich, dass das keine gute Idee war. *Schaut mal her, das ist Jakob aus Amsterdam, wir waren zusammen im Gefängnis.* Je weniger Leute sein Gesicht mit seinem Namen zusammenbrachten, desto besser.

«Jan ist mit mir gekommen», sagte Geert. «Wir sind zusammen mit ein paar anderen in einem Haus in der Ludgeristraße untergekommen, direkt neben der Kirche. Du musst uns unbedingt besuchen.»

«Und die anderen?»

Geert verzog den Mund. «Gijs hatte es eilig. Er hat sich mit ein paar anderen auf den Weg gemacht, aber die scheinen nie angekommen zu sein. Ich fürchte, sie haben sie unterwegs erwischt. Gijs wollte Waffen mitnehmen. Wir hielten das für keine gute Idee. *Eine Ehre ist es dem Mann, dem Streit fernzubleiben, aber die gerne streiten, sind allzumal Toren.* Sprüche Salomos.»

«Und Adam?»

«Adam hat uns mit Ausreden hingehalten, und irgendwann sind wir ohne ihn aufgebrochen. Ich glaube, er fühlte sich nicht würdig, das neue Jerusalem zu betreten. Er sagte, er hätte gesündigt und müsste Buße tun, bevor er dem Propheten folgen könnte.»

Jakob setzte ein betrübtes Gesicht auf. «Der arme Junge.»

«Er sagte, er hätte Karnöffel gespielt und Wein getrunken.»

«Das ist ja entsetzlich», sagte Jakob und unterdrückte ein Grinsen. Scheinheiligkeit wäre eigentlich der Part von Benoît gewesen.

«Die beste Buße wäre gewesen, mit uns zu kommen», sagte Geert belehrend.

«Wohl wahr.»

«Sehen wir uns morgen bei der Musterung?»

«Musterung?», fragte Jakob alarmiert.

«Hast du das nicht mitbekommen? Sie haben es doch überall ausgerufen.»

«Ich war krank. Bin heute zum ersten Mal wieder an der Luft.»

«Ach so. Na gut. Alle Männer müssen sich melden. Morgen Nachmittag. Hier auf dem Domplatz.»

«Ich dachte, du nimmst keine Waffe in die Hand?»

«Muss ich gar nicht. Es werden auch Schanzgräber gebraucht. Ein Spaten ist kein Schwert und eine Spitzhacke keine Pike.»

Während Geert ein paar Bibelstellen zitierte, die seinen Einsatz mit Spaten und Spitzhacke auf den Bastionen und in den Gräben rechtfertigten, dachte Jakob angestrengt nach. Wenn alle sich melden mussten, konnte er nicht fernbleiben. Man würde ihn vielleicht suchen lassen, wenn er nicht kam.

Geert plapperte noch ein bisschen weiter, dann verabschiedeten sie sich.

Jakob ging nachdenklich zurück. Der Arbeiter vor dem Tor der Domkurie war von der Leiter gestiegen und fegte die Splitter des steinernen Wappens zusammen.

Auf dem Markt kam Jakob ein Gespann mit zwei Pferden

entgegen, die ein Falkonett hinter sich herzogen. Das Geschützrohr hing viel zu tief in der Lafette, schleifte bei jeder Unebenheit über den Boden, und von der Pike des Bewaffneten, der den Transport begleitete, war die Spitze abgebrochen. Antonio de Leyva hätte den so was von strammstehen lassen.

Musterung. Jakob hatte gedacht, den Krieg hinter sich gelassen zu haben.

Bei Knipperdollings Haus stand die Tür offen. Als Jakob auf dem Hinweg hier vorbeigekommen war, war sie noch geschlossen gewesen.

Na so was.

Er trat ein. Es kam ihm vor wie eine Falle.

Irgendwo rumpelte etwas.

Jakob stand in einem langen Korridor, der das Haus längs in zwei Hälften teilte. Rechts von ihm führte eine Treppe ins obere Stockwerk.

Cremona. Hausdurchsuchung. Tipp eines Spitzels, jemand hortete Waffen für Sforzas Leute. Jakobs rechte Hand tastete zum Gürtel, ein Instinkt, aber er hatte keine Waffe. Und er war auch nicht in Cremona.

Er überlegte kurz, ob er nach oben gehen sollte, entschied sich dann aber für den Korridor.

Alle Zimmertüren waren verschlossen, nur am Kopfende des Gangs leuchtete ein senkrechter Streifen Tageslicht hinein. Die Tür zum Hinterhof.

Hinter einer der Türen rumpelte es wieder, dann erklang ein dumpfer Schlag, als würde eine Truhe geschlossen.

Jakob ging zum Ende des Ganges, öffnete die Tür und spähte hinaus. Der Hinterhof war gepflastert und sauber gefegt. Ein Tisch mit vier Stühlen für sonnige Nachmittage. Mannshohe

Zäune rechts und links, und ganz hinten, direkt an der Grundstücksgrenze, eine hohe Mauer aus uralten Bruchsteinen, vor der ein Holzhäuschen mit einem gemauerten Schornstein stand. Der dicke Bürgermeister hatte sich tatsächlich ein Badehaus mit eigener Heizanlage in den Hinterhof setzen lassen.

Der Schornstein rauchte nicht, und es roch auch nicht nach irgendwelchen Ölen oder Essenzen.

Als er wieder ins Haus trat, war eine der Türen auf der rechten Seite offen. Schwacher Lichtschein von einer Kerze fiel auf den Dielenboden. Irgendwer musste den Raum dahinter betreten oder verlassen haben. Falls sich noch jemand in diesem Zimmer befand, würde er Jakob wahrscheinlich sehen, wenn er zur Haustür ging.

Während er noch überlegte, wurde es hinter ihm plötzlich hell.

Die Tür zum Hinterhof war geöffnet worden, und im Türrahmen stand ein Mädchen. Sie musste im Badehaus gewesen sein, aber sie war vollständig bekleidet, und ihre Haare waren trocken. Ihr Gesicht war im Gegenlicht schlecht zu erkennen, aber sie war ungewöhnlich groß. Schlank. Benoîts lustlose Beschreibung von Ernestine fiel ihm wieder ein: *Leichter Unterbiss, nicht viel dran.* War das ein Muttermal auf ihrer Oberlippe? Hätte Benoît ein so eindeutiges Merkmal nicht erwähnt?

Sie sagte nichts, sondern sah ihn nur an. Neugierig? Erschreckt?

«Fertig?», fragte eine Frauenstimme hinter ihm. «Alles gepackt?»

Jakob widerstand dem Reflex, herumzuwirbeln wie ein erwischter Dieb. Langsam drehte er sich um. Der Widerschein des Kerzenlichts auf dem Boden wurde von einem schmalen Schatten überlagert.

Eine Frau erschien auf dem Korridor, hoch aufgeschossen, kleine Augen, verkniffener Mund. Als sie Jakob bemerkte, schien sie kein bisschen überrascht, sondern wies mit einer herrischen Kopfbewegung auf das Zimmer, aus dem sie gerade herausgetreten war.

«Eine Kiste steht noch da drin», blaffte sie. Und als Jakob sich nicht rührte: «Was denn?»

Sie kniff die Augen zusammen, als wäre sie kurzsichtig. «Du bist gar keiner von den Fuhrleuten, oder? Gott, diese offenen Türen. Rein, raus, jeder wie es ihm passt. Ist doch kein Freudenhaus hier.»

Sie warf einen Blick in Richtung der Tür zum Hinterhof und sagte gehässig: «Jedenfalls nicht mehr lange. Wenn Bernd wüsste, was die hier treiben.»

Jakob warf einen schnellen Blick nach hinten. Das Mädchen war verschwunden.

«Also, was kann ich denn für Sie tun?», fragte die Frau mit sarkastischer Höflichkeit.

Jakob begriff sofort: Sie war die Hausherrin und missbilligte die Umtriebe der Gäste in ihren vier Wänden. Ob es der religiöse Eifer war, der sie dabei antrieb, oder nur die Eifersucht, ob sie den Propheten selbst dafür verantwortlich machte oder nur dessen Gefolge, ob sie mit *Bernd* ihren Mann gemeint hatte oder den Prediger Rothmann – all das war nicht ganz klar, aber Jakob witterte eine Chance.

«Ich wollte eine Münze abholen», sagte er und senkte den Blick. «Das Wort ward Fleisch.»

Die so bescheidene und demütig vorgetragene Bitte stimmte

sie sofort milde. Wahrscheinlich hatte sie die letzte Zeit über nur mit Leuten zu tun gehabt, die sich bei ihr einnisten oder die Bekanntschaft ihres Mannes ausnutzen wollten, um sich irgendwelche Vorteile zu sichern. Ein bescheidenes Gemeindemitglied, das seine Zugehörigkeit zur Stadt der Auserwählten zeigen wollte, war offenbar nach ihrem Geschmack.

«Sind Sie neu in der Stadt?», flötete sie, ohne die Höflichkeitsform fallen zu lassen.

«Vor ein paar Tagen angekommen», sagte Jakob.

«Wie schön. Aus Holland, wie man hört?»

«Aus Amsterdam.»

«Wie der Prophet.» Sie machte zwei Schritte auf Jakob zu und beugte sich vertraulich zu ihm vor. «Es steht mir nicht zu, diesen vom Wort des Herrn erfüllten Mann zu kritisieren», sagte sie, als wollte sie vorsichtshalber klarstellen, dass ihre Tirade nicht Matthys gegolten hatte. «Aber uns wurden hier ein paar Früchtchen ins Haus geschleppt, ich kann Ihnen sagen …» Sie kam noch ein Stück näher und flüsterte nun fast. «Meiner Ansicht nach ist es dieser Bockelson, der sie auf Abwege bringt. Der soll ja in Leiden ein Bordell geführt haben.»

Jetzt oder nie, dachte Jakob. Er deutete mit dem Kopf in Richtung des Hinterhofes. «Wer war das Mädchen?»

«Sie erwarten doch wohl nicht, dass ich mir die Namen dieser Personen merke. Ich bin froh, dass sie verschwinden.»

Jakob sah sie fragend an.

«Das wissen Sie nicht? Der Prophet verlässt unser Haus und zieht in die Domkurie von Melchior von Büren. Vielleicht ist das Wort Gottes dort deutlicher zu vernehmen. Verstehen Sie mich nicht falsch. Ich bin glücklich, dass er unser Gast war.

Aber mit ihm ist auch viel Unruhe ins Haus gekommen. Mein Mann ist ja nicht aus Holz, wenn Sie verstehen, was ich meine.»

Domkurie. Wahrscheinlich das Anwesen gegenüber der Kathedrale, von dessen Portal das Wappen abgeschlagen worden war. Wenn Ernestine eins von diesen *Früchtchen* war, dann würde sie wahrscheinlich ebenfalls dort einziehen.

Sie wollte noch etwas sagen, aber plötzlich waren oben schwere Schritte zu hören, kurz darauf knarrten Stufen. Die Frau wich zurück, als fürchtete sie, in einer kompromittierenden Situation erwischt zu werden.

Die massige Gestalt des Bürgermeisters erschien am Ende des Korridors.

«Wer ist das?», dröhnte es ihnen entgegen.

«Ein frommer Holländer», sagte sie, bevor Jakob antworten konnte. «Er wollte eine Münze abholen, und wir haben ein bisschen geplaudert.»

«Ach, die Münzen. Sind in dem Kasten da vorn. Er soll sich eine nehmen.»

Sie wich noch ein bisschen weiter von Jakob zurück. Die Gelegenheit, noch mehr zu erfahren, war verstrichen.

«Ach was, eine, er soll sie alle nehmen», sagte Knipperdolling generös. «Die braucht jetzt keiner mehr.»

Er kam ein paar Schritte auf sie zu, nahm eine Handvoll Münzen aus einem Kasten, der auf einer Truhe stand, und ließ sie wieder hineinprasseln. Die Frau verzog sich in das Zimmer, aus dem sie gekommen war.

«Ein Andenken an die Zeiten, als es noch Erkennungszeichen brauchte», sagte Knipperdolling.

Jakob trat heran und nahm sich eine Münze. Der Bürgermeister musterte ihn wohlwollend von oben bis unten wie einen Zugochsen auf dem Viehmarkt.

«Du siehst aus wie einer, den man gebrauchen kann. Schon mal ein Schwert in der Hand gehabt?»

«Ja», sagte Jakob zögerlich. Eine Stimme warnte ihn, nicht aus der Deckung zu kommen. Eine andere flüsterte: Stell dich gut mit ihm.

«Arkebuse?»

«Auch.»

«Im Krieg gewesen, oder was?»

«Ja.»

«Natürlich auf der falschen Seite», sagte Knipperdolling mit einem leicht lauernden Unterton.

«Es gab damals nur falsche Seiten», antwortete Jakob ungerührt.

Knipperdolling lachte dröhnend. «Richtige Antwort, Junge. Sag denen das bei der Musterung. Wir brauchen Ausbilder an der Arkebuse, vor allem für deine Leute. Viele von denen haben noch nie so ein Ding in der Hand gehabt und fremdeln noch ein bisschen damit. Sie hoffen, dass Gott alles richten wird, aber gegen die da draußen helfen nicht nur Gebete, da braucht es auch Pulver und Blei.»

Jakob nickte.

«Wir verstehen uns», sagte Knipperdolling. «Und jetzt ab mit dir.»

Als Katharina in seine Kammer schlich, sah er sofort, dass sie besorgt war. Sie küsste ihn flüchtig, dann nahm sie seinen Kopf zwischen ihre Hände und schob ihn ein Stück von sich.

«Es hat jemand nach dir gefragt.»

Jakob war sofort alarmiert. Benoîts Mörder, schoss es ihm durch den Kopf.

«Wann?», fragte er.

«Als du weg warst. Ein Kerl namens Goswin. Ich weiß, dass er für Knipperdolling arbeitet, aber den hat er gar nicht erwähnt. Er wollte dich sprechen.»

«Warum?»

«Angeblich wegen einer Namensverwechslung. In den Listen für die Einquartierungen tauchst du zweimal auf, sagte er. Dass müsste geklärt werden. Ich glaube, das war ein Vorwand. Der Kerl ist ein ganz erbärmlicher Lügner. Der hat so angestrengt beiläufig getan, dass es gleich verdächtig war.» Sie äffte die Stimme des Besuchers nach: «Nur eine Formalität, meine Liebe, nur eine Formalität.»

«Was hast du ihm gesagt?»

«Dass du nicht mehr hier bist. Dass du bei ein paar anderen Holländern eingezogen bist. Und dass ich mir die Namen nicht gemerkt hätte. Piet van Pijpensteel, Stijn de Knoppelslekker oder so. Soll er mal schön in seinen Listen suchen.»

«Hat er dir das abgenommen?»

«Wenn man in dieser Stadt eins lernt, dann ja wohl heucheln und lügen.»

«War er gar nicht misstrauisch?»

«Nein. Er sagte, er hätte selbst die Einquartierungen aus dem Fraterherrenhaus organisiert. Warum auch immer er dich sucht, er scheint nicht zu vermuten, dass wir irgendwas damit zu tun haben. Mein Bruder ist unverdächtig.»

«Das heißt, ich verdanke diesem Goswin, dass ich hier bin?»

«So kann man es sehen.»

«Dann müsste ich mich ja bei ihm bedanken.»

«Mach doch. Ich soll dir ausrichten, dass du dich bei ihm melden sollst. Er wohnt in der Frauenstraße, ein Hinterhaus, er hat's mir beschrieben. Er scheint ziemlich unbedarft zu sein, wenn er glaubt, dass du dich wirklich da blicken lässt. Interessant finde ich, dass Knipperdolling offenbar nicht mitbekommen soll, dass er sich für dich interessiert.»

«Aber was will er dann von mir?»

«Vielleicht hat sich jemand an ihn gewandt und nach dir gefragt. Und dabei ist er hellhörig geworden.»

«Glaubst du, er kennt mein Gesicht?»

«Nein. Die Frage ist, ob der andere dein Gesicht kennt.»

Der andere. Benoîts Mörder. Was, wenn der herausfand, wo Jakob steckte? Waren die anderen in diesem Haus dann auch in Gefahr? Er dachte an seine Begegnung auf dem Domplatz. Er könnte bei Geert und Jan in der Ludgeristraße anklopfen, die würden ihn wahrscheinlich mit Begeisterung aufnehmen. Es würde etwas Abstand zwischen ihn und seine Verfolger bringen.

«Vielleicht sollte ich wirklich gehen», sagte er, obwohl alles in ihm sich dagegen sträubte.

Sie sah ihn an, als hätte er einen Pfeil auf sie abgeschossen. Ungläubig, entsetzt.

«Diese Kammer ist der einzige Ort, an dem ich atmen kann», sagte sie.

Er dachte dasselbe. Als sie ihn in die Arme nahm und an sich drückte, dachte er zuerst, sie würde zu weinen beginnen, aber nach einer Weile schob sie ihn wieder weg. Ihr Blick war plötzlich kalt.

«Die kriegen mich nicht klein.»

Sie schien ein Stück zu wachsen, während sie das sagte, die

Lippen schmal, die Augen zur Wand gerichtet, als blickte sie durch die Mauer in die Ferne. So hatte Maria geschaut, vor einem Jahr, als sie nach der Niederschlagung eines Aufstandes wieder in Brüssel eingeritten war. Keinen Blick hatte die Statthalterin nach rechts oder links auf das Spalier der Bürger geworfen, die barfuß, im Büßergewand und mit Kerzen in den Händen angetreten waren. Die Zügel des schwarzen Hengstes in der rechten Hand, die linke Faust in die Hüfte gestemmt, ein weißer Jagdfalke mit goldener Haube auf der Schulter, Jakob allein an ihrer Seite, der Rest der Leibwache waffenklirrend weiter hinten, weil Maria das so gewollt hatte. *Ich bin es, die sie zuerst fürchten sollen, dann erst meine Arkebusiere.*

«Du erinnerst mich an Maria», sagte er.

«Die Königin? Recht so.»

17

Als Andreas klar wurde, dass es Eifersucht war, die er gegenüber seiner Schwester empfand, schämte er sich. Ein bisschen ärgerte es ihn auch, dass sie zu glauben schien, er bekäme von ihren ständigen Besuchen in Jakobs Kammer nichts mit. Aber hauptsächlich missfiel ihm die Selbstverständlichkeit, mit der sie seinen Gast in Beschlag nahm. Sie hielt sich von der Gemeinde fern, aber mit Jakob schien sie mehr zu teilen als mit irgendwem sonst. Dabei hatte er sie zusammengebracht, wenn man so wollte. Na ja, immerhin war Katharinas Laune seitdem auch besser, und sie redete wieder mehr mit ihm. Vielleicht fand sie über Jakob ja doch noch ihren Weg zur Erlösung.

Umso mehr freute es Andreas, dass er Jakob an diesem Tag für sich hatte, zur Musterung waren schließlich nur die Männer befohlen worden. Andreas hatte kaum Erfahrung im Umgang mit Waffen, und die Aussicht, von der Mauer aus auf Angreifer zu schießen oder, schlimmer noch, jemandem im Nahkampf eine Klinge in den Bauch zu stoßen, erfüllte ihn keineswegs mit Begeisterung, schließlich hatten auch die Apostel noch bis vor ein paar Wochen gepredigt, dass die Auserwählten sich jeglicher Gewalt zu enthalten hatten. Aber jetzt hatten sie keine Wahl mehr. Falls die Bischöflichen vor Ostern wirklich angriffen, konnte man sich schlecht einfach abschlachten lassen. Es war ein beruhigendes Gefühl, jemanden dabeizuhaben, der wusste, wie man sich in solchen Situationen verhielt. Andreas musste nur zusehen, dass Jakob auch in seiner Nähe war, wenn es ernst wurde.

Er hatte Jakob die bessere seiner beiden Arkebusen mit Bandelier, Pulverhorn, Kugeltasche und Lunte gegeben, außerdem ein kurzes Schwert, einen Brustharnisch, einen Helm und ein Paar Beinschienen. Davon hatte er in der Werkstatt mehr als genug.

Auf dem Weg zum Domplatz spürte er mit Stolz die neidischen Blicke der anderen Männer, die das gleiche Ziel hatten, und die anerkennenden Blicke der Frauen und Kinder: zwei gut ausgerüstete Kerle, entschlossen, Seite an Seite das neue Jerusalem zu verteidigen. Schon beim Anlegen der Rüstung hatte er gesehen, dass Jakob jeden Handgriff beherrschte, und wie die Waffe sich beim Gehen an seine Schulter schmiegte, das verriet Routine. Warum Jakob nicht gern über den Krieg sprach, wusste Andreas nicht. Irgendetwas war damals in Mailand passiert, aber allen Nachfragen war er ausgewichen. Auch jetzt war er ziemlich wortkarg.

Der Platz brummte wie ein Bienenstock: Männer liefen durcheinander, begrüßten sich mit Friedenskuss, Händedruck, Schulterklopfen, lässig, feierlich, kämpferisch. Man zeigte und verglich die Ausrüstung, hier ein Scherz, da ein fachsimpelnder Kommentar zu den Waffen, mal spöttisch, mal anerkennend.

«Was soll das sein? Ein Helm oder ein Nachttopf?»

«Mit dem Ding schieße ich dir auf hundert Schritt ein Auge raus.»

«Nimm Lunten. Zunderholz fliegt dir bei jedem zweiten Schuss vom Hahn.»

In einer Gruppe von Männern, die ihre Waffen verglichen,

stand ein Kerl mit einem Spitzbart und sah zu ihnen herüber. Genauer gesagt, er sah Jakob an. Nachdenklich, als überlegte er, wo er das Gesicht schon einmal gesehen hatte.

Rechts und links der großen Bühne vor dem Domportal standen Wagen aufgereiht, bis oben vollgepackt mit Arkebusen, Schwertern, Hellebarden, Piken, Helmen und Harnischen, die an alle herausgegeben werden sollten, die keine eigene Ausrüstung hatten. Einige der Holländer hatten erklärt, keine Waffen in die Hand zu nehmen. Das wurde akzeptiert. Man würde sie zum Schanzen einteilen.

Vor den Mauern der Domkurien rings um den Platz standen alle, die nicht zur Verteidigung der Stadt eingeteilt waren: Frauen, Alte und Kinder. Jungen balgten sich und spielten Soldaten mit Stöcken. Mütter riefen sie zur Ordnung. Erneut fiel Andreas auf, was er auch in den Straßen immer wieder bemerkt hatte: Die Frauen waren in der Stadt in der Überzahl.

War Katharina auch hier, oder war sie zu Hause geblieben? Andreas hätte Jakob gern gefragt, aber er tat es nicht. Die Frage hätte schmerzhaft offengelegt, wie wenig seine Schwester noch mit ihm sprach, und sie hätte Jakob vielleicht ebenso in Verlegenheit gebracht.

Er sah seinen Freund verstohlen von der Seite an. Er war doch sein Freund?

Jakob bemerkte es nicht. Er ließ seinen Blick über die Köpfe schweifen, nicht suchend, als spähte er nach einem Bekannten, sondern eher wachsam, irgendwie auf der Hut. Hatte Andreas das unbestimmte Gefühl, dass Jakob lieber allein zur Musterung gegangen wäre, vielleicht doch nicht getrogen?

Der Spitzbart glotzte immer noch herüber. Als Jakob den Kopf in seine Richtung drehte, tauchte er plötzlich ab.

Jemand klopfte Andreas auf die Schulter. «Da bist du ja.»

Hinrich Mollenhecke. Er trug ebenfalls einen glänzenden Brustharnisch und einen Helm nach spanischer Machart, der ihn ein bisschen wie einen Edelmann aus Kastilien aussehen ließ.

Mollenhecke wies mit dem Kopf auf Jakob. «Ist das dein Gast?»

«Ja», antwortete Andreas.

Er stellte die beiden vor. Während sie ein paar belanglose Höflichkeiten austauschten, musterte der Aldermann den Holländer ganz unverhohlen von oben bis unten, als suchte er nach etwas, das es an seiner Ausrüstung auszusetzen gäbe. Schließlich nickte er.

«Ich bin übrigens euer Hauptmann.»

«Hauptmann?», fragte Andreas.

«Alle wurden in Kompanien eingeteilt. Hundertfünfzig Mann für jedes Stadttor und den zugehörigen Mauerabschnitt. Ich bin für das Mauritztor zuständig. Ich überprüfe eure Ausrüstung, lasse Waffen und Munition ausgeben und teile die Wachen ein. Haben der Prophet und die Apostel so beschlossen.»

Wieder fühlte Andreas diesen Stolz, auch wenn sich beim letzten Satz ein Anflug von Spott in Mollenheckes Stimme geschlichen hatte.

«Obwohl Stadtverteidigung und Artilleriewesen ja nicht unbedingt zu den Kompetenzen von Propheten und Aposteln gehören», fügte Mollenhecke hinzu. «Jedenfalls nicht im engeren Sinne.»

Diesmal war der Sarkasmus kaum zu überhören gewesen.

Mollenhecke wies auf Jakobs Arkebuse. «Kannst du damit umgehen?»

«Ich denke schon», sagte Jakob.

«Er war im Krieg», beeilte sich Andreas zu sagen.

«Wir haben ein paar Leute in der Kompanie, die noch nie so ein Ding in der Hand gehabt haben und noch ein bisschen damit fremdeln», sagte Mollenhecke. «Kannst du es ihnen zeigen?»

«Das lernt man nicht an einem Tag», sagte Jakob.

«Macht nichts. Wir haben ja noch vier Wochen. Vielleicht sogar länger.»

Schon wieder dieser Ton. Und was wollte er mit dieser letzten Bemerkung sagen?

Mollenhecke zog den Kinnriemen seines Helms enger. «Bleibt am besten hier stehen. Ich rufe die Leute zusammen.»

Damit verschwand er im Gewühl. Kurz darauf erschallten von überallher Kommandos.

«Neubrückentor nach dort hinten!»

«Frauentor da vorn rüber! Na wird's bald?»

«Zehn Reihen zu je fünfzehn! Ist das so schwer?»

Gespräche wurden abgebrochen, Schulterklopfen zum Abschied hier und da. Die unüberschaubare Masse floss zu Gruppen zusammen. Unter den Männern, die zu ihnen stießen, erkannte Andreas Nachbarn, Meister und Gesellen aus der Gilde, grüßte hierhin und dorthin. Wo war eigentlich Gisbert?

Mollenhecke kam zurück, gefolgt von einem Kerl ohne Rüstung, der eine auf ein Brett geheftete Liste in der Hand hielt und abwechselnd auf die Papiere und auf die Männer starrte. Der Aldermann scheuchte sie umeinander, bis halbwegs gerade Reihen entstanden. Der andere rannte ihm hinterher und vermerkte die ganze Zeit etwas mit einem Kohlestift auf seinen Blättern.

Nach einigen Minuten stellte sich tatsächlich eine ganz passable Ordnung ein. Mehr als zweitausend Bewaffnete standen in halbwegs regelmäßigen Rechtecken über den Platz verteilt. Andreas war beeindruckt. So musste es ausgesehen haben, als die Israeliten angetreten waren, um das Heilige Land zu erobern.

Sie standen in der ersten Reihe. Direkt vor ihnen hatte Mollenhecke sich postiert. Zwischen ihnen und der Bühne stand die Kompanie, der das Neubrückentor zugewiesen war, hinter ihnen die Männer vom Servatiitor.

«Habt ihr das in Italien auch so gemacht?», fragte er Jakob.

«Nein. Die Hauptleute mochten keine Musterungen, weil dabei aufgefallen wäre, dass sie Tote und Deserteure nicht aus den Listen gestrichen hatten.»

«Warum das denn?»

«Um weiter den Sold für sie zu kassieren und in die eigene Tasche zu stecken.»

Er klang so merkwürdig ernüchtert. Vielleicht lag es daran, dass er damals nicht für die richtige Sache gekämpft hatte. Ob er Katharina etwas davon erzählt hatte? Wieder kochte dieses unschöne Gefühl von Eifersucht in Andreas auf.

Das Stimmengewirr um sie herum wurde plötzlich leiser. Männer stießen sich an, strafften sich, blickten nach vorn zu der Bühne vor dem Domportal, auf der sich die riesige Gestalt des Propheten postiert hatte, flankiert von Knipperdolling und den Predigern.

Der Bürgermeister trat vor. Auch er trug einen Harnisch, der seinen gewaltigen Bauch nachformte, maßgefertigt ohne Zweifel, aber ein bisschen zu eng. Der Bauch quoll unten heraus und verdeckte den Gürtel.

Der Bürgermeister breitete die Arme aus. «Habt ihr Angst?», rief er.

Gelächter, Rufe.

«Nein!»

«Wovor?»

«Hast du Angst?»

«Nein!», echote Knipperdolling. «Wen sollten wir auch fürchten? Wir haben die Ängstlichen aus der Stadt gejagt. Die Angst, dieser ungebetene Gast, ist vertrieben!» Er wies mit der ausgestreckten Rechten in die Ferne. «Die Ängstlichen sind jetzt da, wo sie hingehören! Sie sind beim Bischof und seinen Söldnern untergeschlüpft, haben sich da draußen irgendwo verkrochen. Glauben sie, dass Gott sie dort nicht sehen kann? Dass sein Strafgericht sie verschonen wird, wenn sie sich verstecken? Dass er nicht hört, wie sie gegen uns hetzen? Dass er nicht sieht, wie sie sich rüsten, um uns zu vernichten? Dass er unsere Mauern einstürzen lässt, damit sie über uns herfallen können?»

«Nein!», schrie Andreas. Seine Stimme ging unter in der Welle aus Beifall. Er wagte einen Seitenblick zu Jakob. Der blickte sich immer noch um, keine Spur von Begeisterung im Gesicht.

«Diese Mauern werden nicht einstürzen, meine Brüder und Schwestern! Denn es ist der Herr, der sie stützt, und ihr seid es, die sie verteidigen, mit der Kraft eures Glaubens! Denn ihr kämpft für das Reich Gottes. Für das Reich Gottes!»

Den letzten Satz hatte Knipperdolling in die Menge geschrien, als wäre jedes Wort ein Schlachtruf. Wieder brandete eine Woge aus Beifall über den Platz und schwappte von den Mauern der Kathedrale und der Domkurien zurück. Pfiffe ertönten, einige schwenkten ihre Helme.

«Und wofür kämpfen die da draußen? Für den Sold, den der Bischof ihnen aus seinen ergaunerten und zusammengeräuberten Besitzungen auszahlt! Aus den Abgaben, die er von den bedauernswerten Schafen erpresst! Aus den Krediten, die seine Genossen ihm gewährt haben, weil sie ahnen, dass es auch mit ihrer Macht bald zu Ende sein wird! Ich frage euch: Wem wird der Herr wohl den Sieg schenken? Denen, die für Geld kämpfen, das sie anschließend in die Kneipen und Bordelle tragen, oder denen, deren Lohn das ewige Leben ist? Denen, die ihre Waffen wegwerfen und nach Hause gehen, wenn keine Münzen mehr in ihren Taschen klimpern, oder denen, die weiterkämpfen, bis sie die Feinde Gottes von den Mauern der heiligen Stadt vertrieben haben?»

Wieder rauschte der Beifall. Knipperdolling wollte weiterreden, aber da trat der Prophet plötzlich aus der Reihe der Apostel heraus und stellte sich neben den Bürgermeister. Der warf ihm einen kurzen Seitenblick zu, überrascht oder irritiert, das war aus der Entfernung nicht zu erkennen, jedenfalls machte er einen Schritt zurück und reihte sich zwischen den anderen ein.

Der Prophet sammelte sich. Schloss die Augen. Neigte den Kopf, atmete aus, schien dabei zu schrumpfen wie ein leerlaufender Wasserschlauch und dann gleich wieder zu wachsen, atmete ein, hob den Kopf, öffnete die Augen, sah zum Himmel, hob die Hände.

Und plötzlich schrie er: «Er spricht zu mir!»

Auf dem Platz hätte man ein Blatt Papier zu Boden fallen hören können. Alle starrten wie gebannt zur Bühne. Die Sonne strahlte ihm genau in das vom schwarzen Bart umwucherte Gesicht, die langen Haare hatte er nach hinten gestrichen, sodass sie ihm über die Schultern fielen. Er hatte die Arme ausgebreitet.

«Der gekreuzigte Heiland», flüsterte jemand.

Eine ganze Weile stand er so da, lauschte. Dann hob er an zu sprechen. Zuerst so leise, dass es nicht zu verstehen war, dann mit immer kräftigerer Stimme, bis Worte und ganze Sätze bei Andreas ankamen. Der Prophet zitierte aus der Bibel.

«*Da werden alle Überheblichen und Frevler zu Spreu.*»

Andreas kannte die Worte. Es war die Stelle, die Willem de Kuyper zwei Monate zuvor bei der Zusammenkunft in seiner Stube angeführt hatte. Die Androhung des Weltgerichts.

«*Und der Tag, der kommt, wird sie verbrennen, spricht der Herr der Heere. Weder Wurzel noch Zweig wird ihnen bleiben. Für euch aber, die ihr meinen Namen fürchtet, wird die Sonne der Gerechtigkeit aufgehen.* So spricht der Herr durch seinen Knecht.»

Er machte eine Pause, und als er weitersprach, war seine Stimme wieder so laut wie sonst bei seinen Predigten: «Denn unser Kampf ist ein Kampf der Gerechtigkeit gegen das Unrecht. In dieser Stadt regiert die Frömmigkeit, jenseits ihrer Mauern die Gottlosigkeit! Hier der Verstand, dort die Einfalt! Hier die Bescheidenheit, dort die Prahlerei! Hier die Enthaltsamkeit, dort die Unzucht!»

Plötzlich lachte jemand. Es war wie bei einem Theaterstück, bei dem ein neuer Charakter auftritt, der dem Geschehen eine andere Wendung gibt und noch aus der Kulisse heraus seine ersten Sätze deklamiert.

Alle reckten die Hälse.

Wieder das Lachen. Länger, lauter, höher, fast kreischend.

«Enthaltsamkeit? Du?»

Andreas stellte sich auf die Zehenspitzen. Zum Glück war er so groß, dass die paar Zoll reichten, um über die Köpfe der anderen hinweg zu sehen, was sich dort vorne tat.

Eine Gestalt hatte sich aus den Reihen der Kompanie vom Hörstertor gelöst. Mit Entsetzen stellte Andreas fest, dass es Hubert Rüscher war. Er schwankte. Offenbar war er schon wieder vollständig besoffen.

«Hör auf, Hubert!», schrie jemand weiter vorn.

Aber der dachte gar nicht daran.

«Bescheidenheit? Du?» Er stolperte ein paar Schritte vor und zeigte auf den Propheten. «Was soll an diesem ganzen Mummenschanz denn bescheiden sein? Und was ist enthaltsam an dem, was ihr da jeden Abend mit euren Flittchen im Badehaus treibt, du und deine Freunde?» Er lachte wieder kreischend. «Bernd Pimperdolling und Jan Fickelson! Ihr seid alle Betrüger!»

«Scheiße», stieß Mollenhecke hervor und setzte sich in Bewegung. Er pflügte durch die Reihen der Kompanie vom Neubrückentor, die vor ihm Aufstellung genommen hatte.

Rüscher krümmte sich vor Lachen. «Merkt ihr's nicht, wie diese Holländer euch bescheißen?», winselte er lallend.

Die Bestürzung über den peinlichen Auftritt hatte alle gelähmt, doch der Prophet, der die ersten Sätze noch mit unbewegter Miene angehört hatte, gab jetzt ein kurzes Handzeichen. Zwei Bewaffnete traten vor, packten den betrunkenen Schmied, zerrten ihn hoch und rissen seinen Kopf nach hinten, sodass er würgend zum Himmel starrte, als wollten sie ihm zeigen, gegen wen er sich da gerade versündigte.

Matthys sprang von der Bühne, baute sich vor Rüscher auf und packte ihn mit seiner Pranke am Kinn.

«Hört euch den Frevler an!», donnerte er.

Rüscher kicherte wieder. Er konnte offenbar nicht anders.

«Du glaubst, du beleidigst mich?», fragte Matthys. «Du beleidigst den Herrn! Du lästerst Gott!»

Er ließ seinen Blick über die Menge schweifen. «Was sagt die Heilige Schrift dazu? Weiß es jemand?»

Mollenhecke hatte sich inzwischen bis in die erste Reihe gerempelt, aber er griff nicht ein. Selbst die Apostel wirkten verunsichert.

«Wer den Namen des Herrn schmäht, wird mit dem Tod bestraft!», rief Matthys.

Andreas lief es kalt den Rücken hinunter. Er dachte an den Abend vor zwei Monaten, an dem Rüscher auf dem Marktplatz auf einem Fass gestanden und wirres Zeug geredet hatte. Rüscher war ein Idiot, und immer wenn er zu viel getrunken hatte, hatte er sich nicht mehr im Griff, aber er schien zu glauben, dass er für seine Ausfälle so etwas wie Narrenfreiheit genoss. Bisher war es für ihn ja auch immer glimpflich ausgegangen, und er war mit ein paar Tagen in der Arrestzelle davongekommen. Wo war eigentlich Walraven?

Rüscher sagte nichts mehr, vielleicht hatte er begriffen, dass es diesmal ernst war, allerdings hätte er auch kaum verständlich reden können, denn die Finger des Propheten quetschten seinen Mund so zusammen, dass seine Lippen aussahen wie ein Hühnerhintern. Er stieß ein paar Laute hervor, die nicht zu verstehen waren. Diesmal klang es flehentlich.

«Gnade?», brüllte der Prophet. «Es gibt keine Gnade für einen wie dich! *Die Rache ist mein*, spricht der Herr!»

Er schnippte hinter seinem Rücken mit den Fingern. Ein weiterer Wächter trat vor. Der Prophet schleuderte den

Schmied von sich und entriss dem Wächter seine Hellebarde. Rüscher ging zu Boden und landete auf dem Rücken. Er versuchte, auf die Beine zu kommen, schaffte es aber nicht. Er war einfach zu betrunken.

Alle hielten den Atem an. Der Prophet drehte die Hellebarde um, sodass die Spitze nach unten zeigte. Holte aus. Stach zu. Ein Stöhnen ging durch die Menge. Im letzten Augenblick rollte Rüscher nach rechts, sodass der Stahl sich in den Boden bohrte. Matthys riss die Hellebarde hoch, stach noch einmal zu. Rüscher wälzte sich nach links, und wieder ging der Stoß daneben. Das brachte Matthys dermaßen in Rage, dass er sich vollends vergaß. Wie ein Wilder stach er zum dritten Mal zu, diesmal traf er die Jacke des Betrunkenen und nagelte ihn auf der Erde fest. Rüscher zappelte, der Stoff riss, er kam frei, stemmte sich hoch, stolperte über seine eigenen Beine und fiel wieder hin.

Ein derart würdeloses Schauspiel hatte Andreas noch nie gesehen. Am liebsten wäre er selbst hingegangen und hätte es beendet, aber er blieb wie angewurzelt stehen und stellte verwundert fest, dass er sich schämte, obwohl er selbst nichts getan hatte. Die entgeisterten Gesichter der Umstehenden verrieten, dass es ihnen ähnlich erging. Jakob neben ihm presste die Lippen so fest zusammen, dass sein Mund nur noch ein dünner Strich war.

Matthys keuchte vor Anstrengung, die Haare waren ihm ins Gesicht gefallen. So mochte Jesus ausgesehen haben, als er die Händler aus dem Tempel vertrieben hatte, aber hier war das Werk noch nicht getan. Matthys konnte jetzt nicht aufhören, ohne das Gesicht zu verlieren.

Weiter links kam Bewegung in die starren Reihen. Zwei

weitere Männer kämpften sich nach vorn, es waren Tilbeck und Redeker. Gleichzeitig trat Mollenhecke vor, und alle Blicke hefteten sich auf ihn.

«Es reicht», sagte der Aldermann.

Matthys schien wie aus einem Traum zu erwachen. Er wandte sich von Rüscher ab, der immer noch auf dem Boden lag und nach oben schielte, ernüchtert, ganz und gar erfüllt von Todesangst.

Matthys starrte Mollenhecke an wie einen Feind, der aus dem Hinterhalt aufgetaucht und ihm in den Rücken gefallen war.

«Es reicht, wenn die Strafe vollstreckt ist», sagte er lauernd.

«Die Statuten schreiben einen ordentlichen Prozess vor», sagte Redeker laut, mehr an die Zuschauer gewandt als an Matthys. «Der Ankläger kann nicht gleichzeitig Richter sein.»

«Und der Richter nicht Vollstrecker», ergänzte Tilbeck.

Andreas begriff, was das bedeutete: Hier traten die Kräfte der alten Rechtsordnung gegen die Gewalt der Prophetie an. Der Ausgang dieses Machtkampfes würde über das weitere Schicksal der Stadt bestimmen. Und er hoffte, dass Gott diesen Kampf auf eine Weise entscheiden würde, die zumindest keinen Zweifel an seinem Willen lassen würde. Aber hätte der Herr in diesem Fall nicht dafür sorgen müssen, dass die Klinge den Schmied gleich beim ersten Stoß durchbohrte? Setzte Gott seine Werkzeuge so zögerlich ein?

Matthys funkelte die beiden an, dann sagte er etwas über die Schulter, und wie aus dem Nichts erschien ein halbes Dutzend weitere Wachen. Je zwei von ihnen nahmen Tilbeck, Redeker und Mollenhecke in die Mitte.

«Waffen abnehmen und abführen», sagte Matthys laut.

Die drei leisteten keinen Widerstand. Das Letzte, was Andreas von ihnen sah, war das Gesicht von Mollenhecke, der durch das Spalier der Kompanie des Neubrückentors geschubst wurde: eine Maske der Verachtung.

Er fühlte sich, als hätte man ihm selbst Gewalt angetan. Hinrich Mollenhecke war der Mann, den er von allen am meisten respektierte, und bis zu diesem Augenblick war Andreas fraglos davon ausgegangen, dass der Aldermann sich der Autorität des Propheten und seiner Apostel unterordnete und ihren Willen – der ja Gottes Willen entsprach – vollstreckte. Jetzt überkamen ihn plötzlich Zweifel.

Nachdem die drei abgeführt worden waren, senkte sich wieder Schweigen über den Platz. Rüscher lag auf dem Bauch, regungslos, als hoffte er, dass sich niemand mehr mit ihm befassen würde, solange er sich nur nicht rührte.

Matthys hatte plötzlich eine Arkebuse in der Hand. Die qualmende Lunte war im Hahn eingeklemmt. Offenbar hatte einer seiner Gefolgsleute sie ihm gereicht. Warum hatten die überhaupt geladene Waffen dabei?

«Steh auf», sagte Matthys zu Rüscher jetzt in fast sanftem Ton, wie Jesus, der im Begriff stand, einen Gelähmten zu heilen.

Vielleicht hoffte Rüscher trotz der auf ihn gerichteten Waffe auf Begnadigung, vielleicht hielt er das alles nur für eine Probe seines Gehorsams, jedenfalls nahm er sich zusammen und kam tatsächlich auf die Beine.

«Die Gnadentür ist zu», sagte Matthys und setzte ihm den Lauf der Arkebuse auf die Brust.

Panik überkam den Schmied, seine Augen weiteten sich, dann gaben seine Beine wieder nach und er sank zu Boden wie ein halb leerer Sack.

«Hoch mit dir!»

Wieder stand Rüscher auf; diesmal gelang es ihm nur halb, er machte einen Schritt zur Seite, knickte um und lag wieder auf dem Bauch. Der Lauf der Waffe folgte ihm.

Andreas hielt den Atem an.

Matthys drückte den Abzug. Es krachte, Qualm und Funken schossen aus dem Rohr, der Schmied zuckte zusammen, als die Kugel ihn in den Rücken traf, bäumte sich in einem furchtbaren Krampf auf, wälzte sich auf den Bauch und schrie.

Matthys gab die Waffe an den Wächter zurück, dem er sie abgenommen hatte.

Rüscher schrie weiter.

Matthys hob den Blick.

Rüscher schrie immer noch. Es war unerträglich. Wollte der nicht sterben?

Matthys reckte die Hände zum Himmel. Er zitterte.

Das Schreien erstarb zu einem Wimmern.

«Der Herr hat ihn begnadigt», sagte Matthys. «Er wird leben.»

Mit einer unwirschen Geste bedeutete er den Wächtern, den Schmied fortzuschaffen. Sie packten ihn an Händen und Füßen und trugen ihn weg.

Knipperdolling war es, der die allgemeine Starre auflöste. Er hatte das makabere Schauspiel mit unbewegtem Blick beobachtet. Jetzt trat er vor.

«Nehmt Haltung an!», rief er. «Die Reihen gerade!»

Wie Marionetten, an deren Fäden gezogen wurde, strafften die Männer sich.

Andreas war wie betäubt. Er befolgte die Anweisungen, aber sein Kopf war leer.

Eine Stunde lang vollführten sie die Übungen nach den Kommandos von der Bühne. Weil Mollenhecke nicht mehr da war, richteten sie sich nach den Manövern der anderen Kompanien, knieten sich hin und standen wieder auf, legten die Arkebusen an und taten, als würden sie feuern, zogen die Blankwaffen und steckten sie wieder weg, traten zurück, traten vor, Angriff, Parade, Angriff, Parade, Angriff, Parade.

Irgendwann war es vorbei. Knipperdolling entließ sie mit einem knappen Kommando. Die Reihen wurden aufgelöst. Die Stimmung war gedrückt. Kein Wort fiel über das, was geschehen war. Mit gequälten Gesichtern wurden Schultern geklopft und Bruderküsse ausgetauscht.

Die Zuschauer an den Rändern des Platzes waren verschwunden.

Auf dem Rückweg traute Andreas sich nicht, Jakob anzuschauen.

Beim Michaelistor stand Walraven. Er schien ins Leere zu blicken.

«Rüscher ist tot», sagte er.

18

In den folgenden Tagen bemerkte Jakob eine Veränderung an Andreas. Es war wohl weniger das Entsetzen über das blutige Schauspiel auf dem Domplatz, das den Schmied so nachdenklich machte, als vielmehr die Ratlosigkeit angesichts des mehrfachen Versagens von Matthys bei seinen Vorhersagen: Wenn Gott ihm die Bestrafung des Schreihalses befohlen hatte, warum hatte er dann zugelassen, dass die Vollstreckung des Urteils zu einer so würdelosen Groteske ausartete? Und wenn er ihn die Genesung des Verurteilten verkünden ließ, warum war Rüscher dann trotzdem gestorben? Es war, als hätte Gott seinen Propheten vor der ganzen Gemeinde ins Unrecht setzen wollen. Solche Gedanken setzten Andreas sichtbar zu, aber er schien es zuerst mit sich selbst ausmachen zu wollen. Vielleicht wollte er vor Jakob nicht als kleinmütiger Zweifler dastehen.

«Wie konnte das bloß so weit kommen?», fragte Katharina kopfschüttelnd, als sie am Abend nach der Musterung am Fenster standen und auf die dunkle Straße hinausblickten.

«In drei Wochen ist es vorbei», sagte Jakob.

«Und wenn nicht? Was ist, wenn er sich das mit dem Jüngsten Gericht auch so zurechtbiegt? Brüder und Schwestern, Gott hat beschlossen, dass der Weltuntergang verschoben wird! Was dann? Wird dann noch irgendjemand vortreten und lachen, nach dem, was heute passiert ist?»

Jakob dachte lange nach. Er sah die Szene wieder vor sich, und wie von selbst verwandelte sich Jan Matthys wieder in Antonio de Leyva. Mit zweihundert entschlossenen Männern konnte man zweitausend Aufständische niederwerfen, wenn man ohne zu zögern erbarmungslos zuschlug. Genau das hatte Matthys an diesem Tag getan.

«Denken wir mal andersherum», sagte er. «Angenommen, es finden sich Leute, die Matthys und seine sogenannten Apostel unschädlich machen. Wird jemand aufstehen und sie verteidigen?»

«Vielleicht nicht. Aber viele sind der Ansicht, dass in der Stadt alle gegen den Bischof zusammenhalten müssen. Vor allem die Einheimischen. Den Holländern kann das egal sein, aber im Zweifelsfall werden die sich erst recht auf die Seite von Matthys schlagen, weil sie von seinen Gegnern nichts zu erwarten haben.»

Jakob dachte an die Wächter, die Mollenhecke, Tilbeck und Redeker festgenommen und weggeschleppt hatten. Waren das Holländer? Leute, die er mitgebracht hatte?

«Was willst du eigentlich wegen Ernestine unternehmen?», fragte sie plötzlich. «Hast du irgendeinen Plan?»

«Nein. Ich muss mir diese Domkurie mal aus der Nähe anschauen. Wahrscheinlich wird es noch schwieriger, da reinzukommen, als in Knipperdollings Haus. Nach dem, was heute passiert ist, wird er sich eine Leibwache zulegen.»

«Ist das nicht dein Beruf?», fragte sie.

Mollenhecke und die anderen wurden bald wieder freigelassen, aber ungeschoren ließ Matthys sie nicht davonkommen. In einer demütigenden Zeremonie, die wiederum auf dem Domplatz vollzogen wurde, mussten sie sich auf dem Bauch liegend schuldig bekennen, gegen Gott gesündigt zu haben, indem sie es gewagt hatten, sein durch den Mund seines Propheten verkündetes Wort anzuzweifeln.

Jakob erkundete in diesen Tagen die Umgebung der Kurie des Domherren Melchior von Büren, in der sich der Prophet mit seinem Gefolge eingerichtet hatte. Es handelte sich um ein großes Anwesen an der Südseite des Domplatzes mit Garten und Nebengebäuden, das von einer Mauer umgeben war. Östlich davon befand sich eine weitere Kurie, die ebenfalls beschlagnahmt worden und mit Anhängern des Propheten belegt worden war. Vor jedem der Tore hielten zwei bewaffnete Holländer Wache. Westlich mündete eine Gasse ein, die von hohen Gartenmauern gesäumt wurde und vor einem Tor endete. Es war schwer zu durchschauen, wo welches Grundstück endete und wie die Häuser genutzt wurden. Von Süden her war es völlig unmöglich, in die Nähe dieser Grundstücke zu gelangen. Dort zog sich eine Straße entlang, Rothenburg genannt und lückenlos mit giebelständigen Kaufmannshäusern bebaut.

Mollenhecke, der seine Lektion gelernt hatte oder jedenfalls so tat, übernahm wieder das Kommando über die Kompanie, die für das Mauritztor zuständig war. Alle zwei Tage hatte Jakob Wachdienst zu leisten. Von der Mauer aus sah er, wie Arbeiter den Außenwall mit Erdaufschüttungen und die Bastionen vor den Außentoren mit Steinmaterial aus den Kirchen verstärkten. Einmal rollte ein Karren mit Grabplatten durch das Tor, die aus dem Boden irgendeiner Kirche herausgehebelt worden waren.

In einiger Entfernung, außerhalb der Reichweite der Kanonen auf den Wällen, errichteten die Bischöflichen ein Lager:

Gräben, ein Wall mit Palisade, dahinter Zelte, davor Geschützstellungen, von Schanzkörben flankiert, aber noch ohne Kanonen. Nicht weit davon war die Ruine der Stiftskirche von Sankt Mauritz auszumachen, der das Stadttor seinen Namen verdankte. Kurz bevor die ersten Straßenblockaden errichtet worden waren, hatten die Wiedertäufer die Anlage verwüstet, damit die Belagerer sie nicht nutzen konnten.

Ab und zu patrouillierten Reiter rechts und links der Straße, die zum Tor führte, aber von einer Einschließung der Stadt konnte noch lange nicht die Rede sein. Der Zustrom der Söldner war schleppend, und so beschränkten sich die Belagerer darauf, die Hauptzufahrtsstraßen zu blockieren und gelegentliche Ausfälle zurückzuschlagen, mit denen die Belagerten von den Nachschubtransporten ablenkten, die meistens nachts über Feldwege und Nebenstraßen in die Stadt gelangten.

Etwa eine Woche nach der Musterung bekam eine Gruppe aus Jakobs Kompanie den Befehl, einen solchen Transport zu eskortieren, eine Ladung mit Schießpulver, die heimlich aus der Stadt geschleuste Strohmänner im Auftrag der Verteidiger in Warendorf gekauft hatten.

Sie waren zu sechst: Außer Jakob war Martin dabei, Sohn eines Gastwirts aus der Salzstraße, höchstens zwanzig Jahre alt und völlig unerfahren im Gebrauch von Waffen, ferner Hans und Gert, zwei Steinmetze, deren Werkstätten in der Mauritzstraße unweit des Tores lagen, außerdem zwei Auswärtige, die sich freiwillig für den Einsatz gemeldet hatten: Bartel, ein glatzköpfiger Kürschner aus Tilburg, und Bastiaan, ein Schneider aus Antwerpen, spitzbärtig und hochgewachsen, der sich bei der Einweisung so geschickt in der Handhabung von Waffen anstellte, dass Jakob sich fragte, ob er wirklich schon immer seinen Lebensunterhalt mit Nadel und Faden verdient hatte. Aber je weniger Fragen er stellte, desto weniger Fragen stellten auch die anderen.

Mollenhecke hatte Jakob mit dem Kommando betraut, ohne einen Hehl daraus zu machen, dass er lieber einen seiner Mitbürger an der Spitze der Gruppe gesehen hätte.

Als Katharina ihn zum Abschied in die Arme nahm, spürte Jakob, wie sie ihre Angst niederkämpfte.

«Bis morgen», sagte sie, als stünde ihm eine ganz normale Nachtwache auf der Mauer bevor. Sie versuchte wohl, ihrer Stimme einen beiläufigen Klang zu geben, aber gerade in ihrer Bemühtheit hatte sie etwas Beschwörendes.

Er küsste sie. «Dauert nur ein paar Stunden.»

Als es Nacht wurde, brachen sie auf. Im Gewölbe des Mauritztors prüfte Jakob ein letztes Mal die Ausrüstung der anderen, zog an Bartels Schwertgehänge einen Riemen fest, damit die Metallringe beim Gehen nicht klirrten, klopfte dem verängstigten Martin aufmunternd auf den Rücken, dann wickelte er die glimmende Lunte um den Lauf seiner Arkebuse und schulterte sie. Außer ihm hatte nur noch Bastiaan eine Schusswaffe. Es war unwahrscheinlich, dass die Dinger ihnen viel nutzen würden, denn wenn es wirklich zu einem Überfall kam, würden sie kaum mehr als einen Schuss damit abgeben können. Das Nachladen im Dunkeln war viel zu umständlich.

Sie überquerten die Brücke über den Innengraben, erreichten den Außenwall mit seiner Palisade und den Meisenkästen, passierten die wuchtige Torbastion und schließlich den Steg über den Außengraben, dessen Wasser im Mondlicht schimmerte. Die Wachen grüßten.

Die Straße war von Gräben und Buschwerk gesäumt. Sie

gingen hintereinander. Jakob hatte Gert den Vortritt gelassen, weil der jeden Stein und jeden Baum kannte; hinter Jakob lief Martin, dann Hans, dann Bartel, und am Ende der Reihe der undurchsichtige Spitzbart.

Im Süden stand der zunehmende Mond am Himmel, dessen Licht zur Orientierung reichte, es allerdings auch den Patrouillen der Belagerer ermöglichen würde, sie auf einhundert Schritte auszumachen. Jakob hatte im Krieg genügend nächtliche Streifzüge unternommen, dass er wusste, worauf zu achten war. In der Stille der Nacht trugen Geräusche weiter als am Tag, schon eine halblaute Unterhaltung oder knackende Zweige unter Stiefelsohlen waren auf Schussweite gut zu vernehmen, und auch der Geruch einer brennenden Lunte zog bei günstigem Wind eine verräterische Spur durch die Dunkelheit. Je schlechter die Sicht, desto schärfer das Gehör und desto feiner die Nase.

Die Nacht war klar, und ein leichter Wind wehte von Nordwesten her, was für sie von Vorteil war, denn der vereinbarte Treffpunkt lag bei einem Gehölz etwa anderthalb Meilen südöstlich des Lagers der Bischöflichen, sodass Geräusche und Gerüche von ihnen weggetragen wurden. Trotzdem hatte Jakob den Männern eingeschärft, keinen Laut von sich zu geben, schließlich konnten Streiftrupps sich von allen Seiten nähern.

Nach einer Weile gab Gert ein Zeichen. Sie verließen die Straße und bogen nach Süden auf einen Feldweg ein, der von Birken gesäumt wurde. Jakob blickte nach rechts, zur Stadt. Der Außenwall hob sich als gerade noch zu erahnende Linie vom Nachthorizont ab. In unregelmäßigen Abständen leuchteten Wachlaternen als gelbe Punkte.

Der Weg machte eine lange Biegung, sodass sie bald erneut

in östliche Richtung unterwegs waren. Nach einer Weile kam links vor ihnen eine Ansammlung von unregelmäßigen Lichtern in Sicht, Fackeln und der Widerschein von Feuern. Ein Hauch von Qualm und die Geräusche von lagernden Soldaten wehten heran, Lachen und Gesänge, anschwellend und abschwellend mit dem Wind. Jakob sah, wie Gert vor ihm seine Füße noch vorsichtiger aufsetzte, fast tastend.

Der Weg führte durch eine leichte Senke, die von Bäumen gesäumt wurde. Die Lichter verschwanden.

Gert blieb stehen und wartete, dass sie aufschlossen. Mit einem Handzeichen bedeutete er ihnen, die Köpfe zusammenzustecken. Bleiche Gesichter neigten sich einander zu.

Gert wies auf eine kleine Anhöhe links vor ihnen. Der Rumpf einer Mühle mit ausgebranntem Dach ragte in den Nachthimmel auf. Sie war vor ein paar Tagen bei einem Ausfall zerstört worden.

«Wir warten da oben», flüsterte Gert. «Alles wie besprochen.»

Sie waren den Ablauf vorher genau durchgegangen. Der Mühlenhügel bot einen besseren Überblick über das Gelände. Sie würden sich im Schutz des Gemäuers verbergen und Ausschau nach Patrouillen halten. Noch einmal fünfhundert Schritte weiter südöstlich lag das Gehölz, das als Treffpunkt vorgesehen war. Wenn die Luft rein war, würden sie dorthin schleichen und warten, bis der Wagen kam. Und dann nichts wie zurück in die Stadt.

«Na los», flüsterte Jakob.

Sie legten das letzte Stück auf dem Feldweg zurück. Als sie bei der Anhöhe angekommen waren, wandten sie sich nach links und erklommen die Steigung, die nur einen Steinwurf vom Weg entfernt begann. Die Mühle war von Buschwerk und kleinen Bäumen umgeben. Verkohlte Balkengerippe lagen rechts vom Eingang ineinander verkeilt herum, offenbar war der Dachstuhl beim Brand nicht ins Gebäude gestürzt, sondern unter dem Gewicht des Flügelwerks zur Seite gekippt. Es roch nach feuchtem Rauch.

Zwischen den Bäumen bewegten sie sich noch vorsichtiger. Unter dem verrotteten Laub des Vorjahres knackten kleine Zweige. Die Tür der Mühle war aus den Angeln gerissen worden. Dahinter gähnte rabenschwarze Dunkelheit. Die Fenster der oberen Stockwerke waren als dunkle Ausstanzungen in der stumpfkegelförmigen Masse des Gemäuers zu erkennen.

Plötzlich sah Jakob eine Bewegung in der Türöffnung, und dann ging alles ganz schnell: Ein Klacken, ein Zischen, und im selben Augenblick schrie Gert auf und ging zu Boden.

«Hinterhalt!», schrie Jakob und sprang mit einem Satz hinter den Stamm einer Birke. Hinter ihm warfen sich die anderen auf den Boden.

Gert lag drei Schritte vor ihm auf dem Rücken. Die Bäume hatten gerade erst auszuschlagen begonnen, und im Mondlicht, das durch die Baumwipfel fiel, erkannte Jakob den Schaft eines Armbrustbolzens, der in der Brust des Steinmetzes steckte.

Jakob kniete sich hin und warf einen schnellen Blick zu den anderen zurück, die regungslos im Unterholz lagen, flach auf den Boden gedrückt, kaum zu erkennen. Langsam wickelte er das Ende der Lunte vom Lauf der Arkebuse. Blies vorsichtig in die Glut, bis das leicht qualmende Ende aufglühte. Klemmte es in den Hahn. Klappte den Deckel der Pulverpfanne auf. Stützte den Ellbogen auf das Knie. Legte auf den Türdurchgang an, der sich etwa fünfzehn Schritte vor ihm befand.

Für eine quälend lange Zeit tat sich gar nichts. Wusste der Kerl da drin überhaupt, dass sie zu sechst waren? Wahrscheinlich schon. Bestimmt hatte er zwischen den Birken gekauert, den Weg beobachtet und sich dann in das Gebäude zurückgezogen. Vielleicht hatte er gehofft, dass sie gar nicht erst hinaufsteigen, sondern unten vorbeiziehen würden. Aber warum hatte er überhaupt geschossen? Es wäre klüger gewesen, im Dunkeln abzuwarten, bis sie wieder weg waren. Wenn er es in Kauf genommen hatte, sie auf sich aufmerksam zu machen, dann konnte das nur eins bedeuten: Er war nicht allein da drin. Aber wie viele waren es?

Jakob zielte weiter, bis die Türöffnung vor seinen Augen verschwamm.

Es war totenstill bis auf das leise Knistern der Lunte vor Jakobs Nase. Schwer vorstellbar, dass dort drin unbemerkt eine Armbrust nachgeladen und gespannt wurde; das Knarren des Hebels und das Klacken des einrastenden Verschlusses hätte Jakob sicher gehört.

Plötzlich schob sich das fahle Oval eines Gesichts hinter dem linken Türpfosten hervor, verschwand wieder, tauchte erneut auf, spähte, kam noch ein Stück heraus, wie der Fühler einer Schnecke.

Jetzt.

Jakob betätigte den Abzug. Der Hahn mit der Lunte senkte sich auf die Pulverpfanne. Es blitzte und krachte vor seinem Gesicht, Funken und Qualm schossen zusammen mit der Kugel aus dem Rohr, der Rückstoß hieb ihm in die Schulter, aus der Mühle kam ein kurzes Aufbrüllen und das dumpfe Poltern eines zu Boden fallenden Körpers, dann nichts mehr.

Jakob ließ die Arkebuse fallen, sprang auf und rannte in

einem Bogen zum Eingang der Mühle. Im Laufen zog er sein Schwert, dann presste er sich mit dem Rücken an die Mauer neben dem Türpfosten. Wenn jetzt einer herauskam, würde er seine Klinge zwischen die Rippen bekommen.

Wieder Stille.

Jakob spähte abwechselnd zur Tür und ins Unterholz zwischen den Birken. Die anderen lagen immer noch auf dem Boden; er dagegen musste vor dem Hintergrund der gekalkten Wand für sie gut sichtbar sein.

Jakob hatte gehofft, nie wieder in eine solche Situation zu geraten, aber jetzt gab es kein Zurück mehr, und die Routine aus vergangenen Zeiten stellte sich sofort wieder ein. Auch wenn er die Gesichter der anderen vier nicht sehen konnte, wusste er natürlich, dass sie in seine Richtung starrten. Er hob den linken Zeigefinger, dann zeigte er mit dem Daumen auf sich, dann hob er zwei Finger und wies mit dem Daumen zur Tür, schließlich wieder einen Finger, dann zwei an die Augen und nach unten: *Einer zu mir, zwei auf die andere Seite des Eingangs, einer bleibt da und passt draußen auf.* Viel misszuverstehen gab es daran nicht, solange sie sich instinktiv richtig aufteilten und sich nicht gegenseitig vor die Füße liefen.

Jakob hob die gespreizte Hand, dann klappte er einen Finger nach dem anderen ein: fünf, vier, drei, zwei, eins.

Sie hatten begriffen. Als der letzte Finger verschwand, sprangen drei der vier Gestalten im Unterholz auf und rannten los, Bastiaan zu seiner Seite, Hans und Bartel zur anderen. Martin blieb liegen, genau wie Jakob gehofft hatte. Als Späher war er besser zu gebrauchen.

Eine Armlänge rechts von Jakob gähnte die Türöffnung, aber weil er sich eng an die Wand presste, erkannte er davon nicht mehr als einen dunklen Spalt. Hans und Bartel wurden von der Rundung der Wand auf der anderen Seite der Tür verborgen.

Von drinnen war nichts zu hören. War es doch nur einer gewesen? Konnte man so tollkühn sein?

Jakob rückte ein Stück vor. Sein Herz hämmerte. Er blickte zu Bastiaan, der lautlos nachgerückt war. Der Holländer wirkte völlig ruhig. Die Arkebuse hatte er im Gebüsch gelassen, stattdessen hielt er das Schwert in der Faust, nicht verkrampft, sondern beinahe entspannt. Der war nicht immer nur Schneider gewesen, im Leben nicht.

Immer noch kein Geräusch aus der Mühle. Jakob beugte sich ein Stück vor. Bartels Kopf erschien auf der anderen Seite der Tür.

Jakob wies mit einem Kopfnicken auf die dunkle Öffnung, dann löste er sich von der Mauer, war mit einem entschlossenen Schritt beim Eingang, stach mit dem Schwert aufs Geratewohl nach rechts hinter den Durchgang, streifte etwas Weiches, das sofort zurückwich, war mit einem Schritt über die Schwelle, setzte nach, stach noch einmal zu, sah aus dem Augenwinkel eine Silhouette hinter ihm durch den Eingang schlüpfen, dann zwei weitere.

Sie waren drin. Aber wie viele Gegner warteten hier auf sie? Außer dem Streulicht von der Tür kam kein Lichtschein herein, über ihnen war alles dunkel. Zumindest eine der Zwischendecken hatte offenbar standgehalten, als die Mühle ausgebrannt war.

Jakob hieb mit dem Schwert ein paarmal kreuz und quer vor sich durch die Luft. Vor ihm war jemand, er sah die schemenhaften Bewegungen, hörte das unterdrückte Keuchen und die zurückweichenden Schritte; wieder setzte er nach, wieder stach er zu, wieder traf er ins Leere; hinter ihm brüllten mehrere Stimmen auf, dann klirrte Stahl auf Stahl, begleitet von Knurren und Keuchen.

Plötzlich packte ihn jemand von hinten. Ein Arm legte sich um seinen Hals und zerrte seinen Kopf nach oben, Jakob ließ das Schwert fallen und riss die Arme hoch, bekam ein Handgelenk zu fassen, spürte, wie eine Klinge eines Messers, die offenbar auf dem Weg zu seiner Kehle gewesen war, seinen Unterarm streifte. Er warf sich mit seinem ganzen Gewicht nach hinten, rammte den Angreifer gegen die Mauer, der stöhnte auf, ließ aber nicht locker, sondern stieß sich von der Wand ab und brachte Jakob aus dem Gleichgewicht. Jakob kippte vornüber, konnte sich im Fallen aber gerade noch drehen, sodass der andere nicht auf ihm landete, sondern mit Jakob im Schwitzkasten zu Boden ging. Jakob stieß den linken Ellbogen mit aller Kraft hinter sich und erwischte den Angreifer im Gesicht. Es knackte, wahrscheinlich die Nase, der andere brüllte direkt neben seinem Ohr auf, lockerte den Würgegriff aber nicht, im Gegenteil: Schmerz und Wut schienen seine Kräfte zu verdoppeln, die Hand mit der Klinge versuchte wieder zuzustoßen, aber Jakob rammte den Kopf nach hinten und traf noch einmal die Nase. Wieder schrie der andere auf, und dieses Mal gelang es Jakob, ihm das Messer zu entreißen. Blindlings stieß er die Klinge hinter sich, fühlte, wie sie irgendwo in den Körper eindrang, hörte ein Aufstöhnen, ein Röcheln, dann erschlaffte der Arm um seinen Hals. Jakob sprang auf die Beine, machte einen Satz zur Wand und drückte sich mit dem Rücken gegen die Mauer. Wie zur Hölle war der Kerl in seinen Rücken gelangt? Und wo war Bastiaan geblieben?

Während des kurzen Handgemenges war der Kampf auf

der anderen Seite des Eingangs weitergegangen, aber jetzt war statt Geschrei und Geklirre nur noch Keuchen zu hören.

«Hans?», fragte Bartel in die Dunkelheit. «Alles in Ordnung?»

«Ja. Hab einen erwischt.»

«Ich auch», sagte Bartel. «Jakob?»

«Hier», antwortete Jakob. «Hab auch einen erwischt.»

«Bastiaan?»

Keine Antwort. Stattdessen plötzlich eine Stimme aus dem letzten Winkel des Raumes: «Lasst mich am Leben, dann komme ich raus.»

«Einverstanden», sagte Jakob. «Wir warten vor der Tür.»

Die Silhouetten von Hans und Bartel schlüpften nach draußen. Jakob schloss sich an.

Der Kerl, der sich ergeben hatte, ein Milchgesicht von höchstens achtzehn Jahren, machte keine Schwierigkeiten. Er kam mit erhobenen Armen heraus und ließ sich widerstandslos die Hände auf den Rücken binden.

«Und da ist jetzt keiner mehr drin?», fragte Jakob. «Ihr wart zu fünft, ja?»

«Zu viert.»

Jakob dachte zuerst, dass der Junge ihn anlog und dass sich in der Ruine doch noch jemand versteckte, den er nicht ans Messer liefern wollte. Und dann begriff er plötzlich, was wirklich passiert war.

Hans kniete neben dem toten Gert. «Warst du das, der geschossen hat?», fragte er den Jungen drohend. Der schüttelte hektisch den Kopf. Hans knurrte wütend, aber er fragte nicht weiter. Offenbar traute er dem Milchgesicht einen solchen Schuss nicht zu.

«Ich lasse Gert hier nicht liegen», sagte Hans. «Und wenn ich ihn alleine schleppen muss. Er kriegt ein anständiges Begräbnis.»

«Ich helfe dir», sagte Bartel.

In diesem Augenblick kam Martin angerannt. «Der Pulverwagen ist da», wisperte er aufgeregt.

«Jetzt brauchst du auch nicht mehr zu flüstern», sagte Hans verächtlich.

Der Lärm aus dem Lager der Bischöflichen war verstummt. Wahrscheinlich lauschten sie auf der Palisade jetzt in die Dunkelheit und versuchten auszumachen, von wo der Schuss gekommen war.

«Ich schaue noch mal da drin nach», sagte Jakob. «Und dann nichts wie weg.»

Während Hans und Bartel den Toten aufbuckelten und zur Böschung trugen, suchte Jakob ein paar trockene Zweige zusammen und entzündete das Bündel an der Lunte seiner Arkebuse. Dann schlich er mit der improvisierten Fackel zur Mühle.

Hinter dem Eingang lag der Armbrustschütze mit ausgebreiteten Armen auf dem Rücken. Die Wucht der Kugel aus Jakobs Arkebuse hatte ihn eine Mannslänge nach hinten geschleudert.

Weiter links lagen zwei weitere Männer, die Hans und Bartel erwischt hatten.

Bastiaan lag ein paar Schritte rechts von der Tür, das Gesicht mit dem Spitzbart und der gebrochenen Nase blutüberströmt. In seinem Bauch steckte das Messer, mit dem er versucht hatte, Jakob die Kehle aufzuschlitzen.

Mollenhecke hatte in der Torschreiberstube auf die Rückkehr der Eskorte gewartet. Nachdem der Wagen, auf dem neben dem Fass mit dem Pulver aus Warendorf nun auch der gefangene Söldner und der tote Steinmetz lagen, unter dem hochgezogenen Fallgitter hindurch in die Stadt gerollt war, erstattete Jakob dem Aldermann im Beisein der anderen einen kurzen Bericht, dann schickte er sie nach Hause und schloss die Tür hinter ihnen.

Jakob hatte den ganzen Rückweg über gegrübelt, ob es klug war, noch jemanden in seinen Auftrag einzuweihen. Katharina hatte ihm versichert, dass Mollenhecke vertrauenswürdig war, doch mehr noch als das verließ er sich auf seine eigene Beobachtung und sein eigenes Urteil. Mit seinem Auftritt bei der Musterung hatte Mollenhecke Rückgrat bewiesen. Er hatte Matthys in aller Öffentlichkeit die Stirn geboten und dabei sein Leben riskiert; es war allzu deutlich, was er von dieser Tyrannei der Auserwählten hielt. Er würde niemanden ans Messer liefern, da war Jakob sich sicher. Im Gegenteil: Vielleicht konnte Mollenhecke ihm sogar helfen.

Der Raum war spärlich eingerichtet: ein Tisch mit einem brennenden Leuchter, ein paar Hocker, eine Truhe, ein schmuckloser Kachelofen.

Mollenhecke sah ihn fragend an. «Was gibt's denn noch?»

«Es war anders, als ich es geschildert habe. Bastiaan hat mich angegriffen.»

Jakob hatte die anderen in dem Glauben gelassen, dass Bastiaan in der Mühle im Handgemenge mit dem Jungen ums Leben gekommen war, den sie gefangen genommen hatten.

Mollenhecke blieb ganz ruhig. Den überraschte scheinbar gar nichts mehr.

«Und du hast ihn getötet», stellte er fest.

«Ja.»

«Und warum erzählst du mir das?»

«Bastiaan war kein Wiedertäufer», sagte Jakob.

Natürlich begriff Mollenhecke sofort, wie die Wortwahl zu verstehen war.

«Du offenbar auch nicht.»

«Nein.»

«Dann wären wir hier drin ja schon zu zweit. Und wer war er dann?»

«Ich weiß es nicht. Er hat sich uns offenbar nur angeschlossen, um an mich heranzukommen. Er sucht ein Mädchen, das mit Matthys in die Stadt gekommen ist.»

«Und was hast du damit zu tun?»

«Ich suche dieses Mädchen auch», sagte er.

Ein spöttisches Lächeln schlich sich unter den Schnauzbart des Aldermanns. «Ist sie deine Braut?»

«Nein. Ihr Vater schickt mich.»

Mollenhecke beugte sich vor. «Könnte man es so formulieren, dass wir beide ein Interesse daran haben, diesen ganzen Spuk hier so schnell wie möglich zu beenden?»

«So könnte man das formulieren», sagte Jakob.

«Vielleicht können wir uns gegenseitig helfen», sagte Mollenhecke. «Aber vorher wüsste ich gern ein bisschen genauer, mit wem ich es zu tun habe.»

Also erzählte Jakob zum zweiten Mal seit seiner Ankunft in Münster seine Geschichte. Als er geendet hatte, lehnte Mollenhecke sich zurück.

«Und jetzt?», fragte er.

«Jetzt wüsste ich gern, wo Bastiaan untergebracht war. Oder

wie immer er heißt. Vielleicht hat er irgendetwas hinterlassen, das mir weiterhilft. Es hieß, er hätte sich freiwillig für den Einsatz gemeldet. Bei wem?»

«Beim Torschreiber. Wenn er das nur getan hat, weil er es auf dich abgesehen hatte, dann muss er gewusst haben, dass du für die Eskorte eingeteilt wurdest. Hast du das irgendwem erzählt?»

«Katharina», sagte Jakob.

Mollenhecke lächelte. «Mit der verstehst du dich ganz gut, was?»

Jakob gab keine Antwort, aber der Aldermann erwartete offenbar auch keine.

«Sonst noch jemand? Andreas vielleicht?»

«Von mir weiß er es nicht. Seit der Musterung hat er sich zurückgezogen. Er redet wenig und grübelt viel. Er zweifelt an Matthys, aber er will es sich noch nicht eingestehen.»

Bei der Erwähnung der Musterung, die ihn um ein Haar das Leben gekostet hatte, verfinsterte sich das Gesicht von Mollenhecke. «Wenn er es nach Ostern immer noch nicht begreift, dann weiß ich auch nicht, wie ich ihm noch helfen soll.»

Jakob dachte weiter nach. Bastiaan musste sein Gesicht gekannt haben. Bestimmt hatte er ihn zusammen mit Benoît im Fraterherrenhaus gesehen und dann wieder bei der Musterung. Er war Jakob bis zu Andreas gefolgt und hatte seinen Namen vielleicht herausgefunden, indem er die einfältige Elsa auf der Straße abgefangen und in ein Gespräch verwickelt hatte.

«Wurden unsere Namen vom Torschreiber irgendwo vermerkt?», fragte er.

«Mit Sicherheit. Wir führen ja auch Buch über die Nachtwachen und die Schanzdienste, damit sich niemand drücken kann. Und wenn einer nicht zurückkommt, muss man schließlich wissen, wen man von der Versorgungsliste streichen muss. Es gibt Listen für alles. Auch in der Stadt der Auserwählten muss alles seine Ordnung haben, jedenfalls bis zum Weltuntergang.»

Seine Stimme hatte wieder den sarkastischen Ton angenommen, den Jakob schon bei ihrem ersten Zusammentreffen herausgehört hatte.

«Hat der Schreiber die Gruppe für die Eskorte zusammengestellt?», fragte er.

«Ja. Ich habe ihm nur gesagt, wie viele Männer ich dafür haben will und wie sie bewaffnet sein sollen. Er hat die Leute ausgesucht. Es ist nicht ungewöhnlich, dass sich Freiwillige für solche Einsätze melden.»

«Sind die Listen frei zugänglich?», fragte Jakob.

«Tagsüber schon. Sie können hier eingesehen werden. Manche vergessen, wann sie eingeteilt sind. Nicht alle sind gleich eifrig.»

So war es also gewesen. Bastiaan hatte Jakobs Namen auf der Liste gefunden und sich dann für den Einsatz gemeldet.

Mollenhecke stand auf, ging zu der Truhe an der Wand, öffnete den Deckel und steckte den Kopf hinein. Er kramte eine Weile herum. Schließlich tauchte sein Kopf wieder auf.

«Da haben wir sie ja.»

Er legte ein Papier auf den Tisch. Namen, Daten, Vermerke zu den Waffen, Meldungen über eingetroffene Lieferungen, Beobachtungen bei Patrouillen.

Die Schrift war klein und schwer zu entziffern. Mollenheckes Zeigefinger glitt über das Blatt, Zeile für Zeile. Am liebsten hätte Jakob ihm die Liste entrissen, so gespannt war er.

«Da. Bastiaan van Winterswijk, Kuhstraße.»

«Wo ist das?», fragte Jakob.

«Am anderen Ende der Stadt.» Mollenhecke stand auf. «Ich zeig's dir.»

Jakob wollte zuerst ablehnen, aber der Aldermann ließ keinen Zweifel daran, dass er sich nicht abwimmeln lassen würde. Es war schwer zu sagen, ob es eher die Neugier war oder ob er Jakob seine Geschichte nicht ganz abnahm.

Keine Minute später waren sie auf dem Weg durch die dunkle Stadt. Mollenhecke hatte im Torbogen eine Laterne von einem Haken gegriffen und eilte voran. In den Straßen war kein Laut zu hören und kein Mensch zu sehen. Die Laterne warf ihren schwachen Schein auf das Pflaster. Der Mond war längst untergegangen.

«Wie finden wir das richtige Haus?», fragte Jakob.

«Die Kuhstraße ist kurz», antwortete Mollenhecke. «Jeder kennt jeden, und ich kenne einen, der da wohnt.» Er verlangsamte seine Schritte, beugte sich zu Jakob herüber und fügte spöttisch hinzu: «Und weil Gott durch den Mund des Propheten das Abschließen der Türen verboten hat, können wir überall reinspazieren.»

Die Kuhstraße lag im Nordwesten der Stadt, eine ungepflasterte Gasse mit schmalen und schmucklosen Häusern.

Mollenhecke klopfte an eine Tür. Es dauerte eine Weile, bis das verschlafene Gesicht einer jungen Frau erschien.

«Hinrich? Um diese Zeit?»

«Notfall», sagte Mollenhecke. «Hier in der Straße ist ein Holländer einquartiert. Drahtig, Spitzbart.»

«Ach der.» Ein Kopfnicken nach links. «Zwei Häuser weiter.»

«Danke. Schlaf weiter und grüß Georg.»

«Der hat die Stadt verlassen.»

Die Tür schloss sich wieder.

«Der also auch», murmelte Mollenhecke.

Das besagte Haus war noch kleiner und schiefer als die anderen. Als sie vorsichtig die Tür öffneten, bemerkte Jakob, dass es nur aus einem Raum bestand und einen Ausgang zu einem Hinterhof hatte. Es gab keine Decke, stattdessen einen kleinen Zwischenboden unter dem nackten Dachgebälk, der über eine Leiter zu erreichen war. Aus großen und kleinen Löchern im Putz ragten die Halme der aus Stroh und Lehm zusammengebackenen Ausfachungen.

Bastiaan war offenbar allein hier untergekommen, jedenfalls gab es nur eine Schlafstelle mit einer Strohmatratze neben der Hinterhoftür.

Die Asche in der Feuerstelle war kalt, darüber hing ein kleiner Kupferkessel an einer Zahnstange. Die Einrichtung beschränkte sich auf das Allernötigste: Tisch, Hocker, Truhe und ein Wandbord mit Essgeschirr und ein paar Kerzen. Der Boden bestand aus festgestampftem Lehm, der mit Strohmatten bedeckt war.

Mollenhecke entzündete die Kerzen auf dem Bord an seiner Laterne. Das gelbliche Licht breitete sich langsam auf dem Boden und an den Wänden aus, wie vergossener Honig.

«Schauen wir mal», sagte er.

Sie durchsuchten den Raum. Mollenhecke zog die Matratze von der Wand ab, tastete sie ab, schüttelte die Decken aus, Jakob durchsuchte die Truhe, die nur Kleidung und ein Paar Stiefel enthielt, so gut gearbeitet, dass sie wahrscheinlich nicht dem Vorbesitzer dieser ärmlichen Hütte gehörten.

Mollenhecke spähte in die Krüge und Kannen auf dem Bord, Jakob leuchtete den Kaminschacht aus. Mollenhecke stieg auf den Zwischenboden und wühlte eine Weile dort herum, Jakob hob die Strohmatten auf dem Boden eine nach der anderen an. Mollenhecke tastete auf den Deckenbalken herum, Jakob klopfte die Wände nach verborgenen Fächern ab. Nichts.

«Lass uns im Hof nachschauen», sagte er.

Der Hinterhof war winzig und wurde von allen drei Seiten von Bretterzäunen begrenzt. Ein Holzstapel, eine Regentonne und ein bisschen Gerümpel: drei zerbeulte Blechschüsseln, zwei zertrümmerte, wohl nur noch als Brennholz verwendbare Hocker, ein Haufen verrotteter Gemüseabfälle. Dass sie hier noch etwas finden würden, erschien Jakob äußerst unwahrscheinlich. Konnte es sein, dass Bastiaan ohne irgendetwas in die Stadt gekommen war, das Aufschluss über seinen Auftrag gab?

Mollenhecke stürzte die Regentonne um. Ein Schwall von blasigem Wasser ergoss sich über den Boden. Jakob stocherte mit dem abgebrochenen Bein eines Hockers im Gemüsehaufen herum. Mollenhecke tastete die Außenwand des Hauses ab. Jakob trug den Holzstapel ab. Am liebsten hätte er die Scheite einzeln über den Zaun geschleudert.

Und dann ertastete er etwas.

Ein Lederbeutel, zwischen die untersten Lagen der Hölzer und die Bretterwand gestopft und mit einem Riemen verschlossen.

«Na bitte», sagte er leise, zerrte ihn heraus und kehrte ins Haus zurück. Mollenhecke folgte ihm.

Der Beutel war feucht, aber nicht durchweicht oder moosig. Er konnte noch nicht sehr lange dort gesteckt haben. Im Licht der Kerzen löste Jakob den Riemen und bekam einen ziegelsteingroßen, aber sehr leichten Packen aus Leinenstoff zu fassen, der mit einer Schnur verknotet war.

Jakob fühlte sein Herz klopfen, als er die Schnur löste und den Stoff Lage um Lage aufblätterte wie einen großen Blütenkelch. Ein Stapel Papiere kam zum Vorschein. An einigen hingen Siegel.

Jakob faltete das oberste Blatt auseinander. Französische Wörter sprangen ihm ins Auge: *Sauve-conduit. Chancellerie Royale. Blois. Bruxelles. La Haye.* Ganz unten die schwer leserliche Unterschrift eines Kanzleisekretärs, Lamettrie oder so.

Als Jakob das Siegel sah, stockte ihm der Atem. Der gekrönte Salamander, umgeben von stilisierten Flammen.

Jakob kannte das Wappen aus Madrid. König François hatte damit die Briefe gesiegelt, die er in der Gefangenschaft geschrieben hatte, und er hatte es Jakob mit der ihm eigenen jovialen Selbstgefälligkeit erklärt: *Das Feuer kann dem Salamander nichts anhaben. Er erhebt sich aus der Asche und holt sich zurück, was ihm genommen wurde. Verstehen Sie, Jacques? Pavia war nur eine Episode. Sie werden mich nicht los, Sie und Ihr Kaiser. Ich sag's Ihnen noch mal: Glauben Sie nicht, dass Sie mich besiegt haben.*

«Was ist das?», fragte Mollenhecke.

«Ein Geleitbrief», murmelte Jakob, während er den Text überflog. «Alle Zollstellen auf dem Weg nach Brüssel und Den Haag haben den, der dieses Schreiben vorzeigt, unbehelligt passieren zu lassen.»

«Schau an», sagte Mollenhecke. «Dein Mörder war ein Diplomat.» Er schien nur mäßig beeindruckt.

Jakob legte den Geleitbrief beiseite und entfaltete das nächste Papier. Ein Plan der Stadt Münster, nicht sehr genau, scheinbar aus dem Gedächtnis gezeichnet. Nicht alle Kirchen standen an der richtigen Stelle, aber der Grundriss war unverkennbar: der Markt und die angrenzenden Straßen, die den Domplatz wie ein Ring umgaben, die Kathedrale, der Fluss, die Brücken, die Befestigungen.

Es folgten ein paar Wechselbriefe, die Bastiaan offenbar mitgeführt hatte, um sich unterwegs mit Geld zu versorgen. Dann ein paar Seiten auf Niederländisch mit Bibelstellen, die die Täufer gern verwendeten, vielleicht eine Gedächtnisstütze, um die Tarnung glaubwürdiger zu machen. Und schließlich ein Brief, der mit einer mehrfarbigen Seidenkordel zu einem kleinen Bündel verschnürt war. Er war mit Siegellack verschlossen, aber der Abdruck zeigte kein Wappen.

Jakob knotete die Schnur auf. Wickelte sie ab. Griff sich ein Messer vom Tisch und hebelte vorsichtig zwischen die von dem grün glänzenden Klecks zusammengehaltenen Papierlagen. Es knackte, als der Lack brach. Er faltete das Papier auseinander. Gezierte Schrift. Französisch.

Mein Kind – so nenne ich dich vorerst, denn der Name, den sie dir gegeben haben, will mir nicht aus der Feder fließen. Mir zittert immer noch die Hand, wenn ich an die Lügen denke, mit denen man uns gefüttert hat, indem man mir sagte, du seist tot und dir, ich sei tot. Anders als du hätte ich es besser wissen müssen und früher ahnen können. Ich bin mit tausend Unwahrheiten aufgewachsen, du nur mit einer, die sie dir tagtäglich eingeträufelt haben. Es war kein Sturm, der uns in Vlissingen festgehalten hat, und du bist nicht dort begraben. Sechzehn Jahre lang habe ich das geglaubt, und dass ich es jetzt besser weiß, verdanke ich Umständen, die so unwahrscheinlich sind, dass es Gotteslästerung wäre, sie als Zufälle abzutun. Der Allmächtige muss gewollt haben, dass ich dich noch einmal in die Arme schließe. Seit ich diese Gewissheit habe, kann ich nicht mehr schlafen. Ich muss dich sehen, koste es, was es wolle.

Hast du irgendwann einmal geargwöhnt, dass etwas nicht stimmt? Hast du einen von denen gefragt, die behaupten, damals dabei gewesen zu sein? Oder tun alle so, als könnten sie sich an nichts erinnern? Angesichts der Umstände, die inzwischen eingetreten sind, ist mir das, ehrlich gesagt, völlig einerlei.

Der Mann, der dir diesen Brief übergibt, wird dich zu mir bringen. Du kannst ihm vertrauen, aber keinem sonst. Wenn du mit ihm gehst, muss niemand das erfahren, und wenn du es wünschst, wird hinterher alles wie vorher sein. Bis auf diese eine Lüge. Wenn sie bloß nicht mehr zwischen uns beiden steht, mögen die anderen sie weiter glauben.

«Kannst du das mal übersetzen?», fragte Mollenhecke.

Während Jakob dem Aldermann den Inhalt des Briefes zusammenfasste, rasten seine Gedanken. *Das Mädchen ist nicht die, die du glaubst.* Aber wer war sie dann? Was sollte der Hinweis auf den Sturm in Vlissingen? Und wer hatte diesen Brief geschrieben? Eine französische Hofdame, die Hoogstraten geschwängert hatte? Oder war er gar nicht der Vater? War das überhaupt eine Frauenschrift?

Von ferne schlug eine Glocke.

Mollenhecke sah auf.

«Das macht die Sache für dich einfacher», sagte er.

Jakob begriff, was der Aldermann meinte. Er hatte den Brief. Wenn er es war, der ihn Ernestine übergab, würde sie vielleicht mitkommen. Aber wohin überhaupt?

«Jetzt schuldest du mir einen Gefallen», sagte Mollenhecke. «Dieser Täuferspuk muss ein Ende haben. Und du kannst mir dabei helfen.»

19

Seit Bastiaans Tod schien ein Gewicht von Jakobs Schultern gefallen zu sein. In den Wochen davor war er nur vor die Tür gegangen, wenn es sich nicht hatte vermeiden lassen: für die Wachdienste auf den Mauern oder zu den Zusammenkünften, bei denen die Anwesenheit der mit der Stadtverteidigung betrauten Männer unvermeidlich war. Ansonsten war er fast nur bei Dunkelheit draußen gewesen, um zufällige Begegnungen mit dem Mann ohne Gesicht zu vermeiden, der ihm nach dem Leben trachtete.

Jetzt hatte dieser Mann ein Gesicht und war tot. Nichts deutete darauf hin, dass er einen Komplizen in der Stadt gehabt hatte. Von dieser Seite drohte keine Gefahr mehr, und in manchen Augenblicken, in denen sie mit Jakob allein war, war Katharina von einer Unbeschwertheit erfüllt, die sie schon seit Monaten nicht mehr gespürt hatte. Es gelang ihr dann tatsächlich, für kurze Zeit zu vergessen, dass sie in einer belagerten Stadt lebten, dass sie von den Anhängern eines wahnsinnigen Propheten regiert wurden, die fest damit rechneten, dass in einigen Tagen die Welt untergehen würde, und dass ihr eigener Bruder zu diesen Leuten gehörte. Wenn es nicht so tragisch gewesen wäre, hätte man darüber lachen können: Genau wie die Wiedertäufer freute sie sich auf den Weltuntergangstermin. Wenn Ostern vorbei war, würde niemand diesem Propheten mehr glauben. Man würde ihn zum Teufel jagen oder einsperren.

Und weil die Aussicht auf ein baldiges Ende des ganzen Unfugs ihr das Leben so viel leichter machte, hoffte sie, dass Jakob nicht mehr auf die Idee zurückkommen würde, die sie am Abend nach der Musterung so leichtfertig geäußert hatte: dass er sich bei Matthys als Leibwächter einschlich, nur um an dieses Mädchen heranzukommen, über das er sich den Kopf zerbrach, seit er diesen Brief gefunden hatte.

Zugegeben, die Sache war so faszinierend wie rätselhaft. Sie hatten viel herumgesponnen.

«Vielleicht ist sie am Ende die Tochter des Königs», hatte Katharina gesagt. «Vielleicht ist der Brief von ihm.»

Jakob hatte gelacht. «Weißt du, was er damals gemacht hat, damit die Spanier ihn freilassen?»

«Nein. Ich war ja nicht dabei.»

«Er hat seine beiden Söhne als Geiseln gegen sich selbst eingetauscht. So einer schreibt nach sechzehn Jahren keine Briefe an die Tochter irgendeiner Mätresse.»

«Vielleicht hat er sie geliebt.»

«Er liebt das, was alle Könige lieben. Jagden, Turniere, Feste. Das Rumpeln der Stühle, wenn alle sich erheben, sobald er den Saal betritt. Baumeister, die Pläne für neue Schlösser entrollen. Die entsetzten Gesichter seiner Leibwächter, wenn er verkündet, an der Spitze seiner Reiter in die Reihe der Feinde zu sprengen. Die zerknirschten Blicke der Berater, wenn ein Vorhaben gelungen ist, das er gegen ihre Warnungen unternommen hat. Die Genugtuung über Schmeicheleien, die nicht geheuchelt sind: *Sire, Sie haben schon wieder den prächtigsten Hirsch von allen erlegt, wie machen Sie das bloß immer?* Das liebt er.»

«Soso. Liebt er das, der König.»

Sie hätte Jakob gern gefragt, was er liebte. Aber sie fürchtete, dass hinter dieser Frage auch eine andere Frage steckte, die sie sich selbst kaum zu stellen wagte: was eigentlich aus ihnen werden sollte, wenn der ganze Irrsinn vorbei war.

Manchmal, wenn sie durch eine einsame Straße gingen, nahm sie Jakobs Hand. Dann war es noch einfacher zu vergessen, was um sie herum vorging.

Man durfte nur den Blick nicht heben: Von mehreren Kirchen waren die Turmhelme heruntergerissen worden, und auf der obersten Plattform des Glockenturms der Überwasserkirche standen zwei Kanonen, die ab und zu auf die Belagerer feuerten. Wahrscheinlich trafen sie nie, aber darum ging es nicht: Denen da draußen sollte gezeigt werden, dass die altehrwürdigen Kirchen ihrer sakralen Funktionen entkleidet worden waren. Sie waren jetzt Steinbrüche, Geschützstellungen oder, wie im Fall der Kathedrale, Pulvermühlen. Wenn man über den Domplatz ging, stank es nach Salpeter statt nach Weihrauch. Die Reliquien der Märtyrer aus den Schreinen hatte man auf dem Schindanger verstreut wie die Knochen von Selbstmördern oder Verbrechern, und in seiner Predigt hatte Johann Klopriss an jenem Tag höhnisch darauf hingewiesen, dass die Heiligen in gewisser Weise ja wohl beides gewesen seien.

Angela Kerkering war zu Jan Bockelson in die Domkurie gezogen, die der Prophet in Beschlag genommen hatte, aber es machte sie nicht glücklich. Sie war bis über beide Ohren verliebt in diesen Schaumschläger, der das Kräftemessen, wer wem aus der Hand zu fressen hatte, für sich entschieden hatte. Ihr Selbstbewusstsein war geschwunden. Manchmal wirkte sie angeschlagen, dann wieder aufgekratzt, je nachdem, ob Bockelson die Nacht mit ihr oder mit einer der anderen Frauen verbracht hatte, die dort untergebracht waren.

Katharina beschloss, sie nach der Französin zu fragen. Sie wusste, wie sehr Jakob diese Frage umtrieb, und auch ihre eigene Neugier ließ ihr keine Ruhe. Sie musste ja nicht gleich alles verraten.

«Hör mir auf mit der», sagte Angela.

«Was ist denn mit ihr?»

«Bockelson glotzt ihr ständig hinterher.»

Angela nannte ihn immer beim Nachnamen, wenn sie wütend auf ihn war, als wollte sie durch diesen letzten Rest von Despektierlichkeit beweisen, dass sie sich ihm noch nicht vollständig unterworfen hatte. Wenn er sie wieder um den Finger gewickelt hatte, sagte sie zärtlich *mein Apostel,* und jedes Mal klang es ein bisschen weniger ironisch.

«Ich dachte, die ist mit Matthys gekommen.»

«Na und? Sie wäre wohl nicht die erste Frau, die sie sich teilen.»

Katharina sah sie an und runzelte die Stirn.

«Was soll denn dieser Blick jetzt?», fragte Angela patzig. «Ich bestimmt nicht. Matthys macht mir Angst. Der ist so unberechenbar. In einem Augenblick sanftmütig und liebevoll, und im nächsten jähzornig und gewalttätig. Du weißt doch, was bei der Musterung passiert ist.»

«Allerdings.»

«Hinter verschlossenen Türen ist der genauso.»

«Und das lassen die sich gefallen?», fragte Katharina. Erst als sie die Frage schon gestellt hatte, merkte sie, dass darin eine zweite Frage verborgen war: *Was lässt du dir eigentlich alles gefallen?*

Angela zögerte. «Er hat diese Gabe. Es ist, als ob Gott aus ihm spricht: der Gott, der seine Schöpfung in der Sintflut ersäuft hat, und der Gott, der Feindesliebe und Friedfertigkeit predigt; der Gott, der sein Volk mit Plagen geißelt, und der Gott, der die ganze Menschheit erlöst, indem er sich widerstandslos ans Kreuz schlagen lässt. Man kann sich dem schlecht entziehen.»

«Glaubst du es denn? Dass Gott aus ihm spricht?»

Angela überlegte sehr lange. «Nein», sagte sie schließlich. «Ich glaube aber auch nicht, dass er ein Scharlatan ist. Er hört diese Stimme wirklich. Sie schreit den ganzen Tag in seinem Kopf. Er ist besessen.»

«Und diese Französin? Kennst du sie?»

«Warum fragst du eigentlich ständig nach der Französin?» Wieder dieser patzige Ton.

Katharina zuckte mit den Schultern. «Einfach so. Die Geschichte hat mich neugierig gemacht. Ein adliges Mädchen, das aus dem goldenen Käfig ausbricht und einem Besessenen hinterherläuft. Warum?»

Angela sah sie traurig an. «Ersetz *Besessener* durch *Gaukler* und *Käfig* durch *Nest,* und du siehst dieses Mädchen vor dir sitzen.» Dann verengten sich ihre Augen. «Ich kenne dich. Du fragst nie einfach nur so. Da steckt was dahinter.»

Noch bevor Katharina sich eine ausweichende Antwort zurechtlegen konnte, setzte ihre Freundin ihr den Finger auf die Brust. «Es hängt mit diesem Holländer zusammen, der bei euch wohnt. Da läuft doch was zwischen euch, oder?»

Ja, Angela kannte sie. Sie mochte verliebt sein, aber ihre Sinne hatte sie noch beisammen. Also erzählte Katharina, wie Jakob und sie sich nähergekommen waren. Es tat gut, das endlich einmal auszusprechen, als würde sie sich selbst Rechenschaft darüber ablegen, dass es richtig war, was sie da tat. Abgesehen davon war es vielleicht ganz gut, dass das Gespräch zumindest für eine Weile nicht mehr um die Französin kreiste. Aber natürlich ließen sich bei der Schilderung dessen, was am Fenster im Flur begonnen hatte und bald darauf in Jakobs Kammer weitergegangen war, die Umstände nicht verschweigen, die die Annäherung zwischen ihr und Jakob erst möglich gemacht hatten. Angela hätte Katharina niemals abgenommen, dass ausgerechnet sie sich mit einem Anhänger des Propheten eingelassen hatte, und Katharina hätte es überdies als Verrat gegenüber Jakob empfunden, ihn als einen solchen hinzustellen. Nachdem Angela sich alles angehört und Katharina ein paar pikante Einzelheiten entlockt hatte, zog sie mit atemberaubendem Scharfsinn die richtigen Schlüsse.

«Er ist wegen der Französin hier», stellte sie fest.

Die Feststellung überrumpelte Katharina. «Nein», sagte sie, aber kaum war das Wort heraus, war ihr klar, dass Angela ihr nicht glauben würde.

Angela schüttelte langsam den Kopf. «Versuch gar nicht erst, mich anzuflunkern. Wir haben uns immer alles erzählt. Und egal, was aus mir geworden ist … deine Geheimnisse sind bei mir gut aufgehoben.»

Katharina war gerührt über das Bekenntnis zu ihrer Freundschaft und beschämt über ihr eigenes Misstrauen. Leugnen hatte keinen Sinn mehr. Wenn Angela ihr helfen sollte, musste sie mit offenen Karten spielen. Sie nahm Angelas Hand.

«Ja», sagte sie langsam. «Er ist wegen der Französin hier.»

«Im Auftrag ihres Vaters, nehme ich an? Er soll sie zurückbringen?»

Katharina nickte.

Plötzlich trat ein listiger Ausdruck auf das Gesicht von Angela. «Das heißt, wenn ich euch helfe, könnt ihr sie mir vom Hals schaffen?»

Euch. Ihr. Es klang befremdlich und aufregend zugleich. Als wäre diese Ernestine ein gemeinsames Projekt, etwas, das sie und Jakob zu Verschworenen machte und sie zusätzlich aneinanderschweißte.

Katharina konnte nicht anders, sie musste lachen. «Ja, vielleicht könnten wir das.» Gleichzeitig dachte sie: Eigentlich ist es jemand anders, den wir dir vom Hals schaffen müssten.

Angela dachte kurz nach.

«Ich könnte ihr Vertrauen gewinnen und rauszufinden versuchen, wie ernst es ihr mit dem Glauben ist. Vielleicht ändert sie ihre Meinung, wenn der Weltuntergang ausbleibt, und sie geht freiwillig mit. Dann braucht ihr sie nicht zu entführen.»

Die Stimmung in der Stadt wurde in den folgenden Tagen immer eigentümlicher. Bei den Versammlungen auf dem Domplatz und bei den Predigten, die meistens im Freien stattfanden, wurde demonstrativ frohlockt und jubiliert, aber die Begeisterung in vielen Gesichtern wirkte erzwungen und aufgesetzt, zumal überzeugende Wunder ausblieben: Gott setzte den Himmel nicht in Brand, er verwandelte das Wasser des Flusses nicht in Blut, und er zerschmetterte auch nicht seine Feinde. Im Gegenteil: Ein Ausfall der Belagerten am Gründonnerstag ging fürchterlich schief, und der kleine Trupp aus der Kompanie des Hörstertores, der in einer vorgeschobenen Schanze der bischöflichen Truppen die Zündlöcher der Kanonen zunageln sollte, wurde vollständig aufgerieben. Als der

Karfreitag heraufdämmerte, steckten die Leichen der Angreifer von der Stadtmauer aus gut sichtbar auf Stangen hoch über der Schanze, und die Kanonen, die der Bischof inzwischen herangeschafft hatte, feuerten unverdrossen gegen den Außenwall. Fontänen aus Erde und den Splittern der Staketenzäune zeigten an, wo die Kugeln einschlugen. Von Türmen, Mauern, Wällen und Bastionen wurde zurückgeschossen.

Karfreitag also. Der Tag der Kreuzigung des Herrn, Höhepunkt und Abschluss der Passionszeit, der Tag, der den Funken für das Licht der Erlösung schon in sich trug.

Doch der Prophet und seine Anhänger hatten nicht die Absicht, diesen Tag in Stille und Demut zu begehen. Stattdessen wurde er mit einem grotesken Spektakel zelebriert, eine weitere schrille Verhöhnung all dessen, was den Altgläubigen in der Fastenzeit heilig war.

Es begann mit wildem Geläut an diesem sonst in aller Stille begangenen Tag. Die Glocken riefen die Gemeinde auf dem Domplatz zusammen, wo Tische und Bänke für ein Frühstück aufgebaut waren, bei dem sich alle gleich zum Auftakt des Kreuzigungstages die Bäuche vollschlagen konnten. Die Ausrufer verkündeten, es gebe Schinken und Wurst, Bier und Wein, Pasteten und Pfefferkuchen und überhaupt alles, was die mit den beschlagnahmten Vorräten der Bürger angefüllten Lager hergaben. Zwei Tage vor dem Weltuntergang gab es keinen Grund mehr, sich zurückzuhalten. Der Höhepunkt der Fastenzeit sollte mit einem Fest der Völlerei entweiht werden.

Katharina hatte nicht die Absicht, der Veranstaltung beizuwohnen, zu der sich neben ein paar unverbesserlichen Vielfraßen wohl fast ausschließlich die fanatischen Anhänger des Propheten und seiner Apostel einfinden würden.

Das demonstrative Gelärme vom Domplatz drang bis in die Salzstraße. Es war, als wollten sie da drüben in den letzten Tagen den Berg des Irrsinns noch so hoch wie möglich besteigen, um beim anschließenden Absturz umso geräuschvoller am Boden der Wirklichkeit zu zerschellen.

Nach einer Weile waren andere Geräusche zu hören: ein Tuten und Quäken von Musikinstrumenten, die schlecht gestimmt waren und noch schlechter gespielt wurden, dazu ein Gegröle, das entfernt an liturgische Gesänge erinnerte. Es kam näher.

Katharina stand am Fenster im Flur und blickte auf die Straße hinaus. Jakob und Andreas hatten Wachdienst beim Mauritztor. Zwischendurch waren immer wieder die Artillerieduelle zu hören gewesen, aber das bereitete ihr wenig Sorgen, denn die großen Kanonen waren immer noch nicht bei den Belagerern eingetroffen. Der innere Mauerring war noch völlig intakt. Was würde eigentlich passieren, wenn es wirklich gelang, die Wiedertäufer zu entmachten? Würde die Stadt ihre Tore öffnen und sich Franz von Waldeck auf Gedeih und Verderb ausliefern? Oder würde die Belagerung einfach weitergehen, weil die zur Vernunft gekommenen Bürger die Forderungen zur Erstattung der Kosten seiner Kriegsmaschinerie, die er unweigerlich stellen würde, nicht zu erfüllen bereit waren? Immerhin war es die Angst vor dem Machtanspruch des Bischofs gewesen, die die meisten von ihnen in die Arme der Wiedertäufer getrieben hatte, und mit dem Gottesreich musste ja nicht gleich die ganze Stadt untergehen.

Der Lärm wurde lauter. Und dann erschien an der Einmündung der Straße in den Marktplatz die Spitze einer aberwitzigen Prozession, die durch die Verzerrungen der unebenen Scheiben noch grotesker wirkte: Tanzende Kerle, bekleidet mit Messgewändern und behängt mit Ketten aus den geplünderten Sakristeien. Einer hatte eine Mitra schief auf dem Kopf sitzen, ein anderer schwang eine Stola wie eine Peitsche, doch anstatt die anderen zu bändigen, stachelte er sie nur zu noch wilderen Tanzschritten an. Es folgten Männer in Ordenshabit, denen auf Höhe des Hinterteils Löcher in die Kutten geschnitten worden waren, sodann ein von Kindern getragener Baldachin, darunter ein Handkarren mit einer gläsernen Monstranz, die etwas enthielt, das wie Exkremente aussah. Dann folgten die Musiker, wenn man sie so nennen wollte, sie pfiffen und geigten auf den Instrumenten herum, die dem Feuer auf dem Domplatz offenbar entgangen und nun hervorgeholt worden waren, um die Spottprozession mit Misstönen zu begleiten. Hinter ihnen rollte ein von einer Schindmähre gezogener Leiterwagen, von dem Frauen und Männer mit spitzen Hüten auf den Köpfen körbeweise Gebäck unter das Volk warfen, das den Zug rechts und links begleitete. Den Abschluss bildete ein Rattenschwanz von weiteren Schaulustigen. Weder Matthys noch seine Apostel waren zu sehen. Andreas zum Glück auch nicht.

Katharina wandte sich ab. Was trieb diese Leute bloß an, so etwas zu tun? Eine unbändige Lust, sich bei der Überschreitung sämtlicher Anstandsregeln immer wieder gegenseitig zu übertreffen? Bildeten sie sich ein, dass ein Gott, der seine Feinde zerschmetterte, zermalmte, zerquetschte und zerstampfte, Gefallen an einem solchen Klamauk finden würde? Und wenn sie überzeugt waren, einen solchen Gott auf ihrer Seite zu haben, warum stürmten sie dann nicht ins Lager der Feinde und verließen sich darauf, dass er ihre Kugeln lenken und ihre Klingen führen würde, anstatt mit entblößten Hinterteilen durch die Straßen zu tanzen?

Am folgenden Tag senkte sich eine bleierne Stille über Münster. Vielleicht war es diese Spannung gewesen, die die Meute schon am Vortag gespürt und nicht mehr ausgehalten hatte, und wie nach einer durchzechten Nacht fühlten sie jetzt den Kater und konnten sich nicht dazu aufraffen, eine zweite Vorstellung zu geben – entweder weil sie ahnten, dass das Spektakel nicht mehr zu steigern war, oder weil mit der Ernüchterung auch das Schamgefühl zurückgekehrt war. Es gab auch keine große Versammlung auf dem Domplatz, keine Anweisungen, wie man sich auf den Weltuntergang und die Wiederkunft des Herrn vorbereiten sollte, außer den üblichen Aufrufen zur Buße. Es war, als wäre alles gesagt worden.

An diesem Abend saß die gesamte Hausgemeinschaft zusammen am Tisch, was sonst so gut wie nie vorkam: Andreas, Katharina, Jakob, Bruno, Ernst, Ludger und Elsa.

Die Stimmung war unwirklich, die Zeit kroch dahin. Sie brachten es tatsächlich fertig, bis zum Ende des Essens kein einziges Wort über den kommenden Tag zu verlieren. Glaubte Andreas wirklich, dass dies seine letzte Mahlzeit sein würde, bevor um sie herum alles in Schutt und Asche versinken würde? Glaubte Bruno es? Ernst? Ludger? Elsa? Erwarteten sie vom Hausherrn, dass er den Anfang machte und das bevorstehende Paradies zu preisen begann, damit sie erleichtert einstimmen konnten? Fürchteten sie, vor dem strengen Blick des göttlichen Richters am Ende doch nicht bestehen zu können?

Je länger es dauerte, desto beklemmender wurde es.

«Reich mir mal die Schüssel mit den Möhren.»

«Ich kann noch etwas Brot aus der Küche holen, wenn ihr wollt.»

«Noch einen Schluck Wein?»

«Für mich nichts mehr. Danke.»

Die Verkrampftheit, mit der das Thema umschifft wurde, war mit Händen zu greifen. Die Gedanken an den Weltuntergang schienen die Luft zu verdichten, bis sie kaum noch zu atmen war. Als in der Ferne ein paar Schüsse krachten, zuckten alle zusammen, als wäre der Donner schon der Vorbote der heranstürmenden himmlischen Heerscharen, die das Land verwüsten und dabei hoffentlich vor den Toren der Stadt haltmachen würden.

Elsa zog sich als Erste zurück, in der Küche gäbe es noch etwas zu tun. Dann ging Ernst und kurz darauf Ludger, die Werkstatt müsse noch aufgeräumt werden. Bruno verließ die Runde ohne Erklärung. Wie sie da einer nach dem anderen hilflos und betrübt aus der Stube trotteten, taten sie Katharina furchtbar leid. Und wie absurd waren die Vorwände, mit denen sie der bedrückten Stimmung zu entfliehen versuchten: Küche und Werkstatt aufräumen? Am Vorabend des Weltuntergangs?

Und so blieben Katharina, Andreas und Jakob allein zurück. Die Stille war immer noch da, aber sie war auf einmal weniger belastend, als hätten die anderen vier durch das Verlassen des Raumes etwas Druck abgelassen.

Katharina versuchte sich vorzustellen, wie es wohl gerade bei Matthys zugehen mochte. Zelebrierten sie dort ihre schrille Vorfreude auf das Gericht, vor dem der ungläubige Rest der Welt sich würde verantworten müssen? Oder waren sie ins Gebet versunken, während der Prophet auf ein paar letzte Instruktionen der Stimme wartete, die in seinem Kopf tobte?

Plötzlich sagte Andreas: «Es wird nicht passieren. Nichts wird passieren.»

Er hatte ganz ruhig gesprochen, ohne den Blick von der Tischplatte zu heben. Sein Tonfall war nüchtern, klar, noch nicht einmal enttäuscht, sondern so, als wollte er ihnen die Summe der Tageseinnahmen mitteilen, die er gerade errechnet hatte.

Katharina sah ihn an. Sie hatte gehofft, dass Andreas irgendwann zur Vernunft kommen würde; sie hatte mit einer schmerzhaften und von Scham, Trotz und Orientierungslosigkeit begleiteten Ernüchterung gerechnet. Diese Abgeklärtheit war so überraschend über ihren Bruder gekommen, dass sie den Atem anhielt.

«Weltuntergang», sagte Andreas verächtlich. «Ein paar Wochen lang habe ich das geglaubt, und nach dieser Musterung habe ich noch eine Zeit lang versucht, es mir einzureden. Aber jetzt ... jetzt sitze ich hier und glaube gar nichts mehr.»

«Ich weiß, wie das ist», sagte Jakob plötzlich. «Wenn man nichts glaubt. Schlimm ist es nur, wenn man allein damit ist.»

Katharina war froh, dass Jakob das Wort ergriffen hatte.

«Und du warst allein?», fragte Andreas.

«Ja», sagte Jakob. «Du bist es nicht. Du hast uns.»

Der letzte Satz rührte Katharina so sehr, dass sie schlucken musste. Die Selbstverständlichkeit, mit der Jakob sich selbst und sie zu einer Einheit zusammenfasste, hatte etwas Bezwingendes: Andreas wiesen diese wenigen Worte den Weg aus seiner Verzweiflung, und für sie bedeutete er die Gewissheit, sich nicht zwischen beiden entscheiden zu müssen. Es war wie ein Pakt unter Verschwörern. Eine Zeile aus einem Kirchenlied der Lutheraner fiel ihr ein: *Und wenn die Welt voll Teufel wär.*

Auch Andreas traten Tränen in die Augen. Vielleicht wurde ihm, der sich sein Leben lang verstellt hatte, um allen zu gefallen, in diesem Augenblick, in dem er völlig nackt war, zum ersten Mal klar, dass man ihn so annahm, wie er war. Und wahrscheinlich schämte er sich auch, dass er seiner Schwester weniger vertraut hatte als denen, die er für seine Brüder gehalten hatte.

Wieder krachten draußen die Kanonen.

Selten war mit so wenigen Sätzen so viel gesagt worden.

«Gehen wir schlafen», sagte Andreas und erhob sich.

Der Tisch stand unabgeräumt da. Elsa, deren Aufgabe es gewesen wäre, für Ordnung zu sorgen, war nicht mehr zurückgekehrt.

Als Katharina sich anschickte, die Teller zusammenzustellen, sagte Andreas plötzlich: «Lass es stehen. Entweder wir räumen morgen auf, oder wir räumen nie wieder auf.»

Er ging zur Tür. Und bevor er die Stube verließ, sagte er mit einem schiefen Lächeln zu Katharina: «Und spar dir das Geschleiche von einem Bett zum anderen. Jeder im Haus weiß Bescheid.»

Als Katharina erwachte, waren auf der Straße Stimmen zu hören, nicht schreiend wie sonst, sondern verhalten, murmelnd, beschwörend. Dann setzte der Glockenschlag von der Lambertikirche ein, und fast gleichzeitig donnerten ein paar Kanonenschüsse durch die Luft.

Neben ihr schlief Jakob. Als sie sich zu ihm drehte, spürte sie, wie seine Gegenwart ihr das Herz leichter machte, und diese Leichtigkeit wurde auch von der Unruhe nicht vollständig verdrängt, die unmittelbar darauf von ihr Besitz ergriff. Was auch immer an diesem Tag passieren würde – sie fühlte sich jetzt stark genug, es auf sich zu nehmen, und wenn die Welt wider Erwarten doch untergehen sollte, würden sie das Inferno zumindest Hand in Hand über sich ergehen lassen.

Eine halbe Stunde später stand sie zusammen mit Jakob und Andreas wieder auf dem Domplatz. Zum ersten Mal waren sie zusammen hier, und zum ersten Mal spürte Katharina nicht die Angst, ihren Bruder irgendwo auf der anderen Seite dieses Grabens zu entdecken, der sich durch die ganze Stadt und teilweise mitten durch die Familien zog, nicht dieses niederschmetternde Gefühl, machtlos zusehen zu müssen, wie Andreas mit ergriffenem Gesicht den Tiraden des Propheten lauschte und sich von ihnen zu irgendwelchen Untaten anstacheln ließ. Jetzt stand ihr Bruder auf ihrer Seite. Andreas hielt ihre linke Hand, Jakob ihre rechte. Wie drei Kinder standen sie nebeneinander.

Bis auf die Wachen auf den Wällen war die ganze Stadt hier versammelt. Auch viele andere hielten sich an den Händen. Die Glocken läuteten immer noch, nicht nur von der Lambertikirche, sondern auch von allen anderen. Es wurde gebetet und gesungen; wabernde Inseln aus Gemurmel und Melodien bildeten sich überall auf dem weiten Platz, breiteten sich aus, wurden von anderen überlagert und überschwemmt, schwappten zusammen, verebbten. Die Stimmung war feierlich, ganz anders als am Karfreitag. Vielleicht hatten gerade die Krakeeler jetzt die Hosen voll. Doch weil alle so gefasst waren oder jedenfalls so taten, war es schwer zu beurteilen, wie viele dieser Menschen dem Weltuntergang entgegenfieberten, wie viele ihn fürchteten oder auf einen Aufschub hofften und wie viele gar nicht daran glaubten.

Sie standen weit hinten beim Michaelistor, und so entdeckte Katharina erst beim zweiten oder dritten Hinsehen, dass die Bühne vorn vor dem Domportal nicht verwaist war, wie sie zuerst geglaubt hatte. Da lag jemand ausgestreckt auf dem Bauch, das Gesicht auf den Brettern. Der schwarze Schopf und die breiten Schultern verrieten, dass es Matthys war.

Das Geläut verstummte. Hier und da flogen letzte Klänge heran, wenn Glocken und Schwengel im Auspendeln noch einmal gegeneinanderschlugen, wie versehentlich.

Das Murmeln erstarb. Stille senkte sich über den Platz.

Wie lange ließ sich eine solche Spannung eigentlich aufrechterhalten? Katharina kam ein absurder Gedanke: Wenn Jan Matthys dort vorn nicht auf die Stimme des Herrn lauschte, sondern schlicht und einfach tot war, niedergestreckt von einem Herzanfall oder in der Nacht ermordet und dort abgelegt – wie lange würde es dauern, bis das jemand merkte? Wer würde es wagen, das Gerüst zu besteigen und ihm auf die Schulter zu tippen, ihn auf den Rücken zu wälzen, an seiner Brust zu horchen?

Hier und da wurde verstohlen zum Himmel geschielt. Er war glasklar und veilchenblau, keine einzige Wolke zeigte sich, deren Form man als Vorzeichen hätte deuten können. Katharina konnte eine gewisse Schadenfreude nicht unterdrücken. Oder hatte Gott die Wolken am Ende vom Himmel gefegt, damit seine Racheengel beim Anflug freie Sicht hatten?

Weiter vorn bekam jemand einen Hustenanfall und konnte nicht mehr aufhören. Es wirkte wie eine Verballhornung des heiligen Geschehens. Und als wäre es das Gehuste und Gekrächze, das Jan Matthys aus seiner Versunkenheit zurückrief in die wirkliche Welt, stemmte er sich langsam hoch. Er kniete jetzt. Mit gesenktem Kopf verharrte er für die Dauer eines Vaterunsers. Dann stöhnte er auf und rief: «Nicht wie ich will, sondern wie du willst!»

Die Worte des Herrn vor der Verhaftung. Ein beunruhigtes Gemurmel erhob sich. Was wollte er damit sagen? Was war denn jetzt auf einmal der Unterschied zwischen dem, was Gott wollte, und dem, was sein Prophet wollte?

Als Katharina zu verstehen begann, was Matthys vorhatte, stockte ihr der Atem. Sie kannte die Worte aus dem Evangelium, die diesem Satz vorangingen: *Lass diesen Kelch an mir vorübergehen.*

Matthys wollte sich opfern. Entweder er hatte begriffen, dass seine Prophetie sich nicht erfüllen würde, und jetzt wollte er mit einem Paukenschlag abtreten, um die Niederlage nicht mehr erleben zu müssen, oder er hoffte, durch sein Opfer ein Wunder zu erzwingen. Oder, und auch das wäre ihm zuzutrauen gewesen, er hielt sich inzwischen für den Heiland selbst und glaubte, die Auserwählten erlösen zu können, wie dieser am Kreuz die ganze Menschheit erlöst hatte. Auf jeden Fall war Katharina in diesem Augenblick klar, dass Jan Matthys diesen Tag nicht überleben würde.

Er gab keine weitere Erklärung ab. Er, der wochenlang von Kanzeln, Podesten und Bühnen herab gepredigt und gewütet hatte, stand wortlos auf. Sein Blick ging über die Köpfe hinweg, als nähme er die Menge gar nicht wahr, als wäre er allein auf diesem Platz, in dieser Stadt, auf dieser Welt. Jan Matthys hatte alles gesagt. Es gab nichts mehr zu prophezeien. Ab jetzt konnte er nur noch durch die Tat wirken.

Zwei Männer bestiegen das Gerüst: Bernhard Rothmann und ein großer Kerl im Lederharnisch, der einen Schwertgurt über dem Arm trug. Matthys drehte sich ihnen zu, ohne sie anzusehen. Sein Blick hing immer noch irgendwo in der Luft. Der Geharnischte legte ihm den Gurt um. Der Prediger sprach währenddessen ein halblautes Gebet. Während die Gurtschnalle festgezogen wurde, hob er die Hände zum Segen.

Je mehr Zuschauer begriffen, was hier gleich passieren würde, desto größer wurde die Fassungslosigkeit. Der Vorgang wirkte wie die allem zeremoniellen Pomp entkleidete und bis auf den innersten Kern ihrer Bedeutung zurückgestutzte Rohform der feierlichen Aussendung eines Kreuzfahrers: ein Prediger im Leinengewand statt eines perlenbehängten Bischofs, der offene Himmel statt des Kathedralengewölbes, ein gemurmelter Segen statt des rauschenden Hochamtes, ein schlichtes Schwert, kein Wappenschild, keine Rüstung, kein Helm, kein Pferd.

Man konnte es armselig finden. Oder man erkannte darin noch einmal den schlichten Geist des Täufertums, der die Menschen bei ihren heimlichen Zusammenkünften geleitet hatte, der jedem noch so simplen Gemüt das Predigen gestattete und der viele der Versammelten über die Landstraßen in diese Stadt geführt hatte. Wenn jetzt noch etwas Eindruck auf die Menge machte, dann das.

«Er wird die Feinde zerstreuen», hauchte eine alte Frau eine Reihe vor ihnen.

«Sei still», zischte ein jüngerer Mann, der neben ihr stand, vielleicht ihr Sohn.

Und dann brachte doch noch jemand Matthys ein Reittier. Kein Schlachtross, aber auch kein Klepper, ein gut genährter Brauner, immerhin groß genug, dass die Füße des Riesen, die in Sandalen steckten, nicht über die Erde schleiften.

Matthys stieg so würdevoll in den Sattel, wie das angesichts der Umstände möglich war. Er nahm die Zügel auf. Dann ritt er los.

Die sprachlose Menge teilte sich. Als Matthys an Katharina vorüberritt, wirkte sein immer noch über die Köpfe gerichteter Blick nicht mehr entrückt, sondern nur noch müde. Alle Wut in ihm schien verraucht.

Die meisten Zuschauer schlossen sich der Prozession an. Es war, als würde der Platz langsam leer gesaugt. Einige wenige blieben mit leeren Gesichtern zurück.

Katharina, Andreas und Jakob liefen wie mechanisch im Strom der Menschen mit. Vor ihnen ragte der Hinterkopf mit den schwarzen Haaren aus der Menge auf, wiegend im Takt des Pferdes. Katharina musste an eine Geschichte denken, die sie einmal gehört hatte, von einem Rattenfänger, der mit seiner Flöte zuerst die Ratten aus der Stadt gelockt hatte und dann, als die Bürger ihn um seine Bezahlung zu prellen versuchten, auch noch die Kinder geholt hatte.

Hinter dem Michaelistor lenkte Matthys das Pferd nach rechts.

Der Strom floss durch die Ludgeristraße hinter ihm her wie eine zähe Masse. Niemand zeigte sich in den Fenstern. Niemand säumte die Straßen. Alle waren auf dem Domplatz gewesen, und jetzt wollten sie sehen, ob sich im letzten Augenblick vielleicht doch noch ein Wunder ereignen würde.

Während sie sich dem Ludgeritor näherten, fragte Katharina sich, ob ihm jemand bis vor die Stadt folgen würde. Noch einen Monat zuvor hatte die Gemeinde auf ein Fingerschnippen von Jan Matthys hin Kirchen verwüstet und Menschen vertrieben. Jetzt aber schien es ihm völlig gleichgültig zu sein, ob sich ihm jemand anschloss. Kein einziges Mal blickte er zurück.

Kurz darauf hatten sie das Tor und die Brücke über den Innengraben passiert und standen auf der Torbastion vor dem Außenwall, dicht gedrängt zwischen anderen Menschen, die sich hinter ihnen bis auf die Brücke stauten. Auch auf dem Wall, der sich rechts und links an die Bastion anschloss, und auf dem Wehrgang der Mauer hinter ihnen waren die Köpfe aufgereiht wie bunte Perlen an einer Schnur.

Matthys hatte inzwischen den Steg über den Außengraben passiert und ritt langsam über die Straße, die nach Süden ins Land hinausführte und von verwilderten Beeten und niedergerissenen Gartenhäusern gesäumt wurde. Elf Männer hatten sich ihm angeschlossen. Elf schlecht bewaffnete Männer, die entweder mit ihrem Propheten sterben wollten oder an das Eingreifen der himmlischen Heerscharen glaubten. Elf. Noch nicht einmal die Anzahl der Apostel hatte er erreicht. Katharina fragte sich, wie viele wohl mitgegangen wären, wenn Matthys sie in einer letzten flammenden Ansprache dazu aufgefordert hätte. Hundert? Zweihundert? Fünfhundert? Tausend?

Etwa zweihundert Schritte vor dem kleinen Trupp hatten die Belagerer eine Schanze aufgeworfen. Der Wall maß vom einen Ende zum anderen etwa einen Steinwurf und lag wie ein gewölbter Riegel auf der Straße. Zwischen Schanzkörben ragten die Rohre von zwei Geschützen hervor. Ab und zu huschten Köpfe hinter der Wallkrone entlang.

Matthys zog sein Schwert und breitete die Arme aus, sodass die Waffe waagerecht abstand wie ein Wegweiser. Das war keine Drohgebärde; es war vielmehr, als wollte er den hinter der Schanze lauernden Gegnern förmlich anzeigen, dass er bewaffnet war und daher nicht wie ein Parlamentär oder Überläufer zu behandeln war, sondern wie ein angreifender Feind.

Er suchte den Tod, aber er wollte ihn nicht kämpfend finden wie ein Ritter, sondern wehrlos hinnehmen wie der Erlöser am Kreuz. Die ausgebreiteten Arme. Die Sandalen. Der Verzicht auf die Rüstung. Seine Anhänger, die auf der Mauer und auf den Türmen, hinter den Schießscharten und Brüstungen der Bastion standen und das Geschehen verfolgten, sollten ihn nicht im verzweifelten Kampf untergehen sehen, sondern Zeugen seiner widerstandslosen Abschlachtung durch die Gottlosen werden. So war er kein Krieger Gottes, der unterlag, sondern das Lamm Gottes, das durch sein Opfer triumphierte.

Ein paar Augenblicke lang stand er so da, seine elf Getreuen wenige Schritte hinter ihm. Vielleicht war elf doch keine so unpassende Zahl: Judas fehlte.

Die Mündungen mehrerer Arkebusen schoben sich über die Krone der Verschanzung.

Und dann krachten die Schüsse, sechs oder sieben, kurz hintereinander.

Matthys wurde getroffen und stürzte hintenüber von seinem Pferd, das scheute, stieg, ein Stück in Richtung der Stadt galoppierte und dann am Außengraben entlang das Weite suchte.

Einen Augenblick später quollen etwa dreißig Männer über den Wall und stürzten sich auf die Begleiter des Propheten. Zwei von ihnen waren schon im Kugelhagel zusammengebrochen, aber die anderen beschlossen nun doch, ihre Haut so teuer wie möglich zu verkaufen. Katharina wollte das Gemetzel nicht sehen; es reichte, dass sie es hörte. Als sie sich der Stadt zuwandte, blickte sie in Hunderte von entsetzten Gesichtern.

Nach weniger als einer Minute war es vorbei.

Als Katharina wieder zur Schanze blickte, waren die Söldner schon dabei, die Toten zu durchsuchen. Zurufe, Scherze,

Lachen. Ein paar Fußtritte, um die Leichen zu wenden. Stiefel, von Füßen gerissen und prüfend ins Sonnenlicht gehalten. Ein Gegenstand, den einer dem anderen zuwarf. Eine kurze Besprechung, als sie fertig waren.

Und dann rannte einer von ihnen plötzlich los, direkt auf das Tor zu. In der linken Hand trug er einen Hammer, in der rechten baumelte eine blutige Masse. Hinter ihm feuerten die anderen ihn lachend an, wohl eine Mutprobe, bei der er entweder ein paar Münzen gewinnen oder sich eine Kugel einfangen konnte. Doch auf der Bastion und auf dem Wall herrschte immer noch eine solche Lähmung, dass niemand Anstalten machte, eine Waffe anzulegen.

Schon war der Kerl hinter dem kleinen Torbau am Ende des Steges über den Außengraben verschwunden. Ein paar dumpfe Hammerschläge erklangen. Dann erschien er wieder, legte die Hände wie einen Trichter an den Mund und brüllte zur Bastion hinauf: «Euer Prophet hat seine Eier bei uns vergessen!»

20

Das Entsetzen über den Tod des Propheten war so groß und so lähmend, dass niemand die Stimme erhob. Spätestens als er mit dem Schwert an der Seite das Pferd bestiegen hatte und die Ludgeristraße heruntergeritten war, mussten alle, die nicht mehr an ein Wunder geglaubt hatten, gewusst haben, was bevorstand. Und doch war die schlichte Banalität seines Untergangs so unpassend, dass viele sich zu glauben weigerten, was sie da gerade mit eigenen Augen gesehen hatten.

Die Menge flutete zurück in die Stadt wie ein geköpftes Huhn, das noch eine Weile durch den Hof taumelt, bevor es zusammenbricht. Hätte eine in der Stadt anerkannte Autoritätsperson, ein Ratsherr oder ein Aldermann, der sich noch nicht allzu sehr kompromittiert hatte, in diesem Augenblick das Wort ergriffen und die Gegner der Apostel um sich geschart, die Unentschlossenen mitgerissen, die Zauderer ermuntert, die Fassungslosen aufgerüttelt – wahrscheinlich wäre alles anders gekommen.

Mollenhecke hätte das Zeug dazu gehabt. Aber der war beim Mauritztor und beaufsichtigte die Wachen; dort hinten konnten sie noch gar nicht wissen, was geschehen war. Und so erhob niemand die Stimme. Vielleicht war dort am Ludgeritor die einzige Gelegenheit ungenutzt verstrichen, die Herrschaft der Wiedertäufer abzuschütteln.

Jakob hielt immer noch Katharinas Hand. Sie sagte nichts, auch Andreas lief schweigend und mit hängendem Kopf neben ihnen her, ratlos und niedergeschlagen, entsetzt über das Blutbad.

Es muss enden, dachte Jakob. Hier und heute muss es enden. Und dann war Ernestine frei, aus welchen Gründen auch immer sie sich Matthys angeschlossen hatte. Niemand würde Jakob daran zu hindern versuchen, seinen Auftrag zu erfüllen, und dann würde er gehen können, wohin auch immer er wollte, und er würde Katharina mitnehmen können, wenn sie dazu bereit war.

Doch dann setzte plötzlich das Geläut vom Turm der Lambertikirche ein. Jakob hatte gehofft, dass die sogenannten Apostel die Ablenkung genutzt hätten, um sich stillschweigend aus dem Staub zu machen. Es wäre das Vernünftigste gewesen, was sie hätten tun können.

Stattdessen erklangen jetzt wieder diese Glocken, und irgendwer musste den Befehl dazu gegeben haben. Und so fand sich die ganze Stadt bereits eine Viertelstunde später erneut auf dem Domplatz ein.

Diesmal war es Bockelson, der auf der Bühne stand. Er hatte die Hände in die Hüften gestemmt wie ein Faustkämpfer, der seinen Gegner erwartet. Das war keine demütige Zwiesprache mit Gott, sondern eine kampflustige Pose, und je mehr Menschen herbeiströmen, desto selbstgewisser schien er zu werden.

Vor dem Gerüst stand kein einziger Bewaffneter. Eine Handvoll entschlossener Männer hätte ausgereicht, ihn von dort herunterzuzerren, aber die Lähmung der Menge war immer noch übermächtig.

Das Läuten erstarb.

«Was sind denn das für Gesichter?», fragte Bockelson, als hätte er eine Gruppe von Kindern vor sich, deren Spielzeuge zerbrochen waren. Seine Stimme war höher als die von Matthys, aber wie ein geübter Schauspieler verstand er es, ihr Volumen zu geben, sodass sie über den ganzen Platz trug.

«Ihr solltet euch freuen! Ihr seid gerade Zeugen geworden, wie die Prophezeiung des Herrn sich erfüllt hat!»

Ungläubige Gesichter ringsherum, auch ungehaltene und wütende, geballte Fäuste hier und da, zusammengekniffene Lippen, hinter denen hämische oder zornige Zwischenrufe mühsam zurückgehalten wurden wie von einem Staudamm, vor allem aber Angst und Verzagtheit.

«Ja, der Prophet ist tot», rief Bockelson. «Aber sein Tod ist nicht das Ende und auch keine Überraschung für alle, die Gottes Willen kennen. Denn was sagt die Offenbarung über die Zeugen, die sein Wort predigen? *Wenn sie ihren Auftrag erfüllt haben, wird sie das Tier, das aus dem Abgrund heraufsteigt, bekämpfen, besiegen und töten.* Ihr alle kennt diese Stelle. Jan Matthys ist nicht gestorben, weil er seiner Aufgabe nicht gewachsen war, sondern weil er sie erfüllt hatte! Und er wusste es!»

Bockelson ließ den Zuhörern keine Gelegenheit, lange über seine Auslegung dieser Bibelstelle nachzudenken. Es reichte, dass sie zu den letzten Worten passte, die Matthys vor Kurzem an ebendieser Stelle gesprochen hatte.

Bockelson lächelte. Sein Blick schweifte über die Menge, blieb hier und da hängen.

«Er wusste es, und ich wusste es auch. Vor einer Woche schon hat der Herr es mir offenbart. Ich sah, wie er durchbohrt wurde, stürzte und starb. Wenn es nicht Gottes Wille gewesen wäre, dann wäre es nicht passiert. Und wenn es nicht hätte passieren sollen, dann wäre es mir nicht geweissagt worden.»

Ein uralter rhetorischer Kniff. Die Logik hinter diesen Schlussfolgerungen war so haarsträubend, dass es Jakob fassungslos machte, und ein Blick in die Runde zeigte ihm, dass viele Zweifler noch nicht überzeugt waren. Wer das Geschehen vor dem Außenwall verfolgt hatte, musste sich erinnern, dass Matthys gar nicht durchbohrt, sondern erschossen worden war, und offenbar war diese Einzelheit noch nicht bis zu Bockelson gelangt, der auf dem Domplatz auf seinen Einsatz gewartet hatte, ganz abgesehen davon, dass es ihn ja nichts kostete, nachträglich irgendwelche Eingebungen zu behaupten.

Doch darauf war er vorbereitet. Er sprang vom Gerüst und bahnte sich seinen Weg durch die Reihen der Zuhörer. Ein kleines Geschiebe entstand, dann stieg er mit Bernd Knipperdolling am Arm die Treppe zur Bühne hoch.

«Bernd!», rief er.

Der Bürgermeister grinste selbstgefällig. Es war nicht zu erkennen, ob er eingeweiht war oder nicht, aber er fand sich in seine Rolle. Bockelson forderte ihn auf, die göttliche Eingebung zu bestätigen, und Knipperdolling berichtete, wie der Apostel ihn aufgesucht und seinen Traum geschildert hatte, wie sie gemeinsam um die Abwendung des himmlischen Todesurteils gebetet und sich schließlich, nachdem weitere Eingebungen ausgeblieben waren, demütig gefügt hatten.

Während die beiden sich die Bälle zuspielten, sah Jakob sich um. Es funktionierte. In der Menge war Zustimmung zu vernehmen. Was Bockelson und Knipperdolling sagten, war genau das, was die Leute hören wollten, und darum erschien es ihnen einleuchtend. Mit den gleichen Argumenten hätte man sich jede Niederlage schönreden können, aber Bockelson hatte eine ganz eigene Art, die Leute mitzureißen. Anders als Matthys starrte er nicht zum Himmel, sondern blickte seinen Zuhörern direkt in die Augen; er drohte ihnen nicht, sondern umwarb sie, und das machte es ihm umso leichter, sich von seinem getöteten Vorgänger abzusetzen.

Als sie fertig waren, trat Knipperdolling sichtlich erleichtert ab. Bockelson blieb allein auf der Bühne zurück. Matthys wäre jetzt wahrscheinlich wieder auf die Knie gesunken, hätte mit den Augen gerollt und seine Ergriffenheit herausgebrüllt. Bockelson aber stand einfach da wie eine der Statuen aus Marias Sammlung in Brüssel, Standbein und Spielbein, eine Hand leicht geziert auf die Hüfte gestützt, die andere locker herabhängend, als wäre keine große Geste erforderlich, um das Unbestreitbare zu unterstreichen, ein David, der unverzagt seinen Goliath erwartete. Als er weitersprach, redete er so leise, dass auch das letzte Murmeln auf dem Platz wie von selbst erstarb.

«Und jetzt frage ich euch: Hätte Gott zugelassen, dass dieses heilige Jerusalem überhaupt gegründet wird, wenn es nicht *seine* Stadt wäre? Gegründet von *seinen* Aposteln, bevölkert von *seinen* Getreuen, verteidigt von *seinen* Streitern? Hätte er uns die Freiheit geschenkt, das unverfälschte Wort hier zu predigen, wenn es nicht *sein* Wort gewesen wäre? Hätte den Anhängern des wahren Glaubens den Weg hierher gewiesen, wenn es nicht *sein* Weg gewesen wäre?»

«Nein!», riefen einige.

Bockelson breitete die Arme aus und schnippte mit den Fingern. «Was soll uns passieren? Wir sind gerüstet. Wir haben Vorräte im Überfluss. Waffen. Pulver. Kugeln. Unsere Mauern sind unüberwindlich für unsere Feinde, aber die Tore stehen weit offen für alle, die sich uns anschließen wollen.»

Sein Blick blieb wie zufällig bei jemandem in der Menge hängen.

«Edgar. So heißt du doch, oder? Komm mal kurz rauf hier.»

Eine Gasse entstand, ein Kopf schob sich nach vorn, und dann stieg ein ganz in Leder gekleideter breitschultriger Kerl auf das Gerüst. Er schien sich etwas unwohl in seiner Haut zu fühlen, doch überrascht wirkte er auch nicht.

«Edgar», sagte Bockelson noch einmal. «Wo kommst du her?»

«Aus Thüringen.»

«So was. Thüringen. Weiter Weg, was?»

«Ja. Schon.»

«Und was hat dich hergeführt, Edgar?»

«Ich wurde angeworben.»

«Also hat das Geld dich hergeführt», sagte Bockelson mit nachsichtigem Tadel. «Aber dann ist dir etwas klar geworden. Erzähl uns das mal, Edgar.»

Und Edgar erzählte, wie er zum Belagerungsheer des Bischofs gestoßen war, um für den rechten Glauben und gegen die Ketzer zu kämpfen. Wie er dort im Lager statt Rechtgläubigkeit und Gottesfurcht nur Trunksucht, Zuchtlosigkeit und Hurerei gesehen hatte. Wie er zu zweifeln begonnen hatte, ob es wirklich die richtige Sache sei, für die er da sein Leben aufs Spiel setzte. Wie ein im Lager kursierender Brief, den die Täufer aus der Stadt geschossen hatten und in dem sie ihre Lehren erklärten, ihn zuerst zum Nachdenken und dann zu der Gewissheit gebracht hatte, dass die Wahrheit des göttlichen Wortes nicht in der durch und durch verkommenen Welt seines

Heerlagers zu finden sei, sondern in der Stadt der Auserwählten. Wie er sich entschlossen hatte, die Seiten zu wechseln. Wie er in der Stadt aufgenommen worden war. Wie die Worte der Prediger seine letzten Zweifel zerstreut hatten.

Als er fertig war, schickte Bockelson ihn mit einem zufriedenen Nicken wieder zurück wie einen Diener, der seine Aufgabe erledigt hat.

«Seht ihr?», rief er. «Tagtäglich laufen die Söldner des Bischofs zu uns über. Was sollen wir tun? Franz von Waldeck die Pforten öffnen? Gott verhöhnen, indem wir das Tier mit den sieben Köpfen in seine Stadt einlassen, das Tier, das aus dem Abgrund heraufgestiegen ist, wie die Schrift sagt? Was wird dieses Tier wohl tun, nachdem wir es eingelassen haben? Sich den Kopf kraulen lassen?»

Hier und da erklang gelöstes Gelächter.

«Es wird uns zerreißen! Es wird uns verschlingen! Es wird um sich schlagen und Feuer spucken! Was denn sonst?»

Selbst die Drohung hatte er lässig vorgetragen, und sie wirkte bei den Bürgern der Stadt. Denn wenn Franz von Waldeck einzog, würde er genau das tun, was sie schon vor dem Beginn der Belagerung befürchtet hatten: Er würde die Privilegien der Stadt widerrufen und die Münsteraner zur Kasse bitten – jetzt erst recht, wo der Krieg ihn schon ein Vermögen gekostet hatte und er bis zum Hals in Schulden steckte. Selbst wer nicht von der göttlichen Sendung des Propheten und seiner Apostel überzeugt war, konnte das nicht wollen. Man würde dem Feind da draußen weiter standhalten müssen, ganz gleich ob man ihn für den Antichrist hielt oder nur für das, was er war: einen Landesfürsten, der sich nicht auf der Nase herumtanzen lassen wollte.

Und damit hatte Bockelson es tatsächlich geschafft, einen großen Teil der Zuhörerschaft auf seine Seite zu ziehen: die Zuwanderer, die nichts zu verlieren hatten, aber auch die Münsteraner, die viel zu verlieren hatten; die Angehörigen der Gemeinde, die angesichts der neuerlichen Manifestation des göttlichen Willens neue Hoffnung schöpften, und nicht zuletzt die Gegner der Wiedertäufer, deren Abneigung gegen den Bischof trotz allem noch größer war als ihre Verachtung gegenüber den Ketzern. Sie akzeptierten den höheren Einsatz, damit das Spiel weiterging, das sie am Ende doch noch zu gewinnen hofften. Als der erste Jubel sich erhob, wusste Jakob, dass es endgültig zu spät war, sich gegen den Lauf der Dinge zu stemmen. Kein Mollenhecke weit und breit.

«Wir sind die Stadt der Auserwählten!», rief Bockelson. «Immer noch und jetzt erst recht!»

Und dann sprang er vom Gerüst und ließ sich feiern. Jemand hob ihn auf die Schultern und trug ihn herum, aber nach einer Weile sprang er wieder herab und war nicht mehr zu sehen; nur das Wogen der Köpfe zeigte an, wo er sich befand.

Die Begeisterung breitete sich aus wie die Flutwelle nach einem Dammbruch. Man konnte sich von ihr tragen lassen oder untertauchen, sie über sich hinwegrollen lassen und hoffen, dass sie sich irgendwann totlaufen würde. Aber entgegenstellen konnte man sich ihr nicht mehr.

In den folgenden Tagen und Wochen krempelte Bockelson das Regiment in Münster auf eine Weise um, die niemand sich hätte träumen lassen. Der Rat, der auf dem Papier immer noch in allen Belangen das letzte Wort gehabt hatte, wurde aufgelöst. Stattdessen ernannte Bockelson zwölf Älteste nach dem Vorbild der Stämme Israels, unter deren Aufsicht die Behörden fortan die Verteidigung, die Handwerksproduktion, die Lebensmittelverteilung und überhaupt das gesamte Zusammenleben in der Stadt organisierten. Vor allem aber fungierten sie als Richter. Täglich kamen sie unter den Bögen des Rathauses zusammen. Das bis dahin geltende Recht wurde außer Kraft gesetzt und stattdessen ein neuer Katalog von aus der Bibel übernommenen Vorschriften präsentiert, der schon für die geringfügigsten Vergehen die Todesstrafe vorsah. Knipperdolling bekam den gewichtigen Titel eines Schwerthalters und wurde mit der Exekution der öffentlich zu vollstreckenden Strafen betraut. Während die Söldner des Bischofs den Belagerungsring enger zogen, begann in der Stadt endgültig die Herrschaft des nackten Terrors.

Wann immer Bockelson, der sich bald ganz unverhohlen als der neue Prophet in Szene setzte, etwas beschlossen hatte, ließ er die Bevölkerung zusammentreiben, um der Verkündung des göttlichen Willens zu lauschen, der ihm oder anderen Männern, die nie zuvor in Erscheinung getreten waren, angeblich vom Herrn selbst offenbart worden war. Was unter Jan Matthys noch Willkür gewesen war, wurde unter Jan Bockelson zum Gesetz. Dabei ging auch mit dem neuen Propheten selbst eine Wandlung vor sich: Je fester er die Stadt im Griff hatte, desto weniger hielt er es noch für nötig, die Zuschauer seiner Inszenierungen zu bezaubern oder zu überzeugen. Aus dem Schauspieler, der sein Publikum mit seiner Wandlungsfähigkeit in den Bann zog, wurde ein routinierter Despot. Aus den Menschenmassen, die ihm zujubelten, wurde eine Schafherde, die ihm treuherzig alles nachblökte und ihm folgte wie einem Hirten oder sich von seinen Hunden vor sich her hetzen ließ.

Einige drängelten und rempelten, die meisten aber trabten mit gesenkten Köpfen dahin und hofften, nicht aufzufallen.

Dass Jakob unter diesen Umständen den Mut nicht verlor, hatte zwei Gründe. Zum einen war da seine Entschlossenheit, die Sache mit Ernestine zu Ende zu bringen. Dabei war es nicht die Verpflichtung gegenüber seinem ursprünglichen Auftrag, die ihn antrieb, sondern die Verantwortung für das Mädchen selbst. Es ging längst nicht mehr darum, sie zu Hoogstraten zurückzubringen, sondern darum, sie vor dem Sturz in den Abgrund zu bewahren, von dem er immer noch manchmal träumte und auf dessen Boden nun das Mädchen aus Mailand, seine Tochter Elske und Ernestine nebeneinanderlagen. Ernestine hatte in diesen Träumen kein Gesicht, aber Jakob wusste mit der rätselhaften Gewissheit des Träumenden, dass sie es war.

Und dann war da der zweite Grund, warum er den Mut nicht verlor: Katharina. Sie war zu einer Insel des Glücks und der Gewissheit geworden, die so weit aus dem Meer des Irrsinns herausragte, dass Jakob sich darauf trotz der unsäglichen Umstände wohler fühlte als in der Sicherheit seines bequemen Daseins in Brüssel, die ihm im Rückblick unfertig und trügerisch erschien. Zu verschwinden und Katharina zurückzulassen, erschien ihm undenkbar. Aber mitkommen würde sie auch nicht, solange ihr Bruder in den Fängen von Bockelson steckte. Also waren sie alle unfrei, solange Bockelson die Stadt im Griff hatte. Erst wenn er unterging, würden alle Knoten sich lösen.

Eines Morgens klopfte es unten an die Tür. Jakob lag noch im Bett. Er hatte in der Nacht seinen Dienst auf der Mauer versehen und vom Mauritztor aus das Lager der Bischöflichen beobachtet. Wall und Palisade waren fertig, und inzwischen hatten die Belagerer auch den Hügel mit der Mühle besetzt. Großkalibrige Kanonen waren herangeschafft worden, mit denen der Außenwall unter Beschuss genommen wurde, aber die Schäden wurden schnell ausgebessert. Frauen und Kinder wurden tagsüber zum Dienst herangezogen, schoben Karren mit Füllmaterial, schaufelten, schlugen Pfähle für neue Staketenzäune ein, flochten Weidenruten zu Schanzkörben, die mit Erde und Schutt gefüllt wurden.

Das Klopfen hatte Jakob aus seinem Halbschlaf gerissen. Er konnte nicht sagen, wie lange es angedauert hatte. Die mit der Kontrolle der Lebensmittelvorräte beauftragten Schnüffler machten sich üblicherweise nicht die Mühe anzuklopfen, und weil das Abschließen der Türen verboten war, konnte es passieren, dass sie unvermittelt in der Küche standen.

Jakob stieg aus dem Bett. Eine leise Stimme in seinem Kopf riet ihm zur Wachsamkeit. Obwohl Bastiaan tot war, hatte Jakob die Vorsicht noch nicht ganz abgelegt. Sie war zu einem Instinkt geworden.

Jakob schlich zur Tür und legte sein Ohr an das Holz. Verhaltene Schritte auf dem Korridor unten verrieten, dass der Besucher das Haus betreten hatte.

«Jemand zu Hause?», fragte eine Männerstimme.

«Wer ist denn da?» Elsa, aus der Küche.

Eine Tür klappte.

«Mein Name ist Goswin, Schwester.»

Verdammt. Das war der Kerl, der Katharina nach ihm ausgefragt hatte.

«Es ist niemand da», sagte Elsa unsicher.

«Aber du bist doch da», sagte die Stimme, schmeichelnd. «Vielleicht unterhalten wir uns ein bisschen.»

«Ja», sagte Elsa, leise und noch verunsicherter. «Wenn du meinst.»

Wieder Schritte, wieder eine Tür. Sie betraten die Stube. Jakob huschte zum Bett, fischte das Messer aus seiner Tasche, kniete sich hin, stemmte das lockere Dielenbrett ein Stück hoch und nahm es heraus. Dann hob er so leise wie möglich eine der Latten an, unter denen er seine Aufzeichnungen und auch die Papiere von Bastiaan verborgen hatte. Alles lag noch an seinem Platz.

Unten wurden Schemel gerückt. Goswin seufzte wohlig.

«Ein schönes Haus», sagte er. «Wie viele seid ihr hier? Nur so aus Neugier.»

Kurzes Schweigen. Elsa schien die Zahl der Bewohner des Hauses erst zusammenrechnen zu müssen.

«Sieben», sagte Elsa jetzt.

«Sieben», wiederholte Goswin. «Merkwürdig. Auf meiner Liste stehen nur sechs.»

«Liste?»

«Die Einquartierungen. Muss ja alles seine Ordnung haben. Also, nach meinen Informationen seid ihr hier sechs. Der Schmied, seine Schwester, ein Geselle, zwei Lehrlinge und eine Küchenhilfe. Das wärst ja dann wohl du, Elsa. Elsa? Ist das richtig?»

Keine Antwort. Wahrscheinlich nickte sie.

«Gut. Und wer ist dann jetzt die Nummer sieben?»

Elsa war keine große Leuchte, aber sie ahnte wohl, dass sie dabei war, ihren Hausherrn in Schwierigkeiten zu bringen, und nun versuchte sie, sich aus der Verlegenheit herauszuwinden.

«Vielleicht … Ich glaube, ich habe mich verzählt.»

«Verzählt? Ich weiß nicht, Elsa. Du wirst ja wohl wissen,

wer in diesem Haus lebt. Lass mich dir mal auf die Sprünge helfen. Ein Holländer. Ein gewisser …» – Goswin unterbrach sich kurz, als müsste er nachdenken oder den Namen auf einem Zettel ablesen, den er als Gedächtnisstütze mitgebracht hatte – «… Jakob van Heemskerk.»

«Ich … weiß nicht genau.»

«Du weißt nicht genau, ob er so heißt? Oder ob er hier lebt?»

«Ich … weiß nicht, ob …» Sie verstummte.

«Ob du mir das sagen darfst? Elsa, Elsa, Elsa. Mir scheint, dass ihr hier irgendwas zu verbergen habt. Dieser besagte Holländer war nämlich hier, ich habe ihn ja selbst in diesem Haus einquartiert. Bei meinem letzten Besuch hat mir die Schwester des Hausherrn … Wie heißt sie noch? Oder hast du das auch vergessen?»

«Katharina.» Sie flüsterte fast.

«Katharina. Also, sie hat mir erzählt, dieser Holländer wäre ausgezogen. Aber jetzt ist er offenbar doch wieder hier. Oder immer noch? Was soll ich denn davon halten?»

Wieder Schweigen. Elsa tat Jakob leid. Sie war völlig überfordert, wollte nichts falsch machen und verriet sich erst recht.

Goswin seufzte nachsichtig. «Na gut, Elsa. Ich will dich auch nicht weiter bedrängen. Ich schaue mich mal ein bisschen um, und dann bin ich gleich wieder weg.»

«Das … geht aber doch nicht», protestierte Elsa schwach.

«Ich denke schon, dass das geht», erwiderte Goswin streng. «Und außerdem denke ich, dass jemand, der es sich mit mir verscherzt, sich in dieser Stadt ganz schön viel Ärger einhandeln kann. Das muss dir doch einleuchten, Mädchen. Das kannst du nicht wollen.»

Wieder erklang das Geräusch eines Schemels. In aller Hast legte Jakob die Latte zurück auf den Balken und passte das Bodenbrett wieder ein. Einen Augenblick lang überlegte er, ob es besser wäre, Goswin im Zimmer zu erwarten, schließlich wusste der Kerl ja ohnehin, dass er hier lebte. Aber dann entschied er sich dagegen. Goswin kannte sein Gesicht offenbar immer noch nicht, und es konnte nicht schaden, wenn das noch eine Weile lang so blieb.

Er huschte aus dem Zimmer und schaffte es gerade noch rechtzeitig, in eine Kammer zu schlüpfen, die nur Gerümpel und Baumaterialien enthielt: ausrangierte Truhen, eine alte Tischplatte und ein paar Stapel mit Dachziegeln, Balken und Brettern für Ausbesserungsarbeiten. Jakob schloss leise die Tür, tastete sich zu der Tischplatte vor, die schräg an der Wand gegenüber der Tür lehnte, und kauerte sich dahinter.

Goswin kam die Treppe herauf. Er pfiff. Eine Tür klappte, kurz danach noch eine. Rumpeln. Schritte in irgendeinem Zimmer. Stille. Noch eine Tür. Erneut Schritte, die sich entfernten, innehielten, wieder näher kamen. Ein plötzliches Aufleuchten, als die Kammer geöffnet wurde. Enttäuschtes Brummen. Dunkelheit.

Und dann, endlich, schnelle Schritte auf der Treppe. Jakob schlüpfte hinter der Tischplatte hervor, pirschte zur Tür und schob sie einen Spalt auf.

«Ich vermute, der Schmied und seine Schwester werden nicht begeistert sein, wenn sie erfahren, dass du mir die Kammer von diesem Holländer gezeigt hast», hörte er Goswins gedämpfte Stimme von unten.

Die Antwort, leise und verzweifelt, war nicht zu verstehen.

«Vielleicht ist es am besten, sie erfahren gar nicht, dass ich hier war», fuhr Goswin fort. «Es würde dir jedenfalls eine Menge Ärger ersparen, nicht nur hier im Haus. In diesen Zeiten gerät man ja schnell unter falschen Verdacht. Und wenn man dann seine Unschuld nicht überzeugend darlegen kann … Wäre doch schade. Bist ja ein ganz hübsches Ding. Vielleicht komme ich noch mal wieder.»

Elsa gab gar keine Antwort mehr. Als kurz darauf die Tür klappte, begann sie zu weinen.

Katharina kam gegen Mittag vom Dienst zurück. Sie hatte Schubkarren mit Erde auf den Wall gefahren und in den Kratern ausgekippt, die die Kanonenkugeln des Bischofs dort hinterlassen hatten, während andere Frauen die Erde festgestampft hatten. Zwischendurch hatten sie die Arbeit mehrmals unterbrechen und Deckung suchen müssen, weil der Beschuss wieder eingesetzt hatte.

Jakob hatte die völlig verstörte Elsa getröstet und dem armen Mädchen versichert, dass sie nichts falsch gemacht hatte. Was hätte sie auch tun sollen? Goswin wusste, dass Jakob in diesem Haus lebte, und er hätte sich auch mit Gewalt Zutritt zu den oberen Zimmern verschaffen können. Schließlich hatte Elsa sich beruhigt.

Und nun saßen Katharina und er nebeneinander auf dem Bett und berieten, was zu tun sei. Es war offensichtlich, dass Goswins Nachforschungen etwas mit Ernestine zu tun haben mussten. Vielleicht war Bastiaan an ihn herangetreten, um über die von Goswin geführten Listen herauszufinden, wo Jakob zu finden war, Goswin hatte begriffen, dass es für ihn etwas herauszuschlagen gab, und jetzt, wo Bastiaan tot war, stöberte er auf eigene Faust weiter. Oder er hatte in Knipperdollings Haus etwas belauscht oder beobachtet. So oder so schien er entschlossen zu sein, den Schwerthalter aus dem Spiel zu lassen, andernfalls hätte er ja auch gleich veranlassen können, dass Jakob verhaftet wurde. Vielleicht hoffte er, etwas herauszufinden, womit er seine Haut retten konnte, wenn es mit der Wiedertäuferherrschaft zu Ende ging.

Plötzlich fiel Jakob wieder ein, was Katharina nach dem ersten Besuch von Goswin erzählt hatte. «Als er zum ersten Mal hier war, hat er dir doch gesagt, ich soll mich bei ihm melden. Er hat dir gesagt, wo er wohnt. Warum hat er das getan?»

«Um dir auf den Zahn zu fühlen.»

«Oder um mir ein Angebot zu machen.»

«Vielleicht beides. Er hätte ja nicht aus der Deckung kommen müssen. Er hatte einen Vorwand für seine Aufforderung. Im Zweifelsfall hättet ihr beide so tun können, als ginge es um diese dämliche Einquartierungsliste.»

«Es hätte auch eine Falle sein können. Damals hat Bastiaan noch gelebt. Vielleicht haben sie doch unter einer Decke gesteckt. Benoît wurde auch zu einem Treffpunkt gelockt.»

Katharina wiegte den Kopf. «Es gab aber keinen Zeitpunkt, zu dem sie dich erwarten konnten. Du hättest jederzeit dort auftauchen können.»

«Stimmt», sagte Jakob. «Könnte ich übrigens immer noch.»

Die Neugier begann wieder in seinen Eingeweiden zu kribbeln.

«Vielleicht ist es Zeit für einen Gegenbesuch», setzte er nach.

Sie sah ihn entsetzt an. «Das ist zu riskant. Du hast doch gehört, wie er Elsa gedroht hat.»

«Er kennt meinen Namen, und er weiß, dass ich hier wohne. Wenn er mir wirklich die Schergen von Knipperdolling auf den Hals hetzen wollte, könnte er das jederzeit tun.»

Jakob wartete noch bis zum Einbruch der Dämmerung, dann machte er sich auf den Weg in die Frauenstraße zu dem Haus, das Katharina ihm widerwillig beschrieben hatte. Bis zur Überwasserkirche lief er durch dieselben Straßen, die er und Mollenhecke auf dem Weg zu Bastiaans Behausung genommen hatten. Wusste Goswin, wo der Spitzbart gewohnt hatte? Wusste er überhaupt, dass er tot war?

Es war ein unscheinbares Hinterhaus, zu dem man durch einen Torbogen zwischen zwei Werkstätten gelangte, nicht weit vom Frauentor entfernt.

Es war nicht das einzige Gebäude, zu dem dieses Tor führte. Fast ein Dutzend ineinander verschachtelte Häuschen gruppierten sich um einen ungepflasterten Hof mit einem kleinen Kastanienbaum in der Mitte. Obwohl es armselige einstöckige Bauten mit Pultdächern und Lehmbewurf waren, hatten die Bewohner sie nicht der Verwahrlosung anheimfallen lassen. Nirgendwo lag Unrat herum, stattdessen standen ein paar Blumentöpfe vor den Fenstern, und vor einem der Häuser war ein Gemüsebeet angelegt worden.

Der Himmel hatte ein sattes Samtblau angenommen. Jakob stellte sich in den Schatten der Kastanie und spähte zu Goswins Haus hinüber. Hinter den beiden Fenstern rechts und links der Tür war kein Licht zu sehen, auch die anderen Häuser waren nicht erleuchtet, obwohl sich von irgendwoher der Duft von gebratenem Speck anschlich.

Plötzlich öffnete sich die Tür, und eine alte Frau mit einer Kanne in der Hand kam heraus. Sie steuerte auf eine Regentonne zu, schöpfte Wasser, wandte sich um und entdeckte ihn. War das vielleicht Goswins Mutter?

«Kann ich dir helfen?», fragte sie. Ihr Akzent war unüberhörbar niederländisch. Jakob atmete auf. Er hätte selbst ins Niederländische wechseln können, aber er tat es nicht, um keine Anhaltspunkte zu liefern.

«Ist das das Haus von Goswin?», fragte Jakob vorsichtig.

«Ja, aber er ist weggezogen. Das Haus hat er mir vorläufig überlassen. Ich bin Merel de Jong aus Moordrecht.»

Sie kam näher. In der Tür erschien jetzt ein weiteres Gesicht. Im Dämmerlicht erblickte Jakob eine der schönsten Frauen, die er je gesehen hatte. Sie war etwa in Katharinas Alter, hatte wallendes blondes Haar und so große, strahlende Augen, dass es fast unecht wirkte – eine Verkörperung dessen, was herauskam, wenn man alle in der Kindheit zusammenfantasierten Bilder der Muttergottes, der Engel und der Heiligen verrührte.

«Meine Tochter Lieke», sagte Merel de Jong nicht ohne Stolz. «Gestern angekommen. An allen Straßenversperringen vorbei.»

Dass nach dem Tod des Propheten noch jemand freiwillig in diese Stadt zog, war an sich schon erstaunlich. Dass Lieke es geschafft hatte, den Belagerungsring zu passieren, ohne aufgegriffen zu werden, war noch erstaunlicher. Doch dass eine Frau von solcher Schönheit sich freiwillig in den Rachen dieses Ungeheuers begab, das erschien Jakob vollends unverständlich.

Merel de Jong sah mit Wohlwollen, wie er ihre Tochter betrachtete.

«Sie braucht noch einen Mann», sagte sie.

Lieke lehnte sich an den Türrahmen und lächelte Jakob

einladend an. Jakob kam der Verdacht, dass sie das beruflich machte. Bei ihrem Aussehen hätte sie es eigentlich nicht nötig gehabt, sich von der Alten auf diese Weise verhökern zu lassen, aber vielleicht war sie irgendwie von ihr abhängig.

Jakob zwang sich, seine Aufmerksamkeit wieder der Mutter zuzuwenden. «Weißt du, wo Goswin hingezogen ist?», fragte er.

«Nein. Er hat's mir nicht gesagt. Er hat überhaupt sehr wenig mit mir geredet. Und nach dem Tod des Propheten schien mir sein Glaube etwas schwankelig zu werden. Sagt man das so?»

«Man versteht es», sagte Jakob.

«Willst du einen Augenblick reinkommen?», fragte Merel de Jong. Lieke rekelte sich am Türrahmen.

«Danke», sagte Jakob. «Ein andermal.»

Auf dem Rückweg beschäftigte ihn die Frage, warum Liekes Bereitschaft, sich den Wiedertäufern anzuschließen, ihn so viel stärker irritiert hatte, als das bei einer unscheinbareren Frau der Fall gewesen wäre. Wenn Schönheit eine Währung war, die Frauen bei vorteilhaften Heiraten gegen Wohlstand und Ansehen eintauschten, dann war Lieke dabei, ein schlechtes Geschäft zu machen. Warum tat sie das? Man konnte natürlich auch andersherum fragen: Warum unterstellte er ihr überhaupt, so zu denken? Als er in die Salzstraße einbog, fielen ihm die Worte von Benoît wieder ein: *Du weißt eben nicht, was Glaubenseifer ist.*

Katharina erwartete ihn schon hinter der Tür. «Schon wieder Besuch für dich», raunte sie ihm zu. «Alter Freund von dir aus Amsterdam.»

Jakob war sofort alarmiert. «Hat er gesagt, wie er heißt?»

«Geert. Bruno hat ihn dummerweise reingelassen, und jetzt sitzt er in der Stube und wartet auf dich. Soll ich ihm sagen, dass du heute nicht mehr kommst?»

Jakob atmete auf. «Nein. Ist in Ordnung.»

Wie hatte Geert herausgefunden, wo Jakob sich aufhielt?

«Wie war's bei Goswin?», fragte Katharina schnell.

«Fehlschlag. Er wohnt nicht mehr in der Frauenstraße.»

Jakob betrat die Stube. Geert saß auf einem Schemel vor dem Kachelofen und war in ein kleines Buch vertieft, das er selbst mitgebracht hatte. Als er Jakob erblickte, erstrahlte er wie eine Laterne, deren Docht hochgedreht wird.

Sie tauschten die Bruderküsse, dann schnatterte Geert sofort los. Er habe ja gehofft, dass Jakob ihn und Jan mal in der Ludgeristraße besuche, aber wahrscheinlich habe er, Jakob, in der letzten Zeit einfach zu viel zu tun gehabt, er sei ja ein ganz schöner Teufelskerl, wenn man das mal so ausdrücken dürfe, also, nichts für ungut wegen *Teufel*, aber trotzdem.

«Was genau meinst du?», fragte Jakob irritiert.

Na, der Pulvertransport! Der Hinterhalt in der alten Mühle! Wie die Eskorte unter seiner, Jakobs, mutiger Führung die zwei Dutzend Papisten da ausgeräuchert habe! Bartel habe ihm das erzählt, Bartel aus Tilburg, und der sei ja schließlich dabei gewesen. Und dass ausgerechnet er, Geert, den Helden dieser Geschichte noch persönlich aus Amsterdam kenne, sogar mit ihm im Verlies gesessen habe! Da sei er natürlich auch ein bisschen stolz gewesen und habe Lust auf ein Wiedersehen bekommen, und er habe sich gesagt, wenn der Prophet nicht zum Berg komme, dann eben der Berg zum Propheten, wie man so schön sage, also, nichts für ungut wegen *Prophet*, aber trotzdem.

«Und wie hast du mich gefunden?», unterbrach Jakob Geerts Geschwafel.

Na, das sei ja nun wirklich ganz einfach gewesen, ein paar Nachfragen hier und da, ein Blick auf die Wachdienstliste beim Mauritztor. Schön habe er, Jakob, es hier getroffen, ein gottesfürchtiges Haus scheine das zu sein, in dem er da gelandet sei. Und die Schwester des Hausherrn, so züchtig und zurückhaltend, ganz wunderbar, ob die denn schon vergeben sei? Aber er, Geert, sei nicht nur zum Plaudern gekommen, sondern habe eine ganz unglaubliche Neuigkeit, genauer gesagt ein Angebot, und da müsse er, Jakob, sich jetzt vielleicht doch mal setzen.

Jakob setzte sich mechanisch. Er glaubte nicht, dass der fromme Geert ihm irgendetwas anbieten konnte, was nicht mit Verstrickungen und Scherereien verbunden war und irgendwie abgewendet werden musste. Genau deshalb hatte er ihm ja auch nicht verraten, wo er wohnte.

«Ich bin gespannt», sagte Jakob.

Geert genoss es, die vermeintliche Spannung noch ein bisschen zu steigern. Er grinste. Leckte sich über die Lippen wie ein Kind beim Anblick eines Leckerbissens.

«Der Prophet sucht noch Leibwächter. Bartel hat dich empfohlen.»

«Das ist allerdings eine Neuigkeit», sagte Jakob. Sein Mund sprach langsam, aber seine Gedanken galoppierten los.

«Nicht wahr?», strahlte Geert. «Was für eine Ehre.»

Jakob würde in den engsten Kreis um Bockelson vorrücken und Zugang zur Domkurie bekommen. Er würde endlich Ernestine kontaktieren und ihr den Brief übergeben können. Und vielleicht würde er sogar einen Weg finden, dem ganzen Irrsinn ein Ende zu bereiten. Aber es war gefährlich. Er würde öffentlich in Erscheinung treten, und Goswin würde unweigerlich auf ihn aufmerksam werden.

«Und?», fragte Geert.

Mit Goswin würde er schon fertig. Eine solche Gelegenheit würde sich vielleicht nie wieder bieten, den Spuk zu beenden, wie Mollenhecke es ausgedrückt hatte.

«Wann soll ich mich vorstellen?», hörte Jakob sich fragen.

«So schnell wie möglich.»

Am nächsten Tag betrat Jakob die noch von Jan Matthys beschlagnahmte Kurie des Domherren Melchior von Büren, wo auch der neue Prophet Jan Bockelson ganz selbstverständlich seine Wohnung genommen hatte.

Katharina war fast in Ohnmacht gefallen, als er ihr von der Einladung erzählt hatte.

«Bist du wahnsinnig?»

«Es war dein Vorschlag. Weißt du nicht mehr? Nach der Musterung. Ich sagte: *Er wird sich eine Leibwache zulegen.* Und du: *Ist das nicht dein Beruf?*»

Sie hatte darauf nichts mehr gesagt. Aber Jakob hatte neben der Sorge auch einen gewissen Stolz in ihrem unterdrückten Lächeln erkannt.

Und nun stand er zum ersten Mal im Hof auf dem Berg Zion, wie das Areal neuerdings genannt wurde, weil ja alles irgendwie biblisch verbrämt werden musste. Vor ihm lag der Hauptbau, links und rechts kleinere Nebengebäude mit Wirtschaftsräumen, Personalunterkünften und Vorratslagern, weiter hinten eine Remise für die Kutsche und ein Pferdestall. Ein paar Hühner liefen auf dem Hof herum. Wenn die abgeschlagenen Wappen nicht gewesen wären, hätte man die Anlage immer noch für das halten können, was sie bis vor wenigen Monaten noch gewesen war: die Residenz eines adligen Domherrn, die durch ihre Größe den Reichtum des Besitzers verriet und durch ihre Lage dessen Nähe zur Macht des bischöflichen Stadtherrn.

Es war befremdlich, wie ungehindert er diese Anlage betreten konnte. Sonst hatten immer zwei Wachen vor dem Tor gestanden, jetzt war niemand zu sehen. Fürchtete Bockelson keine Mordanschläge enttäuschter Anhänger, keine Verschwörer, die schon gegen Matthys die Messer gewetzt hatten, keine Attentäter, die der Bischof eingeschleust hatte? Und warum brauchte er dann Leibwächter?

Die Ruhe war fast gespenstisch. War Bockelson überhaupt hier? War Ernestine hier? Jakob wurde von einem prickelnden Gefühl erfasst. Vielleicht bot sich hier die einmalige Gelegenheit, alle Probleme auf einen Schlag zu lösen.

Jakob ging auf das Hauptgebäude zu, ein zweistöckiger Bau, der den Blick auf den Garten dahinter wie ein Riegel versperrte. Es duftete nach frischem Brot, irgendwo wurde offenbar gebacken. Einer der Schornsteine des linken Nebengebäudes rauchte vor sich hin.

Eine Treppe mit Eisengeländer führte zum Eingang. Das Doppelflügelportal hatte einen Anstrich aus schwarzen und grauen Streifen, die wie Fischgräten diagonal aufeinander zuliefen.

Er stieg hinauf. Vom Portal aus konnte man über die Umfriedungsmauer des Hofes schauen und den ganzen Domplatz überblicken.

Der rechte Türflügel quietschte leicht, als Jakob ihn aufschob. Dahinter erstreckte sich ein Korridor bis zu einem

Durchgang zum Garten. Rechts und links befanden sich jeweils zwei geschlossene Türen, dazwischen auf beiden Seiten je ein Treppenaufgang. Wie von außen, so war dieses Haus auch von innen völlig symmetrisch.

Im Korridor war es kühler als draußen in der Frühlingssonne. Der Boden war mit dreifarbigen Fliesen ausgelegt, die ein Muster aus Rauten und Stegen bildeten. Ein paar Leuchter standen an den eierschalfarben geschlämmten Wänden. Hellere Stellen verrieten, wo früher Bilder gehangen hatten, vielleicht Heiligendarstellungen, die dem Eifer der Wiedertäufer zum Opfer gefallen waren.

Jakob entschied sich für den Hinterausgang und eilte über den Korridor an Türen vorbei, hinter denen gedämpfte Stimmen zu vernehmen waren. Als er zwischen den Treppenaufgängen durchhuschte, vernahm er auch von oben Stimmen. Im Haus würde er nicht lange unentdeckt bleiben.

Im Türbogen blieb er stehen und spähte hinaus. Der Garten war größer, als er erwartet hatte. Im rückwärtigen Teil wurde er durch eine Mauer begrenzt, hinter der sich die verschachtelten und verbauten Hinterhäuser der Rothenburg erhoben. Bäume und Hecken warfen ihre Schatten auf Blumenbeete. Rechts stand ein kleines Haus auf dem Gelände, vielleicht eine weitere Unterkunft für die Bediensteten, links befand sich das Stallgebäude, das er vom Hof aus gesehen hatte. Ein paar Pferde streckten ihre Köpfe aus den geöffneten Verschlägen heraus, scheinbar gelangweilt, schnuppernd, mähnenschüttelnd.

Musik wehte heran: Harfenklänge, getragen und doch leicht, scheinbar gedankenlos improvisiert.

Und dann entdeckte er die Frauen, eine nach der anderen. Wie Vögel, deren Federkleid ihnen im Gebüsch eine Tarnung verlieh, die sie erst sichtbar machte, wenn sie sich bewegten, wurden es immer mehr, bis es mindestens ein Dutzend war, jung und in leichten Frühlingskleidern. Sie saßen auf Gartenstühlen im Schatten der Bäume und Hecken, die schützende Buchten bildeten. Eine saß mit dem Rücken zu ihm und hatte die nackten Füße in ein Becken getaucht, aus dem ein kleiner Springbrunnen mit einer Neptunfigur aufragte; gegen die antiken Götterbilder hatten sie also offenbar nichts, wenigstens diese Kunstwerke würde Melchior von Büren noch vorfinden, wenn er sich seinen Besitz irgendwann zurückholte. Eine andere rekelte sich auf einer Liege in der Sonne, das Kleid verrutscht, ein Bein auf dem Boden, das andere angewinkelt, lesend. Und dann entdeckte Jakob auch die Harfenspielerin. Sie saß unter einem Baldachin vor dem Hinterhaus in der Sonne und schlug träge und fließend die Saiten an. Was sich da vor Jakobs Augen ausbreitete, war ein frivoler Paradiesgarten. Es war, als hätte er eine andere Welt betreten: Während die Männer draußen auf den Mauern seine heilige Stadt verteidigten, hielt sich der Prophet hier einen Harem. Eine silberne Katze schoss an einem Baumstamm hoch. Und um das Bild komplett zu machen, stakste in diesem Augenblick ein Pfau hinter einer Hecke hervor. Einen solchen Vogel hatte Jakob zum letzten Mal im Schlosspark von Pavia gesehen, kurz bevor die Schlacht begonnen hatte.

Es kostete Jakob einige Überwindung, aus dem Halbdunkel des Durchgangs ins Licht des Gartens zu treten, die Treppe hinunterzusteigen und sich in die Mitte dieser Ansammlung von Lebewesen zu begeben, in der er nichts anderes war als ein Störenfried.

Doch sie bemerkten ihn gar nicht.

Bis auf eine.

Sie saß auf einem Stuhl neben der Treppe und spielte mit einer Silberkette, die sie abwechselnd wie einen Rosenkranz durch die Finger gleiten und dann kreisen ließ wie ein Weihrauchgefäß, doch die Bewegungen waren weder andächtig noch feierlich, sondern gereizt, als wartete sie auf einen letzten Anlass, um aufzuspringen und dem trägen und selbstgefälligen Müßiggang der anderen ein Ende zu bereiten. In der Hand hatte sie ein Glas mit strohgelbem Wein. Sie war blond und schlank und hübsch wie die anderen, aber auf andere Weise: kantiger, weniger unbedarft, abgebrühter, nicht so, als genösse sie dieses Dasein, sondern so, als könnte es ihr nichts mehr bieten, was sie nicht schon anderswo gesehen hatte.

«Gefällt Ihnen die Musik?»

Allein schon die Anrede verriet Jakob, dass sie keins von den leicht zu beeindruckenden Bauernmädchen war, die Bockelson von Matthys übernommen haben musste: diese aristokratische Distanz, die auf jede Vertraulichkeit verzichtete und dem Gegenüber zwar Achtung erwies, ihm aber auch zu verstehen gab, wo die Grenze verlief. Bei Maria war das immer ein Zeichen von Respekt gewesen, bei dieser hier wirkte es angriffslustig.

«Ich habe schon bessere gehört», sagte Jakob.

«Na, Sie trauen sich ja was. Wo denn?»

Jakob hatte kurz gehofft, dass es sich um Ernestine handeln könnte, aber die Aussprache verriet, dass sie von hier stammte. Konnte es sein, dass er Katharinas Freundin Angela vor sich hatte?

«Mailand», sagte er.

Volltreffer. Sie stellte das Glas ab und beugte sich vor.

«Madrid.»

Die Überheblichkeit verschwand aus ihrem Gesicht.

«Brüssel.»

Ihr Lächeln sagte einiges darüber aus, was Katharina ihr über ihn erzählt haben musste.

«Jakob?»

«Angela.»

Sie sah sich um, als fürchtete sie Lauscher. «Was machst du hier?»

Die Harfenklänge waren erstorben. Ein paar Gesichter hatten sich ihnen zugewandt.

«Es werden Leibwächter gesucht», sagte er. «Ich wurde empfohlen.»

Sie spitzte die Lippen. «Wie man so hört, gibt es mehr als einen Grund, dich zu empfehlen.»

Während Jakob noch überlegte, was sie da gerade probierte, erklang von oben eine Stimme: «Warum spielt sie nicht weiter?»

Jakob sah hoch. Auf einem Balkon stand Jan Bockelson, bekleidet nur mit einem Tuch um die Hüften. Er beugte sich über das Geländer.

«Bist du der, der sich bei mir melden soll?», fragte er auf Niederländisch.

Jakob nickte.

«Dann komm rauf», sagte Bockelson. Sein Finger schoss vor und zeigte auf den Pfau. «Und du da! Schlag gefälligst ein Rad!»

Jetzt oder nie.

Jakob beugte sich zu Angela vor. «Die Französin», flüsterte er. «Welche ist es?»

Sie begriff sofort. «Die am Brunnen.»

Genau in diesem Augenblick wandte das Mädchen sich um, und Jakob erkannte sie wieder. Es war das Mädchen, das er in Knipperdollings Flur im Gegenlicht gesehen hatte. Die mit dem Muttermal. Leichter Unterbiss, aber sonst recht hübsch, elegant, wie sie da mit den Zehen im Wasser nach irgendetwas angelte, eine natürliche und durch die Erziehung in einem Haus mit Musik und Tanz weiter herausgearbeitete Anmut.

«Danke.»

Aus dem Augenwinkel sah Jakob, dass Bockelson immer noch dort oben stand. Er wandte sich zum Gehen.

Angela griff nach ihrem Glas. «Sie will nicht hier weg», flüsterte sie schnell.

Warten wir mal ab, dachte Jakob. Dann nahm er die Treppe mit ein paar schnellen Schritten und tauchte er in die Kühle des Hauses ein.

Auf dem Weg ins Obergeschoss rief er sich die Züge der jungen Frau noch einmal ins Gedächtnis. Seit mehreren Monaten jagte er ihr jetzt hinterher, und dass sie nun ganz unverhofft ein Gesicht bekommen hatte, irritierte ihn.

Bockelson erwartete ihn in einem prachtvollen Zimmer mit dunklen Vertäfelungen und einem Deckenleuchter für mindestens drei Dutzend Kerzen. Rechts und links vom Balkon gingen jeweils drei Fenster auf den Garten hinaus. Hier musste Melchior von Büren seine Feste gefeiert haben. Außer einem Bett mit Baldachin an einer der Schmalseiten und einem Schreibtisch mit ein paar Stühlen vor der Fensterfront gab es keine Möbel, was den Raum noch größer wirken ließ.

Der Prophet hatte sich ein Hemd übergezogen, das bis zu den Knien reichte. Mit einer Geste forderte er Jakob auf, sich zu setzen.

Ein Diener erschien und brachte ein Tablett mit zwei gefüllten Weingläsern. Er war um die dreißig Jahre alt, ein hübscher Kerl, aber schlecht rasiert und schlecht gekleidet.

Bockelson nahm sich ein Glas und reichte Jakob das andere, dann wedelte er mit der anderen Hand in Richtung des Dieners und sagte: «Husch, husch, verschwinde.»

Der junge Mann schwebte aus dem Raum.

«Weißt du, wer das war?», fragte Bockelson.

Jakob schüttelte den Kopf.

Bockelson lachte gehässig. «Waldecks Sohn.»

Jakob sah ihn fragend an. Konnte das stimmen?

«Glaubst du nicht, was? Den hat er mit irgendeiner seiner Mätressen gezeugt. Wir haben ihn bei einem Ausfall erwischt, und einer der Landsknechte, die zu uns übergelaufen sind, hat ihn erkannt. Ich bringe ihm ein bisschen Demut bei, aber er muss natürlich am Leben bleiben. Vielleicht kann er uns später noch von Nutzen sein.»

Den letzten Satz hatte Bockelson in völlig akzentfreiem Deutsch gesagt. Jakobs Überraschung quittierte er mit einem zufriedenen Lachen.

«Meine Mutter war Deutsche. Je parle également français, English quite fluently, um pouco de português. Bin viel rumgekommen. Handelsreisen. Brügge, London, Lissabon.»

Er hatte die Städte mit einer manierierten Trägheit genannt, als gäbe es noch viel mehr erwähnenswerte Stationen auf seinem Lebensweg, die aufzuzählen ihm aber lästig war.

Bockelson beugte sich vor und musterte Jakob wie ein ungewöhnliches Insekt, das in sein Glas gefallen war. Sein Blick war eindringlich, nicht bohrend wie der von Matthys, eher eine Mischung aus Neugier und Argwohn. Eine leichte Rötung der

Augen zeigte an, dass das Glas in seiner Hand nicht das erste an diesem Tag war.

«Warum erkenne ich dich nicht wieder, Jakob van Heemskerk? Ich vergesse nie das Gesicht von einem, den ich getauft habe. Wann soll das gewesen sein?»

Jakob durchfuhr es wie ein Blitz. Geert hatte unter den Holländern offenbar überall verbreitet, was Benoît ihm im Amsterdamer Kerker erzählt hatte: dass Jan Bockelson ihn und Jakob getauft hatte.

«Das muss ein Missverständnis sein», sagte Jakob, um etwas Zeit zu gewinnen.

Andreas hatte er mit einem erfundenen Namen abgespeist, Jan van Deventer, aber Bockelson kannte wahrscheinlich alle, die in den niederländischen Wiedertäufergemeinden etwas zu sagen hatten, also würde er nachfragen und misstrauisch werden, wenn er keine überzeugenden Antworten bekam.

«Jan Matthys hat mich getauft. In Amsterdam.»

Das passte zumindest zu seiner Geschichte und würde ein paar Nachfragen standhalten.

Doch Bockelson schien die Antwort schon zu genügen. Das Misstrauen, das vielleicht weniger Jakob als seinem eigenen Erinnerungsvermögen gegolten hatte, verschwand aus seinem Blick.

«Jan Matthys», wiederholte er langsam. «Manchmal fehlt er mir. Seine Visionen waren von einer ungeheuren Wucht, comme le tonnaire. Mit mir spricht Gott leiser.» Er stand auf, ging zum Fenster und blickte hinaus in den Garten, wo das Harfenspiel wieder eingesetzt hatte. «Aber möglicherweise liegt es auch daran, dass ich besser zuhöre.» Er wandte sich wieder Jakob zu. «Bei mir muss er nicht so schreien. Vielleicht will er nicht, dass auf einen lauten Propheten ein noch lauterer folgt. Vielleicht soll auf diesen Propheten auch gar kein weiterer folgen, sondern ... ja, was? Tell me, Jakob van Heemskerk!»

«Ein König», sagte Jakob. Besser, er sekundierte Bockelson noch ein bisschen bei seinem Monolog, damit er sich nicht weiter mit den Umständen seiner Taufe in Amsterdam befasste.

«Ein König», wiederholte Bockelson, bedächtig nickend. «Aber ist die Zeit reif dafür? Ist die Stadt reif dafür? Haben wir alle genug gebüßt?»

Bei diesen Fragen war seine Stimme immer ungehaltener geworden, verbissener, als nähme er es seinem Gott übel, dass er ihm die Antworten bisher schuldig geblieben war. Angesichts seines Lebenswandels waren zumindest im Hinblick auf seine Person Zweifel angebracht, ob genügend Buße getan worden war.

Bockelson setzte sich wieder, kippte sein Glas hinunter, knallte es auf den Tisch und schrie in Richtung Tür: «Waldeck! Nachfüllen!»

Der Diener eilte mit einer Karaffe herein, wollte eingießen, aber Bockelson nahm ihm das Gefäß aus der Hand und tat es selbst, dann scheuchte er ihn wieder hinaus.

Er trank und rülpste.

«Erzähl mal ein bisschen über dich», sagte er. «Damit ich weiß, mit wem ich es zu tun habe.»

Jakob wiederholte in knappen Worten die Geschichte, die er auch Andreas am ersten Abend in seinem Haus aufgetischt hatte. Bockelson hörte nur halb zu.

«Gut», unterbrach er Jakob nach wenigen Sätzen. «Reden wir über den Grund deines Hierseins. Knipperdolling meint, ich bräuchte ein paar gardes du corps. In Wirklichkeit ist er es, der welche haben will, für seinen Auftritt, afin de faire style, aber er fürchtet natürlich, dass es anmaßend wirken könnte, wenn er sich welche zulegt, während ich keine habe. Und weil er sich nicht die Blöße geben will, mich darum zu bitten, schlägt er mir scheinheilig vor, selbst welche anzustellen. Nun könnte man einwenden, dass dieser Vorschlag erst recht anmaßend ist, schließlich ließe sich daraus folgern, dass Knipperdolling an meiner mission zweifelt. Denn wenn Gott noch Pläne mit mir hat, wird er ja wohl kaum zulassen, dass mir etwas zustößt. Außerdem lieben mich die Leute. Entendes o que estou dizendo, Jakob van Heemskerk?»

«Selbstverständlich», sagte Jakob. Falls er diesen Kerl demnächst von morgens bis abends ertragen musste, würde er ihn wahrscheinlich nach kurzer Zeit persönlich erwürgen, wenn es niemand anders tat. Ganz kurz blitzte in seinem Kopf die Versuchung auf, es jetzt gleich zu tun, aber er verwarf den Gedanken wieder. Selbst wenn er anschließend unerkannt entkam, würde wahrscheinlich Chaos in der Stadt ausbrechen, und der nächste Prophet wartete schon auf die Gelegenheit, Bockelsons Tod aus der Bibel zu erklären, die Gemeinde hinter sich zu versammeln und seinen Mörder hinzurichten.

«Aber vielleicht ist das trotzdem gar keine so schlechte Idee», fuhr Bockelson fort. «Für den Auftritt. Acht für mich und vier für Knipperdolling, dann hat er, was er will, und weiß trotzdem, wo sein Platz ist.»

Er stellte sein Glas ab, stand auf und schnippte ein paarmal mit den Fingern, als müsste er den Eingebungen auf die Sprünge helfen, die in seinem Kopf Gestalt anzunehmen begannen. «Uniformen, dunkelblau und rot. Dunkelblau wie die Morgendämmerung des jüngsten Tages, rot wie das Blut, das der Erlöser für uns vergossen hat. Antwerpener Schnitt. Steh mal auf.»

Bockelson griff in eine Kiste, die neben dem Schreibtisch stand, und zog ein Maßband aus Kalbsleder hervor. Er stellte sich vor Jakob auf und vermaß ihn mit geübten Handgriffen: Schultern, Brustumfang, Taille, Arme und Beine. Zwischendurch notierte er die Zahlen mit Kohlestift auf einem Papier, das auf dem Tisch lag. Jakob roch seine Weinfahne.

«Ich hatte schon viele Berufe. Schneider war nur einer davon.»

Draußen stieß der Pfau einen schrillen Schrei aus.

«Sehr gut. Barette mit Pfauenfedern.»

Während Bockelson weitere Notizen machte, klopfte es an die Tür. Ein Bewaffneter erschien. Es gab also doch noch Wachen.

«Am Jüdefelder Tor tut sich was», sagte er. «Da sind Hunderte von Schanzgräbern aufmarschiert. Die wollen den Außengraben anstechen.»

Jakob begriff sofort, was das bedeutete. Falls die Belagerer es schafften, das Wasser aus dem Außengraben abfließen zu lassen, würden sie den dahinterliegenden Wall stürmen und die äußere Torbastion von den Seiten her angreifen können. Und wenn es ihnen gelang, sich dort festzusetzen und die Kanonen umzudrehen, könnten sie das Tor aufschießen.

Doch Bockelson schien nicht besonders besorgt. «Ich komme gleich», sagte er träge.

Die Wache verschwand und schloss die Tür.

Bockelson notierte seelenruhig weiter, machte sogar eine kleine Skizze, als wäre die Uniformierung seiner Leibwächter wichtiger als die Abwehr eines bevorstehenden Angriffs auf die

Stadt. Wahrscheinlich wollte er durch die Gelassenheit aber auch seine Gewissheit demonstrieren, dass Gott die Feinde nur deshalb vor die Mauern der Stadt geführt hatte, um sie dort zu zerschmettern.

«Gib mir eine Woche», sagte er und faltete das Papier zusammen. «Dann lasse ich dich und die anderen zur Anprobe rufen.»

Er warf das Maßband in die Kiste zurück und gab Jakob einen Wink, sich zu entfernen.

Jakob stand auf und wandte sich zum Gehen, aber Bockelson fasste ihn an der Schulter und hielt ihn zurück. Er wirkte jetzt noch betrunkener als zu Beginn des Gesprächs.

«Soll ich dir mal was verraten, was kaum einer weiß?», fragte er.

Statt eine Antwort abzuwarten, zeigte er mit dem Daumen hinter sich in Richtung des Gartens. «Matthys war nie mit denen im Bett. Falls sein Tod eine Strafe Gottes ist, dann jedenfalls nicht dafür.»

Was für Schlüsse auch immer er aus diesem Umstand zog, ließ er im Unklaren.

Während er die Treppe ins Erdgeschoss hinabstieg, dachte Jakob wieder an Ernestine. Warum in aller Welt wollte sie in der Stadt bleiben, obwohl der Mann, dem sie gefolgt war, nicht mehr lebte? War sie jetzt etwa diesem Scharlatan verfallen?

Jakob hätte gern noch einmal mit Angela gesprochen, aber als er in den Garten hinausblickte, war er verwaist, als wären die jungen Frauen nichts als Geistererscheinungen gewesen.

21

Es war eine konspirative Runde, die da in Hinrich Mollenheckes Werkstatt in der Neubrückenstraße bei Kerzenlicht zusammensaß. An den Wänden hingen neben Hämmern und Zangen vor allem Muster für Klingen von Schwertern und Hellebarden und Rüstungsteile, in denen sich die Flammen spiegelten. Der Schlackegeruch hatte eine Eisennote. Wieder fiel Andreas auf, dass jede Schmiede ein bisschen anders roch.

Zum ersten Mal seit Monaten fühlte er sich nicht mehr zerrissen, sondern aufgehoben und ernst genommen. Es war, als wäre er aus einem Traum erwacht; die Erinnerung daran, dass er den Lehren dieser Prediger gefolgt war, erschien ihm so unwirklich, als wäre er eine Zeit lang ein anderer Mensch gewesen.

Sie waren zu fünft: Aldermann Mollenhecke, der einäugige Hermann Remeken, der schon vor der Ankunft von Matthys und Bockelson keinen Hehl aus seiner Abneigung gegen Rothmann und seine Prediger gemacht hatte, Hermann Reinig mit dem Zwirbelbart, der von seiner Frau Anna zur Vernunft gebracht worden war, und schließlich Jakob und er. Der Holländer mit der bewegten Vergangenheit war für Andreas schon fast ein Familienmitglied geworden.

Mollenhecke hatte sie eingeladen, um über den Plan zu sprechen, den er seit einigen Wochen verfolgte: der Herrschaft der Wiedertäufer ein Ende zu bereiten. Im Grunde war dieser Plan ein erneuter Versuch, die Einigkeit in der Stadt wiederherzustellen, bevor die Belagerer die Stadt eroberten und die bedingungslose Unterwerfung unter den Bischof erzwangen. Mollenhecke wollte die Prediger und ihre auswärtigen Helfer entmachten, um Franz von Waldeck den Grund für die Belagerung zu nehmen und ihm danach auf dem Verhandlungsweg umso entschlossener die Stirn zu bieten. Wenn Münster es schaffte, sich selbst von diesem Fluch zu befreien, würde sich die alte Ordnung vielleicht wiederherstellen lassen, einschließlich einer Duldung der Lutheraner.

Aber er musste vorsichtig zu Werke gehen. Die drakonischen Strafmaßnahmen wegen kleinster Vergehen hatten die Bevölkerung so sehr eingeschüchtert, dass niemand sich mehr traute, Bockelson, Knipperdolling, Rothmann und ihre Bande öffentlich zu kritisieren. Dementsprechend schwierig war es, mögliche Mitverschwörer zu finden. Und so hatte Mollenhecke zunächst bei den Männern vorgefühlt, denen er am meisten vertraute und von denen am wenigsten zu befürchten war, dass sie ihn verraten würden: den Schmieden. Obwohl die Gilde auch ein paar Fanatiker in ihren Reihen hatte, war es innerhalb der Bruderschaft doch leichter, offen zu sprechen.

Es war heiß in der Werkstatt. Mollenhecke hatte neben seiner Funktion als Hauptmann der Mauritztorkompanie die Aufsicht über die Herstellung und die Verteilung der Waffen in der ganzen Stadt, aber auch in seiner eigenen Werkstatt wurde die Esse nicht kalt. Man hatte ihm mehrere zusätzliche Gehilfen zugeteilt; er selbst war von morgens bis abends unterwegs, beriet sich mit den anderen Hauptleuten, beschaffte Holz und Alteisen zur Weiterverarbeitung, beaufsichtigte die Waffenausgabe, führte Listen. So kam er täglich mit vielen Männern in Kontakt, registrierte jeden vorsichtig geäußerten Zweifel an der göttlichen Mission des Propheten und jede unbedachte Unmutsäußerung.

«Wie viele Leute hast du jetzt?», fragte Reinig.

«Zu wenige», sagte Mollenhecke. «Ungefähr zwanzig, auf die ich mich verlassen kann. Noch mal genauso viele, die ich noch bearbeiten muss. Die meisten sind aus den Gilden. Dann zwei von den Landsknechten, die Bockelson mit Geld angelockt hat und die jetzt merken, dass sie damit in der Stadt kaum was anfangen können.»

«Weil es hier keine Nutten gibt», warf Remeken gehässig ein. «Die einzigen Frauen, die die Beine breitmachen, hat Bockelson sich gekrallt.»

Mollenhecke ging nicht darauf ein. «Die hatten sich vorgestellt, sie könnten hier in Saus und Braus leben, und jetzt sind sie enttäuscht. Gestern haben sie einen hingerichtet, weil er die Sperrstunde nicht eingehalten hat.»

«Die saufen zu viel», sagte Reinig.

«Das ist ein Problem», bestätigte Mollenhecke. «Wenn einer von denen im Suff irgendwas ausposaunt, sind wir geliefert.»

«Was ist mit Tilbeck?», fragte Andreas.

«Zu feige.»

«Redeker?»

«Vergiss es. Seit der Sache mit Rüscher frisst er denen aus der Hand. Außerdem existiert die Gesamtgilde praktisch nicht mehr.»

«Holländer?», fragte Reinig.

«Denen traue ich nicht über den Weg», antwortete Mollenhecke. «Die haben nichts zu gewinnen, wenn Bockelson verschwindet.» Und mit einem Blick zu Jakob fügte er hinzu: «Bis auf einen.»

Andreas wusste inzwischen, weshalb Jakob wirklich in der Stadt war. Wusste Mollenhecke es auch? Hatte er darauf angespielt?

Die Esse knackte. Mollenhecke hatte seine Gesellen und Lehrlinge für den Dienst auf der Mauer eingeteilt, damit sie hier ungestört waren. Seine Frau war mit den Kindern und der Dienstmagd zum Pfarrhaus der Lambertikirche gegangen, wo Rothmann eine seiner endlosen Predigten hielt.

Mollenhecke seufzte. «Wenn man keinem mehr traut, muss man sich sogar das Bier selber holen», sagte er, stand auf und verließ die Werkstatt.

«Hundert Leute wären schon gut», sagte Reinig nach einer Weile. «Aber die muss man erst mal zusammenkriegen.»

«Das ist nicht das größte Problem», warf Jakob ein. «Das größte Problem ist, dafür zu sorgen, dass alle zur richtigen Zeit losschlagen. Wir brauchen mindestens drei Gruppen. Zwei, die Bockelson und Knipperdolling verhaften, und eine, die das Rathaus besetzt. Wenn die Gefangenen gebracht werden, muss das Rathaus unter Kontrolle sein. Wenn es bei einer der drei Aktionen Lärm gibt, haben die anderen nicht mehr viel Zeit.»

«Warum bringen wir sie nicht einfach um?», fragte Reinig.

«Damit wir zur Not freien Abzug rausschlagen können», sagte Redeker. «Ich hab keine Lust, mich abschlachten zu lassen, wenn das schiefgeht.»

Andreas schauderte. Es konnte schiefgehen.

«Wie läuft's überhaupt mit Bockelson?», fragte Reinig, an Jakob gewandt. «Hat er seine Leibwache beisammen?»

«Er muss noch die Uniformen schneidern», sagte Jakob.

Reinig schüttelte langsam den Kopf. «Der hat vielleicht Nerven.»

«Unaussprechlich», murmelte Remeken.

«Bockelson will acht Leibwächter, Knipperdolling soll vier kriegen», fuhr Jakob fort. «Außerdem gibt es Wachen auf dem Gelände und vor dem Eingang. Wir müssen sie aus den Betten holen. Das wird nicht ohne Lärm abgehen, also brauchen wir Leute draußen, die den Markt und den Domplatz sichern, bis wir sie ins Rathaus verfrachtet haben.»

Mollenhecke kam mit fünf Krügen zurück und verteilte sie. Sie tranken.

«Sollte man nicht auch ein Tor besetzen?», fragte Remeken. Und zu Mollenhecke: «Wenn du genügend von unseren Leuten für die Wache am Mauritztor einteilst, können sie sich im Torbau und auf der Bastion verbarrikadieren.»

«Und dann?», fragte Mollenhecke.

«Lassen sie die Bischöflichen rein.»

«Genau das wollen wir ja vermeiden.»

«Nur als letzte Möglichkeit.»

«Dafür brauchen wir noch mal mindestens zwanzig Leute.»

Reinig schnaubte. «Wenn sich rumspricht, dass wir ihren Scheißhauspropheten eingesperrt haben, werden sich alle auf unsere Seite schlagen.»

«Sei dir nicht zu sicher», sagte Andreas. «Es gibt viele, die für ihn durchs Feuer gehen.»

Er selbst hätte das bis vor Kurzem auch getan. Andreas dachte an seinen Freund Gisbert, der nach dem Tod von Matthys noch kompromissloser geworden war. Er verbrachte seine Abende in Gesellschaft von anderen Fanatikern mit Bußübungen, in der Hoffnung, den Weltuntergang auf diese Weise schneller herbeizuführen. Andreas fragte sich, ob Gisbert ihn verraten würde, wenn er von seiner Beteiligung an einem Umsturzversuch erfuhr.

«Wir entscheiden das, wenn es so weit ist», sagte Mollenhecke. «Und jetzt mal was anderes. War einer von euch heute am Jüdefelder Tor?»

«Ich», sagte Andreas. Er hatte sich am Nachmittag dorthin begeben, um die Angriffsvorbereitungen der Belagerer zu beobachten. Im Schutz einer neu aufgeworfenen Schanze vor dem Außengraben hoben sie einen Kanal aus, über den das Wasser in das Vorfeld der Befestigung abgeleitet werden sollte, das in diesem Bereich eine ausgedehnte Senke bildete.

«Und?»

«Sie sind kurz vor dem Durchstich. Das letzte Stück wird schwierig, weil sie beim Graben direkt vor dem Wall wenig Deckung haben.»

Reinig verzog schmerzhaft das Gesicht. «Das gibt ein Massaker, wenn die unter Beschuss vor dem Außenwall graben müssen.»

«Was kümmert das Waldeck?», sagte Remeken schnippisch. «Sind ja nur Bauern.»

«Die Schanze ist voll mit Kanonen», sagte Andreas.

«Wie viele?», fragte Mollenhecke.

«Sechs, sieben, man sieht sie nicht alle. Jedenfalls genug, um die Leute auf dem Wall und auf der Mauer unten zu halten, während die Arbeiter graben. Wenn sie es wirklich schaffen, das Wasser abzulassen, kommen sie leicht auf den Außenwall.»

«Und dann?»

«Dann drehen sie die Kanonen auf der Bastion um und

schießen das Tor auf», schaltete Jakob sich ein. «Oder sie finden einen, der sich traut, eine Sprengladung dort anzubringen.»

Mollenhecke lachte trocken auf. «Ist schon reichlich verrückt, oder? Wenn wir die Stadt gegen die Bischöflichen verteidigen, halten wir die Irren an der Macht. Wenn wir die Bischöflichen reinlassen, damit sie uns die Irren vom Hals schaffen, sind wir hinterher selber dran. Trinkt aus, ich hole noch mal Bier. Anders hält man das ja nicht aus.»

Es kam wie vermutet. Die Arbeiter trieben ihren Kanal mit Hacken und Schaufeln immer weiter an den Außengraben heran, während die Söldner in der Schanze die Verteidiger mit dem Feuer aus ihren Kanonen und Arkebusen beschäftigt hielten. Trotzdem bezahlten viele der aus dem ganzen Stift herangefohlenen Bauern ihren Einsatz mit dem Leben. Das Gelände füllte sich mit Leichen.

Als nur noch ein wenige Schritte breiter Steg aus Erde den Wassergraben vom leeren Kanal trennte, gruben die Bischöflichen dort ein Fass Pulver ein und jagten es hoch. Eine bräunliche, schäumende Flut schoss durch die Rinne wie eine riesige Faust aus Wasser. Innerhalb von wenigen Stunden war der Graben an einigen Stellen so weit abgelaufen, dass man hindurchwaten konnte, während die Senke im Norden der Stadt sich in eine Sumpflandschaft verwandelte.

Und dann begann die Beschießung erst richtig. Die Angreifer hatten weitere Kanonen in die Schanze geschafft und feuerten in kürzeren Abständen. Die Kugeln zerfetzten Meisenkästen und Zäune, rissen Krater in die Wallkrone und pflügten das festgestampfte Erdreich um. Ein Geschoss legte den Dachstuhl des Innentors in Trümmer, ein anderes riss ein Loch in einen der Türme des Mauerrings. Es war nur noch eine Frage der Zeit, bis sie durchbrechen würden.

Von den anderen Mauerabschnitten wurden Wachen abgezogen und zum Jüdefelder Tor geschickt. Wenn nach der Abenddämmerung der Beschuss aussetzte, kamen Frauen mit Schubkarren und Tragen voller Erde und füllten die Löcher auf. Auf der Brücke vor dem Innentor wurden Sandsäcke aufgeschichtet.

Als die Beobachter auf den Türmen eines Tages meldeten, dass der größte Teil des bischöflichen Heeres aus den befestigten Lagern zur Schanze am Jüdefelder Tor zog, war offensichtlich, dass der Angriff am nächsten Morgen bevorstand.

Mollenhecke hatte dafür gesorgt, dass Andreas und Jakob derselben Gruppe zugeteilt wurden, und Jakob war ihm dankbar dafür, denn an der Seite des Holländers fühlte er sich sicherer. Da sie für die Nachtwache eingeteilt worden waren, hoffte Andreas, dass sie am nächsten Morgen abgelöst wurden, bevor der Sturm begann. Jakob aber war überzeugt, dass der Angriff entweder schon am Morgen beginnen oder bis zum Abend auf sich warten lassen würde, denn mittags würden die Landsknechte des Bischofs gegen die Sonne stürmen müssen.

Als Andreas sich von Katharina verabschiedete, war die Beklommenheit auf einmal übermächtig. In ihren Augen spiegelte sich seine eigene Angst viel deutlicher, als er sie zuvor selbst empfunden hatte. Wen würde Katharina eigentlich mehr vermissen, wenn sie beide draufgingen? Andreas versuchte, sich diese Frage zu verbieten, aber sie hallte in seinem Kopf nach.

Er trat vor die Tür und wartete auf der Straße, dass Jakob hinterherkam, die Arkebuse auf der Schulter, die Lunte um den Lauf gewickelt.

Die Straßen waren voller Menschen, fast alles strebte zum Jüdefelder Tor oder von dort zurück in die Stadt: Frauen mit Wagen und Karren voller Steine, Schutt und Erde zum Ausbessern der Breschen, Bewaffnete, die von der Ablösung auf der Mauer kamen oder dorthin unterwegs waren; Einheimische und Auswärtige, die Niederländisch, Friesisch und ein paar deutsche Dialekte sprachen, die Andreas nicht einordnen konnte; Täufer aus entfernten Gegenden, denen man gleich ansah, dass sie im Umgang mit den Waffen, die sie trugen, nicht besonders geübt waren. Fast verwundert stellte Andreas fest, dass er sie in Gedanken immer noch *Täufer* nannte und nicht *Wiedertäufer*, obwohl ihr Anblick ihm inzwischen vor allem Abscheu einflößte – nicht gegen diese armen Gestalten selbst, sondern gegen die, die sie verführt und verleitet hatten.

Sie überholten ein paar Landsknechte, wahrscheinlich Überläufer aus dem Belagerungsheer, erkennbar an der geschlitzten Angeberkleidung, die sie trotz der Vorschriften nicht abgelegt hatten. Auch sonst war auf Anhieb zu erkennen, wer aus welchem Stall kam: Die vom göttlichen Auftrag der Gemeinde Überzeugten sangen, die Verzagten beteten, und die abgebrühten Söldner trieben ihre Scherze.

«Warst du mal bei einer Belagerung dabei?», fragte Andreas.

Jakobs Blick verfinsterte sich. «Mailand», sagte er. «Wir haben Sforza im Kastell belagert. Acht Monate lang.»

«Und habt ihr es erobert?»

«Nein. Wir haben Gräben gezogen und versucht, die Mauern zu unterminieren. Wir hatten fünfmal so viele Leute wie er, aber wir sind nicht reingekommen. Am Ende hat er kapituliert und ist abgezogen.»

Andreas ertappte sich dabei, wie er Parallelen zu ziehen

versuchte. Vielleicht konnte es hier auch so enden: mit einer Einigung, bei der alle mit einem blauen Auge davonkamen. Er fühlte sich wie ein Feigling. Er wollte nicht kämpfen, das war nicht seine Welt, noch schlimmer aber wog die Tatsache, dass es in diesem Kampf keine richtige Seite gab: Entweder man verteidigte die Unterdrücker, die die Stadt im Würgegriff hielten, oder man schlug sich auf die Seite derer, die Münster ausplündern und anschließend unterjochen wollten. Mollenhecke hatte schon recht, das Übel konnte nur von innen bekämpft werden.

Jakob schien seine Beklommenheit zu spüren.

«Halt dich in meiner Nähe, dann passiert dir nichts», sagte er.

Mit so einem Freund konnte einem wahrscheinlich wirklich nichts passieren.

Hinter dem Jüdefelder Tor herrschte ein heilloses Gedränge: Vor den Treppen zum Wehrgang stauten sich die Wartenden, die auf die Mauer wollten, aber oben, wo die Verstärkungen sich verteilten, ging es nur langsam voran. Körbe mit Proviant und Kisten mit Armbrustbolzen wurden an Seilen hochgezogen. Unter dem Torbogen lag ein Wagen mit gebrochener Achse fest; er hatte Munition zu den Geschützen auf der Außenbastion bringen sollen, aber jetzt war die ganze Ladung heruntergerollt und lag in der Durchfahrt wie eine Handvoll von einem Riesen achtlos hingestreuter Erbsen.

Auf einmal stand Mollenhecke vor ihnen.

«Da seid ihr ja. Geht raus auf die Außenbastion. Und vergesst nicht, die Köpfe einzuziehen, wenn geschossen wird.»

Andreas verstand die Aufforderung: Macht, was euch gesagt wird, aber riskiert euer Leben nicht.

Und schon war Mollenhecke wieder weg. Andreas und

Jakob zwängten sich an dem havarierten Wagen und an den Leuten vorbei, die die Kugeln aufsammelten, überquerten die Brücke und stiegen auf die Plattform der halbrunden Bastion. Links von ihnen sank die Sonne dem Horizont entgegen und spiegelte sich in den ausgedehnten Pfützen, die nach dem Anstich im Außengraben verblieben waren. Eine Trennlinie zwischen schlammigem und trockenem Erdreich zeigte an, wo bis vor kurzer Zeit der Wasserpegel gewesen war.

Etwa dreißig Männer bevölkerten die Plattform, die mit vier Kanonen bestückt war. Einige saßen auf Hockern, andere standen in kleinen Gruppen herum, und nur wenige hielten sich an der Brüstung auf, die an der Kante von den vielen Treffern schon stark ausgefranst war. Größere Löcher waren mit Balken und Brettern geflickt worden. Die Schanze der Bischöflichen lag nur einen Steinwurf von der äußeren Grabenböschung entfernt. Sie war mehrere Hundert Schritte breit, mannshoch und fast auf der ganzen Breite mit einem Zaun aus Flechtwerk bewehrt, sodass man nicht sehen konnte, was sich dahinter tat. Aus schmalen Schlitzen ragten die Rohre von Kanonen und Arkebusen hervor. Stimmengewirr schwirrte durch die Luft, aber es war unmöglich zu sagen, ob es von hundert oder tausend Männern verursacht wurde. Ein rauer Chor stimmte ein Lied an, mehr Gegröle als Gesang.

Rechts und links von ihnen schloss sich der Außenwall an, der noch stärker in Mitleidenschaft gezogen war als die Bastion. In den Staketenzäunen klafften große Lücken. Unterhalb der Stellen, wo die Einschläge das Erdreich auseinandergesprengt hatten, zeichneten sich die fächerförmigen Spuren von Erdlawinen dunkel von der mit Gras bewachsenen Fläche ab.

Andreas sah zu Jakob hinüber, der die Lunte vom Lauf seiner Waffe abgewickelt hatte, sodass das qualmende Ende eine Armlänge herabhing.

«Achtung, gleich knallt's!», rief einer. Die Männer hinter der ramponierten Brüstung gingen in Deckung; die anderen, die weiter hinten standen, unterbrachen ihre Gespräche kurz und redeten dann weiter. Offenbar waren sie nach mehreren Tagen unter Beschuss schon reichlich abgestumpft.

«Kopf runter», sagte Jakob. Andreas duckte sich, und einen Augenblick später spie eine der Kanonen gegenüber einen Feuerstrahl aus, eine Qualmwolke wallte auf, ein kurzes Pfeifen ertönte, gefolgt von einem dumpfen Aufschlag und einer Fontäne aus Erde und Kieseln, die ein Stück rechts von ihnen aufspritzte, haushoch und irgendwie zu langsam, als wäre die Zeit gebremst worden. Unmittelbar danach blitzten zwischen den Flechtwerkzäunen kleinere Mündungsfeuer auf, es knatterte, aber die Einschläge waren nicht zu sehen. Köpfe wurden eingezogen und kurz darauf wieder hochgeschoben, als wäre die Bastion ein Becken voller Schildkröten.

«Brat ihnen mal eins über!», kam es von irgendwoher.

«Ohren zuhalten», sagte Jakob.

Andreas presste die Hände auf die Ohren.

Ein Kerl mit einer Lunte an einem Stab trat aus einer Gruppe heraus und hielt das glimmende Ende an das Zündloch einer der Kanonen. Diesmal erfolgten Krachen und Mündungsblitz gleichzeitig, die Kanone machte einen Satz nach hinten, der Rauch zerstob, und plötzlich fehlte ein Stück in der Flechtwerkwand auf der Schanze der Feinde.

Pfiffe und anerkennendes Gejohle auf der Bastion. Doch Andreas spürte die Anspannung, die alle befallen hatte. In den nächsten paar Stunden würde sich zeigen, ob die Stadt der

Auserwählten ihren Belagerern standhalten konnte oder untergehen würde. Wenn der Sturm gelang, wäre kein Aufstand mehr nötig. Dafür hätte man es dann mit dem rachsüchtigen Bischof zu tun. Man wusste wirklich nicht, auf welchen Ausgang man hoffen sollte. Und trotzdem musste man kämpfen.

Kaum hatte sich der Rauch verzogen, sprangen weitere Männer vor, ein Gewusel entstand rund um die Kanone, das Rohr wurde ausgeputzt, eine neue Pulverladung eingeführt, eine Kugel herangeschleppt, die Kanone wurde geladen und mit vereinten Kräften neu ausgerichtet.

So ging es eine Weile hin und her, Laden, Ausrichten, Feuern, während die Sonne tiefer sank und die Schatten länger wurden. Andreas fühlte sich immer noch wie ein Fremdkörper zwischen diesen Männern, die sich die Ohren zuhielten, in Deckung gingen und sich wieder aufrichteten. Nicht mehr lange, und die Dunkelheit würde der Schießerei ein Ende bereiten, und dann würden sie die ganze Nacht hindurch hier herumstehen und nach und nach in ihren Gedanken versinken, bis der nächste Morgen anbrach, der vielleicht die Entscheidung bringen würde. Drüben wurde schon wieder gesungen.

Jakob wirkte abwesend, in sich gekehrt. Andreas hätte ihn gern befragt, wie das gewesen war damals in Mailand. Schon bei der Musterung hatte er geahnt, dass dort etwas passiert sein musste, was Jakobs Leben eine andere Wendung gegeben hatte, und er hätte gern gewusst, was es gewesen war, aber je länger das Schweigen anhielt, desto weniger traute er sich, danach zu fragen, und je länger er nach einem scheinbar beiläufigen Einstieg in ein solches Gespräch suchte, desto unpassender kam es ihm vor. Und wieder fragte er sich, ob Jakob seiner Schwester Dinge erzählt hatte, die er nicht wusste.

Und dann, als alle schon damit rechneten, dass an diesem Tag nicht mehr passieren würde als ein paar halbherzige Schusswechsel, griffen die Söldner des Bischofs plötzlich doch noch an.

Der Angriff wurde von keinem Signal angekündigt und wirkte zunächst wie ein kopfloses Vorstürmen, wie eine Mutprobe, bei der keiner zurückstehen wollte: Männer quollen links und rechts hinter der Schanze hervor und rannten los, auf den Außengraben zu, ein Dutzend, zwei Dutzend, drei Dutzend. Doch dann wurden es schnell mehr, hundert, zweihundert, dreihundert. Die Sonne stand knapp über dem Horizont im Westen und beleuchtete sie scharf von links, gelblich, fast wie ein starkes Kerzenlicht. Viele von ihnen trugen Leitern.

Vom Tor hinter ihnen erscholl ein Alarmruf. Die Männer auf der Bastion rannten zur Brüstung, Hocker fielen um, alles rief durcheinander, aus der Schanze erklangen mehrere kurze Hornsignale.

Schon hatten die Angreifer die Böschung des äußeren Grabens erreicht. Gesichter wurden erkennbar. Die meisten zogen im Laufen ihre Blankwaffen, ein paar Schützen blieben stehen und legten an.

«Hinter die Brüstung!», rief Jakob. «Nicht zu früh schießen, dann sofort zurück hinter die Reihe und nachladen!»

Sie fanden eine Lücke auf der linken Seite des Halbrunds zwischen den anderen Männern, die die Angreifer erwarteten. Es war klar, was sie vorhatten: zuerst den Außenwall rechts und links des Halbrunds erstürmen, dann die Bastion von beiden Seiten in die Zange nehmen. Wenn es ihnen gelang, auf die Plattform zu gelangen, würde genau das passieren, was Jakob vorausgesehen hatte: Sie würden die Kanonen umdrehen und die innere Mauer und das Tor unter Beschuss nehmen. Und obwohl Andreas nicht bereit war, sein Leben für Bockelson oder Knipperdolling oder Rothmann aufs Spiel zu setzen, wurde ihm auf einmal klar, dass er hier auch sein Leben verteidigte, denn natürlich würden die Söldner des Bischofs alle niedermachen, die sie auf der Plattform antrafen. Also legte er die Arkebuse an und klemmte die Lunte in den Hahn.

Die ersten Angreifer stürmten durch den Graben, viele rutschten auf der schlammigen Schräge aus, rappelten sich wieder auf, rannten durch das in der Grabensohle stehende Wasser, dass die Tropfen silbrig aufspritzten und mit den Klingen der gezückten Schwerter um die Wette blitzten. Die Schüsse fielen jetzt in dichterer Folge, neben ihm feuerten die ersten Verteidiger, eine Kugel pfiff zwischen Andreas und Jakob hindurch, und wieder schoss Andreas der Gedanke durch den Kopf, wessen Tod seine Schwester wohl heftiger beweinen würde. Aber er konnte nicht weiter darüber nachdenken, denn jetzt war einer der Kerle im Graben genau vor seinem Rohr, sein Finger am Abzug krümmte sich wie von allein, der Schuss löste sich, der Schaft hämmerte gegen sein Schlüsselbein, der Rauch versperrte ihm die Sicht, und als er sich einen Moment später wieder verzogen hatte, lag da niemand hingestreckt im Matsch. Andreas hatte danebengeschossen, und überrascht stellte er fest, dass ihn das erleichterte.

Stattdessen fielen jetzt einige der Anstürmenden unter den Schüssen der Leute auf dem Außenwall, denn die Steigung der Grabenböschung verlangsamte den Ansturm erheblich, sodass sie bessere Ziele abgaben. Männer wurden getroffen, schrien auf und rutschten die Böschung hinunter. Die mit den Leitern stürmten weiter, legten die Holme an den Außenwall und begannen hinaufzuklettern. Von oben schnellten die Spitzen von Spießen und Hellebarden herab wie Schlangenzungen.

Als einen Steinwurf von ihm entfernt mit Gebrüll der Nahkampf begann, fiel Andreas ein, was Jakob gesagt hatte: *Hinter die Reihe und nachladen!*

Wie ging das noch mal? Hunderte Male hatten sie es bei den Schießübungen durchexerziert, und jetzt, während um ihn herum die Schüsse krachten und die Männer schrien, wusste Andreas auf einmal nicht mehr, ob er zuerst nach den Kugeln in dem Beutel an seinem Gürtel greifen oder eine Patrone aus dem Bandelier nehmen musste.

Er blickte zu Jakob, der hinter der Brüstung kniete. In diesem Augenblick schrie Jakob auf und wurde nach hinten gerissen.

Andreas ließ die Waffe fallen und war mit einem Satz bei seinem Freund. Jakob lag auf dem Rücken. Seine Lederjacke war an der linken Schulter aufgerissen. Blut quoll heraus und tränkte das zerfetzte Leder und das Hemd darunter.

Was dann folgte, nahm Andreas wie durch ein Wattepolster wahr.

Er riss einen Streifen von seinem eigenen Hemd ab.

Männer stürmten an ihm vorbei zur Treppe, die von der Bastion auf den Außengraben führte.

Andreas knüllte den Streifen zu einem Ballen zusammen.

Weitere Schüsse krachten.

Andreas presste den Ballen auf das blutende Loch.

In der Ferne klirrte Metall aufeinander.

Andreas sah in die flackernden Augen von Jakob, und ohne zu wissen, warum, hätte er schwören können, dass sich darin in diesem Moment nicht sein eigenes Gesicht spiegelte, sondern das, was damals in Mailand passiert war.

22

Jakob hätte nicht sagen können, wie lange er in der Zwischenwelt zwischen Leben und Tod verbracht hatte, als das Fieber endlich seinen Klammergriff löste. Er erinnerte sich noch an die Kugel, die wie ein Zimmermannshammer in seine Schulter gefahren war, an den dämmerigen Himmel über ihm und den Kampflärm um ihn herum, an das entsetzte Gesicht von Andreas, an die Trage, auf die man ihn gehoben hatte, an den Weg durch die Straßen auf einem Handkarren, an die vorbeiziehenden Giebel der Häuser vor dem Abendhimmel, an den bitteren Geschmack der Tinktur, die man ihm zur Betäubung in den Mund geträufelt hatte, an das Herumfuhrwerken des Chirurgen mit der riesigen Pinzette in seinem Fleisch, an seine Angst, dass gleich die Säge angesetzt würde, um ihm den Arm zu amputieren, an das Klicken, mit dem die herausoperierte Kugel in einen Metallnapf gefallen war. An das schmerzhafte Geruckel, als man ihn auf die Trage geschnallt und die Treppe hochbugsiert hatte.

An die folgenden Tage hatte er kaum Erinnerungen, und nur die zwischendurch wie durch einen heißen Nebel aufgeschnappten Wortwechsel zwischen Katharina, Andreas und dem Arzt gaben ihm Aufschluss darüber, wie es um ihn stand.

«Kommt er durch?»

«Schwer zu sagen. Wenn er die nächsten Tage übersteht, vielleicht.»

Blutige Verbandswechsel, Kompressen, Kräuterpackungen, Herumgewälze, kalte Wickel, warme Lappen, nasses Bettzeug, trockenes Bettzeug, Zitteranfälle, anschwellend, abschwellend, einschläfernd, wachrüttelnd.

«Wie sieht's aus?»

«Ich muss noch was wegschneiden. Haltet ihn fest.»

Explosionen von Schmerzen in der Schulter, Schockwellen, die in alle Glieder schossen und zurückbrandeten, Ohnmacht, Erwachen.

«Besser?»

«Ja. Aber das verdammte Fieber muss endlich runter.»

Träume, in denen Orte und Personen durcheinandergerieten: König François in Amsterdam, Katharina in Mailand, Andreas in Pavia, Maria in Madrid, Bockelson in Brüssel, Matthys in goldener Rüstung auf dem Schlachtfeld, Hoogstraten predigend auf dem Gerüst vor der Kathedrale von Münster, seine Tochter Elske, die im Garten der Domkurie Harfe spielte, und das von den Toten auferstandene Mädchen aus Mailand auf einem Gartenstuhl am Brunnen.

Manchmal, wenn die Bruchstücke der Erinnerungen sich zu einem sinnvollen Ganzen zusammenfügten, sprang Jakob halb benommen und schwindelnd aus dem Bett und hob das Bodenbrett an, überzeugt, dass irgendwer in der Zwischenzeit da gewesen war und die Papiere gestohlen hatte, aber sie waren jedes Mal noch an ihrem Platz gewesen.

«Und?»

«Er schafft es. Konstitution wie ein Kampfstier.»

Ein Kuss auf den Mund. Vertraute Lippen. Und auf einen

Schlag war Jakob wieder halbwegs klar im Kopf. Er schlug die Augen auf und sah Katharinas Gesicht ganz dicht über sich. Ihre Haare kitzelten ihn an der Nase.

«Du hast so ein wirres Zeug geredet», sagte sie.

«Qualifiziert mich das in dieser Stadt noch für irgendein Amt?»

Sie lachte, amüsiert, erleichtert und verzweifelt zugleich. «Ja. Leider immer noch.»

«Der Angriff wurde also abgeschlagen.»

«Ja. Sie sollten erst am nächsten Morgen stürmen, aber ein paar von denen waren so betrunken, dass sie die Abenddämmerung für die Morgenröte gehalten haben. Und dann sind sie einfach losgerannt, und die anderen hinterher.»

«Und wie lange ist das jetzt her?»

«Zwei Wochen.»

«Was ist mit Bockelson?»

«Lässt dich grüßen.»

«Nicht im Ernst.»

«Doch. Ein Bote von ihm war da, der es ausgerichtet hat. Bockelson hat für deine Genesung gebetet.»

«Auch das noch. Dann verdanke ich Matthys, dass ich hier bin, Goswin, dass ich dich kenne, und Bockelson, dass ich noch lebe. Ich sollte mich taufen lassen.»

«Du sollst dich melden, wenn du wieder gesund bist. Er hat dir den Platz in seiner Leibwache freigehalten.»

Jakob stemmte sich hoch. «Dann will ich mal.»

«Untersteh dich.»

Er ließ sich zurücksinken. «War Goswin noch mal hier?»

«Nein. Vielleicht hat er mitbekommen, dass du jetzt von Bockelson protegiert wirst.»

«Hat sich hier eigentlich irgendwas geändert?», fragte Jakob resigniert.

«Nein. Seit dem vermasselten Sturmangriff fressen alle dem Propheten aus der Hand. Gott hat seine heilige Stadt errettet.»

Von da an ging es mit Jakob Tag für Tag bergauf. Das Fieber verschwand. Es stellte sich heraus, dass die Beweglichkeit des Arms nicht gelitten hatte, und die Kraft kehrte zurück. Bald schaffte er es die Treppe hinunter und wieder hinauf, dann einen ersten Gang an Katharinas Arm bis zur Lambertikirche, dann eine Runde über den Markt, dann einen Besuch auf der Mauer beim Mauritztor.

Vom Domplatz hielt Jakob sich fern, auch von den Gerichtssitzungen, die täglich unter den Bögen des Rathauses stattfanden. Er wollte Bockelson nicht begegnen, bevor er nicht vollständig wiederhergestellt war.

Wie er von Katharina erfuhr, wurde das Gelände der Domkurie inzwischen wieder strenger bewacht; wahrscheinlich wollte Bockelson den von den Unzufriedenen hinter vorgehaltener Hand verbreiteten Gerüchten über seinen Lustgarten keine neue Nahrung geben. In der Öffentlichkeit trat er nur mit Divara auf, der Witwe von Matthys, die Bockelson gleich nach dessen Tod geheiratet hatte. Doch anstatt seinen Harem aufzulösen, trat Bockelson eines Tages die Flucht nach vorn an.

Wieder erklangen die Bußrufe, die alle auf den Domplatz scheuchten, wo etwas Großes zu verkünden sei. Wieder strömte alles aus den Häusern. Wieder versammelte die Stadtgemeinde sich vor der Bühne, wenn auch nicht mit der gleichen gespannten Erwartung wie zu den Zeiten von Jan Matthys. Nach dessen Tod hatte Bockelson mindestens ein Dutzend solcher Versammlungen einberufen, um die Neuordnung der Stadt bekanntzumachen und Gesetze und Vorschriften zu verkünden, die er aus der Bibel abgeleitet hatte. Da die Prediger nicht aufhörten, das Herannahen des Weltgerichts und die Wiederkunft des Erlösers anzukündigen, auch wenn sie sich mit Angaben zum Termin inzwischen tunlichst zurückhielten, zeigte die Bevölkerung angesichts der Neuerungen eine gewisse Lethargie: Wenn der Weltuntergang ohnehin bevorstand, war es letztlich auch gleichgültig, ob sie von einem Propheten nach dessen göttlichen Eingebungen regiert und gegängelt wurden oder von einem Ältestenrat, dessen Mitglieder sich mit biblischen Titeln schmückten, ansonsten aber auch nur Marionetten in der Hand desselben Propheten waren. Dementsprechend war die Atmosphäre weder ängstlich noch euphorisch, eher so, als fügte man sich ins Unvermeidliche.

Obwohl Jakob den Domplatz sonst immer noch mied, hatte er sich dafür entschieden, der Versammlung beizuwohnen, um sich selbst ein Bild von der Stimmung in der Stadt zu machen, denn Mollenhecke hatte seine Pläne keineswegs aufgegeben, und der Erfolg seines Aufstands stand und fiel mit der Frage, ob sich im entscheidenden Augenblick eine Mehrheit der Münsteraner auf seine Seite schlagen würde oder nicht.

Und so stand Jakob zum ersten Mal seit dem Tod von Jan Matthys wieder in der Menge, deren Lethargie ihm ebenso zuwider war wie zuvor ihre Begeisterung.

Es war so schwül, dass die meisten der Anwesenden leichte Leinenhemden trugen und ein paar Männer sogar mit freiem Oberkörper gekommen waren. Einige schwitzten und fächelten sich Luft zu, andere hatten Wasser in Schläuchen und Lederflaschen mitgebracht, das sie sich über die Köpfe schütteten.

Die Wunde in Jakobs Schulter pochte. Im Westen hatte der Himmel sich schon verdunkelt. Ein Grollen lag in der Luft, als würden in der Ferne unzählige Kanonen abgefeuert. Die Geschütze der Belagerer aber schwiegen.

Die Köpfe unter dem Gerüst kamen in Bewegung, dann bestieg Rothmann das Gerüst und ließ seinen Blick über die Versammelten schweifen, als müsste er sich vergewissern, dass niemand fehlte. Er wirkte nervös, als hätte er eine unangenehme Aufgabe zu erfüllen. Erstaunlicherweise war von Bockelson, der sonst keinen öffentlichen Auftritt ausließ, weit und breit nichts zu sehen. Die Tore seiner Residenz waren geschlossen.

Rothmann breitete die Arme aus, forderte die Menge auf, mit ihm das Lied *Nun freut euch, liebe Christen* zu singen, und stimmte die ersten Töne an.

«Jetzt singen sie schon Lieder von Luther», sagte der Mann neben Jakob erstaunt zu sich selbst. «Ist ja fast wie in der guten alten Zeit.»

Er war ein hagerer Kerl um die sechzig, der offenbar in kurzer Zeit viel Gewicht verloren hatte: Unter den Augen, am Kinn und am Hals hing seine Haut in schlaffen rötlichen Falten herab, sodass sein Gesicht aussah wie ein Hodensack mit Augen, Nase und Mund.

Nach und nach fielen alle auf dem Platz ein. Als Rothmann bei der *süßen Wundertat* Gottes angekommen war, sang schon der ganze Platz.

Nach der zweiten Strophe gab Rothmann der Menge ein Zeichen, dass genug gesungen worden war. Er wartete ab, bis alle still waren. Dann hob er zu predigen an.

«Ich preise den Herrn», rief er feierlich. «Ich preise den Herrn, dass er sein Antlitz nicht von unserer Gemeinde genommen hat, sondern dass er sie täglich wachsen lässt. Sie wächst durch den täglichen Zulauf, und sie wächst aus sich selbst heraus. Denn wie der Psalmist sagt: *Wohl dem, der den Herrn fürchtet, sein Same wird gewaltig sein auf Erden, das Geschlecht der Frommen wird gesegnet sein.*»

«Noch schnell ein paar Kinder kriegen vor dem Weltuntergang, was?», kommentierte der Hodensack, der begonnen hatte, sich mit vor der Brust gekreuzten Armen hektisch vor und zurück zu wiegen. Wenn der so weitermachte, würden noch mehr Leute aufmerksam werden. Jakob dachte mit Schaudern an Hubert Rüscher.

Rothmann predigte derweil weiter, und je länger er sprach, desto klarer wurde Jakob, dass der Alte mit seiner Bemerkung richtiggelegen hatte. Der Prediger zitierte eine weitere Stelle aus den Psalmen Salomos, in der Kinder mit Pfeilen verglichen und gepriesen wurde, wer den Köcher voll davon hatte; er lobte den Segen der kinderreichen Ehe und die Fruchtbarkeit der Gerechten, denen Gott als Zeichen des Bundes viele Nachkommen schenkte.

Die dunklen Wolken schoben sich unerbittlich auf sie zu, bis die graue Front mit einem Schlag die Sonne verdunkelte.

Rothmann schien das Vorrücken der Unwetterfront zur Eile anzutreiben. Er kam auf die Frauen zu sprechen, die in so großer Zahl in die Stadt der Auserwählten geströmt waren und nun ohne den Schutz eines Mannes den Anfechtungen des Teufels und den Versuchungen des Fleisches ausgesetzt waren. Wie, so fragte er seine Zuhörer, könne man den damit verbundenen Übelständen beikommen und dabei das Fruchtbarkeitsgebot erfüllen?

Ein verstohlener Blick in die Runde zeigte Jakob, dass die

Ersten zu ahnen begannen, worauf das hier hinauslaufen würde, doch niemand wagte es, die Stimme zu erheben und die Antwort vorwegzunehmen.

Also schickte Rothmann sich an, diese Antwort selbst zu geben. Hatte nicht Abraham zwei Frauen gehabt, nachdem Sarah ihm ihre Magd Hagar zugeführt hatte? Hatte Jakob nicht nach Lea auch deren Schwester Rahel geheiratet? Und König David, von dem die Bücher Samuelis überlieferten, dass er acht Frauen und zehn Nebenfrauen gehabt habe? Und Salomo, bei dem es insgesamt tausend Frauen gewesen seien? Alle diese Männer, Erzväter und Könige, die unzweifelhaft den Segen und das Wohlwollen ihres Gottes genossen hatten, waren mit mehreren Frauen verheiratet gewesen.

Die dunkelgrauen Wolken hatten inzwischen zwei Drittel des Himmels verdeckt. Es war, als würde dort oben ein Vorhang zugezogen.

Während die versammelte Gemeinde Rothmanns Ausführungen ungläubig lauschte, dachte Jakob an Gijs, der schon in Amsterdam den Propheten Jan Matthys mit dem Verweis auf König Salomo gegen den Vorwurf der Vielweiberei in Schutz genommen hatte. Wenn die Bemerkung von Bockelson bei ihrem Abschied in der Domkurie stimmte, dann war dieser Vorwurf bei Matthys noch nicht einmal gerechtfertigt gewesen – ganz anders als bei Bockelson selbst, der nun also seinen Prediger vorschickte, um sein Treiben durch theologische Spitzfindigkeiten abzusichern.

Nirgendwo, so schloss Rothmann, finde sich in der Heiligen Schrift ein Verbot des mehrfachen Eheschlusses; durch nichts sei zu belegen, dass dies dem Herrn missfalle oder jemals missfallen habe, im Gegenteil: Alle genannten Beispiele seien Beweise dafür, dass ein Mann mehrere Frauen haben und trotzdem oder gerade deshalb auf dem Pfad der Gottgefälligkeit wandeln könne. Wer wolle das bestreiten?

Natürlich bestritt es niemand. Sie schluckten es, wie sie die Selbsternennung von Bockelson zum Gesandten Gottes geschluckt hatten, die Berufung der zwölf Ältesten, die Prophezeiungen, die Gesetze, die Strafen.

Der Regen setzte von einem Augenblick zum anderen ein. Die ersten Tropfen klatschten herunter wie Peitschenhiebe, es pladderte und prasselte, lief in Strömen über die Gesichter, durchtränkte die Leinengewänder, klebte sie auf der Haut fest, machte sie durchscheinend. Doch niemand suchte Schutz. Nach der schwülen Hitze des Tages war der Guss eine Wohltat, der sie sich lustvoll aussetzten. Einige drehten sich mit ausgebreiteten Armen im Kreis, als würden sie tanzen.

«Und darum verkünde ich euch den Willen des Herrn», schrie Rothmann gegen das Rauschen des Regens an. «Jeder Mann darf fortan so viele Frauen zur Ehe nehmen, wie es seine Möglichkeiten gestatten. Er hat sie zu lieben, zu achten und zu ehren in guten und in schlechten Zeiten, in Gesundheit und Krankheit, wie der Herr es befiehlt.»

Der faltige Alte neben Jakob hatte aufgehört, sich zu wiegen. «Und kriegen wir die Weiber jetzt zugeteilt, oder können wir uns die aussuchen, oder wie soll das laufen?», fragte er und blickte um sich.

Doch niemand ging darauf ein. Die Umstehenden mussten das Gehörte verdauen und mit dem sintflutartig anschwellenden Regen auf irgendeine Weise in Einklang bringen, je nachdem, ob sie ihn als kraftvolle Bestätigung oder als Ausdruck des himmlischen Missfallens deuten wollten.

Auch diesmal waren mehr Frauen als Männer auf dem Platz versammelt, und die meisten von ihnen schienen kaum glauben zu können, was sie da gehört hatten. Die Reaktionen lagen zwischen Fatalismus, Entgeisterung und Wut. Für die Frauen gab es nichts zu gewinnen: Die Verheirateten mussten fürchten, dass ihre Ehemänner Gefallen an der neuen Regelung fanden und ihnen eine, zwei, drei oder mehr Nebenfrauen vor die Nase setzten; den Unverheirateten drohte die Zwangsehe. Im besten Fall hatten sie Unfrieden zu erwarten, im schlimmsten Gewalt.

Bei den Männern waren die Reaktionen vielfältiger. Die einen waren bemüht, ihr Frohlocken über die Möglichkeiten zu verbergen, die sich ihnen eröffneten, die anderen ihr Entsetzen über die moralischen Abgründe, die sich plötzlich auftaten; die einen sahen sich schon nach Bräuten um, die anderen zogen die Köpfe ein. Was ihnen hier angeboten wurde, war ähnlich unerhört wie die Zerstörung der Heiligenbilder und die Austreibung der Ungetauften. Sie hatten das Unmögliche tun dürfen, und sie durften es wieder tun, und entweder sie würden dafür ins Paradies kommen oder sie würden zur Hölle fahren.

Rothmann ließ seinen Blick über die Zuhörerschaft wandern, die unter wandernden Regenschleiern verschwand. Es war, als glaubte er selbst nicht, was er da gerade verkündet hatte. Sein Gesichtsausdruck changierte zwischen Triumph und Entsetzen, wild und gierig und gleichzeitig überrascht darüber, wie leicht ihm diese Ungeheuerlichkeit über die Lippen gegangen war.

«Wollen wir Wetten abschließen, wie schnell er ein halbes Dutzend zusammen hat?», fragte der Hodensack.

Ein Blitz schnitt durch den Himmel über der Überwasserkirche und schlug in die Plattform mit den Kanonen ein.

«Wollen wir wetten, wie schnell dein Kopf auf dem Hackklotz liegt, wenn du so weitermachst?», fragte Jakob zurück.

Seine Worte gingen unter im Krachen des Donners.

Drei Tage später stand Jakob zum zweiten Mal vor dem Tor der Domkurie von Melchior von Büren. Diesmal war er gekommen, um seine Stelle anzutreten. Und davon hing nicht nur die Entscheidung über Erfolg oder Misserfolg seiner Aufgabe ab, sondern vielleicht sogar die über Fortbestand oder Untergang des Wiedertäuferreichs.

Denn Mollenhecke hatte den Termin zum Losschlagen bestimmt. In einer Woche sollte es so weit sein – gerade genug Zeit für Jakob, um sich mit den Gegebenheiten und Räumlichkeiten vertraut zu machen, die Gewohnheiten des neuen Hausherrn zu studieren und den anderen sieben Leibwächtern auf den Zahn zu fühlen, um abzuschätzen, wer von ihnen wirklich bereit war, sein Leben für den Propheten in die Schanze zu schlagen, und wen man zuerst würde ausschalten müssen.

«Jetzt ist er erledigt», hatte Mollenhecke am Abend nach der Verkündigung der neuen Ehevorschriften gesagt. «Ich kenne mindestens hundert Leute, die vor Wut kochen. Die fragen mich alle, wann wir endlich losschlagen. Wir dürfen nicht mehr warten. In zehn Tagen ist es so weit. Wenn alle schlafen, schlagen wir dem Untier die Köpfe ab.»

Wieder hatten sie in seiner Werkstatt gesessen, doch diesmal waren sie nicht mehr zu fünft gewesen. Jakob hatte in die entschlossenen Gesichter von mindestens zwanzig Männern geblickt: Handwerker mit breiten Schultern und schwieligen Händen, die ihre Bierkrüge leerten und auf die Werkbank knallten, zwei ehemalige Söldner aus dem Heer des Bischofs und sogar ein Prediger, der seinen Glauben an die göttliche Sendung des Propheten verloren hatte und nun Abbitte für seinen Irrtum tun wollte.

Bockelson empfing Jakob wieder im Festsaal im ersten Stock des Hauptgebäudes. Auf dem Tisch standen ein paar Weinpokale und leere Karaffen, das Bett und der Boden lagen voller Decken und Kissen, die genauso zerknautscht waren wie das Gesicht des Holländers, der wieder nur ein Hemd trug und schwer verkatert wirkte.

«Das war meine dritte Hochzeitsnacht in Folge», stöhnte er mit rauer Stimme. «Ich kann nicht mehr.» Er zeigte auf Jakobs Schulter. «Was macht die Verletzung?»

«So gut wie abgeheilt», sagte Jakob.

«Das waren meine Gebete», sagte Bockelson zufrieden. «Sie können alles bewirken. Das Unwetter, als Rothmann die Neuigkeit verkündet hat. Alles dank meiner Gebete. Sie sollten im Regen tanzen, durchnässt bis auf die Haut. Was für ein Bild.»

Plötzlich bewegte sich etwas auf dem Bett. Das wohlige Stöhnen einer Frau war zu vernehmen, zwei Arme rekelten sich unter einer Decke hervor.

«Willst du ihr den Rest geben?», fragte Bockelson.

«Nein danke», sagte Jakob. Das hätte noch gefehlt.

Bockelson lächelte. «Richtige Antwort. Épreuve passée, Jakob van Heemskerk. So weit geht die Gütergemeinschaft nämlich nicht. Darum gibt es ja die neuen Ehevorschriften. Manche missverstehen das.» Er hob einen Zeigefinger. «Es geht eben gerade nicht darum, dass jeder sich überall bedienen kann. Wenn jede Frau einen Mann hat, gibt es auch keinen Ehebruch mehr. Es herrscht also nicht weniger Zucht als vorher, sondern mehr, ohne dass irgendjemand aufs Vögeln verzichten muss. Man könnte es auch eine ganz neue Form der Askese nennen.»

Mit einem selbstzufriedenen Gesichtsausdruck ging Bockelson zum Tisch, nahm eine Karaffe, hielt sie gegen das Licht, brummte etwas, nahm eine andere, die noch zwei Fingerbreit Wein enthielt, und kippte sich den Rest in den Schlund.

«Kommen wir mal zu deinen Aufgaben.» Er winkte Jakob ans Fenster.

Im Garten war niemand zu sehen. Es war ein verhangener und windiger Tag. Regen hing in der Luft.

Bockelson zeigte auf das Stallgebäude. «Ihr Leibwächter seid da drin untergebracht, da sind vier Kammern für je zwei. Wenn ich rausgehe, lasse ich euch rufen. Hier auf dem Gelände habt ihr nicht viel zu tun. Ihr esst unten im Speiseraum.»

Er wies auf das Haus auf der rechten Seite, vor dem die Harfenspielerin gesessen hatte. «Dort sind die Frauen untergebracht. Da drin habt ihr nichts zu suchen. Wie gesagt, hier herrschen Zucht und Sitte.»

Bockelson ließ seinen Blick über den Garten schweifen, dann verengten seine Augen sich plötzlich. Er trat näher an das Fenster heran und spähte zu einer Stelle dicht an der Hauswand, neben der Treppe vor dem Hinterausgang des Hauses. Jakob trat ebenfalls einen Schritt vor, obwohl die Nähe des Mannes, den er beschützen sollte, ihm körperliches Unbehagen bereitete.

Der Garten war doch nicht ganz verlassen. Dort unten, an der gleichen Stelle wie beim letzten Mal, saß Angela Kerkering, starrte vor sich hin und ließ die Silberkette kreisen.

Bockelson seufzte. «Die Tochter von Kerkering macht mich fertig mit ihrer Eifersucht. Ich sollte es der kleinen Wildkatze nicht durchgehen lassen, aber she drives me crazy. Und jetzt will Knipperdolling auch noch, dass ich seine Stieftöchter heirate. Nossa que coisa, man kommt ja kaum noch zum Regieren.»

Irgendwo in den Kissen wurde gegähnt. Ein Fuß wurde unter der Decke vorgeschoben.

Bockelson warf einen resignierenden Blick in Richtung des Bettes. «Gut», sagte er. «Geh runter und frag nach Jan van Geelen, der gibt dir deine Uniform und erklärt dir alles, was du sonst noch wissen musst.»

Als Jakob die paar Stufen zum Garten hinunterstieg, warf Angela Kerkering ihm von ihrem Stuhl aus einen warnenden Blick zu.

«Sprich mich niemals an, wenn der da es sieht», sagte sie leise und mit einem Kopfnicken in Richtung des Stallgebäudes. Dort stand ein groß gewachsener Kerl mit geschlitzter Jacke und gestreifter Hose in Rot und Dunkelblau, auf dem Kopf ein Barett mit einer Pfauenfeder. Er sah aus wie ein stolzer Landsknecht aus einem Holzschnitt.

Jakob nickte kurz, wandte sich ab und ging auf ihn zu.

«Ich suche Jan van Geelen.»

«Das bin ich, Bruder.»

Als Jan van Geelen ihn mit einer Umarmung und zwei Wangenküssen empfing, kam Jakob die Begrüßung so unpassend vor, dass er fast zurückgewichen wäre. Die Geste wirkte wie ein Überbleibsel aus den unschuldigen Tagen, als die Täufer noch eine Minderheit gewesen waren, deren Mitglieder sich auf diese Weise zu erkennen gaben.

Wie sich herausstellte, war Jan van Geelen ein durch und durch vom Glauben an Bockelsons göttliche Sendung durchdrungener Mann, und die Umtriebe des Propheten, die täglich vor seinen Augen stattfanden, hatten daran nichts geändert.

«Missfiele es Gott, würde er es ihm nicht durchgehen lassen», sagte er, als Jakob eine vorsichtige Bemerkung darüber fallen ließ. Da war sie wieder, die schlichte Logik, mit der in dieser Stadt seit Monaten alles erklärt wurde.

Dann zeigte er Jakob seine Kammer, erklärte ihm, wo er sich waschen konnte, und überreichte ihm zuletzt seine Uniform. Sie passte wie eine zweite Haut. Bockelson hätte Schneider bleiben sollen, dachte Jakob.

«Wir dürfen das Gelände am Abend verlassen, aber nicht über Nacht fortbleiben, und niemals in Uniform rausgehen, wenn der Prophet nicht dabei ist», erklärte Jan van Geelen weiter.

Als die Einweisung beendet war, begleitete er Jakob in den Speiseraum, wo die anderen saßen, drei von ihnen in Uniform, die anderen drei nicht. Alle sechs waren Holländer, aber zum Glück kam niemand von ihnen aus Amsterdam, sodass keine heiklen Nachfragen zu befürchten waren. Allerdings fiel während des ganzen Gesprächs kein einziges Wort, das man als Äußerung von Zweifel oder gar Missfallen hätte deuten können. Bockelson hatte seine Leibwächter offenbar vor allem nach dem Aussehen ausgewählt; sie waren alle gleich groß und hatten glatte, kantige Gesichter. Kriegserfahrung besaß keiner. Vielleicht war Jakob der Einzige unter ihnen, der genommen worden war, weil er wirklich mit Waffen umgehen konnte.

In den folgenden Tagen machte Jakob sich mit den Gewohnheiten des Propheten vertraut und prägte sich alles ein: Eingänge und Ausgänge, Anzahl der Wachen, Winkel, in denen man Deckung suchen konnte, Zeiten, zu denen die Tore abgeschlossen wurden.

Er aß mit den anderen, und manchmal würfelten sie im Pferdestall. Eigentlich war das Spielen verboten, aber es schien niemanden zu kümmern. Die Kammer teilte er sich mit Jan van Geelen, der so laut schnarchte, dass in den Nächten manchmal einer der anderen herüberkam und ihm im Dunkeln die Nase zuhielt, bis er grunzte, kurz Ruhe gab und nach einer Weile weiterschnarchte.

Jan Bockelson sah er ein paarmal am Fenster. Ab und zu ging eins der Mädchen durch den Garten, aber wegen des regnerischen Wetters gab es keine Wiederholung der Lustgartenszene, der er bei seinem ersten Besuch beigewohnt hatte. Ernestine entdeckte er nicht.

Den Brief an sie trug er in der Innentasche seiner Jacke bei sich, aber er hatte beschlossen, ihn nicht zu übergeben, bevor sie Bockelson gestürzt hatten. Angelas Bemerkung, Ernestine sei nicht bereit zu gehen, war ihm eine Warnung gewesen. Wenn sie dem Propheten verriet, dass einer seiner Leibwächter nicht der war, der er zu sein vorgab, wäre alles vorbei.

Katharina sah er nur noch abends und nur noch im Haus. Sein Instinkt sagte ihm, dass es besser war, wenn keiner der anderen Menschen, die in der Domkurie lebten oder arbeiteten und dort ein und aus gingen, sie mit ihm in Verbindung brachte. Und obwohl keiner von ihnen es aussprach, war beiden klar, dass Jakob diese Vorsichtsmaßnahme für den Fall ergriffen hatte, dass Mollenheckes Plan fehlschlug.

«Wenn es schiefgeht, verliere ich euch beide», sagte Katharina.

«Es wird aber nicht schiefgehen.»

«Vielleicht hättest du doch nicht dabei mitmachen sollen. Was kümmert es dich, ob hier demnächst Franz von Waldeck das Sagen hat oder nicht? Was kümmert es dich, ob seine Söldner die ganze Stadt niederbrennen? Es ist nicht deine Stadt.»

Das stimmte zwar, aber wenn der Plan fehlschlug, würde die Wiedertäuferherrschaft ebenso weitergehen wie die Belagerung, und Jakob wäre auch weiterhin gezwungen, sein Leben zu riskieren. Wenn er schon kämpfen musste, dann wenigstens auf der richtigen Seite. Und die Aufgabe, die er bei der Ausführung des Plans hatte, war vielleicht entscheidend für sein Gelingen. Das war der erste Grund, warum er sich beteiligte. Er wollte nicht länger als eben nötig ein Teil der Schafherde sein, schon gar nicht als Leibwächter des obersten Bocks in dieser Herde.

Und dann war da noch der zweite Grund. Katharina war es, die es aussprach.

«Ernestine», sagte sie. «Du willst das erledigen.»

Es war nicht der Hauch eines Vorwurfs in ihrer Stimme. Sie wusste, dass er die Aufgabe, die Maria ihm übertragen hatte, zu seiner eigenen gemacht hatte. Ein totes gegen ein gerettetes Mädchen.

Sie schob ihn ein Stück von sich weg. «Ich glaube, ich beneide dich ein bisschen darum. Eine Aufgabe zu haben. Das ist es, was mir fehlt.»

Da Jakob den Berg Zion nach Sonnenuntergang nicht verlassen durfte, konnte er an den nächtlichen Besprechungen der Verschwörer nicht mehr teilnehmen.

Zwei Tage vor dem geplanten Aufstand traf er Mollenhecke ein letztes Mal in der Werkstatt von Andreas, um die Einzelheiten des Plans durchzugehen: In der Nacht von Mittwoch auf Donnerstag würde Mollenhecke mit hundert Männern das Rathaus besetzen. Gleichzeitig sollten sich zwei weitere Gruppen von jeweils zwanzig Verschwörern zu Knipperdollings Haus und zu Bockelsons Kurie begeben und die beiden Wiedertäuferführer im Handstreich aus den Betten holen. Jakobs Aufgabe bestand darin, die auf Bockelson angesetzte Gruppe durch einen Seiteneingang auf das Gelände zu lassen und ihr den Weg zum Schlafzimmer des Propheten zu zeigen. Bockelson und Knipperdolling sollten unverzüglich ins Kellerverlies des Rathauses gesperrt werden. Mollenhecke rechnete damit, dass die Herrschaft der Wiedertäufer spätestens am nächsten Tag zusammenbrechen würde. Die Unentschlossenen würden sich den Aufständischen anschließen und die Prediger und die Ältesten sowie ihre fanatischen Anhänger verhaften. Falls alles schiefging, würden Bockelsons und Knipperdollings Leben der Preis für den Abzug sein.

Als Jakob sich am Mittwochabend auf den Weg machte, wirkte Katharina gefasst, fast fröhlich. Die Aussicht, dass schon am nächsten Morgen alles vorbei sein könnte, hatte die Anspannung vorübergehend gelöst.

«Jetzt habe ich dich kein einziges Mal in dieser albernen Uniform gesehen», sagte sie.

«Wenn es vorbei ist, ziehe ich sie noch mal für dich an», versprach er.

«Wir sehen uns kurz nach Mitternacht im Rathaus», sagte Andreas.

Auf dem Weg zum Berg Zion ging Jakob den Plan noch einmal durch. Das größte Problem war, dass man nicht wusste, wann Bockelson schlief. Er verbrachte die Nächte mit wechselnden Bettgenossinnen in seinem großen Zimmer, und irgendwann wurde es hinter den Fenstern dunkel, weil die Kerzen heruntergebrannt waren. Im besten Fall konnte man ihm das Messer an die Kehle halten, bevor er richtig wach war. Im schlimmsten Fall würde es so ein Geschrei geben, dass nicht nur die Wachen auf dem Gelände, sondern auch die Nachbarn aus den Betten gescheucht wurden.

Der Seiteneingang war ein unscheinbares Törchen hinter dem Haus, in dem die Frauen untergebracht waren, und er führte auf eine Sackgasse hinaus, die von der Südseite des Domplatzes zu den Hinterhäusern der Rothenburg führte. Jakob hatte ihn gleich am ersten Tag seines Dienstes entdeckt und festgestellt, dass er nicht verschlossen war. Offenbar hatte niemand darauf geachtet. Eine solche Schlamperei hätte es in Brüssel unter seiner Leitung nicht gegeben.

Als er ankam, war das Haupttor zum Domplatz schon verschlossen. Auf sein Klopfen öffnete sich eine kleine Klappe auf Kopfhöhe, und das Gesicht von Jan van Geelen erschien. Seit wann hielt der denn Wache am Tor?

«Komm rein», sagte Jan.

«Steht heute irgendwas an?», fragte Jakob.

«Nein. Wieso?»

«Weil das Tor schon geschlossen war.»

«Wenn was anstünde, müsste es ja offen sein.»

«Auch wieder wahr.»

Der gelangweilte Wortwechsel beruhigte Jakob. Es würde ein ganz normaler Abend werden. Während die anderen Leibwächter noch mit dem Essen beschäftigt waren, kontrollierte Jakob den Seiteneingang. Offen. Er kämpfte seine Anspannung nieder. Wenn zwischendurch abgeschlossen wurde, musste er sich etwas einfallen lassen.

Bei Bockelson oben brannte schwaches flackerndes Licht. Einmal huschte ein Schatten vor dem Schein her, aber so schnell, dass unmöglich zu sagen war, ob es sich um einen Mann oder eine Frau handelte.

Jakob ging in den Speiseraum zu den anderen, die ein kleines Fass Wein auf den Tisch gestellt hatten und schon wieder mit Würfeln beschäftigt waren. Auf ihren Tellern lagen ein paar nachlässig abgenagte Knochen. Auch hier brannten ein paar Kerzen, aber in dem großen Raum reichte das Licht kaum bis an die Wände. Es roch nach Hammelkeule und Kraut. Obwohl der Weltuntergang in weite Ferne gerückt war, wurde hier nicht mit dem Essen gespart.

Jakob gesellte sich dazu, spielte mit und achtete darauf, dass die Pokale der anderen immer gefüllt waren. Trinkt schön, dachte er, dann schlaft ihr gleich besser. Ihre Gesichter konnte er bei der schummerigen Beleuchtung kaum auseinanderhalten. Die Zeit kroch dahin wie in den Stunden vor einer Schlacht, wenn die Heere in Stellung gebracht waren, aber noch kein Schuss gefallen war.

Weil es kein Geld gab, um das sie spielen konnten, verlor einer nach dem anderen das Interesse daran. Als Jan van Geelen sich verabschiedete, folgten ihm alle anderen bis auf einen, der Gabriel hieß. Er war in Plauderlaune, erzählte von der Druckerei seines Vaters, von der Buchbinderlehre, die er begonnen hatte, von der Braut, die er in Leiden zurückgelassen hatte, weil sie seine Begeisterung für die Lehren der Täufer nicht teilte.

Jakob wurde hellhörig. Leiden? Ob Gabriel den Propheten noch von früher kenne?

Gabriel lächelte gequält. Ja, die Sache mit dem Bordell, sagte er halb entnervt und halb trotzig. Immer fragten alle danach.

Eigentlich sei es eine Gastwirtschaft gewesen. Dass sich im Schankraum gewisse Mädchen herumgetrieben hätten, die sich zuerst von den Gästen auf ein paar Getränke und dann aufs Zimmer hätten einladen lassen, das sei ja nun nicht die Schuld des Wirtes gewesen.

Wessen Schuld denn dann, fragte Jakob.

Na, die der Mädchen. Die Männer seien schließlich ihre Opfer gewesen, wie schon damals bei Adam und Eva im Paradies. Diese Machenschaften seien ja überhaupt erst der Grund gewesen für die Vertreibung aus dem Garten Eden.

Und Bockelson, fragte Jakob und wies zur Decke. Ob der da oben in seinem Schlafzimmer auch ein Opfer dieser Mädchen sei?

Gabriel sah ihn erstaunt an. Mit denen sei der Prophet schließlich verheiratet. Das sei doch der Sinn der Ehe. Und überhaupt: Wenn es Gott missfalle, dann hätte er das doch durch eine Prophetie kundgetan. Oder durch Blitz und Donner. Oder dadurch, dass er den Satansanbetern des Bischofs den Weg in die Stadt gezeigt hätte.

Jakob hätte den Jungen gern gefragt, ob Bockelson eine entsprechende Zurechtweisung Gottes in Form der Prophetie wohl an die Gemeinde weitergegeben hätte und wie das Gewitter zu deuten sei, das ausgerechnet während Rothmanns Verkündigung der neuen Ehegesetze losgebrochen war, aber nach seiner Schätzung war es schon kurz nach Mitternacht, also gähnte er und kündigte an, sich nun ebenfalls zu Bett zu begeben.

Gabriel wirkte enttäuscht, aber schließlich blies er die Kerzen aus und folgte Jakob nach draußen.

Die Wolken hatten sich verzogen. Der Himmel war sternenklar. Jan van Geelen schnarchte, dass es schon im Garten zu hören war.

Jakob betrat die Kammer, schloss die Tür und lauschte eine Weile. Als alles still war, öffnete er die Tür einen Spalt und spähte nach draußen. Der Garten lag ruhig und friedlich da.

Er schlüpfte hinaus und schlich zu der Seitentür. Drückte ganz langsam die Klinke herunter. Öffnete und streckte den Kopf heraus.

Draußen standen Mollenheckes zwanzig Männer wie Statuen.

«Rathaus?», flüsterte Jakob.

«Eingenommen», kam die Antwort.

«Dann los.»

Als die ersten schemenartigen Gestalten durch die Tür schlichen, wusste Jakob, dass die Dinge nun ihren unaufhaltsamen Lauf nahmen. Es gab nur zwei Möglichkeiten: Entweder die Herrschaft des Propheten würde vor Ablauf des nächsten Tages enden, oder sie wären alle dem Tod geweiht. Es gab nur noch Sieg oder Untergang, kein Wegducken, kein Hoffen, dass es von selbst zu Ende gehen würde. Er und ein paar andere Männer hatten es in der Hand. Und wenn es schiefging, würde er Katharina vielleicht nie wiedersehen, nie hinter Ernestines Geheimnis kommen und nicht den Frieden finden, den er sich erhofft hatte, sondern den, den Knipperdollings Beil ihm bescheren würde, wenn es seinen Kopf vom Rumpf trennte.

In einer langen Kette schlichen sie durch den Garten hinter ihm her. Im Osten war der abnehmende Mond aufgegangen und schickte ein gelbliches Licht über die Hecken, das gerade ausreichte, dass niemand in den Brunnen fiel oder in den Beeten stolperte.

Hinter Bockelsons Fenster war ein letzter schwacher Lichtschein einer fast abgebrannten Kerze zu sehen.

Jakob zeigte auf die Tür rechts von den Ställen, die zu den Kammern der Leibwächter führte. Ein Pferd schnaubte.

«Vier Mann zu der Tür. Wenn einer rauskommt, schlagt ihn nieder.»

Schlagt ihn tot, hätte er auch sagen können, oder *Geht rein und ersticht sie im Schlaf,* aber er brachte es nicht über sich.

«Je vier dahin», flüsterte Jakob und wies mit beiden Zeigefingern zu den Ecken des Hauptgebäudes. «Wenn die Wachen vom Tor kommen, haltet ihr sie auf, bis wir wieder draußen sind.»

Vier Schemen schlichen zum Stall, acht weitere zu den Ecken. Die anderen acht folgten Jakob zur Treppe.

Die Hintertür des Haupthauses ließ sich ohne ein Geräusch öffnen. Jakob scheuchte die Männer mit wischenden Handbewegungen hinein, als blätterte er hektisch ein großes Buch durch.

Als alle im Korridor versammelt waren, schloss Jakob behutsam die Tür, dann winkte er den anderen, ihm zu folgen.

Oben war alles still. Bockelson schien wirklich schon zu schlafen. Welche der Frauen auch immer mit ihm im Bett lag – er hatte ihr schon den Rest gegeben, um es mit seinen Worten zu sagen. Oder war da niemand? Noch nicht einmal ein Atemgeräusch war zu hören.

Jakob öffnete vorsichtig die Tür. Auf dem Tisch vor dem Fenster brannte noch eine einzige Kerze und beleuchtete einen Berg von Decken. Lag dort überhaupt jemand? Deckte man sich bei dieser Hitze zu?

Er schlüpfte hinein, die anderen folgten.

Und dann bewegte sich etwas im Bett. Ein leises Brummen ertönte, wie von einem Rind.

Mit ein paar schnellen Schritten war Jakob beim Bett, ein Kopf schreckte hoch, ein Körper richtete sich auf, Jakob zog den Dolch, den er am Gürtel trug, erkannte Bockelson im Kerzenlicht, packte ihn an den Haaren, riss seinen Kopf zurück und hielt ihm die Klinge an die Kehle.

Der Prophet glotzte ihn an, ratlos und ungläubig, als müsste er sich erst darüber klar werden, ob diese Gestalt in seinen Traum gehörte, in eine göttliche Vision oder in die wirkliche Welt.

Die anderen waren Jakob gefolgt, einer packte Bockelson von hinten und legte ihm die Hand auf den Mund, und einen Augenblick später hatte der Holländer eine zweite Klinge am Hals.

Ein paar Hände zerrten ihn aus dem Bett und stellten ihn auf die Füße.

«Ein Mucks, und du bist tot», zischte jemand.

Jakob hockte sich auf die Bettkante. «Raus mit ihm», flüsterte er. «Zum Rathaus. Hintenrum.»

Schritte, Schleifen von Fußsohlen auf dem polierten Boden. Bockelson traute sich nicht, einen Laut von sich zu geben, aber er machte sich schwer.

Ein zweiter Kopf schreckte hoch, ein Laut wie von einem kleinen Tier. Blonde Haare, wirr herabhängend vor einem Mädchengesicht. Dazwischen, in dem Gestrubbel, zwischen Mund und Nase, ein Muttermal.

Jakob wusste, dass er so schnell wie möglich mit den anderen verschwinden musste, aber er konnte nicht gehen, ohne wenigstens einmal dieses Gesicht gesehen zu haben. Es war unglaublich, wie leicht ihm das Schicksal in diesem Augenblick kurz vor die Nase hielt, wonach er monatelang gesucht hatte, um es anschließend wieder zu verbergen. Wenn alles schiefging, würde ihm nichts weiter bleiben als dieses Bild.

«Ernestine», sagte er.

Ihre Lippen öffneten sich, aber sie sagte nichts. Sie wischte sich die Haare aus dem Gesicht. Starrte ihn an. Leichter Unterbiss. Ganz kurz zischte ein Gedanke durch seinen Kopf: So hatte Maria vielleicht vor fünfzehn Jahren ausgesehen. Das war nicht Hoogstratens Tochter. *Nicht auszudenken.*

Er legte einen Finger an den Mund.

Sie blieb still.

Schritte auf der Treppe, die sich entfernten.

Jakobs Hand glitt wie von selbst in die Innentasche seiner Jacke, zog den Brief hervor und legte ihn auf die Decke.

Dann stürzte er hinaus.

Er holte die anderen kurz vor dem Seitentor ein. Im Mondlicht war nur ein Knäuel aus Körpern zu sehen, davor und dahinter ein paar Männer, die den Abgang sicherten.

Nur wenige Minuten später waren sie beim Rathaus. Die anderen hatten Bockelson an Händen und Füßen gepackt, damit es schneller ging, und auf dem Weg hatte Jakob ein paarmal das Gesicht des Propheten im Mondlicht gesehen. Er hatte tatsächlich gegrinst.

Auch bei Mollenhecke war alles nach Plan verlaufen. Unter den Bögen standen ein paar von seinen Leuten, die sie hektisch hereinwinkten.

«Habt ihr Knipperdolling?», fragte Jakob.

«Ja, haben wir. Rein mit euch, damit wir hier zumachen können.»

Mollenhecke hatte seine Leute gut instruiert. Vier Mann schleiften Bockelson durch die von Fackeln beleuchtete Halle. Mehrere Dutzend Männer waren mit ihren Waffen beschäftigt, schnallten Gurte fest, prüften Bandeliers, füllten Pulver ab. Andreas und Mollenhecke waren nicht zu sehen. Als Bockelson an den Männern vorbeigestoßen wurde, klatschten einige in die Hände, andere hoben die Daumen. Ein kurzer Augenblick der Verbundenheit und Erleichterung, dass die erste Hürde genommen war.

Jakob folgte ihnen zu einer Wendeltreppe. Alles war nach Plan gelaufen, und trotzdem hatte er ein ungutes Gefühl.

Der Kellergang am Fuß der Treppe wurde von einer Fackel erhellt, die in der Wand steckte und feucht glänzendes Mauerwerk beleuchtete. Sie passierten ein paar Türen. Weiter vorn krachte ein Riegel.

«Fesselt ihn», sagte einer. «Und dann rein mit ihm zu seinem Freund Knipperdolling.»

Ein Seil wurde durchgereicht. Während sie Bockelson die Hände hinter dem Rücken zusammenbanden, traf Jakob dessen mitleidiger Blick.

«Jakob van Heemskerk», sagte Bockelson leise und sanft, fast liebevoll. «Du glaubst doch nicht, dass ihr damit durchkommt. Meine Gebete können alles bewirken. Gott wird die Zellentür aufspringen lassen und euch alle zerschmettern. Und dann, cher ami, schlage ich dir und den anderen persönlich die Köpfe ab.»

«Lass mir auch noch ein paar übrig», war Knipperdollings Stimme hinter der Tür zu vernehmen.

«Schluss jetzt! Rein da!»

Die Tür wurde geöffnet. In der Zelle dahinter hockte ein

Koloss in einem hellen Nachthemd auf dem Boden. Bockelson wurde hineingestoßen und die Tür wieder verriegelt.

Jakob eilte nach oben. Er fand Mollenhecke und Andreas im Festsaal am Fenster. Auf dem großen Leuchter waren alle Kerzen angesteckt. Ein paar Männer schleppten Tische heran und stellten sie hochkant, um die Arkebusen aufzustützen, weil die Fenster fast bis auf den Boden reichten und die Simse zu wenig Deckung boten.

«Gut gemacht», sagte Mollenhecke, der offenbar schon informiert worden war. «Gab es Lärm?»

«Kein bisschen», antwortete Jakob.

«Bei Knipperdolling schon.»

«Die Leibwächter?»

«Nein, seine Alte. Macht aber nichts. Hauptsache, wir haben ihn. Jetzt können es ruhig alle wissen.»

Jakob blickte hinaus auf den Platz. Keine Menschenseele war dort unten zu sehen, aber von rechts, aus der Richtung des Hauses von Bernd Knipperdolling am Markt, waren vereinzelte Stimmen zu vernehmen.

«Schau mal nach, wie weit die da unten mit den Fenstern sind», sagte Mollenhecke zu Andreas. Der nickte und verschwand.

«Ich lasse unten alles verbarrikadieren», erklärte Mollenhecke. «Wir haben hundertvierzig Leute hier drin. Selbst wenn sich ein paar von denen da draußen zusammenrotten und zu stürmen versuchen, werden sie nicht reinkommen.»

Plötzlich begann die Glocke der Lambertikirche zu läuten.

«Jetzt wacht die ganze Stadt auf», sagte Mollenhecke.

Jakob beugte sich ein Stück aus dem Fenster, um besser sehen zu können, was sich rechts auf dem Markt tat, aber obwohl der Mond ein schwaches Licht auf Fassaden und Pflastersteine streute, war außer ein paar Fackeln nichts zu erkennen. Die Frage war, wer sich dort draußen zusammenrottete: fanatische Anhänger des Propheten oder entschlossene Bürger, die erkannt hatten, dass jetzt die Gelegenheit gekommen war, das Joch des Propheten und seiner Bande abzuschütteln? Aber wie sollten sie das überhaupt erkennen? Das Geläut würden sie wahrscheinlich für einen Alarm halten und glauben, dass ein neuer Sturmangriff bevorstand. Es würden also viele Bewaffnete herumlaufen, und es würde Gerüchte geben. Arbeitete die Zeit eigentlich für sie oder gegen sie?

Andreas kam zurück und meldete, dass unten alle Fenster geschlossen und mit Möbeln verstellt waren. Mollenhecke schickte ihn in den Keller, um zu sehen, ob dort Vorräte lagerten, nur für den Fall, dass sie es länger als bis zum Morgen im Rathaus aushalten mussten.

Eine Weile standen Jakob und der Aldermann nebeneinander und spähten hinaus in die Dunkelheit. Immer noch liefen auf dem Markt Leute herum. Ein paar Gestalten kamen durch das Michaelistor und huschten weiter in Richtung Markt.

Die Glocke von Lamberti war verstummt, stattdessen läutete jetzt Überwasser.

«Verdammt», knurrte Mollenhecke. «Was ist da los?»

Er wandte sich um. «Albrecht!», rief er. «Schleich dich mal nach draußen und versuch rauszufinden, wer da läutet! Falls dich jemand nach Bockelson oder Knipperdolling fragt, sag, dass sie hier sind.»

Ein bärtiger Kerl in Lederjacke, dessen Statur schon verriet, dass er körperliche Arbeit verrichtete, legte eine Arkebuse weg, die er gerade geladen hatte.

«Und wenn einer fragt, woher ich das weiß?», fragte er.

«Sag, dass du gesehen hast, wie sie reingeschleppt wurden.»

«Wird gemacht.»

Er verschwand nach unten.

«Hinnerk!», rief Mollenhecke.

«Was gibt's?», fragte ein kleiner Dicker mit Helm.

«Lauf zum Mauritztor und hör dich um, wie die Stimmung dort ist. Erklär ihnen, dass kein Angriff stattfindet und dass sie auf keinen Fall das Tor öffnen sollen. Die sollen auf weitere Befehle warten.»

«Von wem?»

Mollenhecke zögerte kurz, dann sagte er: «Von mir. Und nur von mir.»

Der Dicke trabte davon.

Andreas kam zurück. «Im Keller sind keine Vorräte. Nur ein paar Fässer mit Wein.»

«Dann können wir uns ja wenigstens besaufen», kommentierte Mollenhecke.

Eine gespannte Unruhe breitete sich im Festsaal aus. Männer stromerten auf und ab, redeten leise miteinander, spähten durch die Fenster, gingen nach unten, kamen wieder herauf. Einer brachte ein Weinfass mit und stach es an.

«Zielwasser», kommentierte er.

«Übertreibt es nicht», sagte Mollenhecke. Und dann: «Gib mir auch mal einen Becher.» Er zeigte mit dem Daumen auf Jakob. «Und ihm hier auch.»

Wein wurde verteilt. Sie tranken und warteten. Männer kamen und gingen, klopften Jakob auf die Schulter und fragten ihn über Bockelson und seine Festnahme aus, wobei sie sich vor allem für die pikanten Details interessierten. Draußen fielen weitere Glocken in das Geläut von Überwasser ein.

Bisher war immer noch alles glattgelaufen. Mollenhecke ging davon aus, dass die reibungslose Verhaftung von Bockelson und Knipperdolling den Münsteranern vor Augen führen würde, dass Gott den Wiedertäufern seine Gunst entzogen hatte, falls sie sie überhaupt jemals genossen hatten. Wenn Rothmann oder einer der anderen Prediger den Leuten das auch noch als Verwirklichung eines göttlichen Plans verkaufen wollten, würden sie sie auslachen und zum Rathaus ziehen, und dann würde der Aldermann vom Fenster aus die Herrschaft der Wiedertäufer für beendet erklären. So weit der Plan.

Nach einiger Zeit erschien unten aus der Richtung der Rothenburg eine Gruppe, die einen Mann im Hemd vor sich hertrieb.

«Stimmt es, dass ihr Bockelson und Knipperdolling geschnappt habt?», rief einer von ihnen zu den Fenstern hinauf.

«Ja», rief Mollenhecke zurück.

«Ist noch Platz in der Zelle?»

«Wenn sie ein bisschen zusammenrücken!»

«Hier ist Schlachtschaf!», rief ein anderer. «Wir haben ihn mit zwei Frauen im Bett erwischt!»

«Bringt ihn rein und sperrt ihn zu den anderen!», rief Mollenhecke zurück.

«Wieder einer weniger, der das Maul aufreißen kann», fügte er leise hinzu.

Unten rumpelte es, als die Möbel hinter der Tür weggeräumt und kurz darauf wieder aufgestapelt wurden.

Erneut verging Zeit. Es begann zu dämmern. Auf dem Platz trieben sich immer wieder Leute herum, schielten hoch, huschten wieder weg. Mollenhecke wurde zusehends nervöser. Es war undenkbar, dass in der Stadt noch irgendjemand schlief, der nicht völlig schwerhörig war. Wo blieben die ganzen Leute?

Als es schon fast hell war, kam der Bärtige zurück, den Mollenhecke nach Überwasser geschickt hatte. Wieder Gerumpel, dann schnelle Schritte auf der Treppe.

«Was gibt's, Albrecht?»

«Redeker stachelt die Holländer und Friesen gegen uns auf. Sie haben sich bewaffnet und machen sich auf dem Überwasserkirchhof bereit zum Sturm. Und Tilbeck hat Männer zusammengetrommelt, die den Markt abgesperrt haben.»

Das war also der Grund für die leeren Straßen.

Mollenhecke fluchte und trat gegen einen der Tische vor dem Fenster. «Redeker und Tilbeck? Bei wem wollen die sich denn noch einschleimen? Wo sind die Leute von den Gilden? Hat in dieser Scheißstadt eigentlich noch irgendjemand ein Rückgrat?»

«Tilbeck behauptet, dass wir mit dem Bischof unter einer Decke stecken», fuhr Albrecht fort. «Dass wir mit ihm vereinbart hätten, die Landsknechte in die Stadt zu lassen, und dass wir dafür an der Beute beteiligt werden.»

«Und das glauben die ihm?», brüllte Mollenhecke.

«Die haben in den letzten Monaten so viel Scheiße geglaubt ...»

«Holt Bockelson aus dem Keller!», schrie der Aldermann. «Ich hacke ihn in Stücke und schmeiße ihnen die Einzelteile vor die Füße!»

Jakob, der die ganze Zeit über geschwiegen hatte, legte ihm die Hand auf den Arm. «Den brauchen wir noch.»

«Jaja. Ich mach's ja nicht. So schnell kommen die hier sowieso nicht rein. Wir brennen jedem eins auf den Pelz, der dem Portal zu nahe kommt.»

Trotz des kämpferischen Tones sprach Niedergeschlagenheit aus seinen Worten, und das wohl nicht wegen der Gefahr, die seinem eigenen Leben bei einem Fehlschlag drohte, sondern weil er an der Abgestumpftheit seiner Mitbürger verzweifelte.

Er wies mit einer müden Geste auf ein halbes Dutzend Arkebusen, die an der Wand lehnten. «Zählt mal durch, wie viele wir von den Dingern haben. Und dann macht ihr sie bereit und bringt sie hinter den Fenstern in Stellung. Auf dem Platz haben sie keine Deckung.»

Die nächste Viertelstunde verging mit Vorbereitungen. Jakob dachte an Katharina, und wieder wurde ihm klar, dass er sie vielleicht nicht wiedersehen würde, wenn sie hier scheiterten. Diese Vorstellung erschien ihm so unwirklich, dass sie ihn noch nicht einmal erschreckte. Es kam ihm vor, als wäre das Rathaus nur eine Kulisse und die Männer nur Statisten in einer Theateraufführung, die man jederzeit verlassen konnte, um in die Kammer in der Salzstraße zurückzukehren, die Jakob plötzlich wie sein Zuhause erschien, obwohl sie dunkler und enger war als jedes andere Zuhause, das er jemals gehabt hatte. Aber Katharina war bei ihm gewesen. Und es erschien Jakob unvorstellbar, dass sie nicht mehr bei ihm sein könnte.

Er betrachtete die anderen Männer. Jeder von ihnen hätte aus einem der Fenster steigen, sich durch die Gassen davonstehlen, nach Hause gehen und wieder mit der Schafherde verschmelzen können. Aber keiner tat es.

Und sie hatten immer noch drei Geiseln.

Jakob beschloss, nach ihnen zu sehen, und begab sich in den Keller. Vor der Zellentür, hinter der Bockelson und Knipperdolling und jetzt wahrscheinlich auch Schlachtschaf saßen, standen zwei Wachen. Von drinnen waren Stimmen zu hören. Die unterhielten sich. Nein, sie lachten. Hatten die gar keine Angst, dass es ihnen an den Kragen ging?

Jakob trat näher an die Tür heran und legte sein Ohr an das Holz.

«Die erzählen sich die ganze Zeit dreckige Witze», sagte der Wächter rechts von ihm.

«Einige davon sind gar nicht so schlecht», bemerkte der andere.

Eine Weile war es still, dann hörte Jakob, wie dicht hinter der Tür plötzlich ein Gebet gesprochen wurde. Es war Bockelsons Stimme.

«Ich will die Übertreter deine Wege lehren, dass sich die Sünder zu dir bekennen. Herr, öffne meine Lippen, dass mein Mund deinen Ruhm verkünde. Tue wohl an Zion nach deiner Gnade. Dann werden dir gefallen die Opfer deiner Gerechtigkeit.» Kurze Pause, dann: «So spricht der Psalmist. Hörst du das, Jakob van Heemskerk? Hörst du's, my friend, sale traitre?»

Jakob schreckte zurück. Woher wusste Bockelson, dass er gerade jetzt lauschte? Eine Gänsehaut kroch über seine Arme. Am liebsten hätte er die Tür aufgerissen und den Propheten zum Schweigen gebracht. Stattdessen wich er zurück und ging wieder nach oben.

Er hatte die Halle im Erdgeschoss gerade erreicht, als von oben ein Ruf erscholl: «Sie kommen!»

Jakob rannte durch den Ratssaal und hetzte die Wendeltreppe hoch. Alle drängten sich an den Fenstern zum Platz. Hinter den auf den Tischen aufgestützten Arkebusen knieten zwei Dutzend Schützen; die Lunten steckten in den Hähnen und qualmten vor sich hin.

«Das sind die Scheißholländer», sagte einer mit zusammengebissenen Zähnen.

Jakob stürzte zum Fenster. Unten hatten sich mehr als hundert Bewaffnete versammelt. Noch hielten sie Abstand, aber auch von ihnen hatten einige schon die Waffen angelegt und zielten zu den Fenstern hoch.

Hinten beim Michaelistor stand eine größere Gruppe um einen hageren bärtigen Mann geschart, wie um ihn vor den Kugeln abzuschirmen, die jederzeit niederprasseln konnten.

«Das ist Redeker», sagte Mollenhecke. «Der soll mir ...»

«Hinrich!», schrie der Hagere hinauf. «Lass den Propheten und den Schwerthalter frei!»

«Du kannst mich am Arsch lecken, Redeker!», schrie Mollenhecke zurück. «Kapiert ihr es nicht? Eure Zeit ist abgelaufen!»

Das war nicht die klügste Antwort, denn wenn es stimmte, was Albrecht gesagt hatte, dann war es eher die Zeit der Verschwörer, die abgelaufen war, und jetzt wäre der richtige Zeitpunkt gewesen, die Herausgabe der Gefangenen gegen freien Abzug auszuhandeln. Aber erstens kochte Mollenhecke vor Wut, und zweitens hoffte er wohl immer noch, dass die Münsteraner sich ein Herz fassen und den Holländern und Friesen in den Rücken fallen würden, wenn sie das Rathaus nur lange genug verteidigten.

«Ihr habt es so gewollt!», rief Redeker.

Einige der Schützen auf dem Platz legten an.

«Köpfe runter!», schrie Mollenhecke und sprang einen Schritt zurück. Jakob duckte sich, die Arkebusiere gingen hinter den Tischen in Deckung, andere warfen sich zu Boden oder tauchten hinter den Mauern zwischen den Fenstern ab.

Sekunden später krachten die ersten Schüsse, und ein paar Kugeln pfiffen über ihre Köpfe hinweg. Balken splitterten, Staub rieselte von der Decke, und ein hoher metallischer Ton wie vom Zusammenprall zweier Klingen schnitt durch die Luft. Der Leuchter schwankte.

Niemand war getroffen worden. Der Winkel war zu steil.

Es folgten weitere Schüsse. Die da draußen wollten, dass sie die Köpfe unten behielten. Die hatten irgendetwas vor.

Jakob spähte über die Kante von einem der Tische. Und dann sah er es: Sie rollten eine Kolubrine auf den Platz. Wenn sie es schafften, das Geschütz in Stellung zu bringen und auf den Eingang zu feuern, würde keine Barrikade mehr helfen. Ein Dutzend Männer schoben im Laufschritt die Lafette und bugsierten sie vor die Eingangstür; sie mussten das Ding unbemerkt über eine der Seitengassen herangeschafft haben. Die Räder waren mit dicken Lappen umwickelt, damit sie auf dem Pflaster kein Geräusch verursachten.

Mollenhecke hatte sie im gleichen Moment entdeckt.

«Scheiße!», schrie er. «Schießt auf die Kanoniere!»

Die Schützen richteten die Arkebusen aus, dann feuerten sie ihre Salve ab. Das Gewölbe verstärkte das Donnern so sehr, dass Jakob kurz glaubte, seine Trommelfelle würden platzen. Rauch zog in dicken Schwaden herein, sodass man für eine Weile nur ein paar Schritte weit sehen konnte. Draußen brüllten ein paar Männer auf.

«Nachladen! Schnell!»

Als der Rauch sich unter die Decke verzogen hatte, sah Jakob, dass es zu spät war. Zwei Männer lagen hingestreckt auf dem Pflaster neben der Kanone, aber ein anderer hielt bereits die Lunte an das Zündloch. Dann spie die Kolubrine mit einem Donnern und einem Feuerstrahl ihre Ladung aus, und im selben Augenblick war von unten ein ohrenbetäubender Lärm von splitterndem Holz zu hören.

Mollenhecke packte Jakob an der Schulter. «Lauf runter und hol die Gefangenen rauf! Schnell, schnell, schnell!»

Jakob hechtete los, vorbei an den durcheinanderschreienden Männern zur Treppe. Er nahm drei, vier Stufen auf einmal und fand sich im Ratssaal wieder. Dort war niemand mehr. Alle waren zur vorderen Halle gerannt, wo von der linken Eingangstür nur noch ein qualmendes Loch übrig war, durch das schon die ersten Angreifer stürmten und sich auf die Verteidiger stürzten. Hinter ihnen drängten weitere nach. Jakob begriff, dass er keine Zeit mehr hatte, die Gefangenen zu holen. Wenn er jetzt in den Keller lief, saß er dort in der Falle, und wenn er wieder nach oben rannte, ebenfalls. Sie hatten keine Chance mehr; notfalls würden die Angreifer das ganze Rathaus in Trümmer schießen. Alles in Jakob sträubte sich dagegen, Mollenhecke und Andreas im Stich zu lassen, aber wenn sie alle zusammen untergingen, wäre auch nichts gewonnen.

Vorne in der Halle krachten weitere Schüsse. Die Verteidiger fluteten zurück. Sie hatten verloren.

Mit ein paar Sätzen war er bei den Fenstern in der hinteren Wand des Ratssaals, kehrte im Laufen die rechte Schulter nach vorn und sprang durch die Scheiben. Seine gerade verheilte linke Schulter pochte. Es klirrte und knirschte, als die Bleiverglasung barst. Jakob landete auf den Füßen, fiel zur Seite, rollte sich ab und kam wieder auf die Beine. Er fand sich in einem Innenhof wieder, der sich zu einer Gasse öffnete.

Jakob lief los.

Hinter ihm sprangen weitere Männer durch das zerborstene Fenster.

Er wandte sich nach rechts, rannte weiter durch ein paar Gassen zwischen verwinkelten Hinterhäusern, bis er die Salzstraße erreichte. Sein Herz trommelte.

Entweder Katharina hatte ihn vom Fenster aus kommen sehen, oder sie hatte ihn hinter der Tür erwartet. Ihre Augen waren weit aufgerissen.

«Wo ist mein Bruder?», fragte sie.

23

Im Rathaus», sagte Jakob.

Sie verriegelte die Tür, zum ersten Mal seit dem Verbot, dann zog sie ihn an sich. Und noch ehe er zu einer Erklärung ansetzte, wusste sie, dass es schiefgegangen war.

«Was ist passiert?»

Außer Atem berichtete er, was sich ereignet hatte: wie Bockelson festgenommen worden war, wie er Ernestine den rätselhaften Brief übergeben hatte, wie sie sich im Rathaus verschanzt hatten und wie die Wiedertäufer das Gebäude gestürmt hatten. Auch wenn er es nicht aussprach, schien er sich Vorwürfe zu machen: dass er Andreas nicht mit nach unten genommen hatte, dass er allein geflohen war, ohne sich mit den anderen im Festsaal zu verbarrikadieren, dass er sie im Stich gelassen hatte.

Während Jakob redete, sich die Haare raufte, auf und ab ging, krachten in der Ferne die Schüsse der Arkebusen, dazwischen brüllte mehrfach die wuchtige Stimme der Kanone. Jeder Knall ging ihr durch Mark und Bein. Jeder dieser Schüsse galt auch ihrem Bruder. Und selbst wenn er nicht im Rathaus ums Leben kam, würden sie ihn gefangen nehmen und hinrichten, es sei denn, es geschah ein Wunder, und er rettete sich durch einen Sprung aus dem Fenster oder sonst wie. Doch selbst dann würde er Freiwild sein. Sie würden erfahren, dass er dabei gewesen war. Sie würden ihn abholen. Und dasselbe würden sie mit Jakob tun.

Katharina versuchte, einen klaren Gedanken zu fassen. «Du bist hier nicht sicher», sagte sie. «Sobald sie Bockelson befreit haben, wird er Leute schicken, um dich zu holen.»

«Ich weiß», sagte er.

«Du musst dich verstecken und dann irgendwie aus der Stadt kommen.»

Er starrte zur Decke. Sie wusste, was er sagen wollte, aber sie wusste auch, warum er es nicht aussprach: Sie sollte mitkommen. Aber ihm war klar, dass sie nicht gehen würde, bevor sie wusste, was mit ihrem Bruder passiert war.

«Warten wir ab, wie es endet», sagte Jakob. Und wieder wusste sie, was er eigentlich damit meinte: Warten wir ab, bis wir Gewissheit haben, dass Andreas tot ist. Denn das waren die Möglichkeiten: Wenn Andreas umkam, hielt sie nichts mehr in Münster, und sie konnte mit Jakob fliehen; wenn er überlebte, würden sie Münster zu dritt verlassen. Doch je länger die Ungewissheit dauerte, desto schwieriger würde diese Flucht werden. Jakob kannte viele der Männer, die am Mauritztor eingesetzt waren, und solange dort niemand wusste, was genau passiert war, konnte er sich unter einem Vorwand eine Seitenpforte öffnen lassen, ungehindert auf den Außenwall gelangen, durch den Graben schwimmen und sich den Belagerern als Überläufer stellen. Doch sobald der Aufstand vollständig niedergeschlagen war, würde Bockelson alle Torwachen anweisen, nach ihm Ausschau zu halten.

Er schien ihre Gedanken zu lesen. «Ich gehe nicht allein», sagte er entschlossen.

Und dann kam ihr eine Idee, wie sie zumindest ein bisschen Zeit gewinnen konnten: Die Hütte hinten im Garten von Christian Kerkering. Dort würde er eine Weile sicher sein.

Sie beschrieb ihm, wie er auf das Gelände gelangen konnte. Das Grundstück grenzte an den Fluss, dessen gegenüberliegendes Ufer kaum bebaut war. Dort lagen vor allem von Hecken umfriedete Gartenparzellen mit Obstbäumen, die ihm Deckung bieten würden, und es gab einen Steg, der auf die andere Seite zu Kerkerings Garten führte. Natürlich wäre es besser gewesen, die Dunkelheit abzuwarten, aber Bockelsons Schergen waren vielleicht schon auf dem Weg.

Sie erinnerte sich nicht, sich jemals in ihrem Leben so leer und zerrissen gefühlt zu haben. Es hätte der Tag der Befreiung werden sollen, stattdessen hatten Enge und Bedrohung ein ganz neues Ausmaß erreicht. Ihr Haus war kein sicherer Ort mehr. Die Menschen, die sie liebte, waren in Lebensgefahr. Und es gab nichts, was sie tun konnte, um das Unheil abzuwenden. Es schnürte ihr die Kehle zu.

«Geh jetzt», sagte sie. «Warte im Gartenhaus auf mich.»

Er nahm ihr Gesicht in seine Hände und küsste sie liebevoll, aber kurz, als wollte er nicht, dass es wie ein Abschied wirkte. Und erst in diesem Augenblick wurde ihr der merkwürdige Umstand bewusst, dass Jakob sich jetzt genau an dem Ort vor Bockelson verstecken würde, an dem sie diesen zum ersten Mal gesehen hatte. Er hatte unter den Bäumen gestanden, den Blick auf genau dieses Gartenhaus gerichtet, und dann hatte er schlau dahergeschwätzt, von den Vögeln unter dem Himmel, die nicht säten und nicht ernteten. Hätte sie ihm damals bloß einfach auch einen Leuchter über den Kopf gezogen!

Als Jakob gegangen war, ließ sie sich mit dem Rücken gegen die Tür sinken. Draußen fielen keine Schüsse mehr. Für einen kurzen Augenblick gab sie sich der Hoffnung hin, dass die Angreifer zurückgeschlagen worden waren, aber nach dem, was Jakob berichtet hatte, schien das unmöglich. Die Kanone hatte sechs- oder siebenmal geschossen. Wahrscheinlich hatten sie alles in Trümmer gelegt.

Sie schloss die Augen.

Als sie sie wieder öffnete, stand Elsa im Durchgang zur Küche.

«Hast du alles gehört?», fragte Katharina matt. Sie hatte noch nicht einmal mehr genügend Angst übrig, um die Antwort noch zu fürchten.

Elsa nickte. «Ich verrate nichts, und wenn sie mich vierteilen», sagte sie leise. Dann machte sie ein paar unsichere Schritte auf Katharina zu, fiel ihr in die Arme und weinte so hemmungslos, dass sich auch bei Katharina alle Schleusen öffneten.

So standen sie aneinandergeklammert im Flur und weinten.

Plötzlich waren da Schritte auf der Straße.

«Hier ist es», sagte eine Männerstimme. Einen Augenblick später flog die Tür auf.

Sie waren zu viert, junge Kerle, zwei von ihnen in Lederjacken, einer mit einem Brustharnisch und einer in der blauen und roten Uniform, die Jakob ihr so spöttisch beschrieben hatte. Bockelsons Kreation. *Wenn es vorbei ist, ziehe ich sie noch mal für dich an.*

«Wo ist er?», schnauzte der mit dem Harnisch die beiden Frauen an. Es war mehr ein wütender Ausruf als eine Frage.

Er schob Katharina grob beiseite, zeigte auf die Tür zur Werkstatt am Ende des Flurs und sagte: «Karel, schau nach, ob es einen Hinterausgang gibt. Joris und Bart nach oben. Aber passt auf, wahrscheinlich ist er bewaffnet. Der war ein paar Jahre im Krieg.»

Die beiden Lederjacken stürmten die Treppe hinauf, der Leibwächter verschwand in der Werkstatt. Der Geharnischte blieb bei der Tür stehen und musterte Katharina. Er war nicht älter als sie, rothaarig und unrasiert. Seine Augen waren von einem eigenartig dunklen Blau, und sein finsterer Blick wirkte etwas aufgesetzt. Es war nicht schwer, sich dieses Gesicht auch in einer freundlichen Variante vorzustellen, aber er schien die Macht zu genießen, die er als Vollstrecker des göttlichen Willens genoss.

Oben rumpelte es. Türen krachten gegen Wände, die Scharniere von Truhen quietschten, und in der Abstellkammer rumpelte es, gefolgt vom Knarren der Leiter, die zum Dachgeschoss führte.

«Hier ist keiner», kam es nach einer Weile von oben.

«Wo ist er?», schnauzte der Rothaarige.

«Ich weiß es nicht», sagte Katharina. «Er ist gestern Abend rausgegangen und seitdem nicht wiedergekommen.»

Er kniff seine blauen Augen zusammen, als könnte er auf diese Weise besser in ihren Kopf sehen. Sie hielt seinem Blick stand. So unplausibel war ihre Lüge nicht. Vielleicht wäre es noch besser gewesen, wenn sie gefragt hätte, was ihm eigentlich vorgeworfen wurde, aber so verheult, wie sie war, konnte sie schlecht die Ahnungslose spielen.

Sein Blick wanderte zu Elsa. Er schien zu überlegen, ob es sich lohnen könnte, das Mädchen in die Mangel zu nehmen, aber vielleicht hielt ein Rest von Ritterlichkeit ihn davon ab, einer Frau Gewalt anzudrohen.

«Wir kriegen ihn noch», sagte er. Und dann, ganz ohne Gehässigkeit, nur um sie in Kenntnis zu setzen: «Deinen Bruder haben wir übrigens schon.»

Der Satz war wie ein Stich in ihr Herz. Sie öffnete den Mund, schloss ihn wieder.

«Alle Verschwörer sind zum Tod verurteilt. Die Hinrichtung ist morgen.»

Es war, als wäre es nicht sie, die da stand. Der Schmerz war so gewaltig, und das, was bevorstand, so widerwärtig, dass es nicht wahr sein konnte. Und nur weil sie sich vorstellte, dass es nicht wahr sein konnte, hatte sie die Kraft gefunden, aus dem Haus zu gehen. Nein, nicht nur deshalb, wahrscheinlich auch wegen des Kräutertranks, den Elsa ihr verabreicht hatte, ausgerechnet Elsa, die Petersilie nicht von Kerbel unterscheiden konnte. Dass die sich auf solche Tränke verstand, hätte Katharina nie geahnt, allerdings hatte das Zeug auch nur schwach nach Kräutern geschmeckt, stattdessen aber umso stärker nach Schnaps. Katharina war nach kurzer Zeit benebelt gewesen, nicht wie betrunken, sondern eher betäubt und verlangsamt. Wenn sie die Augen bewegte, war es, als rückte das Bild in ihrem Kopf mit einer leichten Verzögerung hinterher. Wenn jemand etwas sagte, bewegte er zuerst die Lippen, dann hörte sie die Stimme, und mit einer weiteren Verzögerung begriff sie, was er sagte.

Sie war gekommen, um ihrem Bruder in den letzten Augenblicken seines Lebens nah zu sein. Sie hatte geglaubt, es nicht auszuhalten, aber im Haus in der Salzstraße zu bleiben, während er vor den Augen einer gaffenden Meute starb, das hätte sie auch nicht ertragen, und vor allem hätte sie es sich hinterher nie verziehen. Sie hatten sie noch nicht einmal zu ihm in die Zelle gelassen.

Da stand sie also. Die Hinrichtungen fanden nicht auf dem Domplatz statt, sondern in der Georgskommende beim Bispinghof. Diesmal waren keine Ausrufer durch die Straßen gerannt, um es anzukündigen. Ganz offensichtlich wollte Bockelson für dieses Schlachtfest kein großes Publikum, wahrscheinlich fürchtete er, dass es Unmutsäußerungen geben würde, die sich zu neuem Aufruhr aufschaukeln konnten, und selbst wenn nicht, so würde das Spektakel doch allen noch einmal vor Augen führen, dass es in der Stadt eine ganze Reihe von Leuten gab, die mit ihm nichts mehr zu schaffen haben wollten. Also waren neben ein paar Fanatikern nur die Angehörigen der Verurteilten da, und die waren so verzweifelt und eingeschüchtert, dass von ihnen keine Gefahr ausging.

Außer Katharina waren um die zweihundert Personen gekommen, drei Viertel davon Frauen, viele weinten. Sie standen in einem von einer Mauer umfriedeten Hof zwischen der Georgskirche und einem Nebengebäude der Kommende. Vor der Mauer waren Eschen in einer sauberen Reihe gepflanzt. Katharina wusste noch nicht einmal, auf welche Weise sie die Verurteilten zu Tode bringen wollten. Es gab kein Schafott und keinen Galgen. Wollten sie sie an den Bäumen aufhängen? Trotz ihrer Benommenheit gelang es ihr nur schwer, das Bild ihres am Strick zappelnden Bruders zu verdrängen.

«Dass es so weit kommen musste», sagte eine leise Stimme neben ihr. Katharina wandte den Kopf. Das Bild rückte nach. Anna Reinig. Von der vor Witz sprühenden Frau, die damals die Argumente von Willem de Kuyper mit ihren Bibelkenntnissen zerpflückt hatte, war nicht viel übrig. Sie sah bleich und abgemagert aus, als hätte sie seit Monaten keine Sonne gesehen und nichts gegessen.

Sie umarmten sich. «Kein Wort über Hermann», flüsterte Anna. «Er ist in Sicherheit. Ich bin hier, um Hinrich, deinem Bruder und den anderen die letzte Ehre zu erweisen.»

Katharina sah sie fragend an, dann begriff ihr verlangsamter Verstand: Hermann Reinig hatte zu den Verschwörern gehört, aber offenbar war er entkommen. Jetzt war er abgetaucht und hoffte, dass die Kerkermeister seinen Namen nicht aus den Verurteilten herausfolterten. Dass Anna es auf sich genommen hatte hierherzukommen, um die Opfer zu ehren, rührte Katharina so sehr, dass sie wieder in Tränen ausbrach. Und doch war da eine Stimme in ihrem Kopf, die leise fragte: Warum Hermann und nicht Andreas?

Trommelwirbel setzte ein. Alle Köpfe wandten sich dem Tor zu, wo eine Abteilung Hellebardiere erschien und die Menge mit den Schäften der Waffen zu einer Gasse auseinanderzudrängen begann. Es folgten vier Trommler zu Fuß und zwei Reiter auf eleganten Pferden: Jan Bockelson, scheinbar gelangweilt und schief im Sattel sitzend, und Bernd Knipperdolling, zur Abwechslung nicht selbstgefällig grinsend, sondern streng und mit hochgerecktem Kinn, als müsste er die laxe Pflichtvergessenheit des Propheten durch einen würdevollen Auftritt ausgleichen. Hinter ihnen zogen weitere Wachen mit Arkebusen ein. Sie hatten einen von einem Ochsen gezogenen Leiterwagen in die Mitte genommen, auf dessen Ladefläche ein Dutzend gefesselte Männer hockten.

Und dann entdeckte Katharina ihren Bruder. Er saß zwischen den anderen und starrte vor sich hin. Es traf sie, dass er sie nicht in der Menge suchte. Glaubte er, ihr irgendetwas zu ersparen, indem er gar keinen Abschied zuließ, noch nicht einmal den schmerzhaftesten, den man sich denken konnte?

Anna legte ihr einen Arm um die Schulter. Rechts und links begannen einige Frauen, laut zu weinen und zu klagen. Nur wenige Zuschauer hatten unbewegte Mienen aufgesetzt, drei oder vier grinsten zufrieden. Wie konnte man bei so etwas Freude empfinden? Glaubten sie wirklich, dass Gott, wie streng er auch immer sein mochte, an so etwas Gefallen hatte?

Und dann, als der Leiterwagen hinter dem Spalier aus Bewaffneten an ihr vorbeifuhr, trafen sich ihre Blicke doch noch. Andreas quälte sich ein schwaches Lächeln ab und schüttelte ganz sachte den Kopf, als wollte er sie warnen, sich nicht zu erkennen zu geben.

Die Gasse in der Menge schloss sich wieder, das Weinen war lauter geworden. Knipperdolling war abgestiegen und gab den Wachen ein paar Anweisungen. Sein Pferd wurde von einem der Hellebardiere am Zügel gehalten. Bockelson saß noch im Sattel.

Er hob den Zeigefinger und rief: «*Gott ist ein gerechter Richter, jeden Tag gilt den Bösen sein Zorn,* spricht der Psalmist.»

Er sprach mit übertriebener Modulation und zog die Silben in die Länge. Selbst jetzt, während er die Vollstreckung von Todesurteilen ankündigte, war Bockelson noch Komödiant, spöttisch, manieriert, aber hinter dieser Fassade eben doch von genau dem heiligen Ernst getrieben, den er zu parodieren vorgab. Katharina dachte an Angelas Worte: *Man hat immer den Eindruck, dass er einem was vorspielt, dass er dir schmeichelt, um dich hinterher auszulachen.*

Während Bockelson weiter deklamierte, trieben die Wachen die Verurteilten vom Wagen herunter und stellten sie in einer Reihe mit den Gesichtern zur Mauer auf. Niemand leistete Gegenwehr. Andreas stand ganz rechts in der Reihe. Trotz ihrer Benommenheit und trotz ihrer Verzweiflung spürte sie einen gewissen Stolz, wie aufrecht er stand und wie ruhig er seine Hinrichtung erwartete. Anna hielt sie die ganze Zeit über im Arm.

Knipperdolling hatte einer der Wachen die Arkebuse aus der Hand genommen. Der Prophet, der jetzt quer im Sattel saß und ein Bein übergeschlagen hatte, beendete seine Tirade über Zorn und Rache und verkündete das Todesurteil gegen die, die sich wider den Herrn versündigt hatten. Den Aufstand und seine Beteiligten erwähnte er mit keinem Wort; er sprach von den Verschwörern nur in nebulösen Wendungen wie von einer ketzerischen Sekte. Wenn er überhaupt begriff, dass der Aufstand sich in *dieser* Welt gegen *seine* Person gerichtet hatte, dann wollte er es offenbar um jeden Preis verleugnen.

Katharinas Blick hatte so fest auf ihrem Bruder geruht, dass sie gar nicht gemerkt hatte, wie ganz links in der Reihe ein Schuss krachte. Mit einem Aufstöhnen ging der erste Verurteilte zu Boden. Katharina wollte nicht hinsehen, aber sie konnte nicht anders. Weitere Schützen hatten sich im Pulverdampf des Schusses hinter den Männern rechts des ersten Opfers aufgestellt und legten an. Katharina wandte den Kopf ab. Aus den Augenwinkeln sah sie weitere Feuerstrahlen und die riesigen Qualmwolken, die durcheinanderwallten wie Lebewesen. Körper brachen zusammen, wurden gegen die Mauer geschleudert; einige schrien, andere seufzten nur, einer wurde nicht richtig getroffen, wälzte sich brüllend am Boden und bekam den Gnadenstoß mit einer Hellebarde. Schützen stellten ihre Waffen auf die Schäfte, luden nach, stießen die Ladestöcke in die Läufe. Frauen weinten und beteten.

Ausgerechnet Knipperdolling war es, der hinter Andreas trat. Katharina spürte einen grenzenlosen Hass.

Sie wandte sich ab.

Der Schuss löste sich.

Annas Hand krampfte sich in ihre Schulter.

Als sie wieder hinsah, lag ihr Bruder auf der Seite.

Die Schützen rückten ab. Angehörige traten zu den Leichen, knieten sich hin, warfen sich über sie.

Katharina bewegte sich wie an Fäden, mehr als zuvor überzeugt, dass das alles nicht passiert war. Sie kniete sich neben Andreas. Sein Hemd war am Rücken zerfetzt, aber sie sah kein Blut.

Sie nahm sein Gesicht in ihre Hände.

Da schlug er plötzlich die Augen auf.

«Der hier lebt noch», sagte einer. Eine Waffe wurde gehoben.

Plötzlich Bockelsons Stimme von oben, ruhig, fast gelangweilt. «Runter mit dem Ding. Wenn er lebt, dann soll er leben. Ce sera la volonté de Dieu.»

24

Die Stunden in der Gartenhütte zogen sich endlos hin. In seinem ganzen Leben hatte Jakob noch nie eine solche Machtlosigkeit verspürt. Er hatte sich auf dem von Katharina angewiesenen Weg hierher geschlichen, die Kapuze tief ins Gesicht gezogen, durch Gassen und Obstgärten und über die Brücke, die zu Kerkerings Grundstück führte. Jetzt saß er in der Hütte fest und wartete auf Katharina, ohne sicher sein zu können, ob sie kommen würde, und ohne zu wissen, was in der Stadt passiert war. War Andreas erwischt worden? Und hatten sie Katharina am Ende auch verhaftet und der Mitwisserschaft beschuldigt?

Manchmal hörte er draußen Stimmen, aber es war nicht zu erkennen, aus welcher Richtung sie kamen. Die von üblen Vorahnungen zusätzlich vergiftete Ungewissheit war schlimmer als eine Kerkerhaft, bei der man wenigstens wusste, warum man sie absaß und wie lange sie dauern würde. Lange würde es nicht mehr gut gehen. Wenn Katharina in der zweiten Nacht nicht kam, würde er sich nach draußen schleichen und die Stadt ohne sie verlassen müssen. Nein. Vielleicht würde er auch noch die dritte Nacht abwarten.

Dazu kam der Hunger. Jakob hatte bei seinem überstürzten Aufbruch keinen Proviant mitgenommen, und in der Hütte hatte er natürlich nichts Essbares gefunden. An der Wand lehnten ein paar Gartengeräte: Spaten, Hacken, Rechen, eine Sense, eine Heugabel. Eimer standen herum, Feuerholz lag auf einem Haufen, Sicheln und eine Axt hingen an Nägeln.

Nichts war schlimmer als Tatenlosigkeit. Durch ein angelehntes Fenster fiel etwas Licht herein, gerade genug, dass er sich die Zeit vertreiben konnte, indem er mit einem rostigen Messer an einem der Stützbalken herumschnitzte: Zickzackmuster, kantige Gesichter, sinnlos rankende Zweige. Aus reiner Langeweile entwickelte er seine Schnitztechnik weiter, und er wunderte sich über den Ehrgeiz, der sich dabei wie von selbst einstellte und der Tätigkeit den Anschein von Sinn verlieh. Jakob versuchte, sich das verblüffte Gesicht von Kerkerings Gärtner vorzustellen, wenn er das nächste Mal die Hütte betrat und alle Balken mit Ornamenten verziert vorfand.

Beim Schnitzen dachte er darüber nach, wie sie aus der Stadt entkommen konnten. Bockelson musste inzwischen alle Torwachen angewiesen haben, ihn festzunehmen, sodass die Möglichkeit, sich als Angehöriger der Mauritztorkompanie eine Seitenpforte öffnen zu lassen, nicht mehr infrage kam.

Es gab allerdings noch eine andere: Zwischen Mauritztor und Hörstertor hatten die Belagerer eine große Bresche in den inneren Mauerring geschossen, die nur notdürftig geflickt worden war, und diese Bresche lag genau gegenüber dem Ausgang einer schmalen Gasse, die von der Bült in Richtung der Mauer abzweigte. Der Graben vor der Bresche war durch die Trümmer der zerstörten Mauer und die abgesackten Erdmassen der Böschung weitgehend aufgefüllt. Der Außenwall war leicht zu ersteigen, und vom äußeren Graben trennte sie dann nur noch ein Zaun auf der Wallkrone. Sobald die Flucht bemerkt würde, würden sie rennen müssen. Die Wachen würden ihnen nicht in voller Montur ins Wasser folgen; vielleicht schossen sie ihnen hinterher, aber bei der Dunkelheit und auf die Entfernung war es fast ausgeschlossen, dass sie trafen. Außerhalb der Befestigungsanlage würde sie niemand verfolgen: Vor diesem Abschnitt hatten die Belagerer einen Wall aufgeworfen, den Hunderte von Schanzgräbern jeden Tag ein Stück näher an die Mauer heranrücken ließen, indem sie die Erde dahinter abgruben und über die Wallkrone nach vorn warfen – eine langsame, aber unaufhaltsame Wanderdüne, die in einigen Wochen den Außengraben erreichen würde, sodass man aus dieser Deckung heraus einen neuen Sturmangriff wagen konnte. Und weil dieser Wall dicht mit Wachen besetzt und mit Kanonen bestückt war, traute sich an dieser Stelle keiner der Belagerten vor den Graben.

Erst als er den Plan zu Ende durchdacht hatte, fiel Jakob auf, was er nicht bedacht hatte: Konnte Katharina überhaupt schwimmen? Wahrscheinlich nicht. Aber wenn sie es zu zweit bis zum Außengraben geschafft hatten, würde er sie zur Not auf den Rücken nehmen.

Gegen Nachmittag befiel ihn eine geradezu unheimliche Euphorie; für eine oder zwei Stunden war er sicher, dass alles gut werden würde, und er fühlte sich fast beschwingt. Er dachte an Bockelsons Verhaftung zurück, an Ernestines Gesicht im Kerzenlicht, an die Belagerung des Rathauses, und es kam ihm vor, als sei all das mindestens eine Woche her. Dann wurden seine Lider plötzlich schwer, und es war, als würde alle Kraft aus seinem Körper ablaufen. Er schaffte es gerade noch, die Klinge der Axt wie einen Keil unter die Tür zu klemmen, dann legte er sich auf den Boden und schlief ein.

Der Durst weckte ihn. Um ihn herum war es dunkel. Leise erhob er sich, zog die Axt unter der Tür weg und schob sie auf. Der Garten lag in völliger Stille da, das Haus hob sich als wuchtige Silhouette vor dem dunkelblauen Himmel ab, an dem eine dünne Mondsichel stand. Es war zwei oder drei Tage vor Neumond. Bis zum Sonnenaufgang konnte es nicht mehr lange dauern.

Er schnappte sich einen der Eimer, huschte zum Flussufer und schöpfte ihn voll, trank ein paar Züge, schmeckte erdige Brühe, schüttete sie aus, stapfte ein paar Schritte weiter ins Wasser und schöpfte erneut. Stand eine Weile regungslos da und schaute zu den Sternen auf. Außer dem leisen Plätschern der Strömung an den Holzpfeilern der kleinen Brücke war es totenstill.

Als er zur Hütte zurückschlich, entdeckte er einen Abfallhaufen weiter links zwischen den Bäumen im Mondlicht. Jakob schlich sich hin und wühlte darin herum, ertastete Obstschalen und andere Essensreste, raffte zusammen, was noch irgendwie verzehrbar erschien.

Den zweiten Tag brachte er vollständig in der Hütte zu, trank Brackwasser, verschlang Essensreste und verrichtete seine Notdurft in einer Ecke hinter ein paar morschen Kisten. Er schnitzte weiter, obwohl er keine Lust mehr hatte, denn diese Tätigkeit war das Einzige, was ihn noch von einem Tier unterschied.

Das Schnitzen und die Gedanken an Katharina. Am Morgen hatte er in der Ferne ein Dutzend Schüsse krachen gehört. Waren das die Hinrichtungen? Aber warum nur so wenige? Neue Hoffnung keimte in ihm auf. Verflog wieder, weil Katharina nicht kam. Kehrte zurück, wie ein Vogel, der irgendwo in seinem Kopf herumflatterte, sich aber nicht fangen ließ.

Stimmen im Garten, einmal so nah, dass er die Axt ergriff und sich hinter der Tür postierte.

Kanonenschüsse in der Ferne.

Glockengeläut. Das Schaben des Schnitzmessers.

Wenn er durch den Fensterspalt lugte, konnte er am wandernden Schatten der Bäume sehen, wie die Zeit verstrich.

Dann kam die Dämmerung.

Dann die Dunkelheit.

Jakob nickte ein.

Ein leises Pochen an der Tür weckte ihn. Mit einem Satz war er auf den Beinen.

Ohne eine Antwort abzuwarten, schlüpfte sie hinein. Als ihre Hände sich berührten, zuckte sie kurz zurück, als hätte sie nicht erwartet, noch ein menschliches Wesen anzutreffen. Dann glitt sie in seine Arme, als würden zwei Teile eines zerschnittenen Ganzen wieder zusammengefügt. Er spürte, dass sie weinte. Vor Erleichterung? Vor Verzweiflung? Nachdem sie sich eine Weile an ihn geklammert hatte, schob er sie ein Stück von sich weg. Ihr Gesicht war in der Dunkelheit nur als helles Oval zu erkennen.

«Andreas lebt», sagte sie leise. Aber an ihrer Stimme hörte er sofort, dass das nicht nur eine gute Nachricht war.

«Ist er entkommen?», fragte Jakob.

«Nein, sie haben ihn erwischt. Heute Morgen sollte er erschossen werden, aber die Kugel ist von seinem Gürtel aufgefangen worden.»

«Gott sei Dank.»

«Sie hat ihm das Rückgrat gebrochen. Er spürt seine Beine nicht mehr und kann sie nicht bewegen.»

«Mein Gott», sagte Jakob leise. Er begann zu ahnen, was das

bedeutete. Andreas würde nicht fliehen können, und Katharina würde nun erst recht nicht ohne Andreas gehen, der ohne sie völlig hilflos war.

«Kommt er durch?», fragte Jakob vorsichtig. Es sollte nicht drängend klingen, nicht so, als hoffte er darauf, dass ein schneller Tod ihres Bruders ihr die Entscheidung abnehmen würde.

«Ich hoffe», sagte sie. «Die Kugel ist im Gürtel stecken geblieben.» Sie schluchzte auf.

Der fingerdicke Pferdeledergürtel, an dem die Schmiede ihre Werkzeuge trugen. Der Aufprall der Kugel musste die Wirbelsäule wie ein Hammerschlag gebrochen haben, aber sie war nicht in den Körper eingedrungen. Wenn Andreas Glück hatte, bekam er keine Entzündung. Aber war es eine gute Nachricht, dass er lebte, wenn er nie wieder würde laufen können?

«Bockelson hat veranlasst, dass er nach Hause gebracht wurde», fuhr sie fort.

«Wie fürsorglich», rutschte es Jakob heraus.

«Er sagte, es sei Gottes Wille, dass er lebt.»

Jakob dachte an die verpatzte Hinrichtung von Hubert Rüscher. Vielleicht hatte Bockelson eine Wiederholung des peinlichen Schauspiels gefürchtet; möglicherweise glaubte er aber auch wirklich, dass sich hier Gottes Wille manifestiert hatte. Jedenfalls hatte er nun ein Interesse daran, dass Andreas überlebte, damit seine Prognose stimmte.

«Ich habe die Schüsse gehört», sagte Jakob. «Warum waren es nur so wenige?»

«Die anderen haben sie geköpft», antwortete Katharina. «Erschießen war zu laut.»

«Und Mollenhecke?»

«Tot. Alle, die von Anfang an dabei waren, haben sie hingerichtet. Die Mitläufer wurden begnadigt. Ein paar sind entkommen.»

Jakob überlegte, was sie falsch gemacht hatten. Mollenhecke hatte sich darauf verlassen, dass die Bürger sich nach der Verhaftung von Bockelson und Knipperdolling gegen die Wiedertäufer erheben und sie zum Teufel jagen würden.

«Er hätte das Tor öffnen lassen sollen», sagte er nachdenklich.

«Ja», sagte Katharina. «Das hätte er. Aber er dachte, er würde beides schaffen: die Stadt von den Irren befreien und vor der Plünderung bewahren.»

Sie umarmte ihn fester. «Ich kann nicht lange bleiben. Es waren Männer da, die nach dir gefragt haben. Vielleicht kommen sie wieder.»

Jakob wurde das Herz schwer. Er wusste, was das bedeutete. Es gab keinen Ort mehr, an dem er sich verstecken konnte. Er musste ohne sie aus der Stadt fliehen und hoffen, dass es trotz allem irgendwie ein gutes Ende nahm.

«Ich habe dein Geld aus dem Versteck geholt», sagte sie und reichte ihm den Gurt mit den Taschen an der Innenseite. Er war schwer.

Etwas in ihm sträubte sich dagegen, den Gurt zu nehmen, als ginge er in diesem Augenblick eine Verpflichtung ein, die gegen alle seine Überzeugungen verstieß, als würde er eine Abfindung annehmen. Schon der Besitz dieses Geldes war in dieser Stadt ein mit der Todesstrafe bewehrtes Verbrechen, wobei es in seinem Fall darauf natürlich nicht mehr ankam. Schließlich nahm er es doch, legte den Gürtel um und schnallte ihn unter dem Hemd fest.

«Was hast du vor?», fragte sie.

Während er ihr den Plan erklärte, den er sich zurechtgelegt hatte, hoffte er für einen Augenblick, sie würde sich doch entschließen, ihn zu begleiten, doch sofort schämte er sich für diesen Gedanken.

Und dann kam der Moment des Abschieds. Und wie schon am Morgen zuvor zwang er sich, diesen Abschied nicht in die Länge zu ziehen, um diesem Augenblick nicht eine Tragik zu verleihen, die ihm nicht zustand, ihn nicht durch beschwörende Worte oder Gesten zu etwas aufzuwerten, was er nicht war, sondern ihn als das zu vollziehen, was er in Jakobs Augen zu sein hatte: der Beginn einer vorübergehenden Trennung, die enden würde, sobald das unvermeidliche Ende der Umstände eingetreten war, die sie erzwungen hatten. Das war die nüchterne Logik, an die Jakob sich verzweifelt klammerte, als er Katharina ein letztes Mal an sich drückte und küsste, bevor sie in die Dunkelheit verschwand, aus der sie gekommen war.

Eine Weile stand er allein in der finsteren Hütte. Er lauschte auf ihre Schritte auf der Brücke, öffnete die Schleusen für die in ihm auflodernde Wut auf Bockelson und Knipperdolling und ihre Drecksbande, um die Trauer nicht zu spüren, und er widerstand dem Drang, ihr hinterherzulaufen.

Dann war es still.

Er war allein.

Und wie damals in Mailand, als er sich entschlossen hatte, alles hinter sich zu lassen, fühlte er plötzlich eine Kraft, die nur aus ihm selbst kam, aus der Erkenntnis, auf nichts mehr Rücksicht nehmen zu müssen, alles auf eine Karte setzen zu können.

Und er fasste einen Entschluss, der ihm im Nachhinein geradezu wahnwitzig erscheinen musste. So wie es damals die

Wut auf Antonio de Leyva gewesen war, die ihn dazu gebracht hatte, in diese Menschenmenge zu schießen, so war es jetzt die Wut auf Jan Bockelson, die ihn dazu trieb, dem verdammten Propheten zum Abschied noch einmal in seinen selbstgefälligen Arsch zu treten. Nossa que coisa, miserable actor, tu vas te faire enculer.

Ernestine. Ihr Blick, als er sie mit diesem Namen angesprochen hatte. Dieser Blick war der Spalt, in den er die Brechstange schieben würde, bis die Tür aufgehebelt war. Darum war er gekommen. Wenigstens das würde er heute Nacht zu Ende bringen.

Er schob die Tür ein Stück auf und spähte hinaus. Hinter einem der Fenster von Kerkerings Haus war ein schwacher Lichtschein zu sehen.

Er schlich unter den Bäumen zum Ufer. Als er die Brücke überquerte, plätscherte unter ihm friedlich der Fluss.

Obstgärten, Gassen, wieder eine Brücke. In der Ferne ein Horn, fast gelangweilt. Kein Alarm, kein Angriffssignal, reine Routine, Verständigung über irgendetwas. Eine Glocke, die die volle Stunde schlug.

Als ihm auf dem Überwasserkirchhof eine Gestalt entgegenkam, schritt er umso energischer aus, zog sich nicht die Kapuze ins Gesicht. Der andere blickte zu Boden, als wäre er es, der etwas zu verbergen hatte, und um ein Haar hätte Jakob ihn aus reinem Übermut angeschnauzt, was er um diese Zeit auf der Straße verloren hatte. Je weniger er sich versteckte, desto freier und sicherer fühlte er sich. Übertreib es nicht, warnte er sich.

Auf der Turmplattform der Überwasserkirche brannte eine Laterne. Die Brücke beim Spiegelturm war unbewacht. Er trat auf den Domplatz, der verlassen dalag. Das Tor der Kurie von Melchior von Büren war verschlossen.

Über die Westseite des Platzes und die Einmündung der Pferdegasse erreichte er die Sackgasse, die zu der Pforte führte, durch die sie Bockelson zwei Tage zuvor zum Rathaus geschleift hatten.

Die Pforte war offen. Hatten die eigentlich nichts aus Mollenheckes Aufstand gelernt? War das die Unfähigkeit der Leibwächter oder Bockelsons Nachlässigkeit?

Er trat in den Garten und sah sich um.

Was genau hatte er eigentlich vor? Er konnte ja schlecht ins Haus der Frauen stürmen und sich zu Ernestine durchfragen, abgesehen davon, dass sie vielleicht gar nicht dort war, sondern wieder oben bei Bockelson im Bett lag.

Knapp über den Dächern der Rothenburg stand die Mondsichel, noch ein Stück schmaler als in der Nacht davor.

Jakob drückte sich an die Wand. Die Tür zur Unterkunft der Leibwächter neben dem Pferdestall war geschlossen.

Und dann entdeckte er Angela Kerkering.

Genauer gesagt, bemerkte er zuerst das regelmäßige Aufblinken ihrer kreisenden Silberkette im Mondlicht.

Sie saß da an ihrem Platz und gab sich ihrem Unmut darüber hin, dass Bockelson sich auch in dieser Nacht offenbar für eine andere entschieden hatte, und ihrer Wut, dass sie nicht die Macht hatte, ihn daran zu hindern.

Jakob stieß sich von der Wand ab und ging mit schnellen Schritten auf sie zu, fast so, wie er damals im Park von Pavia in den Kreis der Leibwächter von König François gesprengt war, die sich mit Lannoys Reitern geschlagen hatten. Nur dass hier kein Kampf stattfand.

Sie erkannte ihn.

Die Kette hörte auf zu kreisen.

«Du traust dich ja was», sagte sie leise und mit einer bemühten Lässigkeit, als wäre sie betrunken, was sie vielleicht auch war. «Willst du ihn umbringen? Nur zu. Vor seiner Tür stehen zwei Wachen.»

«Nein», sagte Jakob. «Ich will die Französin mitnehmen.»

Sie schüttelte den Kopf und lachte in sich hinein, ungläubig, resigniert. «Na endlich.»

Sie war betrunken, kein Zweifel. Hoffentlich machte sie keine Dummheiten.

«Wo ist sie?», fragte Jakob.

Sie wies mit dem Kopf auf das Frauenhaus. «Da drin. Nicht ihr Tag heute. Meiner auch nicht.»

Sie hatte lauter gesprochen. Ihr schien alles gleichgültig zu sein.

«Kannst du sie rausholen?», fragte er.

«Und was soll ich ihr sagen?»

«Dass ich sie zu ihrer Mutter bringe.»

Angela lachte spöttisch auf. Aber dann stemmte sie sich aus ihrem Stuhl hoch und ging auf unsicheren Beinen zum Eingang des Hauses. «Du traust dich was», hörte Jakob noch einmal.

Eine Weile geschah nichts. Jakob lauschte zum Balkon hoch, aber dort oben blieb alles still.

Schließlich öffnete sich die Tür wieder und zwei Gestalten erschienen: Angela und eine Frau mit einem Kapuzenumhang. Jakob traute seinen Augen kaum, als er sah, dass sie darunter eine dunkle Hose trug. Ernestine schien vorbereitet zu sein.

«Hier ist sie», sagte Angela.

Die andere schlug die Kapuze zurück. Das Muttermal. Sie war es. Und schon an ihrem Blick erkannte er, dass das Schreiben seine Wirkung erzielt hatte. *Der Mann, der dir diesen Brief übergibt, wird dich zu mir bringen.*

«Kannst du schwimmen?», fragte Jakob leise.

«Besser als du wahrscheinlich», sagte sie auf Französisch.

Das also war das Mädchen, das nach Hoogstratens Worten Gouvernanten verschlissen und Leibwächter an der Nase herumgeführt hatte, freiheitsliebend, nicht zu bändigen, allen Konventionen spottend. Wie zum Teufel war so eine ausgerechnet Jan Matthys verfallen und hatte sich entschlossen, mit ihm das Ende der Welt zu erwarten? Und wenn es ihr damit ernst gewesen war: Wie hatte sie sich anschließend so leichtfertig Jan Bockelson in die Arme werfen können? Glaubte sie wirklich an seine göttliche Sendung, obwohl sie aus nächster Nähe erlebt hatte, was für ein Scharlatan er war? Und wenn sie daran glaubte: Warum fiel es ihr jetzt scheinbar so leicht, das alles hinter sich zu lassen?

Es war wohl nicht der richtige Augenblick, darüber nachzudenken.

«Dann los», sagte Jakob.

«Viel Glück», sagte Angela. Einen kurzen Moment lang glaubte Jakob, sie würde sich ihnen anschließen. Aber dann ging sie zurück zu ihrem Stuhl.

Jakob wies mit einem Kopfnicken zur Seitenpforte und wandte sich zum Gehen.

Ernestine folgte ihm so lautlos, dass er sich mehrmals umblickte, ob sie noch da war.

Der kürzeste Weg hätte durch das Michaelistor über den Markt und die Salzstraße geführt, aber Jakob entschied sich für einen schmalen Durchgang, der hinter dem Kreuzgang des Doms zur Bogenstraße führte. Auf diese Weise mussten sie nicht am Rathaus und nicht an Knipperdollings Haus vorbei, wo sie wahrscheinlich auf Nachtwächter getroffen wären. Vor allem aber wollte er die Salzstraße meiden. Die Vorstellung, unter dem Fenster vorbeizugehen, an dem er und Katharina zum ersten Mal miteinander gesprochen hatten und hinter dem sie vielleicht in diesem Augenblick stand und verzweifelt in die Nacht hinausblickte, war ihm unerträglich.

Sie begegneten niemandem. Die Gassen waren so eng, dass das schwache Mondlicht den Boden nicht erreichte, sodass Jakob nach Ernestines Hand griff, um sie nicht zu verlieren. Er tat es nur mit Widerwillen. Es war die falsche Hand.

Sie erreichten die Gasse, die zur Mauer führte. Das Licht der Mondsichel beleuchtete die Bresche in der Befestigung und das letzte Stück der Gasse, bevor diese in die hinter der Stadtmauer verlaufende Straße mündete.

Jakob zog Ernestine zur rechten Seite der Gasse, wo das Eckhaus einen schmalen Schatten in der Form eines spitzwinkligen Dreiecks warf. Er tastete sich an der Mauer entlang, die plötzlich zurückwich. Ein Torbogen. Dann wieder Mauerwerk.

Als sie beim Eckhaus ankamen und sich in den schmalen Schatten duckten, lag die Bresche genau vor ihnen, rechts und links davon wuchs die Mauer wieder zu ihrer vollen Höhe empor. Vom Wehrgang kam kein Geräusch. Schwer zu sagen, ob dort Wachen standen.

Plötzlich hörte er von rechts ein leises Gemurmel. Wahrscheinlich Wachen auf dem Weg zu einem der Aufgänge. Jakob drückte Ernestines Hand, und sie begriff sofort. Mit ein paar lautlosen Schritten waren sie beim Torbogen und schlüpften hinein. Es war so dunkel, dass man die Hand nicht vor Augen sah.

Jakob streckte die Hand aus und fühlte Holz. Die Durchfahrt war mit einem Tor verschlossen, aber zum Glück war die Laibung des Bogens so tief, dass man darin abtauchen konnte. Wenn die Wachen nicht in die Gasse leuchteten, würden sie sie nicht entdecken. Jakob drückte sich eng an das Tor.

Das war ein Fehler.

Das Tor war nur angelehnt und gab mit einem leisen Quietschen ein Stück nach, dann stieß es mit einem dumpfen Geräusch gegen ein Hindernis.

«Hast du's auch gehört?», fragte eine Stimme hinter der Ecke. «Da war was.»

Jakobs Herz hämmerte. Er spürte Ernestine neben sich, aber er hörte sie noch nicht einmal atmen. Sie war wie ein Geist.

«Ich schau mal nach.» Eine andere Stimme.

Jakobs Gedanken rasten. Mit dem einem würde Jakob wohl fertig werden, ein schneller und gut gezielter Schlag, aber dann mussten sie rennen. Zum Glück hatte Ernestine lange Beine.

Der schwankende Lichtschein einer Laterne näherte sich. Jakob ballte die Faust.

Einen Augenblick später stand der Kerl vor ihnen. Und Jakob traute seinen Augen nicht.

Im Laternenlicht erkannte er das Gesicht von Hans.

Hans, der mit ihm zusammen die Pulverlieferung aus Warendorf in die Stadt eskortiert hatte.

Jakob legte einen Finger an den Mund. Hans nickte ganz leicht. Dann rief er über die Schulter: «Hier ist keiner!»

«Alles klar», rief jemand zurück. «Wir gehen schon weiter.»

Hans wies mit dem Daumen hinter sich zur Straße. Hob drei Finger. Zeigte nach oben und wedelte mit dem Zeigefinger. Wiederholte die Daumenbewegung zweimal, hob zwei Finger und zeigte dann auf die Laterne. Die Zeichensprache, die sie beim Mühlenberg verwendet hatten. Jakob verstand. Drei Mann auf Patrouille auf der Straße, niemand auf der inneren Mauer, zwei Mann mit Laterne auf dem Außenwall.

Der Blick von Hans wanderte zu Ernestine. Jakob sah ihm an, dass er Fragen hatte, aber weil er die jetzt kaum stellen konnte, lächelte er nur, hob die Laterne zum Gruß und verschwand.

Schritte und Gemurmel verklangen in der Ferne.

Jakob atmete auf. Er wartete, bis sein Puls sich etwas beruhigt hatte, dann huschte er zur Ecke und spähte nach rechts und nach links. Niemand war zu sehen.

Ernestine schloss zu ihm auf.

«Los», flüsterte er.

Es knirschte unter ihren Sohlen, als sie den hüfthohen Schuttberg erklommen und hinter einem stehen gebliebenen Mauerstück in Deckung gingen. Keine Schritte auf dem Wehrgang über ihnen und in der Straße hinter ihnen. Kein Alarmruf. Die erste Hürde war fast genommen.

Im Wasser des inneren Grabens schillerte die Mondsichel. Direkt vor der Bresche hatten Trümmer und Erde einen Damm gebildet, der den Graben zwar nicht ganz auffüllte, aber ein Durchwaten ermöglichte. Dahinter wuchs der Außenwall auf, gekrönt von einem Staketenzaun. Ganz rechts und ganz links waren die wuchtigen Anlagen des Mauritztors und des Hörstertors zu erkennen.

Er sah Ernestine an. Sie war ihm die ganze Zeit über

schweigend gefolgt, und jetzt blitzte in ihren Augen eine unbändige Tatenlust, die Jakob zum ersten Mal ahnen ließ, was sie in Wahrheit für ein Früchtchen war. Er begriff, dass es nicht die verzweifelte Suche nach Seelenheil oder Erleuchtung gewesen war, die sie in die Arme von Matthys getrieben, nicht der Glaube an das Weltgericht, der sie in der belagerten Stadt gehalten und nicht die unwiderstehliche Ausstrahlung von Bockelson, die sie in dessen Bett geführt hatte, sondern der Hunger nach Leben und Abenteuern. Sie suchte die Gefahr um ihrer selbst willen, und die Möglichkeit, dass sie von den Wachen doch noch geschnappt und am nächsten Tag dem tobenden Propheten vorgeführt werden könnte, schien sie nicht zu schrecken, sondern im Gegenteil zu erregen. Jakob dachte an Benoîts Worte bei ihrer ersten Begegnung: *Sie hätte auch mit einer Schauspieltruppe durchbrennen können oder mit fahrenden Gauklern. Sie hat sich zu Tode gelangweilt.*

«Los», sagte er noch einmal.

Und dann sprangen sie beide gleichzeitig auf, rannten den Schuttberg hinunter zum Wasser. Es war knietief, und zum Glück war der Graben hier vor allem mit Erde von der Mauerböschung angefüllt und kaum mit Trümmerteilen, zwischen denen man stecken bleiben, umknicken oder sich die Knöchel brechen konnte. Das Wasser spritzte und schäumte. Die Mondsichel zerriss.

Sie war schnell mit ihren langen Beinen, flog fast über das Wasser, und auf der Böschung des Außenwalls war sie immer noch gleichauf mit Jakob.

Als sie den Staketenzaun fast erreicht hatten, wurden sie bemerkt. Bei der Mauritztorbastion rief jemand etwas, kurz darauf erklang ein Horn.

Jakob warf sich mit seinem gesamten Gewicht gegen den Zaun, Latten brachen, Flechtwerk knirschte, und sein Gewicht reichte aus, um den Zaun so weit unten zu halten, dass Ernestine über ihn hinwegspringen konnte. Er rappelte sich hoch und folgte ihr. Die Außenseite des Walls war so steil, dass man sich eng an die Böschung pressen musste, um nicht herunterzufallen. Sie streifte den Kapuzenumhang ab, dann sprang sie, fast wie eine Gämse, mit ein paar Sätzen die Böschung hinunter und stürzte sich mit einem eleganten Sprung in den Außengraben, lustvoll wie für ein erfrischendes Bad.

Einen Augenblick später tauchte Jakob ein, machte ein paar Züge unter Wasser, spürte, wie die Kälte nach seiner Haut schnappte, tauchte auf, sah Ernestine schon ans andere Ufer steigen.

Hinter ihnen schrien jetzt mehrere Stimmen durcheinander. Wieder erklang das Horn. Ein Schuss fiel, sinnlos und aufs Geratewohl abgefeuert. Noch einer.

Jakob erreichte den Grabenrand. Sie stand schon da und wartete.

Zusammen rannten sie weiter. Die Wiesen waren seit dem Beginn der Belagerung nicht mehr gemäht und nicht mehr beweidet worden, sodass das Laufen in der triefenden Kleidung durch das hohe Gras anstrengend war. Doch wegen der Nähe der Belagerer hinter ihrer Erdschanze, die sich vor ihnen als dunkle Masse erhob, bestand nicht die Gefahr, dass man ein Tor öffnen und sie verfolgen würde. Aber was, wenn die in der Schanze ihre Flucht für einen tollkühnen Ausfall hielten und ihrerseits schossen? Das Geschrei, die Signalhörner und die Schüsse hatten sie wahrscheinlich längst auf sie aufmerksam gemacht.

Mit einem Zischen gab er Ernestine zu verstehen, dass sie stehen bleiben sollte. Neben einem Gebüsch knieten sie sich hin.

«Nicht weiter auf den Erdwall zu», flüsterte er keuchend und zeigte nach links. «Außenrum.»

Ernestine nickte. Sie war kein bisschen außer Atem.

Das Geschrei aus der Richtung der Stadt hatte sich gelegt. Sie hatten es aufgegeben. Auf den Bastionen von Mauritztor und Hörstertor war kein Licht mehr zu sehen. Auch oben auf dem Erdwall war alles dunkel. Sie waren im Niemandsland, und wahrscheinlich hielten sie auf beiden Seiten nach ihnen Ausschau, aber beim schwachen Licht des Sichelmondes waren sie in der dunklen Kleidung höchstens auf Steinwurfweite zu erkennen.

Jakob hoffte, dass sie es schaffen würden, sich vor Anbruch der Morgendämmerung zwischen den Lagern des bischöflichen Heeres durchzuschlängeln; der Ring war immer noch nicht lückenlos geschlossen.

Es gelang. Als sich das erste Morgenrot am Himmel zeigte, trafen sie auf eine größere Straße, die nach Osten führte.

Ernestine hatte die ganze Zeit kein einziges Wort gesagt, als wäre es ihr völlig gleichgültig, wer er war und wohin sie unterwegs waren. Oder als wollte sie sich überraschen lassen, weil sie jede Begegnung, die das Leben ihr bescherte, als Geschenk betrachtete, das sie langsam und genüsslich auspacken konnte. War das grenzenlose Naivität oder grenzenlose Abgebrühtheit? War sie Matthys auf die gleiche Weise gefolgt? Und gab es keine Fragen, die einem auf den Nägeln brannten, wenn man so einen Brief bekommen hatte? Warum fragte sie nicht danach? Wie sollte man aus diesem Mädchen schlau werden?

«Wohin gehen wir eigentlich?», fragte sie dann endlich doch.

«Nach Telgte», antwortete er. «Da besorgen wir uns Pferde.»

«Das Reiten hat mir gefehlt», sagte sie.

«Sonst nichts?»

Sie sah ihn an und wirkte plötzlich viel älter, als sie war. «Doch. Aber es fehlt einem ja immer das, was man gerade nicht hat. Darum bin ich ja abgehauen. Jan Matthys war die Verkörperung von allem, was ich nicht hatte.»

Wieder gingen sie eine Weile schweigend nebeneinander her. Er betrachtete ihr Profil und dachte wieder an Maria.

«Und wohin reiten wir, wenn wir uns Pferde besorgt haben?», fragte sie.

«Nach Brüssel.»

Sie schwieg sehr lange, als müsste sie sich zu der nächsten Frage durchringen, als fürchtete sie, damit doch etwas von sich preiszugeben, was sie hinter ihrer frühreifen Flapsigkeit zu verbergen versuchte.

«Von wem ist dieser Brief?», fragte sie leise.

«Ich weiß es nicht», sagte Jakob. «Ich weiß aber, wer diese Frage beantworten kann.»

«Die Statthalterin», sagte sie.

Er hätte sie gern gefragt, wie sie darauf gekommen war, aber er wollte sie nicht bedrängen, jetzt, wo sie sich plötzlich als verletzlich erwies.

Und ganz sicher würde er sie nicht bei Hoogstraten abliefern. Zuerst war Maria ihnen ein paar Antworten schuldig.

25

Goswin hatte es satt. Seine Pechsträhne wollte einfach nicht abreißen. Es war ein Fehler gewesen, das Hinterhaus in der Frauenstraße zu verlassen, um Merel de Jong loszuwerden, denn kurz nachdem er das Weite gesucht hatte, war deren Tochter plötzlich aufgetaucht, nach Auskunft der Nachbarn auf der Suche nach einem Mann und überdies eine wahre Augenweide. Aber da war es schon zu spät gewesen, denn sie hatte den erstbesten Holländer geheiratet und wohnte jetzt irgendwo bei der Servatiikirche am anderen Ende der Stadt. Diese verdammten Käsefresser machten sich nicht nur überall breit, sondern schnappten sich auch noch die schönsten Frauen, am besten gleich mehrere, es gab ja genug davon in dieser Stadt – nur für ihn, Goswin, offenbar nicht.

Und als wäre das nicht schon ärgerlich genug, hatte dieser Jakob van Heemskerk ihm ein Schnippchen geschlagen. Er hatte es tatsächlich geschafft, aus der Stadt zu entwischen, und zu allem Überfluss hatte er auch noch Ernestine mitgenommen, oder wie auch immer das Luder wirklich heißen mochte. Einen letzten Beweis gab es zwar nicht, aber alles sprach dafür, dass es sich bei den beiden Gestalten, die nach dem Aufstand vor den Augen der Wachen durch die Bresche in der Mauer geflohen waren, um den Holländer und die Französin gehandelt hatte, schließlich waren beide seitdem verschwunden. Vielleicht hatten sie Helfer gehabt, immerhin war die Mauritztorkompanie, die bis zum Aufstand unter Mollenheckes Kommando gestanden hatte, von aufrührerischen Elementen ja offenbar regelrecht durchseucht gewesen, aber die Befragung der Wachen hatte nichts ergeben.

Dass das aus Bockelsons Harem verschwundene Mädchen die besagte Französin war, wusste Goswin vom Chef der Leibwache des Propheten, den er bei ein paar Bier ausgefragt hatte. Sie hatte sich als Holländerin ausgegeben und war mit Matthys von Knipperdollings Haus in die berüchtigte Domkurie umgezogen. Als Bockelson nach dem Tod von Matthys den ganzen Harem übernommen hatte, war sie geblieben wie die meisten anderen auch. Goswin war ein paarmal unter irgendwelchen Vorwänden da gewesen und hatte sich die Herrlichkeit voller Neid angeschaut. Bockelson hatte die Mädchen in einem Hinterhaus untergebracht wie seltene Vögel in einer Voliere, und in den Nächten ließ er mal die eine, mal die andere zu sich kommen. Ernestine war einer dieser Vögel, aber Goswin hatte nicht herausgefunden, wer sie wirklich war, und obwohl er lange darüber nachgedacht hatte, war ihm nicht eingefallen, wie er sich an sie hätte heranmachen können, ohne sich verdächtig zu machen. Goswin hatte nichts in der Hand, und jetzt war es zu spät.

Der Spitzbart war nicht mehr bei ihm aufgetaucht, und jetzt war er tot. Goswin wusste inzwischen, dass er sich Bastiaan van Winterswijk genannt hatte. Er hatte den Namen in der Liste der Toten gefunden, und ihm war aufgefallen, dass er bei einem Einsatz ums Leben gekommen war, an dem auch Jakob van Heemskerk beteiligt gewesen war. Der Torschreiber hatte sich an den Spitzbart erinnert, der sich freiwillig für den Einsatz gemeldet hatte. Zufall war das mit Sicherheit nicht. Die hatten versucht, sich gegenseitig umzubringen, und Heemskerk war schneller gewesen. So musste es gewesen sein.

Und nun, vor ein paar Tagen, hatte sich herausgestellt, dass Torbecke und Heemskerk an der Verschwörung von Mollenhecke beteiligt gewesen waren. Heemskerk war abgehauen, und Torbecke hatte die Hinrichtung überlebt und war gelähmt.

Wie man hörte, pflegte seine Schwester ihn jetzt. Goswin ahnte, dass zwischen ihr und Heemskerk etwas gelaufen war, wie gesagt, die Holländer schnappten sich ja immer die schönsten Frauen.

Aber jetzt war der Holländer ja weg.

Zeit für einen weiteren Besuch. Das Haus kannte er ja schon.

Es war ein Sommertag, wie man ihn sich nicht schöner hätte wünschen können. Die Sonne stand hoch am Himmel, und wenn dieser verdammte Wall nicht gewesen wäre, den die Belagerer seit einiger Zeit zwischen Mauritztor und Hörstertor gegen die Mauern vorschoben, hätte man denken können, dass es in Münster noch bis in alle Ewigkeit so weitergehen würde. Der Bischof hatte Tausende von Bauern aufgeboten, um diese Erdwalze voranzutreiben, sie schaufelten vom Sonnenaufgang bis zum Sonnenuntergang, und wenn es so weiterging, würde der Wall in ein paar Wochen den Außengraben erreicht haben. Wahrscheinlich würden sie versuchen, das Wasser ablaufen zu lassen, und wenn sie sich nicht ganz so dumm anstellten wie beim ersten Mal, konnte es mit der Stadt der Auserwählten schnell vorbei sein. Wie die immer noch fast täglich eintreffenden Boten berichteten, hatte Franz von Waldeck neues Geld eingesammelt, neue Kredite aufgenommen, neue Kanonen bekommen und neue Söldner angeworben. Inzwischen hatten sie wirklich die ganze Welt gegen sich, also war es nicht verkehrt, sich auch ein paar Gedanken über die Zukunft zu machen. Goswin glaubte nicht mehr an den Weltuntergang, und er glaubte auch nicht, dass Knipperdolling das noch tat, aber der musste es natürlich weiterhin behaupten. Wenn es schlecht ausging, war es besser, dem Schwerthalter nicht allzu nahe gestanden zu haben. Schon deshalb hatte Goswin sich bei den Hinrichtungen immer im Hintergrund gehalten.

Goswin schritt zügig aus. Er passierte die Lambertikirche, deren Portal weit offen stand. Irgendwer predigte dort drin, der Stimme nach war es Klopriss, und wahrscheinlich war die Kirche leer, denn wie den anderen fiel Klopriss auch nichts mehr ein. Rothmann war der Einzige, der sich noch Mühe gab, aus der Heiligen Schrift die Begründung für immer radikalere Maßnahmen herauszuwringen. Das mit der Vielweiberei war schon ein Geniestreich gewesen. Als Nächstes würden sie wahrscheinlich eine alttestamentarische Monarchie ausrufen, mit Bockelson als strahlendem König David. Es gab nichts, was dem nicht zuzutrauen war.

Er bog in die Salzstraße ein. Torbecke hatte ein ansehnliches Haus, für das er nichts geleistet hatte. Nein, nicht Torbecke allein. Ausweislich des Wortgeldregisters war seine hübsche Schwester Mitinhaberin, ungewöhnlich angesichts der Tatsache, dass sie eine Frau war und weder Witwe noch Alleinerbin der Eltern. Aber wenn Torbecke starb, würde es ihr allein gehören. Und wenn sie heiratete, würde ihr Mann ihrerseits zum Erben. Die Schlüsse, die sich aus diesen Umständen ergaben, waren verlockend.

Als Goswin vor der Tür stand, fragte er sich, ob er klopfen oder einfach eintreten sollte. Er entschied sich für einen Mittelweg: klopfen und sofort eintreten. Höflich bleiben, aber zeigen, dass er sich jederzeit Zutritt verschaffen konnte.

Schon stand er im Korridor. Aus der Werkstatt im hinteren Bereich des Hauses drangen Hammerschläge. Torbecke, der gelähmte Meister, mochte im Bett vor sich hin vegetieren, aber der Geselle und die Lehrlinge arbeiteten weiter, schmiedeten Waffen für den Sieg, an den sie wahrscheinlich ebenso wenig glaubten wie er.

Offenbar hatte niemand sein Klopfen gehört. Goswin warf einen Blick durch die offene Tür zur Küche. Elsa, die beim letzten Mal so schön vor ihm gekuscht hatte, stand mit dem Rücken zu ihm und fuhrwerkte mit Schüsseln und Töpfen herum, einen ganz passablen Arsch hatte die, aber von vorn war die Hausherrin um Längen besser.

Er fand Katharina in der Stube. Vor dem Kachelofen war ein Bett aufgestellt worden, wahrscheinlich hatten sie den Schwerverletzten nicht die Treppe hochbugsieren wollen, aus Angst, ihm mit dem Geruckel und Geschiebe das Lebenslicht endgültig auszulöschen. Bockelson hatten sie damit einen Gefallen getan, schließlich hatte der die misslungene Hinrichtung kurzerhand zum Gottesurteil erklärt, und wenn Torbecke seinen Geist aushauchte, würde der Prophet blamiert dastehen wie seinerzeit Matthys nach der Exekution des angeblichen Gottesurteils gegen diesen besoffenen Schmied. Wie hatte der noch geheißen? Egal.

Sie bemerkte ihn nicht gleich, war zu beschäftigt damit, ihrem Bruder Suppe aus einer Schale einzuflößen, Löffel für Löffel. Was für ein Dasein. Wenn der Wille des Allmächtigen sich auf diese Weise äußerte, dann war er wohl eher ein Gott der Schadenfreude als ein Gott der Barmherzigkeit.

Jetzt wandte sie sich um. Ein bisschen mehr Entsetzen oder wenigstens Überraschung auf ihrem Gesicht hätte er schon erwartet, stattdessen sah er nur Verachtung, als wäre er ein Geier, der sich neben der Leiche niedergelassen hatte.

Wie sollte er jetzt ein Gespräch beginnen, ohne sie noch mehr gegen ihn aufzubringen? Ihre Verachtung ärgerte ihn, aber seine Wut auf Frauen im Allgemeinen war trotz aller Zurückweisungen noch nicht so groß, dass er es nicht lieber gehabt hätte, sie würden sich ihm freiwillig hingeben. Es war befriedigend, seine Macht auszuspielen, aber selbst in der Zeit, als es in dieser Stadt noch Bordelle gegeben hatte, hatte er lieber ein bisschen mehr bezahlt, damit sie sich ins Zeug legten und so taten, als machte es ihnen Freude, anstatt sie für wenig Geld zu demütigen. Aber diese hier würde weder das eine tun, noch das andere mit sich machen lassen.

«Ich bin's noch mal», sagte er. Kaum hatte er es ausgesprochen, kam er sich wie ein Idiot vor, und mit Erstaunen stellte er fest, dass seine Wut darüber sich nicht gegen ihn selbst richtete, sondern gegen sie.

«Was willst du?», fragte sie. Der patzige Ton machte es nicht besser.

«Ich suche nach dem Holländer, der hier einquartiert war», sagte er. Das klang immerhin nach einem dienstlichen Auftrag.

«Wie oft denn noch?», fragte sie. «Er ist nicht mehr hier. Ich weiß nicht, wo er steckt. Und ich habe andere Sorgen.»

Andere Sorgen, ja, die hatte sie. Der Schmied hatte die Augen geschlossen. Er musste noch stark geschwächt sein. Gut möglich, dass er am Ende doch ins Gras biss.

«Ich bin im Auftrag des Schwerthalters hier», sagte Goswin hochmütig. Klang gut, stimmte aber nicht und würde so oder so keinen Eindruck auf sie machen.

Sie sprühte jetzt vor Hass. «Der Schwerthalter hat meinem Bruder eine Kugel in den Rücken geschossen. Aber Gott scheint nicht gewollt zu haben, dass er stirbt.»

Gott, sah die gut aus in ihrer Wut. Aber dieses Gespräch war eine Sackgasse. Und weil Goswin ihr so nicht beikommen konnte, aber auch nicht den Rückzug antreten wollte, sagte er: «Was dagegen, wenn ich mich noch mal im Haus umschaue?»

«Ja.»

In der Werkstatt wurde immer noch gehämmert. Wenn sie jetzt den Gesellen und die Lehrlinge auf ihn hetzte, konnte es peinlich werden. Unter Umständen würden sie ihn aus dem Haus prügeln, und dann musste er Knipperdolling anbetteln, ihm Genugtuung zu verschaffen. Aber jetzt klein beizugeben, widerstrebte ihm dermaßen, dass er beschloss, das Risiko einzugehen.

«Dann muss ich es wohl ohne deine Erlaubnis tun.»

Sie folgte ihm nicht, als er die Treppe hochstieg.

Goswin betrat das Zimmer, in dem der Holländer gehaust hatte, und sah sich um. Die Sachen waren immer noch da, natürlich hatte Heemskerk sie bei seiner Flucht nicht mitschleppen wollen. Er war nie woanders gewesen als hier. Wo konnte man in diesem Raum etwas verstecken?

Goswin sah unter das Bett. Warum lag da ein Messer?

Er suchte den Boden nach Lücken ab. Fand eine zwischen zwei Dielenbrettern. Steckte das Messer in den Zwischenraum. Hebelte das Brett hoch. Hob eine der Latten darunter an.

Eine Ledermappe. Na also.

Das also waren die Aufzeichnungen von Jakob van Heemskerk. Trotz der vielen Abkürzungen verstand Goswin, was der Holländer in Münster getrieben hatte. E stand für Ernestine, B für Benoît. X, dessen Mörder, war Winterswijk, der Spitzbart, aber das hatte Heemskerk zu dem Zeitpunkt noch nicht gewusst. Goswin hatte also richtig vermutet: Winterswijk hatte Benoît in eine Falle gelockt und umgebracht. Aber wer war dieser H *am Hof in DH*? Und weiter: *das Verschwinden von E in DH* und: *Wenn E wirklich nicht die Tochter von H ist …* Und schließlich: *Wer ist E?* Heemskerk hatte es nicht gewusst. Ernestine galt als Tochter dieses H, aber vielleicht war sie es nicht. Wenn Leute sich gegenseitig umbrachten, um hinter dieses Geheimnis zu kommen, dann musste dieses Mädchen außerordentlich wichtig sein. Da sollte etwas nicht ans Licht kommen. Ernestine sollte aus Münster fortgeschafft werden, ohne dass jemand erfuhr, wer sie war.

Goswin nahm sich die anderen Papiere vor. Ein Stadtplan von Münster, ein Abriss der Täuferlehren auf Niederländisch und weitere Schreiben, teilweise gesiegelt, alle auf Französisch. Goswin verstand diese Sprache nicht, aber ein paar Begriffe sprangen ihm ins Auge, Namen von Orten, Zahlen. Ein Geleitbrief und ein paar Wechsel, mit denen man sich unterwegs Bargeld verschaffen konnte. *Chancellerie Royale*. Königliche Kanzlei. *La Haye*. Den Haag. DH. Aha. Der Hof in Den Haag. Gott, der Salamander! Das war das Wappentier des Königs von Frankreich!

Er raffte die Papiere zusammen und steckte sie in die Mappe zurück, dann ging er wieder nach unten. Katharina kniete immer noch vor dem Bett ihres Bruders. Er schien eingeschlafen zu sein, sie hielt seine Hand. Als sie Goswin hörte, wandte sie sich langsam um. Wieder diese Verachtung. Das konnte einen schon ein bisschen wütend machen.

Goswin hielt die Mappe hoch. «Das war unter einem der Bodenbretter versteckt. Schon mal gesehen?»

«Nein.»

Was bildete die sich ein?

«Ist das dein Haus oder nicht?», blaffte er.

Sie antwortete nicht.

«Es ist dein Haus», sagte er belehrend, und mit einem Nicken in Richtung ihres schlafenden Bruders: «Und seins. In diesem Haus wurde ein Aufstand geplant. Und unter den Dielen liegt umstürzlerisches Material. Wen wird man wohl verantwortlich machen?»

Sie wollte protestieren, riss sich aber im letzten Augenblick zusammen. Die Papiere hatten nichts mit Mollenheckes Aufstand zu tun, und genau das hatte sie sagen wollen, aber damit hätte sie zugegeben, dass sie das Zeug doch kannte.

Goswin trat einen Schritt näher. «Es sind schon Leute für weniger verhaftet worden. Und was soll eigentlich aus deinem Bruder werden, wenn du im Kerker sitzt und das Haus enteignet wird?»

Endlich wich die Verachtung aus ihrem Gesicht und machte einem maßlosen Entsetzen Platz.

«Tu das nicht», sagte sie leise.

«Es liegt ja nicht nur in meiner Hand», sagte er genüsslich.

Sie begann zu begreifen. Musste alle Kraft aufbieten, um ihren Abscheu niederzukämpfen, damit sie ihn nicht weiter gegen sich aufbrachte.

«Du brauchst einen Beschützer», stellte er fest.

Und zwar schnell, fügte er in Gedanken hinzu. Nicht dass Knipperdolling sie ihm noch wegschnappte, seit der Verkündigung der neuen Ehegesetze war der ja ständig auf Brautschau.

«Heirate mich, und du bist deine Sorgen auf einen Schlag los. Niemand wird auf die Straße gesetzt. Und dein Bruder bekommt alles, was er braucht.»

Sie biss die Lippen zusammen, atmete ein, atmete aus, wollte ihm nicht die Genugtuung verschaffen, sich an ihrer Machtlosigkeit zu weiden.

«Einverstanden», sagte sie.

Sie tat es nicht, um ihre eigene Haut zu retten. Sie tat es für ihren Bruder. Goswin sah, wie sie sich zusammenriss, ihren Hass und die Demütigung niederkämpfte, um den Schmied zu retten, obwohl sie am liebsten aus der Haut gefahren wäre. Er spürte eine gewisse Rührung bei so viel Liebe, und angesichts dieser überraschenden Empfindung fühlte er sich gleich wie ein besserer Mensch. Vielleicht fiel am Ende auch für ihn noch etwas von dieser Liebe ab, wenn er sich Mühe gab.

Hinter sich hörte er ein Geräusch. Elsa stand in der Tür, Angst im Blick. Sie wollte der Hausherrin helfen, vielleicht wiedergutmachen, dass sie sich bei seinem letzten Besuch verplappert hatte, aber sie wusste nicht, was sie sagen sollte.

Was für ein fügsames Mädchen. Eigentlich könnte man die ja auch noch heiraten. Schließlich war das Personal doch dafür da, die Herrschaften zu entlasten.

26

Im Kaminzimmer des Brüsseler Palastes hatte sich nichts verändert, und obwohl es Jakob vorkam, als wäre er jahrelang fort gewesen, hätte er den Raum mit geschlossenen Augen beschreiben können: die Bilder an der Wand, die Farbe der Kerzen, die sie beleuchteten, die Attribute von Macht und Frömmigkeit in den Händen der Porträtierten, die Vasen, die Leuchter, die gemeißelten Verzierungen am Kaminsturz und die in die Kristallgläser eingeschliffenen Ornamente. Wäre die Sorge um Katharina nicht gewesen, die in ihm bohrte wie eine glühende Nadel, er hätte sich dem angenehmen Gefühl hingeben können, nach Hause gekommen zu sein. Vier Tage lang war er mit Ernestine unterwegs gewesen. Vier Tage, die ihm vorkamen wie vier Monate. Ihr dagegen schien die anstrengende Reise überhaupt nichts ausgemacht zu haben, als handelte es sich nicht um eine Heimkehr, sondern um den Aufbruch in ein neues Abenteuer. Maria hatte ihr ein Gästezimmer herrichten lassen, und Jakob musste unwillkürlich grinsen bei dem Gedanken, dass sie sich nicht etwa schlafen gelegt hatte, sondern sich über irgendeinen Hinterausgang aus dem Palast gestohlen hatte, um sich in der Stadt herumzutreiben. Aber das war jetzt nicht mehr seine Verantwortung.

Maria sah mitgenommen aus, und sie war in einer düsteren Stimmung. Christina, ihre über alles geliebte Nichte, war nach

Mailand geschickt worden, wie der Kaiser es mit Sforza vereinbart hatte. Sie schrieb regelmäßig lange Briefe. Es schien ihr gut zu gehen, der Herzog behandelte sie zuvorkommend, und tatsächlich deutete nichts darauf hin, dass er das tat, was Maria am meisten befürchtet hatte: die Erfüllung ehelicher Pflichten von einer Zwölfjährigen einzufordern. Aber die Trennung setzte Maria zu. Zum zweiten Mal in ihrem Leben hatte sie den Menschen verloren, den sie am meisten liebte. Und weil es kein schwärzeres Schwarz gab als das, was sie schon vorher getragen hatte, war sie gekleidet wie immer. Das goldene Herz auf ihrer Brust glänzte.

Sie saßen schon seit drei Stunden hier. Jakob hatte in allen Einzelheiten von den Ereignissen in Amsterdam und in Münster berichtet, und sie hatte endlos viele Fragen gestellt. Viel mehr als für die Erfüllung seines Auftrags schien sie sich für Matthys und Bockelson zu interessieren, für die Lehren der Wiedertäufer und für das, was sie für so viele Menschen so anziehend machte. Als Jakob ihr den Inhalt des Briefes zusammenfasste, den er in Bastiaans Unterkunft gefunden und Ernestine übergeben hatte, verzog sie nur den Mund und ging mit keinem Wort darauf ein, als seien die darin behaupteten Ungeheuerlichkeiten nebensächlich oder ganz und gar aus der Luft gegriffen.

Jakob kannte Maria gut genug, um zu wissen, dass ihre Ungerührtheit nur gespielt war; mit der gleichen Contenance hatte sie alle Zumutungen ihres Lebens ertragen, seit sie mit einundzwanzig Jahren Witwe geworden war. Und dennoch würde Jakob diesen Raum nicht verlassen, ohne von ihr eine Antwort auf die Frage erhalten zu haben, die ihm auf den Nägeln brannte. Und sie wusste das natürlich.

«Dann stellen Sie mal Ihre Frage», sagte sie nach einer Weile. «Nicht, dass ich verpflichtet wäre, sie zu beantworten, aber Sie haben ganz schön viel auf sich genommen, um dafür zu sorgen, dass dieses Mädchen unbeschadet zurückkommt. Es gibt Leute, die die Wahrung ihres Geheimnisses mit dem Leben bezahlt haben. Der Kreis der Mitwisser ist klein. Sehr klein. Also fragen Sie schon, bevor ich es mir anders überlege.»

Jetzt war also der Augenblick der Wahrheit gekommen.

«Wer ist Ernestine wirklich?», fragte Jakob. Er horchte seiner Stimme nach. Ohne dass er das beabsichtigt hatte, hatte sie feierlich geklungen, als sagte er etwas auf.

Maria lächelte. «Ich sage Ihnen erst mal, wer sie nicht ist. Sie ist nicht Hoogstratens Tochter. Und ihre Mutter ist nicht irgendeine Mätresse.»

«Sondern?»

«Die Königin von Frankreich.»

Der Salamander. Die Königin von Frankreich war Marias ältere Schwester Eleonore. Verheiratet mit François, dem größten Haudegen unter Europas Monarchen, dem Mann, dem er, Jakob, bei Pavia das Schwert abgenommen hatte. *Ne croyez point de m'avoir vaincu.* So schloss sich der Kreis. Sein Leben im Krieg und sein Leben im Frieden fanden einen unerwarteten Berührungspunkt.

«Und jetzt verstehen Sie auch, warum diese Geschichte weder auf den Marktplätzen noch in den Vorzimmern der Thronsäle dieses Kontinents erzählt werden sollte», sagte Maria.

«Und wer ist ihr Vater?»

«Friedrich von der Pfalz. Ein feiner Mann, gebildet, voller Humor und Esprit und ein Freund meines Bruders. Karl hat ihn mir später auch mal als Bräutigam angeboten, aber ich war zum Glück schon willensstark genug, um das Angebot abzulehnen, und noch nicht abgebrüht genug, um es anzunehmen. Rücksicht auf Gefühle ist nicht gerade das Motto unserer Familie, aber das hätte ich Eleonore nicht antun können, nachdem Karl sie damals gezwungen hatte, die Mesalliance mit Friedrich aufzulösen. Die beiden waren ganz fürchterlich ineinander verliebt, aber mein Bruder hatte andere Pläne mit ihr. Und trotz der gewaltsamen Trennung hat Friedrich bei der Königswahl in Frankfurt zwei Jahre später für meinen Bruder gestimmt. Nächstes Jahr soll Friedrich eine andere Nichte von uns heiraten, und vielleicht wird er dann König von Dänemark. Das ist das Schöne an unserer Familie: Es geht kreuz und quer, aber man trägt sich nichts nach, und Männerfreundschaften halten einiges aus.»

Sie hatte das amüsiert gesagt, aber die Bitterkeit klang unüberhörbar durch.

Jakob erinnerte sich undeutlich an die Gerüchte, die vor sechzehn Jahren über die Liebelei zwischen Eleonore und Friedrich in Umlauf gewesen waren. *Hast du einen von denen gefragt, die behaupten, damals dabei gewesen zu sein?*

«Waren Sie damals dabei?», fragte Jakob.

«Nein. Ich war elf Jahre alt, und ich war in Mechelen. Aber ich weiß, wie es gelaufen ist. Mein Bruder fand einen Liebesbrief von Friedrich bei Eleonore. Sie musste schwören, dass es nicht zu körperlichem Umgang gekommen war, und als sich das als geschwindelt erwies, war sie schon im achten Monat. Mein Bruder war kurz vorher zum König der spanischen Reiche ausgerufen worden. Er sollte die Huldigung der kastilischen Cortes in Valladolid entgegennehmen und hatte beschlossen, dass Eleonore ihn zu begleiten hatte. Die Schiffe lagen im Hafen von Vlissingen zum Auslaufen bereit, aber sie hatte noch nicht entbunden. Karl schirmte sie ab und verschob die Abreise, angeblich wegen des schlechten Wetters. Nachdem sie das Kind zur Welt gebracht hatte, nahm man es ihr weg und erzählte ihr, es sei gestorben. Noch am selben Tag wurden die Anker gelichtet.»

Jakob dachte an den Brief. *Es war kein Sturm, der uns in Vlissingen festgehalten hat, und du bist nicht dort begraben.* Warum hatte Eleonore das geschrieben? Als Anspielung, die Ernestine verstehen würde, wenn sie die richtigen Fragen stellte?

«Als sie abgereist waren, wurde das Mädchen nach Den Haag gebracht und Hoogstraten anvertraut», fuhr Maria fort. «Ich sagte, Ernestine sei ein Kind der Liebe, und nichts ist wahrer als das, aber Hoogstratens Liebe hat sie nie gewinnen können, und die seiner Frau schon gar nicht. Die wurde nämlich nicht eingeweiht und denkt bis heute, Hoogstraten hätte hinter ihrem Rücken irgendein junges Ding geschwängert. Vielleicht ist Ernestine deshalb das geworden, was sie ist.» Maria dachte kurz nach, dann sagte sie: «Nein, wahrscheinlich nicht deshalb. Ich wurde geliebt und war genauso.»

«Und jetzt?», fragte Jakob.

«Sie bleibt in Brüssel. Hoogstraten wird mir die Füße küssen.»

«Warum ist Ihre Schwester ausgerechnet jetzt auf die Sache zurückgekommen?», fragte Jakob.

«Ich kann es nur vermuten. Sie war im letzten Jahr schwer krank. Ich glaube, sie hatte die ganze Zeit über ihre Zweifel an der Geschichte, die man ihr damals aufgetischt hatte. Und als sie dachte, dass ihre Tage gezählt wären, wollte sie Gewissheit und hat diesen Bastiaan van Winterswijk losgeschickt, oder wie auch immer er wirklich heißen mag. Der französische Hof beschäftigt mehr Spione und Ausputzer, als diese Stadt Einwohner hat. Winterswijk hat Ernestine aufgespürt und meine Schwester informiert, daraufhin hat sie ihm den Brief für ihre Tochter ausgehändigt, aber er konnte ihn nicht übergeben, weil Eleonore gerade mit dem Haarlemer Bäcker nach Amsterdam durchgebrannt war. Den Rest der Geschichte kennen Sie besser als ich.»

«Und werden Sie dafür sorgen, dass der Wunsch Ihrer Schwester in Erfüllung geht?», fragte Jakob.

«Wie sorgfältig Sie das formulieren. Was würden Sie denn an meiner Stelle tun?»

«Sie haben keine Wahl. Ernestine wird keine Ruhe geben. Und sie hat ein Recht, die Wahrheit zu erfahren.»

Maria zog die Stirn in Falten und sah ihn an, als wäre er nicht mehr zurechnungsfähig.

«Sie hat was? Wo haben Sie denn diesen Unfug her? Ich habe sehr wohl eine Wahl. Und es gibt kein Recht auf irgendeine Wahrheit, das über dem Recht der staatlichen Ordnung oder über meiner Verpflichtung zur Sicherung ihres Fortbestandes stehen könnte. Mein Bruder hat harte Entscheidungen gefällt, aber sie waren richtig. Das Maß an Gefühlen, die man sich erlauben kann, verhält sich antiproportional zum Maß an Verantwortung, die man trägt. Mit Sentimentalität regiert man keine Länder.»

Jakob lächelte. «Und trotzdem werden Sie den Wunsch Ihrer Schwester erfüllen.»

Sie lächelte auch. «Ja, das werde ich.» Und nach einer Pause: «Und Sie haben auch noch etwas zu erledigen, wenn ich mich nicht irre?»

Er nickte.

«Ich beurlaube Sie so lange wie nötig. Aber lassen Sie zwischendurch von sich hören. Nicht so wie beim letzten Mal. Sie werden es vielleicht nicht glauben, aber ich hatte Angst um Sie.»

27

Katharina wusste nicht, wo sie die Kraft hernahm, diese Mischung aus Kummer, Wut und Verzweiflung immer weiter auszuhalten, Tag für Tag, Woche für Woche. Aber vielleicht war es auch gar keine Kraft, sondern eher eine Hornhaut, die sich über ihre Seele gelegt hatte. Manchmal fühlte sie sich gar nicht mehr wie ein Mensch, noch nicht einmal wie ein Tier, sondern am ehesten wie eine Pflanze: durch Wurzeln zur Ortsfestigkeit verdammt, unfähig, sich den Umständen zu verweigern, ohne eigenes Zutun die lebensnotwendige Nahrung aufsaugend. Der Wind zerrte an ihr, ohne sie auszureißen, die wilden Tiere streiften um sie herum, ohne sie abzufressen. Und wenn der Kummer, die Wut und die Verzweiflung, die sie in Wellen überkamen, wieder abklangen, dann sagte sie sich, dass das vielleicht doch eine Art von Kraft war.

Goswin kam gelegentlich in den Nächten vorbei, um das einzufordern, was er für sein Recht als Ehemann hielt. Sie ließ es über sich ergehen wie eine Leiche, sodass er bald die Lust verlor und sich an Elsa schadlos hielt.

Die Eheschließung war ohne jede Zeremonie über die Bühne gegangen. Wahrscheinlich hatte Goswin sich das vor allem selbst ersparen wollen, weil er befürchtete, dass der Prediger den Widerwillen hinter Katharinas Gleichgültigkeit sah und Goswin nicht als stolzen Bräutigam, sondern als das armselige

Licht erkannte, das er war: einer, der sich ihre Notlage zunutze machte, um das zu bekommen, was sie ihm freiwillig niemals gegeben hätte. Vielleicht hatte Goswin auch Angst, sich den Spott von Knipperdolling einzuhandeln, denn obwohl sie kaum redeten, hatte Katharina verstanden, dass der Schwerthalter seinen Sekretär – oder was auch immer Goswin inzwischen für ihn war – gern ein bisschen herumschubste. Also war die Trauung nicht mehr gewesen als ein Eintrag in irgendeinem Register. Eine Woche später hatte er Elsa auch noch geheiratet, der konnte er sich wenigstens überlegen fühlen, auch wenn Goswin nicht den Anschein erweckte, dass dieses Dasein ihn wirklich befriedigte. Immerhin waren die schlimmsten Befürchtungen nicht eingetreten: Weder Katharina noch Elsa gegenüber gebrauchte Goswin absichtliche Demütigungen oder rohe Gewalt, um Unterwerfung zu erzwingen oder sich an ihrem Schmerz zu weiden. Vielleicht übertrieb er es auch deshalb nicht, weil Bruno, Ernst und Ludger immer noch im Haus waren, und ihre Loyalität gegenüber ihrem Meister und seiner Schwester war ungebrochen, auch wenn sie sich zähneknirschend ins Unvermeidliche fügten. Aber wenn Goswin es gewagt hätte, die Hand gegen Katharina oder Elsa zu erheben, hätte er wahrscheinlich Prügel bezogen.

Die beiden Frauen kamen einander in diesen Wochen und Monaten näher, als sie sich in den vorangegangenen Jahren jemals gewesen waren. Bis dahin hatten sie kaum persönliche Worte miteinander gewechselt, jetzt schüttete Elsa sich aus. Katharina begann, das unscheinbare Mädchen in ihr Herz zu schließen, und es war nicht nur das Leiden, das sie zusammenführte. Elsas Persönlichkeit, die sie bis dahin kaum beachtet hatte, bekam plötzlich eine Tiefe; Elsa, die Petersilie nicht von

Kerbel unterscheiden konnte, war keineswegs einfältig, sondern von einer gewitzten Gehässigkeit, die die Schwermut vertreiben konnte, wenn sie über ihren gemeinsamen Ehemann sprachen. Manchmal lachten sie zusammen, manchmal weinten sie zusammen.

Nach Ernestine hatte Goswin natürlich auch gefragt. Er hatte Katharina noch einmal die Unterlagen aus dem Bodenversteck unter die Nase gehalten und zu wissen verlangt, was sie zu bedeuten hatten, aber sie hatte vorgegeben, es nicht zu wissen. Er versuchte nicht, sie zu weiteren Auskünften zu zwingen, es war ja ohnehin nicht mehr von Bedeutung, denn Ernestine war weg, und Goswin konnte sich die Unterlagen nicht mehr zunutze machen. Vor allem aber vermied er es, auf Jakob zu sprechen zu kommen. Er ahnte, was Jakob für sie gewesen war, und er wusste, dass er dem Vergleich niemals würde standhalten können.

Die Gewissheit, dass es nicht bis in alle Ewigkeit so weitergehen konnte und dass es ein Wiedersehen mit Jakob geben würde, war wie ein Glutnest in ihrem Herzen, das jederzeit wieder entfacht werden konnte.

Andreas würde nicht sterben, allerdings wohl auch nie wieder laufen können. Er war bei klarem Verstand und bereute es nicht, sich an dem Aufstand beteiligt zu haben, und wenn er litt, dann weniger unter seinem Zustand als darunter, dass Katharina um seinetwillen in der Stadt geblieben war und schließlich sogar in die Ehe mit Goswin eingewilligt hatte. In den ersten Tagen hatte sie befürchtet, er würde sich das Leben nehmen, um sie aus dieser Verantwortung zu entlassen; sie hatte keine Messer und noch nicht einmal Gefäße aus Glas oder Ton in seiner Reichweite liegen gelassen, damit er sich nicht die

Pulsadern aufschneiden konnte, aber gerade in dieser furchtbaren Lage erwies sich bald, wie stark das Band und wie kompromisslos die Liebe zwischen den Zwillingen war: Sie wollte, dass er lebte, und dieser Wille war stärker als ihr Wunsch nach Freiheit. Wenn Andreas starb, würde die Hälfte von ihr mit ihm sterben, und wenn dieser Albtraum irgendwann endete, dann würde sie sein Selbstopfer spätestens von diesem Augenblick an als sinnlos empfinden. Andreas wusste, dass Katharina so dachte; sie wusste, dass er an ihrer Stelle nicht anders gedacht und gehandelt hätte, und aus diesem gegenseitigen Wissen entstand eine Vertrautheit, die ihr wie ein Wunder vorkam. Andreas und Katharina, Katharina und Andreas. Nichts stand zwischen ihnen außer der Viertelstunde, die sie früher als er auf die Welt gekommen war.

Die Herrschaft von Jan Bockelson würde enden; die Frage war nur, wen und was er alles mit sich in den Abgrund reißen würde. Drei Wochen nach Jakobs Flucht hatten die Belagerer einen zweiten Sturmangriff versucht, diesmal an mehreren Toren gleichzeitig, besser organisiert und entschlossener vorgetragen. Sie hatten die Befestigungen zur Vorbereitung vier Tage lang beschossen, hatten schließlich den Außengraben und den Außenwall überwunden und waren bis zur inneren Mauer vorgedrungen, dann aber zurückgeschlagen worden. Und wieder war die Hoffnung auf ein baldiges Ende des Irrsinns verflogen.

Bockelson und die Prediger sahen sich bestätigt: Selbstverständlich war es Gott gewesen, der die Feinde von den Mauern der heiligen Stadt zurückgetrieben hatte. Im übermütigen Taumel seiner vermeintlichen Unbesiegbarkeit ging Bockelson den letzten Schritt: Er ließ sich zum König ausrufen, aber nicht von einem der Prediger, sondern von einem windigen Goldschmied, Johann Dusentschuer, der plötzlich aufgetaucht war und Gottes Willen zu verkünden vorgab. Und natürlich hatte Bockelson selbst es in einer Vision schon vorher erfahren, und natürlich fielen die Prediger ein und beeilten sich, den Unsinn zu bestätigen. Es war eine unfassbare Posse.

Jetzt nannte Bockelson sich also *König auf dem Stuhl Davids*, womit angedeutet werden sollte, dass er den Thron nur freihielt für den, der nach ihm kommen und die Welt zuerst vernichten und dann erlösen würde. Bockelson hatte sich aus den eingeschmolzenen Münzen eine Krone und eine Kette schmieden lassen; er trug Hermelin und hielt sich einen Hofstaat aus Dutzenden von Personen mit hochtrabenden und königlichen Titeln: einen Kämmerer, einen Hofmeister, einen Mundschenk, einen Kredenzmeister, dazu Lakaien in roten und grauen Gewändern. Knipperdolling hieß jetzt Statthalter und war ansonsten weiterhin für das Enthaupten zuständig – eine Kunst, in der er immer geschickter wurde; Rothmann hieß jetzt Worthalter und predigte immer weniger von Liebe und immer mehr von Rache und Vergeltung. Wenn Bockelson Gericht hielt, saß er auf einem mit rotem Brokat bespannten Sessel, und auf dem Weg dorthin mussten zwei Pagen ihm das Schwert und die Bibel vorantragen.

Sein Harem wuchs weiter. Die Frauen waren inzwischen in der Dompropstei untergebracht, weil sie mehr Platz bot als das Hinterhaus der Kurie; angeblich war dort eine Tafel angebracht, auf der Bockelson jeden Tag einen kleinen Stift in ein Loch neben dem Namen der Glücklichen steckte, mit der er die Nacht zu verbringen beabsichtigte. Von Angela Kerkering hörte Katharina nichts mehr. Katharina hielt sich vom Domplatz fern, und Angela ließ sich nicht in der Salzstraße blicken. Wahrscheinlich traute sie sich nicht mehr, ihr unter die Augen zu treten. Katharinas Bruder war auf Befehl des Mannes in den Rücken geschossen worden, mit dem Angela das Bett teilte.

Wieder ein paar Wochen später zog Dusentschuer erneut durch die Straßen, blies in ein Horn und kündigte einen großen Auszug an. Man werde mit der gesamten Gemeinde gegen den Feind ausrücken und zuerst den Belagerungsring sprengen und dann ins gelobte Land auswandern, wo auch immer das zu finden sein sollte. Katharina, die kaum noch aus dem Haus ging, sah Dusentschuer durch die Salzstraße wandern, abwechselnd blasend und schreiend, und wieder keimte die Hoffnung in ihr auf, dass nun alles ganz schnell zu Ende gehen würde. Aber vielleicht erinnerte dieser Plan zu sehr an Jan Matthys und seinen Auszug am Ostertag, jedenfalls wurde er kurz darauf aufgegeben und stattdessen beschlossen, Apostel ausziehen zu lassen, die die Botschaft vom kommenden Reich Gottes in den Nachbarstädten verkünden und neue Anhänger versammeln sollten. Beim anschließenden großen Festmahl auf dem Domplatz köpfte Bockelson am Esstisch zwischen zwei Gängen eigenhändig einen Mann, der ihm nicht den gebührenden Respekt gezollt hatte. Immer wenn man glaubte, das Delirium könnte keine Steigerung mehr erfahren, wurde es noch ein bisschen schlimmer.

Bald trafen Nachrichten ein, dass alle ausgesandten Apostel verhaftet, eingesperrt und hingerichtet worden waren. Nur einer hatte aus dem Kerker fliehen können und war nach Münster zurückgekehrt. Seine Errettung wurde gefeiert wie ein Wunder.

Als klar war, dass die Belagerung auch nach dem zweiten

gescheiterten Sturmangriff weitergehen würde, wurden die Lebensmittelzuteilungen drastisch gekürzt. Überall entstanden Gemüsebeete, aber längst hatte der Herbst begonnen, sodass kaum noch etwas wuchs. Der Hunger hielt Einzug in der Stadt der Auserwählten. Hinrichtungen aufgrund von geringfügigen Vergehen häuften sich, vor allem wegen Diebstahls und dem Horten von Lebensmitteln, aber wenn der König auf seinem Richterstuhl gerade schlechte Laune hatte, konnte schon eine ungebührliche Äußerung reichen, um Bekanntschaft mit Knipperdollings Richtschwert zu schließen.

Und dann kam eine Nachricht von Jakob.

Es war ausgerechnet Angela Kerkering, die sie brachte.

Angela hatte sich in der Abenddämmerung ins Haus geschlichen wie eine Diebin. Sie wirkte gehetzt. Als ihr Blick auf den schlafenden Andreas fiel, schossen ihr die Tränen in die Augen, sie fiel Katharina um den Hals und weinte, als hätte sie selbst den Schuss abgegeben und begriffe erst in diesem Augenblick, was sie da getan hatte. Katharina hielt sie fest im Arm, bis das Schluchzen nachließ. Angelas Anteilnahme rührte sie, doch gleichzeitig missfielen ihr das Ausmaß und die Selbstverständlichkeit des Entsetzens ihrer Freundin – als wäre Andreas eine Last und nichts anderes, als wäre es besser für alle gewesen, wenn die Hinrichtung gelungen wäre, als wäre es keine gute Nachricht, dass er am Leben war, sondern eine schlechte. Mit der tränenreichen Zurschaustellung ihres Mitleids linderte Angela wahrscheinlich auch ihr schlechtes Gewissen, weil sie so lange nichts von sich hatte hören lassen.

«Ich kann nicht lange bleiben», sagte sie leise.

Dann reichte sie Katharina einen Papierumschlag. *Für Christian Kerkering* stand darauf.

Katharina sah sie fragend an.

«Schau rein», sagte Angela.

Der Umschlag war geöffnet worden. Ein zweiter kam zum Vorschein, etwas kleiner. *Für deine Tochter Angela.*

«Weiter.»

Ein dritter Umschlag: *Für deine Freundin. Von dem, der sich was traut.*

Katharina verstand die Anspielung nicht, aber sie begriff, von wem sie kam. Die Schrift war die gleiche, in der Jakob damals seine Fragen und seine Schlussfolgerungen zu Ernestine zu Papier gebracht hatte. Ihr Herz setzte einen Schlag aus.

Dieser dritte Umschlag war mit Siegellack verschlossen. Katharina riss ihn auf und fischte mit zitternden Fingern ein kleines Blatt heraus.

Ich bin da.

Nur die drei Worte.

Sie begriff, warum Jakob nicht mehr geschrieben hatte: Er wollte sie nicht in Schwierigkeiten bringen, falls der Brief die falschen Hände fiel. Er hatte ihr nur mitteilen wollen, dass er zurückgekehrt war, damit sie neuen Mut schöpfte. Er war da, irgendwo draußen. Er würde kommen. Es war, als wäre eine Tür aufgestoßen worden, durch die das Sonnenlicht hereinflutete.

«Das wurde bei meinem Vater unter der Tür durchgeschoben», sagte Angela.

Katharina wunderte sich, dass der dritte Umschlag nicht geöffnet worden war; immerhin gehörte Christian Kerkering zu den führenden Köpfen dieses Königreichs und konnte es sich nicht leisten, in seiner unmittelbaren Umgebung konspirative Umtriebe zu dulden. Und was war verdächtiger als so ein Brief?

Doch eins schien sich bei Christian Kerkering, dem Erbmann, trotz seines Gesinnungswandels nicht geändert zu haben: Er fraß seiner Tochter noch immer aus der Hand. Oder er hatte einen Rest von Anstand bewahrt. Oder er wurde inzwischen selbst von Zweifeln geplagt, ob er noch auf der richtigen Seite stand.

Angela schielte auf das Papier. «Du hast es gut.»

«Ist das dein Ernst?», fragte Katharina.

«Ja, das ist mein Ernst. Jan ist anders als vorher. Die Macht ist ihm zu Kopf gestiegen. Er ist so überzeugt von sich, dass er glaubt, andere nicht mehr überzeugen zu müssen. Er umgibt sich mit Leuten, die ihm nach dem Mund reden. Und seit dem Aufstand misstraut er jedem. Er sperrt uns ein. Er lässt uns bewachen. Wenn er rauskriegt, dass ich hier bin, ergeht es mir schlecht.»

Jetzt tat Angela ihr leid, aber gleichzeitig war Katharina erleichtert. Jan Bockelson hatte die Macht eingebüßt, die er eine Zeit lang über sie gehabt hatte. Er hatte das Blatt ausgereizt, und das war die beste Voraussetzung dafür, dass Angela wieder die Person werden konnte, die sie vorher gewesen war.

Die Idee mit den drei ineinandersteckenden Umschlägen war gut.

«Wie hat er diesen Brief in die Stadt bekommen?», fragte Katharina.

«Keine Ahnung. Aber ich habe eine Vermutung. Heinrich Graes. Der Apostel, der zurückgekommen ist. Vielleicht hat der in Wirklichkeit nie im Kerker gesessen.»

28

Jakob wusste, dass er wahrscheinlich keine Antwort auf seine Nachricht bekommen würde. Es war ja noch nicht einmal klar, ob sie die Adressatin erreicht hatte; es war ein Glücksfall gewesen, dass er überhaupt die Möglichkeit bekommen hatte, sie auf den Weg zu schicken.

Maria hatte ihn mit Geld und Vollmachten ausgestattet, die ihm eine Audienz bei Franz von Waldeck beschert hatten. Sie unterstützte den Bischof mit beträchtlichen Summen. Die Besprechung hatte auf der Iburg stattgefunden, kurz nachdem die von Bockelson nach Osnabrück ausgesandten Apostel verhaftet und in Ketten auf zwei Wagen dorthin gebracht worden waren. Einer von ihnen, Heinrich Graes, hatte seine Bereitschaft zur Zusammenarbeit signalisiert und den Bischof überzeugen können, dass er ihm noch von Nutzen sein konnte. Also war er von den anderen Gefangenen getrennt und ausgiebig verhört worden. Jakob war die Aufgabe zugefallen, die Angaben von Graes zu überprüfen und seine Glaubwürdigkeit zu beurteilen, weil er die Situation in Münster kannte. Graes schien es ernst zu sein. Nach einigen Tagen hatte Franz von Waldeck beschlossen, einen Versuch zu wagen: Graes sollte sich in die Stadt zurückschleichen und behaupten, aus der Haft entflohen zu sein. Dann sollte er die Pläne des Königs aushorchen und den Belagerern Bericht erstatten. Bei einer der Befragungen hatte Jakob ihm den Brief für Christian Kerkering zugesteckt.

«Kann man ihm vertrauen?», hatte Waldeck gefragt.

Sie hatten am Kamin gesessen, eine Situation fast wie mit Maria in Brüssel, nur etwas spartanischer: Die Iburg war eine zum Landschloss ausgebaute Festung und kein Hauptstadtpalast, die Porträts an den Wänden zeigten Grafen und Bischöfe, keine Könige und Kaiser, der Wein kam vom Rhein und nicht von der Loire, und die Diener näherten sich knarzend auf Holzdielen, anstatt über Teppiche zu schweben.

«Ich glaube, ja», hatte Jakob geantwortet. «Aber es spielt keine Rolle. Wenn er lügt, nutzt er ihnen genauso wenig wie uns. Wenn nicht, nutzt er nur uns. Wir haben also nichts zu verlieren.»

Waldeck sah aus, als hätte man ihn aufgeblasen: feistes Gesicht, hervorquellende Augen, wulstige Lippen, Knollennase, durchzogen von bläulichen Äderchen. Er trug keinen bischöflichen Ornat, sondern wattierte Jagdkleidung.

«Ihre Logik ist ja bezwingend. Was hatten Sie eigentlich in Münster zu schaffen? Man sagt, Sie kannten Bockelson persönlich.» Waldeck beugte sich vor, und auf einmal wirkte er besorgt. «Haben Sie meinen Sohn gesehen?»

«Ja. Bockelson beschäftigt ihn als Pagen. Aber es geht ihm gut.»

«Sagen Sie das nur, um mich zu beruhigen?», wollte der Bischof wissen. Es klang nicht besorgt, sondern sachlich.

«Warum sollte ich Sie beruhigen wollen? Wäre es nicht besser, wenn Sie beunruhigt wären?»

«Sie haben ein ganz schön loses Mundwerk. Ich bin ein Reichsfürst. Alle sagen mir, was ich hören will.»

«Es geht ihm gut», wiederholte Jakob. «Bockelson scheucht ihn herum, aber er wird ihm kein Haar krümmen.»

«Er könnte versuchen, mich zu erpressen, wenn es eng für ihn wird.»

Das stimmte. Jakob dachte an Bockelsons Worte. *Ich bringe ihm ein bisschen Demut bei, aber er muss natürlich am Leben bleiben. Vielleicht kann er uns später noch von Nutzen sein.* Das schloss nicht aus, dass er dem Bischof seinen Sohn in Einzelteilen ins Lager schickte. Ein Ohr oder einen Daumen vielleicht für den Anfang.

«Und würden Sie die Belagerung deshalb abbrechen?», fragte Jakob.

«Nein.»

Die Antwort war ohne Zögern gekommen, aber sie war Waldeck dennoch unangenehm. Er wollte seinen Sohn nicht opfern, aber er konnte sich auch keine Blöße geben. *Mit Sentimentalität regiert man keine Länder.* So hatte auch König François gedacht, als er seine eigenen Kinder in die Gefangenschaft gegeben hatte, um selbst freizukommen. Macht war wie ein Feuer, das die Herzen derer härtete, die sie besaßen.

«Was war denn nun Ihre Aufgabe in Münster?», fragte Waldeck, der offenbar das Thema wechseln wollte.

«Ein Sonderauftrag der Statthalterin.»

«Mein Gott, aus Ihnen kriegt man ja gar nichts raus. Kennen Sie Karnöffel?»

«Natürlich.»

«Dann lassen Sie uns eine Runde spielen.»

In den folgenden Wochen und Monaten blieb Jakob beim Belagerungsheer. Der Winter brach herein und ging ins Land.

Der Bischof beschaffte ihm eine Unterkunft in einer Herberge in Wolbeck und ließ ihn ab und zu kommen, um seine Meinung über die militärische Lage einzuholen. Die Stadt war inzwischen weitgehend abgeriegelt; die Schanzgräber hatten außerhalb der Reichweite der Kanonen einen geschlossenen Wall mit Palisade gezogen, der es den Belagerten weitgehend unmöglich machte, weitere Vorräte oder Munitionslieferungen in die Stadt zu schaffen.

In Münster griff der Hunger um sich. Überläufer berichteten von katastrophalen Zuständen: Das Mehl ging zur Neige, sodass auf allen freien Flächen in der Stadt Getreide angebaut wurde. Die Kuhherde, die täglich unter Bewachung vor dem Außengraben graste, wurde immer kleiner. Nachdem alle Schweine geschlachtet worden waren, kamen die Pferde an die Reihe.

Nur dem König und seinem Hofstaat fehlte es an nichts: Auf dem Berg Zion wurde geprasst und gefeiert, als gäbe es kein Morgen. Dennoch begehrte niemand auf. Wegen der drakonischen Strafen fehlte den Bürgern der Mut zu einem weiteren Aufstand, wegen des Nahrungsmangels fehlte ihnen die Kraft. Hungernde schleppten sich mutlos durch die Straßen und über die Plätze, auf denen das Gras zwischen den Pflastersteinen spross. Bockelson und seine Prediger machten täglich ihre Runden auf den Mauern und kündigten die baldige Erlösung an, drohten abwechselnd mit göttlichen und irdischen Strafen und erklärten die Misere damit, dass die Gemeinde ihre Sünden immer noch nicht eifrig und nicht aufrichtig genug gebüßt hatte. Regelmäßig wurden Briefe aus der Stadt geschossen, die den Belagerern mit Hölle und Verdammnis drohten. Das Wiedertäuferreich lag im Todeskampf und hörte dennoch nicht auf, mit den längst stumpf gewordenen geistlichen Waffen um sich zu schlagen. Ein von Rothmann verfasstes Pamphlet kam in Umlauf, ein wirres Gegeifer voller Bibelzitate, in denen das bevorstehende Gottesgericht beschworen wurde. Derweil machten die Hungernden in Münster Jagd auf Hunde und Katzen.

Und dennoch zögerte der Bischof, einen dritten Sturmangriff anzuordnen. Seine Söldner hatten seit Monaten kein Geld mehr gesehen und weigerten sich, ihr Leben noch einmal aufs Spiel zu setzen. In den Lagern kam es zu Meutereien, Offiziere wurden verjagt, ganze Kompanien stahlen sich davon, sodass die Belagerer bald nur noch über die Hälfte der Truppen verfügten und sich darauf beschränkten, die Zufahrtswege zu bewachen. Wie die Aasgeier lauerten sie darauf, dass die ausgehungerte Stadt endlich von selbst die Tore öffnete. Die Beute konnte ja nicht davonlaufen.

Das Davonlaufen wurde auch für die Verteidiger immer schwieriger: Bockelson stellte die Wachen ständig neu zusammen, schleuste Spitzel in die Wachmannschaften ein und ließ auf jeden schießen, der sich unerlaubt entfernte. Einige ertranken auf der Flucht im Graben. Andere schafften es bis ins Vorfeld und wurden von den Belagerern niedergemacht. Nur wenige kamen überhaupt so weit, dass sie sich jemandem lebendig vor die Füße werfen konnten.

Jakob hatte ein Dutzend dieser Überläufer nach Katharina befragt, aber niemand kannte sie. Von dem gelähmten Schmied in der Salzstraße hatten einige gehört, schließlich hatte die verpatzte Hinrichtung für einiges Aufsehen gesorgt, aber ob er immer noch lebte, wusste keiner, geschweige denn, was seine Schwester machte. Jakob fürchtete schon, sie sei nicht mehr am

Leben, verhungert, an irgendeiner Mangelkrankheit gestorben oder doch noch als Mitwisserin der Verschwörung hingerichtet worden.

Und so verging die Zeit zermürbend langsam mit Warten, Beobachten, Beraten und Karnöffelspielen. Manchmal kam es Jakob vor, als läge der Abschied von Katharina Jahre zurück, dann wieder sah er ihr Gesicht beim Abschied in der Salzstraße so deutlich vor sich, als hätte er die Stadt eben erst verlassen.

Er schrieb mehrere Briefe an Maria und berichtete alles, was sich im Lager und vor der Stadt tat. Ihre Antworten sagten viel über die schwankenden Stimmungslagen aus, denen sie unterworfen war. Einmal schrieb sie: *Ist Waldeck immer noch so fett? Andernfalls richten Sie ihm aus, dass er selbst über die Mauer steigen soll für das ganze Geld, das ich ihm geschickt habe.* Ein anderes Mal hieß es: *Wenn wir dieses Nest nicht bald ausräuchern und die Eier zertreten, wird da eine Brut ausschlüpfen, die wir nicht mehr einfangen können.*

Tatsächlich stachelte der anhaltende Widerstand der Münsteraner die Wiedertäufergemeinden in Holland zu einem verzweifelten Aufstand an. Ausgerechnet Jan van Geelen, der Jakob damals in seinen Dienst als Leibwächter eingewiesen hatte, war durch die Linien der Belagerer geschlüpft und stiftete im Frühjahr nun Unruhe im ganzen Land. In Amsterdam hatte eine Gruppe von Wiedertäufern das Rathaus zu stürmen versucht; bei Leeuwarden war ein Kloster besetzt und wochenlang verbissen verteidigt worden. Hoogstraten zog mit der Armee durch das Land, um die Glutnester auszutreten. Doch niemand schickte Unterstützung zur Stadt der Auserwählten.

Während dort mit dem Osterfest ein letzter von Bockelson verkündeter und von kaum jemandem noch geglaubter Termin für das Endgericht verstrichen war, machten die Menschen Jagd auf Ratten und Mäuse, und die Hungernden fielen auf der Straße vor Entkräftung tot um.

Eines Tages öffnete sich ein Tor, und ein Schwall von mehreren Hundert halb toten Gestalten taumelte ins Vorfeld der Befestigungsanlage: Alte, Frauen, Kinder. Bockelson hatte tatsächlich alle aus der Stadt geworfen, die keine Waffe halten oder ihm bei Tisch oder im Bett zu Diensten sein konnten. Das Reich Gottes war damit endgültig zum Gegenteil dessen geworden, was es irgendwann einmal hatte sein sollen.

Und dann, im späten Frühling, kam endlich Bewegung in die Sache.

Angela Kerkering war die Flucht gelungen.

Und sie war nicht allein geflohen, sondern mit Christoph von Waldeck, dem Sohn des Bischofs, den Jakob bei Bockelson als Diener gesehen hatte. Und weil Franz von Waldeck ihn nicht nur als Berater schätzte, sondern auch als Karnöffelspieler, erfuhr Jakob als einer der Ersten davon.

Angelas Vater hatte dafür gesorgt, dass seine Tochter aus der Stadt geschleust wurde. Dass Christian Kerkering ausgerechnet dem Sohn des größten Feindes der Stadt ebenfalls die Flucht ermöglicht und seinem König damit eine wertvolle Geisel entzogen hatte, konnte Jakob sich nur so erklären, dass der Erbmann begonnen hatte, für die Zeit nach dem Ende der Wiedertäuferherrschaft vorzusorgen.

Jakob traf Angela im Drostenhof von Wolbeck, wo eine große Zahl von Rittern einquartiert war. Im Hof herrschte ein reges Kommen und Gehen, beschlagene Hufe klapperten auf Steinpflaster, Männer in Eisen stapften mit wichtiger Miene umher, Knappen schleppten Wasser, füllten Tröge, kämmten Mähnen, legten Sättel auf, zogen Riemen fest.

Sie saß auf einer Bank in der Sonne. Jakobs Herz hämmerte. Er schwankte zwischen Angst und Hoffnung, wie so oft in den Monaten seit seinem Aufbruch, aber jetzt verdichteten sich diese Gefühle zu einer solchen Wucht, dass sie sich im Takt seines Herzschlags gegenseitig zu überwältigen versuchten.

Angelas schiefes Lächeln war schwer zu deuten.

«Sie lebt», sagte Angela.

Er atmete auf. «Und Andreas?»

«Lebt auch. Wenn das ein Leben ist.»

Sie berichtete kurz von dem bejammernswerten Zustand des Schmieds, aber Jakob hörte kaum hin. Da war noch etwas.

Er setzte sich neben sie auf die Bank. Sie war blasser, müder, wenn auch nicht abgemagert wie die Überläufer. Am Hof des Königs fehlte es wohl wirklich nicht an Nahrung. Aber noch etwas hatte sich verändert. Als Jakob sie das letzte Mal gesehen hatte, in Bockelsons Garten, war sie verärgert gewesen, voller Energie, wie kurz vor dem Platzen; jetzt war ihr Gemütszustand eine Mischung aus Erleichterung über ihre eigene Rettung und Zerknirschtheit über die Misere ihrer Freundin.

Die worin bestand?

«Was ist mit ihr?», fragte er.

«Sie hat ...» Angela stockte, suchte nach Worten, begann noch einmal neu. «Dieser Goswin hat sie gezwungen, ihn zu heiraten. Er hält sich für ihren Beschützer.»

Die Nachricht traf ihn, aber nicht so, wie er es erwartet hatte. Nach allem, was man hörte, hatten die Wiedertäufer mehr oder weniger alle unverheirateten Frauen zur Ehe genötigt. Jakob hatte sich oft die Frage gestellt, ob es Katharina auch getroffen hatte, und in seinen schlimmsten Befürchtungen war sie auch bei Bockelson oder Knipperdolling gelandet, aber so, wie Goswin ihm in Münster erschienen war, war das keiner, der ihren Willen brechen würde.

«Wohnt er mit ihr im Haus?», fragte er.

Die Wut kam jetzt doch.

«Nein, er kommt nur gelegentlich vorbei. Sie verweigert sich ihm.»

Sagte sie das, um ihn zu beruhigen?

«Er scheint zu dem Schluss gekommen zu sein, dass es mit der Zeit besser werden wird, also hat er sich etwas zurückgezogen», fuhr Angela fort. «Er glaubt nicht mehr an den Propheten.»

«Du offenbar auch nicht», sagte Jakob etwas schnippisch.

«Ich habe nie an ihn geglaubt. Das ist ja das Schlimme. Dass man auf Männer reinfällt, obwohl man die ganze Zeit weiß, dass man ihnen kein Wort glauben kann. Dass mir das passieren würde, hätte ich nie gedacht. Aber inzwischen ist Bockelson vollständig wahnsinnig geworden.»

Ein paar Schritte von ihnen entfernt stieg ein Ritter in voller Rüstung über eine Trittleiter auf sein Pferd. Ein Vogel sang.

«Es ist bald so weit», sagte er. «Sie können nicht mehr lange durchhalten.»

Hoffentlich kann *sie* noch durchhalten, bis es vorbei ist, dachte er.

Zur gleichen Zeit war es kurz hintereinander zwei weiteren Überläufern gelungen, in eins der Lager zu gelangen, ohne vorher von den eigenen Leuten oder von den Feinden abgeschlachtet zu werden: Heinrich Gresbeck und Hans von der

Langenstraten. Sie boten dem Bischof an, den Belagerern einen Weg in die Stadt zu zeigen.

Gresbeck und Langenstraten hatten ihr Leben in die Waagschale geworfen, und jetzt mussten sie zeigen, dass das, was sie anzubieten hatten, diesen Preis auch wert war. Gresbeck, der Schreiner war, baute ein Modell des Kreuztors aus Holz nach. Als es fertig war, lud der Bischof seine Kommandeure, die Kompanieführer, die Kriegsräte und einige der Gesandten der verbündeten geistlichen und weltlichen Staaten, die wissen wollten, was mit dem Geld geschah, das sie Waldeck geliehen hatten, zu einer Besprechung.

Jakob hatte um Zutritt zur Versammlung gebeten, der Bischof hatte ihm das gewährt. Es war ihm nicht entgangen, dass Jakob regelmäßig Briefe von der Statthalterin bekam.

Als es so weit war, drängten sich an die dreißig Männer in der Scheune des Bauernhofes beim Söldnerlager im Norden der Stadt, wo Gresbeck sein Modell in einem großen, mit Erde gefüllten Kasten aufgebockt hatte. Draußen war es warm. Das Tor der Scheune war weit geöffnet, und durch die Ritzen in den Wänden fielen Lichtstrahlen herein wie Messerklingen. Staubkörner tanzten. Insekten summten. An der Rückwand der Scheune war ein langer Tisch mit Erfrischungen aufgestellt worden. Auf Diener hatte Waldeck verzichtet. Je weniger Menschen von dem Plan erfuhren, der hier gleich geschmiedet werden sollte, desto besser.

Nachdem Waldeck, diesmal in Rüstung und überflüssigerweise mit Helm unter dem Arm, um Ruhe gebeten hatte, trat Gresbeck vor. Er war unrasiert und hatte tief liegende Augen, als hätte er die letzten Nächte nicht geschlafen. Er verbeugte sich etwas ungelenk und begann, sein Modell zu erläutern.

Gresbeck hatte Gräben und Wälle aus Erde geformt und alle Bauwerke aus Holz gezimmert: die Brücke über den Außengraben, die vorgelagerte Bastion auf dem Außenwall, den Steg zum inneren Tor, das Tor selbst und die anschließende Mauer.

Jakob hatte nie am Kreuztor Wache gehalten, aber der Vortrag von Gresbeck, der dort eingeteilt gewesen war, erschien ihm schlüssig. Der wollte es jetzt richtig machen. Er hatte einen kleinen Stock in der Hand, mit dem er seine Ausführungen veranschaulichte.

«Wie man sieht, verläuft die Durchfahrt mitten durch die äußere Torbastion», erklärte er. «Am äußersten Punkt der Bastion, genau über der Brücke, die über den Außengraben hineinführt, sitzt ein Meisenkasten auf der Brüstung, in dem die Wachen bei Regen immer Unterschlupf suchen.» Der Zeigestock wanderte an der Rundung der Bastion entlang bis zu einer kleinen Ausbuchtung weiter links. «Hier, wo der Wall an die Bastion stößt, befindet sich ein kleines unbesetztes Seitenrondell. Es liegt tiefer als die große Bastion, sodass es von der Grabenböschung aus leichter zu erklettern ist. Vor allem aber liegt es vom Meisenkasten aus gesehen im toten Winkel.»

Wirich von Daun, der als Feldhauptmann den Oberbefehl über das Belagerungsheer hatte, meldete sich zu Wort. Er war groß und breitschultrig und trug geschlitzte Kleidung nach Landsknechtsmanier.

«Mit anderen Worten: Man kann den Außenwall an dieser Stelle in zwei Etappen ersteigen. Man braucht nur halb so lange Leitern und ist schneller oben, wenn man die erste Etappe unbemerkt geschafft hat. Ist das so?»

«Es ist sogar noch besser», sagte Gresbeck stolz. «Man

braucht vom Nebenrondell aus gar nicht auf den Außenwall zu steigen, weil es einen unversperrten seitlichen Zugang zur Bastion gibt. Von dort aus kommt man also ungesehen zur Durchfahrt unter der Plattform und auch auf den Außenwall und kann sich die Wachen dort vornehmen.»

Einer der Kompaniehauptleute, ein gedrungener Kerl namens Wilken Steding, den Jakob schon mehrmals bei den Besprechungen mit Waldeck getroffen hatte, grinste breit. «Und wenn man nicht gleich den ganzen Stoßtrupp vorschickt, werden die gar nicht merken, dass sie Angreifer vor der Nase haben, sondern glauben, dass es ihre eigenen Leute sind. Weil sie von innen kommen.»

«Richtig», sagte Hans von der Langenstraten, ein schon leicht ergrauter Schlaks, der die ganze Zeit über hinter Gresbeck gestanden und offensichtlich nur darauf gewartet hatte, das Wort zu ergreifen, um zu beweisen, dass auch er einen Anteil an diesem brillanten Angriffsplan hatte. «Und das ist nicht der einzige Vorteil dieser Stelle. Sie ist nämlich nicht nur von der Torbastion aus schlecht einsehbar, sondern auch vom Außenwall aus. Die Wachen pendeln bei ihren Patrouillen immer zwischen Kreuztor und Jüdefelder Tor hin und her. Genau in der Mitte zwischen den beiden Toren liegt ein Sperrwerk. Es soll eigentlich verhindern, dass der ganze Graben leerläuft, wenn er an einer Stelle angestochen wird, aber es behindert auch die Sicht auf den Graben beim Kreuztor vom Jüdefelder Tor aus. Sobald die Wachen also beim Jüdefelder Tor sind, sehen sie nicht mehr, was am Kreuztor passiert. Man muss nur abwarten, dass sie weit genug entfernt sind.»

«Gut», sagte Wirich von Daun. «Angenommen, der Stoßtrupp schafft es auf die Bastion und macht alle Wachen dort unschädlich. Wie kommen die Männer über den Innengraben und durch das Tor?»

«Mit der Parole», übernahm Gresbeck wieder. «Wir lassen einen von ihnen am Leben und quetschen mit dem Dolch an der Kehle die Parole zur Öffnung des Innentors aus ihm heraus. Sie wird jeden Tag neu ausgegeben. Wenn einer oder zwei unserer Leute über die Brücke zum Tor gehen und das richtige Wort nennen, werden die Wachen die Zugbrücke hochziehen und das Tor öffnen, sofern bis dahin kein Alarm gegeben wurde. Die anderen sichern den Durchgang, und der ganze Rest stürmt hinterher. Und dann können sie ruhig anfangen zu schreien.»

«Und wie kommt der Stoßtrupp über den Außengraben?», fragte Wirich von Daun. Jakob sah, dass der Plan ihm gefiel, aber er wollte überzeugt werden.

«Eine Schwimmbrücke», sagte Gresbeck. «Holzlatten und Reisig, damit es nicht klappert.»

«Die muss man erst mal unbemerkt zum Graben schleppen», gab Steding zu bedenken.

«In drei Wochen ist Neumond», sagte Gresbeck. «Wir tragen die Brücke so weit an den Graben heran, dass die Wachen sie nicht sehen, und dann warten wir, bis die Patrouille zum Jüdefelder Tor aufbricht. Es wird stockdunkel sein, also werden sie Fackeln tragen. Wir sehen immer, wo sie sind, aber sie sehen uns nicht.»

«*Wir?*», fragte Wirich von Daun. «Wer ist eigentlich *wir?*» Jakob begriff, dass es ihn eigentlich nicht interessierte. Er wollte, dass Gresbeck und Langenstraten Farbe bekannten. Wenn der Plan wirklich etwas taugte, dann sollten sie selbst gefälligst auch dafür geradestehen.

«Ich kann schwimmen», sagte Gresbeck. «Ich ziehe die Brücke rüber. Gebt mir ein paar Handwerker, und das Ding ist in ein paar Tagen einsatzbereit.»

«Ich führe den Stoßtrupp», sagte Langenstraten bereitwillig.

Wirich von Daun wandte sich an den Bischof, der während der Beratungen den Brustpanzer abgelegt hatte und aus allen Poren schwitzte. «Was meinen Sie?»

Waldeck zuckte mit den Schultern. Seine Gleichgültigkeit war gespielt. Er brannte für den Plan. Seine Augen leuchteten.

«Was haben wir zu verlieren?», fragte er leichthin. «Zwei Überläufer, die wir andernfalls aufgehängt hätten, und zwei Dutzend Männer. Jeder Sturmangriff kostet uns zehnmal so viele Männer und jede weitere Woche, die wir warten, auch.»

Alle nickten. Gresbeck und Langenstraten atmeten auf. Alles war besser, als aufgehängt zu werden.

Waldeck gab dem Befehlshaber einen Wink mit seiner beringten Hand. «Besorgen Sie ihnen alles, was sie brauchen. Handwerker, Freiwillige. Dreifacher Sold. Veranlassen Sie das.»

Damit war die Versammlung aufgelöst. Die Offiziere begannen zu schwatzen. Einige scharten sich um das Erdmodell, wiederholten das Gesagte, zeigten hierhin und dorthin.

Jakob trat zu Waldeck. «Ich will dabei sein», sagte er. «Ganz vorne.»

Der fette Bischof lächelte listig. «Sie können es ja gar nicht abwarten, sich ins Getümmel zu stürzen», sagte er. «Von wegen Sonderauftrag. Mir scheint, Sie haben da ein ganz persönliches Eisen im Feuer.»

Knapp drei quälend lange Wochen später war es so weit. Die Nacht war so dunkel, dass sie sich unbemerkt dem Außengraben nähern konnten, aber nicht so tintenschwarz wie manche Winternächte, in denen man die Hand vor Augen nicht sah. Es war gegen Mitternacht, zwei Tage vor Neumond. Ein leichter Regen fiel vom Himmel, der das Vorfeld der Befestigungen von Münster in schmutzigem Dunkelgrau überspannte – glaubte man Gresbeck, waren es ideale Bedingungen für den Angriff: Die Wachen würden sich unter die Schutzdächer und in den Meisenkasten zurückziehen, um nicht nass geregnet zu werden.

Jakob ging direkt hinter der von Gresbeck angeführten Gruppe, die die Schwimmbrücke schleppte, ein sperriges Ungetüm, das in fünf eingerollte Segmente zerlegt worden war, die sich mit Haken verbinden ließen, damit man sie überhaupt tragen konnte. Die Männer waren in der Dunkelheit nur so gerade eben zu erahnen. Sie gingen langsam und gebückt. Das Gras raschelte. Hinter Jakob folgte Langenstraten mit einer größeren Gruppe, die nachrücken sollte, sobald der Stoßtrupp das Tor geöffnet und gesichert hatte.

Auf dem Wall war die Patrouille zu erkennen, die sich mit der Fackel langsam auf das Jüdefelder Tor zubewegte.

Als sie sich der Bastion bis auf doppelte Steinwurfweite genähert hatten, ließ die Gruppe von Langenstraten sich zurückfallen. Gresbecks Stoßtrupp schwenkte nach rechts ein, um außerhalb der Sichtweite des Meisenkastens an den Graben heranzukommen. Der Wall lag vor ihnen wie ein schlafender Lindwurm. Kein Geräusch war zu vernehmen.

Das Fackellicht verschwand, weil die Wachen jetzt vom Sperrwerk verdeckt wurden. Kurz darauf hatten die dreißig nur als Schatten zu erahnenden Männer des Stoßtrupps den

Graben erreicht. Gresbeck ließ sich lautlos ins Wasser gleiten. Unendlich langsam wurde das erste Segment entrollt wie ein Läufer. Zwei Männer standen hüfttief im Wasser und passten auf, dass sich nichts verkeilte. Das zweite Segment wurde angereicht und eingehakt.

Dann das dritte.

Dann das vierte.

Dann das fünfte.

Gresbeck hatte die Grabenböschung auf der anderen Seite erreicht und stieg langsam aus dem Wasser. Über ihm ragte das Nebenrondell in der Auskehlung zwischen Bastion und Außenwall auf. Oben blieb weiterhin alles ruhig. Einer nach dem anderen krochen die Männer über die Schwimmbrücke, langsam wie Schnecken, um nicht das Gleichgewicht zu verlieren und kein Geräusch zu machen. Jakob blickte sich um: Langenstraten und seine Leute waren nicht mehr zu sehen. Sie warteten irgendwo dort hinten in der Dunkelheit.

Jakob ging in die Hocke, tastete nach dem Holz, stützte sich auf. Die Brücke schwankte. Wasser quoll durch die Lücken zwischen den Latten. Er schob sich vor und setzte das rechte Knie auf, dann das linke. Die Brücke stabilisierte sich. So kroch er voran. Der Geruch von Algen und Moder stieg ihm in die Nase. Befestigungsgräben waren die reinsten Kloaken; noch schlimmer waren die Innengräben, weil von den Mauern regelmäßig Kübel voller Exkremente und Essensreste ausgekippt wurden.

Als er wieder festen Boden unter den Füßen spürte, hatten die anderen schon eine Leiter, die sie schwimmend durchs Wasser gezogen hatten, an das Nebenrondell angelegt. Die Sprossen knarrten leicht, als sie hinaufstiegen. Jemand klopfte ihm ermunternd auf die Schulter. Dann stieg er ebenfalls hinauf. Sprosse für Sprosse, die Füße aufsetzend wie eine Katze, die durch Scherben läuft.

Die Plattform des Rondells war so klein, dass sie sich kaum bewegen konnten. Der Rand der Bastion war eine Mannslänge über ihnen, man hätte die Leiter hochziehen und hinaufsteigen können, aber das war nicht nötig: Der Durchgang ins Innere der Bastion war offen. Ein schwacher Lichtschein glomm im Gang dahinter. Wahrscheinlich saßen dort ein paar Wachen.

Gresbeck huschte hinein, verschwand hinter einer Biegung, Jakob blieb mit den anderen zusammengedrängt stehen. Sie trauten sich kaum zu atmen.

Gresbeck kam zurück. Im Widerschein der Fackeln an der Wand war sein Gesicht zu erkennen. Er hob vier Finger, dann schloss er die Augen und legte den Kopf auf die Handfläche. Vier Wachen. Sie schliefen.

Gresbeck schlich wieder los, weitere Männer folgten. Jakob ließ einigen anderen den Vortritt. Selbst im Krieg hatte es ihm widerstrebt, schlafende Gegner niederzustechen. Er fragte sich, ob er es überhaupt noch über sich bringen würde.

Als das erste Dutzend Männer in der gähnenden Öffnung verschwunden war, wurde er mitgespült in den Gang, der hinter dem Durchgang nach rechts abknickte, dann ein Stück geradeaus führte und in einem spitzen Winkel in die Durchfahrt mündete, die mitten durch die Bastion verlief.

Als er sie erreichte, hatten Gresbecks Leute bereits drei Wachen die Kehlen durchgeschnitten. Das Licht einer in der Wand steckenden Fackel beleuchtete die mageren Körper und die glänzenden Blutlachen auf dem Boden vor den Strohmatten, auf denen sie gelegen hatten.

Der vierte Wächter war noch am Leben. Gresbeck hatte ihn bei den Haaren gepackt und hielt ihm die Spitze seines Dolchs an den Kehlkopf. Er flüsterte ihm etwas zu. Der Wächter gab mit aufgerissenen Augen Antwort. Die Parole für das Innentor. Jakob war sicher, dass Gresbeck ihn trotzdem töten würde, aber er tat es nicht. Stattdessen schlug er ihm mit dem Dolchknauf mit aller Kraft gegen die Schläfe. Der Körper in seinen Armen erschlaffte.

Die erste Etappe war geschafft.

«Jetzt sind die beiden da oben im Meisenkasten dran», sagte Gresbeck halblaut.

Nicken. Geballte Fäuste.

Es war irritierend, ihn auf einmal sprechen zu hören, nachdem sie die letzte halbe Stunde lang noch nicht einmal laut zu atmen gewagt hatten. Aber da die beiden da oben glaubten, dass hier vier ihrer eigenen Leute Wache hielten, wäre Flüstern verdächtiger gewesen.

«Drei mit mir», sagte Gresbeck.

Drei Freiwillige fanden sich sofort. Auf die Plattform gelangte man durch das Tor, das auf der Innenseite der Bastion zum Steg über den Innengraben führte. Kurz vor diesem Steg führte eine Rampe an der Innenseite der Wallböschung nach oben. Wenn die Wachen beim Innentor aufpassten, würden sie sie sehen. Aber weil in der Dunkelheit keine Gesichter zu erkennen waren, würden sie glauben, ihre eigenen Leute vor sich zu haben: genau die vier, von denen jetzt einer bewusstlos und drei tot waren.

Gresbeck gab den anderen ein Zeichen. Auf dem Weg zum Tor drehte er sich noch einmal um. «Die Parole lautet *Amsterdam*. Verstanden?»

Nicken. Gereckte Daumen.

Dann schob Gresbeck das innere Tor der Bastion auf. Die vier schlüpften hindurch und schlossen den Torflügel hinter sich.

Lange Zeit passierte gar nichts. Der massige Bau schluckte alle Geräusche von außen. Wahrscheinlich hätte man noch nicht einmal gehört, wenn über ihnen ein Kampf stattgefunden hätte. Jakob blickte in die Gesichter der anderen, deren Züge sich im blakenden Fackellicht ständig zu verändern schienen. Sie waren ruhig, fast gelassen. Alle trugen Lederpanzer und kurze Schwerter, sonst kein Metall, keine langen Waffen. Wirich von Daun hatte Gresbeck seine besten Leute zugeteilt. Mit den paar abgemagerten Wiedertäufern beim Tor würden sie spielend fertig werden. Entscheidend war, dass es bis dahin keinen Alarm gab. Solange man nichts hörte, war alles in Ordnung.

Endlich Stimmen von draußen. Jakob packte den Griff seines Kurzschwertes fester, auch die anderen hatten ihre Waffen gezogen und waren näher an das Tor gepirscht.

«Lasst mal die Brücke runter», sagte eine Stimme nah beim Innentor. Gresbeck war es nicht.

«Parole?», kam es von weiter weg.

«Mein Gott. Amsterdam.»

Gut, wie er den gelangweilten Ton traf. Seit Monaten hatten die Belagerer keinen Versuch unternommen, die Verteidiger zu überrumpeln. Wahrscheinlich hielten sie die Parole inzwischen für überflüssig; Nacht für Nacht wurde sie hundertfach heruntergeleiert, an allen Toren, bei jeder Wachablösung, für jede Meldung.

Ketten knirschten, Holz rumpelte. Die Zugbrücke am Ende

des Stegs wurde heruntergelassen. Das letzte Hindernis vor dem Innentor. Sobald Gresbeck und seine Leute drin waren, würden sie über die Torwachen herfallen, die in der Regel zu viert waren. Mit etwas Glück schliefen zwei oder drei von ihnen, aber selbst wenn nicht, hatten sie die Überraschung auf ihrer Seite. Wenn der Lärm weitere Verteidiger anlockte oder einen Alarm auslöste, mussten sie die Winden für die Zugbrücke so lange verteidigen, bis die Verstärkung aus der Torbastion angekommen war. Mit dreißig Leuten würde sich das Tor so lange halten lassen, bis Langenstraten mit der größeren Gruppe nachgestürmt kam.

«Moment mal!», schrie plötzlich eine Stimme vom Innentor her. «Was soll das?»

«Achtung! Das sind …» Ein würgender Aufschrei unterbrach den Ruf, aber andere Stimmen von weiter weg nahmen ihn auf. Ein Pfiff erklang, dann ein Hornsignal.

«Sie greifen an!»

«Rauf mit der Brücke!»

«Verstärkung zum Kreuztor.»

Mehr brauchte es nicht, um die Männer in der Bastion zum Losstürmen zu bewegen. Sie stießen beide Torflügel auf und rannten auf die Brücke.

Als er gerade losrennen wollte, durchfuhr Jakob siedend heiß ein Gedanke! Das äußere Tor der Bastion war noch geschlossen und die Zugbrücke davor noch unten. Der Plan sah vor, es zu öffnen, damit Langenstratens Leute schneller über den Außengraben kamen.

«Das Außentor!», schrie er. Alle rannten weiter, nur einer, klein und stämmig, kehrte um.

«Scheiße!», rief er. «Wie konnten wir das vergessen?»

Während auf dem Steg zum Innentor großes Gepolter und Geschrei erklang, rannten Jakob und der Stämmige an den drei Toten und dem Bewusstlosen vorbei zur Außenseite der Bastion. Die Zugbrücke ließ sich durch einen Schwungrutenmechanismus nach unten klappen, das Tor war mit drei schweren Riegeln verschlossen.

Als Jakob den letzten Riegel zur Seite schob, polterten auf der Zugbrücke schon Schritte.

Das Tor schwang auf. Langenstraten stürzte herein.

«Habt ihr uns vergessen, oder was?»

Ohne eine Antwort abzuwarten, rannte er weiter, seine Männer hinterher.

Jakob schloss sich an. Er wurde mitgerissen, vorbei an der Fackel und den Toten in ihren Blutlachen, hinaus auf den Steg, über die Zugbrücke und durch das sperrangelweit geöffnete Innentor. Im Torbau brannte eine weitere Fackel, ein paar Tote lagen herum, zwei von Gresbecks Männern standen an der Winde für die Zugbrücke und winkten die Vorwärtsstürmenden mit ausgreifenden Gesten durch in die Stadt.

Überall wurde geschrien, wilder Jubel unten, gebrüllte Alarmrufe oben. Schüsse krachten, aber in der Toranlage schien sich keiner der Verteidiger mehr aufzuhalten.

Sie hatten es geschafft.

Hinter dem Tor gähnte die Kreuzstraße. Nirgendwo brannte ein Licht, sodass kaum mehr als die Konturen der Häuser zu erahnen waren. Wirich von Daun hatte sie angewiesen, auf jeden Fall das Kreuztor zu sichern, wenn möglich auch noch das Jüdefelder Tor einzunehmen und so lange zu halten, bis bei Tagesanbruch das ganze Heer nachrückte.

Stattdessen geschah das, was Jakob auch in Italien immer

wieder erlebt hatte: Im Siegestaumel verschwendete kaum noch jemand einen Gedanken an irgendwelche Sicherungsmaßnahmen. Alle rannten los, um sich die besten Happen der Beute unter den Nagel zu reißen, Adelspaläste und Patrizierhäuser zu besetzen, sich Geiseln zu sichern, aus denen sich Lösegelder herauspressen ließen, bevor andere es taten. Denn so war es immer bei einer Plünderung: Die Ersten rafften Gold und Schmuck an sich, und für die anderen blieben dann nur noch Kleider und Hausrat.

Also stürzte die ganze Horde durch die dunkle Kreuzstraße voran, auf das Herz der Stadt zu. Sie wollten zum Berg Zion, zur Residenz dieses selbst ernannten Königs, der dort mit perlenbehängten Frauen und Fässern voller edlem Wein in Saus und Braus lebte. Aber weil kaum einer von ihnen im Finstern den Weg finden würde, würden sie sich pulkweise verlaufen, jeden niedermachen, der ihnen in die Quere kam, im Zweifelsfall auch die eigenen Leute, die sie in der Dunkelheit ja kaum erkannten.

Doch das war Jakob jetzt egal. Er musste zur Salzstraße, und er kannte den Weg. Inmitten von Dutzenden anderer Männer rannte er die Kreuzstraße herunter. Links und rechts von ihm traten ein paar Männer, denen der Spatz in der Hand lieber war als die Taube auf dem Dach, schon die ersten Türen ein. Vielleicht fürchteten sie auch, dass ihnen der Rückweg abgeschnitten würde, falls die Verteidiger das Tor doch wieder in ihre Hände bekamen.

Am Ende der Kreuzstraße teilte sich die Horde. Einige nahmen die Gassen rechts und links, andere stürzten zum Überwasserkirchhof. Wieder splitterte Holz, wieder barsten Scharniere. Aus einem Fenster wurde geschossen. Die Glocken von

Lamberti begannen zu läuten. Also wusste inzwischen die ganze Stadt Bescheid. In einer der Nebenstraßen wurde gekämpft, offenbar waren die Angreifer einem heraneilenden Trupp der Verteidiger in die Arme gelaufen.

Als Jakob sich dem Spiegelturm näherte, hörte er Gepolter. Eine Gruppe von Männern lief über die Brücke, kam ihm entgegen. Mit einem Satz sprang er über die Kirchhofmauer und duckte sich. Sie rannten vorbei.

Jakob spähte über die Mauer. Der Weg zum Domplatz war frei. Wahrscheinlich war den Verteidigern noch nicht klar, von welcher Seite die Stadt angegriffen wurde, also rannte jeder zu dem Tor, das ihm am nächsten war – falls sich überhaupt noch viele fanden, die bereit waren, ihr Leben in die Bresche zu werfen. Wer noch einen Funken Verstand hatte, blieb jetzt im Haus, warf die Waffen aus dem Fenster und hoffte, dass er verschont oder übersehen wurde oder sich freikaufen konnte, indem er andere verriet oder seine verborgenen Wertsachen herausrückte.

Jakob stürzte über die Brücke. Auf dem Domplatz rannten ein paar Gestalten herum, aber sie kamen nicht auf ihn zu, sondern liefen zum Michaelistor. Ob das Tor zur Domkurie von Melchior von Büren offen oder geschlossen war, konnte er nicht sehen. Er fragte sich, was Bockelson jetzt tun würde: sich dort verschanzen und bis zuletzt auf ein Wunder hoffen, eine Waffe in die Hand nehmen und den Angreifern entgegenstürmen oder sich irgendwo verstecken, um in einem günstigen Augenblick das Chaos zu nutzen und sich aus der Stadt zu stehlen. Rasierte er sich gerade in aller Eile den Bart ab? Betrachtete er ein letztes Mal seine Krone?

Jakob verlangsamte seine Schritte. Hinter der kleinen Jakobikirche, die wie ein schlafender Hund auf dem Domplatz lag, ging er in Deckung und spähte angestrengt in die Dunkelheit vor ihm. Das Geläut hatte ausgesetzt.

Beim Michaelistor tat sich etwas. Zurufe, Rumpeln, Klappern.

Und dann begriff er: Die verbarrikadierten den Markt. Er würde dort nicht durchkommen. Fluchend lief er zum Dom, umrundete Westwerk und Kreuzgang, rannte durch die Gasse zur Bogenstraße und dann weiter zum Roggenmarkt. Aus einigen Häusern kamen Bewaffnete gestürzt, beachteten ihn aber nicht. Hinter ihm war wieder Kampflärm zu hören.

Der Roggenmarkt machte eine Biegung nach Süden, verbreiterte sich und gabelte sich dann vor einem winzigen Häuserblock, dem Drubbel, in zwei Gassen. Dahinter lagen die Lambertikirche und der Markt. Jakob nahm die rechte der beiden Gassen, weil die Bogengänge der Gebäude dort bessere Deckung boten; es war dieselbe Häuserzeile, in der nur hundertfünfzig Schritte weiter südlich Knipperdollings Haus stand. Jakob kam das alles auf einmal wieder so vertraut vor, als hätte er bis gestern in dieser Stadt gelebt.

Er verlangsamte seine Schritte. Auf dem feuchten Pflaster vor ihm spiegelte sich der unstete Schein vieler Fackeln. Schatten huschten umher. Stimmen riefen gedämpfte Kommandos.

Er drückte sich eng an die Hauswand unter den Bögen. Nach ein paar Schritten kamen die ersten Fackeln in Sicht. Als er erkannte, was hier vor sich ging, verfluchte er sich, dass er nicht gleich einen anderen Weg genommen hatte: Auch hier war eine Barrikade errichtet worden. Er schlich noch ein Stück weiter vor und ging hinter einer Säule in Deckung.

Sie hatten die gesamte Straße zwischen Lambertikirche und

dem Bogengang abgesperrt. Sechs aneinandergekettete Wagen, die bis obenhin mit Fässern beladen waren, blockierten die Durchfahrt. Zwischen den Fässern ragten die Läufe von Arkebusen hervor, obendrauf brannten die Fackeln in Halterungen, sodass es unmöglich war, sich unentdeckt zu nähern.

Sie waren also vorbereitet gewesen. Wahrscheinlich hatten sie die Befestigung schon vor ein paar Tagen errichtet, und jetzt verschanzten sich hier alle, die das Wiedertäuferreich noch verteidigen wollten oder bereit waren, mit ihm unterzugehen.

Sollten sie doch. Das Problem war nur, dass Jakob von hier aus nicht in die Salzstraße gelangte. Wahrscheinlich hatten sie den gesamten Markt mit solchen Sperren in eine einzige Festung verwandelt. Verdammt noch mal, warum gaben sie nicht einfach auf?

Fluchend zog er sich zurück. Er musste von der anderen Seite in die Salzstraße gelangen. Ohne auffällige Eile überquerte er die Straße und tauchte hinter der Lambertikirche ab. Über den Alten Steinweg und eine Nebengasse erreichte er die Salzstraße. Er spähte um die Ecke.

Sein Herz blieb beinahe stehen. Es konnte nicht wahr sein.

Einen Steinwurf vor ihm standen drei Wagen mit Fässern quer auf der Straße. Darüber, im Gegenlicht von Fackeln, die Köpfe mehrerer Männer, die Arkebusen im Anschlag hielten.

Sie hatten in der Tat die Salzstraße abgesperrt, die Barrikade aber nicht direkt an der Einmündung zum Markt errichtet, sondern ein Stück in die Straße vorgeschoben. Und das Haus von Andreas und Katharina lag genau hinter der Absperrung. Wenn sie noch dort war, dann saß sie in der letzten Festung der Wiedertäufer fest.

29

Was ist da los?», fragte Andreas vom Bett aus, das sie ihm in der Stube bereitet hatte.

Ein Leuchter mit einer einzigen Kerze spendete schwaches Licht. Wachs war genauso rar geworden wie alles andere.

«Sie greifen wieder an», sagte Katharina. «Vielleicht geht es heute Nacht endlich zu Ende.»

Mehr konnte sie auch nicht sagen. Die Glocken hatten zu läuten begonnen, und dann war die Straße unten plötzlich voller Männer gewesen, die die Barrikade bemannten. Warum hatten sie das verdammte Ding eigentlich nicht zwei Häuser weiter zum Markt hin aufgebaut? Warum ausgerechnet so, dass ihre Haustür gerade noch innerhalb der Wagenburg lag?

Sie war mit Andreas und Elsa allein im Haus. Bruno, Ludger und Ernst waren zum Dienst auf der Mauer eingeteilt worden, und vielleicht würde ihnen das das Leben retten, denn wenn sie sich innerhalb der Wagenburg aufhielten, würde man sie wahrscheinlich für besonders unbelehrbare Anhänger des Königs halten und gleich töten. Wer war so blöd und verschanzte sich hier noch freiwillig?

Katharina ging nach oben zum Fenster. Sie wusste nicht genau, wie spät es war, aber nach ihrer Schätzung würde in zwei bis drei Stunden die Sonne aufgehen, und dann würde der letzte Tag dieses Königreichs anbrechen. Ob es ein guter Tag sein würde, das müsste sich noch zeigen. Um die letzten Reste von Widerstandswillen nicht auch noch erlöschen zu lassen, hatten Bockelson und seine Prediger immer wieder mit dem Gemetzel gedroht, das die blutdürstigen Söldner des Bischofs in der Stadt anrichten würden; sie würden Säuglinge auf Spieße stecken, Kindern die Haut abziehen, Männern bei lebendigem Leib die Gedärme herausreißen und anschließend die Frauen in sämtlichen Spielarten der Bestialität schänden. Das mochte übertrieben sein, aber es gab genügend Geschichten darüber, wozu eine entfesselte Soldateska in der Lage war.

Unten loderten die Fackeln. Die drei Wagen waren so aufgestellt worden, dass sie die Salzstraße auf ihrer ganzen Breite blockierten. Zwischen die Räder waren Bretter genagelt worden, auf den Ladeflächen standen zwei Reihen Fässer, versetzt übereinander wie Ziegel. Vor ein paar Tagen hatte sie gesehen, wie sie mit Pflastersteinen gefüllt worden waren. Die Wagen waren dadurch so schwer geworden, dass sie die Gestelle mit Balken hatten abstützen müssen, damit sie nicht zusammenbrachen, dafür war die Barrikade jetzt aber auch solide wie eine Mauer. Um diese Sperre aufzubrechen, würden die Angreifer eine Kanone heranschaffen müssen. Katharina traute sich nicht, das Fenster zu öffnen und sich hinauszubeugen. Auf keinen Fall durfte sie Aufmerksamkeit erregen, sonst kamen die da unten am Ende noch auf die Idee, sich auch noch im Haus zu verschanzen.

Und dennoch war ihre Hoffnung stärker als die Angst. Das Königreich von Jan Bockelson war am Ende. Dass die entkräfteten Gestalten, die sich an den Mauern eher festhielten als sie zu verteidigen, den Angreifern noch ernsthaften Widerstand entgegensetzen oder sie gar aus der Stadt treiben konnten, wenn sie einmal eingedrungen waren, das erschien ihr undenkbar.

Aber waren sie eingedrungen? Die Glocken hatten wieder aufgehört zu läuten. In der Ferne waren vereinzelte Schüsse zu hören gewesen, doch es war nicht zu sagen, ob sie in der Stadt gefallen waren oder außerhalb.

Sie war sicher, dass Jakob in der Nähe war. Er hatte keine weitere Nachricht schicken können, aber es war undenkbar, dass er die Sache nicht zu Ende brachte. Er war einer, der alles zu Ende brachte, das zeigte schon das Risiko, das er auf sich genommen hatte, um Ernestine noch aus der Stadt zu bringen. Er würde kommen.

Als sie wieder nach unten ging, stand Goswin in der Stube. Sie hatte schon gehofft, ihn nie wiederzusehen, aber jetzt war er da, gehetzt und zu allem bereit. Es war klar, dass er nicht bereit war, mit Knipperdolling unterzugehen.

«Wir müssen verschwinden», sagte er.

«Niemand hält dich auf», antwortete Katharina kalt. «Ich bleibe hier.»

«Bist du verrückt?», fragte er. «Weißt du, was die Söldner mit dir machen, wenn sie dich hier drin erwischen?»

«Ist das dein Problem?», fragte sie zurück.

Vorsicht, mahnte sie sich. Goswin wollte sein armseliges Leben retten, aber in seiner Panik schwang eine gewisse Unberechenbarkeit mit, eine Bereitschaft, andere mitzureißen, wenn er stürzte. Warum war er überhaupt so versessen darauf, dass sie mitkam?

«Ohne mich wärst du längst verhungert», sagte er lauernd.

Das war vielleicht nicht ganz falsch. Dank seiner Beziehungen waren ihnen mehr Lebensmittel zugeteilt worden, als ihnen eigentlich zustanden. Aber was wollte er daraus ableiten? Dass sie aus Dankbarkeit mit ihm fliehen würde, um irgendwo ein neues Leben anzufangen? Das konnte ja wohl kaum sein Ernst sein.

«Wir hatten eine Abmachung», sagte sie vorsichtig. «Wir wissen beide, warum ich dich geheiratet habe. Ich würde sagen, wir sind quitt. Frag eine deiner anderen Frauen, ob sie mitgehen will. Aber nicht mich und auch nicht Elsa.»

Wo steckte Elsa überhaupt?

Die Abfuhr brachte ihn in Rage. Es war, wie sie befürchtet hatte: Goswins Angst schlug in Beißwut um. Seine Augen verengten sich.

«Ist das der Dank?», fragte er.

Reiz ihn nicht weiter, dachte Katharina, während sie ihre Chancen einzuschätzen versuchte, ihn mit einem Schemel niederzuschlagen.

Wahrscheinlich war es die monatelang aufgestaute Frustration über ihre Zurückweisung, die es ihm jetzt, wo er am Abgrund stand, so verlockend erscheinen ließ, sie seinem Willen zu unterwerfen, ihr die Demütigung heimzuzahlen oder sie wenigstens einmal auf Knien zu sehen.

«Es ist wegen ihm», sagte er und zeigte auf Andreas, dessen Augen während des Wortwechsels zwischen ihnen hin und her gesprungen waren. «Wenn er nicht wäre, würdest du gehen.»

«Wenn ich nicht wäre, hätte sie dich nicht geheiratet», sagte Andreas ruhig. «Sie wäre längst gegangen, und zwar ohne dich.»

Katharina sah ihn an und schüttelte ganz leicht den Kopf. Doch er setzte nach.

«Du könnest dich also bei mir bedanken, dass ich überlebt

habe. Obwohl ich mir manchmal wünschte, tot zu sein, damit sie dich endlich loswerden kann.»

Goswin öffnete den Mund und schloss ihn wieder. Derart beleidigt zu werden, von zwei Menschen, deren Lebensretter und Wohltäter zu sein er sich offenbar einbildete, das hatte er sich wohl nicht vorstellen können.

Doch auf die Fassungslosigkeit folgte Wut.

«Für einen, der sich nicht wehren kann, bist du ganz schön frech», stieß er hervor. «Wer weiß, vielleicht kommt sie ja doch mit, wenn du hin bist?»

Katharina versuchte, sich ihre Panik nicht anmerken zu lassen. Während Goswin einen Schritt auf das Bett von Andreas zu machte, hetzte ihr Blick verzweifelt auf der Suche nach einer Waffe durch den Raum. Wo war das Messer geblieben, das auf dem Tisch gelegen hatte?

«Ich glaube, nicht», sagte Andreas. «Dafür hat sie sich schon viel zu lange mit dir herumekeln müssen.»

Das war zu viel. Goswin war mit einem Satz beim Bett und wollte sich auf Andreas stürzen, was angesichts von dessen Wehrlosigkeit unfassbar erbärmlich wirkte.

Katharina ergriff einen Schemel, doch bevor sie bei ihm war, schnellte die rechte Hand von Andreas unter der Bettdecke vor. Goswin stieß einen hohen Schrei aus, gefolgt von einem Gurgeln, doch bevor er über ihm zusammenbrechen konnte, stieß Andreas ihn mit der linken Hand von sich, sodass er auf dem Boden landete, wo er noch ein paarmal krampfte und dann auf dem Rücken liegen blieb. In seiner Brust steckte das Messer.

«Du kannst den Schemel runternehmen», sagte Andreas ruhig.

Katharina ließ den Arm sinken. Der Schemel fiel zu Boden.

Da lag ihr Ehemann. Und sie fühlte nichts.

Im Halbdunkel bei der Tür nahm sie eine Bewegung wahr.

Elsa stand zitternd im Türrahmen, eine Hand vor den Mund geschlagen.

«Er muss weg», sagte Katharina mit einem Kopfnicken in Richtung der Leiche. «Wir schaffen ihn in die Werkstatt. Hilf mir.» Und als Elsa sich nicht gleich rührte, fügte sie hinzu: «Na los. Wir sind jetzt Witwen.»

Die letzte Feststellung zauberte ganz kurz ein fassungsloses Lächeln auf Elsas Gesicht, bevor das Entsetzen zurückkehrte, angereichert mit dem Ekel, den blutigen Toten anzufassen.

Sie schleiften Goswin über den Korridor zur Werkstatt. Als Katharina die Tür öffnete, erstarrte sie.

Da machte sich jemand an einem der Fenster zu schaffen.

Panik überfiel sie. Wer auch immer sich auf diese Weise Eintritt zu verschaffen versuchte, konnte nichts Gutes im Schilde führen. Ein Landsknecht, der auf Beute aus war? Ein Wiedertäufer, der sich hier verstecken wollte?

Im Gegensatz zur Stube mangelte es in der Schmiedewerkstatt nicht an Werkzeugen, mit denen sich jemand niederschlagen ließ. Sie wusste, dass an der Wand neben ihr ein großer Hammer an einer Lederschlaufe hing; zielsicher griff sie danach und war mit ein paar Schritten bei dem Fenster, von dem die Geräusche kamen.

Es knirschte. In dem winzigen Rest von Licht, das aus dem Korridor hereinfiel, sah Katharina eine Schwertklinge, die durch den Spalt zwischen den Läden gestoßen wurde. Ein Söldner.

Mit einem Krachen wurden die verriegelten Läden auseinandergesprengt.

Katharina hob den Hammer.

Und als sie gerade zuschlagen wollte, erschien im Schummerlicht plötzlich ein vertrautes Gesicht ganz dicht vor ihr.

Es war Jakob.

30

Und wieder standen sie nebeneinander am Fenster, so wie an dem Tag, an dem alles angefangen hatte. Und wieder wimmelte es unter ihnen von Wiedertäufern, nur dass diese diesmal nicht durch die Straßen zogen, sondern hinter ihrer Barrikade Vorbereitungen trafen, um ihre Haut in einem letzten verzweifelten Kampf möglichst teuer zu verkaufen. Auf den Wagen hinter den Fässern waren ein halbes Dutzend Männer in Stellung gegangen. Die Lunten glommen. Weil der Markt von hier aus nicht einsehbar war, konnte man unmöglich sagen, wie viele von ihnen sich insgesamt in der Wagenburg aufhielten, aber mehr als zweihundert konnten es nach Jakobs Schätzung nicht sein, denn die meisten Verteidiger, die noch eine Waffe halten konnten, waren wahrscheinlich immer noch auf den Mauern und Wällen und in den Toren und versuchten, Angriffe von anderen Seiten abzuwehren oder das Kreuztor zurückzuerobern. In der Ferne krachten jetzt immer öfter Schüsse.

Katharina hatte ihren Arm um ihn gelegt und lehnte sich an ihn. Ein merkwürdiges Glück erfüllte ihn, aber in seiner Zerbrechlichkeit fühlte es sich klarer an als alles, was er jemals empfunden hatte. Er wusste, dass sie zusammen auch diese letzte Gefahr überstehen konnten. Zehn Monate waren seit dem Abschied in der Gartenhütte vergangen. Jetzt kam es ihm vor wie ein Tag. Er sah in ihr Gesicht. Sie war schmaler geworden, aber nicht völlig abgemagert. Und das hatte sie nun also Goswin zu verdanken, ohne den sie Jakob nie kennengelernt hätte, der wiederum ohne Matthys nie in Münster gelandet wäre. Matthys verweste in Einzelteilen in irgendeiner Grube vor dem Ludgeritor, Goswin lag mit einem Messer in der Brust unten in der Werkstatt. Es war schon rätselhaft, wie der Zufall die Lebensfäden der Menschen miteinander verknotete.

Wieder fielen Schüsse, diesmal lauter. Es bestand kein Zweifel daran, dass die Angreifer sich in der Stadt befanden, andernfalls würden die Männer da unten nicht so konzentriert die Straße hinunterstarren. Ab und zu kam jemand unter dem Fenster vorbeigelaufen, meldete etwas und verschwand wieder. Gute Nachrichten schienen es nicht zu sein. Die Anspannung war durch die Scheiben zu spüren. Ab und zu sah jemand hoch, Blicke wanderten an den Fenstern entlang, blieben aber nirgendwo hängen.

«Wie lange werden sie standhalten?», fragte Katharina.

«Höchstens vier Tage», sagte Jakob.

«Wie kommst du darauf?»

«Drei Tage dürfen sie plündern. Am ersten Tag suchen sie nur nach Geld und Schmuck, stopfen sich die Taschen voll und besaufen sich. Am zweiten Tag schaffen sie alles ins Lager, was sich irgendwie verkaufen lässt, kommen zurück und besaufen sich wieder. Am dritten Tag kommen die Trossknechte und raffen alles zusammen, was die Söldner weggeworfen haben, während die sich nur noch besaufen. Und am vierten Tag fällt ihnen ein, dass die Wagenburg noch da ist. Dann holen sie Kanonen in die Stadt und schießen die Barrikaden zusammen.»

«Hast du das in Italien auch so gemacht?», fragte sie, halb amüsiert und halb entsetzt.

«Ja. So ist das immer im Krieg. Wenn kein Sold bezahlt wird, machen die Landsknechte, was sie wollen. Ohne Aussicht auf die Beute wären sie gar nicht erst zum Angriff angetreten.»

«Vier Tage», sagte sie. «So lange sitzen wir hier fest.»

Er wusste, was sie meinte. Es war völlig undenkbar, den gelähmten Andreas aus dem Haus zu schaffen, solange die Stadt nicht halbwegs befriedet war.

Eine Weile sagte keiner von ihnen etwas. Sie genossen die Nähe des anderen. Sie nahm sein Gesicht in die Hände und zog es ganz dicht vor ihres. Ihre Augen glänzten dunkel, alles schien entfärbt zu sein im Halbdunkel des bleichen und unsteten durch das Fenster scheinenden Fackellichts, aber er erinnerte sich an das Seegrün ihrer Augen wie an eine Farbe, die er nie zuvor und nie danach irgendwo gesehen hatte, und er gierte danach, dass es Tag würde, um sie wieder zu sehen und sich zu vergewissern, dass seine Erinnerung nicht von der Wirklichkeit abwich.

«Weißt du, was absurd ist?», fragte sie.

«Das alles da draußen.»

«Sicher. Aber besonders absurd ist, dass die da unten uns jetzt bewachen. Solange die Haustür hinter der Barrikade liegt, kommen die Plünderer nicht her. Unsere Kerkermeister beschützen uns also vor unseren Befreiern. Wenn das nicht absurd ist.»

Jakob blickte nachdenklich auf die Männer mit den Arkebusen. Wie leicht es wäre, ihnen von hier aus in den Rücken zu fallen.

«Genauso absurd ist, dass unsere Befreier uns möglicherweise erschlagen werden, wenn sie uns hier erwischen», sagte er.

Diese Gefahr bestand tatsächlich. Wenn die Angreifer die Häuser hinter den Barrikaden stürmten, würden sie sich keine langen Erklärungen anhören. Tatenlos herumzusitzen, ohne zu wissen, was passierte, und ohne Einfluss auf das Geschehen zu haben, widerstrebte Jakob immer noch.

Also fasste er einen Entschluss.

«Ich gehe noch mal raus», sagte er.

«Um was zu tun?»

Die trockene Ironie in dieser Frage gefiel ihm. Das war die Katharina, die er vermisst hatte. Nachdem sie monatelang allein auf ihren Bruder aufgepasst hatte, schreckten ein paar Stunden mehr oder weniger sie auch nicht mehr.

«Ich hole ein paar Leute, die das Haus bewachen, wenn es so weit ist.»

«Stimmt», sagte sie. «Du gehörst ja jetzt zu den Leuten des Bischofs. Pass auf, dass dich keiner als Leibwächter von Bockelson erkennt. Und bleib nicht wieder bis zum nächsten Frühling weg.»

So sprach sie, eine Wagenburg voller Irrer direkt vor der Tür, eine Leiche im Hinterhaus. Ihre Furchtlosigkeit war bezaubernd.

Er küsste sie zum Abschied, länger als beim letzten Mal, als müsste er diesmal nicht beweisen, dass die Trennung nicht lange dauern würde.

Dann machte er sich auf den Weg durch die Werkstatt über den Hinterhof und einen Zaun zum Nachbargrundstück auf die Seitengasse, von dort über den Alten Steinweg zur Lambertikirche. Und wieder, genau wie nach seinem Aufbruch aus der Gartenhütte, fühlte er sich seltsam frei.

Auf den Wagen zwischen Roggenmarkt und Kirche brannten immer noch die Fackeln, aber am Himmel zeigte sich schon das erste Morgenrot. In der Ferne hörte er Geschrei und erneut vereinzelte Schüsse. Das Kampfgeschehen schien sich wieder in Richtung des nördlichen Teils der Stadt verlagert zu haben. Jakob fragte sich, was das zu bedeuten hatte. Hatten die Verteidiger die Angreifer zurückgedrängt, oder hatten sich die Plünderer andere Stadtteile vorgenommen?

Er beschloss, zum Domplatz zu gehen. Dort, in der Mitte der Stadt, würde Wirich von Daun wahrscheinlich die Truppen versammeln, die ihm noch gehorchten und nicht marodierend durch die Straßen streiften. Man konnte Beobachter auf den Domtürmen postieren und Spähtrupps in alle Richtungen aussenden, außerdem bot der weite Platz mit der Kirche in der Mitte bessere Möglichkeiten, Gegenangriffe abzuwehren als die unübersichtlichen Straßen und Gassen, in denen Heckenschützen leichtes Spiel hatten. Vor allem aber würde Jakob dort am ehesten Männer finden, die bereit waren, für Geld das Haus von Andreas und Katharina zu verteidigen, zur Not sogar gegen ihre eigenen Leute.

In der Gasse, die von der Bogenstraße hinter den Domkreuzgang führte, wurde das Geschrei lauter. Jakob umrundete den Bau und sah, dass sich auf dem Platz mehrere Dutzend Bewaffnete versammelt hatten. Sie wirkten unschlüssig. Wahrscheinlich handelte es sich um Söldner, die gehört hatten, dass hier irgendwo die Bleibe des Königs liegen musste, ohne genau zu wissen, welches der Gebäude hinter den Mauern, die den ganzen Platz umgaben, das richtige war.

Die Vögel in den Bäumen auf dem Platz trillerten und zwitscherten mit irritierender Lautstärke, als wollten sie die Zuhörer mit aller Gewalt davon überzeugen, dass gerade ein ganz normaler Morgen anbrach.

Unter dem Durchgang des Michaelistors brannten mehrere Fackeln. Auch da schien die Barrikade fertig zu sein. Jakob überquerte den Platz, ohne dass jemand ihn anrief. Freund und Feind waren in der Dämmerung immer noch kaum auseinanderzuhalten, und verdächtig war nur, wer versuchte, sich zu verbergen.

Doch genau das versuchte die Gestalt, die auf der Südseite des Platzes dicht an der Mauer einer der dem Berg Zion benachbarten Domkurien entlangschlich. Sie huschte auf die Einmündung der Pferdegasse zu, die vom Domplatz nach Süden zur Rothenburg führte. Kein Plünderer auf der Suche nach Beute. Kein Verteidiger, der sich den Angreifern entgegenstellen wollte. Einer, der sich absetzte.

Die Statur kam ihm bekannt vor, auch die Art, sich zu bewegen. Der Gang, etwas großspurig, mit weit ausgreifenden Schritten. So war Bockelson bei seinen Ansprachen auf dem Gerüst auf und ab gegangen. So hatte er sich in seinem Schlafzimmer bewegt. War er das?

Jakob lief geduckt zur Pferdegasse, ging in einem Hauseingang in Deckung und spähte hervor. Der andere hatte ihn noch nicht gesehen. Er schlich weiter. Jakob folgte ihm.

An der Ecke zur Rothenburg hielt die Gestalt inne. Lugte links um die Ecke. Verschwand.

Jakob rannte bis zur Ecke. Da war er wieder, überquerte die einsame Straße, bewegte sich in Richtung Aegidiistraße. Hinter sich, aus der Richtung der Überwasserkirche, hörte Jakob jetzt wieder Geschrei und Schüsse. Wie konnte es sein, dass dort noch gekämpft wurde? War der Zugang zur Stadt immer noch nicht gesichert? Waren die Angreifer zurückgetrieben worden?

Er hatte keine Zeit, um darüber nachzudenken. Die Gestalt lief auf die Einmündung der Aegidiistraße zu. Der Kerl trug leichte Kleidung und hatte kurz geschorene Haare. Als er in die Aegidiistraße einbog, sah Jakob sein Profil im Dämmerlicht. Es konnte Bockelson sein, aber ganz sicher war Jakob immer noch nicht.

Er hetzte zur Ecke. Die Aegidiistraße zog sich fast schnurgerade zum Tor hin. Von weit hinten näherte sich eine Gruppe von Männern, sieben oder acht, sie nahmen die ganze Breite der Straße ein. Bockelson, wenn er es war, schien ihnen nicht begegnen zu wollen. Von einem Augenblick auf den anderen tauchte er in einem Haus hinter einem Bogengang auf der rechten Seite der Straße ein. Jakob hörte, wie eine Tür knarrte.

Die Männer kamen näher. Bischöfliche Söldner konnten es nicht sein. Wirich von Daun hatte seinen ganzen Angriffsplan auf den Norden ausgerichtet, außerdem war aus dem Süden kein Kampflärm zu hören gewesen. Wahrscheinlich handelte es sich um Torwachen, die ihren Posten verlassen hatten – entweder um die Stadt noch zu verteidigen oder um irgendwo zu versickern. In jedem Fall war es besser, ihnen nicht in die Arme zu laufen. Also lief Jakob noch ein Stück weiter bis zu der Stelle, an der der Kerl abgetaucht war. Drei schmale Häuser schmiegten sich aneinander. Die Tür des mittleren war nur angelehnt. Jakob schlüpfte hinein.

Ähnlich wie bei Andreas und Katharina führte auch in diesem Haus ein Korridor zu einem Hinterhof oder einer Werkstatt.

Die Türen rechts und links waren geschlossen, bis auf die erste. Als er um die Ecke spähte, sah er im durch das Fenster zur Straße einfallende Morgenlicht in das angstvolle Gesicht einer alten Frau. Sie legte einen Finger an den Mund und zeigte nach oben. Draußen zog die Gruppe vorbei.

Jakob schlich weiter durch den Korridor und kam zu einer Treppe. Mit dem Kurzschwert in der Hand nahm er Stufe für Stufe. Von oben kam kein Laut. Doch er spürte, dass der Kerl hier war, ein Hauch von einem Geruch, eine schwer zu beschreibende Verdichtung in der Luft, die Präsenz von jemandem, der hier nicht sein sollte.

Oben angekommen, blickte Jakob sich um. Dies war kein richtiges Obergeschoss, sondern ein Speicher ohne Raumaufteilung direkt unter dem Dach. Pfosten, Balken, Sparren. Ein bodentiefes Fenster im Giebel zur Straße hin, darüber ein Balken mit einer Winde, über die früher einmal Waren hochgehievt worden waren. Jetzt wurde hier nichts mehr gelagert. Das Haus hatte schon bessere Zeiten gesehen; wahrscheinlich war die Alte dort unten die Witwe des Besitzers.

Und da stand er.

Bockelson.

Stand da in der Mitte des Dachbodens im schwachen Licht, ein Schwert in der Hand. Keine Möglichkeit zum Rückzug, keine Deckung. Er war glatt rasiert, und seinen Kopf verunzierte ein struppiger, wahrscheinlich vor dem Spiegel mit schnellem Geschnippel hingepfuschter Haarschnitt.

«Caramba que surpresa!», sagte er leise. «Jakob van Heemskerk. Solltest du mich nicht beschützen? Wasn't that your job?»

«Runter mit dem Schwert», sagte Jakob.

Bockelson lachte. «Wahre Könige sterben im Kampf. N'est-ce pas, Jakob van Heemskerk?»

Er fuchtelte ein bisschen mit dem Schwert herum. Jede Bewegung zeigte, dass er nichts davon verstand, sondern sich lediglich ein paar Posen irgendwo abgeschaut hatte. Es war nicht zu glauben. Noch immer der Schauspieler.

«Komm schon. Du kannst mich nicht besiegen. Töte mich, und ich komme ins Himmelreich. Dahin, wo einer wie du niemals landen wird.» Und noch leiser fügte er hinzu: «Der Tag des Gerichts ist da. Hörst du die Posaune nicht, Jakob van Heemskerk?»

Ne croyez point de m'avoir vaincu.

Jakob machte zwei Schritte auf ihn zu und schlug dem Propheten mit seinem Schwert die Klinge aus der Hand. Bockelson machte noch nicht einmal Anstalten, den Hieb zu parieren. Die Waffe fiel klirrend zu Boden.

«Hélas», sagte er. «Und jetzt stich zu.»

Einen Augenblick lang war Jakob versucht, es wirklich zu tun. Doch Bockelson hätte ihn wahrscheinlich noch im Sterben ausgelacht.

Er holte aus. Bockelson schloss die Augen, fast genüsslich. Als die flache Seite der Klinge seinen Kopf traf wie eine eiserne Backpfeife, sackte er ohne einen Laut zu Boden.

Der König von Münster. Ausgestreckt am Boden.

Jakob suchte ein bisschen auf dem Dachboden herum und fand ein Seil, mit dem er dem Bewusstlosen Hände und Füße hinter dem Rücken zusammenband, bis er wie ein Bündel dalag. Dann ging er nach unten.

Als er auf die Straße trat, war es fast hell. Die Wolken hatten sich verzogen, ein zartes Blau kündigte einen sonnigen Tag an. Jakob fühlte sich euphorisch, wie nach manchen durchzechten Nächten in Amsterdam, wenn sein Körper die letzten Reserven gebündelt und sein Geist ihm vorgegaukelt hatte, der Größte zu sein. Wieder hatte er einem König das Schwert abgenommen, keinem richtigen König diesmal, aber trotzdem schloss sich ein Kreis. Vielleicht war es die Übermüdung, die ihn dieses Triumphgefühl noch übermächtiger empfinden ließ als damals, vielleicht auch der Umstand, dass er mit Bockelson im Gegensatz zu François auch eine persönliche Rechnung offen gehabt hatte. Jedenfalls erfüllte ihn die Tatsache, dass er den König von Münster einfach gefesselt auf diesem Speicher liegen ließ, mit einer frivolen Befriedigung, die vielleicht am ehesten der Befriedigung der Wiedertäufer bei der Zerstörung von Heiligenbildern glich.

Das Geschrei in der Ferne war angeschwollen, kein Kampflärm, sondern ungestümer Siegesjubel. Jakob kannte das. Jetzt gab es kein Halten mehr. Er musste so schnell wie möglich ein paar Leute finden, die dafür sorgten, dass das Haus in der Salzstraße gesichert wurde.

Er rannte los. In der Pferdegasse kamen ihm die ersten Landsknechte entgegen. Sie nahmen kaum Notiz von ihm, erkannten ihn wohl als einen von ihnen; ihre Blicke huschten über die Fassaden, schätzten den Wert der Häuser und die Lösegelder ein, die sich von den Bewohnern eintreiben ließen, wenn man die Gebäude nur schnell genug besetzte, für sich beanspruchte und keine anderen mehr einließ.

Auf dem Domplatz war inzwischen eine große Menge von Soldaten versammelt, aber die Arkebusen der Wiedertäufer am Michaelistor hielten sie auf Abstand. Ab und zu flammte Mündungsfeuer auf, gefolgt vom Krachen der Schüsse. Die

Masse der Angreifer hätte ein gutes Ziel für eine Kanone abgegeben, aber die Verteidiger hatten es offenbar versäumt, eine heranzuschaffen.

Die meisten Söldner hielten sich in sicherem Abstand zum Michaelistor auf, sodass das Gedränge vor dem Dom und bei der Jakobikirche noch größer war. Wie eine riesige Hundemeute vor dem noch nicht ganz verendeten Bären lauerten und lärmten sie. Reiter trabten umher und versuchten, Ordnung in das Durcheinander zu bringen. Vom Spiegelturm und aus der Richtung des hinter dem Dom liegenden Durchgangs zur Bogenstraße fluteten immer neue Pulks heran, ungeordnet, hektisch, gierig, offensichtlich angetrieben von der Sorge, an anderer Stelle um leichte Beute gebracht zu werden. Genau wie Jakob vermutet hatte, war der Domplatz wie ein Magnet für die meisten von ihnen, denn man brauchte keine Ortskenntnis, um darauf zu kommen, dass in der Umgebung dieses zentralen Platzes die vielversprechendsten Häuser lagen, schließlich war das in allen Städten so. Jakob schätzte die Menge der Angreifer auf mindestens fünfhundert, und es wurden immer mehr. Die Tore der Kurien, die außerhalb der Schussweite der im Durchgang zum Markt errichteten Barrikade lagen, waren schon aufgebrochen worden; Männer rannten hinein, andere kamen heraus, Säcke und Kisten auf den Schultern. Dem hier und da aufbrandenden Geschrei war zu entnehmen, dass schon die ersten Streitereien entbrannt waren.

Plötzlich erkannte Jakob Wirich von Daun auf einem Schimmel. Er hob eine Hand, um den Oberbefehlshaber auf sich aufmerksam zu machen. Der zog fragend die Brauen hoch, wendete das Pferd mit einem Schenkeldruck in Jakobs Richtung, trabte heran und beugte sich im Sattel herunter, kniff die

Augen zusammen, überlegte offenbar, wo er Jakob einordnen sollte.

«Ich brauche zehn Mann und einen Wagen», sagte Jakob.

Wirich von Daun lachte auf und sah sich um. «Ich auch. Komm in drei Tagen wieder.»

Er wollte das Pferd wenden, aber Jakob hielt das Tier an der Trense fest. Ein wütender Blick traf ihn. Ein Griff ins Zaumzeug war die unverschämteste Infragestellung der gottgewollten Ordnung, den eine nicht satisfaktionsfähige Person zu Fuß sich gegenüber einem Adligen zu Pferd erlauben konnte.

«Ich weiß, wo Bockelson ist», sagte Jakob.

«Lass los», knurrte Wirich von Daun.

«Zehn Mann und einen Wagen», wiederholte Jakob ungerührt.

«Lass los, verdammt noch mal.»

Jakob ließ die Trense los. Wirich von Daun zog an den Zügeln, und das Pferd warf den Kopf in die Luft.

Bei der Barrikade krachten weitere Schüsse. Schmerzensschreie erfüllten die Luft. Wirich von Daun wandte kurz den Kopf, dann sah er wieder zu Jakob herunter.

«Weißt du, wie viele Leute mir in der letzten halben Stunde schon erzählen wollten, sie hätten Bockelson, Knipperdolling und Rothmann gesehen?», fragte er.

Jakob verlor langsam die Geduld. «Wollen Sie's drauf ankommen lassen?», fragte er. «Ich kann ihn auch selbst mitnehmen. Dann wird ihm eben in Amsterdam der Prozess gemacht.»

Wirich von Daun öffnete den Mund, schloss ihn wieder. Endlich hatte er begriffen, wen er vor sich hatte. Sie waren sich ein paarmal bei den Besprechungen von Waldeck begegnet, zuletzt in der Scheune beim Söldnerlager, in der Gresbeck sein Modell vorgestellt hatte. Aber erst die Erwähnung von Amsterdam weckte offenbar seine Befürchtung, dass Jakob irgendwelche Befugnisse hatte, von denen er nichts wusste.

«Wo ist er?», fragte er etwas freundlicher.

«Aegidiistraße.»

«Etwas genauer wüsste ich das schon gern.»

«Zehn Mann.»

«Kriegst du. Wo genau?»

«Rechte Seite in Richtung Tor. Hinter dem Bogengang stehen drei schmale Häuser. Das mittlere.»

«Versteckt er sich da?»

«Nein. Er liegt auf dem Dachboden. Verschnürt und bereit zum Abtransport.»

Wirich von Daun lachte, während bei der Barrikade schon wieder geschossen wurde. «Zehn Mann und was noch?»

«Einen Wagen. Gut gefedert.»

31

Katharina stand mit Jakob am Ufer des Fischteichs vor dem Wolbecker Drostenhof. Das alte Gemäuer lag im Sonnenlicht und spiegelte sich im schillernden Wasser, unter dessen Oberfläche die Forellen als dunkle Flecken ihre Bahnen zogen. Der Teich wurde von einem plätschernden Bach gespeist. Rundherum erstreckten sich sattgrüne Wiesen. Ein Ort des Friedens und des Lebens, kaum mehr als fünf Meilen von Münster entfernt, diesem misshandelten und bis aufs Blut ausgesaugten Gerippe von einer Stadt, durch deren Straßen die Gespenster der Toten schwebten, der Opfer von Matthys und Bockelson und der Opfer der Söldner des Bischofs, der Opfer des himmlischen Wahns und der irdischen Gier.

Eine Woche war vergangen, seit die Stadt der Auserwählten gefallen war. Die Wagenburg auf dem Markt war nicht gestürmt worden. Wirich von Daun hatte eingewilligt, den letzten Verteidigern des Wiedertäuferreichs von Münster, dessen König inzwischen in Ketten lag, freien Abzug zu gewähren, um nicht in die Verlegenheit zu kommen, seine Autorität auf die Probe zu stellen, indem er seine Söldner beim Ausrauben der Häuser störte.

Die Plünderung war in eine fürchterliche Gewaltorgie ausgeartet, die Wirich von Daun und die anderen Offiziere nicht hatten verhindern können oder wollen, schließlich drohte allen

Wiedertäufern ohnehin die Todesstrafe. Als der Bischof nach einigen Tagen in die Stadt eingeritten war, hatten die Straßen immer noch voller Leichen gelegen.

Knipperdolling hatte man ebenfalls auf einem Dachboden gefunden, in der Nähe des Neubrückentors. Rothmann dagegen war verschwunden.

Noch vor der Räumung der Wagenburg war Jakob mit den Männern der Eskorte und dem Wagen erschienen, der Andreas aus der Stadt brachte. Dass ihr Bruder noch lebte, war ein größeres Wunder als alle Wolkenbilder, Visionen und Prophezeiungen, die Matthys und Bockelson in den anderthalb Jahren heimgesucht hatten.

Nun waren sie also vorübergehend hier untergebracht, durch Vermittlung von Franz von Waldeck als Gäste von Dietrich von Merveldt, mit dem Katharina am Abend der Befreiung ihres Bruders aus dem Turm der Überwasserkirche Bekanntschaft gemacht hatte. Jetzt schlugen sie und ihre Verbündeten der Ketzerei so gründlich die Köpfe ab, dass Münster wahrscheinlich noch in fünfhundert Jahren eine katholische Stadt sein würde.

Während Katharina sich an Jakob lehnte, tasteten sich ihre Gedanken wieder in die Zukunft vor. Es war zu früh, um in diese Geisterstadt zurückzukehren. Und vielleicht war das furchtbare Ende der Wiedertäuferherrschaft gleichzeitig die Gelegenheit für einen Neuanfang. Sie hatte immer weggehen wollen. Jetzt gab es nichts mehr, was sie hinderte. Und dennoch war das auch ihre Stadt.

«Wann musst du zurück nach Brüssel?», fragte sie.

«Ich muss gar nichts», sagte Jakob. «Ich kann gehen, ich kann bleiben. Ich kann mir eine reiche Witwe suchen.»

«Ich bin keine Witwe.»

«Und reich bist du auch nicht. Komm mit nach Brüssel. Ich stelle dir Maria vor. Du wirst ihr gefallen. Ihr seid euch ähnlich.»

«Inwiefern?», fragte sie. Er hatte schon einmal so etwas gesagt.

«Ihr lasst euch nicht kleinkriegen.»

Richtig, das war die Formulierung, die sie gebraucht hatte, in seiner Kammer auf dem Bett, an dem Tag, als Goswin zum ersten Mal bei ihnen aufgetaucht war. *Die kriegen mich nicht klein.*

«Komm mit nach Brüssel», sagte er noch einmal.

«Aber ich weiß nicht, was aus meinem Bruder werden soll.»

«Er kann mit uns gehen.»

«Er kann nicht gehen», sagte sie und erschrak kurz über die beinahe scherzhafte Beiläufigkeit dieser Feststellung.

Sie sah, wie Jakob lächelte. «Er kann alles, nur nicht gehen», sagte er. «Vielleicht fragen wir ihn selbst, was er will.»

Dieser Satz und die Tatsache, dass er dieses Lächeln nicht unterdrückte, kein gequältes Gesicht dabei zog, machte ihr das Herz leicht.

«Brüssel», sagte sie und lauschte dem Klang des Namens nach. Die Aussicht, eine Weile in einem Palast herumzuspazieren, war reizvoll wie ein glitzerndes Schmuckstück. Eine andere Welt, ein Ort vielleicht, an dem man heilen und Kraft gewinnen konnte. Nicht für immer, aber für eine Weile.

«Willst du irgendwann zurück nach Münster?», fragte Jakob unvermittelt.

«Ja», sagte sie, überzeugter als zuvor. «Münster ist meine Heimat. Diese Stadt wird wieder zur Besinnung kommen, und ich will dabei sein, wenn das passiert. Wir haben zugesehen, wie sie den Wahnsinnigen überlassen wurde. Ich will nicht aus der Ferne zusehen, wenn sie wieder zur Vernunft kommt. Wenn Andreas das geschafft hat, dann schaffen andere es auch. Man kann sie nicht sich selbst überlassen.»

Zur Besinnung kommen. Das traf es ganz gut. Die Menschen würden zu sich kommen. Münster selbst war jetzt noch eine Ansammlung von Gebäuden, entkernt und ausgeräuchert. Aber es würde wieder zum Leben erwachen, wenn alle Toten bestattet und ausreichend beweint waren. Eine ganze Stadt konnte nicht sterben.

Im Teich sprangen die Fische.

Und Katharina beschloss, nicht nur an morgen zu denken, sondern auch an übermorgen.

Nachwort

Die Münsteraner Ereignisse zwischen Anfang 1534 und Mitte 1535 haben bis heute viele Untersuchungen, Darstellungen und Deutungen erfahren. Die zeitgenössischen Quellen sind voll von Übertreibungen und Verzerrungen, weil die Chronisten der Siegerseite vor allem auf die Diskreditierung der Bewegung bedacht waren, die da eineinhalb Jahre lang die Stadt beherrscht und das Reich in Atem gehalten hatte.

Es beginnt schon bei der Benennung: Täufer oder Wiedertäufer? Kirche oder Sekte? Alle diese Bezeichnungen beinhalten vor allem eine theologische Wertung, nämlich über die Taufe (*Täufer* betont die Rechtmäßigkeit der Erwachsenentaufe, *Wiedertäufer* dagegen besagt, dass ein gültiges Sakrament verbotenerweise wiederholt wurde) und über die Organisationsform der Bewegung (*Kirche* wertet sie zur Konfession auf, *Sekte* verweist auf verschrobenes Abweichlertum). Dabei sagt die Bibelauslegung der Vordenker und Propagandisten dieser Bewegung kaum etwas darüber aus, wie es konkret dazu kommen konnte, dass eine radikale Minderheit eine ganze Stadt unter ihre Kontrolle bringen, die alten Eliten unterwandern und entmachten, die Masse der Bevölkerung mitreißen oder mundtot machen und auf dieser Grundlage eine gewalttätige Theokratie errichten konnte, die in manchen Aspekten an Diktaturen des Zeitalters der Ideologien erinnert.

Und genau das ist – neben Jakobs mit diesen Ereignissen verflochtenen Jagd nach Ernestine – das Thema dieses Romans mit den Münsteraner Protagonisten Katharina und Andreas: die übersteigerte Nervosität der Epoche, die Weltuntergangspropheten hervorbrachte und ihnen das Handwerk erleichterte; die Verunsicherung weiter Kreise angesichts von Kirchenspaltung, Teuerung und Kriegen, und das Radikalisierungspotenzial, das daraus erwuchs und in Münster eine Verdichtung erfuhr, die schließlich in ein lupenreines Terrorregime mündete. Die Darstellung dieser Vorgänge im Roman entspricht weitestgehend den historischen Tatsachen, was im Folgenden noch einmal kurz erörtert werden soll.

Im Prinzip gab es zwei doppelte Konfliktlinien, die sich 1534 quer durch die Stadtgesellschaft zogen: die eine war theologischer Natur und trennte Katholiken, Lutheraner und die Schwärmer um Rothmann, die sich unter dem Einfluss der von Jan Matthys aus Holland ausgesandten Apostel den Täufern zuwandten und sich bald darauf auch selbst taufen ließen (Katharina bekommt deren Lehren gleich zu Anfang von Willem de Kuyper erklärt); die andere war politischer Natur und trennte den die Stadtherrschaft beanspruchenden Bischof, das den Rat dominierende Patriziat und die Handwerkergilden. Katholiken und Lutheraner hatten in der Vergangenheit zu einer Art konfessionellem Burgfrieden gefunden und waren sich im theologischen Konflikt einig in der Ablehnung der Täufer; im politischen Konflikt wiederum waren sich weite Teile von Patriziat und Gilden (auch die meisten Katholiken) einig in der Ablehnung der bischöflichen Herrschaftsansprüche.

Als Rat und Gilden sich schließlich Ende Januar 1534 zur

Duldung der Täufer durchrangen (die Entscheidung fällt im Rathaus und wird im Roman aus der Perspektive von Andreas geschildert), geschah das aus dem Bestreben, die religiösen Konflikte zu befrieden oder zumindest zu entschärfen und damit eine gemeinsame Front gegen den Bischof herzustellen. Doch diese Entscheidung (die zu treffen der Rat im Übrigen überhaupt nicht befugt war) sollte sich in doppelter Hinsicht als fatal erweisen: Erstens wurde das gegenseitige Misstrauen damit nicht beseitigt, zweitens deuteten die Täufer von nah und fern sie als Fingerzeig Gottes, dass in Münster das Neue Jerusalem gegründet werden sollte – die Stadt der Auserwählten, von der die Prediger vor allem in den Niederlanden fabulierten.

Als Anfang Februar 1534 das Gerücht aufkam, bischöfliche Truppen rückten zu einem Handstreich auf die Stadt vor, wäre es um ein Haar zu einer bewaffneten Auseinandersetzung in Münster gekommen (Katharina erlebt diese dramatischen Stunden mit, als sie ihren Bruder aus dem Gefängnis befreien will): Lutheraner und Katholiken verbarrikadierten sich auf dem Überwasserkirchhof, weil sie einen Umsturzversuch durch die Täufer vermuteten; die Täufer verbarrikadierten sich auf dem Markt, weil sie fürchteten, Katholiken und Lutheraner planten die Zerschlagung der Täuferbewegung mithilfe der bischöflichen Truppen. Am Ende kam es wiederum nur deshalb zu einer Einigung, weil die politische Solidarität der Stadtgemeinde gegen die drohende Bischofsherrschaft stärker war als die religiöse Zwietracht. Eine auffällige Wolkenkonstellation im Abendrot des folgenden Tages führte zu einer (von den Chronisten genüsslich ausgemalten) Massenhysterie, die von den Täufern wiederum als Beweis göttlicher Inspiration gewertet wurde (während Katharina mit Entsetzen zusieht, wie ihr eigener Bruder diesem Wahnsinn aufsitzt).

Münster war nun also der einzige Ort auf der Welt, an dem die Täufer ihren Glauben gefahrlos predigen und leben konnten, und in den folgenden Wochen setzte eine Zuwanderungsbewegung vor allem aus den Niederlanden ein, die sich wie eine selbsterfüllende Prophezeiung bestärkte. Jakob und Benoît gehören zu den Ersten, die sich von Amsterdam aus auf den Weg machen, später schwoll diese Bewegung aufgrund der von Hubrechtszoon (dessen Motive er den beiden genau darlegt: Er hält die Täufer nicht für gefährlich, hat aber Angst, dass Hoogstraten ihn seines Postens enthebt, was bald darauf auch geschieht) verkündeten Amnestie weiter an.

Das Ergebnis der Ratswahl in Münster wenige Wochen später (Jakob und Benoît kommen gerade rechtzeitig zur Verkündung des Ergebnisses in Münster an) zeigte, wie stark der Einfluss der Täufer in dieser kurzen Zeit geworden sein muss, denn fast alle neuen Ratsherren hatten sich den Täufern angeschlossen oder standen der Bewegung nahe. Jan Matthys war inzwischen selbst in der Stadt angekommen und stachelte seine Anhänger weiter auf, sodass deren Gegner ebenso wie alle Zweifler und Gemäßigten eingeschüchtert wurden und kaum noch Widerstand leisteten, bis sie nur wenige Tage später vor die Wahl gestellt wurden, sich taufen zu lassen (was Katharina auf dem Marktplatz notgedrungen über sich ergehen lässt) oder aus der Stadt zu verschwinden. Bei der anschließenden Austreibung der Ungetauften (die Katharina vom Fenster aus fassungslos verfolgt) tobte sich die rachsüchtige Meute aus. Die ursprünglich gewaltfreie Täuferbewegung geriet immer stärker ins Fahrwasser der Radikalen, zumal Matthys den Weltuntergang für Ostern verkündet hatte und der Bischof durch die Einkreisung der Stadt mit seinem Söldnerheer zeigte, dass er es mit ihrer Vernichtung ernst meinte.

Die Maßnahmen der kommenden Wochen waren alle darauf ausgerichtet, bis zu diesem Termin auszuhalten und gleichzeitig die Stadt einer endgültigen Reinigung zu unterziehen. Dazu gehörten die Zerstörung der Kircheneinrichtungen und Heiligenbilder, die Abschaffung der Geldwirtschaft und die Einführung der Gütergemeinschaft, die Verbrennung von Büchern, Archivalien, Spielen, Musikinstrumenten und anderen Requisiten des irdischen Vergnügens und schließlich die von Matthys inszenierte Einschüchterung der zu spät Getauften in der Lambertikirche (bei der auch Katharina um ihr Leben fürchtet). Die verpatzte Hinrichtung von Hubert Rüscher (der im Roman ganz am Anfang schon einmal aufgetreten ist) führte allen, die noch klar sehen konnten, die Unsinnigkeit der Prophetie und die Willkür des Propheten vor Augen. Mollenhecke, Redeker und Tilbeck traten hier noch einmal als Vertreter der alten Ordnung in Erscheinung, indem sie einen korrekten Prozess forderten, und bezahlten dieses couragierte Aufbegehren beinahe mit dem Leben – übrigens genau vierhundert Jahre vor der Nacht der langen Messer, in der Hitler sich der Männer entledigte, die geglaubt hatten, ihn durch Einhegung unschädlich machen zu können.

Überhaupt folgte die Errichtung der Täuferherrschaft Prinzipien, nach denen auch die Diktaturen und Autokratien unserer Zeit aufgebaut wurden und werden: Aggressivität und Einschüchterung durch Straßenterror auf der einen Seite und Generalangriff auf die Institutionen auf der anderen, Zertrümmerung der alten Symbole, Vertreibung und Ermordung der

Gegner im Rausch, sich jetzt alles erlauben zu können – und das im Namen eines Heilsversprechens, das bei den Täufern im Himmel, bei den modernen Ideologien auf der Erde eingelöst werden soll. Die Läuterung der Stadt war für die Täufer kein Endziel wie die rassereine Gesellschaft der Nationalsozialisten oder die klassenlose Gesellschaft der Kommunisten, sondern die Voraussetzung dafür, dass Gott ihr beim Endgericht nach der Vernichtung seine Gnade zuteilwerden lassen würde. Die Täufer wollten keine neue Welt erschaffen, sondern innerhalb der Mauern dieser einen Stadt den Beweis erbringen, dass sie würdig waren, das Paradies zu erlangen. Stattdessen erschufen sie eine Hölle auf Erden, die sie zum Schluss mit ähnlicher Verbissenheit und Wirklichkeitsverleugnung verteidigten wie die Nazis das belagerte Berlin im April 1945: gestützt auf wenige fanatische Getreue und schließlich besiegt von einer äußeren Übermacht, während eine terrorisierte Bevölkerung hoffte, irgendwie zu überleben.

Doch als Jan Matthys am Ostertag die Stadt verließ und sich von den Söldnern des Bischofs abschlachten ließ, wobei bis heute nicht klar ist, ob er sich opfern oder ein Wunder erzwingen wollte, war es noch nicht so weit. Jan Bockelson konnte die fassungslose Menge wider alle Vernunft davon überzeugen, dass auch dies Gottes Wille gewesen war und seinem Plan entsprach. Damit begann ein neues Kapitel in der Herrschaft der Täufer, die Bockelson durch die Errichtung des Königreiches im September 1534 auf die Spitze trieb, nachdem er zwei Monate zuvor noch die Polygynie eingeführt hatte – eine Maßnahme, die wie keine andere für Empörung sorgte und Mollenhecke in den Aufstand trieb (an dem Jakob und Andreas sich beteiligen). Die Schilderung dieser Ereignisse entspricht im Wesentlichen den historischen Tatsachen; Knipperdolling und Bockelson wurden inhaftiert. Ungeklärt bleibt, warum es den Aufständischen nicht gelang, Bockelsons Regime unter diesen Umständen tatsächlich zu stürzen. Wahrscheinlich lag der Fehler darin, dass sie kein Stadttor besetzten und sich aus Angst um die städtische Selbstbestimmung immer noch scheuten, die Bischöflichen einzulassen. Mollenhecke und ein großer Teil seiner Mitstreiter bezahlte seinen Aufstand mit dem Leben, und Bockelson zog die Schlinge aus Überwachung und Terror in den folgenden Monaten enger, wie es auch die Nationalsozialisten nach dem 20. Juli 1944 taten, sodass es zu keinem weiteren Versuch kam, ihre Herrschaft zu stürzen.

Ob Bockelson wirklich der Hasardeur war, als der er im Roman dargestellt wird, ist fraglich; vielleicht glaubte auch er tatsächlich, die Stimmen zu hören, die schon Jan Matthys zu hören geglaubt hatte, und vielleicht rechnete er wirklich bis zum Schluss mit einem göttlichen Eingreifen, das den Endsieg bringen würde, als um ihn herum nur noch gehungert und gestorben wurde. Ein Asket war er, der in früheren Jahren Portugal und England bereist und dabei eine gewisse Weltläufigkeit erlangt hatte, mit seinem Harem aus mehr als einem Dutzend Frauen jedenfalls ebenso wenig wie Knipperdolling. Die Einführung der Polygynie ist oft seinen Gelüsten zugeschrieben worden, dann wieder der Notwendigkeit, die vielen Frauen auch zu versorgen (es gab tatsächlich dreimal so viele Frauen wie Männer in der Stadt). Die Apologeten der Täufer verstiegen sich tatsächlich dazu, diese Maßnahme mit der Eindämmung außerehelicher Ausschweifungen und demzufolge einer fragwürdigen moralischen Reinigung der Gemeinde zu begründen (wie Bockelson es Jakob gegenüber tut). Die Frauen dürften das anders gesehen haben; theoretisch hatten sie das Recht, Einspruch gegen die Zwangsverheiratung einzulegen, praktisch werden das die wenigsten unter ihnen getan haben, zumal schon die Verweigerung der ehelichen Pflichten mit der Todesstrafe geahndet wurde.

Die Monate, die auf Jakobs Flucht unmittelbar nach dem Aufstand von Mollenhecke im Juli 1534 folgten, werden im Roman aus dramaturgischen Gründen nur summarisch behandelt (damit die Auflösung der Romanhandlung zeitlich mit dem Untergang der Täuferherrschaft zusammenfällt). Ein erneuter Sturmangriff der Belagerer scheiterte ebenso wie die Aussendung der Apostel durch die Täufer. Ansonsten war der Alltag durch die Tristesse der Zwangsehen, ständige Einschüchterung, Hunger, Entbehrungen, Hinrichtungen, Wachdienste, Scharmützel und ein Trommelfeuer aus Drohungen und Verheißungen getaktet. Die Eroberung im Juni 1535 fand so statt wie im Roman geschildert; Bockelson und Knipperdolling wurden gefangen (unter welchen Umständen, ist nicht klar, aber es scheint, dass sie in irgendwelchen Verstecken aufgestöbert wurden); dass die letzten Verteidiger der Wagenburg freien Abzug zugesagt bekamen, erklärt sich wahrscheinlich daraus, dass die Söldner so sehr mit dem Plündern der gerade eroberten Stadt beschäftigt waren, dass man sie nicht zum sofortigen Angriff auf die Barrikade bewegen konnte. Bockelson und Knipperdolling wurden im Januar 1536 auf dem Markt öffentlich zu Tode gefoltert.

Einige kleine Abweichungen der Romanhandlung von den realen Geschehnissen ergeben sich wiederum aus dramaturgischen Gründen: Hier und da wurde die Schreibweise von Namen vereinfacht und Ereignisse zeitlich um ein paar Tage verschoben, um die Handlung besser darin einbetten zu können. Bockelson zog wahrscheinlich erst nach der Königserhebung in die Domkurie von Melchior von Büren. Der betrunkene Schmied, der ganz am Anfang auf dem Markt zum Entsetzen von Andreas seine Visionen herausbrüllt, hieß Johann Schröder und war nicht mit dem später von Matthys ermordeten Hubert Rüscher identisch. Angela Kerkering dagegen war tatsächlich eine der Frauen von Bockelson; kurioserweise floh sie im Frühjahr 1535 mit Christoph von Waldeck, der zum Pagendienst an Bockelsons Hof gezwungen wurde. Die beiden waren später verheiratet. Wahrscheinlich half ihr Vater, Christian Kerkering, ihnen bei der Flucht; er selbst wurde nach dem Ende der Täuferherrschaft hingerichtet. Ebenso real ist die kurze Liaison der Kaiserschwester Eleonore, der späteren Königin von Frankreich, mit Friedrich von der Pfalz; die dabei gezeugte Tochter Ernestine dagegen ist reine Erfindung.

Münster erholte sich in den folgenden Jahren und Jahrzehnten von der Katastrophe. Die Bevölkerung war durch Flucht, Vertreibung, Hunger und Krieg halbiert worden; allein dem Massaker nach der Einnahme der Stadt fielen etwa 650 Menschen zum Opfer, es folgten weitere Hinrichtungen, doch die meisten Anhänger – und vor allem Anhängerinnen – der Täufer wurden nach der Enteignung begnadigt oder, um ein letztes Mal die Parallele zu bemühen, als Mitläuferinnen eingestuft. Im Rahmen der Enteignungen wechselten über fünfhundert Häuser die Besitzer. Die Gilden wurden aufgelöst und statt des gewählten Rates übernahm ein Gremium aus vom Bischof ernannten Räten die Herrschaft. Auch wenn die Stadt bald darauf Schritt für Schritt ihre Eigenständigkeit zurückbekam, wirkte das Trauma der Täuferzeit lange nach. Noch vierzig Jahre nach den Ereignissen versuchte der Stadtrat, die Veröffentlichung eines Geschichtswerks über diese Zeit zu verhindern, weil darin zu viele Namen genannt wurden, deren Träger nicht mit der leidigen Erinnerung an die Stadt der Auserwählten in Verbindung gebracht zu werden wünschen.

Heute dagegen sind als einzige weithin sichtbare Erinnerung daran die drei Käfige geblieben. In ihnen wurden die Leichen der Täuferführer (neben Jan Bockelson und Bernd Knipperdolling der im Roman nicht erwähnte Bernd Krechting) nach ihrer Hinrichtung am Lambertikirchturm ausgestellt. Die Originale befinden sich im Stadtmuseum, am Turm hängen inzwischen Nachbildungen und jagen wohlige Schauer über den Rücken von Touristinnen und Touristen, die Gott sei Dank nicht in einer solchen Zeit leben müssen.